Xenia Weigel

FAME AND REVENGE

XENIA WEIGEL

FAME AND REVENGE

ROMAN

VAJONA

FAME AND REVENGE

© 2024 VAJONA Verlag GmbH
Originalausgabe bei VAJONA Verlag GmbH

Druck und Verarbeitung:
FINIDR, s.r.o.
Lípová 1965
737 01 Český Těšín
Czech republic

Lektorat: Lara Gathmann
Korrektorat: Patricia Buchwald und Susann Chemnitzer
Umschlaggestaltung: Diana Gus
Satz: VAJONA Verlag GmbH, Oelsnitz

VAJONA Verlag GmbH
Carl-Wilhelm-Koch-Str. 3
08606 Oelsnitz

ISBN: 978-3-98718-323-2

Diese Geschichte widme ich meiner Schwester, meinen Freunden und jedem da draußen, der einen Traum hat. Etwas, wofür er brennt. So wie Elenor sich während der gesamten Geschichte von nichts und niemandem abbringen lassen hat und ihren Weg mit ganzem Herzen gegangen ist, so ermutige ich jeden Einzelnen da draußen, die Visionen, die er hat, zu verwirklichen. Lasst die Fehler passieren, lasst den Gegenwind kommen, fühlt euch frei, euren Weg vielleicht auch erst mal allein zu gehen. Solange in euren Herzen eine leidenschaftliche Flamme für etwas lodert, geht dem mit ganzer Freude und Abenteuerlust nach.

I.

DER ERSTE HERBSTTAG

Elenor war sofort wach, als die Sonne an diesem frischen Morgen vorsichtig über den Horizont kroch. Mit ihren Fingern fuhr sie sich durch ihre honigblonden Wellen und strich sich das dichte Haar aus dem Gesicht. Noch leicht verschlafen blinzelte sie in das warme Licht, das durch das kleine Fenster sanft zu ihr hereinfiel.

Für alle anderen Bewohner des Königreiches Vilgot war es ein ganz normaler Herbstmorgen. Die ersten Sonnenstrahlen breiteten sich über dem Land aus und tauchten die grasbewachsene, hügelige Landschaft außerhalb der hohen Mauern in ein sanftes Gold. In der Ferne wiegten sich die dunklen Nadelwälder leicht mit der kühlen Brise mit und aus den nahen Laubbäumen leuchteten einige bunte Blätter hervor. Auf den erntereifen Feldern waren bereits die ersten Menschen emsig bei der Arbeit. Alles schien friedlich und wie gewohnt.

Doch für Elenor war dieser Tag ein ganz besonderer. Wie jedes Jahr fand am ersten Herbsttag des Jahres, bei Sonnenuntergang, die Zeremonie statt, in der die Mädchen und Jungen in die Arbeitswelt eingeführt wurden. Elenor wurde mit den anderen Kindern im Alter von sechs Jahren für ihre allgemeine Grundlehre in die Volksschule aufgenommen. Zehn Jahre dauerte die Schulausbildung und diesen Sommer hatte sie diese abgeschlossen. Vor wenigen Wochen war Elenor frische sechzehn Jahre alt geworden und war damit alt genug, um an der Zeremonie teilzunehmen. Auf diesen Moment hatte sie sich ihr ganzes Abschlussjahr über gefreut. Und gleichzeitig beschäftigte sie bereits seit vielen Monaten die Frage, in welche der sechs Arbeitsbereiche sie eintreten wollte.

In der Heilkunstsektion versorgte man die Kranken und Verletzten, kümmerte sich um die Alten und Schwachen und begleitete Geburten. In der Nahrungssektion baute man Getreide und Weizen an, erntete Gemüse und Obst, fütterte die Nutztiere und tat, was sonst noch der Versorgung des Volkes diente. Wer in der Kindererziehung oder als Lehrmeister an der Volksschule arbeiten wollte, war in der Lehrsektion gut aufgehoben und wem organisatorische Aufgaben und Verwaltungsarbeiten lagen, ging in die Amtssektion. Torell, Elenors Vater, trat vor vielen Jahren der Handwerkersektion bei. Er war ein fröhlicher Mann mit etwas lichter gewordenem Haar, einem runden Bäuchlein und äußerst geschickten Händen. Mit seinen Kollegen zusammen stellte er unter anderem Holzwagen und Werkzeuge her und baute Häuser und Straßen.

Elenor gefiel die Handwerkersektion. Sie mochte den Gedanken, etwas mit eigenen Händen zu erschaffen. Deshalb beschloss sie, sich diesen Arbeitsbereich näher anzusehen und ihren Vater, für ein paar Wochen, in seiner Werkstatt zu unterstützen. Elenor war nur leider ziemlich tollpatschig und machte oft mehr Sachen kaputt, als dass sie sie herstellte. Einmal warf sie beim Vorbeigehen aus Versehen einen kleinen, frisch hergestellten Holzstuhl um und die liebevoll verzierte Lehne brach ab. Mit hochrotem Kopf starrte sie zu Boden, als der erzürnte Handwerker ihr einen Vortrag darüber hielt, wie lange er daran gearbeitet hatte, wie viel Liebe er in das Detail gesteckt hatte und wie wütend sein Auftraggeber jetzt sein würde, wenn der Stuhl später als geplant geliefert wird. Einmal drehte sie sich etwas zu stürmisch um und traf mit dem Holzhammer in ihrer Hand einen fleißigen, arglos vor sich hin summenden Handwerker am Kopf. Ihre Stimme überschlug sich fast, als sie sich minutenlang entschuldigte und dem armen Mann vom Boden aufhalf. Ihr Vater versuchte sie am selben Abend zu trösten und versicherte ihr, dass jeder seine Stärken und Schwächen hätte und dass sie in den letzten Tagen doch genug Erfahrungen gesammelt hatte und nun vielleicht mal eine andere Sektion erkunden sollte. Er sei sich sicher, dass sie ganz bestimmt eine Arbeit finden würde, die sie so gut kann, wie kein anderer. Elenor nahm den Ratschlag ihres Vaters an und entschied sich, in die Sektion ihrer Mutter, Ida, hineinzuschnuppern. Die große, schlanke Frau arbeitete in der Heilkunstsektion. In einem Krankenlager nahe der Mauer kümmerte Ida sich um die verwundeten Verteidigungskämpfer, die von ihren Reisen außerhalb des Königreiches heimkehrten. In der sechsten Sektion, der Verteidigungssektion, ausgebildet, gehörten sie zu den unerschrockensten Kämpfern des Landes, sie waren beinahe unbesiegbar. Und doch trabten sie bei ihrer Rückkehr jedes Mal müde unter dem Tor der großen Mauer hindurch, hielten bei den Zelten der Heiler und verschwanden entkräftet in den, leicht im Wind flatternden Leinenstoffen. Mit denselben mandelförmigen Augen, wie die ihrer Tochter, schaute Ida Elenor liebevoll über die Schulter, während diese Verbände wechselte und die Wunden auswusch. Zwar stellte sich Elenor dort nicht viel weniger tollpatschig an, sie hatte aber ein sehr sensibles Gespür für die Bedürfnisse der Menschen. Sie sprach viel mit den Kämpfern, während sie sie verarztete und irgendwie wusste Elenor stets genau, worüber sie mit ihnen sprechen musste, um sie von der dunklen Schwere, die sie erfüllte, abzulenken. Und es dauerte nicht lange, bis die Schwere der Kämpfer, einer wunderbar leichten Heiterkeit wich. Doch obwohl sie so vielen Menschen helfen konnte, breitete sich zunehmend Bedrückung in Elenor aus, je mehr der Verletzungen sie sich ansah.

Eines Abends fragte Elenor ihre Eltern, was denn mit den Verteidigungskämpfern passiert sei. Ihre Eltern reagierten so seltsam, wie jedes Mal, wenn Elenor nach etwas *Gefährlichem* fragte. Sie tauschten einen kurzen Blick aus, senkten den Kopf und räusperten sich kurz.

»Es gibt eben ein paar Kämpfe da draußen«, antwortete Torell schwammig und schöpfte sich noch eine Portion Kartoffeln auf seinen ohnehin schon vollen Teller.

»Aber wieso?«, fragte Elenor verwirrt. »Ich dachte, wir leben in Frieden mit den benachbarten Königreichen. Wogegen kämpfen sie?«

Wieder folgte ein kurzer, stummer Blickwechsel zwischen ihren Eltern. Sie schienen irgendetwas zu verheimlichen. Ida legte Elenor noch eine Scheibe Brot auf den Teller.

»Hast du dich schon entschieden, in welche Sektion du willst?«, fragte sie ein wenig zu munter.

Elenor gab es auf. Wenn ihre Mutter so entschieden vom Thema ablenkte, dann bekam sie vorerst nichts mehr aus ihnen heraus.

»Noch nicht«, seufzte Elenor. »Für die Handwerkersektion bin ich eindeutig zu unbegabt.« Ein wenig geknickt, stocherte sie mit der Gabel in ihren Kartoffeln herum.

»Na ja, also so schlecht hast du dich doch gar nicht angestellt«, versuchte Torell sie aufzumuntern.

Elenor hörte ihn gar nicht. Sie hatte etwas anderes im Kopf. »In der Grundlehre haben wir uns heute über die Verteidigungssektion unterhalten«, sagte sie nachdenklich. »Das klang auch interessant«.

Torell verschluckte sich an seinem Gemüse und hustete eine Weile lang. Ida klopfte ihm besorgt auf den Rücken, dann beruhigte er sich wieder.

»Bist du sicher?«, fragte er mit rotem Gesicht. »Verteidigungskämpferin, ich weiß nicht, ... Schau mal, wie wäre es denn mit der Lehrsektion, hm?«

»Ja, genau«, unterstützte Ida ihn. »Du kannst doch so gut mit Menschen umgehen.«

Elenor ignorierte sie. Es war nicht das erste Mal, dass ihre Eltern ihr einen Wunsch ausreden wollten, der ihnen zu gefährlich war.

»Ich kann ja erst mal die Ausbildung dort machen«, überlegte sie weiter. »Dann habe ich drei ganze Jahre Zeit, mich für eine der drei Fraktionen zu entscheiden, in die ich gehen könnte. Ich könnte vielleicht in die Mauer-Fraktion gehen. Da passe ich die meiste Zeit nur an der Mauer auf. Ob Gefahren von außen kommen und so.«

Mit offenem Mund starrten ihre Eltern sie ungläubig an. Torell fasste sich als Erster wieder.

»Und was ist, wenn jemand mit einem Pfeil auf dich schießt?«, fragte er und bemühte sich, sachlich zu bleiben. »Es ist sehr gefährlich dort, auch wenn es in der Grundlehre bei euch nicht so klingt. Ich habe einen Kollegen, der regelmäßig Rüstungen und Waffen an die Mauer liefert und was er mir da so erzählt ... da läuft es mir kalt den Rücken herunter.«

Ida nickte ihm mit düsterer Miene bestätigend zu.

»Ok, schon gut«, gab Elenor nach. »Und was ist mit der Inneren Fraktion? Da kümmere ich mich um den Schutz innerhalb des Königreiches und habe es nur mit kleineren Verbrechen zu tun.«

Torell plusterte sich entrüstet auf. »Und was ist, wenn einer dieser Ganoven dich zusammenschlägt? Diese Verbrecher sind verdammt gefährlich!«

Langsam wurde Elenor wütend. Ihr Leben lang hatten ihre Eltern sie behütet und ihr alles ausgeredet, was sie machen wollte, denn es *könnte ja gefährlich sein.* Sie war genervt davon, immer wie ein rohes Ei behandelt zu werden.

»Ich vermute mal, die Elite-Fraktion gefällt euch auch nicht?«, fragte sie gereizt. »Bei den Missionen, die die Elite-Kämpfer quer durchs Land unternehmen, könnte ich ja umgebracht werden, richtig?«

Elenor spürte sofort, dass sie zu weit gegangen war. Betroffenes Schweigen breitete sich aus, während ihre Eltern traurig auf ihre Teller blickten. Elenor räusperte sich. »Entschuldigung«, fügte sie betreten hinzu. »Das war nicht so gemeint. Vielleicht schaue ich mir die Heilkunstsektion noch eine Weile an. Als Heilerin zu arbeiten, gefiel mir bisher ja auch sehr gut.«

Erleichtert blickten ihre Eltern auf und lächelten sie breit an.

Die Wochen vergingen und die Bedrückung in Elenor verdichtete sich, je mehr verletzte Kämpfer sie verarztete. Nebenbei grübelte sie außerdem ständig darüber nach, welchen Lebensweg sie einschlagen wollte. Und dann stand die Entscheidung eines Tages plötzlich fest. Vielleicht war es der Drang, etwas für ihr Königreich zu tun oder einfach nur ihr eigener Dickkopf. Sie wollte sich einmal in ihrem Leben durchsetzen und das tun, was *sie* wollte. Sie war es leid, nach den Wünschen ihrer Eltern zu leben. Und sie wollte etwas Großes bewirken, etwas Grundlegendes verändern. Sie wollte in die Verteidigungssektion.

2.
DIE ZEREMONIE

Noch immer in die morgendlichen Sonnenstrahlen dieses ersten und wichtigen Herbstmorgen blinzelnd, sog Elenor tief die frische Luft ein, die durch das kleine, leicht geöffnete Fenster zu ihr herein schwebte. Nun konnte sie nicht mehr länger liegen bleiben. Schwungvoll warf sie ihre Decke zurück und sprang aus ihrem gemütlichen Holzbett. Ihr Blick fiel sofort auf das festliche Kleid, welches sie schon am Abend vorher glatt gestrichen und auf einen Stuhl gehängt hatte. Wie kleine Feuerwerke explodierte die Vorfreude in ihr, als sie vergnügt auf das weiße Kleidungsstück zuging. Hastig stülpte sie es sich über und drehte sich einige Male ausgelassen im Kreis. Als würde das Kleid mit ihr tanzen, flatterte es umher und umspielte frech ihre Beine. Vor Aufregung, leicht außer Atem, wandte Elenor sich ihrem schmalen Spiegel zu. Ihr leicht gebräunter Hautton erschien unter dem langen Leinenkleid noch ein wenig dunkler.

Es war mittlerweile ein halbes Jahr vergangen, seit sie sich entschieden hatte, der Verteidigungssektion beizutreten und sie war sich dessen immer noch absolut sicher. Ihre Eltern hatten zuerst, wie erwartet, erschrocken und ängstlich reagiert.

»Bitte überleg es dir noch mal«, flehten sie ihre Tochter an. Doch sie gaben schnell auf, denn Elenor war von ihrem Entschluss nicht mehr abzubringen. Und je mehr sie es versuchten, desto trotziger wurde Elenor und ihre Eltern hielten einen Streit mit ihrer Tochter nie lange aus. Sosehr Elenor in ihrer Sturheit nach ihrem Vater kam – am Ende gewann sie immer. Doch sie musste ihnen hoch und heilig versprechen, dass sie auf sich aufpassen würde. Und mittlerweile bemühten Torell und Ida sich stetig darum, sich ihre Sorgen wenig anmerken zu lassen und zeigten sich ihr besonders in der letzten Zeit stolz auf *ihr großes Mädchen* und *ihren Mut.*

Zügig band Elenor sich ihre dichten Haare zusammen und warf einen abschließenden Blick auf ihr Spiegelbild, welches ihr, mit vor Aufregung leicht geröteten Wangen, entgegen strahlte.

Der köstliche Geruch von warmem Hefeteig schwebte Elenor begrüßend entgegen, als sie die knarzende Treppe herabstieg.

»Guten Morgen, Liebling«, begrüßte Ida sie sanft, während sie eine große Schüssel mit Hefeklößen auf den Tisch stellte.

»Guten Morgen«, antwortete Elenor und gab ihrer Mutter einen Kuss auf die Wange. Sie nahm ihr einen kleinen Krug mit Honig ab und wollte sich gerade an den Tisch setzten als eine kräftige Stimme den Raum erfüllte.

»Da ist ja unsere zukünftige Verteidigungskämpferin!«

In sein bestes Hemd gekleidet, betrat Torell den Raum und strahlte seiner Tochter breit entgegen. Mit ausgestreckten Armen zog er sie an sich und drückte sie herzlich. Trotz seines Alters versprühte er noch immer eine enorme Energie und zumindest an diesem Morgen schienen seine Bedenken gegenüber Elenors neuem Arbeitsfeld vorerst verschwunden zu sein. Glaubte Elenor zumindest. »Bald sitzt du dann wohl neben den ganzen berühmten Elite-Kämpfern auf deinem eigenen Pferd«, sagte er und sein feierlicher Ton schwand ein wenig. Sie lösten sich aus ihrer Umarmung und er betrachtete sie leicht wehmütig. Elenor unterdrückte den Impuls, die Augen zu rollen. Heute wollte sie auf gar keinen Fall ernste

Diskussionen führen, also knuffte sie ihm sanft in seinen Bauch und grinste verschmitzt.

»Dann werd ich dich ihnen vorstellen«, lockte sie ihren Vater und es klappte. Sofort wurden seine Augen größer.

»Wirklich?«, fragte er leicht aufgeregt. Torell war ein großer Fan von den Elite-Kämpfern, wie viele aus dem Königreich. Nicht selten erzählte er ihr am Abend Geschichten von Mitgliedern aus der Elite-Fraktion und deren legendären Kampftechniken, wobei sich Ida und Elenor sicher waren, dass nicht alles der Wahrheit entsprach.

»Aber zuerst wird gefrühstückt, damit unsere neue Verteidigungskämpferin nachher genug Kraft für die Zeremonie und die Feier hat«, entschied Ida bestimmt und zwinkerte Elenor verschmitzt zu. Torell verzog das Gesicht, als er sich setzte. Ida wandte sich ihm sofort zu.

»Hast du dich in der Werkstatt wieder verletzt?«, fragte sie und trat zu ihm.

»Ach na ja, nur ein bisschen am Bein gestoßen«, antwortete Torell abwinkend. »Es ist nichts.«

»Ich würde es mir gern mal anschauen«, sagte sie und begann bereits damit, sein Bein abzutasten.

»Mach dir keine Sorgen, so schnell setzt mir nichts zu«, antwortete er. Unbeirrt tat er sich drei der großen Hefeklöße auf und biss herzhaft hinein.

»Komm schon, Liebling, halte still«, forderte Ida mit Nachdruck. Elenor schmunzelte. Wie oft hatte sie so eine Situation schon mit erlebt …

»Wenn du drauf bestehst«, gab Torell schließlich nach und hielt seiner Frau sein Bein hin. Sie legte ihre Hand auf die schmerzende Stelle. Dann hob sie sie leicht und im selben Moment schien ein kleines, warmes Licht aus ihrer Handinnenfläche heraus. Ein wenig später senkte Torell sein Bein wieder.

»Ah, vielen Dank, Liebes«, sagte er dankbar.

Ida besaß die magische Fähigkeit, zu heilen, und damit war sie nicht die Einzige. Die meisten Menschen besaßen magische Fähigkeiten, die meist im Alter zwischen sechs und zwölf Jahren zum ersten Mal in Erscheinung traten.

Elenor hatte die Gabe, die Auren und deren Emotionen anderer Menschen zu spüren und konnte negative Gefühle in positive umwandeln. Ihre Fähigkeit hatte sie zum ersten Mal im Alter von acht Jahren unbewusst eingesetzt. Sie wollte eine weinende Mitschülerin auf dem Schulhof trösten und redete beruhigend auf sie ein. Und plötzlich fing das Mädchen an zu lachen, sprang auf und hüpfte euphorisch herum. Zuerst dachten alle, es wäre die magische Fähigkeit des Mädchens gewesen, die sich entfaltet hatte. Doch nachdem wenige Tage später Elenors gesamte Klasse urplötzlich in das gleiche Verhalten verfiel und alle, bis auf Elenor lachend und sich umarmend durch den Raum sprangen, war klar, dass sie dieses Verhalten auslöste. Elenors magische Fähigkeit war nicht häufig vertreten.

Doch trotzdem wurde sie, wie alle anderen Schüler auch, während ihrer allgemeinen Grundlehre mit ihrer Fähigkeit vertraut gemacht und lernte sie mithilfe der Lehrmeister zu verstehen und sinnvoll einzusetzen. Dabei gab es strenge Regeln, deren Verstoß unverzüglich mit Strafen geahndet wurde. Unter anderem war es verboten, seine magische Fähigkeit gegen einen Mitschüler, Lehrmeister oder sonstigen Menschen innerhalb des Königreiches zu richten. Einsetzen durfte man sie nur, unter bestimmten Voraussetzungen und bei ausdrücklicher Erlaubnis durch zuständige Autoritätspersonen, wenn sie zum Beispiel in der Schule im Unterricht oder für die Arbeit in den Sektionen benötigt wurde, zur Selbstverteidigung oder beim Kampf in der Verteidigungssektion.

Es gab auch Menschen ohne magische Fähigkeiten, wie Torell. Doch er machte sich nichts draus.

»Ich bin ganz froh, solche Fähigkeiten nicht zu haben. Bei meinem Glück verletze ich mich bloß aus Versehen selbst damit«, sagte er immer lachend. Elenor stimmte stets mit in sein Lachen ein. Für sie war die lustige, lebensfrohe Art ihres Vaters, mit der er sie immer inspirierte, magisch genug.

Sie kamen gerade noch pünktlich auf dem Burghof an. Die späte Sommersonne neigte sich langsam dem Horizont zu und ließ die kleinen Wolken rosa aufleuchten. Angenehm strich die kühle Abendbrise durch Elenors Haare, während sie ihren Blick suchend über den Hof schweifen ließ. Eine dichte Menschenmasse hatte sich auf der großen, steinernen Fläche in einem Halbkreis um den Burgeingang versammelt. Majestätisch ergoss sich ein prächtiger, rubinroter Teppich von der massiven Eichenholztür der Burg, über die breiten Treppenstufen herab bis in den Burghof hinein und endete vor einem langen, rechteckigen Holzpodest. Mittig darauf stand ein massiver dunkler Thron mit dezenten, goldenen Verzierungen. Innerhalb des Halbkreises stand aufgeregt schnatternd eine Gruppe von Mädchen und Jungen, die gelegentlich nervös zum Podest emporblickten. Elenor brauchte nicht lange, um die Gesichter ihrer Schulkameraden in der Gruppe ausfindig zu machen. Eilig verabschiedete sie sich von ihren Eltern und schlängelte sich zu ihnen hindurch.

»Da bist du ja endlich«, rief ihre beste Freundin Emelie. »Wo warst du denn so lange? Du wärst fast zu spät gekommen!« Sie blickte Elenor mit strengen Augen an. Fragend hob sie eine Augenbraue und ignorierte den Wind, der ihr ihre wilden Locken ins Gesicht blies. Trotz ihrer sehr direkten, groben und manchmal etwas herrischen Art war Emelie eine gutmütige und vertrauensvolle Person. Sie und Elenor waren seit Beginn der Grundlehre beste Freundinnen.

Als Elenor nicht direkt antwortete, stemmte Emelie ungeduldig die Hände in ihre kurvigen Hüften.

»Ah, verstehe, ihr habt also wieder zu lange getrödelt«, tadelte sie schließlich, gerade als Elenor antworten wollte.

»Lass das«, sagte Elenor ertappt. »Wir hatten doch ausgemacht, dass du erst fragst, bevor du in meinen Kopf hinein schaust.« In solchen Momenten war Emelies magische Fähigkeit des Gedankenlesens ziemlich unangenehm. Emelie öffnete gerade ihren Mund, um etwas Belehrendes zu sagen, als eine Stimme hinter ihnen fragte: »Wie, in den Kopf reinschauen? Kannst du etwa Gedanken lesen?« Ein schmaler, sommersprossiger Junge mit kurzen, braunen Haaren schaute die beiden Mädchen neugierig an.

»Sag mal, belauschst du uns etwa?«, fragte Emelie forsch.

»Nein, ich hab nur –«, antwortete der Junge.

»Natürlich, du stehst schon die ganze Zeit hinter uns und hast uns beobachtet!«, unterbrach ihn Emelie aufgebracht, ihren Blick mit zusammengekniffenen Augen unverwandt auf ihn geheftet.

»Woher weißt du das?«, fragte der Junge verwirrt. »Du standest doch die ganze Zeit mit dem Rücken zu mir.«

»Deine Gedanken zu lesen, ist nicht grade schwer. Du bist wie ein offenes Buch«, antwortete Emelie harsch. »Besonders charakterstark bist du wohl nicht.«

»Was…äh…ähm…«, stotterte der Junge und wurde rot.

»Verzeih meiner Freundin, sie ist fremden Personen immer erst mal etwas misstrauisch gegenüber«, schritt Elenor hastig ein, bevor Emelie den armen Jungen noch mehr einschüchtern konnte.

»Ich bin Elenor und das ist Emelie.« Sie deutete auf Emelie, die den Jungen mit verschränkten Armen skeptisch musterte. »Und wer bist du?«, fragte Elenor. Sie konnte sich nicht daran erinnern, ihn in der allgemeinen Grundlehre gesehen zu haben.

»Henrik«, antwortete er unbehaglich, ganz offensichtlich entmutigt von Emelies Konfrontation. Eine kurze Stille breitete sich zwischen ihnen aus. Dann übernahm Elenor das Wort.

»Du scheinst dich sehr für die magischen Fähigkeiten zu interessieren.« Sie war ehrlich neugierig. Immer noch etwas eingeschüchtert nickte Henrik. Emelie grummelte etwas wie »Oder für Mädchen«, doch Henrik schien sie nicht zu hören.

»Ich habe während der Grundlehre sehr viel in der Volksbibliothek darüber gelesen«, antwortete er und ein Schwall an Einträgen und Aufzeichnungen aus den Büchern schien aus ihm heraus zu wollen. Elenor hätte sich den Schwall gern angehört, doch bevor er den Mund öffnen konnte, ging ein Raunen durch die Menge. Alle Köpfe wandten sich der großen Burgeingangstür zu, die sich langsam öffnete.

»Pscht, es geht los«, zischte Emelie und stellte sich auf ihre Zehenspitzen, um besser sehen zu können.

Elenors Sicht wurde durch ein paar Jungen vor ihr blockiert und so schob sie sich vorsichtig durch die Gruppe, um einen besseren Blick auf das Geschehen zu erhaschen. Dabei stolperte sie über einen Pflasterstein, der etwas zu weit aus dem Boden ragte, und fiel einem Mädchen vor ihr in den Rücken.

»Pass doch auf«, rief diese verärgert und drehte sich zu Elenor um. Elenor lief ein Schauer durch den Körper, als die stechend hellen Augen des Mädchens sie giftig musterten.

»Tut mir leid, ich wollte nicht – «, versuchte Elenor sich flüsternd zu entschuldigen. Genervt schnaubend drehte sich das Mädchen wieder nach vorn und ihre seiden glatten, kupferroten Haare peitschten in Elenors Gesicht.

»Die kann ja nicht mal stehen, welche Sektion nimmt die denn bitte auf?«, murmelte sie zu ihrer Freundin, einem grauäugigen Mädchen mit kühlen, blonden Locken. Sie kicherten.

Ein alter, kleiner Mann trat aus der Burg. Seinen finsteren Blick starr auf den Teppich gerichtet, nahm er keinerlei Notiz von seinem Volk. Die Menge wich sofort auseinander, während der König schwerfällig auf das Podest zuschritt, seine lange Robe schlaff hinter sich herziehend. Selbst der Wind traute sich nicht, die dünnen, weißen Haare des Königs anzurühren.

»Das ist der König?«, tuschelte Henrik hinter Elenors Rücken. »Müsste er nicht eigentlich viel jünger sein? Es gibt in der Volksbibliothek ein Buch über ihn und die Könige vor ihm und laut seines Geburtsdatums müsste er jetzt um die dreißig —«

»Pscht!«, unterbrach Emelie ihn.

Wesentlich vergnügter als der König liefen ihm drei Frauen und drei Männer hinterher. Ihre vor Stolz geschwellte Brust erhob sich unter den festlichen Uniformen, die jeweils, in den Farben der einzelnen Sektionen, in der Abendsonne aufleuchteten.

»Das sind die obersten Leiter der Sektionen«, flüsterte Henrik aufgeregt.

»Pssscht«, kam es diesmal noch nachdrücklicher von Emelie zurück.

König Noah setzte sich mühsam auf den Thron. Düster schweiften seine schattigen Augen über die erwartungsvolle Menschenmenge. Es schien niemanden zu wundern, dass der König augenscheinlich viel älter war, als Henrik gelesen hatte. Neugierig reckten die Menschen ihre Köpfe. Das Volk bekam ihren König nur sehr selten zu Gesicht. Die meiste Zeit verbarg er sich hinter seinen hohen Burgmauern und führte Versammlungen mit dem königlichen Rat durch. Es hieß oft, der König sei vor zehn Jahren so stark erkrankt, dass er seitdem zu schwach war, um durch das Königreich zu fahren und während Elenor den alten Mann so betrachtete, konnte sie sich sehr gut vorstellen, dass dies stimmte.

»Willkommen«, begann König Noah. Seine raue Stimme hallte lieblos und verbittert durch den Burghof. Ein unangenehm dumpfes Gefühl breitete sich in Elenor aus und sie spürte, dass der König sich gerade viel lieber wieder allein in seine Burg zurückziehen würde.

»Ein weiteres Jahr ist vergangen und erneut werden die jungen Menschen unseres Königreiches in die sechs Sektionen aufgenommen, die sie sich bis zu ihrem Abschluss aussuchen konnten.« Mit einem finsteren Blick starrte er auf Elenor und ihre Gruppe. Die feinen Härchen an Elenors Armen stellten sich auf. Sie glaubte, einen winzigen Hauch von Neid in ihm zu spüren. Er nahm einen tiefen Atemzug, als würden ihm die nächsten Worte eine Menge Kraft kosten. »Aus jeder Sektion wird der oberste Leiter hervortreten, die Namen derjenigen nennen, die ab morgen ihre Ausbildung dort beginnen und euch willkommen heißen.« Er zeigte müde auf die sechs uniformierten, stolz lächelnden Erwachsenen neben sich. »Ihr werdet den Leitern danach folgen«, fuhr der König rau fort. »Sie werden euch zu dem jeweiligen Hauptgebäude eurer Ausbildung führen, wo ein Festmahl auf euch wartet.« Die Menschenmenge schwieg gespannt. »Also gut«, seufzte König Noah. »Beginnen wir mit der ersten Sektion. Die Nahrungssektion ... die meiner Meinung nach wichtigste Sektion in Vilgot. Ohne unsere Bauern gäbe es kein Essen, ohne sie gäbe es heute kein Festmahl. Jeden Tag stehen sie auf ihren Feldern und arbeiten unermüdlich, bei jedem Wetter...« Ein sehnsüchtiger Klang schwang in seinen Worten mit. Das dumpfe Gefühl in Elenor verstärkte sich und kroch ihren Hals empor. Auch den anderen Menschen blieb diese seltsame Melancholie nicht unbemerkt. Unsicherheit trat in ihre eben noch leuchtenden Augen. König Noah fasste sich wieder und fuhr genauso rau wie zu Beginn fort. »Ich übergebe das Wort an Stefan Jones.«

Ein sonnengebräunter, hoher Mann trat beschwingt aus der Reihe der Erwachsenen hervor. Kleine Lichtpunkte der rot goldenen Abendsonne tanzten auf den goldenen Stickereien seiner beigfarbenen Uniform. Bedeutungsvoll entrollte er ein langes Blatt Pergament und begann feierlich die darauf stehenden Namen der Reihe nach vorzulesen. Einzeln stiegen die Mädchen und Jungen aufgeregt auf das Podest und nahmen einen kleinen Blumenstrauß entgegen. Danach stiegen sie wieder herunter und stellten sich mit einem breiten Grinsen und vor Stolz geröteten Wangen daneben. Nachdem jeder Neuling offiziell in die Nahrungssektion aufgenommen worden war, ging es weiter mit den nächsten Sektionen. König Noah kündigte die weiteren Sektionen nur noch sehr knapp an und sah dann schweigend und mit finsterer Miene zu, wie ein Neuling nach dem anderen das Podest betrat. Kräftiger Stolz durchströmte Elenor, als sie dabei zusah, wie eine kleine, stämmige Frau in der blau-weißen Uniform der Amtssektion Emelie einen breiten Rosenstrauß übergab.

»Und nun zur letzten Sektion«, sagte König Noah und richtete sich ein wenig auf. Nun wirkte er um einiges wacher als zuvor. »Dieser Arbeitsbereich ist der gefährlichste von allen. Es werden schwierige Situationen und Gefahren auf euch zukommen.« Seine dunklen, weit in den Höhlen liegenden Augen schimmerten, während er die kleine, übrig gebliebene Gruppe aufmerksam beobachtete. »Ihr tragt eine große Verantwortung. Ihr dient der Sicherheit von Vilgot und die wenigen von euch, die es vielleicht in die Elite-Fraktion schaffen werden, dienen sogar der Sicherheit des ganzen Landes.« Er musterte jeden Einzelnen der letzten, noch nicht zugeteilten Mädchen und Jungen. Dann lehnte er sich wieder in seinem Thron zurück und fuhr fort. »Der Leiter der Verteidigungssektion kann heute Abend nicht hier sein. Deswegen übernimmt der Leiter der Elite-Fraktion, Eaven Lewis, seine Aufgabe. Zusätzlich kommen auch noch weitere Kämpfer aus der Mauer-Fraktion und der Inneren Fraktion auf das Podest. Diese Kämpfer werden für die nächsten drei Jahre eure Mentoren sein. Jedem Mentor wird ein Auszubildender zugeordnet, dem er, neben dem generellen Training, Einzelunterricht gibt.« Henrik konnte sich nicht mehr zurückhalten.

»Mentoren? Das gab es, soweit ich weiß, in den letzten Jahren nicht«, flüsterte er Elenor aufgeregt zu. »Dieses Jahr scheint es ihnen wirklich ernst zu sein mit uns.«

Elenor war ein wenig überrascht, dass er noch neben ihr stand. Bei all der Aufregung hatte sie ihn ganz vergessen. Ein kräftiger Applaus erfüllte den Burghof, als Eaven Lewis in die Mitte des Podestes trat. Er war noch recht jung, vielleicht Ende zwanzig, doch die starke, kühle Aura und die Ruhe, die er ausstrahlte, waren enorm. Er trug eine schwarze Hose, ein dunkles, schlichtes Hemd und den typischen dunkelgrünen Mantel der Elite-Kämpfer. Seine schwarzen Haare bewegten sich keinen Millimeter und auch in seinem ernsten Gesicht regte sich keine Miene. Nun begann auch das rothaarige Mädchen vor Elenor zu tuscheln.

»Eaven ist der beste Kämpfer in der Sektion«, flüsterte sie ihrer Freundin zu. »Neidköpfe sagen, er habe sich noch nie vernünftig ausgelebt, wohnt angeblich auf dem Gras seines Trainingsplatzes und weiß scheinbar nicht, was Spaß ist. Ich nenne das Disziplin. Er hatte seine Prioritäten eben sein Leben lang woanders und hat hart gearbeitet und nun ist er ganz oben. So sauber beherrscht niemand die ganzen Kampftechniken wie er!«

Eaven stand so lange reglos vor der Menge, bis sie völlig still war. Kurz und knapp stellte er die Mentoren vor, die nacheinander auf das Podest traten. Als der Name Fynn Evans fiel, quiekte das rothaarige Mädchen auf.

»Oh mein Gott, Fynn ist einer der Mentoren?«, flüsterte sie aufgeregt. »Fynn ist einer der talentier- ach was, er ist *der* talentierteste Verteidigungskämpfer in der ganzen Sektion. Nicht einmal Eaven lernt so schnell wie er, auch wenn Fynn in der Ausführung längst nicht so genau und präzise ist, aber Fynn übt wohl auch nicht wirklich. Aber angeblich wird Fynn wohl bald in die Elite-Fraktion aufgenommen und das ist ja irgendwie die gefährlichste Fraktion mit dem größten Verletzungsrisiko. Aber wenn die Elite-Fraktion von jemandem profitiert, dann von ihm. Und bald auch von mir. Ich hoffe so sehr, dass er mein Mentor wird! So ein großes Talent braucht einen ebenso talentierten Lehrling.«

Die Stimme des rothaarigen Mädchens wurde immer dumpfer, als befände Elenor sich unter Wasser. Ihr Atem wich ihr aus den Lungen, während sie Fynn wie gebannt anstarrte. Elenors Blick verfing sich in den dunklen Haaren, wanderte über sein attraktives, schmales Gesicht und blieb schließlich an seinen Augen hängen. In dem kühlen Blau schimmerte etwas Zerbrochenes.

»Elisabet White.« Eavens Stimme durchschnitt ihren Bann. Die Freundin des rothaarigen Mädchens schwebte auf das Podest, mit vor Aufregung geröteten Wangen. Sie nahm den Blumenstrauß an, den ihr neuer Mentor ihr entgegenhielt und strahlte ihn so breit an, dass er leicht peinlich berührt zu Boden sah. Etwas unbeholfen führte er sie vom Podest und stellte sich neben sie. Ein wenig verstohlen sah Elenor immer wieder zu Fynn herüber. Er war anders als die anderen Mentoren. Er schien irgendwie dazuzugehören und war doch eindeutig keiner von ihnen. Das dumpfe Gefühl in Elenor wich einem nervösen Flattern. Henrik stieg auf das Podest und bekam einen großen, breiten Mentor zugeteilt, der ihn so väterlich anlächelte, als stünde sein eigener Sohn vor ihm. Und schlussendlich blieben nur noch Elenor und das rothaarige Mädchen übrig. Und mit ihnen nur noch Plätze bei zwei der Mentoren. Fynn Evans und ein kleiner, blonder Mann mit einem freundlichen Gesicht. Während Elenor beinahe übel wurde, breitete sich auf dem Gesicht des rothaarigen Mädchens ein triumphierendes Grinsen aus. Sie sah ihren Wunsch von Fynn als Mentor ganz offensichtlich bereits erfüllt.

»Josefin Clarke.« Das rothaarige Mädchen stolzierte selbstbewusst auf das Podest und blieb, wie selbstverständlich, vor Fynn stehen. Kein Millimeter bewegte sich in seinem ausdruckslosen Gesicht.

»Dein Mentor ist Tom Davies.« Der kleine, blonde Mann trat zu ihr und strahlte sie fröhlich an. Schlagartig verzog sich ihr Gesicht, als hätte sie in eine Zitrone gebissen. Sie riss ihm den Strauß aus der Hand und verließ mit wehenden Haaren das Podest.

»Elenor Watson.« Jetzt war sie dran. Ihre Beine zitterten vor Aufregung. Ganz langsam setzte sie einen Fuß vor den anderen, die Blicke der Menschen fuhren ihr über den Rücken, wie Käfer, die auf ihr herumkrabbelten. Das Blut rauschte ihr so stark in den

Ohren, dass sich ihre Sicht leicht verzerrte. Plötzlich stolperte sie über den Rand des Podestes und landete mit den Knien auf dem Holz. Die Menge atmete erschrocken ein. Das Blut rauschte ihr nun vollständig in den Kopf. Mit pochendem Trommelfell starrte sie auf die schmalen Lücken zwischen den Brettern. So sehr hatte sie sich noch nie blamiert. Warum musste sie ausgerechnet heute, ausgerechnet vor dem König und den vor ihr stehenden Verteidigungskämpfern so tollpatschig sein? Josefins Kichern schnellte zu ihr herüber und riss sie aus ihrer Trance. Hastig stand Elenor auf, strich ihr Kleid glatt und starrte auf den Boden.

Sie hörte die Stimme von Eaven sagen: »Dein Mentor ist Fynn Evans. Herzlichen Glückwunsch.«

Schüchtern hob sie den Kopf und lächelte ihren neuen Mentor an, der ihr bereits gegenübergetreten war. Er musterte sie abfällig, offensichtlich amüsiert über ihren Sturz. Scheu wich sie seinem Blick aus und nahm den Blumenstrauß an, den er ihr lustlos vor die Nase hielt. Für einen kurzen Moment stand sie hilflos da. Sie wartete darauf, dass Fynn sie ebenso zu den anderen führte, doch er ließ sie einfach wortlos stehen und stieg allein vom Podest. Verdutzt starrte Elenor ihm hinterher, dann folgte sie ihm hastig. Im Augenwinkel bemerkte sie den neidischen Blick von Josefin. Henrik lächelte ihr aufmunternd entgegen.

»Gut gemacht«, flüsterte er ihr leise zu, als sie sich neben ihn stellte und für einen kurzen Moment fühlte sie sich etwas getröstet.

3.
Das Festmahl

König Noah erhob noch einmal die Stimme, um ein paar Abschlussworte zu sagen, wobei er nicht fröhlicher klang als zu Beginn. Finster wünschte er den Neulingen noch einen schönen Abend und viel Erfolg für ihre Zukunft, dann stand er ächzend auf und verschwand schwerfällig wieder in seiner Burg.

Auf dem Hof breitete sich ein aufgeregtes Gewusel aus. Eltern winkten ihren frisch zugeteilten Neulingen stolz zu, während die Gruppen nacheinander mit ihren Leitern den Burghof verließen. Elenor sah noch, wie Emelies Kopf in der Nähe des mächtigen Falltores aus der Menge ragte. Sie winkte ihr fröhlich zu und formte mit ihren Lippen die Worte »Bis morgen!«, dann war sie ebenfalls vom Burghof verschwunden. Elenors Freude vom Morgen war jedoch getrübt. Die Scham über ihren Sturz, vor gefühlt dem halben Königreich, trieb ihr immer noch die Hitze ins Gesicht und die Begegnung mit ihrem neuen Mentor bereitete ihr ein ungutes Gefühl. Es war nicht nur die Abneigung, die er ihr völlig unverschleiert entgegengebracht hatte. Irgendetwas an ihm war anders als an allen anderen Menschen, denen Elenor bisher in ihrem Leben begegnet war.

»Ist alles gut?«, fragte Henrik und holte Elenor aus ihren Gedanken. Elenor nickte schnell, dann trat Eaven vor seine neuen Schützlinge.

»Sind wir alle vollständig?«, fragte er mit einem prüfenden Blick in die Runde. Bevor jemand antworten konnte, fuhr er schon wieder fort. »In Ordnung, dann gehen wir jetzt los. Nutzt den Abend, um euch mit euren Mentoren vertraut zu machen. Stellt Fragen, wenn ihr welche habt. Gern auch an mich. Morgen früh trefft ihr euch um sieben Uhr in dem Hauptausbildungsgebäude, zu dem wir jetzt gehen. Euer Lehrmeister wird euch dann alles Weitere erklären und dann beginnt auch schon euer Training. Ist so weit alles klar?« Die Gruppe nickte stumm und starrte ihn mit großen Augen an. Eaven sprach nicht mehr als nötig. Jedes Wort, das er aussprach, diente der reinen Informationsübertragung. Innerhalb weniger Sekunden hatte seine Aura die gesamte Gruppe erfasst und der kollektive Wille, ihm zu folgen, breitete sich unter ihnen aus. Eaven schien sich seiner Wirkung auf die Menschen wohl bewusst. Er nickte zufrieden, dann drehte er sich um und führte seine Gruppe als letzter vom Hof.

Das Hauptausbildungsgebäude der Verteidigungssektion stand nicht weit von der Burg entfernt. Schweigend lief Elenor hinter Fynn her, der keine Anstalten machte, eine Konversation mit ihr zu beginnen. Fieberhaft überlegte Elenor, wie sie ihn ansprechen könnte, doch die donnernde Stimme von Henriks Mentor unterbrach sie permanent. Unaufhörlich sprach Igram auf seinen neuen Schützling ein und erzählte ihm Geschichten aus seiner eigenen Grundausbildungzeit.

»Junge, als ich damals so alt war wie du, da war ich auch unsicher und konnte noch nichts. Aber ich hab durchgehalten und immer mein Bestes gegeben und jetzt bin ich stolzes Mitglied der Mauer-Fraktion. Die Techniken sind das Entscheidende, das werde ich dir alles noch beibringen. Im Einzelunterricht kämpfen wir, was das Zeug hält. Aber keine Sorge, Junge, ich werde vorsichtig mit dir sein«, sagte er, mit einem herzhaften Lachen, auf

Henriks erschrockenen Blick hin und gab ihm einen väterlichen Klapps auf den Rücken. Elisabet schwebte, mit einem verträumten Blick, lächelnd neben ihrem Mentor Erik her. Schüchtern sah er sie von der Seite an. Mehrmals räusperte er sich, öffnete den Mund, um etwas zu sagen, überlegte es sich dann doch anders und schloss ihn wieder. Beim fünften Mal fragte sie ihn besorgt, ob er eine Erkältung bekomme.

»Ich kann dir gern morgen früh einen Tee vorbeibringen, wir bauen bei uns im Garten jede Menge Kräuter an.«

»Was? N…nein, mir geht es gut, aber vielen Dank«, antwortete er hastig und kratzte sich verlegen am Kopf. Elisabet wollte gerade etwas antworten, als sie von Josefins verächtlichem Schnauben unterbrochen wurde.

»Was für eine Frage, meine Eltern solltest du eigentlich kennen«, sagte sie kühl zu ihrem Mentor Tom. »Mein Vater Askil ist der Leiter der Verteidigungssektion und meine Mutter Nyssa arbeitet in der geheimen Missionsabteilung der Amtssektion.« Tom schien ihre Arroganz und Ablehnung ihm gegenüber nicht zu bemerken und hing wie gebannt an ihren Lippen.

»Das ist ja der Wahnsinn, dann steckt sicher eine Menge Talent in dir. Von dir kann man bestimmt Großes erwarten.«

»Mit dem richtigen Mentor an meiner Seite definitiv«, erwiderte sie schnippisch und schielte sehnsüchtig zu Fynn herüber. Tom, der sich offensichtlich angesprochen fühlte, lächelte geschmeichelt und ging beschwingten Schrittes voran.

Elenor dachte über Josefins Worte nach. »Ich dachte, Eaven ist der Leiter von der -. Wer ist noch mal der Leiter wovon?«, fragte sie, mehr zu sich selbst. Igram, der Henrik grade von der korrekten Schwertführung und der richtigen Beinstellung im Angriffsmodus erzählte, unterbrach prompt seinen Redefluss.

»Das ist richtig, Kleine«, antwortete er, offensichtlich begeistert darüber, noch einen unwissenden Neuling gefunden zu haben, den er unter seine Fittiche nehmen konnte. »Eaven ist der Leiter der Elite-Fraktion. Er entscheidet, was in der Fraktion passiert und wer hinzukommen darf. Außerdem führt er die Missionen an und zieht mit seinen Kämpfern durchs Land. Die Mauer-Fraktion wird von Gunar geleitet und die Innere Fraktion von der wunderbaren Solveig. Doch die drei Fraktionen der Verteidigungssektion brauchen auch jemanden, der sich um die organisatorischen Dinge kümmert und in Kommunikation mit unserem König steht. Das übernimmt Askil Clarke. Er ist also der Leiter der gesamten Verteidigungssektion und nicht einer der einzelnen Unterfraktionen, obwohl Eaven aber eigentlich auch immer mit im Rat sitzt und für seine Elite-Fraktion spricht. Ich hab gehört, dass Askil davon eher nicht so begeistert ist, aber was soll's. Eavens Vater saß auch schon immer mit im Rat und jetzt, wo Eaven an seiner Stelle die Elite-Fraktion übernommen hat, hat er dort natürlich auch seinen Stammplatz, da kann der alte Askil nichts gegen sagen. Wo wir schon dabei sind, dort drüben steht das Hauptlager der Elite-Fraktion.« Igram zeigte feierlich nach links, zu einem alten, großen Landhaus mit einem riesigen Trainingsgelände. »Früher hat dort mal eine Adelsfamilie gewohnt, deswegen sieht es etwas protzig aus. Bevor sie verstorben sind, haben sie der Elite-Fraktion ihr Anwesen als Trainingsort überlassen.«

»Woran sind sie gestorben?«, fragte Henrik kleinlaut. Ganz offensichtlich schüchterte Igrams überschwänglicher Tatendrang ihn ein.

»Sehr gut Junge, du stellst Fragen, immer weiter damit«, rief Igram stolz aus und gab Henrik einen weiteren kräftigen Klapps auf die Schulter. »So ist das mit dem Leben. Wenn du alt wirst, dann stirbst du irgendwann«, fuhr er belehrend fort, als wäre dies gerade schon die erste Unterrichtsstunde und er würde ihnen ganz neues Wissen eröffnen. Ihr Bauchgefühl sagte Elenor, dass dies nicht der Grund für den Tod der Adelsfamilie war. Doch sie beschloss, nicht weiter nachzubohren und ließ Igram mit seinen Geschichten und Weisheiten von seiner Arbeit als Mauer-Kämpfer fortfahren.

Eine gefühlte Ewigkeit lief sie hinter dem, nach wie vor, schweigenden Fynn her, während sie immer angestrengter nach einem Gesprächsbeginn suchte. Und dann kamen sie endlich vor einem imposanten, länglichen Gebäude aus dunklem Stein, an. Eaven drehte sich zur Gruppe um und überflog sie mit seinen dunklen Augen, um zu überprüfen, ob noch alle dabei waren.

»So, da sind wir«, richtete er das Wort an die Neulinge. Sofort verstummten die Gespräche. »Hier findet ab morgen, für die nächsten drei Jahre eure Grundausbildung statt. Das Essen steht in der Eingangshalle. Unterhaltet euch, stellt Fragen und knüpft Kontakte. Viel Erfolg für die Ausbildung und gebt alles. Vilgot braucht euch. Vielleicht sehe ich den einen oder anderen in ein paar Jahren bei mir in der Elite-Fraktion wieder.« Dann wandte er sich um und öffnete die große Eingangstür aus dunklem Holz.

Ein riesiger, langer Tisch aus massivem Holz stand in der Mitte der großen Eingangshalle und war von den verschiedensten Speisen bedeckt. Gegrilltes Fleisch lag in großen Töpfen und verbreitete einen köstlichen Duft. Geflochtene Körbe mit Brot, silberne Platten mit Obst und Gemüse, dunkle Porzellantöpfe mit herbstlichen Suppen, Schüsseln mit Kartoffeln, Teller mit Käse, runde Platten mit Kuchen und anderen süßen Naschereien und große Krüge mit Wasser, Wein und Bier, ließen den Tisch nahezu überquellen.

»Herzlich willkommen, neue Verteidigungskämpfer«, riefen die Lehrmeister und Kämpfer aus den verschiedenen Fraktionen, als die Neulinge hinter Eaven in die Halle traten. Elenors Körper durchzog ein angenehmes Prickeln, während sie in die herzlich grinsenden Gesichter sah, die ihnen feierlich applaudierten. Igram eröffnete das Essen, indem er als Erster anfing, sich seinen Teller voll zuschaufeln. Der Rest folgte seinem Beispiel und nach und nach füllten sich die Stühle. Mit Bedacht schmuggelte Henrik sich einige Meter von seinem Mentor weg und setzte sich neben Elenor. Er atmete erst auf, als er sah, wie Igram sich mit Eaven zu seinen Kollegen setzte und scheinbar fürs Erste von seinem Schützling abließ.

»Weißt du, er ist ja echt nett, aber mir raucht langsam der Kopf von seinen vielen Geschichten und Ratschlägen«, sagte er zu Elenor, die verständnisvoll nickte.

Fynn suchte sich einen Platz am Ende des Tisches, abseits der Menge. Er hoffte wohl, unentdeckt zu bleiben, doch Josefin spähte bereits suchend, mit ihren Adleraugen, durch den Raum. Als sie ihn sichtete, bahnte sie sich entschlossen einen Weg durch das Gewusel, wie ein Raubtier auf Beutefang. Kurz bevor sie bei Fynn ankam, setzte sich jedoch ein anderer Verteidigungskämpfer neben ihn und Josefin musste sich widerwillig auf den letzten freien Platz gegenüber von Elenor und Henrik setzen.

Wie das angenehme Summen eines großen Bienenschwarms erfüllten die vielen Gespräche den Raum, während die Teller klirrend vollgeladen und gegessen wurde.

»Das war eine seltsame Zeremonie, findest du nicht?«, brachte Henrik kauend hervor. Elenor nickte. Ihre Stirn runzelte sich nachdenklich bei dem Gedanken an das merkwürdige Verhalten des Königs.

»Was meinte König Noah wohl damit, dass man der Sicherheit des ganzen Landes dient, wenn man Mitglied der Elite-Fraktion ist?«, fragte sie und tat sich einen Löffel Erbsen auf ihren Teller. Henrik hörte auf zu kauen und überlegte kurz, dann zuckte er ratlos mit den Schultern.

»Vielleicht war das eine Art Prüfung«, antwortete er und schlürfte seine Kürbissuppe weiter. »Um zu sehen, ob unsere Nerven stark genug für die Verteidigungssektion sind.«

Elenor wusste nicht ganz, ob sie das glauben sollte. Sie würde

König Noah durchaus zutrauen, Prüfungen solcher Art durchzuführen, doch sie spürte, dass dies vorhin kein bloßer Test war. Inmitten der tief verborgenen, düsteren Augen hatte Elenor eine schwere Last gesehen. Etwas, dass der König schon sehr lange mit sich herumtrug.

»Was ist eigentlich deine magische Fähigkeit, Elenor?«, fragte Henrik neugierig. Elenor schob ihre Gedanken beiseite.

»Ich kann die Gefühle der Menschen spüren und die negativen Emotionen in Positive umwandeln«, antwortete sie. »Und eigentlich nicht nur die Gefühle der Menschen, sondern auch die Auren drumherum.« Josefin schnaubte verächtlich. Erschrocken über diese heftige Gefühlsentladung fuhr Elenor zusammen.

»Manipulativ bist du also auch noch. Das erklärt, warum du Fynn als Mentor bekommen hast«, gab sie kalt wieder. »Du hast die Leute auf dem Podest verhext.«

Für einen kurzen Moment raubte Josefins scharfe Zunge Elenor die Worte.

»Nein«, antwortete sie schließlich. »Erstens ist meine Magie keine Hexerei. Und zweitens setze ich sie nie einfach so gegen jemanden ein. Und schon gar nicht direkt vor dem König.«

»Wie auch immer«, fuhr Josefin unbeirrt fort. »Ich kann mir nicht vorstellen, wie deine Fähigkeit der Verteidigungssektion nützen soll. Willst du die Feinde im Kampf etwa zum Lachen und Tanzen bringen?«

»Ich bin mir sicher, dass es für Elenors Fähigkeit eine sinnvolle Verwendung geben wird«, ging Henrik beschwichtigend dazwischen. Josefins stechende Augen fuhren wütend zu ihm herüber und er senkte sofort errötend den Kopf. »Was ist denn deine Fähigkeit?«, fragte er kleinlaut.

»Ich besitze die Magie, Eis zu erzeugen«, antwortete sie wie aus der Pistole geschossen. »Ich kann alles und jeden um mich herum einfrieren lassen, aufspießen oder wozu man Eis noch so nutzen kann.«

Henrik schluckte. Die Dominanz ihrer Aura breitete sich genüsslich aus und drückte Henrik immer tiefer in seinen Stuhl.

»Natürlich ist es wichtig, dass man eine *nützliche* Fähigkeit hat, die man im Kampf einsetzen kann«, fuhr sie fort. »Vor allem, wenn man in die Elite-Fraktion möchte. Alle Elite-Kämpfer besitzen wichtige Fähigkeiten. Eaven zum Beispiel hat eine unglaublich hohe Resistenz. Physische oder magische Angriffe können ihm fast nichts anhaben. Deswegen kommt er von den Missionen außerhalb des Königreiches auch fast immer unverletzt zurück.«

»Woher weißt du das alles?«, fragte Elenor erstaunt.

»Ich will in die Elite-Fraktion, seit ich klein bin. Mein Vater hat schon früh angefangen, mich dafür zu trainieren und angesichts meines Talents besteht kein Zweifel daran, dass ich nach der Grundausbildung dort hineinkomme. Dennoch überlasse ich nichts dem Zufall und nutze alles, was mir einen Vorteil verschaffen könnte. Deswegen habe ich mich erkundigt, um so viel wie möglich über jeden einzelnen Verteidigungskämpfer aus den Fraktionen zu erfahren.«

Verblüfft starrte Henrik sie an. Dann lehnte er sich ein wenig gegen Josefins Dominanz auf und räusperte sich.

»Du hast vorhin bei der Zeremonie gesagt, dass Fynn der talentierteste Verteidigungskämpfer in der Sektion sei und kurz davor stehe, in die Elite-Fraktion aufgenommen zu werden. Warum?«, fragte er. Sichtlich in der Aufmerksamkeit badend, fuhr sie fort.

»Fynn ist nicht nur kämpferisch überaus talentiert, sondern meiner Meinung nach der Verteidigungskämpfer mit der stärksten magischen Fähigkeit überhaupt. Er besitzt telekinetische Kräfte.«

»Heißt das etwa –«, begann Henrik.

»Ja, er kann Objekte bewegen«, unterbrach sie ihn ungehalten, genervt davon in ihren Ausführungen unterbrochen worden zu sein. »Diese Fähigkeit ist so selten, dass sie nicht richtig erforscht werden konnte. Niemand weiß –«

»Wie, nicht richtig erforscht?«, unterbrach Henrik sie erneut.

»Hast du in der allgemeinen Grundlehre nicht aufgepasst?«, fuhr Josefin ihn gereizt an. Ihre Wut begann ihn erneut tiefer in seinen Stuhl zu drücken. »Die magischen Fähigkeiten der Menschen wurden lange Zeit von Wissenschaftlern beobachtet und erforscht. Ihre Erkenntnisse wurden in Büchern festgehalten. Aus denen entnehmen unsere Lehrmeister aus der allgemeinen Grundlehre ihr Wissen über unsere Fähigkeiten und können uns dementsprechend unterrichten. Manche Fähigkeiten, wie das Gedankenlesen, treten häufig auf, andere Fähigkeiten eher selten.«

»Bedeutet das, dass die Lehrmeister Fynn den Umgang mit seiner Fähigkeit gar nicht richtig beibringen konnten?«, fragte Elenor. Sie versuchte, sich vorzustellen, wie es für sie wäre, wenn man ihr nie geholfen hätte, ihre eigene magische Fähigkeit zu verstehen. All die Emotionen und Energien der Menschen würden permanent ungehindert auf sie einprasseln.

»Keine Ahnung, vielleicht nicht«, antwortete Josefin. »Aber zumindest beherrscht er seine Fähigkeit gut genug, sonst wäre er jetzt gerade nicht hier, sondern noch im Unterricht. Jemanden, der seine Fähigkeit nicht im Griff hat oder sie gegen die Regeln einsetzt, lässt der König nicht unbeaufsichtigt herumspazieren. Ich würde zu gerne einmal sehen, wie er seine Fähigkeit im Kampf einsetzt…« Schwärmend sah sie zu Fynn, am Ende des Tisches, herüber. Als sie realisierte, dass der Platz neben ihm wieder frei war, sprang sie auf und eilte zu ihm, bevor sich ein anderer den Platz nehmen konnte. Er zuckte erschrocken zusammen, als sie sich neben ihn auf die Bank warf. Noch bevor er verstehen konnte, wer sie war und was sie von ihm wollte, begann sie, wie ein Wasserfall, auf ihn einzureden. Beim Anblick ihrer Aura, die sich nun aufdringlich um Fynn legte, wandte Elenor sich mit verzogenem Gesicht ab. Alles in ihr drin, lehnte dieses Mädchen ab und doch sprach eine leise, ehrliche Stimme in ihrem Hinterkopf von einer starken Ähnlichkeit zwischen ihnen beiden. Elenor schüttelte sich, um die Stimme zum Schweigen zu bringen. Dankend nahm sie ein paar der kleinen Zitronenkuchen an, die Henrik eben geholt hatte. Erfrischend süß breitete sich der Geschmack in ihrem Mund aus, als Elenor in den fluffigen Teig biss.

Die lebhaft summende Atmosphäre im Raum wurde langsam wunderbar warm und friedlich. Elenor und Henrik tranken einige Krüge Bier und unterhielten sich angeschwipst lachend über die jüngsten Erlebnisse aus ihrem Abschlussjahr. Irgendwann wurden sie von Josefin unterbrochen. Herrisch fragte sie die beiden, ob sie Fynn gesehen hätten. Er sei wohl mittendrin aufgestanden, als sie ihm grade von ihrem morgendlichen Training erzählte, welches sie seit dem fünften Lebensjahr durchführte. Anscheinend wollte er nur kurz an die frische Luft, aber er war seitdem nicht mehr wiedergekommen. Elenor und Henrik sahen sich an und prusteten los. Sie hatten den gleichen Gedanken: Fynn hatte wohl genug von Josefins Biografie gehabt und beschlossen, die Flucht zu ergreifen.

4.
KNALLHARTES
ERWACHEN

Es war schon nach Mitternacht, als Elenor endlich von dem Fest-mahl nach Hause kam. Mit vor Müdigkeit, trägen Beinen und einem völlig überfüllten Bauch öffnete sie leise die Haustür, um ihre Eltern nicht zu wecken. Doch Ida und Torell waren noch wach und weckten auch beinahe die gesamte Nachbarschaft, als sie ihre Tochter lautstark begrüßten. Überschwänglich umarmten sie Elenor, hin- und hergerissen zwischen einer leichten Aufge-brachtheit darüber, dass Elenor so ungewöhnlich lange aus war und dem elterlichen Stolz, dass Elenor nun als erwachsene, junge Frau einem der Arbeitsbereiche beigetreten war.

»Ich hab gehört, dass ihr Mentoren bekommen habt«, platzte es neugierig aus Torell heraus. »Wen hast du bekommen? Freya vielleicht?«

Freya war neben Eaven Torells liebste Elite-Kämpferin. Im Volk hatte man sich bereits zahlreiche Geschichten über ihre mörderische Stärke und ihre barbarisch und wild geführten Schlachten erzählt. Und auch wenn diese Geschichten Elenor manchmal einen ordentlichen Schauer über den Rücken jagten, spielte sie kurz mit dem Wunsch Freya als Mentorin anstatt Fynn bekommen zu haben. Ida deutete Elenors Schweigen als ein Anzeichen der Müdigkeit und übernahm das Wort.

»Liebling, nun lass sie die Ereignisse von heute erst mal verarbeiten. Elenor wird uns bestimmt früh genug von ihrem neuen Mentor oder ihrer neuen Mentorin erzählen.« Ihr warmes Lächeln schwebte sanft zu ihrer Tochter herüber und löste Elenors Schwere im Magen ein wenig auf. Torell verstand und drückte seine Tochter noch einmal liebevoll an sich.

»Wer auch immer es ist, ich bin mir sicher, dass ihr beide ein gutes Team werdet.« Mit diesen Worten löste er sich von Elenor.

Elenor brachte ein gezwungenes Lächeln hervor, verabschiedete sich von ihren Eltern und ging ins Bett. Sie hoffte inständig, dass sie und Fynn zumindest noch irgendwie miteinander warm werden würden, ansonsten würden sich die nächsten drei Jahre sehr, sehr lang anfühlen.

Trotz der wenigen Stunden Schlaf war Elenor sofort hellwach, als sie am Morgen von dem Klingeln ihres kleinen, zusammengeschusterten Holzweckers geweckt wurde, den Torell ihr in seiner Werkstatt gebastelt hatte. Zügig zog sie sich an, warf sich über der Waschschüssel hastig ein paar Hände voll kalten Wassers ins Gesicht und band sich die Haare wie gewohnt zu einem lockeren Pferdeschwanz zusammen. Ihr Bauch kribbelte vor Aufregung und Vorfreude, während sie die knarzende Holztreppe herunterflog. Trotz der schläfrigen Schwere, die sich gestern Abend über sie gelegt und ihr die Augenlider hatte zufallen lassen, hatte ihr Gehirn vor dem Einschlafen munter noch einige bildliche Szenarien produziert, die sich am heutigen Tag abspielen könnten. Eines der weniger positiven Szenarien war ein peinliches Zuspätkommen. Also schlang sie nur schnell einige Löffel Haferbrei herunter und griff nach einer dünnen Jacke. Ein kleines Stück Pergament, das an der Haustür hing, hielt Elenor für einen kurzen Augenblick auf. »*Viel Spaß heute!*« stand dort in Idas filigraner

Handschrift. Wohlige Wärme strömte durch Elenors Körper, dann eilte sie aus dem Haus.

Die Morgensonne war bereits aufgegangen, als Elenor zügig durch die schmalen Gassen zwischen den Häusern schritt. Die noch schwachen Strahlen bahnten sich vorsichtig ihren Weg durch die angenehm kühle Luft auf Elenors Haut. Der angeregte Gesang einiger munterer Vögel weckte die schläfrige Umgebung allmählich auf. Doch Elenor nahm von all dem kaum etwas wahr. Angestrengt versuchte sie, sich an den Weg zu erinnern, den sie gestern Abend angetrunken vom Festmahl zu sich nach Hause gewankt war. Weit schien er ihr nicht gewesen zu sein, doch sie war oft in irgendwelche Seitengassen abgebogen und davon gab es im Königreich unzählige. Nachdem sie drei Mal in die falsche Gasse gegangen und zwei Mal auf versteckten, düsteren Hinterhöfen herausgekommen war, begann sich Nervosität in ihr breit zu machen. Sie stieß einen verzweifelten Luftstrom aus, fuhr herum und hastete aus dem Hinterhof heraus in die Gasse zurück. Dabei stieß sie plötzlich mit jemandem zusammen. Elenor sah erschrocken in Emelies erhitztes, mit Schweißperlen übersätes Gesicht.

»Was machst du denn —«, begann sie verwundert, winkte dann aber sofort wieder ab. »Ich muss weiter, sonst komme ich noch zu spät.« Sie eilte an Elenor vorbei. »Lass uns später an dem Brunnen dort drüben treffen, ich hab dir noch eine Menge zu erzählen, zu viel Wein gestern —« Mit einem mürrischen »Wenn ich dieses blöde Amtshaus endlich mal finden würde«, stürmte sie los und verschwand in der nächsten verwinkelten Gasse.

Die Nervosität glühte erneut in Elenors Körper auf und sie hetzte ebenfalls weiter. Nach wenigen Metern entdeckte sie den Brunnen, von dem Emelie eben gesprochen hatte und direkt daneben endlich das Hauptausbildungsgebäude. Elenor sprintete auf die hohen Holzflügel zu, riss sie schwungvoll auf und huschte in die Eingangshalle.

Ihr hastiger Blick fiel auf die Neulinge, die in kleinen Grüppchen beieinander standen und sich unbekümmert unterhielten. Elenors Körper sackte ein wenig zusammen, als die Nervosität erlosch und Erleichterung ihr durch die Glieder strömte. Sich den kühlen Schweiß von der Stirn wischend, ließ sie ihren Blick durch die breite Halle schweifen. Der einladend lange Holztisch vom Vorabend war davon getragen worden, wodurch die Halle nun ernüchternd leer wirkte.

»Ah, hallo Elenor«, rief Henrik ihr von der Seite zu und bahnte sich seinen Weg zu ihr hindurch. Elenors Herz machte einen kleinen Hüpfer, als sie in sein erfreutes, sommersprossiges Gesicht blickte. Bevor Elenor Henrik begrüßen konnte, sorgte ein lauter Knall von der anderen Seite der Halle schlagartig für Ruhe. Von der noch immer leicht zitternden Seitentür trat ein älterer Mann in die Halle. Elenor stockte der Atem, als ihre Augen über die breite Masse zu lang trainierten Muskeln glitt. Mit einer unzerstörbar dichten Präsenz stampfte er geradewegs in die Mitte des Raumes und wandte sein furchenübersätes Gesicht den Lehrlingen zu. Sein fast kahl geschorener Kopf schimmerte leicht im Licht der Morgensonne, während er die Jungen und Mädchen grimmig anstarrte. Auch die Reste des eben noch vergnügten Geplappers wichen sofort einer angespannten Stille.

»Wir werden hier nicht lange rum tratschen und gehen gleich aufs Trainingsgelände«, sagte er mit kräftiger Stimme. »Vorab nur ein paar Worte. Wer denkt, dass er sich hier entspannt an einen Tisch setzen und sich berieseln lassen kann, während jemand anderes vor euch steht und euch in den Schlaf quasselt, der hat sich geirrt. Ihr seid hier in der Verteidigungssektion und ab heute heißt das für euch trainieren, trainieren und noch mal trainieren. Habt ihr mich verstanden?« Ein bejahendes Murmeln ging durch die Gruppe. »Ab sofort will ich auf solche Fragen ein *Jawohl* hören. Habt ihr mich verstanden?«, fragte der Lehrmeister erneut, diesmal um einiges lauter.

»Jawohl«, kam es unsicher von der Gruppe zurück.

Er nickte zufrieden. »Ich bin euer Lehrmeister für die nächsten drei Jahre und ihr sprecht mich mit Meister Thore an. Ist das klar?«

»Jawohl.«

»Euer Training findet fast immer in Gruppen statt. Ich werde euch paarweise und gruppenweise zusammenarbeiten lassen, damit ihr euch kennenlernt und zusammenwachst. Als Verteidigungskämpfer ist es wichtig, ganz genau auf seine Mitkämpfer zu achten. Ihr müsst ein äußerst feines Gespür füreinander entwickeln, damit ihr ein Team werdet, das sich bis ins kleinste Detail ergänzt. Einzelkämpfer sind da draußen schneller tot, als ihr blinzeln könnt. Eine Gruppe, die zusammenarbeitet, kann jeden noch so starken Feind besiegen. Ist in dieser Gruppe jedoch nur ein einzelner egoistischer Schweinehund dabei, der meint, es besser zu können, als die anderen, dann bröckelt die Gruppe und der Feind hat eine Menge Angriffsmöglichkeiten und genügend Chancen, euch alle umzubringen.« Blinzelnd sah er in die Runde, als wolle er sehen, ob seine Worte bei den Neulingen angekommen waren. Scheinbar überzeugt davon, dass sie ihn verstanden hatten, fuhr er fort. »Gleichzeitig erlernt ihr bei mir Präzision, Fokus und Geschwindigkeit. Ihr müsst die Umgebung mit all euren Sinnen wahrnehmen und eure Augen überall haben, um einen Angriff in Sekundenschnelle zu erkennen und ihn rechtzeitig abzublocken. Ihr müsst eure magischen Fähigkeiten genauestens beherrschen und sie nicht nur blitzschnell, sondern auch präzise einsetzen können, um euch und eure Mitkämpfer zu verteidigen. Es ist wichtig, dass — wer hat da gequiekt?« Er schaute mit einem gefährlichen Blick in die Runde, offenbar nicht gewohnt, unterbrochen zu werden. Ein pummeliges Mädchen mit schwarzen Zöpfen hob ängstlich die Hand. »Was ist?«, fuhr er sie an.

»Meister Thore«, begann sie, mit vor Angst schriller Stimme. »Das klingt alles sehr gefährlich, so nach Krieg. Ich… ich dachte, es herrscht Frieden in Vilgot, und… und wenn wir nach der Ausbildung in die Fraktionen gehen, brauchen wir das Training wirklich so intensiv? Also in der Inneren Fraktion zum Beispiel wird man doch nie so ernsthaft kämpfen, also zumindest nicht so auf Leben und –« Ihre Stimme wurde immer höher, je gefährlicher das Feuer in Meister Thores Augen zu lodern begann.

»So, so«, unterbrach er sie. Die Furchen in seinem Gesicht schienen zu glühen, als wolle die Wut aus ihnen heraus explodieren. »Du denkst also, dass wir in Frieden leben und deswegen keine Verteidigungssektion brauchen? Du dachtest, du kannst hierherkommen, ein bisschen Spaß haben mit deinen Freunden, dir deinen Bauch in Ruhe vollstopfen und dann ganz unbekümmert in die Innere Fraktion schlendern und da weiter entspannen?«

»N...nein, ich –«, stotterte sie, ihr Gesicht ebenso rot wie das seine.

»Ich erzähl' dir mal was«, unterbrach er sie mit anschwellender Stimme. »Die Verteidigungssektion wurde gegründet, um unser Königreich gegen gefährliche Feinde zu schützen. Es gibt Menschen da draußen, die ihre magischen Fähigkeiten nutzen, um Dörfer zu plündern oder Königreiche zu stürzen. Einer von denen hat völlig den Verstand verloren und ganze Städte niedergemetzelt. Warum? Einfach so, weil er böse ist! Denkst du, er wird da draußen warten, bis du Lust dazu gefunden hast, vernünftig kämpfen zu lernen? Er wird dich überrennen und wenn du bis dahin nicht gelernt hast, dich zu verteidigen, dann bist du schneller tot als du deinen morgendlichen Kuchen runterschlucken kannst!« Das Mädchen begann zu zittern. Tränen füllten ihre Augen, während sie ihren glühenden Kopf zu Boden senkte. Doch Meister Thore ließ nicht nach. »Den Namen des Wahnsinnigen könnt ihr euch schon mal merken!«, fuhr er erbarmungslos fort. »Hakon. Er hält sich jetzt schon seit zehn Jahren irgendwo da draußen versteckt. Die Ruhe, die seitdem eingekehrt ist, ist nur ein Schein. Er wird wiederkommen, stärker denn je. Solche Leute verschwinden nicht einfach. Die bringen zu Ende, was sie angefangen haben. Und wenn er zurückkommt, wird die

Elite-Fraktion nicht ausreichen, um ihn aufzuhalten.« Grimmig wandte er sich dem Mädchen zu, das mit jeder Faser ihres Körpers darum kämpfte, tapfer stehenzubleiben. »Dann müssen die Verteidigungskämpfer aus der Mauer-Fraktion und der Inneren Fraktion ebenfalls kämpfen. Es ist also egal, welche der drei Fraktionen du dir am Ende dieser Ausbildung aussuchst. Die einen tun ihre Arbeit innerhalb des Königreiches, die anderen an der Mauer und die dritten außerhalb des Königreiches. Aber kämpfen wird früher oder später jeder von euch und wenn du dafür zu feige oder zu faul bist, dann geh, bevor du den Kämpfern nur ein Klotz am Bein bist.«

Ohne zu zögern, nahm das Mädchen sofort ihre Sachen und stolperte schluchzend aus der Halle.

»Will noch jemand gehen?«, fragte Meister Thore barsch in die Runde. Geschockt von dem, was sich gerade abgespielt hatte, schüttelte die Gruppe mechanisch den Kopf. »Immerhin, die erste Prüfung habt ihr schon bestanden«, sagte er trocken und holte einen Stapel Pergamente aus seinem großen Lederbeutel. »Hier habt ihr eure Pläne mit den wöchentlichen Trainingseinheiten. Jeder, der zu spät kommt, muss zehn Runden um das Trainingsgelände sprinten.«

Neugierig überflog Elenor ihren Plan, kaum dass sie ihn in der Hand hielt und stellte mit einem unguten Gefühl fest, dass sie schon heute Nachmittag ihre erste Einzeltrainingsstunde mit Fynn hatte.

»Dort drüben im Schrank liegen eure Trainingssachen. Zieht euch um und kommt nach draußen auf das Trainingsgelände.«

»Jawohl«, kam es laut zurück. Dann drehte sich Meister Thore um und stampfte aus der Halle, die Tür diesmal ein wenig gnädiger behandelnd.

Kaum schloss der Flügel sich hinter ihm, flammten gedämpfte Gespräche auf.

»Das waren harte Worte«, sagte Henrik unbehaglich, während er der Gruppe folgte, die sich langsam auf den ramponierten Holzschrank zubewegte. »Mich wundert es nicht, dass sie gegangen ist.«

Elenor nickte zustimmend und folgte seinem Blick zur Tür, aus der das Mädchen eben geflohen war. Die heulenden Wellen ihrer aufgewühlten Aura hatten noch einen kleinen, schmerzhaften Moment nach Elenor gepeitscht, bevor das Mädchen endgültig verschwunden war.

»Du hättest ihr ja hinterherlaufen und ihre Gefühle manipulieren können, Elenor«, ertönte eine schnippische Stimme hinter ihnen. Mit Elisabet im Rücken hatte Josefin sich grazil herangeschlichen. »Sie ist selbst schuld. Jeder weiß von Hakon und es ist doch logisch, dass man in der Verteidigungssektion darauf vorbereitet wird, gegen ihn und seine Gefolgsleute zu kämpfen.«

Henrik erschauerte. »Gefolgsleute?«

Josefin rollte mit den Augen. »Natürlich hat er Verbündete, oder denkst du, er fällt allein in die Dörfer ein?« Sie schob sich mit Elisabet an Elenor und Henrik vorbei zum Schrank. Gerade als sie Henrik weiter mit seinem scheinbaren Unwissen über Hakon aufziehen wollte, unterbrach Elisabet sie.

»Oh, schau«, sagte sie mit ihrer blumig vertrauten Aura und griff in den unübersichtlichen Haufen zwischen den Schranktüren nach der Trainingskleidung. »Hier, die sind für dich.« Lächelnd hielt sie ihr ein unförmiges Bündel hin. Josefins Miene gefror, als hätte man ihr einen schlechten Witz erzählt. Dann sprudelte ein Schwall giftiger Beschwerden aus ihren schmalen Lippen hervor.

»Was, so sieht unsere Kleidung aus? Da ist ja selbst die, aus der Inneren Fraktion, schöner.« Sichtlich empört riss sie ihrer Freundin das Bündel aus der Hand und fegte davon. Elisabets hilflose Versuche, Josefin zu komplimentieren, im Ohr und ihre eigene neue Trainingskleidung im Arm zog Elenor sich ein wenig zurück.

»Sogar Yva sagt, dass das helle Hemd wunderbar zu deinen Haaren passt«, hörte sie Elisabet noch sagen, dann wurde sie von den Stimmen der anderen Lehrlinge übertönt.

Ihr Bauch begann erneut vor Aufregung zu kribbeln, als Elenor ihre Trainingskleidung betrachtete. Ihre Lippen verzogen sich zu einem stolzen Lächeln, während sie die dunkelbraune, eng anliegende Hose anzog. Sie schnürte die Lederriemen ihrer festen Schuhe zu, stopfte das helle Hemd in den Bund ihrer Hose und betrachtete sich breit grinsend im Glas der schmalen Fenster.

5.
DRILL UND
LEKTIONEN

Gesäumt von ein paar hohen Bäumen erstreckte sich das Trainingsgelände im Rücken des Hauptausbildungsgebäudes. Nicht ganz so majestätisch wie das der Elite-Fraktion, doch trotzdem starrte es den Lehrlingen ernst entgegen. Elenor blinzelte in die nun kräftiger gewordenen Sonnenstrahlen, die sich glühend zwischen den dichten Wolken hindurchschlugen und mit der frischen Brise um die letzte Restwärme kämpften. Meister Thore wartete bereits mit einem finsteren Blick auf einer kleinen Holzbank am Rand der großen Grasfläche.

»Was hat das denn so lange gedauert?«, brüllte er, als die Neulinge alle nacheinander aus dem Gebäude traten. »Wenn ihr das nächste Mal so lange braucht, macht ihr alle fünfzig Liegestütze!« Er erhob sich von der Bank und stampfte auf die Gruppe zu. »Wir werden immer hier trainieren. Neben diesem Gelände gibt es noch einen zweiten, kleineren Platz. Dort findet bei einigen von euch das Einzeltraining statt.« Er zeigte auf eine versteckte Wiese hinter den Bäumen. »So und jetzt stellt euch alle in eine Reihe. Ich rufe jeden nacheinander auf und derjenige demonstriert seine magische Fähigkeit. Einerseits für mich, damit ich sehe, auf welchem Stand ihr seid, und inwiefern eure Fähigkeit noch trainiert werden muss. Und andererseits für euch, damit ihr die Fähigkeiten eurer Kameraden kennenlernt. Eure Fähigkeiten werden nur genutzt, wenn ich es euch erlaube. Wenn ich sehe, dass jemand mit seiner Fähigkeit jemand anderen aus der Gruppe absichtlich verletzt, landet derjenige schneller vor dem königlichen Gericht, als er um Entschuldigung bitten kann! Habt ihr mich verstanden?«

»Jawohl«, ertönte es im Chor.

»Gut. Josefin Clarke, du bist die Erste!«

Wie auf Kommando marschierte Josefin selbstbewusst auf die grasbewachsene Fläche. Sie blieb einen Moment lang mit geschlossenen Augen stehen und schien andächtig in sich zu gehen. Dann beugte sie sich leicht nach vorn und streckte blitzschnell ihren rechten Arm aus. Mit einem Zischen schossen neblige Strahlen aus ihren gespreizten Fingern. Innerhalb weniger Sekunden bedeckte sich die Fläche, auf die sie ihre Hand gerichtet hatte, mit Frost und lange, breite Eiszapfen, mit gefährlich aussehenden spitzen Enden, schossen in die Luft. Äußerst zufrieden mit sich selbst, richtete sie sich wieder auf und betrachtete ihr Werk. Verblüfft starrte die Menge sie an und ein leises Klatschen ertönte aus der hinteren Reihe.

»Einwandfreie Präzision, sehr gutes Gefühl und ordentliche Kraft im Körper«, sagte Meister Thore laut, während er sich Notizen auf ein Blatt Pergament kritzelte. Josefin strahlte stolz. »Du beherrschst deine Fähigkeit schon sehr gut, allerdings bist du noch viel zu langsam. In der Zeit, die du gebraucht hast, um deine Kräfte zu sammeln, hätte ich dich schon dreimal angreifen können.«

Josefins Gesichtszüge entgleisten ihr. Kritik hörte sie offenbar gar nicht gern. Sie öffnete den Mund, doch bevor sie eine Diskussion anfangen konnte, rief Meister Thore schon den nächsten Neuling auf

Elisabet trat neben Josefins Eiszapfen. Sie bückte sich zu Boden, griff in die Erde und plötzlich blühten Rosen, Tulpen und Narzissen aus dem frostbedeckten Boden auf. Mit einem liebevollen Blick auf die Blumen erhob sie sich wieder und drehte sich zu Meister Thore um, der sie ansah, als wartete er darauf, dass noch etwas passierte.

»Willst du beim Kampf später einen Garten anlegen, oder wie?«, fragte er harsch. »Zeig mir deine Fähigkeiten so, als müsstest du dich verteidigen!« Elisabet sah unsicher auf ihre Blumen. Dann schloss sie die Augen und bückte sich erneut zu Boden. Diesmal griff sie deutlich beherzter in die Erde und zog ihren Körper nach oben, als würde sie etwas Schweres aus dem Boden ziehen. Kleine, mit Dornen besetzte Ranken schlängelten sich langsam aus dem Boden, so hoch wie die Grashalme der Rasenfläche.

»Ja genau!«, feuerte Meister Thore sie an. »Spann deine Bauchmuskeln mehr an!« Elisabets Hände zitterten und ihr Gesicht verzog sich vor Anstrengung. Die kleinen Ranken wuchsen etwas höher. Sie erreichten gerade so die Höhe der Narzissen, dann gab Elisabet erschöpft auf und sackte in sich zusammen.

»Besitzt das Vermögen die Fähigkeit schnell abzurufen, großes Potenzial«, diktierte Meister Thore sich, während er die Notizen aufschrieb. »Deine Fähigkeit ist im Moment viel zu schwach ausgeprägt. Du musst sehr viel trainieren und deine Kraft vor allem viel mehr aus dem Bauch holen, um dein komplettes Potenzial zu nutzen.« Elisabet starrte ihn mit großen Augen an und nickte eifrig. »Der nächste!«

Nach und nach kamen die Neulinge nach vorn und das Trainingsgelände füllte sich mit weiteren Überbleibseln der einzelnen Präsentationen. Eine Kameradin entzog Wasser aus den Gräsern und ließ es über Elisabets Blumen regnen. Ein anderer Kamerad rannte innerhalb von Sekunden einmal um das gesamte Trainingsgelände und hinterließ eine tiefe Furche im Boden. Danach war er so außer Atem, dass er auf den Boden fiel und einige Minuten nach Luft ringend da lag.

»Bei deiner schwach ausgeprägten Kondition, müsste ich dich jeden Tag zwanzig Runden um das Gelände laufen lassen«, schimpfte Meister Thore und sah den Jungen kopfschüttelnd an.

Eine weitere Kameradin veränderte ihr Aussehen und nahm unter starken körperlichen Schmerzen die Gestalt eines kleinen Wolfes an.

Dann war Henrik an der Reihe. Das dunkle Schwirren seiner Nervosität war Elenor die ganze Zeit über nicht entgangen. Nun durchzog diese seinen ganzen Körper und ließ ihn zittern, als er langsam einen Schritt vor den anderen setzte und schließlich steif neben Elisabets Rosen stehen blieb. Seine Nervosität verstärkte sich und verkrampfte seine Muskeln, sodass es ihm unmöglich war, sich zu bewegen.

»Nun mach schon, wir haben nicht den ganzen Tag Zeit«, rief Meister Thore. Henriks Gesicht wurde so weiß, als müsse er sich gleich übergeben.

»Na, was ist?«, fragte Meister Thore noch lauter, als Henrik sich noch immer nicht rührte. »Ist das etwa deine Fähigkeit? Erstarren?« Ein hilfloses Wimmern entwich Henrik, während er mit aller Macht gegen die lähmende Starre seiner Angst ankämpfte.

»Wenn du nicht gleich etwas machst, dann muss ich deine Fähigkeit aus dir herauslocken«, drohte der Meister ihm.

Die Nervosität in Henrik wurde prompt beiseite gefegt. Panik loderte in ihm auf. Elenor hielt erschrocken den Atem an. *Was für eine Fähigkeit hatte er, die ihn so sehr ängstigte?* Meister Thore wurde ungeduldig und stand auf. Mit einem Mal brach die Starre in Henrik und er wich zurück. Meister Thore schnaufte und stampfte konsequent weiter auf ihn zu.

»Ich mach' das echt nicht gerne, aber du lässt mir keine andere Wahl«, seufzte er und holte zum Schlag aus. Henrik sprang erschrocken nach hinten, stolperte und fiel auf den Boden. Meister Thore kam unbeirrt weiter auf ihn zu, erneut zum Schlag ausholend.

»Weißt du, Kleiner, meine magische Fähigkeit ist meine übernatürliche Muskelkraft. Ich könnte dich hier und jetzt zermalmen, wie ein frisch gelegtes Hühnerei.« Ein nun wesentlich lauteres

Wimmern bahnte sich seinen Weg aus Henrik heraus, während er, so schnell er konnte, rückwärts kroch.

»Meister Thore, was soll das – ich… ich«, stotterte er mit hoher Stimme.

»Du findest meine Methode hart? Was würdest du machen, wenn Hakons Gefolgsleute vor dir stehen, während du am Boden liegst? Denkst du, sie würden dir erst aufhelfen, bevor sie dich zerreißen?« Meister Thore ließ seine Faust mit seiner gesamten Kraft zu Boden sausen.

Die Gruppe atmete erschrocken ein. An der Stelle, wo Henrik den Bruchteil einer Sekunde zuvor gelegen hatte, steckte nun Meister Thores Faust tief in der Erde. Verdutzt zog er seine Faust aus dem Boden und sah sich suchend um. Es war so schnell passiert, dass man es kaum sehen konnte. Henrik hatte sich blitzschnell zur Seite gerollt und war in die Luft geflogen. Verblüfft hob Meister Thore den Kopf und sah Henrik drei Meter über sich schweben.

»Na siehst du, Kleiner, ist doch gar nicht so schlimm«, sagte er zufrieden. »Ich wusste, dass eine starke Fähigkeit in dir steckt. Und jetzt komm wieder runter.« Doch die Angst war zurückgekehrt und hielt noch gnadenloser an Henrik fest als zuvor. Seine Augen vor Schrecken geweitet, starrte er auf den Boden.

»Hast du mich etwa nicht gehört?«, fragte Meister Thore grimmig. Er ging offensichtlich davon aus, dass Henrik sich ihm widersetzte.

»Ich kann nicht«, jammerte er.

»Wie, du kannst nicht?«, raunzte Meister Thore. Henriks Stimmbänder schafften es kaum, seine Stimme zu lenken.

»Ich… ich habe Höhenangst«, brachte er zitternd hervor. Meister Thore schwieg für einen Moment verdutzt. Dann brach er in dröhnendes Gelächter aus.

»Höhenangst? Nun, das ist wirklich ein Pech, dabei hast du so eine geniale und seltene Fähigkeit, die man wunderbar im Kampf einsetzen kann. Ich vermute mal, dass du mit deiner Fähigkeit

nicht umgehen kannst, weil du dich in der allgemeinen Grundlehre geweigert hast, sie zu trainieren. Hab' ich recht?« Aus Angst
davor, bei jeglicher Bewegung zu Boden zu stürzen, wagte Henrik
es kaum, mit dem Kopf zu nicken.

»So so, was machen wir da jetzt?«, fragte Meister Thore und
starrte den über sich schwebenden Henrik nachdenklich an. Laut
rumorend, rüttelte die Angst nun an Henriks Muskeln, bewegte
sie hin und her und Henrik begann unkontrolliert in der Luft zu
zucken.

»Ich… ich brauch' Hilfe –«, stammelte Henrik flehend. Meister
Thore dachte wohl, sich verhört zu haben.

»Helfen?«, dröhnte er. »Im Kampf da draußen wird dir auch
keiner helfen, wieder herunterzukommen. Es wird Zeit, dass du
deine Angst überwindest und lernst, mit deiner Fähigkeit umzu-
gehen!« Mit einem stummen Hilfeschrei starrte Henrik zur
Gruppe herab, geradewegs in Elenors Augen.

Unerträglich laut drang der Schrei aus seinem Herzen zu ihr ins
Trommelfell und bevor sie wusste, was sie tat, stand sie plötzlich
neben Meister Thore. Sie kniff ihre Augen zusammen und starrte
konzentriert zu ihm herauf. Die dichten Wolken, zu denen sich
seine Angst in ihm zusammengebraut hat, waberten sogar ein
wenig zu ihr herunter.

Elenor wich ein Stück zurück, um außer Reichweite von Henriks Energie zu kommen. Dann schloss sie die Augen und
begann, sich über tiefe Atemzüge mit einem angenehm prickelnden, warmen Gefühl von Glück und Leichtigkeit zu füllen.
Sie öffnete ihre Augen und atmete in kräftigen Stößen aus. Wie
Pfeile schoss ihre Energie durch die wabernden Wolken und zerfetzte die Masse wie einen Nebelschleier. Flink bahnte ihre Energie sich ihren Weg bis zu seinem Körper hindurch, drang in sein
Inneres und ergoss sich genüsslich, bis die dunklen Wolken vollständig erstickt waren. Ein breites Lächeln glitt über Henriks
Gesicht. Er richtete sich auf und bewegte seinen Oberkörper
anmutig nach vorn. Ein wenig übermütig drehte er ein paar kleine

Runden durch die Luft, dann glitt er elegant zu Boden und kam aufrecht zum Stehen.

Meister Thore stand der Mund offen. Verwirrt starrte er zwischen Elenor und Henrik hin und her.

»Was hast du gemacht?«, fragte er Elenor schließlich streng, als er seine Sprache wieder gefunden hatte. Erst jetzt sickerte durch Elenor hindurch, was sie getan hatte, und ihr selbstproduziertes warmes Gefühl löste sich wieder auf. Sofort verpuffte das Gefühl auch in Henrik. Sein Gesicht wurde wieder ein wenig fahl, als er zu der Stelle aufsah, an der er sich eben noch schwebend befunden hatte. Elenor räusperte ihre Kehle frei und nahm ihren Mut zusammen.

»Ich habe Henriks Angst in Glück umgewandelt«, sagte sie schüchtern und wagte es kaum, ihrem Lehrmeister in die Augen zu sehen. Bilder schossen vor ihrem inneren Auge vorbei, wie sie vor dem königlichen Gericht um Vergebung bettelte.

»Du hast seine Angst also verschwinden lassen?«, fragte Meister Thore ungläubig. »Komplett?«

Elenor nickte zaghaft. Meister Thore starrte Elenor wie vom Donner gerührt an, dann fasste er sich wieder.

»Interessant, so eine Fähigkeit ist mir unbekannt«, grummelte er wieder in gewohntem Ton. In Höchstgeschwindigkeit kritzelte er einen langen Text auf seine Notizpergamente. Nachdem er endlich fertig war, erhob er sich. »Stellt euch Partnerweise auf!«, brüllte er die Gruppe an. »Ihr macht noch ein paar Grundübungen im Abblocken und Ausweichen.«

Die Neulinge gehorchten sofort. Ohne einen Laut huschten sie auf das Trainingsgelände und stellten sich zu zweit gegenüber. Gelegentlich wagten einige es, verstohlen zu Elenor und Henrik herüberzusehen, dann widmeten sie sich schnell wieder ihren Übungen.

»Das war unglaublich«, sagte Henrik gedämpft zu Elenor. »Ich hatte zum ersten Mal das Gefühl, dass ich schon immer fliegen konnte. Hast du mir das Gefühl gegeben?«

Elenor schüttelte den Kopf. »Ich habe dir nur deine Angst genommen«, antwortete sie leise. »Die Angst ist wohl das Einzige, was dich hemmt. Offenbar wusstest du schon immer, wie das Fliegen geht.«

Henrik ließ seinen Abblockarm sinken. »Ist das bei dir auch so?«, fragte er. »Dass du schon immer irgendwie wusstest, wie du deine magische Fähigkeit benutzen musst?«

Elenor hielt kurz inne, dann nickte sie. »Unsere Magie ist ein Teil von uns. Ich glaube, wir wissen instinktiv, wie wir sie benutzen können.« Bevor Henrik etwas antworten konnte, unterbrach Meister Thore sie.

»Hey«, brüllte er über das Gelände. »Nicht quatschen, sondern trainieren!« Sofort starb das kaum vernehmbare Getuschel der Gruppe ab.

Josefin hatte wohl genug. Selbstbewusst stellte sie sich mit Elisabet direkt vor Meister Thores Augen auf.

»Mein Vater Askil Clarke hat mir diese Übungen schon beigebracht, als ich sechs war«, sagte sie betont beiläufig zu Elisabet, nachdem sie ihren schwachen Schlag gekonnt mit dem Unterarm abblockte. Dabei schielte sie zu Meister Thore herüber, um sich zu vergewissern, dass er ihr Können auch verfolgte.

»Und hat er dir auch beigebracht zu quatschen, während du trainieren sollst?«, blaffte er sie an. »Und jetzt stell dich zur Seite, du versperrst mir die Sicht auf die anderen!«

Mit hochrotem Gesicht ging Josefin mit Elisabet zusammen wieder nach hinten.

6.
Der Mentor

Es war bereits Nachmittag, als das Training endete. Die Sonne hatte ihren Kampf mit den kühler werdenden Temperaturen aufgegeben und wanderte erschöpft dem Horizont entgegen.

»Morgen früh treffen wir uns gleich hier draußen und beginnen sofort mit den nächsten Trainingseinheiten«, brüllte Meister Thore zum Abschluss. »Denkt daran, wer zu spät kommt, sprintet zehn Runden um das Gelände! Und jetzt zieht euch um.«

Froh über das Ende des Drills wurden die Gespräche wieder lauter, während die Gruppe langsam in das Ausbildungsgebäude zurücktrottete. Doch Josefins Stimme fegte lautstark über alle anderen hinweg.

»Wie er mit mir gesprochen hat! Das muss ich mir nicht gefallen lassen! Und was waren das überhaupt für leichte Kinderübungen eben? Ich dachte, wir lernen hier vernünftig zu kämpfen! Ich kann nur hoffen, dass ich in meinem Einzeltraining heute mehr gefördert werde.«

Fast hätte Elenor ihr Einzeltraining mit Fynn vergessen. In Gedanken war sie schon ganz bei ihrem Treffen mit Emelie am Brunnen. Doch nun kehrte der pelzige Geschmack in ihren Mund zurück. Etwas wehmütig schob sie ihre Alltagskleidung beiseite, in die sie gerade zurückschlüpfen wollte, und steuerte auf die große Eingangstür zu.

»Was hast du heute noch vor?«, fragte Henrik und folgte ihr.

»Ich treffe mich draußen mit Emelie«, antwortete Elenor. Sofort flatterte ein Schwarm Schmetterlinge in ihm auf.

»Oh, das ist doch das Mädchen von der Zeremonie«, sagte er, während sie aus der Tür traten. Seine Augen leuchteten auf, als er sie am Brunnen erblickte. Im selben Moment blieb er abrupt stehen. Fragend wandte Elenor sich zu ihm um.

»Willst du nicht mitkommen?«

Die Schmetterlinge in ihm schwirrten wild umher. »Ich weiß nicht«, rang er mit sich. »Ich glaube, sie mag mich nicht besonders.«

Elenor lachte kurz auf, dann lenkte sie schnell ein. »Mach dir nichts draus«, sagte sie beschwichtigend. »Emelie mag am Anfang nie jemanden. Aber wenn sie dich erst mal kennengelernt hat, wird sie dir nicht widerstehen können.«

Die Schmetterlinge in ihm hielten plötzlich inne. »Meinst du?«, fragte er zweifelnd und starrte Elenor mit durchdringendem Blick an. Elenor nickte zwinkernd, dann bewegte sie sich auf den Brunnen zu. In ihrem Rücken spürte sie, wie der Schwarm Schmetterlinge in ihm erneut flatterig umherhuschte. Dann nahm er seinen Mut zusammen und folgte ihr.

Grummelig wie noch nie starrte Emelie ihnen entgegen. »Ich hoffe, euer Tag war besser als meiner«, brummte sie zur Begrüßung. Elenor nahm ihre Freundin in den Arm. Dann deutete sie auf Henrik.

»Ich habe Henrik mitgebracht, das ist der —«

»Der Junge, der uns bei der Zeremonie belauscht hat. Ja, ich erinnere mich«, unterbrach Emelie sie und sah Henrik forsch an. Sofort tobte sein Inneres erneut ängstlich auf. Mit roten Ohren senkte er scheu den Blick und murmelte eine Entschuldigung.

»Was ist denn passiert?«, lenkte Elenor ab und brach damit den Staudamm, hinter dem sich Emelies brodelnder Frust gesammelt hatte. Emelie nahm die Einladung sofort an und ein riesiger Schwall an Beschwerden sprudelte aus ihr heraus. Sie kam tatsächlich zu spät und wurde dafür vor versammelter Mannschaft zurechtgewiesen, dann wurden sie in ihre Büros eingeteilt und Emelie musste ihr Büro mit einer äußerst nervigen, überkorrekten Kollegin namens Syrina teilen, die sie behandelte, als wäre Emelie ihre Sklavin. Emelie musste ihr andauernd Kaffee holen, ihre zusammengeknüllten Pergamente vom Boden aufheben, ihre Feder spitzen, neue Tinte beschaffen und einmal sollte Emelie ihr sogar als Fußbank dienen.

»Dann hat es mir wirklich gereicht!«, empörte Emelie sich hitzig. »Ich habe ihr meine Meinung so laut ins Gesicht gebrüllt, dass man mich zwei Stockwerke drüber noch hören konnte. Daraufhin habe ich wieder einen Rüffel bekommen und dann sollte ich zur Strafe die Treppen wischen. Ich sage euch, wenn ich mit ihr weiter in einem Büro arbeiten muss, dann explodiere ich noch!« Der Zorn aus ihren Augen lodernd, schnaubte sie bebend aus. »Sie denkt wohl, dass sie sich alles erlauben kann, nur weil ihre Mutter in der geheimen Missionsabteilung arbeitet. Sie wird sich noch umsehen, wenn ich mit ihr mal ein ernstes Wörtchen gesprochen habe! Ich werde –«

»Geheime Missionsabteilung?«, unterbrach Henrik sie. »Was ist denn das?« Der Schwall an Worten stoppte für einen kurzen Moment. Als hätte sie nicht erwartet, dass Henrik sie tatsächlich unterbrechen würde, wandte sie sich ihm irritiert zu.

»Na ja, dort werden die ganzen Missionen dokumentiert und archiviert, die die Elite-Fraktion unternimmt«, antwortete sie. »Aber frag mich nicht, wozu die nützlich sind.«

»Das haben wir heute erfahren«, sprach Elenor. »Du weißt doch von Hakon, oder?«

»Der Irre, der vor zehn Jahren ganze Dörfer und Städte niedergebrannt hat?«, fragte Emelie. »Natürlich weiß ich von ihm. Aber ich dachte, er wäre verschwunden.«

»Unser Lehrmeister hat uns heute etwas anderes erzählt«, sagte Elenor. Ein leichter Schauer rollte ihren Rücken herab und ließ ihre feinen Härchen im Nacken geradestehen. »Er ist wohl irgendwo da draußen und hält sich versteckt, bis er so weit ist, wieder anzugreifen.«

Emelies Augenbrauen zogen sich zusammen. »Er wird das wohl nicht ohne Grund erzählen«, brummte sie. »So wie ich gehört habe, kommt Hakon sogar aus Vilgot. Wäre nicht unwahrscheinlich, wenn unser Königreich ganz oben bei ihm auf der Liste steht.«

Ein neuer Schauer durchfuhr Elenor. »Er hat hier gelebt?«, fragte sie. Emelie nickte, zog ihre Augenbrauen tiefer zusammen, während die Zellen ihres Gehirns ratterten.

»Er wurde hier geboren, ist hier aufgewachsen und wurde aus irgendeinem Grund verbannt. Das war sogar vor zehn Jahren!«

»Davon habe ich nie etwas mitbekommen«, erwiderte Elenor langsam.

Emelies Stirn glättete sich wieder etwas. »Wie auch, wir waren damals noch Kinder«, antwortete sie. »Aber unsere Eltern müssten wissen, was passiert ist.«

Die drei sahen sich an und in diesem Moment schoss ihnen der gleiche Gedanke durch den Kopf. Jeder von ihnen würde bei der nächsten Gelegenheit ihre Eltern nach dem Vorfall vor zehn Jahren ausfragen. Schließlich unterbrach Emelie diesen stillen Moment der Einheit.

»Es kam mir immer komisch vor, dass die Elite-Fraktion ständig durchs Land reist. Ich vermute, jetzt wissen wir, was die machen.«

Henrik nickte. »Sie sind auf der Suche nach ihm«, antwortete er nachdenklich. Klarheit breitete sich wieder in Elenors Gehirn aus.

»Und bevor nichts sicher bewiesen ist, halten sie die Informationen geheim, um unnötige Unruhen zu vermeiden«, sagte sie ruhig. »Aber der König weiß Bescheid, was die geheime Missionsabteilung plant?«

»Natürlich«, antwortete Emelie. »Einige Leute aus der Missionsabteilung sind sogar Mitglieder im königlichen Rat.« Igrams donnernde Stimme auf dem Weg zum Festmahl hallte in Elenors Ohren wieder.

»Ist da nicht auch Askil Clarke drin?«, fragte sie.

Emelies Stirn runzelte sich wieder. »Ja, woher kennst du ihn?«, fragte sie

»Eine Kameradin aus unserer Gruppe ist seine Tochter«, antwortete Elenor, etwas bitterer als beabsichtigt. »Und ihre Mutter ist wohl auch so ein hohes Tier in der Verteidigungssektion, sie arbeitet angeblich in der geheimen Missionsabteilung.«

Emelie ließ ihren Blick einige Sekunden auf ihr ruhen. »Sie scheint sehr gemein zu sein, lass dich von ihr nicht unterkriegen«, sagte sie schließlich. »Andernfalls rede ich mit ihr mal ein Wörtchen.« Auch wenn Elenor sich dagegen auflehnte, dass Emelie wieder einmal unerlaubt ihre Gedanken las, war sie von ihrem Vorschlag zuerst gar nicht so abgeneigt. Dann lehnte sie jedoch ab.

»Nein, alles gut, ich komme schon mit ihr klar«, sagte sie. Emelie blickte sie noch einen kurzen Moment abschätzend an, dann ließ sie von ihr ab.

»Na gut, aber mein Angebot steht«, sagte sie, dann richtete sie ihren Blick auf Henrik. Nach wenigen Sekunden lachte sie auf. »Was für ein Pech, du kannst fliegen und hast Höhenangst?« Sie grinste breit, ohne ihren Blick von seiner Stirn abzuwenden. Henriks Ohren flammten erneut peinlich berührt auf, während die Schmetterlinge in ihm nun in rasender Geschwindigkeit durch seinen gesamten Körper flirrten.

»Hey, lass das!«, rief er. »So schlimm war es gar nicht, ich hab mich trotzdem sehr gut geschlagen!«

Emelie lachte erneut donnernd auf. »Du hast dir fast in die Hosen gemacht«, keuchte sie und hielt sich den Bauch. »Und bei den Abblockübungen hat Elenor dir fast ins Gesicht geschlagen, weil sie über eine Dornenranke gestolpert ist. Warum habt ihr Dornenranken auf dem Trainingsgelände?« Hilflos bedeckte Henrik seinen Kopf mit den Händen. »Das bringt nichts«, amüsierte

Emelie sich. »Deine Gedanken sehe ich nicht, ich höre sie.« Elenor hatte die gesamte Zeit über schmunzelnd zugesehen, dann fasste sie sich ein Herz.

»Lass ihn«, sagte sie tadelnd und zog sanft an Emelies Arm.

Emelie ließ von Henrik ab. »Was kann ich dafür, dass seine Gedanken so laut sind?«, fragte sie empört. »Er hat mir die Sachen ja förmlich ins Gesicht gerufen.« Bevor Elenor etwas sagen konnte, schlug in der Nähe eine alte Messinguhr. Elenor fuhr erschrocken um.

»Oh, mein Einzeltraining!«, rief sie. Unter den verdutzten Blicken von Emelie und Henrik verabschiedete sie sich hastig und stürmte zurück in das Ausbildungsgebäude.

Keuchend kam Elenor neben der kleinen Holzbank vor dem Gelände zum Stehen. Hastig sah sie sich um und stellte erleichtert fest, dass Fynn noch nicht da war. Mit einem langen Ausatmer erlaubte sie ihrem Körper, auf die Bank zu sinken. Die Abendbrise zog über Elenors Rücken und ließ sie frösteln, während die Sonne immer weiter schrumpfte und langsam hinter dem Horizont verschwand. Obwohl Elenors Atem sich allmählich wieder beruhigte, schlug ihr Herz immer lauter gegen ihre Rippen. Die Geschehnisse von der Zeremonie erschienen vor ihren Augen und ihr Magen begann sich aufzubäumen. Doch gerade als ihre Kehle sich zusammenziehen wollte, schüttelte Elenor wild den Kopf. Heute war ein anderer Tag. Heute bestand die Möglichkeit, eine neue Grundlage für ihre Zusammenarbeit zu erschaffen. Entschlossen erhob sie sich wieder und gefror prompt in ihrer Bewegung.

Da kam er endlich. Betont langsam schlenderte er auf sie zu. Die Lustlosigkeit in seinem leblosen Gesicht war nicht zu übersehen und sein Unmut schien mit jedem Schritt, den er auf sie zutrat, zu wachsen. Wie schon bei der Zeremonie wurde ihr Blick von seinen faszinierend blauen Augen angezogen. So viel schimmerte daraus hervor und gleichzeitig waren sie gänzlich ausdruckslos. Elenor glaubte, ihr Herz würde jeden Moment gewaltsam durch ihre Rippen bersten, je näher er kam. Etwas Unruhiges unterhalb ihrer Magengegend versuchte ihr eindringlich zu verstehen zu geben, dass irgendetwas an ihm anders war, als bei allen anderen Menschen, doch Elenor hörte nicht zu.

»Warum stehst du da so rum und wärmst dich nicht auf?«, beendete seine Stimme kühl Elenors inneres Chaos. Mit genug Abstand blieb er vor ihr stehen und musterte sie. Wie kleine Messerklingen schleuderte die Abneigung aus seinen Pupillen mit eisiger Wucht zu ihr herüber. Zaghaft kämpften sich die Worte durch Elenors enge Kehle.

»Oh, entschuldige, ich wusste nicht —«, begann sie.

»Hör zu«, unterbrach er sie gereizt. »Ich weiß nicht, was du in der Verteidigungssektion zu suchen hast, nichts an dir sieht irgendwie kampftauglich aus. Ist mir auch egal. Ich habe eine Menge wichtigerer Dinge zu tun, als dir etwas beizubringen, was du eh nie können wirst. Aber leider ist das die Anweisung von den obersten Mitgliedern der Verteidigungssektion, also lass uns das jetzt schnell hinter uns bringen.«

Für einen kurzen Moment blieb in Elenor alles stehen. Dann fasste ihr Organismus sich wieder und begann, auf Hochtouren zu arbeiten. Wut und Stolz bäumten sich in ihr auf, während Hitze in ihr Gesicht stieg. *Was bildete er sich überhaupt ein? Er hatte sie doch noch gar nicht trainieren sehen!* Entschlossen presste sie ihre Zähne zusammen. Doch Fynn ließ sich davon nicht beeindrucken.

»Runter auf den Boden, ich will dreißig Liegestütze sehen«, befahl er ihr, schlurfte zur kleinen Holzbank und ließ sich lustlos darauf fallen. Entschlossen begab Elenor sich zu Boden, griff beherzt ins frische Gras und begann sich in die Arme zu stützen. Seine gelangweilten Blicke lagen wie kiloschwere Gewichte auf ihrem Rücken, während sie sich in die Höhe stemmte und wieder zu Boden senkte. In ihrem Bauch brannte die Scham, als ihre Arme bereits nach wenigen Sekunden zu zittern begannen. Mit aller Macht schaffte sie sich noch dreimal in die Höhe zu stemmen, dann sank sie zu Boden.

»Was, das war's schon?«, ertönte Fynns gehässige Stimme. Seine Worte schwebten provokant in ihr Ohr, während Elenor ihr Gesicht fest in die kühle Erde presste.

»Mit den schwachen Armen kannst du nicht mal ein Schwert halten. Los, weiter, du hast noch zwanzig vor dir!« Elenor presste ihre Zähne erneut zusammen, stemmte sich wütend in die Luft und zwang ihre Armmuskeln, zu gehorchen. Doch nach wenigen Sekunden sank sie wieder zu Boden.

»Oh«, sagte Fynn trocken. »Ich habe mich geirrt, sieht so aus, als könntest du in deinen Armen nicht mal einen Stock halten. Nicht einschlafen, weiter machen!«

Das Blut rauschte Elenor in den Ohren und übertönte die respektlosen Kommentare, die Fynn ihr nach jedem Zusammenbruch achtlos entgegenwarf. Tapfer stemmte sie sich immer wieder hoch und kämpfte sich durch die Übung, bis sie ihren letzten Liegestütz mit schon beinahe tauben Armen hinter sich gebracht hatte.

»Ach, wie schön, dass das Elend vorbei ist«, sagte er theatralisch. »Weiter geht's mit Kniebeugen. Los, heute noch!« Mit aller Mühe unterdrückte Elenor ein kurzes Aufatmen. Doch, auch wenn sie erleichtert darüber war, dass ihre Arme kurz verschont blieben, waren ihre Beine leider nicht viel ausdauernder.

»Sollen das etwa Kniebeugen sein?«, schoss Fynns Stimme wie ein Fausthieb gegen ihre brennenden Oberschenkel. »Für jeden nicht richtig ausgeführten, will ich einen mehr sehen! Jetzt sind es schon zwei – nein, drei mehr.«

»Wie viele soll ich eigentlich machen?«, platzte es mühsam aus Elenor heraus.

»So lange, wie ich es aushalte, dir beim Versagen zuzusehen«, antwortete Fynn. Mit einem mal raste sein Blick zu ihrem Gesicht, hob ihr Kinn und zwang sie, in seine Augen zu sehen. »Es sei denn, du gibst auf und suchst dir einen neuen Mentor, dann bist du erlöst. Deine Entscheidung.« Aus dem ausdruckslosen Blau fieberte nun eine seltsam mächtige Energie heraus. Erbarmungslos davon festgehalten starrte Elenor ihm entgegen, dann setzte sich ihr Gehirn langsam in Bewegung und formte eine immer klarer werdende Wahrheit. Seine gnadenlosen Gemeinheiten waren selbstverständlich keine Trainingsstrategie. Es war ein Krieg gegen sie, der nur ein Ziel hatte: bedingungslose Kapitulation. Und erneut bäumten Wut und Stolz sich in Elenor auf. Ihre Beinmuskeln mobilisierten alle ihre Kräfte. Mit Spannung beugte Elenor sich demonstrativ langsam so weit zu Boden, dass sie die kurzen Grashalme an ihrem Gesäß spürte und erhob sich wieder. In Fynns Gesicht verschloss und verhärtete sich alles wieder.

»Und noch mal fünf mehr.«

Mit all ihrem Trotz, den sie noch aufbringen konnte, hielt Elenor allen möglichen Kraft- und Ausdauerübungen stand, mit denen Fynn sie zu brechen versuchte. Und auch wenn anfangs neue Energie durch Elenors Muskeln strömte, blieb auch diese Kraft leider nicht endlos. Mit aller Mühe kämpfte Elenor dagegen an, sich auch nur einen Hauch ihrer Erschöpfung anmerken zu lassen und zwang ihren Körper durch eine Übung nach der anderen. Nachdem sie sich nach einer besonders harten Übung, nach Luft ringend, auf ihre wackeligen Beine rappelte und sich ihre schweißnassen Strähnen aus der Stirn schob, ließ Fynn endlich für einen Wimpernschlag von ihr ab. Doch dieser kostbare Moment endete, bevor Elenor ihren Atem beruhigen konnte.

»Es wird mir langsam zu langweilig, ich sorge mal für ein bisschen Abwechslung«, peitschte Fynns kalte Stimme durch die Luft. Er richtete seinen Arm auf eine kleine Kammertür und begann, seine Finger unter kreisenden Bewegungen seines Handgelenks zu spreizen und zusammenzuziehen, als würde er etwas an langen Fäden herbeiziehen. Zwei gefüllte Wassereimer, an einem Holzbalken hängend, schwebten aus der Kammer heraus, auf sie zu und plumpsten dumpf vor ihren Füßen zu Boden. Als wäre es nicht schon genug, hallte auch noch Josefins penetranter Vortrag über Fynns telekinetische Kräfte in ihren Ohren wider. Elenor schluckte und ließ es sofort wieder bleiben. Ihre Kehle war ausgetrocknet wie eine Sandwüste.

»Darf ich einen kleinen Schluck trinken?«, fragte sie heiser. Sie hatte für den Bruchteil einer Sekunde wirklich geglaubt, dass Fynn zumindest ein wenig Erbarmen mit ihr gehabt hätte. Doch er lachte, wie zu erwarten, verächtlich auf.

»Glaubst du, ich habe die Eimer hergeholt, um dir eine Erfrischung anzubieten?«, kam es höhnisch zurück. »Trinken kannst du dann, wenn das Training vorbei ist. Und jetzt stell dich gerade hin.« Seine Hände machten einen kurzen Schwenk und der Holzbalken sowie die gefüllten Wassereimer erhoben sich in die Höhe. Die Luft entwich aus Elenors Lungen, als das breite Holz unsanft auf ihren Nacken prallte. Im selben Moment hängten sich die Wassereimer mit einem groben Ruck wieder an die beiden Enden. Schnell hob Elenor die Hände und stützte den Holzbalken, damit er ihr nicht vom Nacken rutschte.

»Damit läufst du jetzt fünf Runden um das Gelände.«

Elenor sackte so sehr unter dem Gewicht ein, dass sie glaubte, in den Boden einzusinken. Ihre brennenden Beine zitterten deutlich sichtbar.

»Na, was ist?«, fragte Fynn provozierend.

Mit letzter Kraft biss Elenor die Zähne zusammen und verlagerte vorsichtig ihr Gleichgewicht, um langsam einen Schritt vor den anderen zu setzen.

»Für jeden Tropfen, der aus den Eimern schwappt, läufst du eine Runde mehr.« Aufmerksam fixierte er sie, die Mundwinkel zu einem leichten Grinsen verzogen. Schwach glühte ein letzter Rest Wut in Elenor auf und gab ihr die Energie, den nächsten Schritt nach vorn zu setzen. Mit feuchten Augen starrte sie auf die dunklen Grashalme unter ihr, klammerte sich angestrengt an den

Anblick ihrer schlanken Form fest und setzte wie in Trance den nächsten Schritt voran. Elenor schluckte erneut, doch die Sandwüste in ihrer Kehle brannte nur noch mehr. Langsam begannen die Grashalme vor Elenors Augen zu verschwimmen. Schwarze, unförmige Punkte tanzten vor ihr umher und die Geräusche um sie herum vermischten sich zu einem dumpfen Geräusch.

»Wo willst du hin?«, zerschnitt Fynns scharfe Stimme aus der Ferne das Rauschen. Elenor hob den Kopf. Ihr Blick klärte sich und sie stellte fest, dass sie sich unbewusst auf ihn zubewegt hatte. Sie versuchte, einen Schritt zurückzutreten, doch ihr entkräfteter Körper verlor das Gleichgewicht. Der Holzbalken schwenkte herum und sauste mit seinem Ende gefährlich nah auf Fynns Kopf zu. Dieser sprang blitzschnell von der Bank auf und blockte den Balken gekonnt mit seinem Arm ab. Der Balken fiel mit seinen Wassereimern zu Boden und Elenor stürzte daneben. In Sekundenschnelle realisierte sie das Geschehen und wagte es kaum, zu atmen. Langsam hob sie den Kopf und blinzelte in Fynns eisiges Gesicht. Einige unerträglich lange Sekunden stand er reglos vor ihr. Dann schnaubte er verächtlich.

»Wie ich es mir dachte, das hier war reine Zeitverschwendung«, sagte er trocken. Dann wandte er sich um und ging. Wie betäubt starrte sie ihm hinterher. Und wieder hämmerte etwas Unruhiges unterhalb ihrer Magengegend eindringlich auf sie ein. Und jetzt verstand sie auch, was es ihr die ganze Zeit zu sagen versuchte. Was anders an ihm war, als bei allen anderen. Bei jedem Menschen, dem Elenor begegnet war, sah sie eine Aura, spürte deren Energien, deren Emotionen. In den unterschiedlichsten Formen und Ausprägungen, in den verschiedensten Farben. Nur bei Fynn nicht. Wann immer sie ihn bisher angesehen hatte, sah sie nur eine seltsame Leere.

7.
GEHEIMNISSE

Müde öffnete Elenor die kleine Holztür zu ihrem Haus und schlurfte hinein. Wie sie es den ganzen Weg bis hierher geschafft hatte, wusste sie selbst nicht. Irgendwie hatten ihre ausgezehrten Armmuskeln es geschafft, die ausgekippten Wassereimer und den Holzbalken in die Kammer zurückzuschleifen. Als Elenors trüber Blick einen bis zum Rand gefüllten Wassereimer neben der Kammertür entdeckte, stürzte sie haltlos darauf zu und steckte ihren Kopf hinein. Sie sog das kühle Nass so gierig in ihren völlig vertrockneten Rachen, dass sie sich zunächst verschluckte. Erst als ihre Schleimhäute wieder angenehm befeuchtet und durchblutet waren, nahm sie den unangenehm abgestandenen Geschmack des Wassers wahr, doch das interessierte Elenor nicht mehr. Ihre Eltern sprangen erschrocken vom Esstisch auf, als sie ihre Tochter erblickten.

»Was ist denn passiert?«, riefen sie und eilten ihr entgegen.

»Du bist ja ganz nass«, stellte Ida besorgt fest. »Das ist nicht gut an diesen kühlen Abenden. Du erkältest dich noch! Ich hole dir schnell trockene Kleidung.« Als ginge es um Leben und Tod, stürmte sie die Treppe zu Elenors Schlafzimmer hinauf. Torell stützte Elenor wie eine alte Dame und geleitete sie zu einem Stuhl. Obwohl Elenor noch allein laufen konnte, sträubte sie sich nicht dagegen. Die angerissenen Muskeln ihrer Beine schmerzten bereits höllisch, als sie sich langsam setzte.

»Was habt ihr denn gemacht, dass du so kaputt bist?«, fragte Torell mit blankem Entsetzen in seinem Gesicht, doch Elenor war zu müde, um ihm zu antworten. Jegliches Sprechen strengte sie zu sehr an, also murmelte sie nur etwas von »Erzähl ich dir morgen« und konzentrierte ihre letzte Energie darauf, ihre Augenlider offenzuhalten. Ida raste die Treppe herunter und fing an, die vom Schweiß und Wasser durchnässte Kleidung von Elenors Körper zu zerren, als wäre der Stoff giftig. Ohne den geringsten Widerstand ließ Elenor es geschehen.

»Du musst unbedingt noch etwas essen!«, hörte sie Torell sagen, während er ihr einen Teller mit Suppe vor das Gesicht hielt und versuchte, einen gefüllten Löffel in ihren Mund zu schieben. Elenor drehte ihren Kopf mit verzogener Miene zur Seite und nuschelte was von »-schlafen gehen —«. Sofort stellte Torell den Teller ab, hob seine Tochter beherzt vom Stuhl und trat die knarrenden Holztreppenstufen empor. Noch in seinen Armen schlief Elenor ein.

Am nächsten Morgen wurde Elenor von einem sachten Rütteln geweckt. Mühsam öffnete sie ihre schweren Lider und blinzelte in Idas besorgtes Gesicht.

»Elenor, du musst langsam aufstehen, dein Training beginnt bald«, sagte sie leise, um ihre Tochter nicht zu erschrecken. Elenor grunzte als Zeichen, dass sie wach war und rollte sich schwerfällig herum. Erst nachdem sie Ida die Stufen herab treten hörte, erhob sich Elenor ächzend. Die Zellen ihres Körpers schienen aus Backsteinen zu bestehen, so schwer fühlte sie sich. Langsam bemühte sie sich aufzustehen und plumpste sofort wieder zurück in ihr Bett. Brennender Schmerz loderte durch ihre Beine. Sie blieb ein paar Atemzüge lang liegen, dann biss sie ihre Zähne zusammen und rappelte sich erneut auf. Eine Muskelfaser nach der anderen flammte auf, während sie sich langsam anzog und steif die Treppe herunter stakste.

»Guten Morgen, meine Kleine«, begrüßte Torell sie, als Elenor sich mit schmerzverzerrtem Gesicht auf ihren Stuhl plumpsen ließ.

»Guten Morgen«, krächzte sie mit angeschlagener Stimme zurück. Müde lächelte sie in die fragenden Gesichter ihrer Eltern. Und sie hatten eindeutig nicht vor, ihre Fragen für sich zu behalten.

»Da hast du uns gestern aber einen Schrecken eingejagt«, begann Torell mit einem aufgesetzt munteren Lachen. »Wer hat dich denn so zugerichtet?« Elenors Kopf formte einen Vortrag über Fynn, doch die Worte überlegten es sich auf ihrem Weg nach draußen anders. Auch wenn sie ihnen noch nichts über Fynn erzählt hatte, sie kannte ihre Eltern und konnte ihre Reaktion haargenau vorhersehen. Torell wäre zornig wie ein Stier und würde Fynn bei der erstbesten Gelegenheit eine Ansage verpassen. Da war er Emelie sehr ähnlich. Ida würde ihre Hände über ihrem Kopf zusammenschlagen und beide würden versuchen, ihr doch noch eine andere Sektion schmackhaft zu machen. Denn trotz all der bemühten Freude bisher konnten sie das gewählte Arbeitsfeld ihrer Tochter noch immer nicht ganz mit ihrem Gewissen vereinbaren. Es war ihnen einfach zu gefährlich. Und für diese Diskussion hatte Elenor sich noch nicht wieder ausreichend mit Kraft aufgetankt. Und für sie galt so oder so: Sie würde sich nach wie vor nicht umstimmen lassen.

»Liebling?« Noch immer blickten ihre Eltern sie an.

»Es ist alles gut«, antwortete Elenor unbekümmert und begann, sich eine große Gabel Rührei in den Mund zu schieben. »Das Training war einfach sehr intensiv, aber daran gewöhnt man sich ja schnell.« Aus dem Augenwinkel nahm Elenor wahr, wie Ida ihre Gabel zur Seite legte und ihre Hände sorgfältig faltete. Das tat sie nur, wenn sie über etwas Ernstes reden wollte und überlegte, wie sie am besten beginnen sollte. Elenors Vorahnung bestätigte sich und ein gewisser Stolz durchfuhr sie. Sie schob sich eine weitere Gabel Rührei in den Mund und plapperte einfach weiter.

»Ich habe Emelie gestern noch getroffen«, schnitt sie ihrer Mutter das Wort ab. »Wir haben über ihren ersten Tag im Amtshaus gesprochen, sie kam zu spät und hatte es nicht so leicht dort, und ein neuer Freund von mir, Henrik, mag sie irgendwie, aber sie ihn nicht und sie ärgert ihn immer und –« Unaufhörlich sprudelten die Worte aus ihr heraus, während sie die irritierten Blicke ihrer Eltern ignorierte. Und dann platzte Elenor mit etwas heraus, das die Gesichter ihrer Eltern kurz versteinern ließ. »Und wir haben erfahren, dass die Elite-Fraktion nach Hakon sucht«. Sie blickte ihren Eltern geradewegs in die Augen. »Er wurde vor zehn Jahren verbannt. Was ist passiert?« Torell und Ida tauschten ihren üblichen, besorgten Blick aus. Dann schluckte Torell sein Stück Brot herunter und räusperte sich.

»Tja, was soll ich sagen, wir wissen es selbst nicht genau«, antwortete er unbehaglich.

Elenor legte ihre Gabel nun ebenfalls ab. »Aber Hakon ist derjenige, der im ganzen Königreich am meisten gefürchtet wird«, sagte sie und beobachtete die Reaktion ihrer Eltern ganz genau. »Er muss etwas sehr Schlimmes getan haben, wenn er damals sogar verbannt wurde. Darüber wird doch sicher ganz Vilgot gesprochen haben.«

»Liebling, zerbrich dir darüber nicht den Kopf«, sagte Ida und hielt ihr eine Schale mit Beeren hin. Elenor lehnte ungeduldig ab.

»Es interessiert mich aber«, beharrte sie stur. Und wieder begann ihr Kopf zu glühen.

Torell nahm die Hand seiner Frau. »Ich denke, wir können es ihr ruhig sagen«, sagte er mit einem bedeutungsvollen Blick. Elenor runzelte die Stirn. Ida nickte widerwillig und Torell fuhr fort. »Also, das Einzige, was wir wissen, ist, dass er vor seiner Verbannung eine Menge Menschen getötet hat. Auch welche aus dem näheren Umkreis des Königs.« Er beugte sich ein wenig zu Elenor vor und sah ihr fest in die Augen. »Dieser Mensch ist sehr gefährlich, Elenor. Er hatte keine Scheu, seine Mitmenschen aus unserem Königreich umzubringen und er schreckte auch nicht davor zurück, weitere Menschen zu töten. Die Verteidigungssektion kämpft gegen seine Gefolgsleute, die alle genauso skrupellos sind und sie kommen mit schrecklichen Verlusten und Verletzungen zurück. Das Leben als Verteidigungskämpfer ist kein Zuckerschlecken und es kann jeden Moment vorbei sein.« Ida schauderte und vergrub das Gesicht in ihren Händen. Elenor verstand langsam, was ihr Vater versuchte und aus ihrem Stolz wuchs eine ungeheure Wut. Sie schlug mit ihrer Hand auf den Tisch. Ihre Eltern zuckten erschrocken zusammen.

»Du kannst mir keine Angst machen und ich werde auch nicht aus der Verteidigungssektion austreten«, sagte Elenor laut.

Torell senkte ertappt den Blick. »Du weißt doch gar nicht, worauf du dich da einlässt,-«, versuchte er es verzweifelt erneut, doch Elenor unterbrach ihn.

»Das weiß ich sehr wohl!«, rief sie. »Warum könnt ihr nicht einmal ehrlich zu mir sein? Ihr habt mir nie von Hakon erzählt und selbst jetzt, wo ich wissen will, was damals passiert ist, erzählt ihr mir nur irgendwelche Gruselgeschichten. Ich bin kein Kind mehr!« Mit bebendem Atem sprang sie von ihrem Stuhl auf, griff nach ihrem Lederbeutel und stürmte wortlos aus dem Haus.

Meister Thore hielt sein Versprechen und ließ die Gruppe sofort mit einem umfangreichen Aufwärmtraining beginnen. Kaum waren sie aus dem Hauptausbildungsgebäude getreten, sollten sie drei Runden um das Trainingsgelände laufen. Der Junge mit der Fähigkeit, sich wahnsinnig schnell fortzubewegen, rang schon nach der ersten Runde nach Luft. Meister Thore brüllte ihn erbarmungslos an und brummte ihm wegen seiner schwachen Ausdauer täglich zwei Extrarunden auf. Elenor pustete bei jedem

Schritt energisch aus, um den Schmerz ihrer Muskeln wegzu-
atmen, aber es nutzte ihr leider nicht viel. Tapfer kämpfte sie sich
durch die Runden, doch bei den ersten Kraftübungen brach sie
ab.

»Hey, du da! Warum machst du deine Übungen nicht ordentlich?«, rief Meister Thore und stampfte grimmig auf sie zu.

»Es tut mir leid, aber ich habe zu starken Muskelkater«, entschuldigte Elenor sich.

»Muskelkater? Dass ich nicht lache, wovon denn?«, rief Meister
Thore. Ihr Stolz von vorhin erlosch in dem Moment endgültig, als
sie in Meister Thores feurige Augen blickte.

»Ich hatte gestern meine erste Einzeltrainingsstunde«, antwortete Elenor kleinlaut. Josefins gehässiges Kichern schwebte zu ihr
herüber und ließ ihr das Blut in die Wangen schießen. »Ich gebe
mein Bestes, aber ich kann mich kaum bewegen«, fügte sie hastig
hinzu.

»Schwachsinn«, sagte Meister Thore barsch. »Lass mal sehen.«
Er griff nach Elenors Arm und drückte kräftig zu. Elenor schrie
auf. Ein Schmerz, als hätte Meister Thore ihre Muskeln und Knochen zerquetscht, durchzuckte sie. Erschrocken ließ er sie los. »Da
hat dich jemand aber echt hart drangenommen, deine Muskeln
sind ja völlig verhärtet«, sagte er verwundert. »Wer ist denn dein
Mentor?«

»Fynn Evans«, stieß Elenor gepresst hervor und rieb sich den
schmerzenden Arm. Mit einem Mal verstummte Meister Thore
und wich ihrem Blick aus. Er grummelte irgendetwas in sich
hinein, dann richtete er seinen Blick wieder auf sie.

»Also gut, du setzt bei den Kraftübungen aus. Bei den Verteidi-
gungsübungen machst du so weit mit, wie du kannst, in Ordnung?« Elenor nickte.

Peinlich berührt trat sie vom Gelände, setzte sich auf die Holzbank und sah ihren Kameraden den Großteil des Trainings über
zu. Josefin hatte es sich offensichtlich zum Ziel gemacht, Meister
Thore zu beweisen, wie talentiert sie war und führte jede Übung

übermäßig korrekt aus. Er ignorierte sie und brüllte einen Auszu-
bildenden nach dem anderen an, sobald er Mängel bemerkte. Und
er hatte an jedem etwas auszusetzen. Auch sein Versprechen vom
täglichen Fliegen Henrik gegenüber hielt er ein. Unter donnern-
den Anweisungen brachte er ihn dazu, einen halben Meter in die
Luft zu schweben, wo er einige Sekunden verharrte, bevor er zu
Boden plumpste.

»Gut gemacht, Kleiner«, lobte Meister Thore zufrieden. »Beim
nächsten Mal mit mehr Körperspannung! Wenn du in der Luft
hängst wie ein nasser Sack, dann hast du nicht genug Kontrolle
über deinen Körper und kannst deine Flugrichtung und deine
Fluggeschwindigkeit nicht präzise genug bestimmen. Du musst
dein Zentrum aktivieren!« Dabei klopfte er mit seiner Hand energisch auf Henriks unteren Bauch. Henrik strauchelte ein wenig
rückwärts und nickte mit blassem Gesicht.

Später als gestern beendete Meister Thore das Training und die
Gruppe torkelte schwitzend und außer Atem in das Ausbildungs-
gebäude zurück. Elenor wollte ihr gerade folgen, da fing Meister
Thore sie ab und zog sie zur Seite.

»Nur damit das klar ist, Kleine«, sagte er mit eindringlicher
Stimme, »das heute war eine Ausnahme. Ich kenne Fynn sehr gut.
Ich war sein Lehrmeister während der Grundausbildung und ich
weiß, dass er jemanden nur so behandelt, wenn er denjenigen
wirklich nicht leiden kann. Also was auch immer zwischen euch
vorgefallen ist, kläre es mit ihm, und zwar schnell. Andernfalls
werden deine nächsten Einzeltrainingsstunden weiterhin die Hölle
für dich sein. Da deine Muskeln völlig überbeansprucht sind,
werde ich die nächsten drei Tage noch nachsichtig mit dir sein.
Aber dann machst du hier wieder alles genauso mit, wie die anderen auch, egal, was du dann vom Einzeltraining für Schmerzen
mitbringst. Ist das klar?« Elenor schluckte und nickte. Sie hatte

keine Ahnung, wie sie das mit Fynn klären sollte. Sie wusste noch nicht einmal, was es da genau zu klären gab. Sie konnte nur hoffen, dass ihr Muskelkater in den nächsten drei Tagen verschwand, denn mit Meister Thore wollte sie es sich nicht auch noch verscherzen. Ein Feind reichte ihr.

Noch völlig in ihren Gedanken versunken, ging Elenor zurück in die Eingangshalle. Sie bemerkte nicht einmal, wie Josefin sie anstarrte und ihre giftige Energie zu ihr herüberkroch. Doch Josefin wartete nicht auf Elenors Aufmerksamkeit und eröffnete die Konfrontation von selbst.

»Das war ja mal ein entspannter Tag für dich, nicht wahr?«, zischte sie und stellte sich angriffslustig hinter Elenor. In Elenor begann es zu brodeln. Noch immer mit dem Rücken zu Josefin gedreht, begann sie sich betont langsam ihr weißes Hemd über den Kopf zu ziehen. Josefins giftige Energie zuckte nach ihr, wie zischende Schlangen. »Na ja, aber es wundert mich bei dir nicht«, schleuderte sie ihre Worte Elenors nacktem Rücken entgegen. »So untalentiert und unsportlich wie du bist, ist es ja klar, dass das erste vernünftige Training dir gleich zu schaffen macht. Der arme Fynn hat einen besseren Lehrling verdient.«

Nun drehte sich Elenor zu ihr um. »Du meinst wohl dich?«, fragte sie ruhig. Für einen Wimpernschlag lang war Josefin sprachlos. Doch dann zischten ihre Schlangen erneut auf und wandten sich rasend vor Wut durch ihren Körper.

»Ja, ich meine mich! Es ist einfach nicht zu fassen! Ich trainiere schon fast mein ganzes Leben lang für die Elite-Fraktion und dann kommst du einfach so daher gestolpert und nimmst mir nicht nur meinen Mentor weg, sondern kannst dich auch noch während des Trainings entspannt ausruhen, weil du ein bisschen Muskelkater hast, während ich mich wirklich anstrenge und völlig ignoriert werde!« Die Farbe ihrer Haut nahm einen gefährlich dunklen Ton an. Bis auf das Fauchen ihrer Wut war in der Halle nichts mehr zu hören. Stumm hatten die Kameraden sich um die beiden Mädchen gescharrt und wagten es kaum, zu atmen. Ihre brodelnde Wut, noch immer in ihrem Bauchraum gesammelt, stand Elenor da und ließ ihren Blick reglos auf Josefin ruhen. Ihr Kopf war ernüchternd klar und ihre Muskeln berechnend angespannt, bereit, bei dem ersten Befehl ihres Gehirns zu gehorchen und zum Schlag auszuholen.

»Es ist nicht meine Schuld, dass du nicht gut genug bist, um von Meister Thore ein entsprechendes Lob zu bekommen«, schritten ihre Worte entschlossen aus ihr heraus. »Und es ist auch nicht meine Schuld, dass es mit der Mentorensache nicht so gelaufen ist, wie du es dir erhofft hast. Fynn ist *mein* Mentor und wird es auch für die nächsten drei Jahre bleiben, finde dich langsam damit ab.« Wieder verstummten Josefins Schlangen und für einige Herzschläge dröhnte die Stille in der Halle, unangenehm laut in Elenors Ohren. Doch dann hielt Josefin sich nicht mehr zurück und ihre Stimme zerfetzte Elenor beinahe das Trommelfell.

»Was fällt dir ein?«, stieß sie schrill heraus. »Ich brauche kein Lob von diesem Nichtsnutz von Lehrmeister!« Ihre Aura, nun lichterloh um sie herum brennend, machte sie einen Schritt auf Elenor zu. Ohne mit der Wimper zu zucken, hielt Elenor ihr stand. »Und es ist mir egal, dass du Fynn als Mentor hast. Ich bin so was von darüber hinweg! Ich habe einen genauso talentierten Mentor, der mich viel besser trainiert als dieser alte Glatzkopf!« Blind vor Zorn schleuderte sie ihre Worte um sich. »Und überhaupt, was Fynn mit dir gemacht hat, war wirklich kinderleicht! Ich habe euch während meines Einzeltrainings von dem kleineren Gelände aus gesehen! Du brauchtest nur ein paar Liegestütze und Kniebeugen zu machen, und selbst das war dir schon zu viel. Mein Mentor hat mich zumindest richtig gefördert und meine magische Fähigkeit trainiert! Und wenigstens besitze ich eine Fähigkeit, die im Kampf nützlich ist, was kannst du denn schon ausrichten?« Die Energie in Elenors Bauchraum brodelte nun stärker und brachte die kühle Ruhe in ihrem Kopf gefährlich ins Wanken.

»Na, was ist?«, zischte Josefin mit glänzenden Augen. »Überlegst du gerade, mich zu manipulieren, damit ich fröhlich umherspringe? Nur zu, versuch es ruhig.« Elenor spürte ihren Atem beben und gerade, als sie versucht war, ihrem Verlangen nachzugeben und die Vernunft auszuschalten, betrat Meister Thore die Eingangshalle.

»Wer schreit hier die ganze Zeit so rum?«, fragte er genervt. »Mir platzt da draußen fast das Trommelfell!« Sofort wich die Gruppe auseinander und gab schweigend die Sicht auf Elenor und Josefin frei, die sich dicht gegenüberstanden. »Ah, die Rothaarige«, sagte er grimmig. »Dachte ich es mir schon. Wenn du mit jemandem was zu klären hast, dann mach das in Zukunft ein paar Tonhöhen tiefer, nicht dass die Fenster noch zerspringen. Und du –«, wandte er sich Elenor zu, »du scheinst wohl gern Streit anzufangen, was? Erst dein Mentor und jetzt deine Kameradin. Pass besser auf, wie du mit deinen Kameraden umgehst. Sie wird im Kampf vielleicht mal deine Partnerin sein und da möchtest du doch sicher, dass sie dir den Rücken freihält. So und jetzt verschwindet und geht nach Hause!« Er stampfte wieder auf das Trainingsgelände. Für ein paar zitternde Momente starrte Josefin Elenor fiebrig an, dann drehte sie sich ruckartig um und stopfte ihre Kleidung in ihren Beutel. »Die Rothaarige«, fauchte sie zornig zu der herbeieilenden Elisabet. »Als ob er meinen Namen nicht kennt! Jeder in der Verteidigungssektion kennt mich und meine Eltern!« Besänftigend versuchte Elisabets blumig milde Aura auf Josefin einzuwirken, doch vergeblich.

»Vielleicht hat er deinen Namen nur vergessen. Der Arme ist leider auch nicht mehr der Jüngste«, sprach sie mitleidig.

»Sei doch nicht so dumm«, fuhr Josefin sie an und stürmte mit wehenden Haaren aus der Halle. Elisabet huschte ihr eilig hinterher, dann schlug die Tür mit einem Knall hinter ihnen zu.

Hörbar wich die Luft aus den Lungen der Kameraden und die angespannte Atmosphäre in der Halle fiel in sich zusammen. Das Brodeln in Elenor war bei Meister Thores Worten verpufft. Unangenehm betäubt beugte sie sich zu ihrem Leinenhemd und zog es sich über ihren, nun fröstelnden, Oberkörper. Als sie ihren Kopf durch die Öffnung gezogen hatte, blickte sie geradewegs in Henriks sommersprossiges Gesicht. Aufregung und Tadel rangen darin miteinander, während er geduldig abwartete, bis Elenor sich umgezogen und ihre Sachen zusammengepackt hatte.

»Wie fühlst du dich?«, fragte er schließlich.

»Mies«, antwortete Elenor und trat mit Henrik zur Eingangstür. »Einerseits hatte sie es verdient und ich bin noch lange nicht fertig mit ihr. Aber andererseits hat Meister Thore recht.« Erleichtert darüber, dass Elenor zu dem gleichen Schluss gekommen war wie er, nickte Henrik energisch.

»Bis wir irgendwann einmal richtig kämpfen werden, haben wir ja noch genug Zeit«, ermutigte er sie. »Bis dahin könnt ihr euren Streit längst wieder begraben.« Alles in Elenor lehnte sich gegen den Gedanken auf, sich mit Josefin zu versöhnen. *Doch irgendwann musste sie sich dazu überwinden, wenn sie in der Elite-Fraktion mal in einer Truppe kämpfen sollten.* Und erneut, diesmal um einiges abgeschwächter, lehnte sich ihr Inneres bei dem Gedanken an Fynn auf. *Ja, auch mit ihm musste sie einen Neuanfang versuchen. Ihr Körper würde noch einem Einzeltraining wie gestern sicher nicht standhalten.* Und noch einmal schnellte Josefins schrille Stimme durch ihren Kopf, als sie mit Henrik nach draußen trat.

»Mein Mentor hat mich zumindest richtig gefördert und meine magische Fähigkeit trainiert!«

Sorge machte sich in ihr breit. Fynn hatte gestern kein einziges Mal an Elenors magische Fähigkeit gedacht. Den Gedanken, dass er sie völlig bewusst ausgelassen hatte, erstickte sie sofort im Keim. *Es war sicher nur untergegangen*, wiederholte sie sich mehrmals im Kopf. Und während die warmen Herbstsonnen-

strahlen liebevoll ihr Gesicht streichelten, wuchs neuer Tatendrang in ihr. *Sie würde ihre magische Fähigkeit mit Fynn trainieren und sie würde einen Weg finden, sie eines Tages effektiv
im Kampf einzusetzen.*

»Du meine Güte, was war denn mit dem rothaarigen Mädchen
los?«, begrüßte Emelie ihre Freunde bereits, am Brunnen auf sie
wartend. »So wie sie da rausgestürmt ist, hat sie wohl jemand
mächtig verärgert. Ihre Gedanken sind so schnell gerast, dass ich
gar nichts heraushören konnte.« Erwartungsvoll wanderten ihre
wilden Augen zwischen Elenor und Henrik umher. Emelie
tratschte zwar nicht besonders viel, doch ihre Neugier war ein
ewig hungriges Wesen. Henrik erkannte Elenors Unwillen, über
das eben Geschehene zu berichten, und kam ihr dankenswerter-
weise zuvor.

»Wie lief denn dein Tag ab?«, bot er Emelie an und sie griff
sofort zu.

»Wir haben heute gleich den ersten Stapel Papiere zum
Bearbeiten bekommen«, plapperte sie drauflos. »Mitschriften von
den Bauern aus der Nahrungssektion, was sie dieses Jahr alles
geerntet haben und noch ein paar Forderungen, dass sie mehr
Holzwagen für ihre Transporte brauchen und so was. Syrina, hat
mich doch tatsächlich wieder herumkommandiert. Sie wollte mir
erklären, wie ich meine Papiere zu bearbeiten habe. Der habe ich
dann deutlich gesagt, dass sie sich gefälligst um ihren eigenen
Kram kümmern soll. Jetzt hab ich das Gefühl, dass sie sich dafür
rächen wird. Gut, dass ihr Arbeitstisch direkt gegenüber von
meinem steht, so habe ich sie immer im Blick, falls sie irgendwelche krummen Dinge gegen mich plant.« Einige Sekunden lang
starrte sie abwesend vor sich hin, als säße sie Syrina gerade gegenüber. Dann fiel ihr etwas ein. »Wie lief eigentlich dein Einzeltraining?«, wandte sie sich an Elenor. »Kamst du noch pünktlich an?«

Ganz kurz huschten Elenors Augen zu Henrik herüber und baten ihn, sie erneut davor zu verschonen, über ihre unangenehmen Erlebnisse zu erzählen, doch Emelie hatte sie bereits durchschaut. »Ich brauch' deine Gedanken gar nicht erst zu lesen, um zu wissen, dass es katastrophal lief«, offenbarte sie. Resigniert ließ Elenor von Henrik ab und stellte sich dem kritischen Blick ihrer besten Freundin. Sie überwand sich und berichtete den beiden widerwillig von ihrer gestrigen Foltereinheit auf dem Trainingsgelände. Emelie reagierte genau, wie Elenor es sich vorgestellt hatte. Mit einer tiefen Falte auf ihrer Stirn brach ein Schwall heftigster Verwünschungen Fynn gegenüber aus ihr heraus. Sie erhob sich empört, als wolle sie gleich in das Hauptausbildungsgebäude stapfen. Henrik klappte der Mund auf und sein Gesichtsausdruck wechselte permanent zwischen Entsetzen über Elenors Erzählungen und Erstaunen über Emelies üppigen Wortschatz an Beleidigungen. Schließlich klappte er den Mund wieder zu und versuchte, sich Elenors Problem diplomatisch zu nähern.

»Das ist eine verzwickte Situation«, begann er überlegt. »Du könntest zu Meister Thore gehen und ihm alles berichten. Vielleicht lässt sich ein Gespräch mit euch dreien arrangieren.«

Elenor wehrte prompt ab. »Auf keinen Fall! Dann überlebe ich die nächsten Einzelstunden ganz sicher nicht!«

Henrik nickte verständnisvoll. »Daran habe ich auch gedacht«, sprach er weiter, während er sich vor seinem inneren Auge einen komplexen Strategieplan auszutüfteln schien. »Oder du sprichst mit Fynn allein und versuchst noch mal, auf ihn zuzugehen. Wenn du versuchst, seine Perspektive zu verstehen, dann —«

»Papperlapapp«, unterbrach Emelie ihn ungehalten. »So eine Sache kann man nur lösen, indem man ihm zeigt, wo der Hammer hängt! Wenn du willst, komm' ich beim nächsten Mal mit und kläre die Sache für dich, Elenor.« Und wieder einmal stand Elenor der Versuchung gegenüber, Emelie ungebremst auf einen ihrer Feinde loszulassen, doch sie zwang sich, zu widerstehen.

»Das kläre ich allein«, winkte sie etwas weniger entschlossen als gewollt ab. Die Enttäuschung strömte nur so in Emelies Gesicht.

»Na gut«, lenkte sie widerstrebend ein und setzte sich wieder. »Was hat er eigentlich für ein Problem mit dir?«

Ratlos hob Elenor die Schultern. »Er hat ganz offensichtlich keine Lust auf seinen Mentorenposten«, antwortete sie verächtlich. »Das sei für ihn Zeitverschwendung und er habe wichtigere Dinge zu tun.«

Emelie zog skeptisch die Augenbrauen zusammen. »Was sollen das denn für Dinge sein?«, fragte sie. »Soweit ich weiß, sind seine einzigen Aufgaben die Schichten an der Mauer und euer Training.«

Elenor schnaubte. »Das hat er garantiert nur so daher gesagt«, antwortete sie.

»Und dennoch ist es nicht in Ordnung«, sagte Henrik ernst. »Es ist seine Pflicht, das Training mit dir ernst zu nehmen. Egal, was er sonst noch vorhat.«

»Mir kam der Typ schon bei der Zeremonie seltsam vor«, fügte Emelie hinzu. »Irgendetwas stimmt mit ihm nicht, das sagt mir mein Instinkt.«

»Stimmt«, bestätigte Henrik nachdenklich. »Beim Festmahl hat er sich auch vom Rest der Gruppe zurückgezogen und wollte mit niemandem reden.« Mit einem Schwung fuhr Emelie zu ihm herum. Mit zusammengezogenen Augenbrauen fixierte sie Henrik und las seine Erinnerungen vom Abend des Festmahls.

»Interessant«, murmelte sie vor sich hin. Ihre Aura begann, zu flirren. Sie hatte einen neuen Fall für sich entdeckt, dem sie auf den Grund gehen wollte. »Den Kerl schaue ich mir mal genauer an«, versprach sie und ließ von Henrik ab.

Ein triumphierendes Gefühl machte sich in Elenor breit. Emelie hatte ihr außergewöhnliches Gespür für Geheimnisse und ihr forschendes Talent schon oft bewiesen und Elenor konnte es kaum erwarten, was Emelie bei Fynn aufdecken würde.

Denn auch wenn Elenor bei ihm keine Energien wahrnahm – dass er etwas verheimlichte, spürte sie sehr genau.

8.

AUF EIGENE

FAUST

Die Zeit verging wie im Flug und ehe die Lehrlinge es bemerkten, waren schon zwei Monate ihres ersten Lehrjahres vergangen. Der Winter hatte sich ungefragt breit gemacht und in den dunklen Morgen- und Abendstunden mussten nun brennende Fackeln das Trainingsgelände beleuchten. Meister Thore ließ sich von den kälter werdenden Tagen nicht aufhalten. Als würde er sich mit dem Winter um den Titel des gnadenlosesten Trainers schlagen, drillte er seine Lehrlinge durch das von Tag zu Tag länger werdende Aufwärmtraining. Zu den Grundübungen im Abblocken und Ausweichen kamen auch schon erste Übungen im direkten Angriffsmodus hinzu. Dazu sollten sie sich Partnerweise zusammen tun und ihre vorher gelernten Hiebe und Tritte aneinander üben, während der andere die Angriffe mit festen Armen abblockte. Um *unnötiges Getratsche*, wie Meister Thore es nannte, zu vermeiden, suchte er die Partnerkonstellationen selbst aus und stellte diejenigen Kameraden zusammen, die sonst nicht viel Zeit miteinander verbrachten. Daher musste Elenor des Öfteren mit Josefin zusammenarbeiten. Nach ihrem Streit in der großen Eingangshalle hatten die beiden abseits vom gemeinsamen Training kein Wort mehr miteinander gewechselt. Anfangs hatte Elenor sich unter starken Überwindungen und Henriks motivierenden Anfeuerungen noch darum bemüht, mit Josefin wieder ins Reine zu kommen. Sie brachte ihr ein gezwungenes Lächeln entgegen oder presste einen knappen Morgengruß hervor, doch Josefin blieb kalt wie ein ganzes Eisgebirge. Nach drei misslungenen Versuchen gab Elenor es prompt wieder auf. Auf Henriks enttäuschten Blick hin, rechtfertigte sie sich damit, alles gegeben zu haben. Natürlich wusste Elenor, dass dies so nicht stimmte. Doch sie konnte ihren stark ausgeprägten Stolz nicht überwinden und beruhigte ihr zart aufkeimendes, schlechtes Gewissen damit, ja noch die gesamte Ausbildung über Zeit dafür zu haben. So gingen die beiden sich, wann immer sie konnten, aus dem Weg, doch beim Partnertraining hielten sie sich gegenseitig nicht mehr zurück. Nicht selten schlug Josefin bei einer Angriffsübung stärker zu, als sie es müsste und sagte dann nur mit einem hämischen Grinsen: »Oh, tut mir leid, das wollte ich nicht.« Daraufhin trat Elenor bei ihren Gegenangriffen mit dem ausgestreckten Bein noch ein wenig fester zu, was Josefin wiederum noch mehr empörte. Bei ihrer ersten Gruppenübung schaukelte sich die Situation so hoch, dass es selbst bei Meister Thore nicht unbemerkt blieb. Josefin schoss ihre Eisstrahlen so stark in ihr gegnerisches Team, dass sie Elenor mehrfach gegen den Kopf traf. Als Elenor mit einem faustgroßen Stein ausholte und auf Josefin zielte, unterbrach Meister Thore die Übung. Donnernd wies er die beiden Mädchen zurecht, die sich zähneknirschend gegenüberstanden und mit grimmigen Blicken anstarrten. Josefin konnte es nicht lassen und setzte noch eins obendrauf.

»Es tut mir leid«, sagte sie scheinheilig zu Meister Thore, ohne Elenor dabei anzusehen. »Ich kann meine Fähigkeiten noch nicht so präzise kontrollieren. Ich würde Elenor nie absichtlich wehtun.« Elenor musste keine Gedanken lesen können, um zu wissen, dass ihre Worte eiskalt gelogen waren.

Auch ihr Neuanfang mit Fynn verlief nicht so, wie sie es sich erhofft hatte. Fynn kam zu ihrer zweiten Stunde noch viel später. Scheinbar hoffte er, dass sie dachte, er würde nicht mehr kommen und sich bereits auf den Weg nach Hause gemacht hatte, wenn er ankam. Als er sie jedoch am Rand des Trainingsgeländes auf ihn wartend erblickte, verfinsterte sich sein Gesicht.

»Oh«, sagte er enttäuscht, »du bist ja wiedergekommen. Dann war die Stunde letzte Woche wohl noch nicht hart genug. Tja, was soll's, fangen wir an. Vierzig Liegestütze, diesmal ordentliche.« Verbittert, mit den Zähnen knirschend, begab Elenor sich zu Boden.

Auch wenn sein Training nach wie vor unnötig hart war, nahm Elenor von Woche zu Woche weniger Muskelkater mit nach Hause. Fynn schien die Hoffnung, Elenor noch vergraulen zu können, langsam aufzugeben. Mit der ganzen Mühe, sich die gemeinsten Übungen auszudenken, ließ auch seine Schikane langsam nach. Die üblichen, abfälligen Bemerkungen gehörten nun schon fest zur Routine und fanden ihren Weg nicht mehr in Elenors Seele.

Elenor war mittlerweile stolz auf ihre Fortschritte. Die Übungen von Meister Thore waren im Vergleich zu Fynns Drill ein Leichtes und nicht selten spürte sie die erstaunten Blicke ihrer Kameraden im Nacken. Doch was den Einsatz ihrer magischen Fähigkeit im Training anging, waren ihre Kameraden ihr sehr bald um einiges voraus. Elenor wollte Fynn eigentlich auf das Thema ansprechen, aber sie hatte es bisher aufgeschoben. Dreimal war sie auf ihn zugegangen, doch wann immer sie den Mund öffnete, gebot er ihr mit einem mörderischen Funkeln seiner blauen Augen zu schweigen. Und bevor sie ihm sich doch noch widersetzen konnte, ließ er sie viel zu viele Runden um das Gelände laufen. Wenn sie dann am Ende der Stunde keuchend auf ihn zu torkeln wollte, war er schon wieder weg. Also hatte Elenor es dabei belassen und gehofft, auch ohne Fynn gut voranzukommen. Sie war immer sehr begabt im Umgang mit ihrer Fähigkeit gewesen und während ihrer allgemeinen Grundlehre eine der Besten aus ihrem Jahrgang. Aber nun stellte Elenor bitter fest, dass ihr Talent allein ohne weiteres Üben nicht mehr reichte. Meister Thore drillte seine Lehrlinge darin, ihre magischen Fähigkeiten innerhalb von Millisekunden abzurufen und begann damit, die Zeit zu stoppen. War einer der Lehrlinge auch nur den Bruchteil einer Sekunde über der Zeit, dann brüllte er ihn gnadenlos an, bis der Lehrling mit hochrotem Kopf an seinen Platz zurücktrottete. Bei Elenor brüllte er am lautesten. Sie sollte ihre magische Fähigkeit diesmal in die umgekehrte Richtung nutzen und die Gefühle ihrer Kameraden in eine negative Emotion umwandeln. Dazu musste Elenor selbst negative Gefühle erzeugen und aussenden und damit hatte sie so ihre Probleme. Elenor musste wesentlich mehr Konzentration und Energie aufwenden, um ihre eigenen negativen Schwingungen unter Kontrolle zu halten, denn sie schwangen viel wilder und chaotischer als ihre positiven Gefühle. Und oft wanderte ihre negative Energie in eine andere Richtung, als Elenor es wollte. Nicht selten fing einer ihrer Kameraden aus der Warteschlange zu weinen an und nicht der, der Elenor gegenüberstand. Und Elenor brauchte leider viel länger, die Schwingungen ihrer erzeugten Gefühle zu bündeln und dann in die richtige Richtung weiterzugeben. Das interessierte Meister Thore nur nicht. Kaum war Elenor vor Elisabet getreten, wetterte Meister Thore bereits los, sodass Elenor die Ohren rauschten.

»Wie lange soll ich denn noch warten? Du bist viel zu langsam! In der Zeit könnten die Soldaten eines ganzen Heeres dich nacheinander umbringen! Elisabet, zeig ihr, was passiert, wenn jemand zu lange braucht, um seine Fähigkeiten zu aktivieren!« Elisabet sah Elenor mitleidig an, dann schlug sie ihr ihre, nun schon beachtlich größer gewordenen, Dornenranken mit einer schlanken Bewegung ihres rechten Beines ins Gesicht. Josefin kicherte gehässig auf und erntete von Meister Thore einen grimmigen Blick. Beschämt rieb sich Elenor die schmerzende Wange.

»Warum dauert das immer noch so lange?«, dröhnte Meister Thore an Elenor gewandt weiter. »Trainiert ihr deine Fähigkeit nicht vernünftig im Einzeltraining?«

»Nun…, nein«, sagte Elenor kleinlaut. Eine Ader trat an Meister Thores Hals hervor und sein Gesicht nahm eine dunkle Farbe an.

»Es ist eure verdammte Pflicht, das Einzeltraining ernst zu nehmen!«, donnerte er ohrenbetäubend laut. Elenor war sich sicher, dass das gesamte Königreich ihn hören konnte. Unendlich beschämt starrte sie auf den Boden. »Habt ihr euch etwa immer noch nicht zusammengerauft? Klärt das, sage ich euch«, drohte er grimmig. »Beim nächsten Mal will ich sehen, dass du deine Fähigkeit in einer kampftauglichen Zeit abrufen kannst, ansonsten kannst du was erleben!« Eilig schlich Elenor an ihren Platz zurück. Josefins amüsiertes Grinsen sprang ihr entgegen, doch Elenor ignorierte es. Sie wollte auf keinen Fall herausfinden, was sie *erleben* konnte, wenn sie ihre magische Fähigkeit in der nächsten Stunde nicht schnell genug aktivieren konnte. Sie musste mit Fynn daran üben.

Elenor war bis zum nächsten Einzeltraining noch fest entschlossen, Fynn auf das Thema anzusprechen. Doch als sie, wieder einmal, unter den nun schon fast kahlen Bäumen, am Rand des Trainingsgeländes auf ihn wartete, verließ sie die Zuversicht. Sie war sich nicht sicher, inwiefern er es tolerieren würde, dass sie in seiner Gefühlswelt *herumpfuschte*. Als sie das bunte Laub rascheln hörte, hob sie den Kopf. Ihr Magen sank zu Boden und ihr letzter Rest Mut schwebte davon, während er wie üblich unmotiviert zu ihr herüber schlurfte.

»Los, zehn Runden um das Gelände laufen!«, blaffte er, ohne sie anzusehen und ging wieder auf die Holzbank zu. Elenor rührte sich nicht. Fiebrig suchte sie nach den richtigen Worten. Fynn ließ sich wieder einmal lustlos auf das schmale Brett fallen, hob seinen Kopf und sah irritiert zu Elenor herüber. Bevor er sie harsch zurechtweisen konnte, sich endlich in Bewegung zu setzen, ergriff Elenor das Wort.

»Meister Thore hat heute im Training gesagt, dass ich unbedingt meine magische Fähigkeit trainieren soll«, platzte es hastig aus ihr heraus. Atemlos wartete sie ab. Die Worte brauchten einen kurzen Moment, bis sie vollständig in seinem Gehirn angekommen waren.

»Na und?«, sagte er schließlich. »Nicht mein Problem, er ist dein Lehrmeister.«

Elenors Gehirnzellen ratterten und schossen sofort eine nächste Strategie heraus. »Gut, dann… dann trainieren wir meine Fähigkeit also heute? Er hat es ja angewiesen«, versuchte sie ihn zu lenken.

Doch Fynn zerschmetterte ihre Hoffnung sofort. »Nein«, sagte er bestimmt.

»Aber es ist wichtig, dass ich meine Fähigkeit auch im Kampf —«, begann Elenor, doch Fynn unterbrach sie.

»Das ist mir egal«, sagte er gereizt. »Wozu willst du sie trainieren? Du wirst es sowieso nie in die Elite-Fraktion oder die Mauer-Fraktion schaffen. Das bisschen, wozu du fähig bist, reicht vielleicht gerade mal für die Innere Fraktion und dafür brauchst du keine Magie. Vielleicht wirst du mal Suppe verteilen, aber mehr auch nicht.«

Elenor klappte der Mund auf. Ihre Gehirnzellen gaben die Produktion jeglicher Überzeugungsstrategien wieder auf und ließen ihren Emotionen freien Lauf. »Natürlich werde ich in die Elite-Fraktion kommen«, sagte sie kühl. »Und mit einem vernünftigen Mentor würde ich es sogar noch weiter schaffen.«

Fynn horchte auf. »Schau an«, sagte er leise. Elenor biss sich auf die Zunge. Während das Blut rasend durch ihre Adern rauschte, starrte sie stumm zu Boden. Weitere Worte durften ihr jetzt nicht mehr entweichen. Fynn musterte sie. »Deine magische Fähigkeit ist das Umwandeln von Emotionen, wenn ich mich richtig an das erinnere, was man mir mitgeteilt hat.« Sein Unterton versprach nichts Gutes. »Na dann, demonstriere mir deine Fähigkeit doch mal.«

Elenor traute ihren Ohren nicht. Ihr Blick fuhr in die Höhe und starrte ihn perplex an.

»Ich warte«, sagte Fynn gedehnt. Elenor fasste sich wieder und richtete sich auf. Dass sie seine Aura bisher nie gesehen hatte, war nun nicht wichtig. *Er musste irgendwelche Energien haben, sonst wäre er kein Mensch.* Sie kniff ihre Augen zusammen und durchsuchte jeden Winkel seiner inneren Leere. Immer fahriger huschten ihre Augen über seinen Körper, je länger sie nichts sah. Immer wieder rasten sie über jeden Millimeter seines scheinbar hohlen Selbst. Doch da waren weder Farben noch Schwingungen oder Formen. Nur sein fleischlicher Körper. Und gleichzeitig spürte Elenor, dass dort drin doch etwas war. Als wäre sein Inneres eine zugemauerte Festung, undurchdringbar, und das Verborgene auf ewig versteckt. Als ihre Augen zu seinem schmalen Gesicht hoch wanderten, riss sie sein höhnisches Grinsen wieder zurück in den Moment. Und die Erkenntnis traf sie wie ein eiserner Schlag. Als Herr über seine Festung aus Gedanken und Emotionen wusste er natürlich, dass Elenor es nicht vermochte, seine Mauern zum Einstürzen zu bringen.

»Nun?«, fragte er provokant. Geschlagen knirschte Elenor mit den Zähnen. Doch seinen Sieg gönnte sie ihm nicht, also schoss sie einen letzten unüberlegten Angriff ab.

»Na ja... es ist schwer, etwas umzuwandeln, wenn jemand die Ausstrahlung einer Kartoffel hat«, sagte sie spitz. Noch während die Worte sich ihren Weg aus ihr heraus bahnten und auf ihn zu schleuderten, bereute sie das Gesagte bereits wieder. Fynns höhnisch verzogene Mundwinkel erschlafften.

»Jetzt werden wir also respektlos?«, fragte er scharf. »Da hast du gerade mal ein paar Wochen lang Training und kannst vielleicht fünf Liegestütze und schon bekommst du Höhenflüge? Wir werden ja sehen, ob du diese Ausbildung überhaupt schaffst. Und jetzt lauf deine Runden!«

Schweigend drehte Elenor sich um und rannte los. Und während ihre Beine sich mechanisch fortbewegten, wusste sie, dass sie verloren hatte. Ihre Wut schwoll an und sammelte sich als Kloß in ihrer Kehle. Ihre Gehirnzellen suchten erneut ratternd nach einer Lösung. *Sie musste noch diese Woche ihre magische Fähigkeit trainieren.* Sie befürchtete, dass ihr eines Tages noch das Trommelfell platzen würde, wenn Meister Thore sie weiter so anbrüllte.

Und der Gedanke, die Abschlussprüfung am Ende nicht zu bestehen, ließ sie beinahe stolpern. Fynns triumphierendes Grinsen, Josefins gehässiges Lachen, die liebevoll tadelnden Worte ihrer Eltern: »*Wir wussten ja von vornherein, dass diese Sektion nichts für dich ist. Verteidigungskämpfer zu sein, ist nicht für jeden das Richtige, dazu muss man verdammt hart im Nehmen sein. Jetzt kannst du dir etwas viel Ungefährlicheres aussuchen, wie wäre es mit der Nahrungssektion –*« Elenors Eingeweide zogen sich zu einem Knäuel zusammen. Sie schüttelte sich kräftig und neue Energie durchströmte sie. Noch während sie in großen Schritten ihre Runde lief, schmiedete sie sich einen neuen Plan. Wenn Fynn ihr nicht helfen wollte, dann musste sie ihre magische Fähigkeit eben allein trainieren.

Am nächsten Tag ging Elenor nach dem Grundtraining schnurstracks zu Meister Thore und fragte ihn nach ein paar Extraübungsstunden zu ihrer magischen Fähigkeit. Er blickte verdutzt auf sie herab.

»Dafür ist dein Mentor zuständig. Ihr solltet euer Problem doch klären«, sagte er streng. Doch Elenors hilfloser Blick erweichte ihn. »Hör zu, Kleine«, sagte er ein wenig sanfter, »ich kann dich nicht trainieren. Ich habe nach eurem Training noch andere Verteidigungstruppen, die ich ausbilden muss und da bleibt nicht viel Zeit. Fynn ist… ein wenig schwierig, das gebe ich zu, aber er ist ein sehr guter Kämpfer. Einer der Besten, meiner Meinung nach. Soweit ich das bis jetzt beobachten konnte, hat er dich schon verdammt gut trainiert. Du bist eine der Stärksten aus dieser Gruppe und auch deine Kampftechniken sind schon sehr gut. Ich garantiere dir, dass er dich noch sehr weit bringen kann. Ihr beide könntet ein richtig gutes Team werden, wenn ihr euch nur zusammenrauft. So, und jetzt zieh dich um, ich muss noch weiter.« Niedergeschlagen schlurfte Elenor in die Eingangshalle zurück. *Wie sollten sie und Fynn je ein gutes Team werden?*

Während sie, nun wesentlich unmotivierter, nach einem weiteren Plan suchte, unterbrachen Henriks Worte sie bereits.

»Worüber hast du mit Meister Thore gesprochen?«, fragte er neugierig. Elenor streifte sich frustriert die Trainingshose von den Beinen.

»Ich habe ihn gefragt, ob er mit mir meine magische Fähigkeit trainiert«, antwortete sie mürrisch. »Fynn weigert sich. Aber Meister Thore hat abgelehnt. Keine Zeit und so weiter.«

Henrik nickte verständnisvoll. Nun ratterte es in seinem Kopf auf Hochtouren. »Wie wäre es, wenn du dich an jemanden Höheren wendest?«, fragte er sachlich. »Askil Clarke, der Leiter der Verteidigungssektion, könnte dir bestimmt bei deinem Problem mit Fynn weiterhelfen.«

Elenor schlüpfte in ihre Alltagshose. »Ich glaube nicht, dass mir das viel bringt«, sagte sie skeptisch. »Er ist Josefins Vater und sie hasst mich, also wird er mir gegenüber sicher auch nicht positiv eingestellt sein. Außerdem kostet das zu viel Zeit. Ich muss so schnell wie möglich besser werden, sonst komme ich bei Meister Thores Pensum bald nicht mehr hinterher.« Henrik verwarf seine Strategie und überlegte weiter. Und während Elenor ihre Trainingssachen in ihren Lederbeutel stopfte, ging ihm schlagartig ein Licht auf.

»Was ist, wenn wir uns beide zusammentun?«, fragte er ein wenig aufgeregt über seinen Einfall. »Ich habe immer noch starke Flugangst und kann deswegen im Einzeltraining kaum fliegen. Wenn du dabei bist und mir meine Angst nimmst, kann ich mich auf die ganzen Flugtechniken konzentrieren und vielleicht legt sich meine Angst dann irgendwann von selbst. Und du kannst ausgiebig an mir üben.«

Elenor starrte ihn sprachlos an. »Henrik, das ist eine geniale Idee!«, rief sie schließlich aus und Henriks Ohren liefen vor Stolz rot an. »Weißt du denn auch, was du während des Fliegens tun musst?«

Das Leuchten in Henriks Augen erlosch ein wenig. »Ähm… nein«, gab er gedämpft zu. »Igram nutzt in unserem Einzeltraining immer ein Lehrbuch aus der Volksbibliothek, in dem die ganzen Techniken drinstehen. Aber ich glaube nicht, dass er uns das ausleiht. Diese Bücher sind nur für Lehrpersonen bestimmt. Zumal wir unsere Magie nicht ohne Erlaubnis und nur unter Aufsicht der Lehrpersonen nutzen dürfen.«

»Dann fragen wir ihn einfach, ob ich bei deinem Einzeltraining mit dabei sein darf«, beschloss Elenor mit neuer Hoffnung.

Doch ganz so angetan von ihrer Idee war Igram dann leider doch nicht. »Hm, hm«, brummte er und starrte Elenor, mit vom Nachdenken angestrengten Gesicht, an. »Weißt du, ich würde dir wirklich gern helfen, aber mir sind da die Hände gebunden«, sagte er schließlich. »Jeder Mentor ist für seinen Schützling selbst verantwortlich und ich bin nun mal nicht dein Mentor. Außerdem möchte ich mich mit Fynn wirklich nicht anlegen. Der Kerl ist mir nicht ganz geheuer.«

Elenor stutzte. *Erst Meister Thore und jetzt Igram? Wieso reagierten sie so seltsam auf Fynn und wichen einer Konfrontation mit ihm so beharrlich aus?* Doch sie verwarf ihre Gedanken schnell wieder und konzentrierte sich auf ihr Vorhaben.

»Nun ja«, begann sie und wählte ihre Worte mit großer Sorgfalt. »Wenn ich die Ausbildung bestehen möchte, muss ich meine magische Fähigkeit sehr gut beherrschen. Und es ist nicht so leicht, einen wirklich guten Mentor zu finden.« Henrik schien zu verstehen, worauf sie hinaus wollte und nickte ihr unauffällig zu. Elenor fuhr ein wenig schmeichelnder fort. »Und da habe ich zuallererst an dich gedacht. Du arbeitest schon so viel länger in der Verteidigungssektion und hast viel mehr Erfahrungen gesammelt als Fynn. Wenn ich von jemandem etwas lernen kann, dann von dir.« Elenor konnte sich nicht daran erinnern, jemandem jemals so viel Honig ums Maul geschmiert zu haben, doch es wirkte. Igram begann zu strahlen und seine Brust schwoll an vor Stolz.

»Nun ja, Fynn ist in der Tat noch nicht so lange dabei, wie ich, das ist wohl wahr«, begann er, als hätten er und Elenor eine völlig offensichtliche Tatsache entdeckt. »Und auf jeden Fall kann ich dir viel mehr beibringen. Ich muss dir mal von meinen früheren Tagen an der Mauer erzählen, als Hakons Gefolgsleute uns noch angegriffen haben, da gab es ein paar grausame Kämpfe, das sag ich dir... Ich hab mich wacker geschlagen und wir haben sie auch immer in die Flucht gejagt, aber –« Henrik räusperte sich. Igram fiel aus seinen Träumereien zurück in die Wirklichkeit. »Ach ja, entschuldige, manchmal verquatsche ich mich einfach«, grummelte er lachend. »Auch wenn es mich ehrt, dass du mich um Hilfe bittest, ich kann trotzdem nicht viel für dich tun.«

Elenor entgleisten die Gesichtszüge. Igram schien ihr die Enttäuschung deutlich anzusehen und sprach schnell weiter.

»Aber wenn ich Henrik erlaube, dass er ab und zu das Trainingsgelände nutzen darf, um an seiner magischen Fähigkeit zu üben, dann ist das völlig in Ordnung. Und wenn Fynn oder Meister Thore dir dann auch die Erlaubnis gibt, dass du deine magische Fähigkeit ebenfalls ab und zu auf dem Trainingsgelände übst, und ihr beide euch *zufällig* begegnet –« Er grinste verschmitzt über seinen Einfall. »Ihr müsst nur vorsichtig sein. Niemand darf sehen, dass ihr eure Magie gegenseitig an euch ausübt, wenn keine Aufsichtsperson dabei ist.« Zufrieden mit sich, als hätte er eine extrem schwere Aufgabe gelöst, sah er die beiden an. Begeistert strahlte Elenor ihm entgegen.

»Vielen Dank«, rief sie aus und war kurz davor, ihm um den Hals zu fallen.

»Sehr gern«, bestätigte Igram, ungemein glücklich darüber, geholfen zu haben. »So, nun muss ich dich aber wieder wegschicken. Henrik wartet schon ganz ungeduldig darauf, wieder fliegen zu dürfen. Nicht wahr, Junge?« Henrik sah alles andere als begeistert aus.

Die Erlaubnis für das Üben auf dem Trainingsgelände zu erhalten, war leichter als gedacht. Elenor versuchte es zuerst bei Fynn, da sie befürchtete, dass Meister Thore argwöhnisch werden und Fragen stellen würde. Zum Beispiel, wie sie ihre Fähigkeit denn alleine trainieren wollte. Von ihrer Allianz mit Henrik durfte sie nichts verraten. Sie setzte also alles auf Fynn und hoffte, dass er in dieser Angelegenheit genauso desinteressiert war, wie sonst auch. Und sie hatte Glück. Er lachte kurz auf und sagte sarkastisch: »Dann viel Spaß dabei, die Bäume zum Lachen zu bringen.«

Zum ersten Mal war Elenor froh über seine Verantwortungslosigkeit und so traf sie sich mit Henrik fast jeden Tag nach Meister Thores Grundtraining auf der kleinen, versteckten Lichtung hinter dem Trainingsgelände. Beide hofften, durch die Bäume und Büsche so verdeckt zu sein, dass sie keiner sehen konnte. Henrik brachte das Lehrbuch über die verschiedenen Flugtechniken mit. Er hatte Igram gefragt, ob er es sich zum Üben ausleihen dürfte. Zuerst hatte Igram mit sich gehadert, da es eigentlich nicht erlaubt war, Lehrlinge die Lehrbücher allein nutzen zu lassen. Am Ende der Stunde hatte Igram das Buch aber *aus Versehen* neben Henriks Lederbeutel liegen lassen. Ihre gemeinsamen Übungsstunden verliefen zuerst ziemlich chaotisch. Henrik konnte seine Fähigkeit wegen seiner großen Angst kaum kontrollieren. Oft war er schon in der Luft, bevor Elenor sich fokussieren und ihre positiven Gefühle bündeln konnte und es dauerte lange, bis sie Henriks Angst so umwandeln konnte, dass er entspannt und gelöst wieder zu Boden gleiten konnte. Einmal schoss er fast zehn Minuten lang im Zickzack durch die Luft, bis Elenor ihm die Flugangst nehmen konnte, denn durch seine permanenten Richtungswechsel verfehlten ihre Gefühle ihn ständig. Weitere Probleme entstanden dadurch, wer das Handbuch fürs Fliegen in der Hand hielt. Wenn Elenor in das Buch schaute, um Henrik Anweisungen zu geben, verlor sie ihren Fokus und ihre magische Fähigkeit reichte nicht mehr bis zu ihm hoch oder wanderte ganz woanders hin. Wenn Henrik während des Fliegens das Buch in der Hand hielt, konnte er sich nicht genug auf seinen Körper konzentrieren. Seine Körperspannung ließ nach und er fiel für einen kurzen Moment aus der Luft, bis er sich nur knapp über dem Boden wieder fing. Das verstärkte seine Höhenangst noch weiter.

Doch nach Wochen des unaufhörlichen Übens wurden sie ein eingespieltes Team. Elenor lernte nicht nur, ihre Gefühle schneller zu bündeln und sie auf direktem Weg zu Henrik zu schicken, sie konnte Henriks Emotionen nun auch erkennen, wenn sie ihn nicht ansah. Wenn sie mit dem Rücken zu ihm stand, konzentrierte sie sich nur darauf, sein Energiefeld in all seinen Farben und Schwingungen zu erspüren. Anfangs dauerte es ein wenig, doch sie fand ihren Sinn dafür zunehmend schneller. Und wenige Tage später konnte sie sich nebenbei auch noch mit anderen Dingen beschäftigen. Mal wiederholte sie einige von Meister Thores Übungen, mal sammelte sie ein paar Hagebutten von einem versteckten Busch am Rand der Lichtung und ein anderes Mal erzählte sie Henrik von lustigen Geschichten, die sie mit Emelie erlebt hatte – bis sie eines Nachmittags bemerkte, dass Henriks Energiefeld bereits positiv war, noch während er sich in die Luft erhob. Er hatte seine Flugangst tatsächlich überwunden und war erfüllt von wilder Freude, als er elegant durch die Luft schwebte und kühn ein paar akrobatische Kunststücke vorführte. Strahlend starrte Elenor zu ihm herauf. Sie hatten es geschafft!

10.
ERINNERUNGEN

Nach den langen, rauen Monaten erwärmten endlich die ersten Frühlingssonnenstrahlen die kalte Landschaft. Vereinzelte Schneeglöckchen reckten ihre zarten Blütenköpfe zwischen dem langsam tauenden Schnee hervor und glitzerten rein und unschuldig in der Sonne. Die brennenden Fackeln auf dem Trainingsgelände wurden wieder abgebaut, da die Morgensonne sich bereits zu Beginn der Trainingsstunden genüsslich auf der Rasenfläche ausbreitete.

Meister Thore ließ seine Lehrlinge nun immer öfter in größeren Gruppen und Teams zusammenarbeiten. Zwischen Josefin und Elenor blieb es allerdings so eisig wie bisher. Doch seit Meister Thore Josefin gedroht hatte, mit ihr auf ein Wörtchen zu ihrem Vater zu gehen, wenn sie sich mit ihren magischen Attacken Elenor gegenüber nicht zusammenriss, hielt sie sich widerwillig zurück. Auch wenn Elenor es nie zugegeben hätte, war sie Meister Thore dafür insgeheim wirklich dankbar. Denn obwohl Elenor Josefin die ganze Zeit über unerschütterlich die Stirn geboten hatte, erschöpfte ihr kleiner Krieg sie doch sehr. Und ihre Energie brauchte Elenor nun für die eigentlichen Trainingseinheiten, denn die Prüfungen waren nicht mehr weit entfernt. Elenors Übungsstunden mit Henrik machten sich deutlich bezahlt. Meister Thore war begeistert, als er Henriks Flugkünste sah. Wie ein Pfeil schoss er über das Trainingsgelände, sauste auf den Boden zu, um die dort liegenden Übungsbälle aufzuheben, zog sich blitzartig wieder in die Luft, drehte einige Loopings so schnell, dass er wie kreisende Sägen die Luft zerschnitt und glitt vom Wind zerzaust und mit roten Wangen vor Meister Thores Füßen zu Boden.

»Das war eine Glanzleistung!«, lobte Meister Thore und strahlte Henrik an. Und auch für Elenor lief es gut. Noch bevor sie aus der Reihe ihrer Kameraden vor ein blondes, drahtiges Lehrlingsmädchen trat, bündelte sie ihre negative Energie und lenkte sie geschickt zu dem Mädchen herüber. Einen Wimpernschlag später übermannte Elenors dunkle, schwere Energie die leichten, rosigen Schwingungen des Mädchens, schluckte sie in sich hinein, bis sie komplett verschwunden waren und das Mädchen hemmungslos zu schluchzen anfing.

»Geht doch, Kleine«, sagte Meister Thore anerkennend. »Hast dich wohl doch noch mit deinem Mentor versöhnt, was?« Elenor nickte und lächelte steif. Die Wahrheit war, dass ihr Training mit Fynn nach wie vor katastrophal verlief, doch das behielt sie für sich.

Katastrophal war sogar noch untertrieben für ihr Einzeltraining mit Fynn. Während er in den Wintermonaten immer zu spät kam oder die Stunde viel zu früh beendete, erschien er mittlerweile kaum noch. Elenors Frustration wuchs mit jeder Stunde, die sie immer weniger effektiv nutzten. Jede Woche rang sie mit der Entscheidung, sich überhaupt die Mühe zu machen und zum Einzeltraining zu gehen, nur um dann erneut vergebens auf Fynn zu warten. Von Mal zu Mal mehr von ihrer Wut zerfressen stapfte sie danach zu Emelie und Henrik, um sich lautstark über seine Unzuverlässigkeit auszulassen.

»Das ist absolut nicht in Ordnung!«, regte Emelie sich auf. »Der

Typ hat gar keine Arbeitsmoral! Was fällt ihm ein? An deiner Stelle würde ich mich beschweren gehen!«

»Ja genau, wende dich am besten an Eaven oder Askil Clarke«, pflichtete Henrik ihr bei.

Doch mit der Wut wuchs auch Elenors ohnehin schon großer Stolz. Zuerst würde sie Fynn allein gegenübertreten und ihm die Meinung sagen, bevor sie kleinlaut um Hilfe von oben bat.

Doch Fynn ließ ihr dazu viele weitere Wochen keine Gelegenheit, denn er tauchte nicht mehr auf. In Elenors brodelnde Wut mischte sich nun ernsthafte Verzweiflung, denn ihre hart erarbeiteten Fortschritte schrumpften zunehmend wieder. Meister Thores Augenbrauen zogen sich von Tag zu Tag mehr zusammen, während er Elenor grimmig beobachtete, wie sie schwerfällig und keuchend mit dem langen Holzstab auf die grob zusammengeschnürte Strohstatue vor ihr einschlug. Elenor versuchte angestrengt, zu ignorieren, wie Josefin neben ihr mit einem überlegenen Lächeln elegant um ihre Strohstatue herumtanzte und ihren Holzstab blitzschnell auf den gesichtslosen Körper sausen ließ, sodass das Stroh in alle Richtungen flog.

Sooft sie konnte, blieb Elenor nach dem Lehrtag noch auf dem Trainingsgelände und bemühte sich, ihre Trainingslektionen zu wiederholen. Doch die Angriffsübungen wurden immer komplizierter und sie brauchte dringend einen erfahrenen Kämpfer, mit dem sie üben konnte. Der Gedanke, dass Fynn sich höchstwahrscheinlich perfekt als Kampfpartner eignen würde und sie so sehr auf ihn angewiesen war, stach ihr wie kleine Nadeln ins Fleisch.

»Wenn ich nur wüsste, wo er sich immer herumtreibt«, stieß sie übellaunig aus, als sie eines Nachmittags mit Emelie und Henrik in einem kleinen Wirtshaus saß. »Dann müsste ich nicht jede Woche auf ihn warten, sondern könnte gleich zu ihm gehen und die Sache regeln.«

»Er könnte überall sein, das Königreich ist groß«, sagte Henrik. »Wir wissen auch gar nicht, wo er wohnt.«

Emelie zog skeptisch die Augenbrauen hoch. »Der treibt sich vermutlich irgendwo herum und drückt sich vor allem. Würde mich nicht wundern, wenn er seine Arbeit an der Mauer auch so vernachlässigt.«

Elenor kam ein Gedanke, der sie verzweifelt auflachen ließ. »Dann muss ich wohl mal zur Mauer gehen und dort ein paar Tage Wache stehen, um ihn vielleicht irgendwann einmal abzufangen.«

Henriks Gesicht hellte sich auf, wie immer, wenn er einen Einfall hatte. »Das Haupthaus der Mauer-Fraktion!«, rief er aus. Elenor und Emelie sahen ihn fragend an.

»Was ist damit?«, platzte Emelie ungeduldig heraus. Sie hasste es, wenn sie anderen Leuten die Worte aus der Nase ziehen musste. Henrik schob seinen Traubensaftkrug zur Seite, als könne er mit mehr Platz auf dem Tisch besser erklären.

»Die einzelnen Fraktionen haben jeweils ein Hauptgebäude«, sagte er. »Da treffen sich die Kämpfer für ihre Schichtwechsel und dort befinden sich auch ihre Arbeitszimmer und die der Fraktionsleiter.« Elenor fiel das alte Landhaus ein, das Igram ihnen nach der Zeremonie gezeigt hatte. Das Hauptlager der Elite-Fraktion.

»Weißt du denn, wo das Haupthaus der Mauer-Fraktion steht?«, fragte sie Henrik.

Henriks Mundwinkel verzogen sich zu einem schiefen Grinsen. »So oft wie Igram mir von seinen Geschichten an der Mauer erzählt hat, habe ich mittlerweile das Gefühl, selbst mein Leben lang ein Mauer-Kämpfer gewesen zu sein und dort praktisch zu wohnen«, sagte er ironisch. »Das Haupthaus steht am Rand des Königreiches, in der Nähe des Mauertores. Wenn du willst, begleite ich dich dorthin.«

»Ich komme auch mit!«, warf Emelie prompt ein. »Mir brennt es schon seit Längerem unter den Nägeln, Fynn zur Rede zu stellen. Außerdem will ich ihn mal ins Verhör nehmen und seine Geheimnisse aus ihm heraus quetschen.« Elenor stutzte kurz – dann fiel ihr Emelies Vorhaben, über Fynn zu recherchieren, wieder ein.

»Was hast du denn bisher herausgefunden?«, fragte sie interessiert.

Emelie errötete leicht. »Noch nichts«, brummte sie in sich hinein. So wie sie es hasste, den Leuten die Worte aus der Nase zu ziehen, so sehr hasste sie es, wenn sie in ihrer Detektivarbeit nicht vorankam. Elenor bemerkte das bekannte, unruhige Flattern in Henriks Aura. Betont lässig nahm er seinen Krug in die Hand und schwenkte den Traubensaft darin ein wenig hin und her.

»Ich könnte dir bei der Recherche helfen, wenn du magst«, sagte er bemüht lässig, doch seine Ohren flammten vor Aufregung feuerrot auf. Hoffnungsvoll sah er zu Emelie auf. Emelie wirkte erst irritiert und Elenor sah ihr den Impuls, abzulehnen, deutlich an. Emelie wollte die Dinge, die sie sich in den Kopf gesetzt hatte, immer erst allein schaffen. Doch dann schien ihr einzuleuchten, dass sie allein bisher nicht weit gekommen war und Henrik ihr gut behilflich sein könnte. Schließlich hatte er fast sein halbes Leben in der Volksbibliothek verbracht und kannte sich mit vielen Dingen gut aus.

»Von mir aus«, brummte Emelie. Henrik fiel vor Freude fast der Krug aus der Hand.

»Das ist es«, sagte Henrik, als die drei vor dem alten Haus ankamen. Das Muster der dunklen Backsteine wurde durch breite

Holzbalken unterbrochen. Etwas Harsches, Unfreundliches wehte zu Elenor herüber und nahm ihr den eben noch feurigen Kampfgeist. Ihre Beine begannen plötzlich unangenehm kalt zu prickeln und drängten sie, wieder umzukehren. Doch Fynns überheblich grinsendes Gesicht tauchte erneut vor ihren Augen auf und Elenors Wut kehrte zurück. Ohne weiteres Zögern trat sie mit kräftigen Schritten auf den Eingang zu.

»Dann wollen wir mal«, sagte Emelie und stampfte entschlossen an ihre Seite, aber Elenor hielt sie mit ihrem Arm zurück. Auch wenn Emelies unerschrockene Schlagfertigkeit und Henriks Geschick für Diplomatie ihr garantiert wann anders zugutekommen würden, würde es ihr hier wahrscheinlich nicht viel nützen. Man nähme sie garantiert wesentlich ernster, wenn sie dort allein hineinging.

»Ihr wartet hier draußen«, sagte Elenor bestimmt.

»Aber Moment mal –«, fing Emelie empört an, doch Henrik stupste sie leicht in die Seite und schüttelte den Kopf. Emelie las in seinen Gedanken eine strenge Zurechtweisung und ließ sich grummelnd auf die breite Steintreppe vor dem Eingang plumpsen.

Die Eingangshalle sah ähnlich aus, wie die von ihrem Hauptausbildungsgebäude, nur war sie nicht so groß. Ein paar Kerzenleuchter erhellten links und rechts die dunklen Wände und an der Wand direkt gegenüber von der Eingangstür knisterte ein Feuer in einem kleinen Kamin. Davor lag ein dunkler Teppich aus verschiedenen Tierfellen, zusammengeflickt, bemustert, mit einigen kleinen Brandflecken. Rechts von Elenor führte eine Treppe aus demselben dunklen Backstein in die obere Etage. Links von Elenor befand sich ein Raum. Die Tür war weit geöffnet und Elenor sah eine Gruppe von Verteidigungskämpfern in einer Runde um einen großen Tisch sitzen. Gespräche und lautes Gelächter ertönten bis zu ihr herüber. So schnell Elenors Tatendrang eben gekommen war, so schnell ließ er sie wieder im Stich. Nervös starrte sie zu dem Raum herüber. Ein wenig unschlüssig darüber, ob sie die Kämpfer ansprechen sollte oder nicht, trugen ihre Füße sie langsam auf den Raum zu, blieben einige Sekunden zögernd im Türrahmen stehen, dann räusperte Elenor sich laut. Die Gespräche brachen ab und alle Köpfe wandten sich zu ihr um. Drei Männer und zwei Frauen starrten sie fragend an. Schnell huschten Elenors Augen durch die Runde

»Was gibt's?«, fragte eine Frau mit schwarzen kurzen Haaren. Die ernsten Augen in ihrem fein zügigen Gesicht zogen Elenor seltsam an.

»Ich… ähm… ich bin Elenor Watson, ein Lehrling aus der Verteidigungssektion, und ich suche nach meinem Mentor Fynn Evans. Ist er hier?«

Einer der Männer lachte kurz auf. »Fynn? Hier? Der lässt sich doch nie blicken. Tritt seine Schicht an und wenn er fertig ist, haut er wieder ab, ohne mit uns mal ein Wort gewechselt zu haben.« Zustimmendes Gemurmel ging durch die Runde.

»Der ist dein Mentor? Du Arme, das tut mir wirklich leid für dich«, sagte die Frau mit den schwarzen Haaren bedauernd. »Ich kann dir nur raten, dir einen anderen Mentor zu suchen.«

Die Anspannung in Elenor zerbrach und ihr Atem strömte nun ungehindert durch ihre Lungen. Fynns Kollegen schienen Elenors Bild von ihm zu teilen. Sie würden sie also verstehen. »Ich bin aus einem ähnlichen Grund hier«, begann Elenor. Eine andere Frau, die ihre üppigen braunen Haare fest zusammengebunden hatte, unterbrach sie.

»Lass mich raten, er quält dich im Training?«, fragte sie. »Oder er kommt nicht, hab ich recht? Oder ist er gemein zu dir?«

»Vermutlich eine Mischung aus allem«, grunzte einer der Männer. »Ich werd aus dem Jungen nicht schlau. Er ist so ein mieser Hund und trotzdem verdreht er den Mädchen auf den Straßen reihenweise den Kopf.«

Ein anderer Kämpfer neben ihm haute ihm lachend auf den Rücken. »Er ist eben weitaus hübscher als du, daneben bist du ein hoffnungsloser Fall.« Die anderen Kämpfer stimmten in sein Prusten mit ein.

»Sag mal ehrlich, Kleine«, grinste die Frau mit den zusammengebundenen Haaren. »Dir hat er doch sicher auch schon den Kopf verdreht, oder?« Elenor wollte gerade heftig dagegen protestieren, als die schwarzhaarige Frau ihr zuvorkam.

»Nun lasst die Kleine doch in Ruhe«, lenkte sie lachend ein. Die anderen Kämpfer beruhigten sich wieder. »Aber im Ernst«, wandte die schwarzhaarige Frau sich an Elenor. »Pass bei ihm lieber auf. Er ist ein egoistischer und selbstsüchtiger Kerl, dem andere Menschen völlig egal sind.«

»Genau«, stimmte ihr einer der Männer zu. »Ich war mit ihm während der Grundausbildung in derselben Truppe. Niemand wollte mit ihm zusammenarbeiten. Er war immer so verschlossen, und wenn er seine telekinetischen Kräfte auspackte, wurde einem echt unheimlich.«

Die Gruppe schwieg für einen Moment und starrte gedankenverloren vor sich hin. Elenors Bauch begann sich erneut vor Nervosität zusammenzuziehen.

»Ähm, wo kann ich denn euren Fraktionsleiter finden?«, fragte sie unbehaglich.

»Der ist heute nicht da«, antwortete die Frau mit dem Pferdeschwanz. »Du kannst entweder nächste Woche wiederkommen und es noch mal probieren oder du gehst hoch in Fynns Arbeitszimmer. Vielleicht könnt ihr euer Problem zu zweit klären.«

»Falls er da ist«, fügte einer der Männer trocken hinzu. Und noch einmal zogen sich Elenors Organe im Bauchraum zusammen. *Aber diese Herausforderung musste sie annehmen. Jetzt oder nie!* Mit einem knappen Dank verließ sie zügig den Raum und steuerte auf die Treppe zu.

Am Fuß der Treppe blieb sie stehen und blickte hinauf. Ihre Kehle war wie ausgetrocknet und ein Gedanke rammte sich in ihr Bewusstsein. Sie hatte sich noch gar keine Worte für Fynn zurechtgelegt. Hastig herrschte sie ihr Gehirn an, einige aussagekräftige Sätze zu verfassen, während sie langsam die kalten, dunklen Stufen emporstieg. Doch ihr Gehirn versagte und schon kamen Elenors Füße vor einer schäbigen Tür zum Stehen. In die sich langsam abblätternde dunkle Farbe des Holzes war grob sein Name eingeritzt. Elenors Puls raste in ihrem Körper.Mit zitterndem Atem hob sie die Hand und klopfte an der Tür. In dem Raum regte sich nichts. Immer noch zitternd klopfte Elenor erneut, diesmal etwas fester. Immer noch Stille. Eine Stimme in ihr flehte sie an. *Komm schon, geh einfach wieder! Noch hast du die Chance!* Doch Elenor wollte ihr nicht gehorchen. Wieder hob sie die Faust und hämmerte nun so fest gegen die Tür, dass sie das nur noch lose in den Angeln hängende Holz aufstieß.

Elenors Puls hielt augenblicklich inne. Erschrocken wich sie einen Schritt zurück und starrte durch die weit geöffnete Tür. Der Raum war bis auf ein paar Möbel tatsächlich leer. Fynn war nicht da. Reglos stand Elenor da und lauschte dem Streit in ihrem Inneren. Die Stimme in ihr bettelte schrill, die Tür wieder zu schließen und zu gehen, doch Elenors Neugier siegte. Mit flachem Atem und zitternden Gliedern betrat Elenor langsam den kleinen Raum. Die Kälte schien sie unfreundlich wieder herauszuschieben zu wollen, doch Elenor widerstand dem Zwang. Aus Angst davor, jemand könne sie hören, bewegte sie sich vollkommen lautlos durch den Raum und blieb vor einem großen Schreibtisch mit schluderig dahin geworfenen Pergamenten stehen. Gierig suchte sie die Zeilen nach Informationen ab. Lustlos dahin gekritzelte Berichte über seine Schichten an der Mauer, dann wiederum vom Fraktionsleiter exakt erstellte Schichtpläne, die an den Enden leicht zerknittert waren. Unbefriedigt hob sich Elenors Blick und wanderte hungrig durch den kahlen Raum. Leidend hingen ein paar leere Regale in ihren schiefen Halterungen und starrten Elenor Hilfe suchend entgegen. Die schroffe Kälte drückte Elenor noch fester in den Rücken, versuchte sie grob heraus zu bugsieren, doch Elenors Blick machte sich unbeirrt über den großen, türenlosen Schrank her, in dessen Regalen sich die typisch grauweiß-schwarz getarnte Arbeitskleidung stapelte. Neugierig betrachtete Elenor einige Rüstungsteile und eine Bogenschutzausrüstung, doch dann ließ sie enttäuscht ab. Flüchtig wanderte ihr Blick noch über ein schmales Schwert, das in seiner Scheide gesteckt an der Wand lehnte, dann gab sie auf. Was Elenor sehen wollte, war etwas Persönliches, etwas, was ihr einen Einblick in das geben könnte, was Fynn hinter den unnachgiebigen Mauern seiner Festung verbarg. Doch anscheinend gab es wirklich nichts in diesen Mauern. Mürrisch von der erfolglosen Suchewollte Elenor sich gerade von der unfreundlichen Kälte des Raumes heraus befördern lassen, da blieb ihr Blick an etwas hängen. Etwas Kleines funkelte geheimnisvoll von der staubigen Schrankoberfläche zu ihr herab. Ehe Elenor nachdenken konnte, hatten ihre Hände bereits den altersschwachen Holzstuhl gepackt und vor den Schrank gestellt. Mit vor Aufregung bebendem Atem bestieg sie die wackelige Sitzfläche und streckte sich den Schrank empor über die Kante. Sofort erspähte sieeine kleine, silberne Brosche. Jung und unschuldig blitzten ihr die kleinen Edelsteine inmitten der filigranen Verzierungen entgegen. Elenor starrte das edle Schmuckstück ein paar Herzschläge lang reglos an, dann schoss ihr Arm blitzschnell hervor und griff nach ihrer Beute, als könne die Brosche aufspringen und die Flucht ergreifen. Der alte Stuhl unter ihr knackte gefährlich. Die morschen Beine gaben nach und der Stuhl drehte sich ächzend zur Seite. Elenor verlor den Halt. Ihre Beute noch immer fest in der Hand hing sie für einen Moment in der Luft, dann siegte die Schwerkraft und der Schrank stürzte samt Elenor zu Boden. Ein spitzer Schrei entfuhr ihr, als die robusten Brettseiten auf ihr Bein prallten, begleitet vom lauten Scheppern der Rüstungsteile. Langsam kroch Elenor unter dem Holz hervor und erhob sich mit einem stechendem Schmerz in ihrem rechten Oberschenkel. Atemlos lauschte sie aus dem Raum heraus in den Flur. Doch das ausgelassene Gelächter der Gesprächsrunde von unten wehte noch immer ohne Unterbrechung zu ihr empor. Erleichtert strömte die Luft aus Elenors Lungen, gefolgt von ein paar zischenden Flüchen. Hastig sammelte sie die Rüstungsteile zusammen und stemmte den Schrank zurück auf seine unförmigen Füße. Gerade, als sie ihn an seinen Platz zurückschieben wollte, nahm ihr Blick etwas Neues ins Visier. Ein kleines Loch war in die steinerne Wand geschlagen worden, das bis eben noch schützend vom Schrank bewacht worden war. Erneut von ihrer Neugier erfasst, huschte Elenor darauf zu und streckte sofort ihre Hand hinein. Sie ertastete ein in Leder gebundenes Notizbuch und eine glatt geschliffene Kristallkugel. Adrenalin raste durch Elenors Adern, als hätte sie einen wertvollen Schatz gefunden. Vorsichtig zog sie die Kugel heraus und starrte den dichten, schwarzen Nebel an, der langsam darin umher waberte. Elenor hielt die Kugel ins Licht und schüttelte sie, erst behutsam, dann energischer, doch es passierte nichts. Als befände sich der Nebel in einer eigenen Welt, völlig abgeschirmt von Elenors Realität, waberte er gleichmäßig weiter vor sich hin. Wissbegierig wandte Elenor sich dem Notizbuch zu und schlug es mit ihrer freien Hand hastig auf.

Erinnerungskugeln, stand dort geschrieben, eindeutig in Fynns Handschrift. Es war dieselbe Handschrift, wie die in den Berichten auf dem Schreibtisch.

- Kugeln aus Kristall (muss reiner Kristall sein!)
- Kristall wird geschmolzen und in ein Kugelgefäß gegeben, einen Tropfen Blut hinzufügen und abkühlen lassen
Elenor traute ihren Augen nicht. Was stand da? Was hatte das zu bedeuten? Hastig blätterte sie um und las weiter.
Benutzung:
- noch unbekannt, vielleicht spezielles Ritual?
- ist mir nur einmal unbewusst gelungen

Was ist ihm unbewusst gelungen? So vertieft in die Worte und in ihren eigenen, rasenden Gedanken, bekam Elenor nicht mit, wie ihr die Kristallkugel aus der Hand rutschte und zu Boden fiel.

II.

DAS MASSAKER

Erschrocken sprang sie zur Seite, als die Kugel mit einem lauten Klirren auf dem Steinboden in unzählige Teilchen zersprang. Der schwarze Nebel breitete sich rasend schnell aus, stieg empor und hüllte Elenor ein. Er schien mit jeder Sekunde dichter zu werden. Sie wollte aus der Nebelwolke herausspringen, doch sie konnte sich nicht bewegen. Wie gelähmt stand sie da, unfähig, auch nur einen Finger zu rühren. Alles um sie herum war dunkel und obwohl der Nebel sie komplett umschlang und zu zerquetschen schien, spürte sie ihn nicht. Plötzlich verwandelte der Nebel sich in ein gleißendes Licht, so hell, dass Elenor die Augen zusammenkneifen musste. Schmerzhaft brannte sich das Licht durch ihre Augenlider hindurch. Den Bruchteil einer Sekunde später verschwand es.

Elenor öffnete vorsichtig ihre Augen und fand sich auf einem schneebedeckten Feld am Rande eines kleinen Dorfes wieder. Verwirrt sah sie sich um. Ihr Körper war noch immer wie versteinert, nur ihren Kopf konnte sie drehen. Vor ihr stapelte ein kleiner, zehnjähriger Junge, mit dunklen Haaren, emsig Holzscheite in einen großen Wagen. Eine unbekümmerte, helle Aura mit lebhaften Schwingungen umgab ihn. Elenor hatte diese Aura oft bei Kindern gesehen. Plötzlich hielt der Junge inne und richtete sich auf. Er drehte sich um und sah mit seinen klaren, blauen Augen direkt durch sie hindurch zum Dorf. Elenor stockte der Atem. »*Fynn?*«, wollte sie fragen, aber es kam kein Ton aus ihr heraus. Doch es bestand kein Zweifel – er war es. *Befand sie sich in seiner Erinnerung?*

Fynn rannte los und Elenor spürte einen Ruck durch ihren Körper fahren. Es war, als würde ihr Brustkorb von einem unsichtbaren Seil gezogen werden. Machtlos in ihrem steifen Körper flog sie dem kleinen Fynn hinterher. Die Umgebung um sie herum verschwamm und nur noch einzelne Schemen waren zu erkennen, als hätte die Erinnerung Lücken. Der Pfahl von einem Holzzaun, die Tür von einem Haus, der Kopf von einem Pferd – dann spürte Elenor wieder einen Ruck und ihr Körper kam abrupt zum Stillstand. Die Umgebung wurde wieder schärfer und vervollständigte sich. Elenor befand sich nun neben einem Brunnen mitten auf dem Dorfplatz. Um sie herum herrschte Panik. Die Dorfbewohner rannten hektisch umher, einige schrien, andere weinten. Aus dem Augenwinkel bemerkte Elenor eine Bewegung. Sie drehte ihren Kopf und entdeckte den kleinen Fynn neben sich, eng hinter dem Brunnen gekauert und hastig umherschauend. Er wirkte wie ein verlassenes Reh auf der Suche nach seiner Mutter, aufgelöst und schutzlos.

»Seid still!«, ertönte eine tiefe Stimme. Sie ging Elenor durch Mark und Bein. Prompt blieben die Dorfbewohner stehen und kauerten sich eng zusammen. Direkt vor der Menschenmenge stand ein großer, breiter Mann in einer dunkelroten, glänzenden Rüstung. Sein dichtes, braunes Haar fiel ihm bis auf die Schultern. Eine große Narbe überzog sein Gesicht, in dem sich der Ausdruck reinen Wahnsinns widerspiegelte. Seine Augen waren aufgerissen und gerötet, als würde er sie nie schließen. Eine kräftige, blutrote Aura umgab ihn, die wild umher züngelte. Wie eine dunkle Vorahnung schoss ein ungutes Gefühl in Elenor empor, als sie den Mann betrachtete und der plötzliche Impuls, zu fliehen, durchzuckte sie. Der Mann starrte in die Menge. Auf eine seltsam verzerrte Weise wirkte er erwartungsvoll und aufgeregt.

»Meine wehrten Damen und Herren, es besteht kein Grund zur Panik«, sagte er sanft und sein Mund verzog sich zu einem breiten Grinsen. »Bitte entschuldigt mein unangekündigtes Hereinplatzen in euer schönes Dorf. Verzeiht meinen Männern, die, ich sage mal, grobe Behandlung euch gegenüber, sie sind nicht sehr feinfühlig.«

Erst jetzt bemerkte Elenor die anderen sieben Männer, die in einem Kreis um die Menschenmenge standen und die Dorfbewohner auf dem Platz einpferchten. Sie trugen notdürftig zusammengeschusterte Rüstungsteile, die sie offensichtlich an verschiedenen Orten zusammengesammelt hatten. Ihre grimmigen Blicke waren selbst unter ihren nicht wirklich passenden Helmen deutlich zu spüren.

»Ich bringe euch großartige Neuigkeiten«, fuhr der Mann fort und hob feierlich die Arme. Die Dorfbewohner sahen ihn an, als würde der Tod höchstpersönlich vor ihnen stehen. Einige von ihnen wimmerten. »Keine Sorge, ich habe nicht vor, euch umzubringen«, verkündete der Mann lachend. »Zumindest nicht, wenn ihr das macht, was ich euch befehle.« Scharf, wie die Klinge eines Schwertes, sirrten die Worte durch die Luft und Elenor lief ein kalter Schauer über den Rücken. Plötzlich stolperte einer der Dorfbewohner aus der Menge und blieb drohend vor dem Mann stehen.

»Was glaubst du, wer du bist?«, schrie er. Trotz seines Mutes war die Angst in ihm deutlich zu sehen. »Verschwinde und lass uns in Ruhe!« Der Mann in der roten Rüstung verstummte und Elenor sah seine blutrote Aura auflodern wie ein Feuersturm.

»Wie kannst du es wagen?«, zischte er und die Menge hielt panisch den Atem an. Langsam ging er auf den Dorfbewohner zu, seine blutrote Aura schloss ihn lichterloh ein. »Du wagst es, mich wegzuschicken, so wie sie es getan haben – so wie *er* es getan hat?« Der Dorfbewohner taumelte zurück und stammelte etwas Undeutliches vor sich hin. »Doch ich lasse mich nicht mehr wegschicken, nein«, sprach der Mann fahrig weiter, mehr zu sich selbst. »Er wird schon sehen, ich werde —« Plötzlich hielt er inne, als erinnerte er sich wieder an sein Vorhaben. Der Feuersturm seiner blutroten Aura kam sofort zur Ruhe. Gefährlich leise brodelte sie weiter um ihn herum, klein, doch jederzeit bereit. Mit aufgerissenen Augen starrte er den Dorfbewohner an.

»Hab' ich dich erschreckt?«, fragte er betont schuldbewusst. Mit festen Klauen packte er ihn am Kragen und zog den vor Angst steif gewordenen Dorfbewohner nah an seine Brust. »Verzeih mir, mein Temperament geht manchmal etwas mit mir durch«, entschuldigte er sich aufgesetzt höflich. Den Dorfbewohner weiter fest im Arm wandte er sich wieder der Menge zu. Kleine, zarte Schneeflocken rieselten sanft vom weißen Himmel herab, tanzten ein wenig in der Luft, dann legten sie sich langsam auf die Dorfbewohner, die es nicht wagten, einen Finger zu rühren.

»Ich bin im Spätsommer dieses Jahres aus dem Königreich Vilgot verbannt worden«, fuhr der Mann in der roten Rüstung fort. Die Menschen wandten für den Bruchteil einer Sekunde ihre Köpfe einander zu und ein stummes Geflüster huschte zwischen ihnen umher.

Ein Gefühl, als würde sie in Eiswasser getaucht werden, durchschüttelte Elenor, als ihr klar wurde, wer da vor ihr stand und im selben Moment zog sich ihr Magen schmerzhaft zusammen. Der Mann in der roten Rüstung war Hakon! Ein heiseres Lachen entwich ihm.

»Nun, offensichtlich kennt man mich bereits,-« Die Menge wandte sich sofort wieder zu ihm nach vorn. »Dann muss ich mich ja nicht mehr vorstellen. Ich bin mir sicher, ihr kennt nur den einen Teil der Geschichte. Den Teil, in dem ich der Böse bin. Ich erzähle euch, was wirklich geschehen ist.« Der Dorfbewohner in seinem Arm zappelte ein wenig, doch Hakon schien ihn gar nicht zu bemerken.

»Ich bin als einfacher Bauernsohn am Rand des Königreiches geboren worden. Meine Eltern haben jeden Tag von früh bis spät auf dem Feld gearbeitet. Wir hatten kaum zu essen, fast unsere ganze Ernte mussten wir an den Adel abgeben. Unsere Hütte war klein und durch das Dach regnete es immer herein. Im Winter war es kaum auszuhalten. Feuerholz haben wir nur selten bekommen. Eines Tages starb meine Mutter an der eisigen Kälte-« Stille breitete sich aus. Elenor konnte spüren, wie die Dorfbewohner ihre Abwehrhaltung ihm gegenüber aufgaben. Ihre Gesichter wurden offener, manche fassten sich betroffen ans Herz, andere nickten grimmig, als verstünden sie genau, was er sagte. Elenor runzelte die Stirn. Sie konnte sich nicht daran erinnern, jemals gehungert oder sich beinahe zu Tode gefroren zu haben. Jedem, den sie kannte, ging es gut in Vilgot. *Hakon musste lügen – oder?*

»Aber was beklage ich mich eigentlich – euch geht es in den Dörfern noch viel schlechter«, fuhr Hakon fort und senkte demütig den Kopf. »Nach dem, was ich gehört habe, müsst ihr jedes Jahr einen viel zu großen Teil an Abgaben jeder Art an das Königreich leisten und der Rest reicht für euch kaum zum Leben. Habe ich recht?« Die Menschenmenge murmelte bestätigend. Ihre Mienen wurden finsterer. »Es ist schrecklich, wie viele eurer Geliebten ihr jedes Jahr an den Tod verliert – dabei hätten *ein* Stück Brot und *eine* Handvoll Holzscheite mehr ihre Leben retten können! Genau wie das meiner Mutter.«

Hakon hatte die Menge mit seinen Worten mitten ins Herz getroffen. Eine Wut schoss aus ihnen empor, wie die Lava aus einem Vulkan. Hakons Mundwinkel zuckten. Seine Augen begannen zu glühen und er zog den Arm um den Dorfbewohner an seiner Seite fester zusammen.

»Doch ich bin gekommen, um dem ein Ende zu bereiten!«, begann er mit erhobener Stimme. »Ich werde in die Königreiche einmarschieren! Helft mir, diese herzlosen Tyrannen von ihren Thronen zu stürzen und ein neues politisches System aufzubauen!« Die Schneeflocken auf Hakons Rüstung begannen, zu verdampfen. Er zog den Arm so fest um den Hals des Dorfbewohners, dass dieser zu würgen und zappeln begann. Die Menge jubelte zustimmend auf.

»Wir beginnen in Vilgot!«, brüllte Hakon und seine blutrote Aura begann erneut zu toben. »Wir marschieren vor, bis zur königlichen Burg, stürmen den Rat und dann werde ich es diesem Feigling von König ein für alle Mal zeigen! Er wird es bereuen, mich jemals ins Exil geschickt zu haben!« Die Menge grölte. Hakon schloss die Augen und sog genüsslich die Luft durch seine weit geöffneten Nasenlöcher ein. Der Dorfbewohner in seinem Arm quiekte auf und begann, sich heftig gegen Hakons eisernen Würgegriff zu wehren. Hakon öffnete die Augen und sah auf den kleinen Mann herunter, als hätte er vergessen, dass er diesen immer noch gepackt hielt. Achtlos ließ er ihn fallen. Der Dorfbewohner taumelte nach Luft ringend umher. Er nahm ein paar tiefe Atemzüge und rieb sich den mit dunklen Druckstellen übersäten Hals. Dann spuckte er Hakon vor die Füße.

»Bei sowas machen wir nicht mit!«, keuchte er heiser. »Du willst uns doch nur für deine Zwecke benutzen.« Hakons Grinsen gefror. Langsam, wie ein Raubtier auf der Lauer, ging er auf den Dorfbewohner zu.

»Wenn das so ist, dann habe ich für dich eine ganz besondere Aufgabe«, sagte er gedehnt und winkte zwei seiner Männer zu sich. Sofort stampften sie herbei und packten den kleinen Mann an den Armen. Die Menschenmenge verstummte augenblicklich. Hakon riss dem Dorfbewohner das Hemd vom Leib. »Du hast die große Ehre, unser Botschafter zu sein.« Vor Angst schlotternd und keuchend versuchte der Dorfbewohner, sich aus den Griffen der Männer zu befreien. »Aber, aber«, sagte Hakon sanft und tätschelte dem Mann die Wange. »Sieh es als Geschenk und Zeichen meiner Gnade. Ich sollte dich töten, weil du es gewagt hast, dich gegen mich zu stellen. Aber ich lasse dich am Leben und brenne dir obendrein noch meinen Namen auf deinen Rücken, damit du ihn nie wieder vergisst.«

Seine Helfer zerrten den Mann so vor die Menge, dass er mit dem Rücken zu ihnen stand. Wie aus dem Nichts ließ Hakon seinen Zeigefinger entflammen und begann damit, den Buchstaben H in die Haut auf dem Rücken des Mannes zu brennen. Dieser stieß einen grausamen Schrei aus und die Menge wandte erschrocken ihre Blicke ab.

»Aufhören, sofort!«, schrie eine Frau. Hakon ließ von dem Mann ab und drehte langsam seinen Kopf.

»Wer traut sich, mich zu unterbrechen?«, fragte er leise, doch so durchdringend, dass ihn jeder hören konnte. Die Dorfbewohner wichen zurück und gaben die Sicht auf eine junge, anmutige Frau frei, die Hakon mit einem Blick tiefster Verabscheuung strafte. Elenor bemerkte, wie der kleine Fynn sich kurz hinter dem Brunnen regte. Sie hatte ihn komplett vergessen. Ängstlich starrte er zu der Frau herüber, seine Hände fest um die runden Brunnensteine geklammert. *Kannte er sie etwa?*

»Anna, nicht!«, rief ein schmaler, großer Mann mit einem hageren Gesicht. Er stürmte aus der Menge und stellte sich schützend vor die Frau. Fynn wurde panisch und schien kurz davor zu sein, hinter dem Brunnen hervorzuspringen.

»Wie niedlich«, sagte Hakon mit eiskalter Stimme. »Lass mich raten: Das ist deine geliebte Frau und du willst sie beschützen, nicht wahr? Dabei hast du gar keine Chance gegen mich.«

»L-lass sie in Ruhe«, brachte der Mann mit zitternder Stimme hervor. Hakons gerötete Augen blitzten mörderisch auf.

»Du Schwächling sagst mir nicht, was ich tun soll«, knurrte er und ging auf die beiden zu. Die Beine des hageren Mannes begannen, zu schlottern.

»Anna, nimm Fynn und bringt euch in Sicherheit!«, rief er verzweifelt hinter sich. Elenor stockte der Atem. *Waren das etwa*

Fynns Eltern? Der kleine Fynn hinter dem Brunnen wimmerte leise. Hakon lachte auf.

»Sie wird nur nicht weit kommen«, sagte er amüsiert. »Ihr seid mutig und loyal zueinander. Ihr würdet sogar füreinander sterben... Eigentlich genau das, was ich brauche... Aber ihr habt euch gegen mich gestellt und ich *kann* es nicht riskieren, dass jemand aus meinen eigenen Reihen mich verrät. Nun gut, was soll's.« Hakon öffnete den Mund, holte tief Luft und schoss einen breiten Feuerstrahl, tief aus seiner Kehle, auf das junge Ehepaar ab. Die Dorfbewohner schrien auf und mit einem Schlag brach ein fürchterliches Chaos aus. Einige der Dorfbewohner versuchten zu fliehen, andere schäumten über vor Wut und gingen auf Hakons Helfer los, während Hakon alles um sich herum brüllend in Brand setzte. Elenor nahm das Geschehen nur am Rande wahr. Ein markerschütternder Schrei neben ihr hatte ihre Aufmerksamkeit in den Bann gezogen und sie konnte ihren Blick nicht von dem kleinen Fynn abwenden. Reglos kniete er auf dem Boden und starrte mit tränenüberströmtem Gesicht auf die brennenden Körper seiner Eltern. Dann begrub er das Gesicht in seinen Händen und schluchzte haltlos vor sich hin. Kämpfende Menschen und Feuerbälle tobten um ihn herum, doch er schien das alles nicht mehr wahrzunehmen. Irgendwann verstummte Fynn und richtete sich langsam auf. Mit dem Ausdruck blanken Zorns starrte er auf Hakon, der immer noch wie von Sinnen mit Feuer um sich warf. Kleine Steine und Stöcke erhoben sich vom Boden und schwebten in der Luft. Der Brunnen vor Fynnbegann immer stärker zu beben, bis er schließlich auseinanderbrach. Die Steine schossen in alle Richtungen. Erschrocken hielten die Menschen in ihren Bewegungen inne, einige wurden von den Geschossen getroffen. Für einen Moment lang herrschte Stille. Nur das laute Poltern und Klirren der Häuser um sie herum war zu hören. Dann begannen sich die Steine, Bretter und Kampfwerkzeuge in der Luft umeinander zu drehen, immer schneller, bis ein Wirbelsturm über den Dorfplatz tobte. Erstarrt beobachtete Elenor die rotierende Mistgabel über sich, die wie vom Wind erfasst in alle Himmelsrichtungen umher fegte. Nur war es völlig windstill. Die Feuerbälle in Hakons Hand erloschen. Er starrte auf den kleinen Fynn, der mitten im Sturm auf dem Boden hockte. Fynns mächtiger Zorn war unheimlich greifbar, wie eine gewaltige Dunkelheit legte sie sich über den Dorfplatz und in Hakons wahnsinnige Augen trat ein Anflug von Angst. Dann sprang einer seiner Helfer zu ihm. Er griff seinen Arm und einen Wimpernschlag später waren die beiden verschwunden. Fynn stieß erneut einen wutentbrannten Schrei aus und der Wirbelsturm um ihn herum wuchs. Es war ein Albtraum. Alles schoss kreuz und quer durch die Luft – die Dorfbewohner kreischten und rannten in alle Richtungen davon. Einige liefen sich gegenseitig um, andere wurden von den umher schwebenden Gegenständen erfasst. Ihre panische Angst, ihre Schmerzen, Fynns dunkle, flammende Wut – alldie Gefühle der Menschen schienen Elenor zu verschlingen. Immer noch bewegungsunfähig, schloss sie die Augen. Sie wollte, dass es aufhörte, sie wollte hier weg. Ihre Augen füllten sich mit Tränen, während die Schreie der Menschen in ihrem Kopf anschwollen. Plötzlich fühlte sie zwei Hände auf ihrem Rücken und einen kräftigen, unsanften Stoß. Elenor fiel nach vorn und mit einem Mal konnte sie ihre Beine wieder bewegen. Sie stolperte einige Schritte vorwärts, durch den dunklen Nebel hindurch, raus aus dem grausamen Lärm. Blinzelnd drehte sie sich um und gerade, als sie sah, wie der Nebel sich wieder auflöste, packte jemand sie am Arm und zerrte sie herum. Elenor erschrak und blickte geradewegs in Fynns eisige Augen.

Noch bevor sie zu sich kommen konnte, fuhr er sie an.

»Was hast du gesehen?«, rief er aufgebracht, seine Hand fest um ihren Arm gekrallt. Elenor konnte keine Worte hervorbringen. Ihr Hals war ausgetrocknet und ihre Zunge bleischwer. »Sag mir, was du gesehen hast!«, rief er lauter und zerrte sie näher zu sich heran. Sein Griff schmerzte. Elenor öffnete den Mund, aber es kamen nur undeutliche Geräusche heraus. Fynn starrte sie mit blankem Zorn an und Elenor spürte, wie seine Hand an ihrem Arm leicht zitterte. Der Schreibtisch begann zu vibrieren und die Rüstungsteile auf dem Boden klirrten. Elenor wagte es nicht, zu atmen. *Wiederholte sich der Albtraum von eben?* Für einen Moment lang stand sie reglos da, betend, dass es endlich vorbei wäre. Dann ließ er ihren Arm ruckartig los und drehte sich von ihr weg. Er atmete ein paar Mal tief ein und aus und die Gegenstände in dem Raum kamen wieder zur Ruhe. Elenor traute sich nicht, sich zu bewegen. Das Herz schlug ihr bis zum Hals.

»Du wirst niemandem davon erzählen, hast du verstanden?«, sagte Fynn leise, mit bebender Stimme, immer noch von ihr abgewandt. »Ansonsten werde ich dafür sorgen, dass du dir wünschst, nie geboren worden zu sein. Verlass dich drauf. Und jetzt verschwinde!«

Das ließ sie sich nicht zweimal sagen. Sie drehte sich auf dem Absatz um und rannte aus dem Raum. Kurz bevor sie die Tür hinter sich schloss, sah sie ihn reglos auf die Kristallscherben herabstarren. Sein Gesicht konnte sie nicht sehen, doch sie spürte, wie sich ein Gefühl von Angst ausbreitete. Und obwohl sie am ganzen Leib zitterte, war sie sich sicher, dass es nicht ihre eigene Angst war.

12.
DAS GEISTERDORF

Wie betäubt stolperte Elenor die Treppe herunter. Ihr Kopf
rauschte und ihr Puls pochte ohrenbetäubend laut. Die Mauer-
Kämpfer saßen immer noch in dem lichtdurchfluteten Raum
und unterhielten sich gesellig. Eine angenehme Wärme quoll aus
dem Raum heraus. Verdutzt schauten sie auf, als sie Elenor
durch die nackte Eingangshalle stürmen sahen. Besorgt riefen
sie ihr irgendetwas hinterher, doch Elenor hörte sie kaum. Sie
konnte nicht stehen bleiben, sie musste so weit weg von Fynns
Arbeitszimmer wie möglich. Unaufhörlich zogen die Bilder
immer wieder vor ihren Augen vorbei und wechselten zwischen
Hakons verzerrtem Grinsen und Fynns schmerzerfülltem
Gesicht. In die Schreie der Dorfbewohner in ihrem Kopf
mischte sich Fynns aufgebrachte Stimme. *»Was hast du gesehen?
Du wirst niemandem davon erzählen... Ansonsten werde ich
dafür sorgen, dass du dir wünschst, nie geboren worden zu
sein...«*

Emelie und Henrik warteten immer noch am Fuß der steinernen
Treppen vor dem Gebäude. Als Elenor an ihnen vorbei stürmte,
unterbrachen sie ihr Gespräch sofort.

»Hey, du bist ja kreideweiß, was ist passiert?«, fragte Henrik bestürzt.

»Bitte… gehen… schnell –«, brachte Elenor fahrig ihre wenigen Worte zusammen. Emelie und Henrik tauschten beunruhigte Blicke aus, während sie versuchten, mit Elenors gehetztem Tempo Schritt zu halten. Nachdem sie einige Meter zwischen sich und dem Hauptgebäude der Mauer-Fraktion gebracht hatte, blieb Elenor endlich stehen. Außer Atem ließ sie sich auf den Rand einer niedrigen Steinmauer neben einem schmalen, plätschernden Bach sinken.

»Um Himmels willen«, keuchte Emelie und fiel erschöpft neben Elenor auf die Mauer, »was ist denn los gewesen? Sag nicht, Fynn hat dir irgendetwas angetan! Wenn doch, dann laufe ich auf der Stelle zurück und zeig ihm –«

»Emelie, nicht jetzt«, unterbrach Henrik sie warnend und deutete mit einem leichten Kopfnicken auf Elenor. Elenor vergrub ihr Gesicht in den Händen und fing hemmungslos an, zu schluchzen. Ihr gesamter Körper schlotterte, während die Tränen ihr haltlos übers Gesicht liefen, zwischen ihren Fingern hindurchrannen, auf den Boden tropften und sich mit der dunklen Erde mischten.

»Oh«, sagte Emelie bestürzt. »Ich wusste ja nicht-« Dann nahm sie ihre beste Freundin ohne zu zögern beherzt in den Arm. Emelies weiche Brust, ihr angenehmer Duft und die starken Arme, die sie schützend festhielten, waren wie ein Anker für Elenors aufgewühlte Seele und holten sie langsam wieder in die Wirklichkeit zurück. Eine seltsame Stille hatte sich im Königreich ausgebreitet, als schienen selbst die Vögel zu wissen, welches Grauen Elenor gesehen hatte. Nur Elenors Schluchzen und das Plätschern des Baches erfüllten die frische, abendliche Frühlingsluft. Einige Minuten lang saßen sie schweigend auf der Mauer, während Elenor sich in Emelies Armen ausweinte und Henrik ihr unbeholfen die Schulter tätschelte. Die Bilder verblassten allmählich in Elenors Kopf und ihr Atem beruhigte sich wieder. Langsam löste sie sich aus Emelies tröstenden Armen und wischte sich benommen über ihr nasses Gesicht.

»Was ist passiert?«, fragte Emelie erneut, diesmal um einiges sanfter. Elenor schluckte den Kloß in ihrem Hals mühsam herunter und begann zu erzählen. Von dem Moment an, als sie das Haus betrat, über das, was Fynns Kollegen über ihn erzählt hatten, bis hin zu ihrem Missgeschick in seinem Arbeitszimmer und ihrem Erlebnis mit der Kristallkugel. Doch über das, was sie dort gesehen hatte, erzählte sie ihnen nicht alles. Nicht, weil Fynn es ihr verboten und ihr gedroht hatte. Nein, sie hatte hinter seinen scharfen Worten noch etwas anderes erkannt. *War esAngst? Schmerz, gemischt mit Verzweiflung?Verletzlichkeit, die so scheu und gleichzeitig so eindringlich war?* Zum ersten Mal wurde Elenor bewusst, was sie seit ihrem ersten Aufeinandertreffen bei der Zeremonie nicht mehr losließ. Es war nicht nur, dass sie keine Gefühle in ihm erkennen konnte. Vielmehr war es dieses schwere Geheimnis, das er mit sich herumtrug und das sie ab dem ersten Moment in seinen Augen hatte erkennen können. Seine eigene selbstzerstörerische Dunkelheit, hinter der er seine Gefühle einsperrte. Er war wie ein einsamer Wolf, verloren und geschunden, sich mühsam durch das Leben schleppend und trotzdem bereit, alles und jeden zu zerfleischen, der sich ihm in den Weg stellte.

Emelie und Henrik schienen Mühe zu haben, Elenors Erzählung zu folgen.

»Eine Kristallkugel, die dir die Erinnerung von jemandem zeigt?«, fragte Henrik schließlich nachdenklich. »Ich glaube, davon habe ich mal etwas gelesen.«

»Wirklich? Was weißt du darüber?«, fragte Elenor und richtete sich auf.

»Das ist schon zu lange her«, antwortete Henrik und kratzte sich am Kopf. »Aber in der alten Volksbibliothek gibt es ein Buch darüber. Wir können morgen nach dem Training mal nachlesen.«

»Die Informationen über diese Kugel sind ja ganz nützlich«, warf Emelie ein. »Aber mich interessiert eher das, was du darin

117

gesehen hast. Du warst in einem Dorf außerhalb von Vilgot? Und Hakon ist dort eingedrungen und hat die Menschen gefoltert?« Elenor lief erneut ein Schauer über den Rücken. Sie nickte.

»Weißt du noch, wie das Dorf hieß?«, fragte Henrik an Elenor gewandt.

»Vanya«, antwortete Emelie wie aus der Pistole geschossen.

Elenor drehte sich verdutzt zu ihr um. »Woher weißt du das?«, fragte sie. Elenor konnte sehen, wie es in Emelies Hirn ratterte und ihre Augen begannen, zu glühen – wie immer, wenn sie die einzelnen Puzzleteile ihrer Detektivarbeit zusammensetzte.

»Ich habe doch in den letzten Wochen über Fynn recherchiert und ich dachte erst, dass ich nichts Bedeutendes herausgefunden habe«, begann sie hastig. »Aber nach deinen Erzählungen wird mir einiges klar! Fynn ist in einem Dorf namens Vanya auf-gewachsen. Es lag ein paar Meilen von Vilgot entfernt und war eines der Dörfer, das unter dem Schutz des Königreiches stand. Vor zehn Jahren ist es dann bis auf die letzte Hütte abgebrannt. Die Elite-Fraktion hat davon erfahren und ist in das Dorf geritten, um eventuelle Überlebende zu bergen, doch niemand hat überlebt. Außer Fynn, der damals zehn Jahre alt war. Sie haben ihn mit nach Vilgot genommen und nach einigen Verhören ent-schieden, dass er bleiben darf. Er ging von da an in die Volks-schule, um die allgemeine Grundlehre mitzumachen und da hat sich dann auch recht schnell seine magische Fähigkeit entfaltet. Gelebt hat er währenddessen im Hauptlager der Elite-Fraktion, unter der Aufsicht von Eaven, der damals noch mitten in der Grundausbildung für die Verteidigungssektion war.« Elenors Kopf begann zu pochen, während sie versuchte, Emelies Informationen zu verarbeiten.

»Dann war das, was ich da gesehen habe, also-«

»Genau!«, unterbrach Emelie sie mit leuchtenden Augen. »Du hast den Tag erlebt, an dem das Dorf Vanya unterging. Der könig-liche Rat hat sehr lange mit den Elite-Kämpfern diskutiert und versucht, herauszufinden, was wirklich geschehen war. Sie haben natürlich von Anfang an vermutet, dass Hakon und seine Gefolgsleute dafür verantwortlich waren, aber sie konnten sich nicht erklären, wieso sie das Dorf so verwüsteten. Nicht umsonst bezeichnet man die Überreste von Vanya auch als Geisterdorf. Ich meine mich zu erinnern, dass in dem Bericht der Elite-Kämpfer, die in das Dorf geritten sind, stand, dass die Häuser wie auseinandergerissen wirkten und ein Chaos geherrscht hat, als hätte ein Sturm gewütet. Und die Menschen hingen teilweise in der Luft, aufgespießt auf zersplitterten Holzbalken zerstörter Häuser und Zäune. Das ist selbst für Hakon nicht typisch. Und dann ist da noch das größte Rätsel: Wieso hat Fynn als einziger unversehrt überlebt? Niemand konnte etwas aus ihm herausbekommen, selbst vor dem königlichen Gericht hat er geschwiegen.« Emelies Wangen glühten vor Erregung. Sie war voll in ihrem Element. »Elenor, du musst zum königlichen Rat gehen und ihnen erzählen, was du gesehen hast!«

Elenor schnürte die Brust zusammen, als sie von dem Ausmaß der Zerstörung hörte. War Fynn wirklich ganz allein dafür verantwortlich gewesen? Sie erschauerte, als er erneut in ihrer Erinnerung auftauchte, verzerrt von seinem eigenen brennenden Zorn inmitten des Wirbelsturms aus Dachziegeln, Holzbalken und schreienden Menschen, dunkel und bedrohlich, wie ein Monster aus einer anderen Welt.

»Ist alles in Ordnung?«, holte Henriks besorgte Stimme sie aus ihren Gedanken. »Du bist plötzlich wieder so blass.«

Elenor atmete tief durch. »Wie ich eben schon erzählt habe: Ich habe nur gesehen, dass Hakon die Menschen gefoltert hat. Danach hat Fynn mich aus der Erinnerung herausgestoßen«, antwortete sie mit bemüht fester Stimme.

»Schade«, bedauerte Emelie, ein wenig enttäuscht darüber, dass die Möglichkeit, dieses Geheimnis zu lüften, so schnell wieder verblasste. »Nicht schlimm«, fügte sie dann optimistisch hinzu. »Wir finden auch so heraus, was an dem Tag geschehen ist.«

»Wo hast du die Informationen über Fynn eigentlich her?«,

fragte Henrik neugierig. Dankbar über den Themenwechsel atmete Elenor unauffällig auf.

»Wir haben in unserem Amtsgebäude eine Abteilung, in der Akten, mit wichtigen Informationen über jeden einzelnen Bewohner von Vilgot, aufbewahrt werden«, erklärte Emelie ihm. »Da stehen allgemeine Daten drin, wie zum Beispiel das Datum der Geburt, welcher Sektion derjenige beigetreten ist, was seine magische Fähigkeit ist, sofern er eine hat, und so weiter. Und dort gibt es auch eine Akte über Fynn.«

Henrik runzelte die Stirn. »Seltsam, dass der Raum frei zugänglich ist, solche privaten Informationen sollten doch eigentlich mehr... geschützt sein«, sagte er skeptisch.

»Natürlich ist er nicht frei zugänglich!«, entgegnete Emelie ungeduldig. »Ich bin dort auch nicht einfach so reingekommen. Als Lehrling muss man den Schreibern in der Amtssektion des Öfteren mal einen Tee oder Kuchen vorbeibringen. Verstehe ich absolut nicht. Sie können sich ihren Tee doch einfach selbst holen. Die sind sich wohl zu fein dafür... Na ja, zumindest sollte ich in der letzten Zeit öfter mal ein Stück Apfelkuchen und eine Tasse Holundertee in den dritten Stock in Frau Greens Arbeitszimmer bringen. Sie kümmert sich um die ganze Verwaltung der vertraulichen Akten. Einmal war sie zufällig nicht da und da habe ich die Chance ergriffen und ein wenig in den staubigen Unterlagen in ihrem riesigen Schrank herumgestöbert. Dabei bin ich auf die Akte über Fynn gestoßen. Da konnte ich natürlich nicht widerstehen und habe einen ausgiebigen Blick hineingeworfen.« Henrik starrte sie entgeistert an, unschlüssig darüber, ob er ihre Tat dreist oder genial finden soll.

»D-Das ist ja der Wahnsinn!«, platzte es schließlich aus ihm heraus. Geschmeichelt von seiner offensichtlichen Bewunderung, huschte ein Lächeln über Emelies Gesicht.

»Das ist eben die Amtssektion«, antwortete sie bemüht unbeeindruckt. »Alles wird genaustens dokumentiert und aufbewahrt. Und ja, dort gibt es auch eine Akte über mich. Warum willst du das wissen?« Emelies Worte wurden schlagartig scharf. Mit zusammengekniffenen Augen fixierte sie Henrik, der urplötzlich dunkelrot anlief und seinen Blick von ihr abwandte.

»Hä? Das interessiert mich doch gar nicht, also – ich meine, – nicht, dass du mich nicht interessierst, du interessierst mich schon -a- also nicht auf diese Art, auf eine freundschaftliche Art natürlich. I-ich, ähm – Elenor, sag doch auch was!« Hilfesuchend drehte er sich zu ihr um. Elenor, die das Gespräch interessiert verfolgt hatte, lachte auf und für den Moment fühlte sie sich wieder leicht und unbeschwert.

»Emelie, du kannst nicht einfach so ohne zu fragen seine Gedanken lesen«, tadelte sie ihre Freundin scherzend.

Emelie schnaubte auf. »Wenn er sie mir auf einem Silbertablett präsentiert!«, empörte sie sich. Henrik öffnete und schloss den Mund wie ein Fisch, auf der Suche nach einer Erklärung.

»Wir sollten langsam gehen«, sagte Elenor grinsend, um die Situation aufzulösen. Stumm warf Henrik ihr einen dankenden Blick zu. Die Sonne ging bereits unter und malte die Häuser in einem warmen, rosa Licht. Die drei erhoben sich und machten sich auf den Weg nach Hause. Während sie durch die Gassen liefen, versuchte Henrik stotternd, zu erklären, dass er nicht einmal im Traum vorhabe, in Emelies Akte reinzuschauen, woraufhin Emelie nur ungläubig lachte.

Elenors Kopf stand kurz vor dem Platzen, als sie an diesem Abend nach Hause kam. Sie war ausgelaugt und erschöpft und ihre Gedanken kreisten immer noch um Fynn und Vanya. Ida und Torell hatten bereits zu Abend gegessen und saßen gemütlich vor dem kleinen Kamin im Wohnraum zusammen. Seit ihrem letzten Streit verhielten sich ihre Eltern mit einem Mal sehr versöhnlich und zeigten sich Elenor und ihrer Ausbildung gegenüber sehr unterstützend. Denn was für sie noch unerträglicher war als zukünftige Gefahrenszenarien in Elenors Zukunft, war die kalte Schulter ihrer Tochter täglich zu spüren. Beide drehten ihre Köpfe zur Eingangstür, als sie ihre Tochter eintreten hörten.

»Da bist du ja«, begrüßte Ida sie mit einem warmen Lächeln. Torell richtete sich mit einem spitzbübischen Grinsen auf.

»Du warst aber lange weg, hast du dich nach dem Training etwa noch mit einem Jungen getroffen?«, fragte er scherzend. Ida knuffte ihrem Mann in die Seite. Elenor hatte keine Kraft mehr, ihre Erlebnisse erneut zu schildern, also bemühte sie sich um ein ungezwungenes Lachen.

»Vielleicht«, sagte sie und zwinkerte ihrem Vater belustigt zu. Torells Gesichtszüge entgleisten sofort.

»Warte, was?«, fragte er und räusperte sich. »Den Jungen möchte ich sofort kennenlernen! Nicht, dass das irgend so ein komischer – Autsch!« Ida hatte ihm erneut kräftig in die Seite geknufft.

»Hör nicht auf ihn«, sagte sie lachend. »Liebling, wir haben dir etwas vom Abendessen aufgehoben, es steht hier drüben auf dem Kamin.« Elenor nahm einen kleinen, heißen Topf von ihrer Mutter entgegen. Ida hatte ihre Lieblingssuppe gekocht. Eine leichte Gemüsesuppe aus Kartoffeln, Möhren und Erbsen mit einer süßlichen Gewürzmischung, die nur ihre Mutter zaubern konnte. Doch trotz des verführerischen Dufts hatte Elenor keinen Appetit. Die Geschehnisse in Fynns Arbeitszimmer lagen ihr immer noch schwer im Magen. Ihren Eltern zuliebe zwang sie sich ein paar Löffel hinunter und bemühte sich, sich ihre Sorgen nicht anmerken zu lassen. Sie versuchte, ihre Gedanken abzulenken und ein paar ausgelassene Worte mit ihren Eltern zu wechseln. Dann gähnte sie betont laut, stellte das Geschirr weg und verabschiedete sich von ihnen, um ins Bett zu gehen. Doch als sie endlich allein in ihrem Bett lag, konnte sie nicht schlafen. Immer wieder tauchten die Bilder auf, die sich in Fynns albtraumhafter

Erinnerung angespielt haben. Sie wälzte sich eine Weile zwischen den frischen Leinenlaken hin und her, bis sie endlich in einen unruhigen Schlaf fiel.

13.
FLUCH UND SEGEN
DER KRISTALLKUGEL

Am nächsten Tag fiel es Elenor ungewohnt schwer, sich zu konzentrieren. Zuerst hatte sie das erste Mal seit Beginn ihrer Ausbildung verschlafen und schaffte es gerade so, pünktlich zu Meister Thores Grundtraining zu erscheinen. Dann war ihr Körper aufgrund des Schlafmangels kaum imstande, bei den anstrengenden Übungen mitzuhalten. Meister Thore zog das Leistungspensum nun von Tag zu Tag stärker an. Der Frühling war bereits in voller Blüte und in wenigen Monaten fand ihre Abschlussprüfung statt.

»Es dauert nicht mehr lange bis zum Sommer«, brüllte er seiner Truppe zu, während sie Runde für Runde um das Trainingsgelände sprinteten. »Dann müsst ihr zeigen, ob ihr das Zeug dazu habt, in das zweite Lehrjahr aufgenommen zu werden. Wer die Prüfung nicht besteht, wiederholt das erste Lehrjahr. Also strengt euch an, ich will niemanden ins erste Lehrjahr zurückstufen müssen!«

Die Lehrlinge wollten das erste Jahr ebenfalls nicht wiederholen müssen und gaben jeden Tag ihr Bestes. Jeder von ihnen hatte bereits deutliche Fortschritte sowohl in seinen physischen Fertigkeiten, als auch in seiner magischen Fähigkeit gemacht. Auch in den Gruppenübungen harmonierten sie immer besser zusammen und ergänzten sich mittlerweile als sehr gutes Team. Die Gruppenkämpfe wurden immer ausgefeilter und es dauerte wesentlich länger, bis das eine Team das andere besiegt hatte.

Meister Thore holte sich seit einigen Wochen regelmäßig zwei Kollegen zum Training dazu. Eine stämmige, muskulöse Frau mit kurzen, blonden Haaren und einen großen, schlanken Mann mit wuscheligen, braunen Haaren. Die Frau hatte die magische Fähigkeit, die Erde zu kontrollieren und der Mann konnte, genau wie Elisabet, Pflanzen wachsen lassen. Auf Meister Thores Wink hin, ließ die Frau zu Beginn des Trainings Hügel und Kuhlen im Boden entstehen, während der Mann Bäume, Büsche und meterhohe Hecken auf dem Gelände wachsen ließ, sodass die Fläche einem wilden Territorium glich, das bei jedem Training anders aussah. Während die Lehrlinge miteinander kämpften, ließen die beiden Kollegen unerwartet Ranken, feste Erdbrocken und andere Hindernisse im Getümmel entstehen, um die Wachsamkeit und Flexibilität der Lehrlinge während des Kampfes zu schulen. Heute endete das Gruppentraining allerdings sehr schnell. Elenor war so abgelenkt von ihren eigenen Gedanken, dass sie nicht mitbekam, wie sich eine Ranke um ihren Fuß schlängelte und der Boden unter ihr aufbrach. Sie schrie kurz erschrocken auf, während sie unsanft in die, unter ihr entstandene Kuhle fiel. Sofort kamen das Wassermädchen und Elisabet aus dem gegnerischen Team zwischen den Bäumen hervorgesprungen. Das Wassermädchen ließ zwei große, unförmige Wasserkugeln auf Elenors Arme prallen, die sie kalt und schwer zu Boden drückten, während Elisabet blitzschnell dicke, raue Wurzelranken um Elenors Körper schlingen ließ.

»Stopp!«, brüllte Meister Thore. Sofort ließen seine beiden Kollegen die Bäume, Pflanzen, Hügel und Kuhlen verschwinden, sodass sich das Trainingsgelände wieder in eine glatte

Rasenfläche verwandelte. Elisabets Ranken lösten sich von Elenors Körper und krochen zwischen dem frischen Gras in die weiche Erde zurück. Das Wassermädchen wog ihren Oberkörper von links nach rechts und ließ ihre Arme in sanften, fließenden Wellenbewegungen schwingen. Glucksend erhoben die Wasserkugeln sich in die Luft, schwebten wabernd zur Seite und ergossen sich mit einem leisen Platschen auf den Boden. Elenor biss sich beschämt auf die Zunge. *Warum hatte sie nur geschrien, der Sturz war doch weder schmerzhaft noch schlimm?*

»Was ist heute mit dir los, Kleine?«, fragte Meister Thore Elenor wütend. »Ist dir klar, was passiert, wenn du in einer geheimen Mission in feindlichem Gebiet plötzlich losschreist?«

»Jawohl«, antwortete Elenor mit gesenktem Blick und erhob sich vom Boden.

»Warum schreist du dann?«, brüllte Meister Thore.

»Weil ich mich erschrocken habe«, antwortete Elenor und lief sofort rot an, als ihr klar wurde, was sie da eben gesagt hatte.

»Erschrocken?« Meister Thore wusste nicht, ob er über Elenors Antwort lachen oder wütend sein sollte. »Du hast dich erschrocken? Schreist du in einer echten Mission auch bei jeder Kleinigkeit los?«, stauchte er sie fassungslos zusammen.

»Nein, Meister Thore.«

»Das will ich für dich hoffen, sonst ist es aus mit dir!« Schwer atmend, starrte er Elenor an. »Hör zu, Kleine«, knurrte er schließlich. »Du bist heute unkonzentriert und das gefällt mir gar nicht. Im Kampf darfst du niemals abschalten, du musst immer fokussiert bleiben. Reiß dich gefälligst zusammen, ich will, dass du die Abschlussprüfung schaffst. Aus dir kann wirklich was werden, also streng dich weiter an!« Elenor nickte betreten. »Das Training ist beendet. Team Blau hat gewonnen. Zieht euch um!« Josefin rempelte Elenor im Vorbeigehen an.

»Vielen Dank«, zischte sie wütend. »Wir hatten sie fast, aber dann musstest du es vermasseln. Dir liegt vielleicht nichts an dem

Training, aber mir ist es wirklich wichtig, diese Ausbildung zu schaffen! Nicht, dass ich es nicht schaffen würde –«

»Mir ist das auch wichtig«, verteidigte sich Elenor.

»Ach, tatsächlich? Davon merkt man aber nichts!« fauchte Josefin. Im Umdrehen warf sie Elenor ihre langen, roten Haare ins Gesicht und schritt mit erhobenem Kopf davon.

Trotz der angenehmen Wärme der Nachmittagssonne, die sich besänftigend auf Elenors Haut legte, fröstelte sie. Das Warten auf Fynn fühlte sich an wie eine Ewigkeit und wurde mit jeder Sekunde unerträglicher. Es schien, als wäre die Zeit stehen geblieben. Ungeduldig trat Elenor von einem Fuß auf den anderen. *Was würde sie heute erwarten?* Mit größter Mühe versuchte sie, die Bilder von gestern zu verdrängen und sich auf das vor ihr liegende Einzeltraining vorzubereiten. Sie beugte sich herunter und begann, ihre Beine zu dehnen. Sie atmete tief aus, während sie sich bis zum Boden streckte und ihre Hände in den schlanken Grashalmen vergrub. Sie kniff die Augen zusammen und versuchte sich voll und ganz auf ihren Körper zu fokussieren, das Rauschen des Blutes in ihrem Kopf, den ziehenden Schmerz in ihren Kniekehlen. Doch sie konnte ihre Gedanken nicht bändigen. Erneut spürte sie den schmerzhaften Griff seiner Hand um ihren Arm. Es hatte sich angefühlt, wie der verzweifelte Griff eines Schiffbrüchigen, der in den Wellen seiner eigenen Dunkelheit zu ertrinken drohte, und ein seltsames Gefühl breitete sich nun immer mehr in Elenor aus. Furcht vor seiner unberechenbaren Zerstörungskraft und gleichzeitig eine lähmende Faszination. Elenors Muskeln schienen kurz vor dem Zerreißen zu stehen und ein Schmerz, als würden viele kleine Nadeln in ihre Sehnen stechen, durchzuckte sie. Seufzend richtete sie sich wieder auf und begann vorsichtig, ihre Waden zu massieren. *Wie würden sie weiter machen? Einfach schweigend trainieren, Übung für*

Übung, bis sie ihre Prüfung bestanden hatte? Oder würden sie über das Geschehene sprechen? Doch war sie überhaupt bereit dazu, tiefer in seine Abgründe hineinzuschauen? Das Läuten der Kirchenglocke riss sie aus ihren dunklen Gedanken und ließ sie aufschrecken. Sie reckte ihren Kopf und starrte auf eine kleine Messinguhr an der steinernen Hauswand neben sich. Die Trainingsstunde mit Fynn war, wie erwartet, erneut tatenlos verstrichen und in zehn Minuten war sie mit Emelie und Henrik vor der alten Volksbibliothek verabredet. Elenor nahm einen abschließenden, tiefen Atemzug, schüttelte den Rest ihrer trüben Gedanken ab und hastete in das Hauptausbildungsgebäude zurück.

»Das war wohl eine entspannte Stunde für dich«, hallte eine zynische Stimme durch die Eingangshalle, als Elenor sich eilig umzog. Erschrocken wirbelte sie herum und erblickte Josefin am anderen Ende der Halle. Mit verschränkten Armen lehnte sie an der Wand und beobachtete jede von Elenors Bewegungen. Ihre stechend hellen Augen blieben an Elenors Hals hängen. »Geschwitzt hast du jedenfalls nicht.« Langsam, als würde sie jedes Detail untersuchen, wanderten ihre Augen über Elenors Brustkorb, dann hoch zu ihrem Gesicht und ihrem Haaransatz. Elenors Herz begann zu rasen und eine Gänsehaut breitete sich auf ihren Armen und Oberschenkeln aus. Josefins Blicke schienen sich in ihre Haut zu brennen und nun brach Elenor tatsächlich der Schweiß aus. Ruckartig wandte sie sich von ihr ab.

»Das geht dich nichts an«, sagte sie schroff und stopfte fahrig ihre Trainingskleidung in ihren Lederbeutel. Josefins giftige Energie schlängelte sich gefährlich schnell durch die Halle zu Elenor herüber und kroch ihr unter die Haut. Sie hatte etwas gewittert.

»Ach, so ist das«, sagte sie seltsam amüsiert. Elenor rasten tausende Gedanken durch den Kopf. *Wovon sprach sie? Und warum fühlte sie sich plötzlich so sehr von ihr bedroht? Was hatte sie gegen sie in der Hand?* Zitternd richtete Elenor sich auf und durchquerte mit großen Schritten die Eingangshalle.

»Dann wünsche ich dir noch viel Spaß, bei deinen weiteren… Aktivitäten heute«, schickte Josefin ihr noch süßlich hinterher, dann trat Elenor über die Schwelle und schlug die Eingangstür mit einem lauten Krachen hinter sich zu.

Wie auf der Flucht hetzte Elenor durch die Gassen, immer noch aufgewühlt von Josefins merkwürdigem Verhalten. Ihr überlegenes Lächeln tauchte an jeder Ecke auf und verfolgte Elenor unaufhörlich. Erst als die breiten Säulen aus grauem Beton zwischen den geschäftig umherfahrenden Handelswagen sichtbar wurden, konnte Elenor aufatmen. Sie verlangsamte ihr Tempo und versuchte, ihren Atem zu beruhigen. Anmutig erhob sich die Volksbibliothek auf dem breiten Marktplatz vor dem rosa gefärbten Wolkenhimmel. Die Statuen bekannter Philosophen, die würdevoll in nachdenklichen Posen auf kunstvoll verzierten Erhöhungen standen, gaben Elenor ein Gefühl von Sicherheit. Das warme Licht der untergehenden Sonne spiegelte sich in den bunten Glasscheiben der hohen Fenster und ließ ein wunderschönes, tanzendes Farbenspiel entstehen. Vor der schlanken Eingangstür aus hellem Buchenholz warteten Emelie und Henrik bereits auf sie. Emelie redete wild gestikulierend auf Henrik ein, der nachdenklich den Kopf von einer Seite auf die andere legte. Als sie Elenor erblickten, brachen sie ihre Diskussion ab.

»Elenor, du stimmst mir doch auch zu, dass man Hefeteig mit heißem Wasser zubereitet, oder?«, begrüßte Emelie sie fordernd. Henrik schüttelte den Kopf.

»Nein, das Wasser darf nur lauwarm sein, sonst geht der Teig nicht auf«, widersprach er und sah Elenor ebenfalls bestätigungssuchend an.

»Ich denke, man bereitet ihn mit lauwarmem Wasser zu«, antwortete Elenor zögernd und versuchte, sich daran zu erinnern, wie Ida ihre Hefeklöße immer zubereitet hatte. Ein gewinnendes Lächeln huschte über Henriks Gesicht, das sofort wieder erlosch, als Emelies böser Blick ihn traf.

»Na schön«, grummelte sie, »von mir aus mit lauwarmen Wasser.« Dann wandte sie sich an Elenor. »Wie geht es dir?«, fragte sie, ihre dunklen Augen ehrlich und sanft auf ihr ruhend. Im Gegensatz zu Josefins stechenden Augen waren Emelies Augen voller Wärme.

Ein Lächeln breitete sich auf Elenors Gesicht aus und ebenso ehrlich gab sie zurück: »Besser. Und jetzt lasst uns dieses Buch suchen.«

Die Volksbibliothek war die einzige öffentliche Bibliothek im ganzen Königreich. Der Raum war dicht gefüllt mit hohen, überfüllten Regalen zu den unterschiedlichsten Themen und selbst die Wände waren bedeckt mit unzähligen, staubigen Büchern. Eine breite, majestätische Treppe aus dunklem Holz führte in die nächste Etage herauf.

»Es ist jedes Mal wieder beeindruckend, wenn man hier hereinkommt«, sagte Henrik andächtig und ließ seinen Blick durch den riesigen, stillen Raum schweifen. Elenor stimmte ihm zu. Beinahe ehrfürchtig bewunderte sie die feinen, filigranen Schnitzereien auf den schmalen Regalbrettern und die ledernen Einbände der Bücher. Manche waren noch unberührt und glatt, andere fielen beinahe auseinander. *Wie alt diese Werke wohl sein mussten?* Auf einigen Büchern waren Schriftzeichen zu erkennen, die Elenor noch nie gesehen hatte. Geheimnisvoll schimmerten die goldenen, geschwungenen Linien ihr entgegen, als könnten sie es kaum erwarten, Elenor von ihren weiten Reisen aus den fernen, exotischen Ländern zu erzählen.

»So, genug gestaunt, wo steht jetzt dieses Buch?«, unterbrach Emelie die Ehrfurcht ihrer beiden Freunde und sah sich neugierig um. Henrik fasste sich wieder und deutete auf die Treppe.

»Wir müssen in den zweiten Stock, in die Abteilung über magische Fähigkeiten. Da gibt es ein Regal mit historischen Schriften zu den ersten magischen Fähigkeiten, die entdeckt wurden, zu den Ursprüngen der Magie in uns Menschen.« Elenor löste sich ebenfalls von einigen in purpurfarbenem Samt eingewickelten Büchern und folgte ihnen. Die drei wanderten einige Minuten lang suchend in den engen Gängen zwischen den Regalen umher, dann blieb Elenor plötzlich stehen. Dass Emelie unsanft in ihren Rücken stolperte und sich darüber empörte, bekam sie nicht mehr mit. Wenige Meter vor ihr stand Fynn und sortierte gerade einen Stapel Bücher in die Regale ein, dann bemerkte er die drei und drehte sich zu ihnen um. Elenors Herz setzte für einen Moment aus, als sich ihre Blicke trafen. Atemlos starrte sie in seine blauen Augen. Dann wich er ihrem Blick unerwartet aus. Für ein paar unangenehme Sekunden herrschte Stille, während sie sich reglos in dem engen Gang gegenüberstanden. Die Unruhe, die seit gestern in Elenor herrschte, begann zu toben. Sie wollte ihn so vieles fragen und sagen und doch bekam sie kein Wort heraus. Sie stand nur stumm da, bewegungsunfähig, wie es in seiner Erinnerung gewesen war. Dann warf Fynn das letzte Buch achtlos in das Regal und rauschte, ohne sie noch einmal anzusehen, an Elenor vorbei und verschwand. Während Elenors Puls weiterhin raste, breitete sich eine Schwere in ihr aus, die sie bisher noch nie gefühlt hatte. *Wie merkwürdig war das denn? Da war nichts mehr an ihm. Kein Hauch einer Aura, keine Regung eines Gefühls, das sie in ihm sehen konnte. Nur wieder diese kalte Leere.*

»Hey, das war doch dein Mentor«, sagte Emelie und sah in die Richtung, in die Fynn verschwunden war. »Habe ich den also auch mal kennengelernt. Genauso unsympathisch, wie ich ihn mir vorgestellt habe. Ich hätte große Lust, ihm hinterherzulaufen und mal ein Wörtchen mit ihm darüber zu sprechen, wie er dich bisher behandelt hat.«

Henrik stellte sich hastig vor sie. »Vergiss nicht, warum wir hier sind«, sagte er nervös bei dem Gedanken an eine Auseinandersetzung.

»Genau«, pflichtete Elenor ihm bei. »Und ich glaube, ich habe unsere Abteilung gefunden.« Sie ging auf die Bücher zu, die Fynn eben in das Regal sortiert hatte. Drei alte Bände in abgewetztem Leder lehnten an der schmalen Regalwand. *»Magie – eine Quelle der Natur«* und *»Vulkanenergie – Die Gründer der Magie des Feuers«* standen auf den ersten zwei Einbänden. Die Schrift auf den Buchrücken war so abgeblättert, dass Elenor die Buchstaben kaum entziffern konnte.

»Ich hab´s!«, ertönte Henriks Stimme neben ihr. Mit einem dicken, schwarzen Ordner in den Armen trat er aus dem Schatten weiterer deckenhoher Regale hervor und steuerte zielstrebig auf einen runden, wackeligen Holztisch zu. Dichter Staub wirbelte auf, als er über das schwarze Leder des Ordners pustete und im selben Moment fing er an, zu husten. Eine Sammlung loser, alter Pergamente segelte auf den Boden, als Henrik den Ordner vorsichtig öffnete.

»Das ist eine Sammlung aller Schriften von Wissenschaftlern und Forschern über die ersten Entdeckungen der Magie aus der alten Zeit.«

»Wieso glaubst du, dass die Magie der Kristallkugel eine so alte Magie ist?«, fragte Emelie und strich bewundernd über ein zerschlissenes Pergament mit vielen kleinen Skizzen, die mit krakeligen Runen beschriftet waren.

»Ist nur ein Gefühl«, antwortete Henrik, während er konzentriert den großen Stapel an Pergamenten durchblätterte und überflog. Neugierig starrte Elenor auf die Pergamente, die Henrik zur Seite legte. Alle waren voll von alten Schriftzeichen, die Elenor noch nie gesehen hatte. Manche sahen aus wie Höhlenmalerei, andere eher wie kantige Formeln umrahmt von kleinen Punkten und wiederum andere bestanden aus langen, geschwungenen, geheimnisvollen Linien. Ein Pergament fiel Elenor besonders ins Auge. Eine kleine Zeichnung war darauf zu sehen.

Ein aus wenigen Strichen gekritzelter Mann, daneben ein dunkelbrauner Punkt und ein schmaler Pfeil, der auf einen Kreis deutete.

»Was ist das?«, fragte sie. Henrik unterbrach seine Suche und folgte Elenors Blick. Mit gerunzelter Stirn beugte er sich über die Zeichnung und überlegte angestrengt.

»Das ist keine Höhlenmalerei, eher eine bloße Skizze«, murmelte er vor sich hin. »Als wollte jemand schnell etwas Gesehenes festhalten.« Langsam fuhr er mit dem Finger über die fahrig gezogenen Linien.

»Ist das... getrocknetes Blut?« Emelie kratzte vorsichtig über den dunkelbraunen Punkt. Henrik drehte das Pergament um.

»Hier steht was!«, stellte er erfreut fest und sein Blick huschte über die fahrigen Schriftzeichen. Diese kamen Elenor bekannt vor. Es waren dieselben Schriftzeichen, die sie in ihrem Königreich auch benutzten.

»Es ist eine Art Bericht von einem Forscher aus unserem Land, der in die nördlichen Berge gereist ist, um einem Massenmord auf den Grund zu gehen«, fuhr Henrik fort, ohne den Blick von den Schriftzeichen abzuwenden. »Zwei Stämme haben gegeneinander Krieg geführt und die Folgen der Zerstörung waren zu dieser Zeit ungewöhnlich groß. Ihm war klar, dass die beiden Stämme Magie angewandt haben müssen, denn mit normalen Waffen hätten sie dieses Unheil nicht anrichten können. Der Forscher schreibt dazu nicht viel, er erwähnt nur kurz was von riesigen Felsblöcken, die aus Bergen herausgerissen wurden, und splitternden Eislandschaften um die Stammessiedlungen herum. Er wollte wissen, was für Magien genutzt wurden und wie die Menschen sie angewandt haben. Die erste Siedlung, die er erreichte, lag am Fuß der Berge. Die Stammesältesten begegneten ihm vorerst skeptisch, dann fassten sie schnell Vertrauen zu ihm und geboten ihm für einige

Tage Unterkunft. Sehr schnell durfte er mit ihnen zusammen essen und an ihren abendlichen Ritualen teilnehmen. Sie zeigten ihm die Naturmagie, zu der *sie* Zugang hatten. Die Magie des Wassers. Von Wasserfontänen über wachsende Eisblumen bis hin zu tanzenden Schneefiguren führten sie ihm stolz ihren Umgang, mit ihrer magischen Fähigkeit, vor. Und einige der Frauen erzählten ihm eines Abends von den *wilden Dämonen*, die ihre Siedlung seit einiger Zeit heimsuchten und ihre Männer auf grausamste Art ermordeten. Auf weitere Nachfragen antworteten sie ihm dann plötzlich nicht mehr, doch er ließ nicht locker und bohrte immer weiter nach. Und so schnell ihr Vertrauen hergestellt war, so schnell verschwand es aufgrund seiner Neugier auch wieder. Also machte der Forscher sich weiter auf den Weg zur nächsten Siedlung, um mehr über die *Dämonen* zu erfahren. Erst glaubte er, einen weiteren Stamm mit Zugang zur Naturmagie entdeckt zu haben, aber schnell stellte er fest, dass diese Menschen eine ihm bisher völlig unbekannte Magie praktizierten. Ihre Magie hatte nichts mit den Elementen der Natur zu tun, sondern schien aus dem Menschen selbst zu kommen und konnte nur auf einen anderen Menschen angewandt werden. Sie herrschten über ihr eigenes Gehirn. Sie konnten Erinnerungen verschwinden lassen. Dem ersten Anschein nach lebte diese kleine Gesellschaft friedlich und bescheiden zusammen, sehr im Einklang mit den Pflanzen und Tieren um sich herum. Doch die Idylle trog und schnell erkannte der Forscher einen mörderischen Hunger in ihnen. Beinahe wie wilde Tiere, gebaren sie sich und wenn ihr Drang, zu morden, unerträglich wurde, rannten sie mit schrillen Lauten los, um ihrem grausamen Trieb nachzugehen. Der Forscher zog sich zurück und beobachtete dieses Treiben aus einem Versteck. Dabei wurde er eines Nachts von einem alten, glatzköpfigen Mann erwischt. Dieser schien jedoch keinen dieser bösen, animalischen Züge in sich zu tragen. Er flehte den Forscher sogar um Hilfe an, seine Männer von diesem Fluch zu erlösen. Der Forscher ließ sich von dem glatzköpfigen Mann in eine versteckte Höhle führen, in die dieser sich zurückgezogen hatte. Dort führte der Mann reihenweise Experimente durch, um dem Ursprung ihrer Magie auf den Grund zu gehen, sie zu verstehen und seinen Männern auszutreiben. Der glatzköpfige Mann hatte es sogar geschafft, seine eigene Magie auf einen Gegenstand zu übertragen.«

»Die Kristallkugel«, schoss es aus Elenor hervor. »Fynns Erinnerungen wurden darin gespeichert, damit er sie nicht mehr mit sich herumtragen muss.« Henriks Ohren glühten vor Aufregung, während seine Augen fieberhaft an dem Pergament klebten. Er nickte und las hastig weiter.

»Der Forscher fand heraus, dass nur etwas Lebendiges und etwas durchweg Reines Magie in sich aufnehmen kann. Eine seltene Art von Kristallen, die in den Tiefen der Höhle aus den Steinwänden ragte, war rein genug für seine Zwecke und der glatzköpfige Mann erfand ein bestimmtes Verfahren für die Übertragung der Magie vom menschlichen Körper auf den Kristall. Es braucht auf jeden Fall das Blut desjenigen, der die Magie abgeben will. Dann beginnt man, den Kristall in verschiedenen Etappen zu schmelzen. Der geschmolzene Kristall wird mit einem speziellen Gerät zu einer Kugel geformt, bei der man aber erst noch eine kleine Öffnung lässt. Die halb fertige Kugel lässt man einen ganzen Tag lang abkühlen und dann gibt man ein paar Tropfen Blut hinein. Sobald das drin ist, verschließt man die Kugel sofort mit etwas mehr geschmolzenem Kristall, denn die Magie im Blut reagiert recht schnell mit dem Kristall und breitet sich darin, in Form von kleinen Nebelwölkchen, aus.

Was der Forscher auch zu verstehen begann, war, dass die Anwendung der geistigen Magie die Menschen verrückt werden ließ. Zuerst war es nur harmlos, ein wirres Gemurmel, ein überdrehtes Lachen, aber je öfter die Menschen ihre eigene Magie anwandten, desto mehr zerfraß es ihnen den Verstand, bis nur noch ihre dunkelsten Triebe übrig blieben.«

Elenor wurde es flau im Magen. »Geschieht das mit jeder Form der Magie?«, fragte sie schüchtern.

Henrik schüttelte entschieden den Kopf. »Ich habe noch nirgendwo davon gelesen, dass die Magie eine so negative Auswirkung auf den Menschen hat, der sie praktiziert«, antwortete er. »Das hier ist ein ungelöster Einzelfall.« Emelie hatte die ganze Zeit über mit gerunzelter Stirn zugehört. Nun öffnete sie nachdenklich den Mund.

»Uralte Legenden besagen, dass die Magie ein Teil der Natur ist und von uns Menschen nur für gute Zwecke eingesetzt werden soll, um zum Gleichgewicht der Natur beizutragen und anderen zu helfen.«

»Das Volk in den Bergen setzte ihre Magie aber gegeneinander ein. Aber warum? Um schlimme Sachen zu vergessen, die ihnen widerfahren waren?«, fragte Elenor.

Henrik löste seinen Blick endlich von dem Pergament. »Das ist eine Möglichkeit«, sprach er. »Vielleicht aber auch aus ganz banalen Gründen. Um jemanden ein Versprechen vergessen zu lassen, das man ihm gegeben hat, zum Beispiel. Man könnte jetzt vermuten, dass die Magie darauf reagiert hat und diese Menschen bestrafen wollte. Aber das glaube ich nicht. Dann müsste es noch weitere Fälle gegeben haben, in denen die Menschen unter den negativen Konsequenzen ihrer eigenen Taten mit der Magie gelitten haben. Vielleicht war die Fähigkeit dieser Menschen ein Fehler in der Natur. Etwas, das nie vorgesehen war.«

Wie ein Blitz schoss Fynn durch Elenors Kopf. War seine Fähigkeit, diese gewaltige Macht der Vernichtung, die in ihm wohnte, von der Natur gewollt? Oder würde die Magie ihn ebenfalls für das bestrafen, was er in Vanya angerichtet hatte? »Und wie kam Fynn an diese Kugel?«, hörte Elenor sich laut fragen.

»Gute Frage!«, antwortete Emelie sofort und richtete sich auf. »Mich interessieren noch so viele Dinge an diesem Kerl. Lass uns doch gleich zu seinem Arbeitszimmer zurückgehen und mit dem Verhör anfangen, ich werde die Antworten so was von aus ihm herausquetschen, das sag ich euch und dann —« *Was* wirst du aus *wem* herausquetschen?«

Eine knochige, alte Frau war hinter Emelie getreten, die erschrocken herumwirbelte. »Nun?«, hakte die alte Frau nach und zog ihre schmalen Augenbrauen hoch. Emelie öffnete und schloss den Mund, zu überrascht, um zu antworten. »Ich werde gleich aus dir herausquetschen, warum ihr die Ordner auseinandernehmt und den Inhalt auf dem Boden verteilt!« Streng blickte sie auf den Haufen Pergamente herunter, die aus dem Ordner gerutscht waren.

»Entschuldigen Sie bitte«, sagte Henrik und begann hastig, die Pergamente aufzuheben. Die alte Frau beobachtete die drei mit funkelnden Augen und nestelte an dem Kragen ihres dunklen Wollkleides herum.

»Räumt das auf und verschwindet«, sagte sie streng. »Wir schließen in wenigen Minuten!«

14.

DAS BÜNDNIS

Die Wochen vergingen und Meister Thores Training blieb so hart und sein Gebrüll so gnadenlos wie vorher. Die täglichen Bauchtraining- und Schwertkampfübungen waren Elenor eine willkommene Fluchtmöglichkeit aus ihrem eigenen Kopf. Ihre Gedanken kreisten ständig um Fynn und die Kristallkugel. Hunderte von Fragen wirbelten in ihrem Kopf umher, für die sie nirgendwo eine Antwort fand. *Woher hatte er diese Kugel? Warum besaß er sie? Hatte er sie selbst benutzt oder hat ihm jemand geholfen, das Geschehene in Vanya zu vergessen?* Beim Gedanken an Fynn fühlte sie sich genauso ratlos wie bisher. Eine unsichtbare, eiserne Wand war seit dem Nachmittag in seinem Büro, zwischen ihnen gewachsen und das Schweigen zwischen ihnen verdichtete sich mit jedem Tag. Sie sah ihn überhaupt nicht mehr und auch ihr Einzeltraining fiel nun jede Woche aus. Doch im Gegensatz zu vorher kämpfte Elenor nicht mehr darum, ihr Einzeltraining wieder stattfinden zu lassen. Im Gegenteil: sie hatte das Gefühl, dass es mit Fynn nun endgültig hoffnungslos verloren war. Sie konnte sich deswegen weder frustriert und wütend noch verzweifelt und schuldbewusst fühlen. Es ging um mehr als nur sie selbst und das ließ sie sich auf eine sehr unangenehme Weise machtlos vorkommen.

»Der Prüfungstermin ist genau heute in sechs Wochen!«, unterbrach Meister Thore ihren Gedankenstrom. »Teilt das euren Mentoren mit. Sie sollen bis dahin einen Bericht darüber schreiben, wie ihr euch in dem Jahr während des Einzeltrainings entwickelt habt. Der wird dann in eure Bewertung einfließen. Außerdem werden sie an dem Tag hier vor Ort sein und sich eure Leistungen mit den Prüfern zusammen ansehen. Welche Anforderungen und Disziplinen ihr meistern müsst, werde ich euch in den nächsten Wochen mitteilen, sobald ich Genaueres weiß. Und jetzt zieht euch um.« Sobald Meister Thore außer Hörweite war, begann Josefin sofort mit ihrer Prahlerei.

»Ich wusste ja nicht, dass die Abschlussprüfung *so* einfach wird. Wenn mein Mentor die Bewertung mit beeinflussen kann, dann wird es für mich absolut kein Problem sein, die Prüfung zu bestehen. Schließlich ist er völlig überzeugt von mir und wir sind ein wirklich gutes Team. Was man von anderen nicht behaupten kann.« Mit einem spöttischen Grinsen sah sie zu Elenor herüber.

»Ich bin langsam wirklich neugierig, was in der Prüfung von uns verlangt wird«, sagte Elisabet. »Ich werde meinen Mentor nachher mal fragen, wie es bei ihm war. Wir gehen heute Abend zusammen aus.« Josefin ließ mit ihrem Blick von Elenor ab und fuhr zu Elisabet herum.

»Wie bitte?«, fragte sie verblüfft. »Ihr geht miteinander aus?« Eine sanfte Röte legte sich auf Elisabets Wangen und ein verträumtes Lächeln huschte über ihr Gesicht. Elenor war dankbar über die Gelegenheit, ohne eine der mittlerweile täglichen Auseinandersetzungen mit Josefin vom Trainingsgelände gehen zu können und setzte sich zügig in Bewegung.

»Du kommst mit mir mit«, hielt Meister Thore sie plötzlich auf. Überrascht blieb Elenor stehen.

»Wohin?«, fragte sie zögernd.

»Ins Haupthaus der Mauer-Fraktion«, brummte Meister Thore und stopfte seine Sachen grob in einen großen, dunklen Lederbeutel. Elenor fühlte sich, als hätte ihr jemand in den Magen geboxt und kalter Schweiß brach ihr aus.

»Darf ich fragen, warum?«, wagte sie, vorsichtig hervorzubringen. Meister Thore sah sie so finster an, dass Elenor ihre weiteren Worte im Hals stecken blieben.

»Das wirst du dann sehen«, knurrte er wütend. »Und jetzt keine weiteren Fragen mehr. Wir klären die Angelegenheit vor Ort, wenn alle Beteiligten da sind!« Dann warf er sich den Beutel auf den Rücken und stampfte los. Stumm eilte Elenor ihm hinterher. Und während ihre Gedanken sich in ihrem Kopf überschlugen, spürte sie Josefins glühenden Blick auf sich. Elenors Nackenhaare stellten sich auf, als sie die Woge der Schadenfreude vernahm, die in hohen, wilden Wellen zu ihr herüberschwappte.

Im Haupthaus der Mauer-Fraktion angekommen, ging Meister Thore schnurstracks in den hellen Raum, in dem Elenor wenige Wochen zuvor Fynns Arbeitskollegen kennengelernt hatte. Dort, bereits auf die beiden wartend, saßen sich Fynn und Eaven an dem großen, runden Tisch gegenüber. Neben Eaven fläzte ein mürrisch aussehender, älterer Mann. Schulterlange, ausgedünnte, blonde Haare fielen ihm in Strähnen in sein faltiges Gesicht. Er trug ein langes Hemd in den Farben der Mauer-Fraktion und an den Schultern, Armen und über dem Brustkorb dieselben Rüstungsteile, die Elenor auch in Fynns Arbeitszimmer gefunden hatte.

»Ah, da seid ihr ja«, begrüßte Eaven sie und erhob sich. Er wirkte freundlich und dennoch bestimmt. Sein Gesicht war genauso ernst, wie an dem Tag der Zeremonie und seine dunklen, strengen Augen musterten Elenor aufmerksam, als sie ihm die Hand gab.

»Entschuldigt die kurze Verspätung, ich konnte den Unterricht heute nicht viel früher beenden«, brummte Meister Thore.

»Alles gut«, winkte Eaven ab, ohne seinen Blick von Elenor zu lösen. Obwohl er noch so jung war, strahlte er eine unglaublich starke Autorität aus, die ihn weit erwachsener wirken ließ als Meister Thore und den faltigen, blonden Mann. Seltsamerweise hatte Elenor sofort ein tiefes Vertrauen zu ihm.

»Hallo Elenor. Wir haben uns bereits bei der Zeremonie kennengelernt. Das hier ist Gunar, der Leiter der Mauer-Fraktion.« Eaven deutete auf den mürrischen Mann, der Elenor mit seinen kleinen Käferaugen böse ansah und ihr zur Begrüßung knapp zunickte. Dann deutete Eaven auffordernd auf zwei weitere Stühle, die ordentlich an dem Tisch platziert waren. »Setzt euch, wir fangen gleich an.«

Meister Thore ließ sich mit einem missmutigen Grummeln auf den Stuhl neben Eaven fallen, sodass Elenor nichts anderes übrig blieb, als sich neben Fynn zu setzen. Fynn hatte bisher noch kein einziges Mal von Elenor und Meister Thore Notiz genommen und zeigte auch jetzt keinerlei Reaktion, als Elenor den Stuhl ein Stück zur Seite schob und sich zögernd auf der äußersten Kante niederließ. Elenors Herz schlug höher, während sie ihn unauffällig musterte. Sie fühlte sich wie bei der Zeremonie, als sie ihn das erste Mal gesehen hatte. Seine hochgewachsene, athletische Figur, die blauen, ausdruckslosen Augen, die dunklen Haare, die ihm leicht ins Gesicht fielen. Wie schon zuvor hielt sie irgendetwas an ihm gefangen und lähmte sie auf eine seltsam aufregende Art.

»Euch ist sicher klar, warum ihr hier seid«, eröffnete Eaven ganz nüchtern das Gespräch, seinen ernsten Blick auf Elenor und Fynn gerichtet. Die beiden schwiegen. »Uns ist zu Ohren gekommen, dass ihr euer Einzeltraining nicht ernst nehmt und es seit ein paar Wochen komplett ausfallen lasst.«

Josefins provozierendes Grinsen tauchte vor Elenors Augen auf und da fügte sich alles zusammen. Dieses seltsame Verhalten, die merkwürdigen Anspielungen… es war ja klar, dass die Sache mit ihr und Fynn nicht ewig unbemerkt blieb.

»Habt ihr dazu etwas zu sagen?«, durchschnitt Eavens Stimme die angespannte Stille. Fynn regte sich nicht. Schweigend starrte er an Eaven und Gunar vorbei auf die gegenüberliegende Wand.

141

»Jetzt sagt er natürlich wieder nichts«, wetterte Gunar. »Wie immer sagt er nichts und grinst einen bloß so arrogant an! Fehlt nur noch, dass er wieder aufsteht und einfach geht! Der Junge ist so was von –« Eaven hob die Hand. Eine kleine, aber unmissverständliche Geste. Gunar brach seinen Schwall von Beschwerden, den er gerade erst begonnen hatte, ab. Wütend schnaufend warf er sich in die Stuhllehne zurück und funkelte mit verschränkten Armen böse zu Fynn herüber. Fynn hatte tatsächlich ein stilles, provozierendes Lächeln auf den Lippen.

»Gunar hat mir schon des Öfteren mitgeteilt, dass du zu deinen Mauer-Schichten zu spät kommst und die Berichte nur halb fertig schreibst«, fuhr Eaven unbeirrt fort. Fynns Lächeln erlosch und seine Gesichtszüge verhärteten sich, doch er schwieg weiterhin. »Aber das klären wir ein anderes Mal.« Gunar drehte sich empört zu Eaven um und wollte gerade etwas erwidern, doch Eaven erhob erneut die Hand und Gunar schloss seinen Mund wieder. Elenor war beeindruckt davon, wie viel Macht Eaven über den eigentlich gleichgestellten Leiter der Mauer-Fraktion ausübte.

»Jetzt geht es um euer Einzeltraining. Fynn, du hast als Elenors Mentor die Aufgabe, sie zu trainieren und ihr zu helfen, ihre Ausbildung zu bestehen. Doch du bemühst dich nicht. Warum nicht?«

»Was tut das zur Sache?«, fragte Fynn gleichgültig. Elenor, die dem Gespräch bisher atemlos gefolgt war, biss sich auf die Lippen. Ihr lagen einige empörte Kommentare auf der Zunge, doch diesmal schien es vernünftiger zu sein, den Mund zu halten. Die Luft schien vor Spannung beinahe zu flimmern und eine gewaltige Unruhe, wie vor einem mächtigen Unwetter, begann sich zwischen den beiden jungen Männern zusammenzubrauen.

»Vielleicht überlege ich mir eine mildere Strafe für dich, wenn du mir einen nachvollziehbaren Grund genannt hast«, antwortete Eaven. Die Ruhe, die er ausstrahlte, war enorm. Wie ein Fels saß er da, beständig und unerschütterlich. Doch diese Ruhe schien Fynn erst recht in Rage zu bringen. Elenor glaubte fast, zu sehen, wie sich jeder Muskel in seinem Körper anspannte. Er schnaubte verächtlich.

»Strafe«, sagte er. Er versuchte, seine Mundwinkel zu einem amüsierten Grinsen anzuheben. »Gebt ihr doch einfach einen anderen Mentor. Ist doch egal, wer sie ausbildet.«

Ein lauter Knall ließ Elenor zusammenzucken. Gunar hatte mit der Faust kräftig auf den Tisch gehauen. Mit rotem Kopf saß er auf der vordersten Kante seines Stuhls und schnaufte zornig zu Fynn herüber. »Sehen Sie? Das meine ich, es ist ihm einfach alles egal, er ist so unzuverlässig und —« Wieder erhob Eaven die Hand, diesmal um einiges energischer. Sofort wurde Gunar still.

»Du scheinst es immer noch nicht zu verstehen«, sagte Eaven ernst. »Es geht nicht darum, dass irgendein Mentor dieses Mädchen zu einer guten Verteidigungskämpferin ausbildet. Es geht um Verantwortung und Teamarbeit. Genau wegen dieser Denkweise habe ich dich noch nicht in meine Elite-Fraktion aufgenommen. Egoistische Einzelkämpfer wie dich kann ich nicht gebrauchen.« Fynns Blick wurde eiskalt. Eaven fuhr unbeeindruckt fort. »So, wie es aussieht, kann ich dich leider auch dieses Jahr wieder nicht in meine Truppen aufnehmen. Und ich glaube, dass daraus auch in Zukunft nie etwas wird.« Für einen Moment lang herrschte Stille. Eine unangenehme, durchdringende Stille, die auf Elenors Ohren schlug. Dann spürte Elenor etwas neben sich. Erst ganz klein und leise, dann immer stärker. Fauchende Flammen kämpften sich mühsam aus Fynns Tiefen hervor. Wie eingesperrte, geschundene Tiere wanden sie sich und loderten wilder und wilder auf, rasend und hungrig. Fynn saß reglos da, die Hände zu Fäusten geballt. Sein glühender Blick war starr auf Eaven gerichtet. Unberechenbar tobten die Flammen seines Zorns in ihm umher und rüttelten an seinen Mauern der Fassung.

»Ich weiß, was für ein Potenzial du hast«, sprach Eaven nüchtern weiter. Ohne sich auch nur im Geringsten erweichen zu lassen, sandte er seine Worte furchtlos zu Fynn herüber. »Aber du bist zu emotional. Du kannst nicht klar denken.«

Elenor hielt erschrocken den Atem an, als sie die Wucht der Energie spürte, die aus Fynn hervorschoss, wie die Lava aus einem Vulkan. Ihr Puls raste, als sie zu ihm herumfuhr. Steif saß er auf seinem Stuhl, das Gesicht leicht verzerrt. Sein Kiefer war gefährlich angespannt und sein Atem bebte leise, doch deutlich hörbar. Eaven zeigte keinerlei Anstalten, nachzugeben. Mit strengen, wachen Augen fixierte er Fynn. Bereit, sich und die anderen im Raum sofort zu verteidigen. Elenor sah einen gewaltsamen Kampf vor ihren Augen ausbrechen. Ein Kampf zwischen zwei starken Männern mit mächtigen Fähigkeiten, der nicht enden würde, bevor einer der beiden endgültig besiegt war. Der eine, der in der Lage war, ein Unheil ungeahnten Ausmaßes anzurichten und der andere, der nicht zerstört werden konnte. Neben der Angst, die sie erzittern ließ, spürte Elenor ein seltsames aufregendes Prickeln in sich. Die feinen Haare auf ihren Armen stellten sich auf, während sie die beiden jungen Männer wie elektrisiert anstarrte. Es war diese bedrohliche Gefahr, die in der Luft lag, die so gnadenlos zerstörerisch schien, dass sie eine Welle an Adrenalin in Elenor freisetzte und sie eine beinahe wahnsinnige Euphorie verspüren ließ. Elenor wurde ergriffen von dem brennenden Verlangen, es mit der Gefahr vor ihr, die von Fynn aus ging, aufzunehmen. Und gleichzeitig schoss ihre Ausbildung und die bevorstehende Prüfung durch ihren Kopf und eine kleine, triumphierende Stimme mischte sich in Elenors Rausch. *Das ist meine Chance! Jetzt habe ich ihn in der Hand!* Ungefragt unterbrach sie den stillen Machtkampf zwischen Eaven und Fynn.

»Du meinst also, dass Fynn mir helfen soll, die Prüfung zu bestehen, damit er in die Elite-Fraktion darf?« Es kostete sie einiges an Mühe, das aufgeregte Zittern in ihrer Stimme zu verbergen. Endlich löste Eaven seinen Blick von Fynn und wandte sich ihr zu.

»Habe ich das so gesagt?«, fragte er scharf und seine dunklen Augen musterten sie erneut. Elenor straffte die Schultern und versuchte nicht zu blinzeln. Das Beben in Fynn ließ allmählich nach und seine Hände lockerten sich.

»Also gut«, schloss Eaven endlich. »Dann ist das unsere Vereinbarung. Ihr werdet wieder zusammen trainieren und wenn du die Ausbildung erfolgreich abgeschlossen hast, nehme ich Fynn in meine Truppen auf.« Eaven erhob sich und begann, sich seinen grünen Mantel überzuziehen. Fynn stand ebenfalls auf.

»Aber das ist erst in drei Jahren!«, stieß er aufgebracht hervor. Eaven holte eine kleine Silberuhr aus seiner Manteltasche und warf einen kurzen Blick darauf.

»Die Zeit wirst du brauchen, um an deiner Teamfähigkeit zu arbeiten«, sagte er, ohne ihn anzusehen. Dann nickte er kurz in die Runde. »Entschuldigt mich, ich muss wieder ins Hauptlager zurück«, verabschiedete er sich und ging zügig aus dem Raum.

Gunar war mit dem Ergebnis offenbar gar nicht zufrieden. Empört eilte er Eaven hinterher und rief: »Und was ist jetzt mit der Bestrafung?« Auch Meister Thore erhob sich ächzend. Er wirkte immer noch grummelig, doch seine Laune war bei Weitem nicht mehr so übel wie vorhin.

»Dann haben wir das ja geklärt«, brummte er. »Macht das mit euren Streitigkeiten das nächste Mal untereinander aus. Ich hab nicht jeden Tag Zeit für so einen Kinderkram.« Dann stampfte er ebenfalls davon.

Nun war Elenor allein mit Fynn. Erneut breitete sich Stille aus. Diesmal weniger schwer, doch immer noch angespannt. Fynn trat ans Fenster. Sein Brustkorb weitete sich, während er tief ein- und ausatmete. Die wenigen, schwachen Schwingungen seiner Wut verschwanden mit jedem Atemzug tiefer und tiefer in seinem Inneren, bis sie wieder ganz weggesperrt waren und Elenor sie nicht mehr sehen konnte. Immer noch leicht berauscht, betrachtete sie ihn. Die Faszination, die sie eben noch für ihn empfunden hatte, ebbte langsam ab und Unsicherheit breitete sich in ihr aus. Ein kleiner Teil in ihr zog sie zaghaft weg, raus aus dem Raum, weg von ihm. Doch sie konnte nicht eher gehen, bis sie die

Bestätigung von ihm hatte, dass er seinen Teil der Abmachung einhielt. Mit noch etwas wackeligen Beinen erhob sie sich von ihrem Stuhl.

»Und wie geht es jetzt weiter?«, fragte sie laut. Fynn hob leicht seinen Kopf. Als hätte Elenor ihn mit ihren Worten in die Wirklichkeit zurückgeholt, drehte er sich langsam zu ihr um. Elenor schluckte, als seine Augen auf ihre trafen. Da war keine verächtliche Abneigung mehr, kein höhnisches Blitzen – nur eine direkte Klarheit, die Elenor äußerst irritierte. Sein offener Blick ruhte interessiert auf ihrem Gesicht, ihren honigblonden Haaren, die das goldene Licht der Nachmittagssonne reflektierten. Langsam trat er auf sie zu und Elenors Herz begann erneut, höherzuschlagen. *Was hatte er jetzt vor? So nah war er ihr noch nie gekommen. Sollte sie zurückweichen? Eine Grenze aufweisen?* Doch Elenors Beine gehorchten ihr irgendwie nicht. Nach einigen atemlosen Sekunden öffnete er seinen Mund.

»Was hast du gesehen?«, fragte er. Elenor verstand ihn nicht.

»Wie bitte?«, fragte sie.

»Der Tag, an dem du unerlaubt in mein Arbeitszimmer gegangen bist«, antwortete Fynn mit Nachdruck. »Was hast du da gesehen?«

Nun dämmerte es ihr und die Anspannung in ihr ließ nach. Verlegen wich sie seinem Blick aus und trat einen Schritt nach hinten.

»Ach das…so viel habe ich da eigentlich gar nicht…«

Fynn machte einen weiteren Schritt auf sie zu. »Sag es mir!«, forderte er eindringlich.

Elenor wich erneut nach hinten. Das Gesehene hallte in ihr nach wie vor die ganze Zeit nach, doch es vor ihm auszusprechen war ihr noch viel unangenehmer. Die Worte weigerten sich einfach, aus ihr herauszukommen. »Was soll ich dazu groß sagen?«, versuchte sie ihm erneut auszuweichen, doch Fynn verlor die Geduld.

»Zum Teufel, sag mir einfach, was du gesehen hast!« Und

da reichte es Elenor ebenfalls. Wütend stieß sie ihn von sich weg.

»Ein Danke wäre erst mal angebracht!«, rief sie aus. »Ich habe eben dafür gesorgt, dass du bei Eaven noch eine Chance bekommst, trotz dessen, was du dir bei mir alles geleistet hast!« Fynns Lider zuckten kurz, doch dann verhärtete seine Miene sich wieder. »Ja, ich habe gesehen, dass du Schreckliches erlebt hast, wenn du es so unbedingt wissen willst!« Aufgewühlt atmend blickte sie zu ihm herüber, während er von ihr abließ und wieder ans Fenster trat.

»Du hältst mich für ein Monster, stimmt's?«, fragte er bitter.

Elenor fasste sich wieder. Allmählich begann sie wieder klar zu denken. Neben all der Wut bisher auf ihn und ihrer Erschütterung über seine Erinnerung: Was sie da eben empfunden hatte, war neu für sie und gleichzeitig etwas, nach dem sie sich immer gesehnt hatte. All das, wovor ihre Eltern sie immer behütet hatten, schien er zu verkörpern. Er war das Abenteuer, das sie nie hatte. Und dank ihres kleinen Schachzuges eben, hatte sie ihr Problem von der letzten Zeit gelöst bekommen. *Ja, sie würde ihre Abschlussprüfung nun doch bestehen!* Erleichterung durchströmte sie. Und da er nun einen wirklichen Grund hatte, ihr zu helfen, würde sie ihre Ausbildung später vielleicht mit den besten Leistungen abschließen. *Und vielleicht könnte sie sogar eine Karriere als Elite-Kämpferin anstreben!*

»Das ist lange her«, sagte sie schließlich entschlossen. »Wie geht es jetzt weiter?«

Fynn drehte sich wieder zu ihr um. Als könne er es nicht glauben und wolle sich versichern, dass sie es ernst meinte, trat er nah an sie heran und durchbohrte sie mit seinem Blick. Elenor hatte das unangenehme Gefühl, dass er ihr bis auf den Grund ihrer Seele blickte und jeden Winkel ihres Herzens durchforstete, doch sie hielt seinem Blick, ohne zu blinzeln, stand. Sie hatte sich entschieden. Sie hatte bisher schon fast ein Schuljahr mit ihm geschafft, da würde sie die nächsten zwei mit ihm auch noch hin-

147

bekommen. Sie würde es schon mit ihm aufnehmen können. Nach einer gefühlten Ewigkeit schien er ihr zu glauben.

»Wie Eaven es gesagt hat«, antwortete er schließlich. »Wir trainieren weiter, bis du deine Ausbildung geschafft hast und dann gehe ich in die Elite-Fraktion.«

15.
DIE PRÜFUNG

Tatsächlich hielt sich Fynn an sein Wort und erschien beim nächsten Einzeltraining zum ersten Mal pünktlich. Elenors Kameraden trotteten gerade gesprächig in das Hauptausbildungsgebäude zurück, da überquerte er bereits mit großen Schritten das Trainingsgelände. Meister Thore stutzte kurz, als er Fynn bemerkte. Dann nickte er zufrieden, warf sich seine dunkle, abgewetzte Ledertasche über die Schulter und stampfte davon. Ein breiter Strom an Aufregung durchfuhr Elenor, als sie beobachtete, wie Fynn sich ihr zügig näherte. Die Gespräche ihrer Kameraden verstummten in ihren Ohren und die Umgebung um sie herum, verschwamm zu einer einzigen, unbedeutenden Masse.

»Wir legen sofort los«, sagte er bestimmt, kaum, dass er sie erreicht hatte. »Zuerst läufst du fünf Runden, und ich meine nicht schlendern, sondern wirklich rennen! Dann machen wir mit den Kraftübungen weiter und zum Schluss trainieren wir deine Reflexe mit verschiedenen Angriffsübungen. Ich konfrontiere dich und du blockst ab. Los geht's.«

Elenor war mit einem Schlag wieder nüchtern. Für einen kurzen Augenblick war sie überrascht von seinem klaren Tatendrang. Dann fasste sie sich sofort. Entschlossen setzte sie sich in Bewegung und rannte an ihm vorbei. Dass er sich in den letzten Wochen gar nicht bemüht und überhaupt kein Interesse daran gezeigt hatte, sie im Training voranzubringen, machte er nun dreifach wieder wett. Als ginge es um Leben und Tod, drillte er sie unaufhörlich. Er folgte ihr wie ein Schatten und beobachtete sie bei jeder Übung ganz genau, um sie bei der ersten Kleinigkeit sofort zu korrigieren. Und er hatte bei jedem Liegestütz, bei jedem Ausfallschritt, bei jeder Rumpfbeuge etwas auszusetzen. Anfangs hatte Elenor seine erfrischenden, ernsthaften Bemühungen freudig entgegengenommen. Diese neue Herausforderung von ihm kitzelte ihren Ehrgeiz und sie war Feuer und Flamme, sie anzunehmen und ihm die Stirn zu bieten. Doch das Pensum an Leistung, das er ihr abverlangte, war sie bei Weitem nicht gewohnt und so gelangte sie schnell an den Rand der Erschöpfung.

»Können wir kurz eine Pause machen?«, keuchte sie, mit Schweiß überströmten Gesicht, als sie sich mühsam und mit zitternden Beinen vom Boden erhob. Sehnsüchtig schielte sie auf die kleine Holzbank am Rand des Trainingsgeländes, von der Fynn bisher noch keine Notiz genommen hatte. Im Moment wünschte sie sich nichts Sehnlicher, als dass er sich, wie bisher, darauf fläzen und gelangweilt in die Ferne starren würde, anstatt fordernd vor ihr zu stehen und ihre Ausführung der Übungen so penibel genau zu verfolgen.

»Du bist noch lange nicht so weit, dass du um eine Pause bitten darfst«, antwortete er unnachgiebig. Ungläubig starrte sie ihn an.

»Wann bin ich denn deiner Meinung nach so weit?«, fragte sie empört.

»Wenn du auf dem Level bist, dass du die Prüfung bestehen könntest und davon sind wir noch weit entfernt«, antwortete Fynn forsch. Er streckte seine Arme aus und richtete sie auf die kleine Kammer an der steinernen Hauswand. Elenor stöhnte leise auf, als sie ahnte, was auf sie zukam. Fynns Lippen wurden schmaler.

»Wir haben eine Abmachung«, sagte er streng und bewegte seine Hände in kleinen, kreisenden Bewegungen. Seine Finger spreizten und zogen sich wieder zusammen wie beim letzten Mal. »Deine Ausdauer ist noch immer zum Schämen gering ausgeprägt, deine Muskeln sind zu schwächlich und deine Reflexe gleichen denen einer toten Katze.«

Elenors Körper wurde bleischwer, als sie die vertrauten, gefüllten Wassereimer sah, die elegant aus der Kammer auf sie zu schwebten und mit einem leisen Glucksen vor ihr landeten. Diesmal waren es gleich vier.

»Nimm in jede Hand einen, strecke deine Arme aus und mach zwanzig Kniebeugen«, befahl Fynn ihr. Bitter akzeptierte Elenor, dass Fynn kein Erbarmen mit ihr haben würde und sie nicht weiter nach Pausen zu bitten brauchte. Langsam beugte sie sich zu den Eimern herunter und griff nach den unförmigen Eisenhänkeln. Mit Mühe erhob sie sich und streckte ihre Arme unter enormer Anstrengung zu den Seiten aus. Fynn schüttelte nur seufzend mit dem Kopf.

»Sieh doch, wie deine Streichholzarme zittern«, sagte er trocken. »Wir haben noch eine Menge zu tun.« Nun wurde Elenor wütend. Das musste sie sich nicht gefallen lassen. Sie war es nicht gewesen, die nie zu den Trainingseinheiten erschienen war. Außerdem hatte sie schon mehrere Stunden Prüfungstraining mit Meister Thore hinter sich und war dementsprechend nicht mehr ganz so fit wie er. Ohne nachzudenken, beugte sie sich blitzschnell ein kleines Stück zu Fynn herüber und kippte einen Schwall Wasser auf sein Leinenhemd. Erschrocken sprang er mit einem Satz zurück und starrte auf den großen, nassen Fleck, der schnell über seinen Oberkörper kroch und seine Muskeln zum Vorschein brachte. Dann fuhr er Elenor an.

»Was sollte das?«

Elenor ließ die Eimer los. Sie landeten mit einem Rums auf dem Boden und der Rest Wasser ergoss sich über das sattgrüne Gras.

»Oh, entschuldige, meine Streichholzarme waren dem wohl nicht gewachsen«, antwortete sie sarkastisch.

»Findest du das hier etwa lustig?«, rief Fynn aufgebracht. »Wir haben eine Abmachung getroffen!«

»Ja, ich erinnere mich!«, schoss Elenor zurück. »Aber die beinhaltet nicht, dass du mich permanent beleidigen kannst!«

»Du strengst dich einfach nicht genug an!« Seine Stimme schwoll an. Elenor wollte erneut empört widersprechen, doch ihr Mund blieb geschlossen. Da war es wieder. Dieses gefährliche Beben in seinen Tiefen. Mit fahrigen Händen wrang er sein Leinenhemd aus. Sein Brustkorb hob und senkte sich schnell unter seinen aufgewühlten Atemzügen. Elenors Wangen begannen zu glühen. Die dunklen Schwingungen seiner rumorenden, zornigen Energie schlugen unkontrolliert gegen seine Muskeln und seine Knochen, rissen an seinen Sehnen, gerade so in Schach gehalten von seiner Körperhülle und seiner Fassung, die er nicht verlieren wollte. Sie gebar sich in ihm wie eine unberechenbare Bestie und jede Faser in Elenors Körper machte sich bereit, den wilden Kampf mit ihr aufzunehmen und sie zu bezwingen. Doch eine kleine Nuance in seinem hektisch brodelndem Inneren trübte Elenors adrenalinbefeuerte Bereitschaft. Sie konnte es kaum erkennen. *War es Verzweiflung?* Nein, intensiver noch. Es war eine Dringlichkeit in ihm, die heißer und schmerzhafter glühte, als seine Wut. Er wollte in die Elite-Fraktion aufgenommen werden, mehr als alles andere auf der Welt. Was auch immer es ihm bedeutete, das schien die Quelle der Kraft zu sein, die ihn jeden Tag am Leben hielt. Elenor schluckte betroffen. *Vielleicht hatte sie ihre Abmachung doch nicht ernst genug genommen?* Wortlos beugte sie sich zu Boden und stellte die mittlerweile leeren, umgefallenen Eimer wieder auf. Dann erhob sie sich langsam und ließ ihren Blick auf ihn ruhen.

»Also, zwanzig Kniebeugen, die Angriffsübungen und was machen wir danach?«, fragte sie schließlich entschlossen. Fynn hielt inne.

»Wie, reicht dir das etwa noch nicht?«, fragte er skeptisch. Mit einem Mal verstummte sein Inneres und die angespannte Atmosphäre löste sich wieder auf.

»Wir haben ein Ziel zu erreichen«, antwortete Elenor. »Es sei denn, du gibst vorher auf.« Sie grinste verschmitzt zu ihm herüber. Fynn verstand und nahm die unausgesprochene Herausforderung sofort an.

»Warum sollte ich vorher aufgeben?«, fragte er.

»Vielleicht bin ich ja in wenigen Wochen besser als du und besiege dich in den Kampfübungen ständig«, antwortete Elenor und ihr Grinsen wurde breiter. Fynn blickte erst verdutzt, dann zuckte sein Mundwinkel.

»Du? Besser als ich?«, fragte er ironisch.

»Eben warst du derjenige mit den Reflexen einer toten Katze«, antwortete Elenor und schielte provokant auf sein nasses Leinenhemd. Fynns Augen blitzten. Seine Hand zuckte kaum merklich zur Seite, als würde er etwas wegwischen, doch Elenor bemerkte gerade noch rechtzeitig den Eimer, der in ihre Richtung kippte. Elegant wich sie aus und ein ungläubiges Lachen platzte aus ihr heraus, als sie auf den Schwall an Wasser starrte, der aus dem Eimer strömte und sich zwischen ihr und Fynn auf den Boden ergoss. »Wieder mal war ich schneller«, stichelte sie scherzend. »Pass lieber auf, du wirst nachlässig.« Fynn schüttelte belustigt mit dem Kopf und dann entwich ihm ebenfalls ein kleines Lachen. Elenors Gesichtszüge entgleisten ihr. »Moment mal, habe ich dich etwa gerade zum Lachen gebracht? Ganz ohne meine magische Fähigkeit?«, fragte sie gespielt erstaunt. Als hätte sie ihn ertappt, bemühte er sich, wieder ernst zu werden. Doch ein kleines, amüsiertes Schmunzeln konnte er nicht ganz verbergen.

»Lass den Unsinn«, sagte er mit einem letzten, nicht ganz überzeugenden Versuch, streng zu wirken. »Bis zur Prüfung haben wir noch einiges zu tun. Nimm die Eimer und mach noch fünfzehn Kniebeugen.«

Wie im Flug vergingen die nächsten Frühlingswochen und schnell wurden die Tage heißer. Die pralle Sonne, die windstille, schwüle Luft und Meister Thores tägliches hartes Training ließen Elenors Trainingskleidung vor Schweiß triefen und sie an ihrem Körper kleben wie eine zweite Haut.

»Solange es noch hell ist, macht ihr weiter, verstanden? Ich will, dass ihr die Prüfung besteht!«, rief er den unbegeisterten Lehrlingen zu, deren Gesichter vor Anstrengung dauerhaft puterrot waren. Sie atmeten beinahe erleichtert auf, als der Tag der Prüfung endlich anbrach.

»Mir ist mittlerweile nicht mehr so wichtig, ob ich bestehe oder nicht – ich will nur meinen Körper endlich einmal vernünftig ausruhen lassen«, murmelte Henrik zu Elenor, als sie sich mit den anderen Kameraden müde auf dem Gelände verteilten. Elenor nickte steif. Auch ihr Körper war erschöpft und brannte von dem Drill der letzten Wochen. Sie schloss für einen kurzen Moment ihre schweren Lider und atmete die kühle, nach frischem Gras und Tau riechende Luft ein, die sich erfrischend auf ihre Haut legte. Da durchbrach Meister Thore die sommerliche Morgenidylle bereits.

»Was ist?«, brüllte er. »Wärmt euch auf! Bevor die Prüfer und eure Mentoren kommen, will ich, dass ihr bereit seid und in einer Reihe steht!« Gähnend und grummelnd gehorchten die Lehrlinge und setzten sich in Bewegung.

Am Rand der großen Rasenfläche waren ein Dutzend Holzstühle an einem großen, langen Tisch aufgestellt worden, auf dem an jedem Platz ein paar Blätter Pergament, ein Krug Wasser und Federkiele bereitlagen. Allmählich breitete sich eine nervöse Anspannung unter den Lehrlingen aus. Die Zeit schien plötzlich immer langsamer zu vergehen. Nach einer gefühlten Ewigkeit öffnete sich endlich die kleine Holztür zum Hauptausbildungsgebäude. Elenors Puls schoss in die Höhe, als der erste Prüfer heraustrat. Es war ein hochgewachsener, schmaler Mann. Eine kleine Brise huschte vorsichtig über seinen streng nach hinten gekämmten, etwas licht gewordenen, kupferroten Schopf, doch kein einziges Haar machte Anstalten, sich von seinem Platz zu lösen. Meister Thore eilte auf ihn zu, brummte eine kleine, unbeholfene Begrüßung und deutete auf den langen Tisch. Der Mann nickte, ohne eine Miene in seinem steifen Gesicht zu verziehen und ließ seine stechend hellen Augen über die Lehrlinge wandern. Elenor fühlte sich seltsam beklemmt, als sein Blick sie achtlos streifte. Als der Mann Josefin erkannte, hielt er für den Bruchteil einer Sekunde inne. Es war kaum zu bemerken, doch seine frostige, starre Aura verdichtete sich noch weiter zu einer kaum durchdringbaren Eiswand. Dann löste er sich kommentarlos von ihr und schritt endlich zum Tisch. Auch Josefins Gesicht war seltsam eingefroren und sie stand so reglos da, dass Elenor befürchtete, sie hätte sogar das Atmen vergessen. Die Atmosphäre blieb weiterhin still und angespannt, während nach und nach die weiteren Prüfer und Mentoren erschienen und sich wortlos an den Tisch setzten. Die Mentoren schienen mindestens genauso aufgeregt zu sein wie Elenor und ihre Kameraden. Hastig durchforsteten ihre Blicke die Reihe der Lehrlinge, auf der Suche nach ihren Schützlingen, um ihnen mit einem Zwinkern oder einem verkrampften Lächeln Mut zuzusenden. Auch Fynns Inneres war an diesem Morgen nicht leer. Er war umgeben von einer kaum erkennbaren, schwach kriselnden Nervosität. Seine Mundwinkel verzogen sich zu einem schmalen Lächeln, als seine Augen Elenors trafen. Elenor schickte ihm ein weit überzeugteres Grinsen herüber, als ihr tatsächlich zumute war, doch es funktionierte. Der Hauch an Unsicherheit verschwand aus seinen Augen.

Nachdem jeder seinen Platz gefunden hatte, räusperte Meister Thore sich.

»Schön, dass ihr alle euren Weg hierher gefunden habt«, brummte er. Es war ihm deutlich anzusehen, dass ihm diese steife

Situation, in der er sich einer höheren Autorität unterordnen musste, unlieb war und er viel lieber einfach, wie gewohnt, weiter trainiert hätte. »Es ist mir eine Ehre, euch die folgenden Prüfer vorzustellen: Halvar Walker und Botilda Harris aus der Abteilung der Verteidigungssektion im Amtshaus.« Ein runder, glatzköpfiger Mann und eine stämmige Frau mit braunen Locken saßen stramm, mit ihren Federkielen bewaffnet aufrecht auf ihren Stühlen, bereit loszulegen. »Und natürlich Askil Clarke, der Leiter der Verteidigungssektion.« Meister Thore deutete auf den schmalen Mann zwischen den beiden anderen Prüfern. Bei dem Namen ging Elenor ein Licht auf. Natürlich, warum hatte sie es nicht gleich gesehen? Die Ähnlichkeit zu seiner Tochter war unverwechselbar. Dieselben kupferroten Haare, dieselben stechend hellen Augen. Diesmal nahm er von Josefin keine Notiz, beinahe so, als würde er sie mit Absicht ignorieren.

»Danke«, löste er Meister Thore knapp und entschieden ab. Seine Stimme war so eiskalt, dass der Sommer urplötzlich einzufrieren schien und niemand wagte es mehr, sich zu rühren. »Die Verteidigungssektion braucht fähige Kämpfer mehr denn je.« Wie die Klinge eines Schwertes schnitten seine Worte durch Elenors Körper. »Die Bewertung ist streng und nur die Besten schaffen es weiter. Und glaubt ja nicht, dass ich eine Ausnahme bei euch Mädchen mache und euch milder bewerte, weil ihr einen schwächeren Körperbau habt oder was auch immer für einen Schwachsinn.« Elenor vernahm ein leises Schnauben von Josefin. Sie stand zwar aufrecht in ihrer Reihe, bereit zu gehorchen, wie eine Soldatin, doch in ihr brodelten Hass und Verachtung, wie Schwefel in einem Kessel. »Ihr hattet ein ganzes Jahr lang Zeit, euch auf diesen Tag vorzubereiten. Zeigt mir, dass ihr es verdient habt, euch Verteidigungskämpfer zu nennen und ihr dazu imstande seid, unser Königreich mit allen Mitteln zu verteidigen!«

Nun wurde Elenor leicht übel. Dieser Mann schien keine Gnade zu kennen und irgendwie spürte sie, dass er obendrein nicht gut auf Mädchen zu sprechen war. Also keine guten Voraussetzungen für sie. Sie schüttelte energisch mit dem Kopf. All die Anstrengung und Mühe der ganzen zehrenden Monate sollten nicht umsonst gewesen sein. *Sie hatte nur diese eine Chance!* Neue Energie sammelte sich in ihr und fegte ihre Müdigkeit beiseite. Entschlossen dazu, alles zu geben, richtete sie sich gerade auf und trat mit ihren Kameraden zusammen an die Seite, um das Gelände für die jeweiligen Prüfungskandidaten freizugeben.

Die einzelnen Kämpfe zwischen den Prüfern und den Lehrlingen glichen beinahe einer wilden Schlacht. Halvar und Botilda hielten sich nicht im Geringsten zurück. Abwechselnd traten sie auf das Gelände und begannen damit, die Lehrlinge ohne Vorwarnung, kaum dass sie ihre Plätze verlassen hatten, zu attackieren. Henrik schoss so schnell durch die Luft, um den riesigen Erdbrocken auszuweichen, den Halvar ihm rotierend entgegenschleuderte, dass er einem Kolibri auf der Flucht glich. Nur wenige Minuten später raste er in atemberaubender Geschwindigkeit sirrend zwischen den fliegenden Brocken hindurch auf Halvar zu und schlug ihn zu Boden. Sofort ertönte ein ohrenbetäubendes Jubelgebrüll vom Prüfertisch. Igram sprang begeistert auf und schlug mit seiner Faust so heftig auf den Tisch, dass dieser gefährlich knackste.

»Das ist mein Junge!«, dröhnte er mit vor Stolz tränenden Augen. Unter Askils streng zurechtweisendem Blick fasste er sich wieder und setzte sich, vor Begeisterung immer noch schnaufend.

Auch Tom konnte sich kaum auf seinem Stuhl halten, als Josefin an der Reihe war. Elegant und blitzschnell, fast als würde sie einen kunstvollen Tanz präsentieren, bewegte sie sich zwischen Botildas kleinen, spitzen Metallpfeilen hin und her, die wie ein Schwarm Insekten um sie herum sirrten und in einer beinahe rhythmischen Abfolge auf sie zu pfeifen. Mit spannungsgeladenen Drehungen wich sie ihnen aus und vollführte, zum Höhepunkt ihrer Darbietung, eine dynamische, kraftvolle Bewegung mit ihren Armen. Die Luft um sie herum wurde eiskalt und filigran gemusterte, schlanke Fesseln aus Eis, die gefährlich im Sonnenlicht glitzerten, schlossen sich fest um Botildas Hände und Füße. Kaum war die Prüferin bewegungsunfähig, fielen die Metallpfeile mit einem leisen Klirren zu Boden. Josefin verharrte noch einige Sekunden in ihrer ästhetischen Körperhaltung, während ihr Mentor Tom schniefend in die Hände klatschte. Erwartungsvoll blickte sie zu ihrem Vater auf, doch Askil schüttelte nur enttäuscht den Kopf und kritzelte sich grob etwas auf sein Papier. Aufgebracht stampfte Josefin vom Gelände, um sich wieder zwischen ihre Kameraden einzureihen.

Nun war Elenor an der Reihe. Ihr ganzer Körper bebte vor Adrenalin, als sie sich vor den langen Prüfertisch stellte. Jeder Muskel in ihr war angespannt und einsatzbereit, während Halvar sich stumm von seinem Stuhl erhob. Noch an seinem Platz stehend, stampfte er mit dem Fuß kräftig in den Boden. Elenor reagierte auf den Bruchteil einer Sekunde genau und sprang zur Seite, während sich die Erde unter ihr auftat und ein tiefes, breites Loch freigab. Im selben Moment schoss ihr ein Erdbrocken entgegen, unter dem sie sich weg duckte, um im selben Atemzug wieder aufzuspringen und dem nächsten Brocken auszuweichen, der an der gleichen Stelle unter ihr aus dem Boden barst. Elenor brauchte nur einen winzigen Moment, um die trockene, flache und graue Aura des Prüfers vor ihr wahrzunehmen und während sie hin und her sprang, sich duckte und wegrollte, sammelte sie ihre Energie und schleuderte sie ihm in atemberaubender Geschwindigkeit mit voller Kraft entgegen. Einen Wimpernschlag später erstarrte Halvar. Sein Puls schlug um ein Vielfaches höher und sein ganzer Körper erzitterte, während sich die dunkle Angst rasend schnell in ihm ausbreitete und sich zischend in jede seiner Zellen fraß. Wimmernd und schlotternd sackte er zu Boden und vergrub sein Gesicht in der aufgerissenen Erde. Meister Thore winkte als Zeichen, dass Elenors Prüfung vorbei war und Elenor nahm Halvar die Angst so schnell, wie sie sie ihm zugeschickt hatte. Leicht benommen rappelte er sich wieder auf, nickte ihr anerkennend zu und trottete noch etwas zittrig zu seinem Platz zurück. Fynn hatte das Geschehen kerzengerade und ohne zu blinzeln verfolgt. Nun strömte die angehaltene Luft erleichtert aus seinen Lungen und die flimmernde Nervosität um ihn herum löste sich mit ihr auf. Zufrieden mit sich selbst eilte Elenor beschwingt an ihren Platz zurück, da begann hinter ihr schon der nächste Kampf. Manche der Lehrlinge brauchten einige Minuten, um die Prüfer außer Gefecht zu setzen, anderen gelang dies schon nach wenigen Sekunden. Mit den letzten Prüfungskandidaten wuchs die Spannung ins Unerträgliche und kaum hatte der letzte Lehrling, das Mädchen, dass sich in einen Wolf verwandeln konnte, das Gelände verlassen, schien die Luft beinahe zu flirren. Die Nerven der Lehrlinge waren zum Zerreißen angespannt, während sie stumm, ohne sich auch nur einen Millimeter zu bewegen, auf ihre Ergebnisse warteten. Elenors Ohren begannen vor Aufregung zu rauschen, während sie mit flachem Atem die drei Prüfer beobachtete, die sich tuschelnd unterhielten und ihre Notizen miteinander verglichen. Selbst Meister Thore wirkte nun etwas nervös und scharrte unbeholfen mit seinen großen, unförmigen Füßen in der Erde – da erhob Askil endlich das Wort.

»Ihr habt noch eine Menge zu tun!«, sagte er mit schneidiger Stimme. Vielleicht bildete Elenor es sich nur ein, doch seine stechenden Augen wirkten noch eisiger, als vor Beginn der Prüfung und ihr Magen sackte wie ein Stein zu Boden. Seine schmalen Lippen öffneten sich nur einen winzigen Spalt. »Ich habe deutlich mehr erwartet«, zischte er und ein Schauer jagte Elenor über den Rücken. »Da ihr meine Erwartungen jedoch nicht vollkommen enttäuscht habt, treffe ich die Entscheidung, dass ihr alle bestanden habt.« Die Erleichterung überrollte die Lehrlinge regelrecht. Lächelnd lösten sie sich aus ihrem angespannten Stand, um dann bei Askils nächsten Worten wieder zu erstarren. »Doch glaubt nicht, dass ihr euch jetzt auf euren Lorbeeren ausruhen könnt!« Seine Worte schlugen wie ein Peitschenhieb in die Menge an Lehrlingen. »Im nächsten Jahr werde ich deutlich strenger sein und wehe dem, der sich bis dahin nicht deutlich verbessert hat!«

Ein letzter, drohender Blick glitt über die Lehrlinge, blieb kurz an Josefin kleben, dann erhob er sich bestimmt und schritt herrisch zur kleinen Holztür. Meister Thore wollte ihm gerade hinterher eilen, da schlug Askil die Tür bereits mit einem lauten Knall hinter sich zu.

Erst jetzt wagten es die anderen Prüfer und Mentoren, sich zu regen. Botilda und Halvar quetschten sich höflich händeschüttelnd durch den Strom von Mentoren, der sich auf die Lehrlinge zubewegte und verschwanden ebenfalls im Hauptausbildungsgebäude. Einen Wimpernschlag später war die, mittlerweile wieder unversehrt glatte, Rasenfläche gefüllt von sich angeregt unterhaltenen Mentoren und Lehrlingen. Während Igram Henrik permanent begeistert johlend auf den Rücken schlug und Tom Josefin mit Applaus und schmachtenden Komplimenten überhäufte, schlängelte Elenor sich nach Fynn Ausschau haltend, zwischen den gesprächigen Menschen hindurch. Für einen kurzen Augenblick befürchtete sie, er wäre bereits gegangen, da spürte sie ein sanftes Ziehen an ihrem Arm.

»Suchst du mich?«, fragte er leicht scherzend, als Elenor sich zu ihm umdrehte. Der Triumph in ihr war mit einem Mal überwältigend. Sie hatte das Verlangen, in die Luft zu springen, Fynn um den Hals zu fallen, mit ihm zu jubeln und zu lachen. Sie hatten ihr gemeinsames Ziel erreicht. Er hatte sie intensiv auf diesen Tag vorbereitet und sie hatte im entscheidenden Moment eine grandiose Leistung hingelegt. Mit aller Macht unterdrückte sie ihren Drang und riss sich wieder zusammen.

»Sieht wohl so aus, als hätte sich die Mühe mit mir, doch gelohnt«, antwortete sie ihm mit einem breiten Grinsen. Fynn schwieg. Sein Inneres blieb unergründlich, doch etwas Warmes begann gegen seinen Willen in seinen Blick zu treten, während er still in ihre leuchtenden Augen sah. Und plötzlich vernahm Elenor etwas. Ganz klein nur, wie ein winziger Funke, der kurz zwischen ihnen aufglühte und wieder verschwand. Elenor stockte der Atem. *Hatte sie sich das eben eingebildet?*

»Anscheinend hast du recht«, antwortete Fynn ruhig. »Offenbar habe ich dich unterschätzt.«

Elenor glaubte, einen Anflug von Anerkennung über sein Gesicht huschen zu sehen. Und wieder war sie für einen Moment irritiert. Ihr Puls schlug schneller, während sie hastig nach einer unbeirrten Antwort suchte, doch bevor sie etwas sagen konnte, kam jemand auf sie zugeeilt.

»Fynn, was für ein Glück, dass ich dich sehe!«, keuchte Erik, Elisabets Mentor. »Gunar hat mir befohlen, dich im Auge zu behalten und – Na ja, er hat es etwas unschön ausgedrückt, aber... also sinngemäß soll ich dafür sorgen, dass du pünktlich zu deinen Schichten erscheinst, sonst... sonst wird es ungemütlich für uns beide.« Beinahe flehend starrte er Fynn an. Fynn wandte sich wieder von Elenor ab.

»Wenn das so ist, dann wollen wir ihn natürlich nicht verärgern«, sagte Fynn mit leiser Ironie, nun wieder ganz er selbst. Erleichtert darüber, von Gunars Zorn verschont zu bleiben, atmete Erik breit lächelnd aus und bedeutete Fynn, ihm zu folgen. Mit einem letzten belustigten Blick zu Elenor folgte er seinem unruhigen Mauer-Kämpfer-Kollegen und verschwand zwischen den Menschen.

Torell und Ida freuten sich sehr für ihre Tochter, als Elenor ihnen von ihrem Ergebnis berichtete. Torell nahm sie in den Arm und drückte sie so fest und lang, dass sie kaum noch Luft bekam und Ida sie sanft aus seinen Griffen befreien musste.

»Liebling, wir sind so stolz auf dich«, wiederholte Ida zwischen überschwänglichen Umarmungen. Als Elenor es endlich in ihr Schlafzimmer geschafft hatte, sackte sie erschöpft auf ihrem Bett zusammen. Erst jetzt bemerkte sie, wie schwer ihr Körper war und wie dringend sie ein paar Tage Ruhe und Entspannung gebrauchen konnte. Zum Glück hatte sie nun einige sonnige

Sommerwochen dafür Zeit. Müde streifte sie sich ihre Trainings-kleidung von ihrem Körper und ließ sie achtlos zu Boden fallen. Ihre Gedanken schweiften kurz zu Fynn. Einerseits ließ sie das Geschehene zwischen ihnen nun nicht mehr los, andererseits war sie zu müde, um sich zu fragen, was das vorhin zwischen ihnen war. Sie würde sich dieser neuen, aufregenden Sache später widmen. Immerhin hatte sie noch zwei ganze Jahre Zeit, das für sich herauszufinden, bevor ihre Ausbildung abgeschlossen war und sie vielleicht getrennte Wege gehen würden. Mit einer letzten Vorfreude auf ihre nächsten Lehrjahre und die Zeit mit Emelie und Henrik und mit der Zuversicht, dass ihrer großartigen Karriere als Verteidigungskämpferin nun nichts mehr im Wege stand, fiel sie in einen tiefen Schlaf. Sie hatte zu dem Zeitpunkt jedoch keine Ahnung, wie sehr sie sich irrte.

16.
ALARM

Elenor schnappte kurz nach Luft, als sie ihre Zehen langsam in den dunklen Fluss tauchte. Leise glucksend schloss sich das kalte Wasser um ihre Füße und umspielte sanft ihre Knöchel. Sie schloss die Augen und genoss den eisigen Schmerz, der langsam bis in ihre Waden hochkroch. Emelie und Henrik saßen wenige Meter neben ihr, unter einer alten Eiche, deren breites Blätterdach einen willkommenen Schutz vor der brennenden Sonne bot.

»Das hat er gesagt?«, empörte Emelie sich. Henrik nickte eifrig.

»Viele aus dem Königreich bezeichnen ihn auch als *Frauenhasser*«, antwortete er mit zusammengezogenen Augenbrauen. Emelie lachte laut auf.

»Mir fallen da noch ganz andere Bezeichnungen für ihn ein«, entgegnete sie forsch.

Henrik nickte erneut. »Sogar seine eigene Frau und Tochter scheint er so zu behandeln«, sagte er. Josefins eingefrorenes Gesicht, als Askil sie mit einem tadelnden Kopfschütteln gestraft hatte, tauchte vor Elenors Augen auf. Seine kalte, starre Aura, die herrische, gnadenlose Art. Er wirkte unnahbar und im Herzen tot.

»Was ist nur mit ihm passiert?«, fragte Henrik und sprach damit gleichzeitig Elenors Gedanken aus.

»Ich glaube, er hat zu oft einen Korb von Frauen bekommen«, antwortete Emelie schadenfroh und mit so einer Selbstverständlichkeit, dass Henrik und Elenor losprusten mussten. Ihr ausgelassenes Gelächter wurde urplötzlich von einem ohrenbetäubenden Glockenklang unterbrochen. Erschrocken fuhren die drei zusammen und drehten sich ruckartig in Richtung des Stadtzentrums, aus der das Geräusch kam.

»Was ist das denn?«, schrie Emelie, um den Lärm zu übertönen, während sie sich die Hände auf ihre Ohren presste. Elenor zog blitzschnell ihre mittlerweile tauben Füße aus dem Wasser. Eine unangenehme Erinnerung tauchte verschwommen in ihr auf und sie hatte das Gefühl, diesen Klang schon einmal gehört zu haben.

»Das sind die Alarmglocken des Königreiches«, erinnerte sie sich. Sie erfasste eine dunkle Vorahnung.

»Dann müssen wir uns jetzt alle im königlichen Hof versammeln«, rief Henrik und griff nach seinem Lederbeutel.

Im königlichen Hof herrschte Chaos. Es wimmelte von besorgten Menschen, die hastig umherliefen und nach ihren Familienangehörigen riefen.

»Lasst uns nach unseren Eltern suchen«, sagte Henrik und schob sich suchend durch die Menge. Emelie und Elenor folgten ihm und es dauerte nicht lange, bis Henrik seine Eltern fand, die ihn besorgt empfingen. Nur wenige Meter weiter traf Emelie auf ihren Vater, der sie erleichtert in seine Arme schloss. Elenor stolperte suchend weiter zwischen den aufgeregten Menschen quer über den Hof, doch Ida und Torell waren nirgends zu finden. Dann ertönte König Noahs Stimme über ihnen und die Menge verstummte. Er stand auf einem großen, steinernen Balkon und blickte ernst auf sein Volk hinunter. Er schien wie ausgewechselt. Anstelle der grimmigen Düsternis hauchte ihm nun eine seltsame Aufregung frisches Leben ein und schenkte seinem alten, gebrechlichen Körper neue Kraft.

»Hört gut zu«, begann er mit fahriger Stimme. »Hakons Gefolgsleute haben die Mauer angegriffen. Wir befinden uns im Krieg!« Ein ängstliches Raunen ging durch die Menge und panische Unruhe breitete sich aus. »Seid still!«, brüllte König Noah. »Es ist alles unter Kontrolle! Unsere Verteidigungskämpfer an der Mauer konnten die Angriffe bisher gut abwehren und die Feinde zum Großteil in die Flucht schlagen. Aber jetzt gilt es, schnell zu handeln.« Seine Hände umklammerten das steinerne Geländer des Balkons und er begann, schneller zu sprechen. »Jeder von euch geht gleich zu dem Hauptgebäude seiner Sektion. Dort werdet ihr über die weitere Vorgehensweise aufgeklärt. Kinder und Jugendliche, die die allgemeine Grundlehre noch nicht abgeschlossen haben, gehen mit einem ihrer Elternteile oder Verantwortlichen mit. Und an alle Lehrlinge aus der Verteidigungssektion: Egal in welchem Lehrjahr ihr seid, ihr geht gleich auf direktem Wege zu eurem Hauptausbildungsgebäude. Ich werde mich jetzt mit dem königlichen Rat zusammensetzen und Pläne für den Schutz unseres Königreiches auf die Beine stellen.« Elenor glaubte, seine Hände zittern zu sehen. »Die Elite-Truppen suchen Hakon nun schon seit vielen Jahren. Jetzt ist er so nah an uns dran. Es ist bald vorbei.« Hoffnung und Sehnsucht mischten sich in seine Stimme. Stumm starrte sein Volk zu ihm empor, auf weitere Anweisungen wartend. »Nun macht schon, geht!«, beendete König Noah seine Rede, dann eilte er mit seinen Dienern im Schlepptau in die Burg zurück.

Sofort setzte Elenor sich in Bewegung, um weiter nach Ida und Torell zu suchen. Sie musste sich unbedingt vergewissern, dass es ihnen gut ging. Kaum hatte sie sich an einem älteren, aufgelösten Paar vorbeigequetscht, da zog sie jemand am Arm. Erschrocken drehte sie ihren Kopf und starrte in Henriks angespanntes Gesicht.

»Komm schon, wir müssen los«, sagte er eindringlich und wandte sich zum Tor.

»Ich habe meine Eltern noch nicht gefunden. Ich will sie

zumindest einmal sehen.« Elenor zog an ihrem Arm und sah sich weiter um, doch Henrik ließ nicht locker.

»Dafür haben wir keine Zeit. Du hast die Anweisung des Königs doch gehört, am Hauptausbildungsgebäude wartet man auf uns. Aber du siehst deine Eltern sicher nachher wieder«, erwiderte Henrik bedauernd.

Elenor gab nach und warf einen letzten, suchenden Blick auf das Gedränge um sich herum, dann folgte sie Henrik eilig aus dem Hof. Jetzt musste sie ihrer Pflicht nachgehen, doch sobald sich die Lage wieder beruhigt hatte, würde sie sofort nach ihren Eltern sehen.

Keuchend erreichten Elenor und Henrik das Hauptausbildungsgebäude. In der Eingangshalle herrschte dieselbe Unruhe wie auch im Burghof zuvor. Die Lehrlinge führten besorgte Gespräche und Meister Thore stand mit den drei Leitern der Fraktionen wenige Meter neben der Eingangstür und führte eine hitzige Diskussion.

»Sie sind noch nicht fertig ausgebildet, das können wir nicht verantworten!«, schnappte Elenor von Meister Thore auf.

»Ich verstehe deine Sorge, aber wir brauchen jede helfende Hand, die wir kriegen können«, antwortete Eaven eindringlich.

»Dann lasst sie doch von mir aus Rüstungen reparieren oder Pferde füttern«, rief Meister Thore aufgebracht. »Sie sind noch nicht bereit!«

»Dazu hast du sie nicht ausgebildet«, antwortete der Leiter der Inneren Fraktion ungeduldig. »Askil hat deine jüngsten Lehrlinge erst vor ein paar Tagen bei der Abschlussprüfung gesehen, und er ist der Meinung, dass sie fähig sind. Wenn er sagt, dass wir sie einsetzen können, dann vertrauen wir auf sein Urteil.«

»Aber sie haben noch nie gegen einen richtigen Feind gekämpft, sie könnten sterben, noch bevor sie überhaupt fertig ausgebildet sind! Wir können das nicht verantworten!«, rief Meister Thore nun lauter.

»Hunderte von Toten in unserem Königreich können wir auch nicht verantworten«, antwortete Eaven, ruhig, aber bestimmt. »Meister Thore, ich verstehe, dass du dir Sorgen um deine Lehrlinge machst. Aber hier geht es um das Leben aller Menschen in Vilgot! Sie haben diese Ausbildung freiwillig begonnen und du hast sie hervorragend trainiert. Nun ist es an der Zeit, dass sie ihre Arbeit ausführen und das Königreich gegen den Feind beschützen.«

Ohne eine weitere Widerrede von Meister Thore abzuwarten, drehte Eaven sich um und trat vor die Lehrlinge. Die Gespräche brachen sofort ab und eine nervöse Stille breitete sich aus.

»Ihr habt gehört, was unser König eben gesagt hat«, sprach Eaven ernst. »Hakon hat uns angegriffen und nun herrscht Krieg. Wir Verteidigungskämpfer haben die Pflicht, die Menschen in Vilgot zu beschützen und wir brauchen euch als Verstärkung. Der königliche Rat hat bereits entschieden, dass ihr gleich in den Fraktionen aushelft. Die Lehrlinge aus dem ersten Jahr helfen in der Inneren Fraktion mit und die Lehrlinge aus dem zweiten Jahr gehen mit Gunar zum Hauptgebäude der Mauer-Fraktion. Ihr werdet dort an der Mauer aushelfen. Die Lehrlinge, die diesen Sommer das dritte Lehrjahr abgeschlossen haben, haben sich ja bereits vor der Abschlussprüfung ihre Fraktion ausgesucht. Ihr schließt euch euren jeweiligen Fraktionsleitern an.« Die Lehrlinge hatten bis eben still gelauscht. Nun breitete sich ein nervöses Wispern unter ihnen aus.

»Aber wir sind doch noch gar nicht fertig ausgebildet«, wagte einer aus der Menge zu sprechen. »Können wir denn überhaupt etwas ausrichten?« Angst war in seiner Stimme zu hören und der Rest murmelte ihm zustimmend zu.

»Ihr könnt«, antwortete Eaven entschieden. »Was ich über eure Prüfungsergebnisse gehört habe, klang äußerst vielversprechend. Ihr seid dazu bereit, in den Fraktionen auszuhelfen. Und ihr seid dort auch nicht allein. Die erfahreneren Kämpfer werden euch alles Nötige zeigen. Und vergesst niemals: Ein Kämpfer ist nur so gut, wie die gesamte Gruppe. Die Arbeit in der Verteidigungssektion ist Teamarbeit!« Nun, ein wenig ermutigter, doch immer noch etwas zögerlich, wandten die Lehrlinge ihre Köpfe und suchten nach den Blicken der beiden anderen Fraktionsleiter. Gerade als sie sich zu ihnen begeben wollten, gebot Josefins laute Stimme ihnen Einhalt.

»Und was ist mit der Elite-Fraktion?«, schoss sie zu Eaven herüber. Eaven wandte sich ihr ein wenig irritiert zu.

»Die Elite-Fraktion hat im Moment keine besondere Aufgabe«, antwortete er. »Im Moment helfen alle Verteidigungskämpfer aus den Fraktionen entweder innerhalb des Königreiches oder außerhalb der Mauer aus. Wie es danach weitergeht, ist noch nicht entschieden. Aber vermutlich werden einige Kämpfer aus der Inneren und der Mauer-Fraktion in die Elite-Fraktion wechseln, um die Truppen bei den zukünftigen Missionen zu vergrößern.«

»Ich will auch in die Elite-Fraktion«, sagte Josefin, ohne zu zögern.

Eaven fixierte sie. »Warum sollte ich dich aufnehmen?«, fragte er streng. »Du bist doch gerade erst ins zweite Jahr gekommen, wenn ich mich recht an dich erinnere.« Doch Josefin ließ sich nicht einschüchtern. Sie hatte ihre Chance gewittert.

»Ich bin aber garantiert schon gut genug für deine Fraktion«, antwortete sie, fest entschlossen, ihren Willen zu bekommen. »Mein Vater, Askil Clarke, hat mich von klein auf höchstpersönlich trainiert und die Prüfung in diesem Sommer habe ich bravourös gemeistert! Ich bin viel zu nützlich für diese Sektion, um jetzt nur die Verbände zu wechseln.«

»Nein!«, antwortete Eaven entschieden. Und noch bevor Josefin weitere Argumente heraus feuern konnte, wurde die Eingangstür mit einem Poltern aufgestoßen. Elenor traute ihren Augen nicht. Völlig außer Atem und mit verschwitzten und zerzausten Haaren stand Emelie im Türrahmen.

»Gut, ihr seid noch da«, keuchte sie. »Ich will mithelfen.« Entschlossen trat sie in die Halle und blieb direkt vor Eaven stehen. »Was ist der Plan?« Elenor spürte, wie Henrik neben ihr unruhig wurde und sie teilte seine Sorge. *Was machte Emelie hier?* Josefin schnaubte. Ihr lag einiges an Unfreundlichkeiten, Emelie gegenüber, auf der Zunge, doch die Tatsache, dass sie ihrem Traum so nah war wie noch nie, war ihr in diesem Moment deutlich wichtiger als ihre Fragen, wer Emelie war und was diese sich gerade erdreistete. Daher nutzte sie die Gunst der Situation.

»Also, wenn du sie in die Elite-Fraktion aufnimmst, dann ja wohl erst recht auch mich!«, sagte sie und stellte sich demonstrativ neben Emelie. Erst ein wenig unsicher, dann doch entschieden folgte Elisabet ihr stumm.

»Ah, wir gehen mit der Elite-Fraktion, verstanden«, nickte Emelie und blickte Eaven auf weitere Anweisungen wartend an. Eaven hinterfragte Emelies Auftreten nicht. Scheinbar ging er davon aus, dass sie ebenso ein Lehrling aus der Verteidigungssektion war und nur zu spät gekommen war. Er wollte gerade etwas Verneinendes sagen, da unterbrach Henrik ihn.

»Nein, das kommt gar nicht infrage!«, rief er aus und machte ein paar Schritte auf Emelie zu. Sofort drehte sie sich wütend zu ihm um.

»*Was* willst du?«, knurrte sie mit einem gefährlichen Funkeln in ihren wilden Augen. Elenor verspürte den dringenden Impuls, Henrik beizustehen und machte einen Schritt auf ihn zu, nur um im selben Moment ebenfalls von Emelies Blick bitter gestraft zu werden. Elenor erfror in der Bewegung.

»Das ist zu gefährlich und du bist noch nicht einmal —«

»Weißt du, was auch gefährlich ist? Wenn ich dir eine Kostprobe von dem gebe, was ich drauf habe!«, unterbrach Emelie ihn mit einem mörderischen Unterton. Henrik rang noch einen kurzen Moment mit sich, dann nahm er seinen Mut zusammen.

»Dann will ich auch in die Elite-Fraktion!« Mit etwas Sicherheitsabstand zu Emelie, stellte er sich neben sie. Eaven wollte erneut den Mund öffnen und widersprechen, da setze Elenor sich, ohne zu zögern, in Bewegung. *Sie musste mit ihren beiden besten Freunden gehen und ihnen beistehen!* Und gleichzeitig erbot sich ihr gerade eine einmalige Gelegenheit, die sie so schnell garantiert nicht noch mal bekommen würde. *Die Elite-Fraktion! Warum noch zwei Jahre Ausbildung abwarten, wenn sie der Fraktion einfach jetzt schon beitreten könnte?* Elenors Füße kamen zwischen Emelie und Henrik zum Stehen. Entschlossen blickte sie Eaven entgegen, der nun um einiges gereizter wirkte.

»Wir haben für so etwas keine Zeit! Geht mit den Fraktionsleitern, denen ich euch eben zugeteilt habe!« Elenor blinzelte unauffällig zur Seite zu ihren Freunden. Keiner von ihnen rührte sich. Eaven wartete noch einen Augenblick ab, doch nachdem er verstanden hatte, dass sie ihm nicht gehorchen würden, verhärteten sich seine Gesichtszüge. »Ihr wollt es unbedingt, oder?«, fragte er kühl. »In Ordnung, dann betrachtet das heute als Prüfung. Ihr geht mit mir vor die Mauer und wenn ihr das heute überlebt und danach immer noch in meine Fraktion wollt, dann überlege ich es mir.«

»Was hast du dir dabei gedacht?«, platzte es mit gedämpfter Stimme aus Henrik heraus, während sie Eaven zum Hauptlager der Elite-Fraktion folgten. Nur wenige der Lehrlinge, die diesen Sommer ihre Ausbildung abgeschlossen hatten, waren dieser Fraktion nach ihrer Prüfung beigetreten. Auch wenn die Elite-Fraktion mit ihren Kämpfern zwar beliebt, in aller Munde war, war sie immer noch die gefährlichste aller drei Fraktionen. Und selbst wenn man sich doch für diese Fraktion entschieden hatte, bedeutete es nicht, dass man auch aufgenommen wurde. Für die besondere Arbeit dort, brauchte man besondere Fähigkeiten, vor allem in seiner Magie. Emelie schien es jedoch nicht besonders zu interessieren, wie viele Kämpfer nun mit ihnen zogen. Hilfesuchend spähte Henrik zu Elenor herüber, die sich ebenso nur schwer zurückhalten konnte.

»Ja, Emelie, warum hast du das gemacht?«, stimmte sie ihm zu.

Emelie schnaubte. »Was dachtet ihr denn, was ich jetzt mache? Im Amtshaus sitzen und Federn spitzen, während draußen alle etwas Nützliches tun?«

Henrik starrte sie ungläubig an. »Aber wie willst du vor der Mauer kämpfen, wenn du das alles gar nicht gelernt hast?« Seine Stimme klang nun nicht mehr ganz so gedämpft. Elenor schauderte es vor der Vorstellung, ihre beste Freundin vor die Mauer treten zu sehen, die noch nie eine Waffe benutzt hatte, nur mit ihrer Magie des Gedankenlesens. Emelies Unterkiefer verhärtete sich, wie jedes Mal, wenn sie eine Diskussion für beendet hielt.

»Dir hat es in der Amtssektion doch bisher so gut gefallen«, versuchte es Elenor anders. »Warum willst du plötzlich wechseln?« Emelie schwieg noch einen Augenblick, dann beschloss sie ihre Trotzhaltung wieder aufzugeben.

»Ich wollte doch eh nur in die Amtssektion, um dann später in die Abteilung der Verteidigung zu gehen, hatte ich dir das nicht mal erzählt?«, antwortete sie ein wenig ungehalten. »Ihr wisst doch, wie gerne ich kriminelle Handlungen aufdecke und Schurken enttarne. Aber mittlerweile habe ich die bequemen Schnösel in ihren Büros satt. Der wahre Schurke ist im Moment da draußen, vielleicht sogar direkt vor der Mauer und er kann nicht mit Schreibtischarbeit besiegt werden. Ich will nicht mehr in kleinen Arbeitszimmern sitzen und staubige Akten durchforsten. Ich will wirklich etwas tun und kämpfen!« Elenor und Henrik sahen sich an. Ganz wohl war ihnen noch immer nicht zumute. Emelies Gesicht weichte ein wenig auf. »Außerdem… nachdem ich gehört habe, dass ihr Lehrlinge auch eingesetzt werdet, wie kann ich da im Amtshaus rumsitzen, ohne zu wissen, was mit euch beiden ist?« Mit diesen Worten schloss sie ihren Mund. Henriks Kopf zuckte kurz zu ihr herum, dann starrte er berührt zu Boden. Und auch Elenor gab ihre weiteren Fragen auf. Sie nahm den Arm ihrer besten Freundin und drückte ihn fest. Mit einem immer noch unangenehm flauen Gefühl im Bauch sah sie nach vorn und blickte direkt auf Eavens Rücken. Sie musterte ihn. Es war schon fast unwirklich, wie gefasst und bestimmt er im Angesicht des Geschehens wirkte, das so unerwartet hereinbrach. Sein aufrechter und breiter Körper war von tiefer Ruhe erfüllt, während er seine kleine Truppe mit kraftvollen Schritten durch die leeren Gassen des Königreiches führte. Und nur wenig später bogen sie um eine Ecke und blieben plötzlich vor einem großen Zaun aus dunklem, verschnörkeltem Stahl stehen.

Dahinter konnte Elenor die Umrisse des alten Landhauses erkennen, das Igram ihr und Henrik bei der Zeremonie im vergangenen Jahr stolz gezeigt hatte. Von nahem sah es noch beeindruckender aus. Eaven holte einen schweren Stahlschlüssel aus seiner Manteltasche und drehte ihn in dem dunklen Schloss herum. Mit einem bedrohlichen Quietschen schwang das Tor auf und gab den Weg frei. Die majestätischen, dunklen Mauern des Hauses bauten sich erhaben vor ihnen auf, während die Lehrlinge sich ehrfurchtsvoll darauf zubewegten. Elenor spürte die kleinen, spitzen Steine des hellen Kiesweges unter ihren dünnen Ledersohlen. Die Kälte, die das Haus ausstrahlte, legte sich unnachgiebig auf Elenors Haut und ließ sie leicht erschaudern. Erschrocken zuckte sie zusammen, als die Blätter von einem großen, kunstvoll beschnittenen Rosenbusch ihren Arm streiften. Das hölzerne Knarren der Eingangstür hallte viel zu laut in Elenors Ohren wider, während sie ihren Kameraden schweigend in das Anwesen folgte. Alles in der verlassenen Eingangshalle wirkte wie aus einer vergangenen Zeit. Der zerschlissene Teppich auf dem Steinboden und die ramponierten Eichenholztafeln an den Wänden ließen nur noch erahnen, was für einen herrlichen Prunk es hier einmal gegeben hatte. Elenor erhaschte nur einen kurzen Blick auf einen schmuckvoll verzierten Kamin und einen von Staub und Spinnweben eingehüllten Kronleuchter, dann erhob Eaven seine Stimme.

»Das ist euer neuer Aufenthaltsort.« Knapp und zügig sprach er zu den frisch fertig ausgebildeten Kämpfern, Elenor und ihre Freunde nicht beachtend. »Ab heute lebt ihr hier und verlasst das Gelände nur, wenn ich es euch erlaube. Besuche bei euren Familien sind vorerst ausgeschlossen. Es ist wichtig, dass ihr jederzeit abrufbereit seid, wenn ich euch brauche.« Auch wenn niemand es wagte, einen Ton von sich zu geben, war der kleinen Truppe die Empörung ein wenig anzusehen. »Tut mir leid, aber das ist der Preis, den ihr zahlen müsst, wenn ihr Elite-Kämpfer seid«, sagte Eaven ernst. »Ihr werdet als die Helden des Königreiches gefeiert, aber dafür müsst ihr euer gesamtes Leben zurücklassen, sobald ihr die Schwelle dieses Hauses übertretet. Ihr müsst zu jeder Zeit einsatzbereit sein. Das bedeutet auch, dass ihr euch von euren Geliebten trennen müsst, denn das hier funktioniert nicht von eurem Zuhause aus. Ihr werdet von heute an ständig in Gefahr leben. Und nicht selten werdet ihr andere Menschen töten. Dazu müsst ihr stark sein und dürft euch von nichts ablenken lassen. Ihr müsst mit eurem Geist voll und ganz fokussiert sein und dürft niemals aus Sorge um jemanden, der euch wichtig ist, unaufmerksam sein und abschweifen. Alles, woran ihr denken sollt, ist eure Mission, der Schutz des Königreiches und eure Kameraden, deren Rücken ihr stärkt. Wer damit nicht leben kann, sollte jetzt gehen.« Reglos und mit steinernen Mienen starrte die Truppe ihn an. Eaven nickte anerkennend. »Und jetzt zieht euch die Kampfuniform an, sie befindet sich oben in den Schlafräumen.« Mit einer Kopfbewegung deutete er auf eine gewundene Steintreppe am Ende der Halle. »Wir brechen sofort zur Mauer auf, um dort zu helfen. Beeilt euch, wir haben keine Zeit zu verlieren!«

Immer noch schweigend hasteten die neuen Elite-Kämpfer, gefolgt von Elenor und ihren Ausbildungskameraden, durch die Halle, die Treppe empor und stürzten wahllos in die nächstgelegenen Schlafräume. Elenor erwischte einen kleinen Raum gleich zu Beginn des langen, dunklen Flures. Kaum hatte sie die Tür aufgestoßen, sprang ihr ein massiver Holzschrank ins Auge.

Ohne sich groß umzusehen, schwang sie die Schranktüren auf und griff blind nach den Uniformen. Noch bei geöffneter Zimmertür riss sie sich die Kleidung vom Körper und zog sich die schwarze Hose und das dunkle Leinenhemd an. Mit, vor Aufregung geröteten Wangen, streifte sie sich die braunen Leder-handschuhe über und legte sich die glänzenden Rüstungsteile um Knie, Arme und Brustkorb an. Mit ihren zitternden Händen schaffte sie es kaum, die schmalen Riemen zuzuziehen. Zuletzt warf sie sich den grünen Mantel über, band ihre Haare zu einem unordentlichen Pferdeschwanz zusammen, griff nach dem schmalen Schwert inmitten des Kleiderchaos und stürmte aus dem Raum.

Zwei bis drei Dutzend erfahrene Elite-Kämpfer und Kämpfe-rinnen warteten bereits fertig ausgerüstet auf ihren Pferden, als Elenor mit den anderen neuen Kämpfern nach und nach aus dem Landhaus stolperte.

»Da seid ihr ja endlich«, sagte Eaven und befestigte sein Schwert mit geübten Fingergriffen an seiner Hüfte. »Nehmt euch ein Pferd und steigt auf!« Er deutete auf die gesattelten Pferde, die von den erfahrenen Elite-Kämpfern an den Zügeln festgehalten wurden. Sofort hasteten sie schweigend auf die Pferde zu, die mit weit geöffneten Nüstern schnaubend umhertänzelten. Hektisch schlängelte Elenor sich zwischen den Kämpfern und Pferden hin-durch, bis sie plötzlich gegen den warmen, festen Körper einer braunen Stute prallte. Erschrocken wiehernd hob diese den Kopf und taumelte zur Seite.

»Hey, pass doch auf!«, rief der junge Kämpfer, der die Stute an einem langen Zügel festhielt und versuchte, sie wieder zu beruhi-gen.

»Entschuldigung«, presste Elenor hervor, während sie sich den schmerzenden Arm rieb. Die Stute wandte ihren zierlichen Kopf

um und sah Elenor aus ihren dunklen, sanften Augen vorwurfsvoll an.

»Na, mach schon, steig auf!«, raunte der Kämpfer ihr zu. »Entschuldigung«, wisperte Elenor diesmal der Stute leise zu und
strich ihr vorsichtig über den Hals. Sie schnaubte kurz, dann
knabberte sie leicht an Elenors Lederriemen. Elenor hatte,
abgesehen von der Ausbildung unter Meister Thore, in der sie alle
die Grundlagen des Reitens erlernt hatten, noch nie viel mit Pferden zu tun gehabt und so wirklich sicher im Reiten war sie noch
lange nicht. Plötzlich allein so nah vor diesen großen Tieren zu
stehen, jagte ihr mächtig Angst ein. Doch die braune Stute vor ihr
strahlte so viel beruhigende Wärme aus, dass Elenors Herzschlag
sich schnell wieder beruhigte. Gerade als sie die Zügel in die
Hand nahm und ihren Fuß in den Steigbügel heben wollte, hielt
sie inne.

»Ich ändere meine Meinung nicht, egal, wie oft du es versuchst«, hörte sie Eaven sagen. Er klang nun wirklich gereizt.

»Aber ihr braucht mich! Und du hast es mir versprochen!« Elenors Ohren spitzten sich. *Das war Fynns Stimme!* Sie ließ die
Zügel los und sah sich um.

»Hey, was ist jetzt?«, fragte der Kämpfer unfreundlich, doch
Elenor ignorierte ihn.

»Elenor hat ihre Prüfung geschafft und damit habe ich mich als
teamfähig erwiesen!«, setzte Fynn hartnäckig nach.

»Die Rede war vom erfolgreichen Abschluss der Ausbildung
—«, wandte Eaven ein, doch Fynn unterbrach ihn sofort.

»Die Ausbildung ist doch jetzt eh hinfällig! Hakon hat
zugeschlagen und wird sich nicht einfach zurückziehen und
geduldig mit seinem nächsten Angriff warten, bis Elenor oder
irgendwer von den Lehrlingen seine Ausbildung in zwei Jahren
beendet hat!« Elenor trat hinter der Stute hervor und sah die
beiden jungen Männer direkt vor sich stehen. Eaven biss sich auf
die Lippen und schien scharf zu überlegen.

»Bitte. Gib mir die Chance, mich zu beweisen. Ich weiß, was

175

ich tue, ich habe mich unter Kontrolle und ich bin euch von großem Nutzen.« Eaven wandte seinen Kopf und erblickte Elenor.

»Also gut«, sagte er knapp. »Aber Elenor wird bei dir bleiben und mir danach ausführlich Bericht erstatten. Sollte ich erfahren, dass du dich meinen Anweisungen widersetzt, dich nicht im Griff hast oder irgendwelche anderen Interessen verfolgst, dann bist du ein für alle Mal aus der Elite-Fraktion raus, verstanden?« Fynn nickte langsam. Einen kurzen Moment standen sich die beiden Männer schweigend gegenüber und fixierten sich, dann löste Eaven sich und schritt zügig zu seinem Pferd. Elenor versuchte, einen schnellen Blick mit Fynn auszutauschen, doch er drehte sich ebenfalls um und stieg so schwungvoll auf einen grauen, athletischen Wallach, dass dieser erschrocken tänzelte und unruhig schnaubend mit dem Kopf nickte.

»Worauf wartest du denn noch?«, rief der junge Kämpfer neben Elenors brauner Stute ungeduldig. Sofort griff Elenor nach den Zügeln und stieg etwas unbeholfen in den glänzenden Ledersattel.

»Unsere Aufgabe lautet, die Kämpfer der Mauer-Fraktion zu unterstützen!«, erhob Eaven das Wort an seine Truppe. »Es sind laut Bericht um die zweihundert Feinde und Hakon ist nicht unter ihnen. Wir haben keine Zeit für große Strategien. Deswegen konzentrieren sich die Neuen erst mal auf die Versorgung der Verletzten. Bringt sie zurück ins Königreich zu den Krankenlagern und kämpft nur, um euch zu verteidigen! Für die Erfahrenen gilt: Zeigt keine Gnade! Jeder Feind, der heute davonkommt, wird Hakon Bericht erstatten und das soll nicht passieren! Los geht's!« Seine dunklen Lederstiefel stießen entschlossen in die Flanken seines schwarzen, kräftigen Hengstes und die Gruppe setzte sich in Bewegung.

17.
DIE SCHLACHT AN
DER MAUER

Die aufgeregt umher hastenden Menschen stoben sofort auseinander, als die Elite-Truppe schweigend durch die Gassen
galoppierte. Vor Schreck geweitete Augen, verzerrte Gesichter
und von Verwirrung genährte Panik, die wie dunkle Nebelschwaden umher waberten, machten es Elenor zunehmend schwer, sich
zu konzentrieren. Das Beben in ihrer Brust war nun kaum noch
zu unterdrücken. Auf der Suche nach Kraft und Mut huschte ihr
Blick über ihre neuen Kameraden. Henriks Gesicht sah ein wenig
verkrampft aus. Wie ein Schwarm dunkler Motten flatterte die
Nervosität in ihm. Wild darauf, auszubrechen, doch mit Mühe
werden sie von einem fest verschraubten Deckel zurückgehalten.
Eaven führte die Truppe mit einer atemberaubenden Geschwindigkeit an. In seinem Inneren herrschte eine tiefe Ruhe und nichts
um ihn herum, konnte ihn von seinem eisernen Fokus und seiner
festen Entschlossenheit ablenken. Fynn ritt am äußersten Rand
der Truppe. Sein starrer Blick war nach vorn gerichtet und seine
Augen schienen leicht im Licht zu glänzen. Auch wenn der Rest
seines Gesichts wie immer ausdruckslos und unergründlich war,
spürte Elenor tief versteckt in seinem Inneren eine seltsame
Euphorie brodeln, gemischt mit einer Prise Wahnsinn und dem
jahrelang angestauten Elixier aus Wut und Schmerz. Eine dunkle

Vorahnung darüber, was bei einem Ausbruch dieser unberechenbaren Energie passieren könnte, zog vor Elenors innerem Auge vorbei. Eavens Anweisung hallte in ihrem Ohr wider und ihr wurde leicht übel. *Wie sollte sie das anstellen, wenn sie sich nebenbei vielleicht noch verteidigen musste?* Sie kannte Fynn gut genug, um zu wissen, dass er Elenors persönliche Aufsicht nicht einfach so hinnehmen würde. Doch schuld daran zu sein, wenn wegen ihm heute etwas schief laufen sollte und dann vor Eaven Rechenschaft abzulegen – an diesem einen Tag, an dem sie sich bei ihm positiv behaupten könnte – erschien ihr noch viel schlimmer. Sie atmete ihre Anspannung aus sich heraus und zog ein wenig an ihren Zügeln, um ihre Stute etwas näher an Fynns Wallach zu bringen. Ihr blieb nichts anderes übrig, sie musste Eavens Anweisung befolgen.

Die langen, engen Gassen wichen nun einem riesigen Teppich aus Gras und Büschen, der die Häuser des Königreiches von der Mauer trennte. Auf dieser Fläche stand vereinzelt eine handvoll Unterkünfte in den Farben der Mauer-Fraktion und einige Krankenlager, die durch ein grünes Efeublatt gekennzeichnet waren. Das Zentrum des Königreiches lag nun weit zurück und selbst die letzten Häuser am Stadtrand schrumpften hinter ihnen mit jeder Sekunde weiter zusammen.

»Öffnet das Tor«, rief Eaven und Elenor richtete ihren Blick schnell wieder nach vorn. Sie hatte die Mauer noch nie von so nah gesehen. Ihre massiven Backsteine schienen unzerstörbar zu sein und ihre gewaltige Wand warf lange, dunkle Schatten vor die furchtlos heran preschenden Kämpfer. Weit oben auf dem Rand der Mauer standen Kämpfer der Mauer-Fraktion und schossen mit ihren Bögen Pfeile auf die andere Seite ab. Wenige Meter vor ihnen öffnete sich ratternd und grollend ein riesiges Holztor und gab den Blick auf die Situation vor der Mauer frei. Die Schreie, die die Mauer eben noch zurückgehalten hatte, dröhnten ihnen nun gnadenlos entgegen und Elenors Magen begann zu schmerzen. Eaven stürmte mit seinem Pferd eisern voran, durch die breite Öffnung hindurch.

»Ihr wisst, was zu tun ist«, rief er seiner Truppe zu. »Achtet aufeinander und zeigt dem Feind keine Gnade!« Dann zog er sein Schwert aus der Scheide, spornte seinen schwarzen, schweißnassen Hengst entschieden an und raste in das Gefecht.

Plötzlich ging alles sehr schnell und ehe Elenor wusste, was geschah, befand sie sich mitten im Chaos. Überall um sie herum waren Menschen, die so eng kämpften, dass Elenor kaum erkennen konnte, wer Feind und wer Verbündeter war. Die Schreie der Verletzten und die letzten stöhnenden Laute der Sterbenden waren so grausam, dass Elenor ihre Zügel fallen ließ und sich die Ohren zuhielt. Für einen kurzen Moment schloss sie die Augen. Die zerstörerische Kraft, die über ihnen schwebte, wie eine schwere Gewitterwolke, schien Elenor fast zu erdrücken. Plötzlich wurde ihre Stute unruhig und bevor Elenor die Zügel wieder aufnehmen konnte, stieg ihr Pferd auf die Hinterbeine und warf Elenor zu Boden. Sie rappelte sich auf und sah gerade noch so, wie ihre Stute panisch wiehernd davonrannte und im Gemetzel verschwand. Mit, vom Festkrallen, wackeligen Beinen und verkrampften Fingern rannte sie ihrem Pferd blind hinterher, doch nach wenigen Schritten wurde sie von zwei großen Gestalten umgestoßen. Sie kämpften so verbissen miteinander, dass sie Elenor nicht bemerkten. Ihr Kopf dröhnte vor Schmerz, während sie sich mühsam auf die Beine kämpfte. Und plötzlich war es, als hätte sie alle Kraft verlassen. Hilflos und verloren stand sie mitten im Gefecht, unfähig, sich zu bewegen.

Elenor fühlte sich, als befände sie sich in einem Fiebertraum. Verschwommen sah sie Josefin aufrecht, wie eine Herrscherin, durch das Getümmel preschen. Wie in Zeitlupe flogen die Grasfetzen umher, die ihre rotbraune Stute mit ihren Hufen aufwirbelte, während Josefin lange, schmale Eisstäbe aus ihren Händen entstehen ließ und sie gnadenlos durch die dunkel gekleideten Gestalten stach. Dumpf hallte der Aufprall ihrer toten Körper in Elenors Trommelfell wider. Wenige Meter entfernt schritt Elisabet auf ihrem weißen Pferd anmutig durch die Masse und ließ in ihrem Umkreis dornenbesetzte Ranken aus dem Boden sprießen, die die Feinde blutend erdrückten. Der Schleier auf Elenors tränenden Augen ließ Elisabet beinahe unwirklich, wie eine Göttin, erscheinen. Elenor rieb sich die Augen. Ein heftiger Hieb auf ihrem Rücken durchzuckte glühend ihren Körper und riss sie urplötzlich in die Wirklichkeit zurück. Für einen Moment blieb ihr die Luft weg. Keuchend taumelte sie nach vorn und drehte sich benommen um. Eine der dunkel gekleideten Gestalten trat grinsend auf sie zu, ein breites Schwert hinter sich her schleifend.

»Na, so was«, sagte der breit gebaute Mann mit rauer Stimme. »Eine hübsche kleine Elite-Kämpferin, die träumend auf dem Schlachtfeld steht. Das sieht man auch nicht oft. Da krieg ich doch glatt Lust, mich ein wenig mit dir zu vergnügen, was sagst du dazu?« Es war, als wäre Elenors Kopf in Eiswasser getaucht worden. Die Schreie, das gequälte Wiehern der Pferde, das mörderische Klirren der Klingen – all das drang nun wieder unerträglich klar in ihre Ohren. Sie fühlte sich wie gelähmt. Ungeheure, befremdliche Angst stieg in ihr empor. Es waren weder die Worte noch das bedrohliche Schwert in seiner Hand. Es war seine Aura. Sie war fernab von allem, was Elenor bisher je gesehen hatte. Ein Feuer der Hölle loderte in ihm, das aus purem Wahnsinn entfacht war und keinerlei Ähnlichkeit mit jeglichen Emotionen oder Menschlichkeit besaß.

»Du bist also eher die Schweigsame?«, schnarrte der Mann und sein irrsinniges Grinsen wurde breiter. »Das macht nichts, das macht nichts. Die Zugeknöpften mag ich eh viel lieber.« Elenor starrte ihn wie hypnotisiert an, nicht in der Lage, auch nur einen

Finger zu rühren. Heiser keuchend trat er langsam auf sie zu, doch bevor er sie berühren konnte, fiel ein großer Stein von oben auf ihn herab. Stumm sackte er zu Boden, während sich dunkles Blut langsam aus seinem Kopf heraus ergoss und in die frisch aufgerissene Erde sackte.

»Ist alles in Ordnung?«, rief eine vertraute Stimme von oben. Elenor hob den Kopf und blickte in Henriks sorgenvolles Gesicht. »Warum kämpfst du nicht?« Er schwebte ein Stück zu ihr herunter. Sein Anblick rüttelte Elenor endgültig wach und ihre Kraft kehrte wieder zurück. Eine Welle der Erleichterung durchflutete sie und übermannte sie fast. Und dann erinnerte sie sich schlagartig wieder an Eavens Anweisung.

»Siehst du Fynn irgendwo?« Mit der Frage hatte Henrik nicht gerechnet. Dennoch beschloss er nicht weiter nachzuhaken und ließ seinen Blick mit zusammengekniffenen Augen über das Schlachtfeld schweifen. »Fynn ist ein paar Meter rechts von dir«, rief er ihr zu und deutete in die Richtung. »Kämpf' dich am besten hier durch«, er deutete auf eine kleine Schneise rechts von Elenor, »dann kannst du ihn nicht verfehlen.« Er nahm sein Schwert fester in die Hand. »Mach' dir keine Sorgen, ich habe dich nebenbei im Blick und bin sofort da, wenn du Hilfe brauchst.« Elenor nickte ihm dankend zu, dann flog er davon und stürzte sich mit seinem Schwert ausholend wie ein Adler auf die nächsten Feinde.

Elenor atmete tief durch, zog ihr Schwert aus der Scheide und rannte los. Sie versuchte sich so gut es ging unauffällig zwischen den kämpfenden Gestalten hindurch zu schlängeln. Doch sie wurde immer wieder von dunkel gekleideten Männern oder Frauen aufgehalten, die nicht locker ließen und sie zwangen, zuzuschlagen. Eine drahtige Frau stieß Elenor so grob in die Seite, dass diese gefährlich strauchelte. Blind holte Elenor mit ihrem Schwert aus und schlug zu, doch sie verfehlte die Frau. Mit einem hämischen Lachen stürzte sie sich erneut auf Elenor und trat ihr in den Bauch. Elenor krümmte sich keuchend zusammen. Für einen kurzen Moment glaubte sie, sich erbrechen zu müssen, nur um dann sofort einen neuen Hieb auf ihrem Rücken zu spüren. Elenor verlor das Gleichgewicht. Ihr Gehirn hatte bereits ausgesetzt. Verzweifelt streckte sie den Arm aus und griff nach dem Bein der Frau, die sich gerade über sie beugen wollte. Verdutzt hielt diese inne. Elenor nutzte diesen Bruchteil einer Sekunde, um ihr die Spitze ihres Schwertes in ihre dürre Wade zu stechen. Die Frau schrie auf. Elenor zog sich an ihr hoch und stach blindlings erneut zu. Schmerzhaft krallte die Frau sich in Elenors Arme fest, riss an ihren Haaren und trat ihr in die Beine, doch Elenor stach weiter zu, bis sie sich nicht mehr regte. Erst dann ließ Elenor von ihr ab und stolperte mit rasendem Puls weiter, den toten Körper der Frau hinter sich zurücklassend. Jedes Mal, wenn ihr eine der dunklen Gestalten über den Weg lief, schlug Elenor mit all ihrer Kraft zu, doch die Gestalten waren ihr oft um einiges überlegen. Hier und da streiften die Klingen der feindlichen Schwerter sie und hinterließen blutige Wunden, doch Elenor spürte nichts mehr. Sie hatte die Orientierung längst verloren und wusste nicht, in welche Richtung sie sich fortbewegen sollte. Erneut stieß sie jemand um und Elenor stürzte. Sie spürte, wie sie auf einem noch warmen, leblosen Körper landete. Über sich vernahm sie das Klingen der Waffen, einen Schrei und ein Röcheln, gefolgt von einem dumpfen Aufprall.

»Ist alles in Ordnung?« Jemand riss sie herum und Elenor starrte in das Gesicht eines Elite-Kämpfers. Elenor nickte stumm. Der Kämpfer begann, sie hochzuziehen und ihr auf die Beine zu helfen.

»Es ist vorbei, wir haben gesiegt«, schallte Eavens kräftige Stimme über die letzten kraftlosen Laute der Sterbenden zu Elenor herüber. »Kümmert euch um die Verwundeten und bringt sie zu den Krankenlagern!«

Der Kämpfer vor ihr musterte sie. »Kannst du dich bewegen, laufen?«, fragte er. Elenor nickte erneut. »In Ordnung, dann helfe ich den anderen.« Zügig entfernte er sich. Elenor stand noch

einige Atemzüge lang reglos da, dann steckte sie ihr blutbeschmiertes Schwert benommen zurück in die Scheide. Kraftlos
ließ sie ihren Blick über das von toten Körpern übersäte Feld
wandern. *Was hatte sie getan?* Auch wenn sie ein ganzes Jahr lang
jeden Tag bei Meister Thore trainiert hatte, so war Elenor doch
nie ernsthaft bewusst gewesen, was für Schäden sie einmal in
dieser Sektion anrichten würde. Sie fühlte sich, als hätte heute ein
Albtraum begonnen, aus dem sie nicht mehr aufwachen würde.

Eavens Anweisung hallte in ihrem Kopf wieder. »Überlebende,
Überlebende, ich muss nach – Fynn – Ich sollte doch auf ihn –«,
murmelte sie fahrig vor sich hin, während sie sich bemühte, einen
klaren Verstand zu behalten. Und da sah sie ihn endlich. Er kniete
einige Meter von ihr entfernt auf dem Boden und schien etwas
festzuhalten. Pure Erleichterung breitete sich in ihr aus. *Fynn
lebte!* Sie rannte auf ihn zu. Als sie erkannte, dass Fynn über
einem von Hakons Gefolgsleuten kniete, blieb sie abrupt stehen.
Fynn hatte seine Hand fest um den Hals des Mannes geschlungen
und war völlig außer sich.

»Wo ist er?«, brüllte er den Mann an. Der lachte nur heiser und
brachte mühsam hervor: »Wen meinst du?«

»Hakon«, knurrte Fynn zornig und drückte mit seinen Händen
noch fester zu. »Wo versteckt er sich?« Der Mann japste nach Luft
und gluckste ein erneutes heiseres Lachen aus. Kleine, rote Adern
platzten in seinen Augäpfeln, während sie langsam aus den
Augenhöhlen hervorquollen.

»Fynn, nicht!«, rief Elenor und rannte erneut los. »Du bringst
ihn noch um!« Doch es war zu spät. Das Grinsen im Gesicht des
Mannes erstarrte und er regte sich nicht mehr. Elenors Beine
gehorchten ihr nicht mehr und sie kam taumelnd vor dem toten
Mann zum Stillstand. Geschockt starrte sie ihn an. »Warum hast
du das getan?«, fragte sie ungläubig. Fynn erhob sich langsam, den
Blick immer noch auf den toten Mann gerichtet.

»Er hat mir keine Antworten gegeben«, sagte er monoton.
»Außerdem war es Eavens Anweisung, keine Gnade zu zeigen.«

»Aber das... das war doch gar nicht notwendig, er war doch schon außer Gefecht —«, stammelte sie. »Das... das war einfach nur grausam!« Fynn drehte sich langsam zu ihr um. Seine blauen Augen funkelten sie gefährlich kalt an.

»Grausam?«, fragte er langsam. »Ah, ich verstehe. Du hast das erste Mal eine richtige Schlacht miterlebt und kommst mit der Realität nicht klar. Fang jetzt ja nicht an, sentimental zusammen-zubrechen! Wechsel einfach die Fraktion, wenn dir das hier zu hart ist.« Dann bückte er sich, riss ein Stück Stoff von der Hose des toten Mannes und hob sein Schwert auf. Ohne Elenor noch eines weiteren Blickes zu würdigen, begann er es mit dem Stück Stoff zu reinigen. Elenor durchströmte eine so brennende Wut, dass sie erst nicht in der Lage war zu sprechen.

»Wo warst du eigentlich die ganze Zeit?«, brachte sie schließlich zornig hervor.

»Du wirst es mir nicht glauben, aber ich habe auf dem Schlachtfeld gekämpft«, antwortete er sarkastisch, ohne von seinem Schwert aufzusehen.

»Wir haben die Anweisung bekommen, zusammenzubleiben!«, schrie sie ihn an. Sie musste sich stark beherrschen, nicht auf ihn loszugehen und mit ihren Fäusten auf ihn einzuhämmern. Fynn hob den Kopf und ließ das Stück Stoff sinken.

»Ich wusste nicht, dass du einen Babysitter brauchst«, fauchte er gefährlich. Das war zu viel.

»*Ich* sollte auf *dich* aufpassen!«, schrie sie noch lauter und ihre Stimme überschlug sich.

»Ich kann sehr gut auf mich selbst aufpassen«, fuhr Fynn sie an. »Im Gegensatz zu dir. Pass du das nächste Mal lieber auf deine Rückendeckung auf, anstatt mir hinterherzulaufen wie ein Welpe. Sonst ist es beim nächsten Mal vielleicht schlimmer, als nur ein Hieb auf deinen Rücken.« Dann stieß er sein Schwert zurück in die Scheide und rauschte davon. Elenor starrte ihm fassungslos hinterher. *Woher wusste er von dem Hieb auf ihrem Rücken? War er etwa doch in ihrer Nähe gewesen?*

»Bleib gefälligst hier!«, schrie sie ihm noch nach, doch Fynn reagierte nicht, steuerte auf das Mauertor zu und verschwand zwischen den mit Aufräumarbeiten beschäftigten Kämpfern. Bebend blieb Elenor zurück. Sie wusste nicht, wohin mit ihren Emotionen, und sie war kurz davor, sich selbst zu verlieren. Sie war wütend auf Fynn, geschockt und traumatisiert über das Gemetzel, erleichtert darüber, dass es vorbei war, in Sorge darüber, ob einer ihrer Kameraden verletzt war. Aber vor allem fühlte sie sich elend und widerwärtig, heute so vielen Menschen das Leben genommen zu haben und doch so unfähig im Kampf gewesen zu sein. Und sie wollte schreien, weinen, auf etwas einschlagen, in den Arm genommen werden, allein sein – sie wusste überhaupt nicht, was sie tun sollte. Bebend setzte sich ihr Körper in Bewegung, auf ihre neuen Kameraden zu.

»Hey du, hilf mir mal mit dem hier«, befahl ihr eine der erfahreneren Elite-Kämpferinnen und deutete auf den zerstochenen Körper eines dunkel gekleideten, stämmigen Mannes. Stumm beugte Elenor sich und griff nach den noch warmen Beinen.

Irgendwie hatte Elenor es geschafft, einen Körper nach dem anderen davonzutragen. Die Leichen der Feinde wurden vor der Mauer auf einen Haufen gestapelt und verbrannt. Bei dem Gestank wurde Elenor fast schwarz vor Augen. Die Leichen der Kämpfer wurden liebevoll auf einen Holzwagen gelegt und von den Pferden der Mauer-Kämpfer in das Königreich gezogen, wo sie beerdigt werden sollten. Hastig huschten Elenors Augen über die Haufen der toten Körper und sie atmete erleichtert auf, als sie keinen ihrer Freunde darunter fand. Während sie die Waffen vom Schlachtfeld räumten, entdeckte sie Henrik. Seine Augen leuchteten auf, als sie auf ihn zu rannte und sie fielen sich überglücklich in die Arme. Während sie dem Himmel dafür dankte, dass ihr bester Freund unversehrt war, dachte sie an Emelie und ein kurzer Anflug von Panik überkam sie. Henrik beruhigte sie und teilte ihr mit, dass Emelie vor der Mauer geblieben war.

»Sie kam zwar mit vor die Mauer, doch sie konnte sich nicht lange verteidigen. Zwei erfahrenere Kämpfer haben sie dann gepackt und sie zurück durch das Tor gezogen. Sie meinten, sie kann dort eher helfen. Ihrem Gesicht nach, fand sie, dass wohl nicht so toll, aber sie hat sich auch nicht gewehrt.« Damit löste sich der letzte Rest Anspannung in Elenor auf und ein lautes Lachen entfuhr ihr. Doch so schnell, wie es kam, verschwand das Lachen auch wieder. Die Mauer-Kämpfer bedankten sich für die Hilfe und stellten den Elite-Kämpfern einige neue Pferde zur Verfügung. Tränen stiegen Elenor in die Augen, als sie ihre Stute neben den anderen Pferden wieder fand. Sie war ein wenig verängstigt, doch bis auf ein paar blutige Striemen an den Beinen völlig unverletzt. Während Elenor auf sie zutrat, warf das Pferd ihren Kopf energisch nach oben und schnaubte. Die warmen, dunklen Augen wirkten nun entsetzt und vorwurfsvoll.

„Bin ich froh, dass du lebst", hauchte Elenor. Beruhigend strich sie der Stute über die weichen Nüstern. „Liv, meine treue Gefährtin…" Als würde ihr neuer Name ihr gefallen, nickte das Tier leicht mit dem Kopf, dann drängte sie Elenor mit einem sanften Schubs, diesen Ort mit ihr schnell zu verlassen. »Ist schon gut, wir gehen jetzt nach Hause«, flüsterte Elenor ihr tröstend zu.

Ernst und stumm bestiegen die Elite-Kämpfer ihre Pferde und kehrten in das Königreich zurück. Das Einzige, was die unangenehme Stille ab und an unterbrach, waren Elisabets flüsternde Wiederholungen: »Gott sei Dank, dass du noch lebst, Yva, zum Glück bist du noch bei mir.«

Es war nicht das erste Mal, dass Elisabet diesen Namen erwähnte und wäre heute nicht so ein schrecklicher Tag gewesen, hätte Elenor sich noch mehr darüber gewundert, wer Yva war. Denn in der Richtung, in die Elisabet dabei starrte, war niemand. Selbst Josefin war still. Sie bemühte sich zwar, stark und unnahbar zu wirken, doch ihr bleiches Gesicht verriet, wie sehr sie die Schlacht ebenfalls mitgenommen hatte. Fynn ritt, mit etwas Abstand, hinter Eaven her. Auch wenn Elenor keine Aura oder Emotionen um ihn herum sehen konnte, stand sein ganzer Körper unter Spannung. Er schien sich nur mit Mühe im Zaum zu halten, seinem grauen Wallach nicht die Sporen zu geben und einfach voranzugaloppieren. Unterwegs hielten sie noch bei einem der Krankenlager und ließen sich von den Heilern und Heilerinnen verarzten. Und kaum waren sie im Hauptlager der Elite-Fraktion angekommen, schwang Fynn sich vom Rücken seines Pferdes, drückte die Zügel einem der jüngeren Kämpfer in die Hand, der gerade aus einem der Ställe kam und verschwand im Haus.

»Eigentlich kümmert sich jeder selbst um sein Pferd«, murmelte dieser kopfschüttelnd, dann führte er den erschöpften Wallach in den Stall. Eaven war zu sehr in seinen Gedanken versunken, um das zu bemerken. Auch er gab seinen schwarzen, schweißnassen Hengst an einen weiteren Kämpfer ab und ging zügig auf das Anwesen zu. An der Schwelle der Eingangstür angekommen, drehte er sich noch mal zu seiner Truppe um.

»Kümmert euch um eure Pferde und ruht euch aus«, befahl er knapp. »Ich berichte dem königlichen Rat von den heutigen Ereignissen und werde euch so bald wie möglich über unsere weitere Vorgehensweise informieren. Ihr habt gut gekämpft.« Dann verschwand auch er im Haus.

Erst jetzt bemerkte Elenor, wie erschöpft sie war. Ihre Beine gaben beinahe nach, als sie müde aus dem Sattel zu Boden rutschte. Mit einem seltsam tauben Körper führte sie Liv langsam in ihre warme Box. Sie schaffte es kaum, den Sattel von ihrem Rücken zu ziehen und am liebsten hätte sie sich neben ihrem Pferd auf das saubere Stroh gelegt und wäre für die nächsten drei

Tage nicht mehr aufgestanden. So gut sie konnte, rieb sie Liv mit einem Tuch trocken und stellte ihr einen vollen Futter- und Wassereimer in die Box. Dann verabschiedete sie sich mit einem zärtlichen Streicheln über ihren weichen Schopf und schleppte sich müde, umgeben von den warmen Strahlen der späten Nachmittagssonne, ins Haus. Auf dem Weg zu ihrem Schlafraum hielt Eaven sie auf und ließ sie in sein Büro kommen. Er stand vor seinem dunklen, massiven Schreibtisch, auf dem mehrere Pergamente und Federkiele ordentlich gestapelt waren. Bis auf den Tisch, einen schlichten Holzstuhl und einen großen Schrank voller Akten und Pergamentstapel, war der kleine Raum leer.

»Wie hat Fynn sich während der Schlacht verhalten?«, fragte er. Bilder von ihm, wie er den dunkel gekleideten Mann würgte und wie sie sich stritten, schossen in Elenor empor und ihr Kopf dröhnte.

»Gut«, log sie monoton. Sie hatte keine Kraft mehr, lange über Fynn zu sprechen und sich womöglich in einen neuen Konflikt zwischen den beiden jungen Männern zu verwickeln. Eavens dunkle Augen bohrten sich in ihre. »Es gab keine Probleme«, setzte Elenor nach, während ihre Zunge immer schwerer wurde und sie zu lallen begann. »Er blieb hinter mir und hat ganz normal gekämpft, so wie die anderen auch.«

»Ist alles in Ordnung?«, fragte Eaven besorgt.

Elenor nickte. »Ich muss mich nur etwas ausruhen«, sagte sie.

Eaven verstand. »Ich danke dir, dass du auf ihn aufgepasst hast«, sagte er aufrichtig. »Ich weiß, die Anweisung war nicht leicht zu befolgen, er ist ziemlich schwierig. Deswegen hab ich dir diese Aufgabe gegeben, denn du bist die Einzige, außer mir, die in der letzten Zeit mehr mit ihm zusammen war und ihn daher besser kennt. Vielleicht wirst du mal die Einzige sein, die an ihn herankommen kann.« Elenor schluckte. Die Wahrheit war, dass sie keine Ahnung hatte, wie sie mit Fynn umgehen sollte. Sie dachte, sie wüsste es, doch heute war er wieder ganz anders und hatte sich erneut total vor ihr verschlossen.

»Ich glaube, du irrst dich«, sagte sie stockend. Eaven hob eine Augenbraue.

»Warum?«, fragte er.

Elenor schluckte erneut. Die ganze Enttäuschung über sich selbst und ihr Versagen in der Schlacht brodelte in ihr und sie musste heftig dagegen ankämpfen, nicht in Tränen auszubrechen. »Ich… ich glaube, ich bin… nutzlos für diese Fraktion, ich konnte heute kaum kämpfen oder meine magische Fähigkeit gegen die Feinde einsetzen. Ich… ich hab nicht mal eine nützliche Fähigkeit, ich kann doch bloß Emotionen verändern, mehr nicht –« Sie brach ab. Ihr Kopf wurde heiß und unerlaubt stiegen die Tränen ihr nun doch in die Augen. Eaven hatte ihr aufmerksam zugehört. Seine ruhige Aura weitete sich aus, umarmte sie sanft und kühlte ihren glühenden Kopf.

»Ich glaube, *du* irrst dich«, sagte er schließlich. »Du hast vielleicht nicht so sauber gekämpft, wie in deinem Training, doch du wusstest dir zu helfen und hast dich verteidigen können. Der Rest kommt mit der Übung. In dir steckt eine Menge Potenzial, nicht nur als Kämpferin. Du hast den Mut eines ganzen Heeres und bist fähig, die Welt zu verändern. Deine magische Fähigkeit ist etwas ganz Besonderes, genau wie du.« Elenor hob den Kopf. Eaven betrachtete sie. Etwas Merkwürdiges lag in seinem Blick. Ein wenig wie Zuneigung und Vertrauen, doch irgendwie viel stärker als das. Es war wie ein stummes Versprechen von einem ewigen Schutz, den er bereit war, ihr zu geben, selbst wenn es sein eigenes Leben kosten würde. Das verwirrte Elenor, doch sie war zu erschöpft, um sich weitere Gedanken darüber zu machen. »Das wusste ich schon bei der Zeremonie«, fuhr er fort und trat langsam auf sie zu. Sanft hob er ihr Kinn an und strich ihr eine Träne von der Wange. »Du bist alles andere als nutzlos. Und jetzt geh dich ausruhen.«

18.

VANYA

Stark und unnachgiebig strahlte die Mittagssonne auf Elenors Gesicht, als sie langsam ihre Augen öffnete. Für einen kurzen Moment wusste sie nicht, wo sie war. Verwirrt glitt ihr Blick über die kahlen, weißen Wände des sonnendurchfluteten kleinen Raumes, über die schmale, geschlossene Tür mit dem kupfernen Knauf, über den massiven Holzschrank mit kunstvollen Verzierungen und über das verstreute Kleiderchaos auf dem Boden. Als Elenor die mit Dreck und getrocknetem Blut verschmierten Rüstungsteile ihrer Elite-Uniform sah, fielen ihr die gestrigen Ereignisse schlagartig wieder ein. Langsam setzte sie sich auf und rieb sich seufzend die Schläfen. *Wie lange hatte sie geschlafen? Es mussten mehr als zwölf Stunden gewesen sein.* Der Heiler von gestern hatte gute Arbeit geleistet und Elenor ihre Verletzungen mit seiner magischen Fähigkeit komplett genommen. Doch die Spuren, die der Kampf auf Elenors Seele hinterlassen hat, konnte er ihr nicht nehmen. Ein wenig orientierungslos hob Elenor ihre Sommerkleidung auf, die sie gestern vor dem Aufbruch von sich gerissen und achtlos zu Boden geworfen hatte. In Gedanken versunken zog sie sich den leichten Stoff über und starrte zur Zimmertür herüber. *Es war noch nicht vorbei. Eaven hatte sich sicher schon mit Askil ausgetauscht und darüber entschieden, was mit ihr und ihren Ausbildungskameraden nun geschehen würde.*

Und garantiert wartete er, dass Elenor aufwachen und sich zu ihm begeben würde. Würde sie wieder in Meister Thores Training zurückgehen? Garantiert. Sie wusste nicht, was sie davon halten würde. In Erinnerung an die Geschehnisse von gestern erschienen ihr die Übungen in der Ausbildung nur noch wie ein sportliches Hobby. Was wäre, wenn sie bleiben dürfte? Wollte sie das? Auch wenn es gestern schrecklich für sie war, hatte sie es doch überlebt. Und die Vorstellung, erneut zu kämpfen, war für sie gar nicht mal so unwirklich. Langsam bewegte sie sich auf die Tür zu.

Elenor hatte recht. Eaven stand bereits in der Eingangshalle und drehte sich zu ihr herum, als er sie die Treppe heruntergehen hörte.

»Sehr gut, du bist wach«, begrüßte er sie ruhig. »Komm doch kurz zu uns, ich habe euch etwas mitzuteilen.« Erst jetzt bemerkte Elenor Emelie, Henrik, Josefin und Elisabet, die mit angespannten Mienen vor ihm standen. Ihre Blicke ruhten auf Elenor, bis sie sich eingereiht hatte, dann sahen sie alle wieder in Eavens Gesicht.

»Ich habe dem königlichen Rat gestern noch Bericht erstattet und mich bereits heute Morgen mit ihnen zusammengesetzt und unter anderem auch über euren weiteren Werdegang gesprochen.« Elenor spürte eine leichte Nervosität in den anderen aufsteigen und auch ihr wurde ein wenig flau. Eaven fuhr ungehindert fort. »Sowohl ich als auch Askil und die anderen waren sehr überrascht darüber, dass ihr euch so gut geschlagen habt und bis auf einige kleinere Wunden gut davongekommen seid. Askil hat den Bericht über eure Prüfungsergebnisse vorgelesen und wir sind zu dem Schluss gekommen, dass ihr heute der Elite-Fraktion beitreten dürft, wenn ihr das immer noch wollt.« Die Gesichter erhellten sich. »Durch euer großes Talent seid ihr mit eurem Können den

Ausbildungsanforderungen des zweiten Lehrjahres weit voraus und mit den Lehrlingen aus dem dritten Jahr könntet ihr bereits mithalten. Wenn ihr hier bei den täglichen Routinetrainings mitmacht, werdet ihr sehr schnell auf das Niveau der anderen Elite-Kämpfer kommen. Und eure magischen Fähigkeiten sind uns sehr nützlich und bisher in meinen Truppen noch nicht vertreten.« Das Schweigen hielt für einen Moment lang an. Elenor spürte, wie jeder in sich ein wenig zögerte. Josefin war die Erste, die sich entschied.

»Ich bleibe hier«, sagte sie mit fester Stimme.

»Ich auch«, kam es sofort von Elisabet. Ihre Aura war mit einem Mal völlig klar und sie wirkte wie ausgewechselt. Elenor, Emelie und Henrik sahen sich an. Ein kurzer Blickaustausch und sie waren sich einig.

»Wir bleiben auch«, sprach Emelie für sich und ihre beiden Freunde.

»Nicht so schnell, Emelie«, lenkte Eaven ein. »Ich habe auch erfahren, dass du deine Ausbildung eigentlich in der Amtssektion begonnen hast.« Streng fixierte er sie. »Gut, ich habe auch nicht weiter nachgefragt, bevor ich dich mitgenommen habe. Zum Glück ist dir gestern nichts Schlimmes passiert. Aber du gehst heute zurück in die Amtssektion.« Emelie öffnete kurz den Mund, dann senkte sie schuldbewusst den Kopf. Normalerweise hätte sie sich sofort widersetzt, doch gegen Eavens schlagfertigen Argumente konnte sie nichts einbringen. Und nach gestern wusste sie selbst sehr gut, wie viel sie für die Verteidigungssektion eigentlich noch üben musste. Man sah ihr jedoch deutlich an, wie gerne sie weiter an der Seite ihrer Freunde geblieben wäre. Henrik betrachtete sie und echtes Mitgefühl zeichnete sich in seinem Gesicht ab. Ein wenig widerwillig kam er ihr zu Hilfe.

»Emelie kann uns aber auch sehr nützlich sein«, begann er. »Sogar am nützlichsten.« Noch während er sprach, formte sich eine geniale Idee in seinem Kopf. »Emelie kann Gedanken lesen. Wenn ich in einem unübersichtlichen Territorium in die Höhe fliege und Emelie in meinen Gedanken Informationen schicke, könnte uns das einen großen Vorteil verschaffen.« Emelie hob ihren Kopf und starrte ihn wie vom Donner gerührt an.

»Oh, das ist wirklich eine gute Idee«, sprach Eaven überrascht. Er überlegte einen Moment, dann fasste er einen Entschluss. »In Ordnung, dann darfst du bleiben. Aber du wirst jeden Tag noch mal zusätzlich trainieren und zu den Missionen nehme ich dich zuerst nur mit, wenn ich dich wirklich brauche, bis du auf dem Stand der anderen bist.« Sein Blick wanderte noch einmal prüfend über seine Neuzugänge. »Ich werde euren Lehrmeister informieren, dass ihr zu eurer Ausbildung nicht mehr erscheint. Ihr werdet jetzt hier gebraucht.« Seine Mundwinkel hoben sich ein wenig zu einem anerkennenden Lächeln. »Willkommen in der Elite-Fraktion. Ihr habt heute einen Ruhetag, um euch von gestern zu erholen. Wenn ihr etwas tun wollt, geht raus zu Freya, sie hat sicher einige kleinere Aufgaben für euch.« Mit diesen Worten verabschiedete er sich und ging zurück in sein Arbeitszimmer.

Zwischen den fünf Jugendlichen fand ein stummer Blickwechsel statt, dann wandte Josefin sich um und verschwand, gefolgt von Elisabet, aus der Eingangshalle. Emelie boxte Henrik dankend in die Seite und die drei umarmten sich. Kurz war alles wieder gut und Elenor war glücklich darüber, mit ihren beiden besten Freunden weiterhin zusammen bleiben zu dürfen.

»Ich glaub', ich brauch' was zu tun«, löste Emelie die Umarmung wieder auf. Henrik nickte ihr zustimmend zu.

»Kommst du mit?«, fragte er Elenor.

»Ich ziehe mir nur schnell etwas anderes an«, antwortete sie mit einer Geste auf ihre eher freizeittaugliche Sommerkleidung. Sie verabschiedete sich von den beiden und stieg zügig die Treppe zu ihrem Schlafzimmer empor. Kaum oben angekommen, wurde sie von Fynn aufgehalten.

»Zieh dir deine Reitkleidung an, wir machen einen Ausflug", befahl er knapp. Verdutzt hielt Elenor in ihrer Bewegung inne.

»Was?«, fragte sie perplex. »Wohin?«

»Nach Vanya«, antwortete Fynn.

Elenor blinzelte. »Nach- Warum willst du nach —«, suchte sie nach Worten.

»Um nach Spuren von Hakon zu suchen«, antwortete Fynn betont langsam. Er genoss es richtig, sie zu verwirren.

»Aber warum soll ich mitkommen?«, fragte Elenor.

»Weil man mich ohne dich nirgendwo mehr hingehen lässt«, antwortete er zynisch. »Ist also gerade überaus praktisch für mich, dass du hierbleiben darfst.« Ganz offensichtlich spielte er auf Eavens Anweisung von gestern an. Elenor erinnerte sich ganz genau und auch an die misslungene Teamarbeit mit ihm.

»Warum denkst du, dass ich mitkomme?«, fragte sie trotzig. »Warum sollte ich dir noch irgendeinen Gefallen tun?«

Fynns Mundwinkel zuckte amüsiert. »Oh, du willst trotzig spielen?«

»Nein!«, empörte Elenor sich. »Ich bin immer noch wütend auf dich! Du hast mich einfach so allein gelassen, obwohl wir beide zusammenarbeiten sollten!« Fynn verdrehte die Augen. Dass er sie nicht verstand und keinerlei Einsicht zeigte, machte Elenor nur noch wütender. »Weißt du was?«, fuhr sie ihn an. »Ich kann jeden Moment zu Eaven gehen und ihm erzählen, was gestern wirklich passiert ist!«

Fynns Augen blitzten. »Ach, so ist das?«, fragte er leise. »Du erpresst mich?« Elenor schloss den Mund. Er stand nur vor ihr und sah sie an, seine Aura völlig verborgen. Und doch übte er eine ungeheure Kraft auf sie aus. Wie hypnotisiert stand sie da und konnte nichts weiter tun, als ihn wütend anzufunkeln. »Du musst mir natürlich nicht helfen«, lenkte er ein. Seine blauen Augen hielten sie fest und er trat einen Schritt näher auf sie zu. Elenors Herz begann zu pochen. »Aber du siehst ja selbst, dass die Elite-Fraktion Hakon seit zehn Jahren nicht näher gekommen ist. Ich war da, als es in Vanya passiert ist, ich habe ihn gesehen. Und du hast gesehen, was ich gesehen habe.« Sein Atem kitzelte Elenors Gesicht und das Blut begann in ihren Ohren zu rauschen.

Obwohl er sie nicht berührte, prickelte seine Nähe auf ihrer Haut wie tausend Ameisen. Seine Stimme war nun kaum noch ein Flüstern. »Leider habe ich meine Erinnerungen an diesen Tag durch die Kugel völlig verloren. Aber du kannst mir helfen, sie wiederzufinden.« Elenor stockte leicht der Atem. Sie wusste nicht, ob sie es sich einbildete, doch sie fand etwas in seinen Augen. Ganz klein nur, tief in seinem Blau lag eine reine, zerbrechliche Ehrlichkeit und es war, als würde sie sich zaghaft an Elenor festhalten. »Wir beide könnten dem Ganzen vielleicht sogar heute noch ein Ende bereiten. Willst du nicht auch, dass es vorbei ist? Henrik und Emelie zuliebe, deinen Eltern zuliebe.« Elenor schluckte. Der Gedanke, wie sie mit ihm unter Jubelrufen in Vilgot hereinritt, lauthals Hakons Niedergang verkündete und ihren vor Stolz weinenden Eltern um den Hals fiel, ließ sie alles wieder vergessen. Das zarte Schimmern einer herzzerreißenden Wehmut in seinen Augen, seine Nähe, die ihr beinahe den Atem raubte... Für einen kurzen Moment war sie ihm völlig verfallen. Sie spürte, wie sie nickte und die Bereitschaft, ihm auf einmal überallhin zu folgen, beängstigte sie. Seine Mundwinkel hoben sich zu einem triumphierenden Lächeln. Plötzlich waren seine Augen wieder unergründlich und kühl. Ohne ein weiteres Wort wandte er sich von ihr ab und ging die Treppe herunter, wohl wissend, dass Elenor ihm folgen würde. Und sie folgte ihm.

»Du willst allein hinter die Mauer?«, fragte Eaven mit gehobener Augenbraue. Er wirkte mindestens genauso perplex, wie Elenor es war. »Warum genau sollte ich das erlauben?«

»Ich bin ja nicht allein, Elenor ist bei mir«, antwortete Fynn mit einem leicht sarkastischen Unterton. »Die Schlacht gestern hat mich sehr aufgewühlt und ich muss ein bisschen raus, einen klaren Kopf bekommen. Das Geschehene verarbeiten. Und Elenor tut mir sehr gut. Während unseres Einzeltrainings haben wir eine gute Verbindung zueinander aufgebaut, sie –«

»Fynn!«, unterbrach Eaven ihn scharf. »Ich bin nicht dumm. Also wage es ja nicht, mich anzulügen.«

Sofort wurde es eiskalt im Raum. Fynn schloss den Mund. Ohne zu blinzeln, starrten die beiden sich an und erneut begann eine unruhige Anspannung zwischen ihnen zu flirren. Eavens Blick schwenkte zu Elenor herüber. Sie konnte ihm kaum standhalten, so unangenehm fragend bohrten seine dunklen Augen sich in ihre. Sie spürte, dass sie sein Vertrauen zutiefst verletzen würde, wenn er erfuhr, was Fynn und sie wirklich vorhatten und ihr Gewissen schrie auf. Sie riss sich zusammen und bemühte sich um einen unschuldigen Eindruck. Fynn bemerkte diesen intensiven Austausch und seine Gesichtszüge verhärteten sich.

»Dann glaub doch wenigstens Elenor«, sagte er bitter. Unnachgiebig nach Antworten suchend, ließ Eaven nicht von ihr ab, doch Elenor blieb stumm.

»Das tue ich«, sagte er schließlich. Kaum hörbar schnaubte Fynn verächtlich aus.

»Bis spätestens zum Sonnenuntergang seid ihr wieder zurück«, sagte Eaven streng und nahm seine Pergamentrollen wieder auf. Fynn erhob sich und ging zügig zur Tür. »Und nur damit du es weißt«, fügte Eaven hinzu. Fynn blieb stehen und drehte sich langsam um. »Ich werde den Kämpfern der Mauer-Fraktion Bescheid geben, dass sie euch im Blick behalten sollen.« In Eavens ruhiger, klarer Stimme schwang eine unausgesprochene Drohung mit. Fynns Kiefer spannte sich gefährlich an. Er nickte knapp, dann drehte er sich zur Tür und rauschte aus dem Arbeitszimmer. Mit dem unbehaglichen Gefühl von Eavens Blick im Nacken folgte Elenor ihm eilig.

Schweigend galoppierten sie auf die Mauer zu, die sich in Sekundenschnelle gebieterisch vor ihnen auftürmte. Elenor wurde zunehmend sicherer beim Reiten. Das unbehagliche Gefühl in ihr wuchs jedoch weiter und sie fragte sich immer mehr, worauf zum Teufel sie sich eingelassen hatte. Fynn hatte keine ihrer Fragen beantwortet, geschweige denn überhaupt mit ihr gesprochen und irgendwann hatte sie es aufgegeben. Kurz vor dem riesigen Mauertor angekommen, verlangsamte Fynn seinen grauen Wallach und kam schließlich vor einem jungen Mauer-Kämpfer zum Stehen.

»Öffne das Tor«, befahl Fynn ihm. Der Junge war nicht älter als neunzehn, schien gerade neu in der Fraktion zu sein und seine roten Ohren verrieten, wie eingeschüchtert er von Fynn war.

»V-Verzeihung, wer seid ihr?«, fragte er mit hoher Stimme.

»Hat Eaven euch noch nicht Bescheid gegeben?«, fragte Fynn, die Unsicherheit des Jungen schamlos ausnutzend. »Nun, da waren wir wohl schneller als die Briefboten.« Ein tückisches Grinsen umspielte seine Lippen. »Wir sind im Auftrag der Elite-Fraktion unterwegs.« Die Ohren des Jungen wurden dunkler.

»Was für ein Auftrag?«, hielt er stand und bemühte sich, souverän zu klingen.

»Es ist besser, du stellst nicht so viele Fragen«, antwortete Fynn. Drohend beugte er sich zu dem Jungen herunter. »Und jetzt öffne das Tor.«

Die Angst stand dem Jungen nun deutlich ins Gesicht geschrieben. Mit zittrigen Armen packte er einen rostigen Metallhebel, der mindestens so breit war wie der Junge selbst. Er musste sein ganzes Körpergewicht an den Hebel hängen, um ihn nach unten zu bewegen und dann begann das riesige Tor zu knarren. Ungeduldig zappelte Fynn mit seinem Fuß, während er zusah, wie sich das Tor langsam hob. Kaum war es so weit offen, dass sie gerade so hindurchpassten, gab er seinem Wallach harsch die Sporen. Erschrocken warf das junge Pferd den Kopf in die Luft und preschte los. Elenor schüttelte mit dem Kopf, während sie ihm hinterher raste. *Was war nur mit ihm los?* Sie wusste, dass er ein unsympathischer, empathieloser Idiot sein konnte, immerhin hatte sie ihn als genau diesen kennengelernt. Doch so wie jetzt hatte sie ihn noch nie erlebt. Elenor konnte keine Gefühle in ihm erkennen und doch spürte sie irgendetwas Ungeheures in ihm beben. Sein Pferd konnte gar nicht schnell genug rennen, so dringend wollte er an sein Ziel gelangen. Die Felder, Bäume und Sträucher zogen in Windeseilean ihnen vorbei. Sie waren so schnell unterwegs, dass sie nichts um sich herum wahrnehmen konnte. Sie bemühte sich, mit Fynn mitzuhalten und musste sich stark auf seinen Rücken fokussieren, damit ihr nicht schwindelig wurde. Und nach etwa einer Ewigkeit des Höllenritts kamen sie endlich an.

Betroffen schnappte Elenor nach Luft, als sie Vanya erblickte. Von dem einstigen Dorf, das sie in Fynns Erinnerung gesehen hatte, waren nur noch schwarze, verkohlte Trümmer übrig. Der dunkle Boden war kahl und die übrig gebliebene Asche bedeckte die Reste der Zerstörung, die hier einst stattgefunden hatte. Nur das Fundament des kleinen, steinernen Brunnens in der Ferne, erinnerte noch an das Leben, das es hier einmal gegeben hatte. Ein unangenehmer, modriger Geruch kroch Elenor in die Nase und ihr wurde schlagartig übel.

»Was riecht hier so seltsam?«, presste sie hervor.

»Verwesung«, antwortete Fynn teilnahmslos. »Die Toten sind nie begraben worden.« Mit einem seltsam abgestumpften Blick starrte er auf die Häuserreste vor sich. Dann glitt er aus seinem Sattel und steuerte wie in Trance auf den schwarzen, kahlen Platz zu.

»Fynn?«, rief Elenor ihm zögernd hinterher. Doch er ignorierte sie. »Fynn!«, rief sie energischer und rutschte ebenfalls aus ihrem Sattel zu Boden, band die beiden Pferde fest und folgte ihm eilig.

Sie blieb dicht hinter ihm, während sie zwischen morschen Holzresten und schwarzen Häuserruinen aus Backstein umherliefen. Elenor wurde klamm ums Herz beim Anblick der verrotteten Trümmer und ein Kloß schnürte ihr schmerzhaft den Hals zu, als die Bilder der schreienden Dorfbewohner wieder einmal vor ihren Augen auftauchten. Dieser Ort war völlig ausgelöscht worden und die dichten, giftigen Schwaden des Todes, die ihn umhüllten, schienen jegliches zukünftiges Leben gnadenlos zu ersticken. Es war, als liefen sie durch ein völlig verlassenes Jenseits und Elenor konnte sich nicht vorstellen, hier irgendetwas zu finden, das ihnen einen Hinweis auf Hakons Aufenthaltsort oder seine Pläne geben konnte. »Fynn, ich denke, wir sollten umkehren«, begann sie zaghaft.

»Das kannst du gern tun«, entgegnete er. Ziellos setzte er einen Schritt vor den anderen, den Blick stumpf zu Boden gerichtet. Langsam machte Elenor sich ernsthafte Sorgen um ihn.

»Also, ich meine nicht – Es ist nicht so, dass ich gehen *will*, aber ich glaube, es ist zwecklos. Alles ist so zerstört, dass keine Überreste von irgendetwas zu finden sind. Außerdem ist es schon zehn Jahre her –«, versuchte sie zu erklären. Fynn reagierte nicht. Elenor griff nach seinem Arm. »Hey«, sagte sie eindringlich, »das hier muss doch schrecklich für dich sein. Du musst das nicht tun.« Fynn riss sich grob von ihr los.

»Schrecklich ist nur dein Geplapper«, erwiderte er harsch. »Sei einfach still und such mit.«

»Wonach suchen wir denn überhaupt?«, fragte Elenor. Wieder kam keine Reaktion von ihm. Stumm ging er weiter. Elenor verlor ihre Geduld. »Fynn!«, rief sie verärgert und lief ihm hinterher. »Würdest du mir jetzt endlich mal antworten?«

Fynn beschleunigte seinen Schritt. »Was gibt es da zu antworten? Such einfach!«, entgegnete er gereizt.

Elenor ließ nicht locker. »Warum bist du plötzlich wieder so ein Arschloch?«, rief sie und ging noch einen Schritt schneller. »Was ist seit der Abschlussprüfung passiert? Was habe ich dir getan?«

»Lass mich in Ruhe!«, zischte er wütend, nun beinahe rennend. Elenor lief ihm hartnäckig nach. *Es reichte ihr! Sie wollte endlich wissen, was los war.* Wie auf der Flucht vor ihr, sprang er kraftvoll über ein Stück einer Backsteinwand, die inmitten eines Trümmerhaufens hervorragte, doch die hielt Elenor nicht auf. Entschlossen stemmte sie ihre Hände auf die rauen Steine und schwang sich ebenfalls herüber.

»Sag mir gefälligst, was los –« Sie brach ab, als sie beinahe gegen seinen Rücken prallte. Noch leicht außer Atem stand er wie angewurzelt da und starrte auf etwas vor sich. »Fynn?«, keuchte Elenor verwirrt. Vorsichtig lugte sie hinter seinen Schultern hervor und schnappte erschrocken nach Luft. Zwischen den schwarzen Steinhaufen, halb unter der Erde und Asche begraben und kaum zu erkennen, lagen zwei morsche Skelette. Ihre knochigen Hände waren miteinander verschränkt, als hätten sie sich in ihren letzten Momenten verzweifelt aneinander festgehalten. Fynn beugte sich langsam herunter und streckte seine Hand nach dem Halswirbel des vorderen Skelettes aus. Mit leicht zittrigen Fingern löste er eine schmale, verrußte Kette, die die Zerstörung irgendwie größtenteils unbeschadet überstanden hatte. Schweigend wischte er vorsichtig über den schwarzen Anhänger und ein silbernes Medaillon kam zum Vorschein. Die Verzierungen kamen Elenor seltsam bekannt vor. Blitzartig fiel ihr die silberne Brosche mit denselben Verzierungen ein, die sie in Fynns Arbeitszimmer auf seinem Schrank gesehen hatte, und die Antwort traf sie wie ein Schlag.

»Das sind doch nicht etwa –«, hauchte sie.

»Meine Eltern«, sagte Fynn tonlos. Langsam erhob er sich und starrte reglos auf die Skelette. Elenor wagte es kaum, sich zu bewegen. Sie traute sich nicht einmal zu blinzeln, während sie ihn anstarrte. Sie ahnte einen Ausbruch unvorstellbaren Ausmaßes seiner Trauer und dunklen Dämonen, doch es regte sich überhaupt nichts in ihm. Er war unergründlich, wie immer – nein, mehr noch: Er war vollkommen leer.

»Fynn«, flüsterte Elenor beunruhigt von seiner Regungslosig-
keit. »Lass uns gehen. Wir können hier nichts mehr tun.«

Fynn rührte sich weiterhin nicht. Wie festgefroren starrte er
auf die Überreste seiner Eltern. Die Situation wurde immer
unerträglicher und gerade, als sie seinen Arm nehmen und ihn
wegziehen wollte, spürte sie etwas. Ganz sachte regte sich eine
lange weggesperrte, beinahe verkümmerte Energie in ihm. Elenor
konnte sie nicht entschlüsseln, es war wie ein Gemisch aus verschiedenen Emotionen. Ganz leise und zunächst vorsichtig, dann
immer lauter und stärker rüttelten sie an den Gittern ihres unzer-
störbaren Gefängnisses in den tiefsten, dunklen Ecken seiner
Seele. Fynns Atem begann leise zu beben und seine Hände ballten
sich zu Fäusten. Völlig bewegungsunfähig sah Elenor entsetzt zu,
wie die gefangenen Emotionen in ihm immer wilder aus ihm
hervorzubrechen drohten, bis die ersten Gitterstäbe brachen.
Blanke Angst durchfuhr sie, als ein brennender Zorn brüllend in
ihm emporstieg und jede seiner Muskelfasern in Flammen setzte.
Elenor wollte etwas rufen, doch ein unheilvolles Knarren hinter
ihr ließ ihre Stimme im Hals stecken bleiben. Panisch fuhr sie
herum und sah, wie die Backsteintrümmer zu beben begannen.

»Fynn!«, entfuhr es ihr schrill, doch er schien sie nicht mehr zu
hören. Beinahe ohnmächtig schloss er langsam seine Augen, völlig
machtlos dem Zorn unterlegen, der immer mehr von ihm Besitz
ergriff. »Fynn, hör auf!«, schrie Elenor erneut. Gerade, als sie
nach ihm greifen wollte, bewegte er seinen Arm. Es war nur eine
kleine, abrupte Bewegung. Und obwohl er sie nicht berührte,
spürte Elenor eine heftige Druckwelle, als hätte ihr jemand mit
voller Wucht in den Magen geschlagen. Sie flog einige Meter
durch die Luft und schlug hart auf den Boden auf. Für einen
Moment blieb ihr die Luft weg. Keuchend lag sie da, während sich
alles in ihrem Kopf drehte. Es dauerte eine gefühlte Ewigkeit, bis
die schwarzen Punkte vor ihren Augen verschwanden und sie
wieder klar sehen konnte. Mühsam stützte sie sich auf ihre Hände,
um sich zu erheben, da fuhr ein stechender Schmerz durch ihre

rechte Handfläche. Reflexartig hob sie sie vom Boden und blickte auf eine Kristallscherbe, die sich in ihre Haut gebohrt hatte und sie gefährlich anfunkelte. Zittrig nahm sie die Scherbe auf, um sie näher zu betrachten, da ertönte ein lautes Knacken. Erschrocken hob Elenor ihren Kopf. Ein langer Holzbalken war auseinandergebrochen. Die Splitter tänzelten ruckartig durch die Luft, dann schossen sie wahllos durch die Gegend. Elenor hielt die Hände schützend über sich und suchte mit zusammengekniffenen Augen nach Fynn. Bebend stand er immer noch an derselben Stelle, den Kopf leicht im Nacken. Trotz der geschlossenen Augen spiegelte sich in seinem Gesicht ein tiefer Schmerz. Seine Emotionen rasten, fauchten und brüllten und die Wände ihres Gefängnisses begannen nun vollständig zu bröckeln. Eine dunkelrote, dröhnende Aura breitete sich, um ihn herum, aus und sie begann hemmungslos in alle Richtungen auszuschlagen. Sein Zorn schlug wild in seinem Körper umher, fraß sich hemmungslos in seine Zellen und ergriff von ihm Besitz, ohne dass Fynn etwas dagegen tun konnte. Er hatte gar keine Kontrolle mehr über den Zorn und war seiner Tyrannei komplett unterlegen. Unter dem Lärm seiner Aura erhoben sich die ersten Backsteine vom Boden und schlugen heftig aneinander. Und bevor Elenor wusste, was sie tat, stemmte sie sich mühsam auf die Beine und rannte zu ihm herüber. Sie schlang ihre Arme um ihn und presste seinen Körper fest an ihren. Mit vor Anstrengung zusammengekniffenen Augen hielt sie dem Sturm seiner wild tobenden Aura mit aller Macht stand und füllte ihr Inneres mit einer weißen, milden Ruhe. Mit tiefen Atemzügen kämpfte sie gegen seine heftig bebende Brust und seinen zitternden, vor Schmerz keuchenden Atem an und nach und nach gewann sie die Oberhand. Das undeutliche Chaos an Emotionen wurde immer schwächer und schließlich ertranken sie durch die Ruhe, die Elenor mit jedem Atemzug in ihn hineingoss. Die unerträglich laute Aura um ihn herum verstummte letztendlich komplett und löste sich langsam auf.

Elenor öffnete vorsichtig ihre Augen und atmete erleichtert

aus. Nur die auf dem Boden verstreuten Backsteine und Holzstücke zeugten von dem Unheil, das sich hier eben noch aufzutürmen begonnen hatte. Langsam löste sie sich von Fynn und sah ihm ins Gesicht. Noch unter dem Einfluss von Elenors Ruhe blickte er sie kraftlos an. Seine blauen Augen waren plötzlich matt und offenbarten eine zutiefst gebrochene Seele. Eine Träne löste sich aus ihnen und floss in einem zarten Rinnsal über sein blasses Gesicht. Durcheinandergewirbelte Worte lagen ihm auf der Zunge und er rang stark mit sich, sie auszusprechen. Elenor schwieg geduldig und gab ihm alle Zeit, die er benötigte, um sich zu sortieren. Für einen kurzen Moment lang herrschte Stille.

»Ich kann selbst nun nicht mehr leugnen, dass ich das hier angerichtet habe«, sagte er schließlich. Seine Stimme zitterte leicht. »Wenn ich schon bei dem Anblick ihrer Skelette so die Kontrolle über mich verloren habe, wie werde ich da wohl reagiert haben, als sie gestorben sind?« Er schauderte leicht. »Vielleicht habe ich sie ja sogar selbst —« Er brach ab.

»Hast du nicht«, griff Elenor bestimmt ein und nahm seine Hand. »Hakon hat sie getötet, ich habe es in deiner Erinnerung gesehen.« Fynn atmete erleichtert aus, dann verdüsterte sich sein Gesicht bei dem Gedanken an Hakon. Er senkte den Kopf und sah auf Elenors Hand, die seine immer noch behütend festhielt. Hastig ließ sie ihn wieder los, doch er griff erneut nach ihr.

»Du blutest«, sagte er und sah sich ihre Handfläche besorgt an. Ohne zu zögern, riss er sich ein Stück Stoff von seiner Uniform ab und band es behutsam um die tiefe Schnittwunde. Sie brannte bei jeder Bewegung und Elenor biss fest die Zähne zusammen. Als sie ihr Gesicht verzog, hörte er sofort auf und hob seinen Kopf. Elenor vergaß kurz zu atmen. Sein Blick war mit einem Mal so offen, dass sie das Gefühl hatte, ihn bis auf den Grund der Seele zu sehen. Er schien sie trösten zu wollen, für den Schmerz in ihrer Hand. Dann schien ihm klar zu werden, dass er die Verletzung in ihrer Hand verursacht hatte und bittere Reue glitzerte in dem meeresblauen Kranz um seine schwarzen Pupillen. Dann begriff er, dass sie ihm in seinem gefährlichsten Zustand so nah gewesen war und sein unbeherrschtes Wesen so unerschrocken hatte bezwingen können. Elenor glaubte, in den unendlichen Tiefen seiner Augen zu ertrinken. Ihre Ohren begannen zu pochen und alles um sie herum verschwamm, sosehr haftete ihr Blick an ihnen. Und da war er wieder. Der kleine Funke, der zwischen ihnen aufglühte. Fynn öffnete den Mund.

»Hattest du gar keine Angst?«, fragte er und der Rausch in Elenors Kopf legte sich wieder. Die Umgebung wurde wieder klar und die tote Stille des verlassenen Ortes kroch erbarmungslos unter ihre Haut.

»Nein«, sagte sie, ganz ehrlich. »Das hatte ich von Anfang an nicht.« Fynn wich ihrem Blick aus, zog das Stück Stoff um Elenors Hand fest und band es zu einem Knoten.

»Aber da war doch etwas«, sagte er und sah ihr wieder in die Augen. »Wenn du keine Angst vor mir hattest, was war es dann?« Er ließ ihre Hand los.

»Ich habe dich nicht verstanden«, antwortete Elenor. Ein wenig schüchtern nestelte sie an dem improvisierten Verband an ihrer Hand herum. »Du warst der erste Mensch, dessen Aura und Emotionen ich nicht sehen konnte. Daher konnte ich dich absolut nicht einschätzen. Ich dachte erst, du hättest keine Emotionen. Aber dann habe ich irgendwann erkannt, dass du sie nur verdrängst.« Fynn wandte sich von ihr ab.

»Emotionen sind das Feuer für dieses hochexplosive Pulverfass, das ich bin«, antwortete er bitter und trat einen kleinen Stein zur Seite. »Je mehr ich sie fühle, desto mehr gerät meine magische Fähigkeit außer Kontrolle.«

»Hast du denn mal probiert, sie zu kontrollieren?«, fragte Elenor. Die milde Ruhe in ihm wurde hart und bröckelig.

»Nein«, sagte er kühl und bestimmt. »Die Konsequenzen, wenn ich versagen würde, wären zu groß. Schau dich nur um.«

»Aber das ist doch jetzt zehn Jahre her –«, begann Elenor, doch Fynn unterbrach sie.

»Lass es gut sein, Elenor!«

»Das ist ein weiterer Punkt«, entgegnete Elenor ungeduldig. »Du sprichst einfach nie mit mir. Immer verschließt du dich und wirst abweisend und gemein. Ich will, dass du einmal ehrlich zu mir bist!« Fynn atmete tief durch.

»Na schön«, sagte er und drehte sich wieder zu ihr um. »Was willst du wissen?«

»Warum behält Eaven dich so sehr in Beobachtung?«, schoss es sofort aus ihr heraus. »Was ist das überhaupt zwischen euch?« Fynns Augenlider zuckten kurz, doch dann entschied er sich, zu antworten.

»Man denkt, dass ich mit Hakon unter einer Decke stecke«, antwortete er ruhig. »Ich wurde verhört und stand kurz davor, lebenslänglich in das Hochsicherheitsverließ des königlichen Kerkers eingesperrt zu werden.«

Elenor klappte ungläubig der Mund auf. »Aber Hakon hat deine Eltern getötet, warum solltest du mit ihm zusammen arbeiten?«, fragte sie.

»Das wusste damals keiner«, antwortete Fynn. »Ich wusste selbst nicht, was geschehen war. Ich konnte im Gerichtsprozess kaum etwas sagen und schließlich war es Eaven, der dem König vorschlug, mich statt in den Kerker lieber in das Hauptlager der Elite-Fraktion zu schicken. Dem König hat er gesagt, dass sie dort am besten ein Auge auf mich haben könnten. Vielleicht wollte er mich wirklich beobachten, vielleicht hatte er auch nur Mitleid mit einem zehnjährigen Jungen. Gesprochen haben wir darüber nie, aber generell ist Eaven nicht der Mann für tiefgründige Gespräche.« Ein verächtliches Zucken umspielte seine Mundwinkel. »Im Hauptlager fing Eaven dann sofort an, mit mir zu trainieren. Er nahm sich jeden Morgen extra zwei Stunden Zeit zwischen seinen Verpflichtungen als Leiter der Fraktion. Er wollte wirklich was aus mir machen. Meine magische Fähigkeit habe ich am Anfang noch unterdrückt und erst Monate später in der allgemeinen Grundlehre gezeigt. Hätten sie gesehen, dass ich meine Fähigkeit bereits

in Vanya hatte, wäre ich sofort wieder vor Gericht gekommen.«
Seine Gesichtszüge verhärteten sich. »Die ganzen Jahre, während
der allgemeinen Grundlehre, hat Eaven mich jeden Morgen trainiert. Und kurz vor meinem Abschluss haben wir uns dann
gestritten. Er war meine einzige Bezugsperson in diesem gesamten Königreich, der einzige Mensch, dem ich trauen konnte. Aber
Eaven ist, wie du vielleicht schon bemerkt hast, ziemlich nüchtern
und kann mit Emotionen nichts anfangen. Ich habe es gehasst,
wenn wir schweigend trainiert haben und seine einzigen Worte,
die er zu mir gesprochen hat, kritische Verbesserungen waren. Ich
konnte es ihm nie recht machen, ich war ihm nie gut genug. Und
dann habe ich die Beherrschung verloren. Ich habe diese eine
Angriffsübung stundenlang, bis spät in die Nacht geübt und sie
am Ende besser ausgeführt als er und trotzdem kam von ihm
keine Anerkennung. Er sagte nur, ich sei zu temperamentvoll, in
der Ruhe liege die Kraft. Ich war so wütend, dass ich ihn anschrie
und selbst da, zeigte er keine Reaktion. Als würde es ihn nicht im
Geringsten kümmern. Und dann hat meine Magie sich eingeschal-
tet. Ich konnte sie zurückhalten, bevor etwas Schlimmes passiert
wäre. Aber, dass die Übungsschwerter um uns herum, kurz in die
Luft geflogen sind, hat er natürlich bemerkt. Von da an hat er auf-
gehört, mich zu trainieren und sein bisher eh schon gering aus-
geprägtes Vertrauen in mich und meine Selbstkontrolle war ganz
weg. Das war ein weiterer Grund, neben der Theorie, dass ich mit
Hakon unter einer Decke stecke, weswegen ich bisher nicht in die
Elite-Fraktion durfte. Und im königlichen Rat denken sowieso alle
auch jetzt noch, dass ich noch Kontakt zu Hakon aufnehmen
könnte.«

Elenor betrachtete ihn. Ihre milde Ruhe lag nun wie ein
Haufen zersplitterter Kreide in ihm, so hart und kalt war es in
seinem Inneren.

»Was denkst du, wie der königliche Rat reagieren würde,
wenn sie wüssten, dass du jetzt doch in der Elite-Fraktion
bist?«, fragte sie scherzhaft und es funktionierte. Ein belus-

tigtes Grinsen huschte über sein Gesicht und brach die Härte darin auf.

»Sie würden vermutlich in Ohnmacht fallen vor Fassungslosigkeit«, antwortete er.

Elenor lachte auf. »Hat Eaven dich jetzt eigentlich offiziell aufgenommen?«

Fynn nickte. »Er kam gleich heute Morgen zu mir und meinte, dass er positiv überrascht sei, dass es mit mir gestern so gut funktioniert hat und er mein Potenzial gebrauchen könnte«, antwortete er.

»Ach wirklich?«, scherzte Elenor.

Fynn lächelte. »Danke dir dafür«, sagte er etwas scheu. Elenor betrachtete ihn eine Weile, dann erinnerte sie sich an die kleine Kristallscherbe. Sie holte sie aus ihrer Tasche und hielt sie ihm hin.

»Die habe ich vorhin gefunden. Ist das eine Erinnerungskugel gewesen?« Fynn nahm ihr die Scherbe aus der Hand und betrachtete sie genau. Er nickte.

»So rein ist nur diese bestimmte Art von Kristall. Das reinste Kristall der Welt.« Elenor erinnerte sich daran, was sie mit Henrik und Emelie in der alten Volksbibliothek über die Erinnerungskugeln herausgefunden hatte.

»Wie kamst du an diese Kugel?«, fragte sie. Fynn starrte nachdenklich auf die Scherbe.

»Ich weiß es nicht mehr«, sagte er schließlich. »Ich habe sie wahrscheinlich irgendwo gefunden und irgendwie habe ich es geschafft, dass sie mir die Erinnerungen nimmt. Alles, was ich noch weiß, ist, dass ich mich an diesen Brunnen geklammert habe und irgendwann von ein paar Elite-Kämpfern aus Vilgot gefunden und ins Königreich gebracht wurde.«

»Glaubst du, Hakon hat diese Kugeln immer bei sich?«, fragte Elenor. Fynn steckte die Scherbe in seine Hosentasche.

»Vor zehn Jahren hatte er sie hier auf jeden Fall dabei«, antwortete er. »Aber warum und zu welchem Nutzen finden wir noch heraus.« Er schloss für wenige Sekunden die Augen und atmete konzentriert tief ein und aus. Elenor konnte sehen, wie die zersplitterten Reste der milden Ruhe, die sie ihm gegeben hatte, immer tiefer verschwanden, bis sein Inneres wieder komplett leer war. Als er seine Augen öffnete, waren sie unergründlich wie immer.

»Lass uns zurückkreiten, bevor ich noch eine lebenslängliche Ausgangssperre bekomme.« Mit einem schelmischen Lächeln auf seinen Lippen drehte er sich um und ging entschlossen davon.

19.
LAGERFEUER-
GESPRÄCHE

Eaven empfing die beiden in der Eingangshalle mit einem miss-
trauischen Blick. Noch völlig aus der Puste stolperten Elenor und
Fynn durch die Tür, gerade noch rechtzeitig vor Sonnenuntergang.

»Wo wart ihr?«, fragte Eaven streng. »Die Mauer-Kämpfer
haben euch nirgends gesehen.«

»Oh, da waren wir wohl zu schnell«, antwortete Fynn mit
unschuldiger Miene. »Wir sind ein bisschen über die Felder rund
um die kleinen Dörfer geritten. Es war toll. Malerische Aussich-
ten.« Eavens Augenbrauen zogen sich skeptisch zusammen. »Ich
fühl' mich richtig erholt, danke dir«, setzte Fynn breit grinsend
noch einen drauf. »Aber jetzt bin ich ziemlich müde, dürfte ich
nach oben gehen?« Eaven wusste nichts darauf zu sagen. Er
nickte knapp und sah ihnen irritiert hinterher, während Elenor
und Fynn die gewundene Steintreppe emporstiegen.

Elenor musste sich mit großer Mühe zusammenreißen, nicht los
zu kichern. Die Aufregung der letzten beiden Tage fiel nun endlich von ihr ab und setzte eine riesige Menge an Energie frei. Sie

fühlte sich plötzlich ganz aufgedreht und schwerelos und sie hatte den starken Drang, mit Fynn durch das Anwesen und über das Gelände zu schleichen und allen möglichen Unsinn anzustellen.

»Denkst du, er glaubt uns?«, flüsterte sie, als sie durch den langen Flur mit den Schlafräumen gingen.

»Er weiß vermutlich gerade gar nicht, was er glauben soll«, antwortete Fynn belustigt.

Elenor kicherte leise. »Und was jetzt?«, fragte sie und folgte ihm zu seinem Schlafraum. Fynn blieb vor der geschlossenen Tür stehen und wandte sich ihr zu.

»Was meinst du?«, fragte er.

»Was machen wir jetzt?«, fragte Elenor aufgeregt. »Du hast doch noch die Kristallscherbe, wie gehen wir jetzt weiter vor?« Sie stand nun völlig unter Strom und konnte kaum stillstehen. Fynn musterte sie.

»Wir machen heute gar nichts mehr«, sagte er. »Du solltest lieber schlafen gehen.«

»Aber mir geht es gut!«, sagte Elenor energisch. »Wirklich, ich bin total wach!« Ihre Ohren begannen zu pochen, während sie ihn mit aufgerissenen Augen anstarrte. Fynn schüttelte bestimmt den Kopf.

»Du bist völlig überdreht«, sagte er ruhig. »Verarbeite erst mal das, was die letzten Tage passiert ist und dann können wir weiter sehen.«

Elenor verdrehte die Augen. »Ich komm' schon klar«, sagte sie ungeduldig. Fynn öffnete die Tür zu seinem Schlafraum und trat ein.

»Das sehe ich«, sagte er ironisch.

»Gibst du mir wenigstens die Scherbe wieder?«, fragte Elenor etwas lauter. Sein Mundwinkel zuckte amüsiert.

»Gute Nacht«, sagte er und schloss die Tür vor ihrer Nase.

Empört starrte Elenor auf das dunkle Holz, das ihr unnachgiebig den Weg zu seinem Schlafraum versperrte, dann drehte sie sich um und schritt aufgebracht den Flur entlang. Blöderweise hatte Fynn recht. Das Blut zirkulierte wild in ihrem Kopf umher, so sehr war ihr Gehirn von den jüngsten Ereignissen überlastet. Aber schlafen konnte sie jetzt trotzdem nicht, sie war viel zu energiegeladen. Ein unangenehmes Prickeln kroch durch ihre Oberschenkel und Waden. Elenor beschloss, dem Bewegungsdrang nachzugehen und sich von dem Brunnen draußen einen Eimer Wasser zu holen.

Sanftes, orangefarbenes Licht fiel auf den breiten Kiesweg. Die warme, laue Sommerluft umspielte angenehm Elenors Arme und der Duft von frischem Gras belebte ihre Lungenflügel. Langsam schlenderte sie über die Kieselsteine und lauschte ihrem leisen Knirschen. Irgendwo in den Büschen zirpten ein paar Grillen und in der Ferne gaben einige Frösche ein munteres Konzert. So langsam beruhigte ihr Körper sich wieder und für einen Augenblick genoss Elenor diesen friedlichen Moment mit sich und der Natur. Es fühlte sich an, als wären Wochen vergangen, dabei war sie erst seit zwei Tagen hier im Hauptlager. Ihrem neuen Zuhause. Bei dem Gedanken an Ida und Torell wurde sie ein wenig traurig. Ihr letztes Beisammensein schien ihr wie in ferner Vergangenheit und plötzlich wurde ihr bewusst, wie sehr sie ihre Eltern vermisste. Elenor atmete tief aus. Sie hoffte, dass es in den nächsten Tagen etwas ruhiger um Vilgot werden würde und sie ihre Eltern besuchen dürfte. Elenor blieb stehen und sah sich verwirrt um. Sie war ziellos in irgendeine Richtung gelaufen und wusste nicht mehr, wo sie war. Einige Meter vor ihr standen mehrere große, lange Gebäude, aus denen gelegentlich ein Schnauben zu ihr herüber schwebte. Das waren die Ställe, das bedeutete, Elenor befand sich hinter dem Anwesen. Rechts von sich entdeckte sie den Brunnen. Ihr Hals stand beinahe in Flammen vor Durst. Erleichtert eilte sie auf ihn zu, schnappte sich einen der großen Holzeimer zu seinem Fuß und griff nach dem Seil. Da hörte sie lautes Gelächter. Erschrocken hob sie den Kopf und ließ den Holzeimer fallen. Neben den Ställen saß eine kleine Gruppe von Elite-Kämpfern um ein knisterndes Lagerfeuer herum. Als sie das Rumpeln des Eimers hörten, brachen sie ihre Gespräche ab und sahen sich hektisch um. Einer von ihnen bemerkte Elenor, die so unauffällig wie möglich versuchte, den Eimer wieder aufzunehmen.

»Alles gut, das war nur die Kleine da drüben«, sagte er und verfiel in ein dröhnendes Lachen. »Hey, komm doch zu uns rüber und trink einen Schluck mit uns mit«, rief der Mann. Elenor war zu durstig, um zu reagieren und begann, den Eimer am Brunnen zu befestigen. Doch das Seil glitt ihr aus der Hand und der Eimer fiel in den Brunnen. Die Elite-Kämpfer hatten sich das mitangesehen und zwei von ihnen prusteten erneut los.

»Seid nicht so fies, ihr macht dem Mädel noch Angst«, wies eine Frau aus der Runde ihre Kameraden harsch zurecht und ging auf Elenor zu, die vergeblich versuchte, den Eimer aus dem Brunnen zu fischen. Es war eine Frau mit krausen, blonden Haaren und einem harten Gesicht. Sie war um einiges größer als Elenor und hatte deutlich längere Arme. Mühelos schaffte sie es, sich so weit in den Brunnen zu beugen, dass sie den Eimer greifen und herausziehen konnte.

»Danke«, murmelte Elenor ein wenig zurückhaltend und nahm den Eimer entgegen.

»Jahrelanges Bauchmuskeltraining nützt am Ende doch noch was«, sagte die Frau und ein Hauch von Wärme huschte über ihr strenges Gesicht. »Du bist eine von den Neuen, oder?«

Elenor nickte. »Elenor«, stellte sie sich etwas unbeholfen vor. Einer der Männer stellte eine Flasche mit einem Rums auf den Boden ab.

»Eine Neue also! Das wird lustig, wir können dir eine Menge darüber erzählen, wie es hier so abläuft«, röhrte er und grinste Elenor betrunken an.

»Ach sei doch ruhig da drüben«, blaffte die Frau zurück und

verdrehte, zu Elenor gewandt, die Augen. »Lass dich nicht einschüchtern«, sagte sie. »Jetzt spuckt er große Töne. Aber wenn er nüchtern ist, kriegt er vor Angst kaum ein Wort heraus. Ich bin Freya. Setz dich doch kurz noch ein bisschen zu uns. Ich würde gern hören, wie deine ersten Tage hier waren.« *Das war also Freya!*

Atemlos starrte Elenor die Kämpferin an, über die sie schon so viel gehört hatte. Stumm folgte sie ihr zum Lagerfeuer. Sie hatte bisher noch keinen von den erfahreneren Elite-Kämpfern richtig kennengelernt. Neugierig setzte sie sich zu ihnen.

»Macht mal ein bisschen Platz hier«, befahl Freya und sofort rückten alle ein wenig zusammen, sodass sich Elenor dazu setzen konnte. Ein kleiner, schlaksiger Mann, mit sehr unordentlichen Haaren, grinste Elenor frech an.

»Hier, nimm einen Schluck«, sagte er und hielt ihr eine Weinflasche entgegen. »Das ist der beste Wein im ganzen Königreich, den hat mein Bruder in der Nahrungssektion hergestellt.« Elenor lehnte dankend ab. Das Schwirren in ihrem Kopf hatte gerade erst nachgelassen, sie wollte es nicht erneut hervorrufen. »Ach komm, nur ein kleiner Schluck«, bettelte der Mann und hielt Elenor die Flasche näher ins Gesicht.

»Lass sie in Ruhe oder ich schlage dir die Flasche aus der Hand«, fuhr Freya ihn an. Elenor musterte sie, bewundernd und eingeschüchtert zugleich. Freya kam wirklich ganz nach den Geschichten, die man sich über sie erzählte. Der Mann zuckte nur mit den Schultern.

»Bleibt mehr für mich«, sagte er und nahm einen großen Schluck Wein.

»Das ist Sven, der größte Saufkopf in der ganzen Elite-Fraktion«, sagte Freya harsch, während Sven ihr grinsend zuzwinkerte.

»Und das sind Lynn, Rebekka und Aaron.« Freya deutete auf die anderen Kämpfer in der Runde. Lynn war eine schlanke Kämpferin mit langen, zusammengebundenen schwarzen Haaren. Ihre schmalen, dunklen Augen wirkten kühl und geheimnisvoll und eine Aura der Unerreichbarkeit ging von ihr aus. Rebekka war groß und kurvig. Dichte, blonde Locken umrahmten ihr rundes, romantisches Gesicht. Sie musterte Elenor mit ihren großen, grünen Augen, in denen sich eine tiefe Traurigkeit widerspiegelte. Aaron war ein muskulöser Kämpfer mit blasser Haut. Seine dunklen Haare hingen in langen Strähnen über seinem Gesicht und versteckten seine schattigen Augen.

»Wir sind in der Elite-Fraktion immer in kleinen, eingeschworenen Gruppen unterwegs. Das ist für die Zusammenarbeit effektiver, weil sich alle innerhalb der Gruppe sehr gut kennen«, beantwortete Freya Elenors fragenden Blick. »Und wir sind eine Gruppe.« Neugierig tasteten die Blicke der Kämpfer an Elenor von oben bis unten ab. Bis auf Sven waren sie alle sehr schweigsam. Elenor spürte keine Emotionen in ihnen, aber dafür vernahm sie bei allen eine kalte, ernste Aura, die verblasst schien. Von Svens strahlendem Gelb war nur noch ein Hauch Farbe übrig, ebenso von Rebekkas einst sattem Rosa, Lynns starkem Blau, Aarons dichtem Schwarz und Freyas kräftigem Grün. Ihre schattigen Mienen erzählten von tief sitzenden Erlebnissen und ihr Inneres war abgehärtet wie Stein. Die Frage rutschte aus Elenor heraus, ohne, dass sie es wollte.

»Wie lange seid ihr schon in der Elite-Fraktion?«

»Viele Jahre«, antwortete Freya rau.

»Am Anfang waren wir auch so wie ihr«, gluckste Sven. »So niedlich blauäugig und voller Tatendrang. Voller Überzeugung, dass wir die großen Helden des Königreiches werden würden.« Er lachte amüsiert. »Aber mit der Zeit wacht man dann auf. Man erkennt die Realität und jeder entwickelt seine eigene Strategie, mit dem ständigen Kämpfen und Töten zurechtzukommen. Ich habe meine Liebe zum Wein gefunden.« Zwinkernd grinste er Elenor an.

»Das ist auch die einzige Liebe, die du je gefunden hast«, stichelte Rebekka.

»Ach sei doch nicht so, Liebes, ich weiß, dass du auf mich

stehst«, entgegnete Sven und warf ihr einen Luftkuss zu. Ein kleines Schmunzeln glitt über Rebekkas weiches Gesicht, doch ihre grünen Augen funkelten ihn berechnend an. Sven beugte sich zu Elenor rüber.

»Das mit dem Wein bleibt aber unser Geheimnis, in Ordnung?«, säuselte er und der süßliche Geruch des Alkohols stieg Elenor unangenehm in die Nase. »Wenn Eaven davon erfährt, macht er wieder ein Fass auf.«

»Zu Recht, wenn man sieht, wie der Wein dir zu Kopf steigt«, sagte Freya und schob ihn schroff von Elenor weg.

»Ach komm schon, Freya«, schmollte Sven. »Eaven und du, ihr könntet beide ruhig etwas lockerer werden. Ein bisschen Spaß bringt niemanden um.« Ein kehliger Laut kam aus Aaron heraus und ein Grinsen breitete sich auf seinem Gesicht aus. »Siehst du, sogar Aaron stimmt mir zu«, sagte Sven und klopfte ihm kumpelhaft auf die Schulter. Unsanft schob dieser Sven wieder von sich, grinste aber weiterhin ins Feuer.

»Du hattest gestern deine erste Schlacht, nicht wahr?«, fragte Sven strahlend, als hätte Elenor ihren ersten Schultag hinter sich gebracht. »Wie war es?« Alle Augen richteten sich wieder auf sie und Elenor wurde nervös.

»Ähm, es lief… gut«, log sie. *Was antwortete man auf sowas überhaupt?*

»Hast du deinen ersten Gegner umgebracht?«, fragte Sven, immer noch breit grinsend. Elenor begann zu frösteln.

Was war das für eine Frage? Musste sie jetzt aufzählen, wie viele Feinde sie umgebracht hatte? War das eine Art Maß, um zu beweisen, wie fähig sie als Kämpferin war? Ihr Kopf begann erneut zu pochen und sie versuchte, die Bilder von der Schlacht aus ihrem Gedächtnis zu verbannen.

»Hach ja, ich weiß noch, wie ich das erste Mal jemanden umgebracht habe«, seufzte Sven nostalgisch und starrte lächelnd in den dunklen Nachthimmel. »Ich bin danach heulend auf dem Boden zusammengebrochen und hab mich nicht mehr eingekriegt.

Mitten im Gefecht.« Er lachte, als würde er sich an ein glückliches Ereignis aus seiner Kindheit erinnern. Elenor war verwirrt. Sie spürte in ihm tatsächlich so etwas wie Glück.

»Und du wärst gestorben, wenn ich dich nicht in die Realität zurückgeholt hätte«, sagte Lynn kühl. Sven lachte laut auf.

»Stimmt, ich weiß es noch, als wäre es gestern gewesen«, gluckste er. »Lynn kam herbei, wie eine Kriegerin aus einer anderen Welt. Stark und schnell, wie sie ist, hat sie die Gegner ganz allein fertig gemacht. Wie ein gnadenloser Todesengel, dunkel und wunderschön.« Lynn verdrehte die Augen. »Dann hat sie mich an den Haaren gepackt und vom Boden hochgezogen, hat mir zwei saftige Ohrfeigen auf mein tränenüberströmtes Gesicht verpasst und hat mich angebrüllt, dass ich mich zusammenreißen soll. Tja und seitdem schalte ich meine Gefühle komplett ab, wenn es auf Missionen geht.«

Ein kurzes Schweigen breitete sich aus. Das Gefühl von Glück wankte ein wenig in ihm und Leid und Schmerz rieselten darauf wie kleine Regentropfen. Seine eben noch belustigten, vom Wein leicht getrübten Augen, waren nun stumpf und leer. Einen Moment lang starrte er ins Feuer. Dann griff er wieder zur Flasche, schluckte den Wein geräuschvoll herunter und schlug mit der Hand auf den Boden. »Aber wenigstens geht jetzt endlich mal was ab«, rief er feierlich. »All die sinnlosen Missionen haben jetzt ein Ende! Der feine Herr Hakon hat sich endlich mal aus seinem Versteck getraut und war so gütig, uns ein Zeichen zu geben.« Aaron schnaubte und nahm Sven die Flasche weg.

»Und trotzdem finden wir ihn nicht«, krächzte er heiser. »Seit Jahren hat niemand eine Ahnung, wo er sich aufhält. Wir ziehen unnötig raus ins Land, irren umher und führen diese sinnlosen Kämpfe. Langsam ist es ermüdend.« Die anderen Kämpfer nickten zustimmend.

»Und das Nervigste ist, dass die Schreiber aus der Amtssektion uns von ihren gemütlichen Arbeitszimmern aus dauernd Vorschriften machen«, sagte Rebekka verbittert. »Dabei waren die nicht ein einziges Mal mit auf Mission. Die haben gar keine Ahnung, wie es da draußen abläuft.«

Elenor spitzte die Ohren. »Ist nicht Eaven derjenige, der uns die Anweisungen gibt?«, fragte sie. Rebekka schnaubte.

»Nicht ganz«, antwortete Freya. »Eaven ist zwar unser Anführer, aber sein Vorgesetzter ist Askil Clarke und der arbeitet mit dem königlichen Rat und der geheimen Missionsabteilung aus der Amtssektion zusammen. Wir müssen tun, was die sagen.« Elenor erinnerte sich daran, dass Josefin einmal von der geheimen Missionsabteilung erzählt hatte. Und mit Emelie hatte sie sich auch darüber unterhalten, doch Elenor konnte sich nur noch vage an Emelies Worte erinnern.

»Was macht diese geheime Abteilung noch mal?«, fragte sie neugierig.

»Die beschäftigt sich mit den Missionen, auf die wir geschickt werden«, antwortete Freya. In ihrer Stimme schwang ein leiser Unmut mit, der darauf hindeutete, dass sie von der Amtssektion und dem königlichen Rat ebenfalls nicht besonders überzeugt war. »Dort wird besprochen, wo wir hin reiten sollen und gefachsimpelt, wo Hakon sich am ehesten verstecken könnte. Eaven erstattet Askil nach jeder Mission ausführlich Bericht und Askil übermittelt das dann der geheimen Missionsabteilung und dem königlichen Rat.«

»Wenn du mich fragst, halten die uns doch zum Narren«, sagte Sven belustigt. Langsam fing er an, zu lallen. »Ich wette, dass die da haufenweise Informationen über Hakons Versteck haben und sich bloß darüber lustig machen, wie wir ziellos durchs Land reiten.«

»Red' nicht so einen Unsinn«, fuhr Freya ihn an.

»Warum denn nicht?«, fragte Sven glucksend und schwankte leicht mit dem Oberkörper. »Was sollte denn sonst der Grund für unser ewiges Tappen im Dunkeln sein? Wäre zumindest eine lustige Vorstellung. Die, die die Abteilung leitet, ist ein richtiger Drache, hab ich zumindest gehört. Genau wie ihr Ehemann Askil, der hat ja auch – Moment mal, ist deren Tochter nicht auch seit gestern hier bei uns?« Mit einem trüben Blick sah er Elenor an. Plötzlich kam Elenor eine Idee. Natürlich, Josefin! Vielleicht gab es in der geheimen Missionsabteilung mehr Informationen zu dem Vorfall in Vanya, woher Hakon die Kristallkugeln hatte und wofür er sie nutzte. Plötzlich schien Josefin Elenor doch ziemlich nützlich. Über sie käme sie vielleicht an weitere Informationen ran. Sie nahm sich vor, morgen mit Emelie und Henrik darüber zu reden. Fynn schien sich vorhin wieder mal ein wenig zu zieren, seine Gedanken und Pläne mit ihr zu teilen und Elenor hatte keine Lust mehr, sein Spiel mitzuspielen. Mit ihren beiden besten Freunden käme sie garantiert schneller auf weitere Hinweise und Spuren. Sie gähnte betont herzhaft und verabschiedete sich. Sven wollte sie noch zum Bleiben überreden, doch Elenor lehnte ab. Als sie endlich im Bett lag, fiel ihr ein, dass sie gar kein Wasser geholt hatte und immer noch durstig war. Eine Sekunde später fiel sie in einen tiefen Schlaf.

20.
GEFÜHLSCHAOS

»Eaven ist heute mit einigen unserer Kämpfer unterwegs«, sprach Freya mit kräftiger Stimme, als sie am nächsten Morgen zügig in den Speisesaal schritt. Sofort herrschte Stille. »Er hat mir die Aufsicht über euch erteilt. Wenn ihr fertig gegessen habt, macht ihr die Pferdeställe sauber, danach meldet ihr euch bei mir. Ich gebe euch dann weitere Aufgaben.« Ohne die Reaktion abzuwarten, drehte sie sich um und rauschte davon. Verblüffte Blicke wanderten zwischen Elenors Kameraden umher. Freyas herrische Aura hing noch einige Sekunden in der Luft, nachdem sie den Saal verlassen hatte, dann fingen die Kämpfer emsig an, zu tuscheln.

»Die Pferdeställe sauber machen?«, fragte Josefin mit einem Gesichtsausdruck, als hätte sie in eine Zitrone gebissen. »Wofür hält sie uns eigentlich? Wir sind Elite-Kämpfer und keine Stallburschen.«

»Ich habe gehört, dass die Neuen hier immer solche Arbeiten machen müssen, solange bis wieder neue Kämpfer ankommen«, antwortete Henrik. »Ist wohl so eine Art Bewährungsprüfung, um dazu gehören zu können.«

Josefin lachte kurz auf. »Ich muss mich doch nicht bewähren, mein Platz in der Elite-Fraktion ist schon seit meiner Geburt sicher«, antwortete sie hochmütig.

»Ach ja?«, fragte Emelie angriffslustig und mit einem wilden Funkeln in den Augen. »Und warum? Bist du etwa so was wie eine Adlige oder wieso hältst du dich so sehr für etwas Besseres?«

Josefin erstarrte. Sie war es nicht gewohnt, derart herausgefordert zu werden. Langsam legte sie ihren Löffel beiseite. »So etwas in der Art«, antwortete sie gedehnt. »Mein Vater ist der Leiter der Elite-Fraktion und meine Mutter ist die Leiterin der —«

»Es interessiert mich nicht, wer deine Eltern sind«, unterbrach Emelie sie. »Du bist bloß eine Kämpferin, mehr nicht. Genauso wie wir anderen auch. Und wenn wir die Aufgabe bekommen haben, die Pferdeställe sauberzumachen, dann kannst du dich ruhig ebenso schmutzig machen wie wir.« Im Speisesaal wurde es sofort still. Atemlos starrten die Kameraden die beiden Mädchen an. Josefins Nasenflügel fing an zu zucken.

»Was glaubst du eigentlich, wer du bist?«, zischte sie. »Du bist noch nicht mal zur Kämpferin ausgebildet! Du bist nur hier, weil Eaven Mitleid mit dir hatte! Was hast du bisher denn schon geleistet?«

Emelie warf ihren Löffel ebenfalls auf den Tisch und sprang auf. »Ich habe schon eine umfangreiche Trainingseinheit hinter mir, während du bis eben noch im Schönheitsschlaf gelegen hast!«

Eine Ader trat an Josefins Hals hervor und pulsierte gefährlich. »Oh, ich verstehe«, giftete sie. »Freya scheucht dich ein bisschen ums Gelände und du bist ihr treu unterlegen, wie ein Schoßhund!«

Das brachte Emelies Geduldsfaden zum Reißen. »Von mir aus kann ich dir gern zeigen, wie kampffähig ich bin!«, rief sie drohend. Josefin öffnete den Mund, doch ihr blieben die Worte im Hals stecken, so ungewohnt war es für sie, Widerworte zu erhalten. Und das auch noch vor ihren Kameraden. Mit hochrotem Kopf stand sie auf.

»Geh mir aus dem Weg, du Zwerg«, fauchte sie und rauschte an Emelie vorbei aus dem Saal. Elisabet sprang prompt auf und wollte ihr hinterhereilen, als Emelie sie im Vorbeihuschen festhielt.

»Hey du«, sagte sie, »wieso rennst du ihr eigentlich immer nach, wie ein Knecht? Sie behandelt dich doch genauso schlecht wie uns.«

Elisabet blieb irritiert stehen, dann lächelte sie liebevoll. »Weißt du, sie ist gar nicht so schlimm, wie sie sich in der Gegenwart von anderen immer gibt«, sagte sie sanft. »Tief in ihrem Herzen ist sie traurig und einsam.«

Emelie schnaubte. »So wie sie drauf ist, will ja auch keiner was mit ihr zu tun haben!«

Elisabet nahm Emelies Hand und schloss sie sanft in ihre Hände. »Josefin meint die Dinge nie so, wie sie sie sagt«, hauchte sie schon fast ein wenig esoterisch. »Sie hat uns alle gern, sie ist nur nicht sehr geschickt darin, es zu zeigen. Weißt du, ihre Eltern sind sehr streng. Vor allem ihr Vater. Er drillt sie, seit sie laufen kann. Sie hat es nie gelernt, Liebe zu zeigen.«

»Oder Liebe zu empfinden«, entgegnete Emelie sarkastisch.

Elisabet lächelte gütig. »Yva und ich sind ihre einzige richtige Familie. Wir können sie nicht im Stich lassen.«

»Wer zur Hölle ist Yv–«, begann Emelie verwirrt, dann ließ Elisabet Emelies Hand los und verschwand aus dem Haus.

Die sechs Pferdeställe waren wesentlich größer, als Elenor gedacht hatte. Sie war bisher nur drinnen gewesen, um ihre Stute hastig zum Reiten vorzubereiten oder um sie müde abzusatteln und da hatte sie sich nie wirklich umgesehen. Doch jetzt beim Mistschaufeln bemerkte sie erst, wie viele Boxen es in jedem Stall gab. Ihr kurzes Leinenhemd klebte bereits an ihrem Oberkörper und ihre Arme erschlafften langsam. Sie bemühte sich, nicht daran zu denken, dass sie erst vier von zwölf Boxen ausgemistet hatte.

»Wie viele Pferde hat die Elite-Fraktion denn noch?«, schnaufte Emelie in der Box nebenan. Elenor hörte ein leises Schnalzen mit

der Zunge. Sie blickte auf und sah, wie Josefin erhobenen Haup-
tes an ihnen vorbeimarschierte und einen verächtlichen Seiten-
blick auf Emelie warf. Glücklicherweise bekam Emelie es nicht
mit. Seit ihrem Streit am Morgen hatten sich die beiden keines
Blickes mehr gewürdigt. Josefin schmollte, wie immer, und Emelie
war der Meinung, dass *diese Möchtegern-Prinzessin es nicht wert
ist*, wie sie es ausdrückte. Emelie war in solchen Dingen erstaunlich unkompliziert. So aufbrausend und rauflustig sie sonst auch
war, hatte sie sich einmal richtig mit jemandem in den Haaren,
war die Angelegenheit unmittelbar danach für sie geklärt und vergessen. »Dafür müsste mein Training morgen eigentlich ausfallen«, brummte sie.

»Wie geht es denn voran?«, fragte Elenor. Seit ihrer Ankunft im
Hauptlager hatte sie mit ihrer besten Freundin noch nicht viel
gesprochen.

»Es wird langsam«, brummte Emelie. »Ich kann mittlerweile
wenigstensmorgensaufstehen, ohne vor Schmerzen gleich wieder
ins Bett zurückzufallen.« Elenor entwich ein kurzes Lachen. Sie
erinnerte sich noch gut an den Morgen nach ihrem ersten Aus-
bildungstag. Emelie wischte sich ihre schweißnassen, wilden
Locken aus dem Gesicht und stieß die Mistgabel in den Berg
Stroh, der vor ihr lag. »Auch wenn ich Freya gegenüber mit
ihrem erbarmungslosen Drill gern anbrüllen würde, sie trainiert
mich doch wirklich gut. Und ganz ehrlich«, Emelie senkte ihre
Stimme, »ich bin ganz froh, erst mal hier zu trainieren. Das an
der Mauer war wirklich schrecklich. Sogar Freya hat gesagt, dass
das etwas hart für unsNeulinge war. Wie hast du das durch-
gestanden?«

Elenor wich Emelies neugierigen, dunklen Augen aus. »Was
soll ich sagen«, murmelte sie. Eigentlich hatte sie keine Lust, die
Erinnerungen daran wieder hochzuholen. Sie wollte mit Emelie
lieber über unbeschwerte Dinge reden und nicht über Hakons
Gefolgsleute, sterbende Menschen und Blut.

»Verstehe«, sagte Emelie. »Das muss schlimm für dich gewesen sein – Was, einer der Feinde wollte dich begrapschen? Und was macht Fynn da auf dem Boden mit dem Mann?«

Elenor fuhr herum. »Lass das!«, rief sie aufbrausend. »Nur weil du Gedanken lesen kannst, heißt das nicht, dass du das auch ständig tun solltest!« So schnell die Wut in ihr aufgestiegen war, so schnell war sie auch wieder verschwunden, als sie Emelies erschrockenen Blick sah. »Es tut mir leid«, sagte sie hastig und ging auf Emelie zu.

»Nein, ist schon gut«, antwortete Emelie betreten. »Du hast recht. Ich bin zu weit gegangen. So etwas Privates sollte ich aus deinem Mund erfahren und mir nicht einfach aus deinem Kopf nehmen. Ab jetzt gehören deine Gedanken ganz dir, versprochen.« Elenor nickte. Betreten stocherten sie mit ihren Mistgabeln schweigend in dem nassen Haufen Stroh vor sich herum. »Möchtest du darüber reden?«, fragte Emelie. Elenor wusste nicht ganz, worüber. Die Schlacht an der Mauer wollte sie einfach nur vergessen, ihren Ritt mit Fynn nach Vanya wollte sie erst mal für sich behalten, ihr Treffen mit den erfahreneren Elite-Kämpfern gestern Abend war zu belanglos, um darüber – Da fiel ihr etwas ein.

»Hast du während deiner Zeit im Amtshaus etwas von der geheimen Missionsabteilung mitbekommen?«, fragte sie. Emelie hob ihren vor Anstrengung erneut geröteten Kopf.

»Nicht wirklich«, antwortete sie. »Die sind da sehr diskret. Warum fragst du?« Elenor erzählte ihr von dem Gespräch am Lagerfeuer gestern Abend. Emelie runzelte die Stirn, wie immer, wenn sie angestrengt nachdachte. »Und du glaubst wirklich, dass sie da drin mehr Informationen haben, als sie uns herausgeben?«, fragte sie. Elenor wurde bewusst, wie unlogisch das Ganze klang.

»Ich weiß es doch auch nicht«, antwortete sie. »Aber wir müssen ja irgendwie vorankommen. Vielleicht entdecken wir da tatsächlich neue Spuren.« Ihr Geheimnis mit der Kristallscherbe behielt sie erst mal für sich. Sonst müsste sie Emelie von ihrem Ausflug mit Fynn erzählen und das würde Emelie bestimmt nicht gefallen. Sie verzog jedes Mal das Gesicht und schürzte die Lippen, wenn Elenor auch nur seinen Namen erwähnte. Kein Wunder, denn das Letzte, was sie ihr erzählt hatte, war, dass er sie unmöglich behandelte. Und Emelie war sowieso noch immer der festen Überzeugung gewesen, dass er ein *gemeiner Schuft* war, dessen Geheimnisse sie unbedingt noch aufdecken musste. Und bevor Elenor nicht für sich selbst geklärt hatte, was das zwischen ihr und ihm war, wollte sie mit niemandem über ihn reden.

»Und was schlägst du vor?«, fragte Emelie.

»Vielleicht könnten wir ein paar Schreiber im Amtshaus höflich fragen, ob wir —«

»Das ist eine prima Idee«, unterbrach Emelie sie aufgeregt. »Ich habe immer noch den Schlüssel zum Amtshaus! Den hätte ich eigentlich längst abgeben sollen, hab es bei all der Aufregung seit dem Alarm aber vergessen. Na ja, was soll's, jetzt kommt es uns ja zugute. Wir gehen am besten am Nachmittag hin, da sind die meisten Schreiber schon auf dem Weg nach Hause. Ich besorge dann die Schlüssel zur geheimen Missionsabteilung und dann schauen wir uns da mal um.« Mit glühenden Wangen und funkelnden Augen sah sie Elenor an. Offensichtlich war sie sehr stolz auf ihren ausgetüftelten Plan. Elenor zögerte.

»Ich bin mir nicht sicher, ob wir dort gleich einbrechen sollten, wir —«, begann sie, doch Emelie winkte energisch ab.

»Papperlapapp«, sagte sie. »Denkst du, irgendjemand lässt uns da einfach reinspazieren? Wenn wir Informationen wollen, müssen wir sie uns selbst besorgen. Außerdem macht das so viel mehr Spaß!« Elenor gab sich geschlagen. Emelie war wieder ganz in ihrer Detektivwelt verschwunden und wenn sie da einmal drin war, war sie nicht mehr aufzuhalten.

»Aber lass uns wenigstens noch Henrik einweihen«, sagte sie. »Er hat eine Menge Wissen, das uns nützen könnte.« Wissen über die Kristallkugeln, doch das verschwieg sie.

»In Ordnung«, sagte Emelie, plötzlich kühl und distanziert. »Sonst noch jemand?« Prompt schoss ihr Fynn durch den Kopf und Elenor biss sich auf die Zunge. *Warum dachte sie auf einmal so viel an ihn? Wo war er überhaupt? Sie hatte ihn heute noch gar nicht gesehen. Und was war das eigentlich für ein seltsames Flattern in ihrem Bauch, wenn sein Gesicht vor ihren Augen auftauchte?* Verärgert über ihre eigenen Gedanken schüttelte Elenor den Kopf und konzentrierte sich wieder auf die Stallarbeit.

Gedankenverloren öffnete Elenor am nächsten Morgen die Tür zum Waschraum. Emelies Plan, sich in die geheime Missionsabteilung einzuschleichen, ließ sie nicht mehr los. Auch wenn sie sich mit der Idee nun doch angefreundet hatte, war die Sache trotzdem noch nicht besonders ausgereift. Und dennoch – wenn sie so herausfinden könnten, woher diese Kristallkugeln kamen, dann hatten sie vielleicht eine neue Spur zu Hakon. Sie durften sich nur nicht erwischen lassen. Die Konsequenzen wollte sie sich nicht ausmalen. Sie schüttelte kurz den Kopf, um das Bild eines engen, fensterlosen Kerkers aus ihrem Gedächtnis zu bekommen und zog ihr Leinenhemd aus. Nur noch mit einer kurzen Hose und einem schmalen, mit Spitze verzierten BH bekleidet ging sie auf den steinernen Waschtrog zu und hing das Hemd über den Rand.

»Was machst du denn hier?« Fynn stand an einem anderen Waschtrog, oberkörperfrei und nur mit einem Handtuch um die Hüfte herum bekleidet. Seine dunklen Haare waren nass und unordentlich. Kleine Wassertropfen bedeckten seine reine Haut und umrahmten seine Muskeln.

»W-was machst *du* hier?«, stammelte Elenor irritiert. *Hatte er etwa schon die ganze Zeit dagestanden?* Etwas unbeholfen griff sie nach ihrem Leinenhemd, um es sich vor ihren Oberkörper zu halten, doch es glitt zu Boden.

»Das hier ist der Waschraum für die Männer«, sagte Fynn. Seine Augen funkelten amüsiert. »Du hast dich wohl verlaufen.«

Sofort schoss Elenor das Blut in den Kopf und ihre Ohren

pochten. »Oh«, sagte sie. Sie ließ den Mund geöffnet, weil sie sich erklären wollte, doch ihr Kopf war vollkommen leer. Sie wollte sich bücken, um ihr Leinenhemd aufzuheben, aber ihr Körper war völlig erstarrt. Langsam ging Fynn auf sie zu. Elenor hielt den Atem an. Er blieb vor ihr stehen und betrachtete sie eine Weile. Ein kleines, belustigtes Lächeln umspielte seine Lippen und sein Blick haftete kontrolliert auf ihrem Gesicht. Seine glitzernden Augen machten keinerlei Versuche, unterhalb ihres Halses zu wandern. Elenor wurde leicht schwindelig. Warmer, feuchter Dampf stieg von seiner Haut empor und streifte Elenors Brust. Die kleinen Wassertropfen fielen so nah an ihr herunter, dass sie sie fast berührten.

»Vorsicht«, sagte er schließlich leise. Sein Atem streifte ihre Wange bis zum Ohr. »Atme, sonst kippst du noch um.« Dann ging er an ihr vorbei und verließ den Waschraum. Sein frischer Duft von Seife kitzelte in ihrer Nase und löste einen wohligen Schauer in ihrem unteren Bauch aus. Elenor schnappte nach Luft. Ihre Beine waren so weich geworden, dass sie sich am Waschtrog abstützen musste. *Was war da gerade passiert?* Das Herz pochte ihr bis zum Hals und wieder spürte sie dieses merkwürdige Flattern in ihrem Bauch. Und trotz Elenors Widerwillen, stahl sich unerlaubt eine neue Erkenntnis in ihren Kopf. Sie war gerade mittendrin, Gefühle für Fynn zu entwickeln.

Mühsam hievte Elenor den Sattel auf den Rücken ihrer Stute und griff nach den Gurten. Eaven hatte Elenor und ihre Ausbildungskameraden heute Morgen mit in die Gruppe von Freya und den anderen Kämpfern zugeteilt, die Elenor beim Lagerfeuer kennengelernt hatte, und sie durften auch direkt mit zur nächsten Mission. Elenor hatte im Reiten bereits große Fortschritte gemacht, aber sie wusste immer noch nicht ganz, welchen Gurt sie durch welche Schlaufe ziehen musste. Je länger sie an ihnen herumnestelte, desto ungeduldiger wurde sie. Liv sah ihr mit ihren großen, braunen Augen fragend zu.

»Du weißt bestimmt, wie das geht, nicht wahr?«, fragte Elenor und Liv blies ihr sanft ins Gesicht. Gerade als Elenor die Gurte frustriert fallen lassen und sich Hilfe suchen wollte, nahm sie ihr jemand aus der Hand. Es war Eaven. Gekonnt zog er die Gurte zu und schnallte sie fest.

»Ich wollte dich kurz sprechen, bevor wir aufbrechen«, sagte er und rückte den Sattel mit starken Händen in die richtige Position. Er wandte sich Elenor zu. »Du und Fynn, wart gestern wirklich nur ausreiten?«, fragte er und seine dunklen Augen ruhten aufmerksam auf ihr. Elenor fühlte sich ertappt und wurde nervös.

»Ja, was denn sonst?«, antwortete sie und bemühte sich, nicht allzu viel zu blinzeln. Eaven verzog keine Miene.

»Warum zappelst du so mit deinem Fuß?«, fragte er. Sofort hielt Elenor ihn wieder still.

»Oh, das habe ich gar nicht mitbekommen«, plapperte sie lachend. »Ich bin nur ein wenig nervös, weil… weil –« Eaven hob eine Augenbraue. »Weil… bei dem Gedanken an Fynn werde ich immer nervös«, rutschte es aus ihr heraus und im selben Moment flammten ihre Ohren auf. Oh nein, was hatte sie da eben gesagt? Eavens Augenbraue senkte sich wieder.

»Verstehe«, sagte er langsam, seine Miene blieb unergründlich. Sein Blick wurde intensiver. »Ich vertraue dir wirklich, Elenor. Das tue ich nicht oft. Mach das nicht kaputt.« Mit einem letzten prüfenden Blick auf die Befestigung des Sattels ging er davon. Sie sah ihm nach und ein elendes Gefühl nagte an ihr. Sie hatte keine Ahnung, wieso er ausgerechnet ihr so vertraute. Aber ihn anzulügen, fühlte sich schrecklich an und ein fast unmerklicher Impuls, ihm hinterherzulaufen und ihm die Wahrheit zu erzählen, regte sich in ihr.

»Was läuft denn da zwischen euch?«, fragte Emelie, auf ihrem Pferd an trottend. Sie durfte heute zum ersten Mal mit auf die

Mission und hatte ihren kleinen, stämmigen Wallach bereits fertig vorbereitet.

»Da läuft gar nichts«, antwortete Elenor zerstreut und band die Zügel vom Holzpfahl.

»Das sah aber anders aus«, hakte Emelie nach. »Und hörte sich auch anders an. Nicht, dass ich wieder unerlaubt Gedanken –«

»Was hast du in seinen Gedanken gelesen?«, unterbrach Elenor und fuhr etwas zu neugierig zu ihr herum. Emelie runzelte skeptisch ihre Stirn.

»Ich hab eher von deinen Gedanken gesprochen«, sagte sie. »Er hat nur genau das gedacht, was er zu dir gesagt hat. Also keine Hintergedanken oder sonst etwas.« Elenor fühlte sich nun noch verwirrter. *Was war das denn dann mit Eaven?*

»Was denkst du denn über ihn?«, bohrte Emelie nach. Elenor widmete sich wieder den Zügeln ihrer Stute, die ruhig dastand und dem Gespräch der beiden Mädchen geduldig zu lauschen schien.

»Nichts. Er ist nur unser Anführer, mehr nicht«, antwortete Elenor entschieden. Das Chaos in ihrem Inneren wurde immer größer. Sie wusste nur, dass er ihr von Anfang an das Gefühl von unendlichem Schutz gegeben hatte. Bei keinem anderen Menschen, nicht einmal bei ihren Eltern, hatte sie sich je so sicher gefühlt, wie bei Eaven. Und aus irgendeinem Grund schienen sie sich beide bedingungslos vertrauen zu können. Und nun war sie diejenige, die dieses Vertrauen missbrauchte.

»Und zwischen dir und Fynn läuft auch nichts, nehme ich an?«, ließ Emelie nicht locker. Elenor errötete erneut. Sie warf die Zügel auf Livs Rücken und rückte sich ein wenig fahrig die Steigbügel zurecht.

»Wie kommst du denn darauf?«, fragte sie betont gleichgültig.

Emelie lachte auf. »Ich habe gesehen, dass er dich und Eaven die ganze Zeit beobachtet hat. Ich brauchte seine Gedanken gar nicht erst zu lesen, um zu wissen, dass er vor Eifersucht gebrodelt hat.« Prompt ließ Elenor die Steigbügel fallen. Vorwurfsvoll tänzelte Liv zur Seite, als das Eisen gegen ihren Bauch schlug.

»Du nimmst mich doch bloß auf den Arm«, sagte Elenor und ihre Stimme überschlug sich kurz. Hastig nahm sie den Steigbügel erneut in die Hand und strich besänftigend über Livs Bauch. Emelie stieg von ihrem Pferd und stellte sich vor Elenor.

»Was ist das denn?«, fragte sie ungläubig.

»Was meinst du?«, erwiderte Elenor verwirrt.

»Diese Nervosität, diese rote Farbe in deinem Gesicht!« Emelie fielen fast die Augen aus dem Kopf. »Sag nicht, du hast dich in ihn verliebt?«

Elenor sah sich ruckartig um. »Geht das vielleicht ein bisschen leiser?«, zischte sie empört.

Emelie verstand die Welt nicht mehr. »Wie ist das passiert?«, fragte sie ungläubig, ihre Lautstärke nicht im Geringsten verändernd. »*Wann* ist das passiert?«

Elenor rang kurz mit sich selbst, dann sprudelte es aus ihr heraus. »Ok, ich kann dir nicht alles erzählen, es ist ein wenig kompliziert, aber ich war in letzter Zeit viel mit Fynn alleine und seit wir zu zweit auf diesem Ausritt nach Vanya waren, ist alles anders und –«

»Warte, warte«, unterbrach Emelie sie und ihre Augen blinzelten heftig. »Du warst mit ihm allein in Vanya?«

»Ja, aber wie gesagt, das darf eigentlich keiner wissen, du musst es unbedingt für dich behalten! Zumindest ist seitdem alles anders zwischen uns und –«

»Wie, und du erzählst mir das alles nicht?«, fragte Emelie fassungslos und ein wenig enttäuscht. »Ich bin deine beste Freundin! So weit kommt es noch, dass irgendein Mann Geheimnisse zwischen uns sät!« Einige der Elite-Kämpfer sahen bereits irritiert zu den beiden herüber. Panisch versuchte Elenor Emelie zu beschwichtigen.

»Ist ja gut, ich erzähle dir das alles mal in Ruhe, aber nicht jetzt, wir müssen gleich los.«

Emelie schnaubte. »Ich bestehe darauf! Aber was soll da jetzt zwischen euch anders sein? War er mal ausnahmsweise kein totaler Trottel zu dir?«

»Nein, du verstehst das nicht«, begann Elenor und versuchte, die richtigen Worte zu finden.

»Da hast du verdammt recht!«, unterbrach Emelie sie. »Hilf mir doch mal auf die Sprünge.«

»Würde ich gern, wenn du mich mal ausreden lässt!«, entgegnete Elenor. Langsam wurde sie wütend. »Fynn ist eigentlich jemand –« Sie brach ab. *Ja, was war Fynn eigentlich?* Sie hatte immer noch das Gefühl, dass er ein totaler Fremder für sie war, den sie überhaupt nicht einschätzen konnte.

»Was?«, fragte Emelie und lachte verächtlich auf. »Du hörst dich fast an wie Elisabet, wenn sie über Josefin spricht! *Eigentlich ist sie ja keine totale Ziege, sie ist nur so ungefähr eine*«, äffte sie Elisabet nach. Nun reichte es Elenor. Das musste sie sich nicht gefallen lassen.

»Ach ja? Warum reden wir nicht mal über dich?«, fragte sie. »Was ist mit dir und Henrik?«

Prompt entgleisten Emelie die Gesichtszüge. »Was soll da sein?«, empörte sie sich.

»Du weißt genau, was ich meine«, fuhr Elenor hitzig fort. »Es ist doch offensichtlich, dass er in dich verliebt ist. Und du hast es garantiert schon tausendmal in seinen Gedanken gelesen.«

Nun wurde Emelie rot. »Und wenn schon«, sagte sie trotzig. »Das ist ja nicht mein Problem!«

Jetzt lachte Elenor auf. »Und ob das dein Problem ist!« Sie spürte Emelies wilde Aura schwächeln. Statt stark und gezielt auszuschlagen, zuckte sie nun zittrig umher. »Du magst ihn auch und traust dich nur nicht, dir das einzugestehen!« Jetzt saß Elenor am längeren Hebel und sie genoss es in vollen Zügen.

»Lenk nicht vom Thema ab, es ging um dich und Fynn!«, rief Emelie mit funkelnden Augen, ganz offensichtlich ertappt. Mittlerweile war den beiden die Lautstärke ihres

Gesprächs egal. »Das mit euch ist was ganz anderes, er ist ein totaler —«

»Kameraden, steigt auf eure Pferde! Es geht los«, unterbrach Eaven sie. Vor Wut schnaubend, drehte Emelie sich um und stieg schwungvoll auf ihren kleinen, stämmigen Wallach, der eben noch friedlich gedöst hatte. Er riss seine schläfrigen Augen erschrocken auf, als Emelie ihm energisch die Sporen gab und trottete eilig davon. Elenor wusste, dass sie nicht fair zu ihr gewesen war und fühlte sich nun noch elender. Irgendetwas war mit ihr los, aber sie wusste nicht was. Besänftigend knabberte Liv an Elenors Schulter. Elenor atmete tief durch, streichelte dankend über ihre Nüstern und stieg ebenfalls auf.

21.
BESCHÜTZERINSTINKT

»Ihr wisst, was zu tun ist«, rief Eaven seiner Gruppe zu, die Zügel seines schwarzen Hengstes fest in der Hand. »Wir reiten diesmal nach Westen, in den Yorrick-Wald. Dort sollen Hakons Gefolgsleute wohl vor wenigen Tagen durchgeritten sein. Wir suchen den Wald nach Spuren ab. Seid vorsichtig! Es ist bekannt, dass Hakons Leute noch eine Weile an manchen Orten verweilen und vorbeikommende Wanderer töten. Es kann sein, dass wir in einen Kampf geraten. Grundsätzlich gilt: Wir kämpfen nur, wenn wir müssen! Wir bleiben als Gruppe zusammen, niemand entfernt sich aus unserem Blickfeld! Und ihr schwärmt mindestens zu zweit aus, niemals allein! Wenn ihr keine weiteren Fragen mehr habt, geht es los!«

Keiner der Kämpfer rührte sich. Eaven nickte knapp, wendete sein kräftiges Pferd und galoppierte los. Elenor versuchte, ihren Ärger zu vergessen und sich auf die Aufgabe vor ihr zu konzentrieren. Emelie ritt weiter vorn, dicht hinter Elisabet und ihre aufgebrachte Aura war zu einem dichten Ball um sie herum konzentriert. Elenor bewunderte sie dafür. Emelie brauchte ihre Wut nicht zu verdrängen, um sich zu fokussieren, sie nahm sie einfach zusammen und nutzte sie zu ihrem Vorteil. So wild sie in ihrem Wesen auch war, so diszipliniert konnte sie sein, wenn es drauf ankam. Elenors Gedanken jedoch wirbelten ziellos in ihrem Kopf umher und änderten sich sprunghaft. Sie suchte in der Gruppe nach Fynn. Er ritt ein wenig hinter ihr und sie verlor fast das Gleichgewicht, als sie sich nach ihm umdrehte. Henrik streckte seinen Arm aus, um sie zu halten, aber Elenor fing sich rechtzeitig wieder. Er warf ihr besorgt einen fragenden Blick zu und Elenor nickte bestätigend. *Ja, es ging ihr gut, das beschloss sie jetzt einfach. Sie musste sich konzentrieren!*

In Windeseile schwanden die schmalen, leeren Gassen des Königreiches und wichen der breiten, grünen Fläche. Die Mauer schoss mit jeder Sekunde rasanter in die Höhe, so schnell preschten sie auf sie zu. Je näher das große Tor kam, desto mulmiger wurde Elenor zumute. Drohend drang das mechanische Rattern der Ketten in ihren Ohren, als das Tor sich öffnete, doch die Wiese davor blickte ihnen rein und friedlich entgegen, beinahe unschuldig. Nach einer Weile brannten Elenors Oberschenkel. Sie war es nicht gewohnt, solange zu galoppieren.

Der Schweiß der Pferde flog in alle Richtungen und dichter Schaum bildete sich um ihre Mäuler, doch die Kämpfer trieben sie erbarmungslos weiter voran. Elenor hatte mittlerweile völlig die Orientierung verloren. So weit war sie bisher noch nie vom Königreich entfernt gewesen und bis auf ein paar Sträucher und Büsche war auf der weiten Grassteppe nichts zu sehen. Doch Eaven schien genau zu wissen, wo er hin wollte. Mit einem eisernen Blick, nichts weiter bewegend als die Hüfte im Rhythmus seines Hengstes, raste er voran. Und dann tauchten in der Ferne die ersten Baumwipfel auf. Sie schossen ebenso schnell in die Höhe, wie die Mauer von Vilgot und bildeten eine scheinbar undurchdringbare, dunkle Front. Eaven verlangsamte das Tempo seines Pferdes und schließlich kam die Truppe keuchend zum Stehen.

Noch immer gefüllt mit der Energie des irrsinnigen Galopps

tänzelten die Pferde schnaubend, mit aufgerissenen Augen und hervorstehenden Adern umher.

»Da sind wir. Seid vorsichtig«, sagte Eaven leise und führte sein Pferd entschieden auf einen schmalen Trampelpfad zwischen den Tannen. Nacheinander folgten die Kämpfer ihm. Die Bäume standen so dicht, dass ihre Kronen das Sonnenlicht beinahe vollständig aussperrten. Nur gelegentlich schaffte es ein Strahl, sich zwischen den Nadeln und Laubblättern hindurch zu kämpfen und warf ein schwaches Glitzern auf den Waldboden. Der Teppich aus Moos unter ihnen war so dicht, dass er alle Laute verschluckte. Außer dem dumpfen Trampeln der Hufen war nichts zu hören. Selbst die Pferde wagten es kaum zu atmen. Je tiefer sie in den Wald ritten, desto beschwerlicher wurde es. Lange, dicke Äste und dornige Ranken versperrten ihnen den Weg und die Pferde kamen alle paar Meter ins Stolpern oder versanken mit ihren Beinen in versteckte Kuhlen. Plötzlich hob Eaven seine Hand und formte sie zu einer Faust. Die Kämpfer reagierten sofort und blieben stehen.

»Es hat keinen Sinn, mit den Pferden weiterzureiten«, sagte er mit gesenkter Stimme. Er schwang sein Bein über den Sattel und glitt lautlos zu Boden. »Lasst uns zu Fuß weitergehen.« Die Truppe folgte seinem Beispiel. Kaum hatten sie ihre Pferde an einige stabile Äste angebunden, begann sie damit, sich vorsichtig durch das Gestrüpp zu kämpfen. »Ihr beide«, raunte Eaven und deutete auf Emelie und Henrik. Sie stolperten zügig auf ihn zu. »Henrik, du fliegst durch die Äste und verschaffst dir einen Überblick. Schau nach, wo sich jemand versteckt hält und behalte auch unsere Gruppe im Auge. Sobald wir angegriffen werden, formst du sofort eine lautlose Warnung in deinen Gedanken, verstanden? Emelie, du bleibst bei mir und sagst mir, was du in seinen Gedanken liest.« Beide nickten ernst. Lautlos erhob sich Henrik in die Luft und verschwand leise raschelnd in dem dunklen Geflecht aus Ästen und Tannennadeln.

Die anderen Kämpfer hatten sich bereits zerstreut. Elenor

234

kniff die Augen zusammen und erkannte wenige Meter vor sich eine Gestalt, die Fynn sein musste. *War ja klar, dass er sich wieder nicht an Eavens Anweisung hielt und sich allein auf den Weg machte.* Sie hüpfte über einen schmalen Ast und eilte ihm hinterher. Sie bemühte sich so leise wie möglich zu sein, doch jedes Rascheln und Knacken, das sie verursachte, erschien ihr ohrenbetäubend laut. Ihre restlichen Kameraden konnte sie in der Dunkelheit kaum sehen. Nur mit Mühe erkannte sie die schemenhaften Umrisse von Freya und Lynn zu ihrer Rechten und die Schatten von Josefin und Elisabet zu ihrer Linken. Eaven, Emelie und Aaron schlichen einige Meter vor ihnen, zwischen den schmalen und engen Baumstämmen hindurch und Rebekka und Sven waren etwas weiter hinter ihr. Leise ächzend, kämpfte Elenor sich durch die dichten Büsche, deren kleine Dornen sich fest in ihre Kleidung krallten. Plötzlich rutschte sie über einen glatten Stein, strauchelte kurz und fing sich gerade rechtzeitig wieder, bevor sie in die Dornen stürzen konnte. Elenor unterdrückte ein leises Fluchen und hob den Kopf. Die Gestalt von Fynn war weg. Sie kniff die Augen zusammen und starrte angestrengt in die Dunkelheit, doch sie konnte niemanden mehr erkennen. Rufen konnte sie auch nicht, sie wusste nicht, ob sich Feinde in ihrer Nähe versteckten. Ein kurzer Anflug von Panik machte sich in ihr breit, gefolgt von aufkeimender Wut auf Fynn. *Wieso war er überhaupt allein losgegangen?*

Sie war nun völlig auf sich gestellt. Die Stille des Waldes legte sich unbarmherzig erstickend auf ihre Ohren und der Schweiß brach ihr erneut aus. Ihr Puls schlug so laut in ihren Venen, dass Elenor befürchtete, jeder könne sie hören. Die dicke Luft flirrte unerträglich vor der riesigen Anspannung. Elenor schloss die Hand fester um den Griff ihres Schwertes, nahm einen tiefen Atemzug und richtete ihren Blick zu Boden. Ganz langsam setzte sie sich in Bewegung und kämpfte sich Schritt für Schritt aus dem Dornenbusch heraus. Unter höchster Konzentration schlich sie lautlos weiter voran, ihre Sinne bis aufs Äußerste geschärft. Die

Wipfel der Bäume bewegten sich, sachte unter einer leichten Brise und ließen ein wenig Licht hindurch. Sie spähte zwischen den schwarzen Baumstämmen hindurch, um ihre Kameraden ausfindig zu machen, da durchzuckte sie ein gewaltiger Schreck. Das Klirren von Schwertern ein paar Meter weiter durchschnitt die gespenstige Stille, gefolgt von Kampfschreien. Noch bevor sie einen weiteren Gedanken fassen konnte, hörte sie ein Knacken neben sich. Aus dem Augenwinkel sah sie eine Gestalt durch das Geäst, auf sie zu springen. Instinktiv zog Elenor ihr Schwert aus der Scheide, um gerade noch rechtzeitig den Schlag ihres Gegners abzublocken. Sie spürte, wie ihr Körper komplett die Kontrolle übernahm. Ohne zu realisieren, was gerade passierte, schwang sie ihr Schwert und schlug mit aller Kraft gegen das des Gegners. Die Gestalt kam ins Straucheln und Elenor gelang es, der Gestalt das Schwert aus der Hand zu schlagen. Die Gestalt ächzte und stolperte rückwärts. Elenor spürte, wie ihre Beine weiter voran liefen und die Gestalt an den Rand eines tiefen Grabens drängten. Die Gestalt trat in ein kleines Loch, verlor das Gleichgewicht und fiel den Abhang hinunter. Dabei schlug sie sich den Kopf an einem spitzen Stein auf und blieb reglos liegen. Wie gelähmt stand Elenor da und starrte auf ihren Gegner hinab. Nach und nach kehrten ihre Sinne wieder zurück. Erst jetzt erkannte sie, dass es sich um einen Mann handelte, der dieselbe schwarze, zerschlissene Kleidung trug, wie Hakons Gefolgsleute. Langsam quoll ein Blutgerinnsel aus seinem Kopf und ergoss sich auf dem Boden. Das tropfende Geräusch des Blutes, das auf die herausragenden Steine traf, hallte beklemmend in Elenors Kopf wider, während sie hypnotisiert zusah, wie das knisternde Feuer in ihm mühsam zuckte und langsam erlosch. Wie betäubt wandte sie sich ab und stolperte mit steifen Beinen in die Richtung, in der sie ihre Kameraden vermutete. Plötzlich verfingen sich ihre Füße in einem zähen Wurzelgeflecht und sie fiel voller Schreck geradewegs in ein paar spitze Äste, die sich boshaft in ihr Fleisch bohrten. Ihr entfuhr ein panischer Aufschrei, noch bevor sie realisieren konnte, was geschehen war. Ein tiefer Schnitt durchzog ihr Bein und sie verlor eine Menge Blut. Mit zittrigen Händen versuchte sie, sich aus dem Geäst zu befreien und ihren Atem unter Kontrolle zu bringen, als zwei kräftige Hände sie packten und vorsichtig aus dem Geäst hoben.

Erschrocken fuhr sie zusammen. Ihre Hände suchten erneut fahrig nach ihrem Schwert. Sie hatte es gerade gegriffen, da blickte sie in Fynns blaue Augen.

»Alles gut, ich bin es nur«, sagte er leise und nahm ihr behutsam das Schwert aus der Hand. Rasch musterte er sie, auf der Suche nach Verletzungen. Sein Blick blieb an dem tiefen Schnitt an ihrem Bein hängen. »War ja klar, dass du dich an den Stöcken mehr verletzt, als an den Feinden, du Tollpatsch«, sagte er und Erleichterung schwang in seiner Stimme mit, als er feststellte, dass sie wohlauf war. Elenor begann zu schlottern. Die ganze Angst und Anspannung in ihr brach tosend zusammen. Ein riesiger Kloß schwoll schmerzhaft in ihrer Kehle an und erstickte sie fast. »Atme«, sagte Fynn und strich ihr beruhigend über den Rücken, während sie aufgewühlt nach Luft schnappte. Der riesige Staudamm, hinter dem sich seit dem Alarm alles Mögliche an Gefühlen gesammelt hatte, begann gefährlich zu bröckeln und Tränen traten ihr in die Augen. Doch bevor die Gefühle endgültig über sie einbrachen, kamen ihre Kameraden herbeigeeilt. Fynn hatte sie gerade sachte zu sich herangezogen, um sie in den Arm zu nehmen, da ertönte Eavens Stimme.

»Was ist passiert?« Zügig trat er auf die beiden zu. Rasch ließ Fynn sie los und erhob sich. Das Gefühl von Geborgenheit war mit einem Mal weg und nackte Kälte breitete sich in Elenor aus. Eaven kniete sich zu ihr nieder. »Ist alles in Ordnung?« Ehrliche Besorgnis spiegelte sich in seinen Augen wider. Elenor versank für einen kurzen Moment in ihnen und spürte, wie ihr Atem sich wieder beruhigte. Sie nickte benommen. Eavens Blick wanderte zu ihrem blutverschmierten Bein. »Das sieht übel aus«, sagte er und berührte vorsichtig ihre Wade, um sich die Wunde genauer anzusehen. Elenor zuckte zusammen. Erst jetzt realisierte sie, wie sehr der tiefe Schnitt schmerzte. Das pulsierende Stechen zog sich bis in ihren Oberschenkel hoch. »Ich versorge die Wunde erst mal hier und wenn wir zurück sind, bringen wir dich gleich in ein Krankenlager«, fuhr Eaven fort und löste eine kleine, braune Lederflasche von seinem Gürtel. Er goss ein paar Tropfen Wasser über Elenors Wunde und begann sie vorsichtig mit einem sauberen Stofftuch zu reinigen. Elenor biss sich auf die Zunge, um keinen Laut von sich zu geben. Die Blicke der anderen wurden ihr zunehmend unangenehm und sie wollte so schnell wie möglich, wieder aufstehen und einfach weiter machen, als wäre nichts geschehen. Eaven holte ein weiteres Stofftuch aus seiner Tasche und band es geschickt um die immer noch blutende Wunde. »Das sollte erst mal reichen.« Er blickte auf. »Gib mir Bescheid, wenn du Mühe hast, dich auf deinem Pferd zu halten. Du hast viel Blut verloren, es kann sein, dass dir schwindelig wird.« Elenor nickte erneut stumm. Kaum merklich strich Eaven ihr aufmunternd über den Handrücken, dann stand er auf und ging auf Freya, Lynn und Aaron zu, um über den weiteren Verlauf der Mission zu sprechen.

Vorsichtig stützte Elenor sich auf ihr verletztes Bein und versuchte aufzustehen, doch das Stechen in ihrer Wade war so stark, dass sie sich wieder hinsetzen musste. Frustriert sah sie sich um. Ihre Kameraden unterhielten sich mit gesenkten Stimmen über den Angriff von eben. Noch waren sie alle sehr leise. Niemand wusste, ob sie wirklich sicher waren oder nicht, und alle warteten auf Eavens nächste Anweisungen. Nur Josefins weinerliche Stimme drang laut und deutlich zu Elenor herüber.

»Fynn, ich glaube, ich habe mir während des Kampfes den Fuß verstaucht.« Gekonnt geschauspielert humpelte sie demonstrativ ein wenig auf der Stelle. »Könntest du mal nachschauen, wie schlimm die Verletzung ist?« Elegant strich sie sich eine ihrer seidenglatten roten Strähnen hinters Ohr und sah ihn mit großen Augen an.

Fynn verzog keine Miene. »Und warum sollte ich das tun?«, fragte er kühl.

Josefin zupfte spielerisch an dem Ärmel seines Leinenhemdes. »Nun ja, du bist ein viel erfahrenerer Verteidigungskämpfer als ich und kennst dich mit sowas bestimmt besser aus«, säuselte sie und ihre Augen wanderten verführerisch an seinem Oberkörper entlang, wo sie offenbar einige attraktive Narben vermutete. »Bitte.« Sie klimperte aufreizend mit den Augen und legte die andere Hand auf seine Brust. Fynn riss seinen Arm von ihr los und trat einen Schritt zurück.

»Frag doch Eaven«, sagte er trocken. »Er ist seit Neuestem ein Heiler.« Er wollte grade gehen, als Josefin ihn erneut am Arm griff, diesmal energischer.

»Ich will Eaven aber nicht fragen«, schoss es ungeduldig aus ihr heraus. »Ich will dich... fragen – Ich meine, ich will dich fragen.« Entschlossen ging er auf sie zu, sodass Josefin zurücktreten musste, bis sie mit dem Rücken an einem schmalen Baumstamm stand. Ein erwartungsvolles Funkeln blitzte in ihren Augen auf.

»Hör zu«, sagte er eindringlich. »Ich bin nicht dumm. Ich weiß, was du mit deinen Andeutungen versuchst. Ich sag dir das jetzt nur dieses eine Mal höflich und wenn du es danach immer noch nicht verstanden hast, werde ich deutlicher. Das mit uns beiden wird nie etwas werden.« Josefins Gesicht gefror. Elenor spürte, wie sich die Wut fauchend in ihr ausbreitete, wie ein Lauffeuer in einem trockenen Wald.

»Ach ja?«, zischte sie. Fynns Gesicht verhärtete sich. »Aber aus dir und Elenor wird etwas werden, oder was?«, schleuderte sie ihm entgegen. Fynn schwieg. Dann zuckte er mit den Schultern und ging. Ungläubig starrte sie ihm hinterher, dann erblickte sie Elenor und marschierte wütend auf sie zu. Mit glühenden Wangen blieb sie vor ihr stehen. »Glückwunsch«, sagte sie schnippisch. »Jetzt stehen der Anführer der Elite-Fraktion und der beste Verteidigungskämpfer aus der Sektion auf dich! So kann man auch Karriere machen. Sag, war es schwer, deren Gefühle so zu manipulieren, dass sie sich in dich verliebt haben?« Elenor wäre am liebsten aufgestanden, um auf Augenhöhe mit Josefin zu sein. Aber ihr Bein schmerzte noch zu sehr und sie wollte sich nicht die Blöße geben, sich wackelig und taumelnd zu erheben. Sie fühlte sich so machtlos, wie ein verletztes Reh vor einer tobenden Löwin.

»Das brauchte ich gar nicht«, schoss sie mit so viel Stärke zurück, wie sie gerade aufbringen konnte. Josefin schnaubte.

»Tja, dann viel Spaß mit den beiden! Aber du irrst dich, wenn du denkst, du bist jetzt ganz oben. Ich sitze am längeren Hebel und wenn ich etwas will, dann kriege ich es. Ich kriege immer, was ich will!« Sie drehte sich um, wenn auch wegen des Moosbodens, weniger elegant als sonst. Gerade als sie mit wehenden Haaren davon rauschte, kamen Emelie und Henrik herbeigeeilt.

»Was fällt ihr ein, so rumzuschreien?«, empörte Emelie sich. »Sie verrät uns noch!«

»Was wollte sie von dir?«, fragte Henrik besorgt. Elenor winkte verächtlich ab. »Josefin eben«, sagte sie. »Sie hat sich wieder einmal im Unrecht gefühlt und rumgezickt.«

Emelies Mundwinkel zuckten abfällig. »Die Prinzessin ist aufgewacht und hat die Realität der Elite-Fraktion erlebt«, sagte sie sarkastisch. Schweigen breitete sich unter ihnen aus. Ihnen war klar, dass sie die Realität allesamt spätestens seit heute begriffen hatten.

»Wo wart ihr alle eben?«, brach Elenor die Stille. »Was ist passiert?«

»Ich bin von Baumkrone zu Baumkrone geflogen und habe nach Feinden gesucht«, begann Henrik. »Aber noch bevor ich wen sehen konnte, wurden Rebekka und Sven bereits angegriffen und dann ging alles sehr schnell. Bestimmt ein Dutzend von ihnen kamen aus ihren Verstecken und haben sich auf uns gestürzt. Wir haben sie schnell erledigen können und dann habe ich dich von einem Baum aus mit Fynn auf dem Boden erblickt und Eaven die Richtung mitgeteilt.«

Elenor lächelte ihm dankend zu. »Glaubt ihr, dass das eine Strategie von Hakon war?«, überlegte sie.

Henrik schüttelte mit dem Kopf. »Eaven ist der Überzeugung, dass das wieder mal nur herumstreifende Plünderer waren, die sich versteckt in den Wäldern aufhalten. Wir sind wohl genau in ihr Gebiet getappt.« Die drei tauschten einen ahnungsvollen Blick aus. »Das wird kein Zuckerschlecken«, fasste Henrik zusammen, was sie sich alle drei dachten.

»Aber wir sind stark«, sagte Emelie schließlich und in ihren Augen funkelte ein unerschöpflicher Mut. »Solange wir drei uns vertrauen und zusammenhalten, kann uns nichts passieren. Aber dafür darf es nichts geben, das zwischen uns steht.« Elenor verstand die unausgesprochene Nachricht. Sie nickte.

»Keine Geheimnisse mehr«, versicherte sie und auf ihren Gesichtern breitete sich ein versöhnendes Lächeln aus. Ein Pfiff durchbrach den kurzen, friedlichen Augenblick.

»Wir reiten zurück«, rief Eaven in die Runde. »Hier ist nichts zu finden und es wird bald dunkel.«

Wenn Elenor der Hinweg schon lang vorkam, so war der Rückweg fast ewig. Ihr Bein pochte und schmerzte bei jeder Bewegung, doch sie wollte auch nicht nach einer Pause fragen. Sie sträubte sich gegen eine Extrabehandlung und weigerte sich, aufzugeben. Sie wollte durchhalten. Irgendwie war da eine strenge Stimme in ihr, die sie permanent drillte und peinigte. *Du Schwächling, du bist schon wieder weich geworden, mitten im Kampf, bist schon wieder tollpatschig herumgestolpert, warst wieder keine Hilfe für irgendwen und jetzt willst du auch noch rumheulen, wegen eines kleinen Kratzers am Bein?* Erbarmungslos brüllte sie in ihr herum und gab keine Ruhe. Diese getrübte Stimmung spiegelte sich in der gesamten Gruppe wider. Alle waren enttäuscht darüber, wieder einmal keine Spur gefunden zu haben.

Freya, Lynn, Rebekka und Aaron nahmen es besonders mit. Ihre Frustration schwebte über ihnen wie dunkle Gewitterwolken. Schweigend ritten sie dahin, mit schlaffen Oberkörpern, ihre Blicke resigniert und hoffnungslos. Nur Sven summte vergnügt vor sich hin und lachte ab und zu, über ein paar Elche in der Ferne. Niemand sagte etwas dagegen, sie alle waren dankbar dafür und zehrten von seiner Freude. Die fröhliche Energie, die er aussendete, war wie ein kleiner Strahl Sonne inmitten ihrer finsteren Auren.

Endlich ritten sie durch das Mauertor über die wilde, grüne Landschaft auf die Häuser des Königreiches zu. Eaven ließ sein Pferd langsamer laufen, bis er mit Elenor auf einer Höhe ritt.

»Dort vorn ist das nächste Krankenlager«, sagte er und deutete auf ein kleines Zelt wenige Meter vor ihnen. Das Symbol eines grünen Efeublattes stach auf den tristen Leinenwänden hervor, die sich leicht in der Brise bewegten. »Emelie und Henrik werden dich dort hinbegleiten. Ich muss auf den schnellsten Weg zurück zum Königreich und dem königlichen Rat Bericht erstatten. Wenn du wieder im Hauptlager bist, berichtest du mir von deinem Zustand. Ich muss wissen, wann ich dich wieder für weitere Missionen einplanen kann.« Elenor nickte stumm. Eaven gab seinem Pferd die Sporen und trabte mit seiner Truppe davon. Josefin warf ihr im Vorbeireiten noch einen letzten giftigen, aber auch neidischen Blick zu, dann entfernten sie sich zügig.

Elenor unterdrückte einen Schmerzensschrei, als sie von ihrer Stute glitt und mit ihrem pulsierenden Bein auf den Boden aufkam. Gestützt von Emelie und Henrik, humpelte sie in das Krankenlager. Es war ein kleines Zelt, in dem etwa zwölf Liegen in einer Reihe aufgestellt waren. Einige Holzregale mit kleinen Töpfen und Blechdosen standen an den flatternden Wänden. Elenor, Emelie und Henrik passten kaum zu dritt durch die schmalen

Gänge und mussten ordentlich aufpassen, die kleinen wassergefüllten Holzeimer nicht umzustoßen. Die Umgebung verschwamm vor Elenors Augen. Sie sackte ein und Emelie und Henrik gingen in die Knie, um sie wieder hochzustemmen. Dabei fegte Emelie mit ihrem Ellenbogen einige metallische Operationswerkzeuge von einem schmalen Tisch. Auf das laute Klirren aufmerksam geworden, kam eine Heilerin zwischen den Liegen herbeigeeilt.

»Was ist passiert?« Ihre Stimme klang merkwürdig fern. Elenor blinzelte heftig, um wieder etwas sehen zu können, doch vergeblich. Ihre Ohren dröhnten und die Kraft in ihren Beinen schwand immer mehr. »Kommt hier rüber!«, schallte es aus der Ferne. Irgendwer hob sie an und sie glitt in sanfte, weiche Laken. »Oh Liebes, du hast eine Menge Blut verloren«, erklang die Stimme der Heilerin. Elenor kniff die Augen zusammen. *War das etwa Ida?* Sie versuchte, sich aufzustemmen, wurde jedoch sofort wieder sanft in die Laken gedrückt. Undeutlich erkannte sie ein kleines, warmes Licht an ihrer Wade und der stechende Schmerz ließ allmählich nach. Elenors Herz klopfte vor Aufregung. *»Mama?«*, wollte sie fragen, doch sie hatte keine Kraft zu sprechen. Nach und nach wurden die Umrisse der Heilerin wieder schärfer und das Dröhnen in ihren Ohren verstummte. Das Gesicht der Heilerin wurde immer klarer und schließlich nahm sie ihre Hand von Elenors Wade und das warme Licht verschwand. Freundlich lächelte sie Elenor an und die Realität ernüchterte sie mit einem Schlag. Das war nicht ihre Mutter.

»Geht es dir wieder besser?«, fragte die Heilerin. Elenor blickte auf ihr Bein. Außer den verschmierten Blutresten war nichts mehr zu sehen. Die Wunde war komplett verheilt. Elenor nickte. »Wunderbar«, lächelte die Heilerin breit. »Dann mache ich dein Bein nur noch kurz sauber und dann kannst du mit deinen beiden Freunden wieder los.« Schwungvoll erhob sie sich und verschwand geschäftig hinter ein paar aufgespannten Tüchern.

»Du hast uns aber mächtig erschreckt«, platzte Henrik heraus.

»Wir dachten kurz, es sei vorbei mit dir. Du warst plötzlich kreide-
bleich und gar nicht mehr ansprechbar.«

»Du hast die Heilerin angestarrt, als wäre sie ein heiliger Engel
oder so«, fügte Emelie hinzu. »Mach das ja nie wieder!« Elenor
grinste schwach. Und gleichzeitig breitete sich eine drückende
Leere in ihr aus. *Ida…* Sie brauchte ihre Mutter gerade so sehr.
Egal, wie verwirrt Elenor auch war, ihre Mutter wusste stets, was
in ihrer Tochter vorging und konnte es ihr immer erklären. Und
im Moment passierte in Elenor so viel, was sie sich nicht erklären
konnte. Sie veränderte sich und wusste überhaupt nicht, zu was
für einem Menschen sie wurde.

22.
DIE GEHEIME
MISSIONSABTEILUNG

An diesem bewölkten Mittag aus dem Hauptlager zu schleichen, war einfacher als erwartet. Elenor war schon früh wach. Sie blieb eine Weile lang mit geschlossenen Augen liegen, doch irgendwann sah sie ein, dass sie nicht mehr wieder einschlafen konnte und beschloss aufzustehen. Sie trat an ihr Fenster, sog die frische, klare Morgenluft ein und ließ ihren Blick über das Gelände schweifen. Die ordentlich beschnittenen Büsche am Rand des breiten, grauen Kiesweges waren mit kleinen, glitzernden Tautropfen bedeckt. Gelegentlich zogen kleine Vogelschwärme am Himmel entlang und verschwanden hinter den Dächern des Königreiches. Eine kühle Brise strich Elenor über ihren Arm und sie mummelte sich in ihr Schlafhemd ein. Der Sommer neigte sich dem Ende entgegen und der frostige Hauch von Herbst lag in der Luft. Eine Gestalt erweckte plötzlich Elenors Aufmerksamkeit. Mit dem wehenden grünem Elite-Mantel schritt sie zügig über den Kiesweg zum verschnörkelten, schwarzen Tor. Die schwarzen, ordentlich gekämmten Haare und die kräftige Statur deuteten auf Eaven hin. Entschlossen öffnete er das Tor und verschwand aus Elenors Blickfeld.

Beim Frühstück teilte Freya den Kämpfern mit, dass Eaven bis zum Abend mit dem königlichen Rat tagen würde. Direkt im Anschluss halste sie ihnen einen riesigen Berg an Aufgaben auf, die sie alle zu erledigen hatten. Elenor, Emelie und Henrik tauschten einen bedeutenden Blick aus. Sie hatten seit ihrer Mission in den Yorrick-Wald vor wenigen Wochen ständig auf eine Gelegenheit gewartet, ihren Plan mit der geheimen Missionsabteilung umzusetzen, doch vergebens. Von früh bis spät waren sie mit umfangreichen Trainingseinheiten oder weiteren kleinen Missionen beschäftigt und stets war Eaven dabei und behielt seine Truppe genau im Auge. Dass er heute nicht da war, war ihre beste Chance und die mussten sie nutzen. Aus Erfahrung wusste Elenor, dass Freya die Aufsicht ihrer Kameraden während der Durchführung ihrer Aufgaben nicht ganz so genau nahm. Es würde also gar nicht auffallen, wenn Elenor, Emelie und Henrik ein paar Stunden weg wären. Während die anderen Kämpfer gegen Mittag mit Rüstungen polieren und Wagenräder ölen beschäftigt waren, huschten Elenor, Emelie und Henrik unauffällig hinter die Pferdeställe. Henrik hatte in den letzten Tagen eine kleine Lücke im Zaun, hinter dem letzten Stall entdeckt, durch den sie sich aus dem Hauptlager heraus schleichen konnten.

»Durch das Tor können wir ja nicht einfach gehen, das würde jeder sehen«, sagte er eines Abends, als die drei sich in Elenors Zimmer trafen, um ihr Vorgehen genau zu planen. Anfangs war er nicht besonders begeistert von Elenors und Emelies Vorhaben gewesen. »Wenn das herauskommt, könnten wir der Elite-Fraktion verstoßen werden«, sagte er beunruhigt. Henrik war Eaven gegenüber sehr loyal, er betrachtete ihn als ein großes Vorbild und so entschieden gegen seine Regeln zu verstoßen, fiel ihm deutlich schwer. Elenors schlechtes Gewissen nagte ebenfalls schmerzhaft an ihr, doch ihr fiel keine andere Option ein, wie sie ihre Rätsel lösen und Hakon näher kommen sollte. Letztendlich überredeten Elenor und Emelie ihn und als er damit begann, die Strategien zu planen, war er völlig in seinem Element.

Elenors Körper flirrte vor Aufregung, während sie sich von einem Stall zum nächsten schlichen. Als Aaron plötzlich um die Ecke bog, blieb ihr fast das Herz stehen. Mürrisch wie immer schlurfte er auf sie zu, eine halb leere Weinflasche in der Hand. Erst als er kurz vor ihnen war, hob er den Kopf und Überraschung mischte sich in seine finstere Miene. Elenor, Emelie und Henrik waren wie eingefroren stehen geblieben und starrten ihn an. Ohne ein Wort zu sagen, schlurfte er an ihnen vorbei und verschwand.

»Glaubt ihr, er hat etwas bemerkt?«, fragte Elenor nervös.«

»Es hat ihn absolut nicht gekümmert«, antwortete Emelie. »Mehr konnte ich in seinem erbsengroßen Gehirn nicht lesen. Das war ja schon fast eingestaubt in seinem Kopf, der Mann scheint wohl nie zu denken.« Fassungslos schüttelte sie den Kopf. Elenor und Henrik atmeten erleichtert aus. Zügig huschten sie hinter den letzten Stall und zwängten sich leise durch die schmale Lücke zwischen den verschnörkelten Gittern hindurch. Im Schutz der Bäume eilten sie in das Zentrum des Königreiches.

Der Weg zur Missionsabteilung war länger, als die drei geplant hatten. Es war bereits Nachmittag, als sie endlich vor dem hellen, eleganten Gebäude ankamen.

»Ich hätte schwören können, dass der Weg kürzer ist«, schnaufte Emelie erschöpft. »Hätten wir mal unsere Pferde gesattelt.«

»Aber dann —«

»Ich weiß, dass man uns dann aufgehalten hätte«, unterbrach sie Henrik gereizt. Im Schutz der hohen, weißen Säulen kramte sie in ihrem kleinen Lederbeutel herum und holte einen protzigen, silbernen Schlüssel hervor. »Bin ich froh, wenn ich diesen schweren Klotz endlich los bin«, grummelte sie, dann steckte sie ihn in das silberne Schloss und öffnete die große schwarze Tür. Vorsichtig streckte sie ihren Kopf rein. »Alles leer«, flüsterte sie und die drei traten leise ein.

Elenor staunte. Die riesige Eingangshalle war vollständig mit hellem, schimmerndem Marmor verkleidet und an den Wänden türmten sich majestätische, weiße Säulen, die allesamt kunstvoll verziert waren. Die weißen Fliesen auf dem Boden glänzten und ein prächtiger, glitzernder Kronleuchter hing von der hohen Decke herab. Bis auf einen kleinen Empfangstisch aus edlem, dunklem Holz, der auf einem runden Teppich aus grauem Wolfspelz stand, war die Halle leer. Henrik pfiff leise.

»Ich wusste gar nicht, dass die Amtssektion so viel Geld hat«, bemerkte Elenor beeindruckt und starrte verzückt auf die kleinen Diamanten, die den Kronleuchter zierten und verlockend auf sie herab glitzerten.

Emelie schnaubte. »Ja, die machen hier wirklich kein Geheimnis draus«, sagte sie und sah mit einem verächtlichen Blick durch die Halle. »Wenn sie könnten, würden sie das gesamte Haus mit Gold übergießen, damit jeder sieht, wie reich sie sind.«

»Woher haben sie das alles?«, fragte Henrik, mit offenem Mund umher starrend. »Die anderen Sektionen sind ja eher... bescheiden ausgestattet.« Emelie ging auf den Empfangstisch zu und legte den silbernen Schlüssel ab.

»Vom König, seinem Rat und einigen Adelsfamilien«, antwortete sie. »Die Amtssektion arbeitet schon seit Jahrhunderten eng mit den herrschenden Königen zusammen, daher hat sie viele Freunde in den hohen Kreisen. Deswegen wollen auch immer fast alle Lehrlinge in die Amtssektion, weil es sich hier am besten lebt. Du verdienst hier so gut, wie in keiner anderen Sektion, auch wenn die Bezahlung früher noch besser war und das meiste eh die hohen Tiere hier bekommen. Die Karriereaussichten sind hier trotzdem so gut wie nirgendwo anders. Entweder arbeitest du dich selbst zu einem der hohen Tiere hoch oder du heiratest dich in die adligen Kreise ein. So oder so ist es keine schlechte Wahl.« Henrik vergaß vor lauter Überwältigung den Mund zu schließen.

»Und du hast das alles aufgegeben für die Verteidigungssektion?«, fragte er. Emelie hob ihre Schultern und grinste.

»Lieber schwitze ich jeden Tag, reite stundenlang durchs Land und hau ein paar von Hakons Gefolgsleuten um, als hier bei den feinen Leuten zu bleiben und hinter den edlen Schreibtischen zu versauern«, sagte sie. Elenor schmunzelte, als sie zusah, wie Henriks Kinnlade noch weiter herunterklappte und langsam bis zum Boden zu hängen schien. Es konnte gar nicht deutlicher zu erkennen sein, wie sehr er sie bewunderte.

»Also gut, wo ist jetzt die geheime Missionsabteilung?«, fragte Elenor.

Emelie verfiel sofort wieder in ihren Detektivmodus. »Kommt mit«, flüsterte sie. Die drei schlichen die breite, gewundene Marmortreppe empor. Elenor traute sich kaum, das mit funkelnden Silberelementen verzierte Geländer anzufassen, aus Angst, es zu beschmutzen. Es schien, als würde die Treppe kein Ende nehmen, bis sie endlich außer Atem im fünften Stock ankamen. Auf einmal hörten sie Schritte auf dem Marmorboden. Jemand lief direkt in ihre Richtung. Elenor hüpfte fast das Herz aus der Brust. Hektisch suchten sie nach einem Versteck.

»Hierhin«, zischte Emelie und sie huschten gerade noch rechtzeitig in eine kleine, dunkle Kammer, die mit Regalen voller Pergamentrollen und Tintenfässchen möbliert war. Dicht aneinander gedrängt standen sie da und hielten den Atem an. Durch den kleinen Spalt in der Tür sah Elenor eine in schwarz gekleidete Frau mit dunkelroten, streng nach hinten gebundenen Haaren vorbeigehen. Ihre klackernden Schritte entfernten sich und verschwanden. Emelie wartete noch einen kurzen Moment, dann öffnete sie die Tür und spähte vorsichtig in den Gang. Als sie verkündete, dass die Luft rein war, stolperten die drei aus der Kammer.

»Das war knapp«, sagte Emelie und starrte in die Richtung, in die die Frau verschwunden war. »Mit der wäre nicht zu spaßen gewesen.« Sie schaute sich suchend um, dann schritt sie zügig auf eine breite Tür aus massivem, dunklem Buchenholz zu. Ein schmales, silbernes Schild hing daneben, auf dem in filigraner Schrift *»Missionsabteilung – Zutritt nur für entsprechende Mitarbeiter«* stand. »Da sind wir«. Die Siegessicherheit in ihr stockte plötzlich. Langsam drehte sie sich zu Elenor und Henrik um. »Ich habe nicht daran gedacht, einen Schlüssel für die Tür zu suchen«, knirschte sie und ärgerte sich über sich selbst. »Wie konnte ich so ein wichtiges Detail vergessen?«

»Wir suchen ihn schnell«, beschwichtige Elenor sie. »Sag uns einfach, wo er ungefähr sein könnte.«

»Dafür haben wir nicht genug Zeit«, räumte Henrik ein und kramte kurz in seiner Hosentasche. Er zog einen länglichen, spitzen Nagel heraus. »Den habe ich aus dem Hauptlager mitgenommen, für genauso einen Fall.« Emelie sah Henrik an, als würde sie ihn gerade zum ersten Mal richtig sehen.

»Deine Pläne sind wirklich gut ausgefeilt«, sagte sie beeindruckt. Henrik schoss das Blut in die Wangen und seine Mundwinkel verzogen sich zu einem breiten Grinsen. Beschwingten Schrittes ging er auf die Tür zu und steckte den Nagel in das Schloss. Nach wenigen, gekonnten Drehungen des Nagels klickte das Schloss und die Tür öffnete sich. Emelie war wie vom Donner gerührt. »Woher kannst du das?«, fragte sie ungläubig.

»Hab' mich öfter mal bei Nacht in die Volksbibliothek geschlichen, um mich in den Bereich für Erwachsene zu schmuggeln«, sagte er und steckte den Nagel wieder weg. Er bemühte sich, möglichst unbekümmert zu wirken. »Der Bereich wird tagsüber immer beaufsichtigt, aber die Bücher über die Geschichte Vilgots sind wahnsinnig spannend.«

»Lasst uns das Gespräch doch drinnen weiter führen«, erinnerte Elenor die beiden wieder an ihr Vorhaben. Emelie fing sich wieder und die drei traten ein.

Der Raum war groß, aber nicht so prunkvoll wie die Eingangshalle. Er war eher schlicht und kahl gehalten. Die Vorhänge waren zugezogen und nur ein großer, runder Tisch in der Mitte der Fläche und einige klobige Holzstühle füllten den Raum. Die Wände waren vollständig bedeckt von Regalen mit unzähligen, staubigen Mappen und Akten. Elenor fröstelte leicht in der kühlen, stickigen Luft. Schnurstracks gingen sie auf die Regale zu und begannen, sie abzusuchen. Einige Spinnweben bedeckten die zerschlissenen Rücken der Mappen, die von unzähligen Missionen der Elite-Fraktion der letzten Jahre handelten. Sie waren wirklich beinahe an jedem Ort im Land, in unzähligen Wäldern, Gebirgen, Städten, Dörfern und auch schon in den benachbarten Königreichen gewesen. Elenor entdeckte sogar eine Mappe über die Mission nach Vanya vor zehn Jahren. Neugierig blätterte sie darin herum und überflog die Seiten. »...komplette Zerstörung des Dorfes...«, »Keine Überlebenden...«, »...junger zehnjähriger Fynn unversehrt gefunden...«. Elenor legte die Mappe wieder zurück. Dort stand nichts über die Kristallkugeln. Ungeduldig kramte sie in den Regalen und zog eine Akte nach der anderen heraus.

»Hey, ich habe was gefunden!«, raunte Henrik ihnen zu. Er hielt eine dünne, in schwarzes Leder gebundene Mappe in der Hand und ging zum Tisch. Elenor stellte eine der Akten sorgfältig zurück ins Regal und eilte aufgeregt zu ihm herüber. Henrik schlug die Mappe auf und überflog sie. Seine Augen weiteten sich von Zeile zu Zeile mehr.

»Nun sag schon, was steht drin?« Ungeduldig versuchte Emelie über seine Schulter zu blicken.

»Erst mal nur allgemeine Informationen, die bekannt sind«, begann Henrik, ohne seinen Blick von den Aufzeichnungen abzuwenden. »Dass er Hakon heißt, dass seine magische Fähigkeit das Erzeugen und Kontrollieren von Feuer ist. Aber hier steht auch, dass er mal im königlichen Rat saß und sogar die rechte Hand des Königs war.«

»Des Königs? Also König Noah?«, fragte Emelie. Henrik nickte.

»Damit war er dann sozusagen der Vize-König?« Elenor runzelte die Stirn.

Henrik nickte erneut. »Er hatte neben Noah das meiste zu sagen und regierte, wenn Noah es nicht konnte«, sprach er und vergrub sein Gesicht noch tiefer in die Aufzeichnungen. »Er war sozusagen der zweitmächtigste Mensch in Vilgot.« Elenor erinnerte sich vage an Hakons Ansprache in Fynns Erinnerung. »*Wir hatten kaum zu essen... eines Tages starb meine Mutter... dabei hätte ein Stück Brot mehr ihr Leben retten können –*«

»Bist du dir sicher?«, fragte Elenor. »Eine rechte Hand kann doch nur ein Adliger werden. War Hakon etwa adlig?«

Henrik blätterte ein wenig in den Seiten. »Anscheinend nicht«, antwortete er schließlich. »Offenbar ist er wohl nur ein Mensch von gewöhnlicher Abstammung. Es kam in der Geschichte aber schon oft vor, dass sich Leute mit einem niedrigen Rang auf verschiedenen Wegen in die adligen Kreise hochgearbeitet oder dort eingeheiratet haben. Hakon hat keine Ehefrau, also wird er sich wohl irgendwie hochgearbeitet haben.« Elenors Kopf ratterte. *Wie hatte er das gemacht?*

»Das wurde allerdings nicht gern gesehen von den vornehmen Leuten«, fuhr Henrik fort, eifrig in den vergilbten Pergamentseiten blätternd. »Sie spotteten und machten den *Außenseitern* gern das Leben schwer. Offenbar ging es Hakon nicht anders. Bei einer der Zusammenkünfte des Rates hat er dann vor Wut den Saal in Brand gesetzt und wurde daraufhin verbannt.« Elenor fiel noch etwas ein, was Hakon in Fynns Erinnerung gesagt hatte. »*Er wird es bereuen, mich jemals weggeschickt zu haben!*« *Was ist an diesem Tag geschehen?*

»Danach plünderten er und seine Gefolgsleute einige Jahre lang, meistens Dörfer oder kleinere Handelsstädte. Die Elite-Fraktion verfolgte sie, doch jedes Mal, wenn sie dort ankamen, waren die Dörfer wie ausgestorben. Sie konnten keinen einzigen Menschen auffinden.«

»Hat er sie etwa alle umgebracht?«, hauchte Emelie.

»Nein, dafür waren es zu wenig Leichen«, antwortete Henrik. »Höchstens zwei bis drei Tote pro Dorf. Hier steht aber auch nichts weiter dazu. Nur noch etwas über den Fall Vanya. Das ist das einzige Dorf, wo nicht nur alles bis zur Unkenntlichkeit zerstört wurde, sondern auch alle Bewohner getötet worden sind. Hier steht ein großes Fragezeichen darunter.« Henrik hob endlich den Kopf und sah Elenor und Emelie nachdenklich an. »Über diesen Fall rätseln sie wohl heute noch. Es ist schon ziemlich seltsam, dass Hakon die anderen Dörfer komplett ausgeraubt und menschenleer verlassen hat, in Vanya aber alle Menschen tötete und sie liegen ließ. Das passt nicht zusammen, oder was meint ihr?« Emelie zog die Augenbrauen zusammen und grübelte. Elenor schwieg mit unschuldiger Miene. *Wann würde sie ihren Freunden anvertrauen können, wer Vanya wirklich zerstört hatte? Konnte sie es ihnen überhaupt jemals sagen?*

»Was zum Teufel macht ihr denn hier?« Erschrocken fuhren die drei herum. Die in schwarz gekleidete Frau, mit den streng nach hinten gebundenen roten Locken stand im Türrahmen, den Mund offen und die Augen vor Ungläubigkeit geweitet.

Aufgebracht und ohne auf Elenor, Emelie und Henrik zu achten, stürmte die Frau die Flure der königlichen Burg entlang. Obwohl sie groß und imposant waren, sahen sie schlicht und kahl aus, so wie der Rest der Burg. Elenor hatte in der Burg, angesichts der prächtigen Eingangshalle im Amtshaus, mit noch mehr Prunk und Reichtum gerechnet, doch König Noah hielt wohl nicht sehr viel davon, seine Besitztümer zur Schau zu stellen. Das Einzige, was darauf hindeutete, dass hier ein König lebte, waren die kunstvollen Teppiche, die den dunklen Steinboden und die nackten

Wände bedeckten. Die Frau bog scharf nach links ab und preschte in demselben Tempo durch den nächsten Flur. Elenor, Emelie und Henrik hatten Mühe, Schritt zu halten. Nachdem die Frau in der geheimen Missionsabteilung ihre Sprache wieder gefunden hatte, schrie sie unaufhörlich auf sie ein. Sie wollte wissen, wer sie waren und was sie in der Missionsabteilung zu suchen hatten, doch bevor irgendeiner von den Dreien antworten konnte, schrie sie einfach weiter. Sie wechselte ständig zwischen wütenden Fragen und beängstigenden Drohungen sämtlicher Strafen hin und her. Irgendwann hielt Henrik es nicht mehr aus, zu schweigen, wartete eine von ihren kurzen Atempausen ab, und antwortete so schnell er konnte, bevor sie wieder zum Reden ansetzen konnte. Sofort verstummte sie. Elenors Ohren waren mittlerweile taub von ihrem schrillen Gekreische. Dann fragte die Frau, wo Eaven sich gerade aufhalte. Ihre schmalen Augen funkelten sie so bedrohlich an, dass Henrik keine andere Wahl hatte, als ihr erneut zu antworten. Ohne ein weiteres Wort zu sagen, schleifte sie die drei unverzüglich zur Burg, um die königliche Ratssitzung zu stören.

Endlich blieb die Frau vor einer breiten Tür stehen. Elenor verspürte bereits starkes Seitenstechen, doch sie wagte es nicht, irgendeinen Laut von sich zu geben. Das flackernde Licht der Fackeln an den Wänden spiegelte sich in den glänzenden Rüstungen der beiden Wachen wider, die beständig vor der Tür standen. »Ich habe einen Sonderfall zu melden, der den König interessieren wird«, sagte die Frau wichtigtuerisch.

23.
DER KÖNIGLICHE RAT

»Und wer sind Sie?«, fragte einer der Wachen streng. Die Frau starrte ihn fassungslos an.

»Wie bitte? Man sollte mich hier eigentlich kennen«, giftete sie. Ihre Laune wurde mit jeder Minute schlechter. Der Wachmann reagierte nicht. »Ich bin Nyssa Clarke«, zischte sie. »Mein Mann Askil Clarke sitzt gerade da drin und wird garantiert nicht erfreut sein, wenn er erfährt, dass ihr mir nicht geöffnet habt!« Wortlos traten die Wachen zur Seite und Nyssa stieß schwungvoll die Tür auf. Die Männer und Frauen in dem Saal waren gerade in einem angeregten Gespräch vertieft, als sie unterbrochen wurden. Verwirrt wandten sie ihre Köpfe zur Tür. Nyssa trat wie selbstverständlich in den Saal und blieb vor der langen, dunklen Tafel stehen, an dessen Ende König Noah thronte.

»Was gibt es?«, fragte König Noah streng. Elenor hielt die Luft an. Er schien in den letzten Monaten seit dem Alarm um einiges gealtert zu sein. Große Schatten bildeten sich unter seinen düsteren Augen und eine grimmige, dunkle Aura brodelte wütend um ihn herum. Er wirkte gefährlich, als könnte er jeden Moment die Fassung verlieren. Doch Nyssa schien keinesfalls eingeschüchtert.

»Die drei hier sind in unser Amtshaus eingebrochen«, sprach sie anklagend und gab die Sicht auf Elenor, Emelie und Henrik frei. »Man sollte doch wohl meinen, dass den Kämpfern aus der Elite-Fraktion solche jugendlichen Flausen ausgetrieben wurden.« Die empörten Blicke der Männer und Frauen trafen Elenor wie spitze Pfeile. Sie schluckte und wünschte sich, sie könnte sich in Luft auflösen. Einer der Männer, rechts von König Noah, regte sich kurz. Es war Eaven. Mit harter Miene und schmalen Lippen starrte er die drei kalt an.

»Und das war jetzt so wichtig, dass du uns unterbrechen musstest?«, fragte König Noah mit einem gefährlichen Unterton.

»Nein, natürlich nicht, Majestät«, antwortete Nyssa hastig. »Es ist nur – Es war die geheime Missionsabteilung, in die die drei eingebrochen sind. Ich dachte nur, Ihr solltet es wissen. Wer weiß, was die drei gelesen haben und jetzt womöglich herumerzählen.«

König Noah wandte sich an Eaven. »Kannst du mir erklären, was deine Kämpfer in der geheimen Missionsabteilung zu suchen haben?« Seine dunkle Aura begann sich böse knurrend über Eaven aufzubäumen, bereit, ihn mit ihren Klauen zu zerreißen. Eaven senkte den Kopf.

»Ich weiß es nicht«, sagte er mit bemüht ruhiger Stimme. Das sonst so feste Gerüst seiner inneren Stärke begann zu bröckeln. König Noah beugte sich langsam zu ihm herüber.

»Hast du deine Truppen etwa nicht mehr im Griff?«, fragte er. Eaven hielt den Kopf weiterhin gesenkt und wählte jedes Wort mit Bedacht.

»Majestät, ich bitte um Vergebung für dieses unerhörte Fehlverhalten. Ich würde so etwas nie erlauben und ich versichere Euch, dass es dafür angemessene Konsequenzen geben wird.« Alle Augen waren auf ihn gerichtet. Niemand wagte es, sich zu rühren. Eine Weile lang herrschte Stille und nur das Wüten von König Noahs Aura füllte den Raum. Dann lehnte er sich wieder zurück und starrte Elenor, Emelie und Henrik finster an.

»Verschwindet. Ich will allein mit ihnen reden.« Prompt erhoben die Männer und Frauen sich und hasteten aus dem Saal. Elenor schaffte es nicht, Eaven in die Augen zu sehen, als er schweigend an ihr vorbeiging. Seine Enttäuschung erschlug sie, wie die heftige Welle einer sich aufbrausenden See.

»Worauf wartet ihr noch? Setzt euch!«, raunzte der König die drei an, kaum hatten die Wachen die Tür hinter ihnen zugezogen. Elenor, Emelie und Henrik eilten zu den Stühlen und setzten sich, weit genug von ihm weg, dass er ihnen nichts tun konnte. »Was habt ihr gelesen?« Elenor, Emelie und Henrik sahen sich fragend an. Was sollten sie ihm sagen? »Hört zu«, setzte König Noah ungeduldig nach. »Ich bin mitten in der Planung der neuen Missionen, der nächste Angriff kann jederzeit kommen und das Letzte, was ich gebrauchen kann, ist ein Volk, das möglicherweise durchdreht, weil ihr drei einige Dinge erfahren habt, die unter Verschluss bleiben sollten. Also, was habt ihr gelesen?«

»Was für Dinge sollen denn unter Verschluss bleiben?«, fragte Elenor und sah dem König offen in die Augen. Eine kleine Flamme der Wut züngelte in ihr empor. Henriks Augen weiteten sich schockiert und Emelie trat ihr gegen das Schienbein, um sie zur Besinnung zu bringen, doch es kümmerte Elenor nicht.

»Wie bitte?«, fragte König Noah leise. Seine müden Augen wurden plötzlich wach und scharf.

»Es gibt einiges, was das Volk nicht weiß«, antwortete Elenor. Sie wusste, dass es dumm war, sich so offensichtlich mit dem König anzulegen, doch die Worte kamen einfach aus ihr heraus. »Ich wusste zum Beispiel gar nicht, dass einige Menschen in unserem Königreich und in den umliegenden Dörfern hungern müssen.«

König Noah erstarrte. »Woher weißt du das?« Seine Stimme wurde plötzlich scharf.

»Das hat Hakon einmal gesagt«, antwortete Elenor unverblümt. »Und die Menschen aus dem Dorf haben es bestätigt.« Sie spürte die Angst in Emelie und Henrik schwirren wie ein Schwarm aufgeschreckter Grillen.

»Verstehe«, antwortete König Noah langsam und starrte Elenor weiterhin an, ohne zu blinzeln. »Die Hungersnot vor zehn

257

Jahren war der misslungenen Ernte im Herbst zu verdanken. Das Frühjahr war frostig und der Sommer überflutet mit starken Regenfällen. In dem Herbst und Winter sind einige Menschen gestorben, weil das Essen kaum gereicht hat. Hakon hat garantiert erzählt, dass der Adel und ich die Menschen umgebracht haben, weil wir den Großteil der Ernte eingezogen haben. Das ist nicht wahr. Wir haben selbst verzichtet und nur das Nötigste zu uns genommen, damit die Nahrung, so gerecht es ging, an mein Volk verteilt werden konnte. Leider hat es nicht ganz gereicht, aber mehr konnten wir nicht tun. Essen lässt sich nun mal nicht herbeizaubern.« Elenor gefror das Blut in den Adern. Der König hatte recht. Sie erinnerte sich an ein ähnliches Gespräch mit Ida und Torell, als sie noch jünger gewesen war. Wieso war ihr das nicht eher eingefallen? König Noah beugte sich ein wenig zu ihr vor. »Bevor du das nächste Mal blind fremden Menschen glaubst und gefährliches Halbwissen verbreitest, frag vorher nach«, tadelte er streng. Das Blut schoss ihr in den Kopf und beschämt senkte sie ihren Blick. »Gibt es sonst noch irgendwelche Anschuldigungen gegen mich, von denen ich wissen sollte?«, fragte König Noah in die Runde. Trotz seines alten, gebrechlichen Zustandes hatte er eine beinahe Furcht einflößende Präsenz. Emelie und Henrik schüttelten stumm den Kopf, doch Elenor war noch nicht ganz fertig mit ihm.

»Warum war Hakon im Rat?«, fragte sie und sah ihm erneut direkt in die Augen.

»Ich vertraute ihm«, antwortete König Noah knapp. Seltsamerweise spürte Elenor keine Reue in ihm.

»Aber er hat den Rat in Brand gesetzt«, setzte sie erneut an.

»Und deswegen habe ich ihn verbannt«, antwortete König Noah.

»Aber wieso habt Ihr ihn überhaupt zu Eurer rechten Hand ernannt, wenn er so —«

»Ich weiß, wie Hakon ist«, unterbrach König Noah sie scharf. »Er hat das Haus seiner Eltern in Brand gesetzt. Ich wusste immer, worauf ich mich mit ihm einlasse!« Elenor schloss ihren Mund. Die grimmige Aura, um ihn herum, begann zu wirbeln und sich zusammenzubrauen, wie ein heftiges Gewitter. Ein sehnsüchtiger Schmerz mischte sich unter das wütende Grollen. Emelie und Henrik schrumpften immer mehr auf ihren Plätzen zusammen. »Verlasst meine Burg«, befahl König Noah mit rauer Stimme. »Und wagt es nicht, so etwas wie vorhin noch einmal zu tun.« Bevor Elenor sich erheben konnte, waren Emelie und Henrik bereits aufgesprungen und hechteten zur Tür. Mit einem letzten Blick in König Noahs düstere Augen folgte Elenor den beiden.

Elenor fröstelte und sie wusste, dass es nicht an der frühherbstlichen Brise lag, die die drei umspielte. Lautlos stiegen sie in der Dämmerung durch die schmale Lücke zwischen den verschnörkelten Gittern zurück in das Hauptlager. Zwischen ihnen herrschte eine kühle Stille und keiner von ihnen hatte während des gesamten Rückweges ein Wort gesagt. Doch Elenor konnte deutlich spüren, dass Emelie und Henrik wütend auf sie waren.

»Nun sagt schon«, forderte Elenor sie schließlich auf. »Es war dumm von mir, so unhöflich mit dem König zu reden, nicht wahr?«

»Es war nicht nur dumm, sondern auch verdammt gefährlich!«, schoss es sofort aus Emelie heraus. »Wir hätten für den Einbruch vor das Gericht kommen können, aber für das, was du dem König gesagt hast, hätte er uns in den Kerker werfen lassen können! Du hast uns alle nur noch mehr in Gefahr gebracht.«

»Ich weiß«, murmelte Elenor. »Ich war nur so ungeduldig, es gibt so viele ungeklärte Geheimnisse —«

»Das verstehen wir«, sagte Henrik ernst. »Wir wollen das Gleiche wie du. Aber pass bitte auf, dass du dich nicht verlierst und bei klarem Verstand bleibst. Wir können von Glück sprechen, dass er uns einfach hat gehen lassen.«

»Dafür wird Eaven uns jetzt ordentlich bestrafen«, brummte Emelie mit finsterer Miene. »Wenn wir Glück haben, dürfen wir bleiben.« Elenor sank plötzlich das Herz in die Hose. Bei all der Aufregung hatte sie ganz vergessen, dass Eaven hier auf sie warten und sie vielleicht aus der Fraktion werfen würde. Mit einem trockenen Mund folgte sie Emelie und Henrik an den Ställen vorbei zum Anwesen. Plötzlich bog Elisabet um die Ecke und lief fast in die drei hinein.

»Oh, da seid ihr ja«, rief sie strahlend aus. »Yva und ich haben euch die ganze Zeit gesucht! Kommt rein, es gibt Abendessen.«

»Ist Eaven da?«, fragte Elenor. Elisabet schüttelte den Kopf, dann drehte sie sich um und schlenderte lieblich summend in das Haus.

»Die anderen sind wohl fertig mit ihren Aufgaben«, vermutete Henrik.

»Lass uns noch ein paar Pferdeboxen ausmisten, während wir auf Eaven warten«, brummte Emelie. Elenor und Henrik nickten. Keiner von ihnen wollte jetzt zu den anderen gehen und sich unangenehmen Fragen stellen müssen. Und herumstehen und abwarten konnten sie auch nicht, dafür waren sie viel zu aufgewühlt.

Eaven war bereits zurück, als Elenor, Emelie und Henrik zwei Stunden später ihre Mistgabeln wegräumten und ins Landhaus zurückgingen. Er stand in der Eingangshalle und redete mit ungewohnt lauter Stimme auf Freya ein.

»Wie konntest du denn nicht mitbekommen, dass drei deiner Kameraden verschwunden sind?«, fragte er. Schweigend stand sie vor ihm, ungläubig über das, was sie eben erfahren hatte. Als Eaven die drei bemerkte, brach er ab. »Lass uns jetzt bitte allein«, forderte er sie in einem ruhigeren Ton auf und Freya nickte. Mit knirschendem Unterkiefer und einem bösen Blick auf Elenor, Emelie und Henrik verließ sie die Halle. Sofort wurde es still. Eavens kalte Aura breitete sich rasend schnell aus und ließ die Halle vor Anspannung knistern. Schweigend und mit verschränkten Armen ging er langsam auf die Drei zu. Elenor wagte es kaum, zu atmen. Die Enttäuschung in ihm schien sich nun mächtig aufzubäumen. »Was habt ihr euch dabei gedacht?«, fragte er. Er bemühte sich, ruhig zu sprechen, doch die unterschwellige Wut in seiner Stimme war nicht zu überhören. Seine funkelnden Augen wanderten zwischen den dreien Hin und Her und Elenor spürte jedes Mal einen Stich in ihrer Seele, wenn er sie enttäuscht und wütend ansah. »Ihr habt mein Vertrauen gebrochen«, fuhr er fort und seine Lippen wurden noch schmaler. Seine dunklen Augen ruhten einen kurzen Moment auf Elenor und ihr Inneres flammte schmerzhaft auf. »Wärt ihr nur weggegangen, um eure Familien oder Freunde zu besuchen, dann hätte ich es verstanden. Das ist zwar auch ein Regelverstoß, aber ich hätte es nachvollziehen können. Aber euer Einbruch ist weitaus schwerwiegender —« Eaven brach ab. Ihm fehlten offenbar die Worte. »Ich dulde keine Regelverstöße. Und normalerweise würde ich euch sofort aus der Fraktion werfen.« Er sortierte seine Gedanken und langsam beruhigten sich die Wellen der Unruhe in seinem Inneren wieder. Schweigend sah er die drei an, die mit beschämt gesenkten Köpfen auf sein Urteil warteten. »Ihr werdet die nächsten zwei Wochen alle Ställe sauber machen, das Haus putzen und euch um das Essen kümmern«, sagte er schließlich. »Neben dem Training und den Missionen.« Die drei hoben ihre Köpfe und prickelnde Erleichterung durchströmte sie. »Beim nächsten Regelverstoß mache ich keine Ausnahme«, fügte er scharf hinzu, dann verließ er die Halle. Erst jetzt wagten sie es, auszuatmen.

»Glück gehabt«, murmelte Emelie. Betreten und immer noch mit Schuldgefühlen, schlurften die drei die Treppe zu ihren Schlafräumen hoch. *»Ihr habt mein Vertrauen gebrochen«.* Dieser

Satz tat weh und Elenor wusste nicht einmal wieso. Irgendetwas Besonderes war zwischen Eaven und ihr gewesen. Etwas Ehrliches, Wertvolles und Tiefes. Und nun schien es in tausend kleine Scherben zerbrochen zu sein. Sie wusste nicht, wie sie das wieder gut machen konnte und ob sich diese Scherben überhaupt wieder zusammenfügen ließen. Elenor bekam gar nicht mit, dass Fynn oben am Ende der Treppe stand. Sie bemerkte ihn erst, als sie fast in ihn hinein lief.

»Warum hast du mir nichts davon erzählt?«, fragte er knapp. Elenor schwieg. Ihr Gehirn war völlig leer. Emelie witterte den Ärger und stellte sich mit kämpferischer Miene an Elenors Seite, um im Falle eines Streites für sie einzuspringen, doch Henrik zog sie mit sich.

»Lass die beiden, die klären das schon«, wisperte er auf ihren empörten Widerstand hin. Fynn blendete die beiden völlig aus. Seine blauen Augen ruhten kalt auf Elenor.

»Du wolltest Ehrlichkeit zwischen uns, weißt du noch?« Er gab ihr einen kurzen Augenblick Zeit, sich zu erklären, aber als von Elenor nichts kam, drehte er sich um und ging ohne ein weiteres Wort den Flur entlang in seinen Schlafraum.

24.
KAMERADEN

Die Tage schienen kaum ein Ende zu nehmen und wurden immer unerträglicher. Ihre Strafarbeiten beanspruchten die drei so sehr, dass sie von früh bis spät beschäftigt waren. Doch keiner von ihnen gab auch nur einen Laut der Beschwerde von sich. Schweigend schwangen sie die Mistgabeln in den Ställen und erledigten alles, was auf ihrer Liste stand, die von Tag zu Tag länger wurde. Selbst über Josefins spöttische Kommentare und ihre Schikane regte sich keiner von den Dreien auf. Als Josefin Emelies, mühsam vollgeladene Schubkarre mit Pferdemist, absichtlich umstieß und lachend aus dem Stall stolzierte, kam von Emelie noch nicht einmal ein böser Blick. Einerseits wussten sie, dass sie es verdient hatten und andererseits waren sie dankbar darüber, überhaupt noch im Hauptlager zu sein. Ihren Einbruch bereute Elenor trotzdem nicht. Sie hatte zwar nicht die Lösung gefunden, nach der sie gesucht hatte, dafür aber einige neue Anhaltspunkte. *Hakon nahm die Menschen aus den Dörfern mit sich. Was hatte er mit ihnen vor? Hing es vielleicht mit den Kristallkugeln zusammen?* Und dann war da noch König Noah. Er wirkte immer seltsamer, wenn es um Hakon ging. *Was verbarg er? Was wusste er über Hakon, das niemand anderes wusste?* Beinahe fieberhaft grübelte sie über diese Dinge nach und dennoch kam sie zu keinen Antworten. Ihr Kopf begann zu schmerzen und sie war regelrecht dankbar über die körperlich anstrengenden Strafarbeiten, die ihren Kopf zur Ruhe zwangen.

Das Einzige, was sie wirklich traf, war die Kälte, die von Fynn und Freya ausging, wenn Elenor ihnen begegnete. Eaven schien das Geschehene gleich am nächsten Tag schon vergessen zu haben und behandelte die drei wieder mit dem gewohnten Respekt.

»Es ist ja fast unheimlich, wie unkompliziert er ist«, kam es kopfschüttelnd von Emelie, nachdem Eaven sie gegrüßt hatte und in seiner üblichen Eile mit wehendem Mantel aus dem Landhaus gerauscht war. Freya beschloss jedoch, Elenor, Emelie und Henrik noch ein wenig leiden zu lassen. Erbarmungslos nahm sie die drei in den täglichen morgendlichen Trainingseinheiten besonders hart dran und zeigte keinerlei Gnade. Fynn ging Elenor zuerst schweigend aus dem Weg, doch dann siegte seine Neugier und er beschloss, seinen Groll ihr gegenüber aufzugeben. Nur wenige Tage nach dem Einbruch fing er sie auf dem Weg zum Brunnen ab und fragte, was sie in der geheimen Missionsabteilung herausgefunden hatte. Dankbar darüber, sich nun nicht mehr allein den Kopf über diese Dinge zerbrechen zu müssen, setzte sie sich auf den Rand des Brunnens und erzählte ihm alles. Das hoffnungsvolle Schimmern in seinen Augen verschwand, nachdem Elenor geendet hatte.

»Na super«, sagte er trocken. »Jetzt haben wir nur noch weitere Fragen, aber immer noch keine Ahnung, wo er ist.« Frustriert kickte er einen kleinen Stein davon.

»Aber wir wissen zumindest etwas Neues«, versuchte Elenor ihn zu motivieren. »Vielleicht weiß ja jemand aus den Dörfern etwas über die verschwundenen Menschen. Wir sollten mal unauffällig rumfragen.«

»Genau das macht die Elite-Fraktion seit Jahren, wir hätten ihn längst gefunden, wenn irgendwer was wüsste«, antwortete er.

»Aber wir haben noch König Noah«, gab Elenor nicht auf. »Er weiß mehr, ich spüre es.«

»Denkst du echt, er würde es uns verheimlichen, wenn er wüsste, wo Hakon ist?«, fragte Fynn. Elenor konnte es nicht einmal überzeugt verneinen. Da war etwas zwischen ihm und Hakon, vielleicht – Doch dann erinnerte sie sich an das fiebrige Glühen in seinen Augen, als der König beim Alarm von seinem Balkon aus zu seinem Volk gesprochen hatte. Nein, er schien Hakon genauso dringend finden zu wollen, wie sie.

»Und selbst wenn, was schlägst du vor?«, hakte Fynn sarkastisch nach. »Sollen wir ihn in seinen Gemächern bedrohen und die Antworten aus ihm heraus quetschen?«

»Wenn du es schaffst, dich dort hineinzuschleichen«, antwortete Elenor ungerührt.

»Damit kennst du wohl besser aus, als ich«, entgegnete Fynn und sein Mundwinkel zuckte.

»Das ist doch keine Herausforderung mehr für mich«, sagte sie mit einem versteckten Grinsen. »Ich kann uns auch unsere Pferde satteln und wir reiten einfach los und suchen Hakon selbst.« Für einen kurzen Augenblick hatten sie beide denselben unbändigen Drang, diesen nur so dahingesagten Scherz umzusetzen und etwas Abenteuerliches flirrte zwischen ihnen. Doch dann besannen sie sich wieder.

»Du kannst deinen Übermut bei der nächsten Mission ausleben«, beendete Fynn schmunzelnd das Gespräch.

Doch leider blieben auch die nächsten Missionen erfolglos. Sie ritten in die unterschiedlichsten Gegenden, in denen Plünderungen und Krawalle stattgefunden hatten. Der königliche Rat und die geheime Missionsabteilung schickten Eaven und seine Kämpfer nun täglich von einem Ort zum nächsten. Mal ritten sie durch verwüstete Dörfer, mal durch beschädigte Kleinstädte, mal durch ramponierte Wälder und zu verwahrlosten Hafengebieten. Und alle Orte hatten eines gemeinsam: Sie waren komplett menschenleer. Die einzigen Menschen, denen sie begegneten, waren Hakons Gefolgsleute. Jedes Mal geriet die Truppe in heftige Kämpfe und Elenor hatte langsam den Verdacht, dass sie die Orte absichtlich verwüsteten, um die Kämpfer anzulocken.

Elenor wurde mit jedem Kampf besser darin, einen kühlen Kopf zu bewahren und mit der Übung wurden auch ihre Kampf-techniken immer geschickter. Sie schaffte es, sich dem Feind zu stellen, ihren Kameraden Rückendeckung zu geben und gleich-zeitig die Lage mitten im Gefecht zu überblicken. Mittlerweile kannte sie die erfahreneren Elite-Kämpfer genauso gut, wie ihre Kameraden aus der Ausbildung und war beeindruckt von ihren Kampftechniken. Sie waren so unterschiedlich, wie die Kämpfer selbst. Lynn hatte die Gabe, sich blitzschnell zu bewegen und oft sah man nur einen dunklen, rotierenden Schatten, der zwischen den Feinden umherfegte. In Sekundenschnelle sackten sie einer nach dem anderen reglos zu Boden. Bis auf den dumpfen Auf-prall ihrer Körper und das Sirren von Lynns scharfer Klinge war dabei nichts zu hören. Lynn selbst sah danach so tadellos aus, als hätte sie sich kaum gerührt. Keine Strähne von ihrem schwarzen Haar war verrutscht und ihr Atem war so ruhig, als hätte sie sich gar nicht angestrengt. Wie ein Wolf seine Beute, fixierte sie die Gegner mit ihren schwarzen, kalten Augen, schwang ihr Schwert und huschte blitzschnell auf sie zu. Freya hatte ähnlich wie Meis-ter Thore eine übermenschliche Muskelkraft, nur konnte sie sich zusätzlich noch auf die Größe einer Riesin wachsen lassen. So stampfte sie mit einem barbarischen Gebrüll durch das Getümmel und schlug mit den Fäusten auf Hakons Gefolgsleute ein, die bewegungsunfähig vor Schreck und mit offenem Mund zu ihr herauf starrten. Sven taumelte betrunken und summend zwischen den hitzig kämpfenden Menschen umher und rief ihnen Sprüche zu wie »Wow, das war ein beeindruckender Hieb!« oder »Hey, ich mag deine Hose, wo hast du die anfertigen lassen?«. Genau wie Freya benutzte er sein Schwert nicht und auf den ersten Blick wirkte er schutzlos und völlig leicht angreifbar. Den Eindruck hatte auch eine schäbig aussehende, rundliche Frau. Wie eine Besessene kreischend, rannte sie auf ihn zu und schwang ein Beil über ihrem Kopf. Dann stoppte sie urplötzlich und begann zu taumeln.

»Aber, aber, junge Dame«, sprach Sven galant. »Ich mag temperamentvolle Frauen zwar sehr, aber das hier ist mir doch ein bisschen zu viel.«

Der Frau ging es offenbar gar nicht mehr gut. In nur wenigen Sekunden lief sie gefährlich rot an und Schweißperlen traten ihr auf die Stirn. Keuchend versuchte sie sich, ihre vom Schweiß feucht gewordene schwarze Kleidung, vom Körper zu reißen.

»Das ist wirklich nicht nötig«, scherzte Sven und hielt sich gespielt peinlich berührt die Hand vor die Augen. »Eigentlich bin ich offen für verrückte Sachen, aber der Ort hier ist ein bisschen unpassend dafür, meinst du nicht? Außerdem bist du nicht die Art Frau, die ich mag.« Die Frau prustete und brach mit zittrigen Beinen und schweiß überströmtem Gesicht zusammen. Dann kippte sie ohnmächtig um. Elenor drehte sich der Magen um, als sie sah, wie sich die Haut der Frau löste und das Blut dampfend, wie kochendes Wasser, aus ihr herausströmte. »Immer wieder eine Sauerei«, sagte Sven kopfschüttelnd, dann begann er, wie ein Irrer zu lachen.

»Oh bitte, krieg dich wieder ein«, rief Rebekka ihm zu, gerade eng mit einem kleinen, glatzköpfigen Mann kämpfend. Sven fing sich wieder und wischte sich Tränen aus seinen leicht geröteten Augen.

»Was denn, darf ich etwa keinen Spaß dabeihaben?«, fragte er.

»Mach dich lieber nützlich und kämpfe vernünftig«, rief Rebekka, und blockte die Angriffe ihres Gegners, mit eleganten, schnellen Tritten ihrer schlanken Beine, ab. Sven beobachtete sie versonnen lächelnd.

»Was gaffst du denn so?«, rief Rebekka empört.

»Du siehst so gut aus, wenn du kämpfst«, flirtete er schmeichelnd zurück.

Rebekka errötete leicht. »Hör auf, zu schleimen und fang an, zu kämpfen«, entgegnete sie und funkelte ihn kampflustig an.

»Na gut«, ließ Sven von ihr ab. »Mal sehen, wer als nächstes Lust hat, mit mir zu spielen.« Dann schlenderte er durch das Gefecht und verschwand aus Elenors Blickfeld.

»Du gibst wohl nie auf, was?«, fragte Rebekka den kleinen Mann genervt und hielt ihn so an den Armen fest, dass er sich nicht mehr wehren konnte. Für einen kurzen Moment starrte sie ihm tief in die Augen, als würde sie ihn hypnotisieren und ihre Aura begann sich urplötzlich zu verändern. Das vorher eher verblasste Rosa wurde so farbintensiv wie eine volle, satte Frühlingsblüte und zu Elenors Erstaunen versprühte sie einen unwiderstehlich süßen Duft. Das wahnsinnige Feuer im Inneren des Mannes wurde zahm und ruhig und er schien sich zu ihr hingezogen zu fühlen, wie eine Biene, süchtig nach diesem ganz besonderen Nektar.

»Du bist wunderschön«, schwärmte er, ihr völlig verfallen.

»Ich weiß«, antwortete Rebekka unbeeindruckt und schlug ihm eiskalt mit ihrem Schwert den Kopf ab. Elenor zuckte und wandte sich mit zusammengezogenem Gesicht ab. Einige Meter von ihr entfernt erblickte sie Aaron, komplett umzingelt von mehreren Feinden. Es sah aus, als würde er gegen sie verlieren. Entschlossen nahm Elenor ihr Schwert in die Hand und versuchte sich zu ihm hindurch zu kämpfen, um ihm zu helfen. Mit groben, ruckartigen Bewegungen stach er auf seine Gegner ein, doch sie kamen immer näher. Dann streckte er seine Hand aus und drehte sich im Kreis, während seine gestreckten Finger kleine Bewegungen machten, als würde er in etwas rühren. Die Augen seiner Gegner wurden plötzlich pechschwarz wie unendlich tiefe Löcher. Verwirrt taumelten sie zurück, sich heftig, die Augen reibend. Sie schienen völlig erblindet und stolperten hilflos ineinander. Nun, wieder ganz im Besitz der Kontrolle über seine Situation, nahm Aaron sein Schwert in beide Hände und hieb mit denselben groben Bewegungen auf sie ein.

Elenor konnte nur einen kurzen Blick auf Elisabet, Henrik und Josefin erhaschen, die etwas abseits von ihr in nicht weniger heftige Kämpfe verwickelt waren, da vernahm sie ein kehliges Krächzen hinter sich. Ein langer, hagerer Mann rannte auf sie zu, mit einer unförmigen Axt ausholend. Blitzschnell fuhr Elenor herum und reagierte sofort. Doch trotz ihrer schnellen und kräftigen Hiebe kam sie nicht gegen ihn an. Er war einfach zu groß und während er hemmungslos auf sie eindrosch, geriet Elenor gefährlich ins Straucheln. Wie aus dem Nichts schoss ihr Rebekka in den Kopf, wie sie den glatzköpfigen Mann verführt hatte, und Elenor versuchte das Gleiche. Doch ihr Gegner ließ ihr keine Gelegenheit, sich auf ihn zu konzentrieren. Sie musste ihn bewegungsunfähig machen, nur für ein paar Sekunden. Sie nahm ihre gesamte Kraft zusammen und trat ihm gegen den Bauch. Der Mann japste und kam ins Straucheln. Elenor nutzte den Moment und schlug mit aller Kraft gegen sein rechtes Schienbein. Vor Schmerz aufschreiend, krümmte er sich. Elenor stieß ihn noch einmal kräftig mit den Händen weg und er stürzte zu Boden. Noch immer wild mit der Axt um sich schleudernd, wälzte er sich jaulend umher. *Jetzt oder nie!* Elenor nahm ihre gesamte Konzentration zusammen und versuchte neben dem höllenartigen Feuer in ihm, irgendeine Spur von Emotionen zu erkennen. Doch da war tatsächlich nichts, dass sie umwandeln konnte, nur purer Irrsinn. Langsam richtete der Mann sich wieder auf. Elenor fokussierte sich auf seine inneren prasselnden Flammen der Zerstörung und versuchte sie zu verändern, doch es war, als würde sie Kieselsteine in die Flammen werfen. Ihre magische Fähigkeit hatte absolut keinen Einfluss auf den Wahnsinn dieses Menschen. Langsam wurde sie nervös, während der Mann tobend aufsprang und bevor sie ihr Schwert gegen ihn erheben konnte, schlug er es ihr bereits aus der Hand. Elenor sah zu, wie es rotierend davon schleuderte und ein paar Meter weiter, zwischen wild kämpfenden Menschen landete. Die Angst durchzuckte sie wie Stromschläge. Mit einem wütenden Brüllen drosch er erneut auf sie ein. Elenor brach sich beinahe die Handgelenke, während sie seine Hiebe mit ihren bloßen Armen abblockte und sich gleichzeitig wegduckte. Der hagere Mann stieß den Griff seiner Axt so stark gegen ihre wunden Unterarme, dass Elenor stürzte und einige Meter auf dem aufgerissenen Trampelpfad davon schlitterte. Erschrocken hob sie den Kopf und sah ihn mit aufgerissenem Mund grölend auf sie zu rennen. Einen Wimpernschlag später sprang Fynn dazwischen, machte eine kraftvolle Armbewegung zur Seite und ließ den Mann einige Meter davon schleudern. Er prallte mit einem lauten Knall gegen eine Hauswand und schlug sich den Kopf auf. Mit wild funkelnden Augen sah Fynn zu, wie der Mann reglos zu Boden sackte, dann wandte er sich an Elenor.

»Pass auf«, rief sie, bevor er auch nur ein Wort sagen konnte und Fynn fuhr gerade noch rechtzeitig herum, um den Angriff des nächsten Feindes abzublocken. Und auch Elenor hatte keine Zeit, zu realisieren, was um sie herum geschah, denn sofort verwickelte der nächste Gegner sie in ein blutiges Gemetzel. Irgendwann ebbten die Schreie und das Klingen der Schwerter ab und die letzten Körper der Feinde fielen dumpf zu Boden.

Keuchend und erschöpft gingen die Kameraden langsam auf Eaven zu, der vor einem letzten Überlebenden von Hakons Gefolgsleuten stand. Fest in Lynns eisernem Griff hockte der schäbige, breite Mann bewegungsunfähig auf dem Boden. Die glänzenden Augen in seinem von Schmutz, Schweiß und Blut beschmierten Gesicht starrten zu Eaven empor.

»Was ist?«, krächzte er mit heiserer Stimme. »Haltet ihr mich jetzt als euer Schoßhündchen fest?« Er bellte kurz auf, gefolgt von einem kehligen Lachen. Eaven verzog keine Miene.

»Wo ist euer Anführer versteckt?«, fragte er ruhig. Das Lachen erstarb.

»Warum sind immer alle an ihm interessiert?«, provozierte er. »Ich bin auch ein lustiger Geselle. Wir können uns ja erst mal kennenler –«

»Was habt ihr vor?«, unterbrach Eaven ihn mit erhobener

Stimme. »Wozu plündert ihr das Land? Was macht ihr mit den Menschen?«

Der Mann gluckste heiser. »So viele Fragen. Ich könnte bestimmt besser denken, wenn die hübsche Dame hinter mir ihren Griff etwas lockern würde.« Er versuchte seinen Kopf zu Lynn umzudrehen, die den Schraubgriff um seine Arme mit einem eiskalten Blick sofort fester zuzog. Ein Schmerzensschrei entfuhr ihm, gefolgt von einem weiteren heiseren Lachen.

»Antworte uns«, befahl Eaven scharf und trat einen Schritt auf den Mann zu.

»Und was, wenn nicht?«, fragte der Mann leise und seine irren Augen fixierten Eaven. »Was machst du dann? Eaven Lewis, junger Anführer der legendären Elite-Fraktion aus Vilgot, der strahlende Held des Königreiches. Nur bist du seit Beginn deiner Karriere am Versagen. Wird es nicht langsam peinlich, deinem Königreich nach jeder Mission sagen zu müssen, dass du wieder einmal erfolglos warst?«, spottete der Mann. »Was hält wohl der König von dir? Und was denkt erst dein Vater über dich? Oder besser gesagt: Was würde er über dich denken, wenn er noch am Leben wäre?« Eavens Gesicht war hart wie Stein. Mit schmalen Lippen stand er schweigend vor ihm. Der Mann gluckste erneut und das wahnsinnige Feuer in ihm wuchs. »Ich war damals bei der Mission dabei. Wie du da so vor mir stehst, da kommt es mir fast so vor, als wäre es gestern gewesen. Wie einer von uns ihn durchstochen hat, seine Schreie, sein –« Lynn zog seine Arme noch fester zusammen und der Mann schrie erneut auf. Eavens Gesicht wurde weiß und Wut trat in seine Augen, doch er rührte sich immer noch nicht. »Gebt es auf«, fuhr der Mann jetzt fast flüsternd fort. »Ihr werdet uns nicht finden. Hakon wird das Land übernehmen und ihr werdet entweder sterben oder er macht euch zu einem von uns.« Bei dem Gedanken schien ihn der letzte Rest Vernunft zu verlassen. Seine irren Augen wuchsen und quollen beängstigend hervor, während er sich mit anschwellender Stimme in eine unsinnige Raserei redete. »Hakon wird eine neue Welt erschaffen und alles, was ihr kanntet, alle, die ihr liebt, werden sterben, grausam, langsam und qualvoll sterben, sie werden alle –« Ein Knacken ertönte, so unangenehm, dass Elenor das Blut in den Adern gefror und die hämische Stimme brach ab. Der Mann erschlaffte. Freya hatte ihm einen so heftigen Hieb mit ihrer Faust gegeben, dass sein Unterkiefer brach und schlaff herunter hing. Die Stille, die nun folgte, war ohrenbetäubend. Lynn ließ seine Arme los und stieß den Mann verächtlich zur Seite.

»Ich hoffe, das war in Ordnung«, sagte Freya grimmig an Eaven gewandt. Eaven nickte knapp. Sein Gesicht war immer noch weiß und Elenor spürte, dass das starke Fundament der Ruhe und Disziplin in ihm kleine, aber tiefe Risse bekommen hatte.

»Wir reiten zurück«, sagte er.

25.

BRÜDER

Sosehr die frustrierte Stimmung nach den Missionen wuchs, so sehr wuchs das Bedürfnis nach Vergessen innerhalb der Truppe an. Sie beschlossen, das Problem Hakon und die schrecklichen Kämpfe aus der Welt zu schaffen, indem sie einfach nicht mehr daran dachten. Nach den Missionen und ihren täglichen Arbeiten im Hauptlager fanden sich die Kämpfer abends in immer größeren Runden am Lagerfeuer neben den Ställen zusammen. Den Anfang hatte Sven gemacht, indem er zuerst Elenor regelmäßig eingeladen hatte, ihnen Gesellschaft zu leisten. Es wäre gelogen, wenn sie ihre Zustimmung Svens penetranten Überredungen zuschieben würde. Ehrlicherweise sehnte Elenor sich ebenfalls nach ein paar spaßigen Momenten, die sie von der grausamen Wirklichkeit ihres neuen Lebens ablenkten. Und um sich in der Lagerfeuerrunde wohler zu fühlen, nahm sie Emelie und Henrik mit, die ebenfalls zusagten. Vor allem Emelie war sofort begeistert.

»Solange ich eine eigene Flasche Wein bekomme, bin ich dabei«, sagte sie erfreut und begann, sich schon mal ihre Lederschuhe anzuziehen. Sven war hellauf begeistert, als er die drei um die Ecke biegen sah.

»Oh, du hast neue Leute mitgebracht?«, rief er aus. »Toll, je mehr, desto besser wird die Stimmung!«

»Schrei noch weiter so rum und wir werden erwischt. Dann ist die Party vorbei, bevor sie begonnen hat«, raunte Freya ihm zu.

Sven ignorierte sie. »Hauptsache, ihr beide seid nicht solche Grummel wie Freya«, scherzte er zwinkernd an Emelie und Henrik gewandt. Dann hickste er und taumelte in Richtung Vorratskammer, um sich eine neue Flasche Wein zu holen. Zuerst war Freya nicht begeistert, als Elenor, Emelie und Henrik sich dazusetzten. Ganz verdaut hatte sie den Rüffel, den sie wegen ihnen von Eaven bekommen hatte, noch nicht. Svens »Ach, mach dich locker« Kommentare, nachdem er aus der Vorratskammer zurückgekehrt war, machten es nicht besser. Doch nachdem Emelie Sven von seinem Platz gestoßen und ihm gesagt hatte, er solle aufhören zu nerven und lieber weitere Weinflaschen holen, breitete sich ein belustigtes Schmunzeln auf Freyas Gesicht aus. Von da an hatte sie den Dreien den Vorfall mit der geheimen Missionsabteilung wieder verziehen. Über die Zeit kamen dann weitere Kämpfer dazu und die Stimmung wurde ausgelassener. Der Wein wurde großzügig herumgereicht und die Lautstärke der Gespräche und des Gelächters stieg zunehmend an.

»Wir müssen aufpassen, nicht dass Eaven uns noch bemerkt«, versuchte Freya anfangs noch zu beschwichtigen.

»Ach was soll's, dann bringen wir ihn eben dazu, einen mit uns zu trinken«, grölte Sven mit roten Wangen. »Ich würde ihn so gern mal betrunken sehen, vielleicht ist er dann ein bisschen weniger verklemmt!« Er lachte schallend auf und nahm einen weiteren Schluck. Freya wollte noch etwas entgegnen, doch dann gab sie auf. Tief und herzhaft lachend nahm sie die Weinflasche von Sven entgegen und trank ebenfalls.

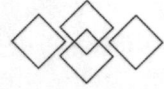

Die Abende wurden langsam kälter und ein zarter, glitzernder Frost bedeckte den belaubten Boden. Elenor zog sich ihren Mantel fester um die Schultern. Der Wein vernebelte ihren Kopf und füllte ihren Körper mit einer schweren, warmen Trägheit. Der süßliche Geschmack gegärter Trauben breitete sich in ihrem Mund aus und vor ihren Augen begannen ihre Kameraden langsam zu verschwimmen. Glücklich betäubt ließ sie ihren Blick durch die Runde schweifen. Sven und Rebekka saßen eng beieinander auf einem schmalen Holzstamm, nahe am Lagerfeuer. Sven machte ihr ständig Komplimente, die sie frech abwies, doch ihr Lächeln und das spannungsgeladene Sirren ihrer Aura verrieten, dass sie sich geschmeichelt fühlte. Seine unverfrorenen körperlichen Annäherungsversuche ließ sie verspielt geschehen und nur wenige Sekunden später küssten sie sich leidenschaftlich.

»Sieh dir das an, das ist doch echt unerhört«, empörte Emelie sich ein paar Plätze weiter an Freya gewandt. »Da knutschen die hier einfach vor uns allen so rum.«

Freya lachte dröhnend auf. »Lass die beiden doch ihren Spaß haben«, sagte sie und stieß Emelie grob in die Seite. »Oder bist du etwa eifersüchtig?«

»Doch nicht auf Sven«, lehnte Emelie entschieden ab und rieb sich ihren Arm.

Freya lachte erneut auf. »Du willst doch auch wen zum Knutschen, gib's zu«, röhrte sie und stieß Emelie ein weiteres Mal belustigt in die Seite. Während Emelie sich aufsetzte und Freya mit hochrotem Kopf hitzig zu verstehen gab, dass sie garantiert keinen Mann an ihrer Seite haben wollte, kam Henrik auf Elenor zu gewankt. Kraftlos sackte er neben ihr auf den Holzstamm und seufzte laut. Elenor ignorierte den Geruch von Alkohol, der von ihm aus zu ihr herüber waberte und unangenehm in ihre Nase kroch. Fragend blickte sie ihn an.

»Weiß du«, begann er. Er hatte große Mühe, deutlich zu sprechen. »Emelie is so toll. Aber sie bemergt mich einfach nich. Was soll ich nur tun, um ihr aufzuwalln?« lallte er niedergeschlagen. Seine großen Augen bohrten sich hilflos in Elenors. Elenor biss sich auf die Lippen, um nicht loszulachen. Irgendwie fand sie ihn in diesem Moment einfach nur unfassbar lustig, wie er so vor ihr saß und sie mit seinen Hundeaugen anblickte. »Lachs du etwa?«, fragte er verwirrt. Elenor verlor die Beherrschung und prustete los. Sie hatte so lange nicht mehr aus vollem Herzen gelacht, dass nun alles mit einmal aus ihr herauskam. »Was iss daran so lusdig?«, fragte Henrik beleidigt. Elenor konnte sich kaum auf dem Holzstamm halten, so sehr schüttelte es sie vor Lachen. Henriks irritierte Blicke linderten Elenors Lachkrampf keineswegs, sondern verstärkten ihn eher noch. Doch dann riss sie sich zusammen und fasste sich wieder.

»Nichts, nichts«, beschwichtigte sie ihn nach Luft japsend und hielt sich den schmerzenden Bauch. Sie sah zu Emelie herüber, die immer noch wild gestikulierend mit Freya über Männer diskutierte. »Hör zu«, sagte Elenor und drehte Henriks Kopf in Emelies Richtung. »Emelie ist eine Frau, die sehr selbstbewusst ist und weiß, was sie will. Sie braucht jemanden, der… na ja, genauso ist wie sie.«

Henrik sah Elenor mit trüben Augen an. »Alllso«, begann er mühsam, während es in seinem Kopf schwerfällig zu rattern begann. »Alllso bin ich zuuu saghaft?« Elenor überlegte, ob zaghaft das richtige Wort war, doch Henriks Gehirn arbeitete langsam weiter. »Ich muss ihr mehr sagn wo's langgeht, dann –« Elenor hielt ihn fest, bevor er vom Holzstamm kippen konnte.

»Sie weiß doch eh, was du über sie denkst«, motivierte Elenor ihn. »Sei nicht so vorsichtig.«

»Nich so worsichtig sein«, wiederholte er nachdenklich. »Weiss du was? Ich probier's mal.« Mit neuem Mut stand er auf, fiel dabei fast um und schwankte zu Emelie und Freya herüber. »Ich muss mid dir redn«, unterbrach er die beiden.

Emelie nahm ihn kaum wahr. »Später, ich muss Freya noch was erklären«, sagte sie und fuhr mit ihrem Vortrag fort. Als sie keine Anstalten machte, sich Henrik zuzuwenden, griff er ihren Arm und zog sie entschlossen mit sich. Irritiert und mit vor Verblüffung offenem Mund, ließ Emelie es mit sich geschehen.

»Ich hab's dir ja gesagt«, rief Freya ihr belustigt hinterher.

Kaum war Freya allein, warf sich Josefin neben sie auf den Holz-stamm. Nachdem Fynn ihr einen unmissverständlichen Korb gegeben hatte, hatte sie von ihm abgelassen. Danach rang sie eine Weile lang mit sich, es bei Eaven zu probieren und um seine Gunst zu buhlen, doch ihr fehlte der Mut. Seine autoritäre Aus-strahlung hatte sie zu sehr eingeschüchtert und nun war Freya ihr neues Opfer, denn nach Eaven war Freya die zweitwichtigste Person in der Elite-Fraktion. Wie ein Wasserfall begann sie von sich, ihren Qualitäten und ihren Zielen in der Elite-Fraktion zu erzählen, bevor Freya sich ihr ebenfalls entziehen konnte. Elenor hielt Ausschau nach Elisabet, denn normalerweise hing sie an Josefin wie ein Schatten. Doch sie saß neben Aaron und Lynn und erzählte ihnen vergnügt von Yvas letztem Geburtstag. Ver-wirrt starrten die beiden auf den leeren Holzstumpf, auf dem Yva Elisabets Aussage nach gerade saß. Mit ratlosen Gesichtern tauschten die beiden stumme Blicke aus, während Elisabet über Yvas Witze lachte, die außer ihr niemand hörte.

»Hey, was sitzt du da so alleine rum?«, rief Sven und Elenor sah, wie er auf Fynn zu taumelte. Fynn hatte sich etwas abseits von der Gruppe auf eine der Holzstangen gesetzt, an der sonst die Pferde zum Satteln angebunden wurden. Er schnitzte gerade gedankenverloren an einem kleinen Stück Holz, als Sven ihn bemerkte. Rasch steckte er das Stück Holz und das kleine Messer weg. Sven versuchte sich ebenfalls auf den Balken hochzuschwin-gen, doch nachdem er mehrere Male schwerfällig von der Stange gerutscht war, gab er es auf und lehnte sich dagegen. Fynn sah aus, als wollte er lieber in Ruhe gelassen werden. »Ach Fynn, du altes Haus, du bist mein Lieblingskämpfer«, rief Sven und umarmte ihn überschwänglich. Fynn wusste nicht, wie er reagie-ren sollte und klopfte Sven etwas unbeholfen auf den Rücken. »Und weil du mein Lieblingskämpfer bist, kriegst du auch was von meinem Lieblingswein!« Sven ließ fröhlich von ihm ab.

»Nein, lass mal«, lehnte Fynn höflich ab.

»Ach, komm schon«, bettelte Sven, »wir kennen uns schon sooo lange und noch nie hast du was mit mir getrunken.« Schwungvoll streckte er ihm die Flasche ins Gesicht, sodass Fynn ausweichen musste, um nicht von ihr getroffen zu werden. »Für die Freundschaft!« Fynn lehnte erneut ab, dann bemerkte er, dass Elenor ihn schmunzelnd beobachtete. Herausfordernd blitzten ihre Augen ihn an: »*Na los, trink. Oder verträgst du nichts?*« Fynn schien genau zu verstehen, dass sie ihn herausforderte und seine Mundwinkel verzogen sich zu einem wissenden Lächeln. Entschlossen nahm er die volle Weinflasche und setzte an. Kurz bevor er jedoch zu trinken begann, setzte er sie wieder ab und sah Elenor tief in die Augen. Dann hob er das Kinn, nickte ihr zu und fing provokant an, zu grinsen. »Von dir lass ich mich nicht provozieren, *Kleines*.«

Am nächsten Tag brummte Elenors Kopf gewaltig.

»Hier, trink das«, sagte Rebekka und schob ihr beim Frühstück einen großen Krug Wasser und eine Scheibe Brot zu. »Das hilft gegen den Kater.« Elenor war nicht danach zumute, überhaupt etwas zu sich zu nehmen, doch sie zwang sich und setzte den Krug an ihre Lippen. Unangenehm kalt rann das Wasser ihren Hals herunter und lag schwer in ihrem Magen. »Iss was, das saugt den Rest Wein in dir auf«, wies Rebekka erneut an, während sie Elenor amüsiert beobachtete. Elenor gehorchte und kaute etwas widerstrebend an der trockenen Brotscheibe herum. Eine Weile saßen sie schweigend da, dann erinnerte Elenor sich an etwas, was sie Rebekka schon eine Weile fragen wollte.

»Darf ich dich was fragen?«, begann sie. Rebekka nickte und nahm sich eine Traube aus einer kleinen Obstschüssel. »Wie machst du das? Wie kannst du die Empfindungen der Gegner umändern? Wenn ich versuche, ihre Auren zu verändern, funktioniert es nicht.« Rebekka steckte sich die Traube zwischen ihre vollen, rosigen Lippen und biss hinein.

»Unsere Fähigkeiten funktionieren unterschiedlich«, antwortete sie. »Deine beeinflusst die Gefühle anderer Menschen. Meine verändert nur meine eigene Aura und macht mich unwiderstehlich für mein Gegenüber.« Ihre schönen, mit langen Wimpern umrahmten Augen ruhten auf Elenor, die mit ihrem immer noch etwas vernebelten Gehirn begann zu verstehen. Hakons Gefolgsleute hatten keine Emotionen mehr und deren wahnsinniges Feuer war auch keine Aura. Kein Wunder, dass Elenors Magie bei ihnen machtlos war. »Deine Fähigkeit ist so viel interessanter«, fuhr Rebekka fort und etwas Sehnliches schwang in ihren Worten mit. »Die Wirkung deiner Magie ist unendlich vielfältig. Du kannst wirklich etwas in den Menschen verändern, etwas für sie tun. Meine Fähigkeit wirkt sich immer gleich aus, sie macht die Menschen nur abhängig von mir.« Elenor schluckte die trockenen Kanten der Brotscheibe mühsam herunter. So hatte sie ihre eigene Magie noch nie betrachtet. Bevor sie etwas erwidern konnte, trat Eaven in den Speisesaal.

»Elenor, der König möchte dich sprechen. Jetzt.«

Schweigend folgte sie Eaven durch die Flure der königlichen Burg. Auch wenn sie zügig gingen, hetzte er längst nicht so rasant durch die Gänge wie Nyssa. Auf ihre Frage, worüber der König mit ihr sprechen wollte, wusste Eaven keine Antwort. Er wirkte genauso ratlos wie sie, doch er tat, wie ihm aufgetragen wurde, und brachte Elenor unverzüglich in die Burg. Die Wachen traten sofort zur Seite, als die beiden um die Ecke bogen und öffneten die Tür zum Saal. Im Gegensatz zum letzten Mal, war der große Saal mit der hohen Decke jetzt völlig leer, bis auf König Noah, der am Fenster stand und bereits auf sie wartete.

»Sie ist hier, Eure Majestät«, sprach Eaven respektvoll. König Noah sah weiterhin aus dem langen Fenster und nickte.

»Lass uns allein«, befahl er. Seine braune Aura schlummerte ruhig in ihm, wie ein schlafender Bär in seiner Höhle. Eaven neigte höflich seinen Kopf und warf Elenor einen kurzen Blick zu. Ein schwacher Hauch von Sorge lag darin, dann drehte er sich um und verließ den Saal. Mit einem unheilvollen, dumpfen Geräusch schlossen sich die beiden Flügel der breiten Holztür hinter ihm.

Elenors Mund wurde schlagartig trocken und ein flaues Gefühl füllte ihren Magen.

»Setz dich«, wies König Noah an, noch immer aus dem Fenster blickend. Elenor tat, wie ihr geheißen, und ließ sich am anderen Ende vom langen Tafeltisch nieder, so weit wie möglich weg von dem gebieterisch hohen, königlichen Stuhl. »Du hattest beim letzten Mal eine Menge Fragen, nicht wahr?«, begann König Noah. Die Worte bahnten sich ihren Weg durch Elenors Kehle, schafften es jedoch nicht aus ihr heraus. Stumm beobachtete sie ihn skeptisch. »Nun«, fuhr König Noah fort, sich nicht von ihrem Schweigen beirren lassend. Offenbar war er es gewohnt, dass sich die Menschen in seiner Gegenwart nicht zu sprechen trauten. »Ich werde dir alles erzählen.« Endlich wandte er sich vom Fenster ab. Ein kleines Schmunzeln zuckte um seine Mundwinkel, als er Elenor erblickte, die mit gerunzelter Stirn einen so großen Abstand zu ihm wahrte. Langsam trat er mit seinen alten Knochen zur Tafel an seinen Platz. »Du willst wissen, woher ich Hakon kenne«, sprach er über die lange Tafel zu Elenor herüber, nachdem er sich mit einem Ächzen mühsam gesetzt hatte. Noch immer angespannt abwartend, schwieg sie ihm entgegen. »Hakon und ich waren sehr gute Freunde«, begann er. »Wir kannten uns seit unserer Kindheit. Seine Eltern arbeiteten in der Nahrungssektion und sie kamen immer an den Hof, um uns Gemüse und Getreide zu liefern. In der Zeit, in der sie mit meinem Vater verhandelten, haben Hakon und ich zusammen gespielt. Er war immer viel wilder als ich und überredete mich regelmäßig, uns vom Hof zu schleichen und durch die Stadt zu toben. Einmal hat er mir das geflochtene Lederarmband von diesem kleinen Holzstand geklaut, das ich so oft bewundert hatte.« Ein versonnenes Lächeln glitt über sein faltiges Gesicht. Er schien plötzlich wie ausgewechselt. Er wirkte mit einem Mal um viele Jahre jünger und bunte Farben mischten sich in seine düstere Aura wie junge Frühlingsblumen. »Ich habe ihm gesagt, dass er es zurückbringen soll, weil es uns nicht gehört. Aber Hakon sagte nur, dass man sich das nehmen muss, was man will, denn man bekommt nichts geschenkt. Er hatte schon damals diesen starken Willen, während ich schon immer Angst hatte. Angst vor allem, aber besonders vor Konflikten. Heimlich bin ich zum Holzstand gegangen und habe ein paar Taler hingelegt, dann hat Hakon mich am Arm gepackt und wir sind weggerannt.« Noah umspielte sein nacktes Handgelenk. Traurigkeit spiegelte sich in seinen trüben, überschatteten Augen. »Hakon hatte einige schöne Seiten«, fuhr er fort. »Wann immer ich in Schwierigkeiten war, beschützte er mich. Einmal haben mich zwei Burschen verspottet, weil ich so klein und dünn war. Sie wussten nicht, wer ich war, ich hatte keine Krone bei mir und trug gewöhnliche Kleidung. Sie nannten mich einen blassen, kleinen Schwächling und lachten. Hakon wurde darüber fürchterlich wütend. Er sprang vor mich und brüllte die Burschen an, dass sie sich entschuldigen sollten. Die lachten nur und spotteten weiter. Dann schoss Hakon einige Feuerbälle auf sie und sie rannten schreiend davon. Ängstlich, wie ich war, habe ich ihn gefragt, ob das nicht etwas zu drastisch war. Er lachte nur und sagte: *»Du musst deine Stärke demonstrieren. Denn wenn die Leute keine Angst vor dir haben, behandeln sie dich wie Dreck.«* Ein kleines Feuer flackerte in seinen Pupillen auf. »Ich habe es damals schon gesehen, aber ich habe bewusst die Augen davor verschlossen. Wann immer ihn jemand kritisiert hat, habe ich weggehört, schließlich war Hakon mein bester Freund und auch mein Einziger. In meinem Leben drehte sich alles nur um das Regieren. Ich wurde geboren, um König zu sein, mehr nicht. Der Mensch in mir hat keinen interessiert, außer Hakon. Er sah mich, wie ich wirklich war, bei ihm durfte ich leben. Ich habe ihn zu meiner rechten Hand ernannt, zum Oberhaupt des Rates und habe ihn bei jeder Regierungsentscheidung um Rat gefragt. Er war mein engster Vertrauter. Die anderen Mitglieder aus dem Rat mochten ihn nicht. Im Gegensatz zu mir haben sie seine fragwürdigen Ideen und grausamen Züge, die sich immer deutlicher zeigten, nicht übersehen. Wenn ein Bewohner aus dem Königreich ein kleineres Verbrechen beging, wollte Hakon ihn sofort öffentlich vor dem ganzen Volk verbrennen. Er meinte, es sei wichtig, dass die Leute sehen, was mit einem Verbrecher passiert, damit sich solche Fälle nicht wiederholen. Seine Ideen wurden strikt abgelehnt. Auch seine Sicht auf die Menschen mit magischen Fähigkeiten wurde vom Rat verurteilt. Hakon war der Überzeugung, dass die magischen Fähigkeiten ein Geschenk der Natur sind, er war geradezu besessen von ihnen. Er erkannte, dass es mächtigere und weniger mächtige magische Fähigkeiten gab und er war der absoluten Überzeugung, dass die Menschen mit den mächtigeren Fähigkeiten zu Größerem berufen waren. Je zerstörerischer die magische Fähigkeit, desto wertvoller war für ihn der Mensch. Und die Menschen, die keine Fähigkeiten besaßen, waren seiner Meinung nach nutzlos, ein Fehler der Natur. Das war das erste Mal, dass ich nicht einer Meinung mit ihm war und ihm widersprach. Ich sagte ihm, dass jede magische Fähigkeit ihren Nutzen hätte und alle Menschen unabhängig von ihnen den gleichen Wert hätten. Es verletzte Hakon sehr, dass ich mich nun auch noch gegen ihn stellte. Er beleidigte mich. Ich sei nur ein gewöhnlicher Mensch und solle besser aufpassen, was ich zu ihm sage. Meine magische Fähigkeit hatte sich zu dem Zeitpunkt noch nicht entfaltet, obwohl ich bereits ein erwachsener Mann war. Deswegen dachten alle, ich hätte gar keine Fähigkeit. In Hakon wuchs die Überzeugung, dass er der Mensch mit der mächtigsten magischen Fähigkeit sei, denn sein Feuer könne alles zerstören.« Noah schwieg. Betrübnis zeichnete sich auf seinen alten Gesichtszügen ab. »Hakon wurde mit der Zeit immer paranoider. Er spürte, dass er im Rat nicht willkommen war und sagte mir immer wieder, dass sie alle Verräter seien und ihn loswerden wollten. Er reagierte mit jedem Mal harscher darauf, wenn der Rat gegen seine immer grausamer werdenden Vorschläge stimmte. Und eines Tages brannte er das Haus seiner Eltern ab. Das war ein riesiger Skandal. Alle Mitglieder im Rat redeten auf mich ein und wollten mich dazu bringen, ihn endlich aus dem Rat auszuschließen, ich sollte ihn sogar in den Kerker werfen.« Elenor glaubte, seine kleinen Augen schimmern zu sehen. »Natürlich habe ich auch da nicht auf sie gehört«, fuhr er fort. Ein Hauch von bedrückter Heiserkeit mischte sich in seine Stimme und ließ seine Ruhe und Stärke bröckeln. »Ich war der Einzige, der wusste, was wirklich geschehen war. Hakons Vater war ein schrecklicher Mensch. Die Schreie seiner Frau, wenn er sie geschlagen hatte, hörte man in der ganzen Straße. Und auch Hakon hat regelmäßig neue Verletzungen gehabt, wenn er mich besuchen kam. Und eines Tages hat sein Vater seine eigene Frau so sehr geschlagen, dass sie sich nicht mehr bewegt hat. Und da hatte Hakon sich endgültig selbst verloren.«

Elenor stockte der Atem. König Noah strich mit seiner knochigen Hand zittrig über die tiefen Falten auf seiner fahlen Stirn. »Eines Tages geriet die Situation außer Kontrolle. Wir setzten uns mit dem Rat zusammen, um über die Konflikte mit einem benachbarten Königreich zu sprechen. Sie wollten durch eine Heirat eine Allianz mit uns bilden, doch ich habe keine heiratsfähigen Kinder. Damit verstimmten wir sie ein wenig, weswegen sie stattdessen einen kleinen Teil unseres Landes von uns forderten. Wir waren bereit, es ihnen zu geben, da wir keinen Sinn in einer Feindschaft sahen und sie für uns als Verbündete sehr viel wertvoller waren. Doch Hakon war hungrig nach Krieg. Er wollte dort einmarschieren, doch wieder lehnte der Rat seine Idee ab. Hakon wurde zornig und löste einen heftigen Streit im Rat aus.

Ich als König musste nun die Entscheidung treffen. An sich war es nicht schwer, denn die Entscheidung stand ja bereits fest. Dennoch fiel es mir unwahrscheinlich schwer, mich vor aller Augen gegen meinen besten Freund zu stellen. Hakon war außer sich und beschimpfte mich als einen schwachen Feigling. Ich hatte ihn aus seiner Sicht verraten und damit zutiefst verletzt. Völlig in Rage stellte er meine Fähigkeit, zu regieren, infrage und sagte, dass er auf den Thron gehöre. Er war der Überzeugung, dass er die stärkste magische Fähigkeit besaß und als Einziger in der Lage war, das Land zu regieren. Hilflos saß ich schweigend auf meinem Stuhl und hatte Angst, die Situation mit einem falschen Wort zu verschlimmern. Ich sah einfach nur zu, wie die Ratsmitglieder sich empörten. Eine Adelsfamilie, die in dem Hauptlager der Elite-Fraktion gelebt hatte, warf Hakon Hochverrat vor und wollte ihn aus dem Königreich verbannen. Da verlor Hakon endgültig die Beherrschung und setzte den gesamten Saal in Brand.«

Die Stille, die sich nach seiner Erzählung ausbreitete, war unendlich schwer. König Noah ließ den Blick über die nackten, dunklen Mauern des Saals schweifen, als würde er die Flammen noch immer sehen und Elenor glaubte ein Prasseln und Knistern zu vernehmen. Endlich gelang es ihren Worten, sich aus ihrem Mund heraus zu kämpfen.

»Was passierte danach?« Ihre dünne Stimme hallte wie ein Echo wider und holte König Noah in die Wirklichkeit zurück.

»So schnell wie er das Feuer auflodern ließ, so schnell war er auch verschwunden«, antwortete König Noah und sein trüber Blick blieb an den massiven Flügeln der Saaltür hängen. »Der Großteil der Ratsmitglieder und ich kamen noch rechtzeitig aus der Burg. Nur die Adelsfamilie hatte es nicht geschafft. Sie wurde noch am selben Tag, nachdem die Flammen gelöscht waren, beerdigt.« Die Eingangshalle des Hauptlagers mit dem verstaubten Kronleuchter tauchte plötzlich vor Elenors Augen auf und Igrams vergnügte Stimme hallte in ihren Ohren wider. *So ist das mit dem Leben. Wenn du alt wirst, stirbst du irgendwann.«* Nun kannte sie die Wahrheit und die feinen Haare an ihren Armen stellten sich unter dem schwachen Schauer auf, der Elenor durchfuhr, als sie an ihr neues Zuhause dachte.

»Aber was hat Hakon vor?«, fragte sie schließlich. »Er hat zehn Jahre lang nichts von sich hören lassen und lässt alle Menschen in den Dörfern verschwinden. Will er etwa –« Elenor stockte, als die Antwort sie wie ein Schlag traf. König Noah nickte düster.

»Hakon ist zwar emotional unberechenbar, aber nicht dumm«, antwortete er. Die Falten auf seiner Stirn gruben sich noch tiefer in seine alte Haut. »Er weiß, dass er die Königreiche trotz seiner Fähigkeit, das Feuer zu kontrollieren, nicht allein einnehmen kann. Dafür gibt es in diesem Land zu viele mächtige Herrscher, zu große Armeen und zu starke Magie, als dass er ihnen allein die Stirn bieten könnte.«

Die Schauer durchfuhren Elenors Körper in immer größeren Wellen. *Wenn Hakon sich seine eigene Armee schon seit zehn Jahren aufbaute, wie groß musste sie wohl inzwischen sein? Hatten sie überhaupt noch eine Chance?*

Als könne er sehen, was in Elenor vorging, beantwortete er ihre nächste Frage, bevor sie sich vollständig in ihrem ratternden Gehirn formen konnte. »Laut den Gerüchten der noch bewohnten Dörfer außerhalb der Königreiche, lässt Hakon seine Gefolgsleute regelmäßig verbrennen. Es würde mich nicht wundern, wenn Hakon mit dem Aufstellen seiner Armee immer wieder von vorn beginnen musste, weil kaum noch wer übrig war. Seine Angst vor Verrat und Ermordung entstand schon in frühen Jahren und wuchs mit jedem Tag. Und ständige Angst führt irgendwann zu Wahnsinn.« Elenor schüttelte den Kopf, um die glasigen, roten Augen aus ihren Gedanken zu vertreiben, mit denen Hakon in Fynns Erinnerung grässlich grinsend auf die Dorfbewohner gestarrt hatte.

»Aber wenn es so viele Gerüchte über ihn gibt und er bereits in so viele Dörfer eingefallen ist, wieso hat die Elite-Fraktion ihn noch nicht gefunden?«, fragte Elenor. Die Unverständlichkeit und

Ungeduld trieb ihr die Hitze ins Gesicht. König Noahs Augen verfinsterten sich bestätigend.

»Diese Frage stelle ich mir jeden Tag«, antwortete er grimmig. »Hakon ist offenbar ein Meister darin, seine Spuren zu verwischen. Den Berichten unserer Elite-Truppen zufolge, haben ihn einige Bauern aus dem Umland anfangs noch gesehen, doch seit Jahren lässt er seine Gefolgsleute wohl allein umherstreifen. Seine Ängste sind wohl so groß geworden, dass er sich irgendwo versteckt hält und nicht mehr herauskommt.« Elenors Gedanken rasten und Hoffnung stieg in ihr auf. Sie mussten also nur die Spuren zu seinem Versteck finden. Und einen Hinweis hatte sie bereits. Die Kristallkugeln schienen ihr Kompass zu sein. Immer noch distanziert musterte sie den König.

»Warum haben Sie mir all das erzählt?«, fragte sie. König Noah fixierte sie und seine düstere Aura begann grimmig zu knurren.

»Weil ich dich noch brauche und möchte, dass du mir vertraust«, antwortete er geradeheraus.

26.
SELBSTBEHERRSCHUNG

Raue Winde und eisiger Regen peitschten den Elite-Kämpfern ins Gesicht, während sie Woche um Woche erfolglos durch die kahlen Landschaften um Vilgot streiften. Mit mürrischen Gesichtern fügten sie sich den Anweisungen des königlichen Rates und trotz ihres Schweigens war die schwere Masse ihrer missmutigen Stimmung so deutlich zu spüren, dass selbst Eaven ihr kaum standhalten konnte. Beinahe unsicher wandte er sich seinen Kämpfern zu und bemühte sich um eine kurze, anspornende Rede, bevor er sich umdrehte und mit seinem schwarzen Hengst voran trabte. Elenor sah ihm an, dass er seinen Worten selbst kaum noch glaubte. Seit dem Verhör von Hakons Gefolgsmann schien Eaven zerstreut. Der Mann hatte nur wenig Gelegenheit zu sprechen gehabt, bevor Freya ihm mit ihrem Hieb den Kiefer zertrümmerte, doch sein verbaler Angriff hatte Eaven ziemlich zugesetzt. Der Kanal seines sonst so meisterhaft gebündelten Fokus war gesprengt worden und seine Energie floss nun chaotisch in alle Richtungen. Elenor hatte oft überlegt, ob sie mit Eaven sprechen und ihm ihre Informationen über die Kristallkugeln anvertrauen sollte. Doch dann bekam sie eines Abends zufällig mit, wie Freya in sein Arbeitszimmer marschierte und energisch auf ihn einredete, dass er sich doch langsam wieder zusammennehmen solle. Als Eaven sie daraufhin mit nur einem Wort unnachgiebig davon schickte, verwarf Elenor den Gedanken. *Wenn noch nicht einmal Freya zu ihm hindurchdrang, was sollte sie da schon bewirken?* Außerdem würde Fynn es garantiert nicht gutheißen, wenn sie zu Eaven ging und mit ihm über ihr kleines Geheimnis sprach. Nein, Eaven würde damit pflichtbewusst zum königlichen Rat gehen und wer weiß, was für komplizierte Ausmaße das Ganze annehmen würde. Sie und Fynn müssten sich rechtfertigen, woher sie all ihre Informationen hätten. Da Fynn aber bereits seit zehn Jahren unter strenger Beobachtung stand, war die Wahrscheinlichkeit, dass das alles für ihn schlecht ausging, sehr hoch. Und Elenor brauchte ihn noch, um Hakon näherzukommen. Und nicht nur das: Mittlerweile war Fynn mehr für sie, als ein bloßes, gefährliches Abenteuer oder ein Mittel zum Zweck. Immer öfter trafen sie sich durch vermeintliche Zufälle. Wenn Elenor draußen Wasser holte, stieß er plötzlich mit einem Eimer dazu und holte sich ebenfalls welches. Oder sie klopfte abends an seine Tür, um sich zum wiederholten Mal die Kristallscherbe anzusehen und mit ihm darüber zu spekulieren. In Wahrheit jedoch genoss sie seine Nähe, den immer vertrauter werdenden Geruch seiner Haut, die angenehme Stimme, mit der er sprach. Ein Kribbeln durchströmte ihren gesamten Körper und erfüllte jede ihrer Zellen, wenn sie sich kurz berührten. Immer öfter mischte sich ausgelassenes Gelächter in ihre formalen, ernsten Überlegungen. Sie begannen sich gegenseitig zu necken, bis immer größere Löcher in den Fassaden aufbrachen, die die beiden voneinander trennte. Ein zartes Band des Vertrauens knüpfte sich zwischen ihnen, das immer breiter und dichter wurde. Und es dauerte nicht lange, bis sie sich gegenseitig öffneten und sich das nackte, empfindliche Innere ihrer Herzen offenbarten. Elenor erzählte ihm von ihren lustigen Momenten mit Emelie und Henrik, von ihren miserablen Kochkünsten und von ihren Eltern. Wie sehr ihr übermäßiges Behüten sie zur Weißglut getrieben und wie oft sie sich mit ihnen gestritten hatte. Und wie sehr sie sie trotzdem liebte und vermisste. Bei dem Gedanken an Torells unlustige Scherze, mit der er sie immer aufzumuntern versuchte, schwoll ein Kloß in ihrer Kehle an. Elenor schluckte und spürte Fynns Hand auf ihrer. Sie sah auf und verlor sich atemlos in dem Blau seiner Augen. Verständnis und Trost schimmerten aus ihnen hervor, traten zur Seite und ließen eine tiefe Traurigkeit an die Oberfläche. Für einen kurzen Atemzug hielt er sich zurück, doch dann begann er ebenfalls von seinen Eltern zu erzählen. Dass sein Vater Edvin als stiller, schüchterner Ackerbauer und seine Mutter Anna als vorlaute, unerschrockene Metallschweißerin bekannt waren. Dass sein Vater ihm immer eine Extraportion Erdbeeren vom Feld mitgebracht und ihm das Schnitzen kleiner Figuren, aus schmalen Holzstücken, beigebracht hatte. Dass seine Mutter ihn vor jedem aus dem Dorf beschützt hatte, der ihn wegen des Schabernacks, den er trieb, anprangerte, selbst wenn Fynn wirklich schuldig war. Und wie sehr ihn seine eigenen Vorwürfe auffraßen, bei ihrem Tod tatenlos zugesehen zu haben.

»Ich weiß, ich konnte damals nicht viel tun«, sagte er leise. »Aber jetzt kann ich es. Und das werde ich.« Das Schimmern in seinen Augen verdunstete in den Flammen der Entschlossenheit, die unheilvoll in ihnen aufzüngelten. Bestätigend nahm Elenor seine Hand in ihre und drückte sanft zu. Sofort beruhigte sich das Flackern in seinen Augen und sein Blick ruhte auf Elenor. »Du wolltest unbedingt hier her, genauso wie ich. Warum?«

Elenor musste nach der Antwort nicht mehr lange suchen. Ja, sie wollte ihren Eltern und ihren Ausbildungskameraden anfangs unbedingt beweisen, wozu sie fähig war. Sie wollte die strahlendste Heldin in ganz Vilgot sein. Aber dann wurde sie plötzlich, von einem Tag auf den anderen, aus ihren Träumereien gerissen und musste feststellen, dass die Gefahr, die sie so lange fasziniert hatte, kein harmloser Spielpartner war. Und die Sehnsucht nach Ruhm und Glanz war nun nur noch ein Hauch ihres Selbst. Die Vorstellung, eines Tages unter tosendem Applaus und euphorischen Jubelrufen vom gesamten Königreich empfangen zu werden, war für Elenor noch immer sehr verlockend. Doch der wahre Grund, warum sie jeden Tag hart trainierte und mit ihren Kameraden bei Wind und Wetter hinausritt, war nun ein anderer. Es war Fynn.

Dieses Abenteuer mit der Elite-Fraktion und der Kampf gegen Hakon war ihre ganz eigene, gemeinsame Reise und alles in ihr sagte ihr, dass sie beide dafür bestimmt waren.

»Ich will mich dem fügen, was für mich vorgesehen ist«, schloss sie ihren Gedankenfluss. Unsicher blickte sie auf. Doch Fynn stellte keine Fragen. Völlig unvoreingenommen ruhten seine Augen auf ihr, verfingen sich in Elenors warmer, brauner Iris und sie wusste, dass er sie genau verstand. Das Kribbeln in ihrem Körper weitete sich aus und der Drang nach seiner Nähe zog sie zu ihm herüber. Zögernd hielt sie inne und warf ihm einen schüchternen Blick zu. Schweigend streckte er seine Arme aus und zog sie sanft zu sich heran. Ihr Herz raste, als sie ihren Kopf an seine Brust schmiegte und den Duft seines Körpers einsog. Sie glaubte, innerlich zu explodieren, so sehr prickelte es unter ihren Rippen bis in den Bauch hinein, doch seine starken Arme hielten sie fest zusammen. Die ganze Welt begann vor Aufregung zu verschwimmen und alles, was Elenor bei klarem Verstand hielt, war sein ruhiger Herzschlag und die Wärme seines sich gleichmäßig hebenden Brustkorbes, in der sie sich geborgen fühlte.

»Vor ein paar Stunden waren Hakons Gefolgsleute im Dorf Villad«, erhob Eaven das Wort an seine Truppe. Erschrocken blickten die Kämpfer auf. Villad lag so nah an Vilgot, dass man es bereits von der Mauer aus sehen konnte. »Sie wagen sich immer näher an die Königreiche heran und wurden sogar schon in größeren Landgütern und Adelsgrundbesitzen gesehen«, leierte Eaven seinen Bericht herunter. Dass es ihm nicht gut ging, war nun deutlich zu sehen. Seine schwarzen, sonst ordentlich nach hinten gekämmten Haare, hingen ihm wirr im Gesicht und seine dunklen Augen, mit denen er seine Truppe sonst wach und konzentriert ansah, starrten nun resigniert durch sie hindurch. »Ihr kennt eure Aufgaben. Lasst ein paar zum Verhör übrig, falls es zum Kampf kommt. Aber vermutlich sind wir eh wieder zu spät und suchen vergeblich nach längst verwischten Spuren.« Mit einer schlaffen Bewegung seines Zügels lenkte er seinen Hengst in Richtung Tor. Alle Energie schien aus ihm gewichen zu sein und es blieb nichts weiter als eine abgespannte, leblose Körperhülle seiner Selbst. Nun endgültig besorgt starrten seine Kämpfer ihm hinterher, ungläubig über sein Verhalten. Dann folgten sie ihm widerwillig.

Elenor rechnete fest damit, erneut in ein verlassenes Gebiet zu reiten, doch sie wurde eines Besseren belehrt. Die Truppe galoppierte gerade durch ein kleines Laubwaldstück, nicht weit von Vilgots Mauer entfernt, da vernahm Elenor ein Sirren. Bevor sie verstehen konnte, aus welcher Richtung es kam, schoss ein kleiner Metallpfeil herbei und traf Eavens Pferd an der Brust. Erschrocken wiehernd bäumte es sich auf und warf Eaven ab. Der sprang sofort auf die Beine und im nächsten Moment waren sie umzingelt von dunkel gekleideten Menschen, die wild auf sie zusprangen und sie gewaltsam von den Pferden zerrten. In nur wenigen Sekunden verwandelte sich die idyllisch frostige Lichtung in einen grausamen Schauplatz der Zerstörung. Elenor trat einen der Männer kräftig von sich weg, schwang sich von ihrem Pferd und begann die Feinde mit geschickten Hieben ihres Schwertes abzuwehren. Es war erschreckend und merkwürdig befriedigend, wie selbstverständlich es ihr mittlerweile gelang. Ganz automatisch, wie eine Maschine, führte ihr Körper die Bewegungen durch, jegliches Denken war abgeschaltet. Sie fühlte sich auf eine seltsame Art taub und leicht zugleich. Die Feinde sahen aus wie normale Dorfbewohner und genau wie die bisherigen Menschen aus

Hakons Gefolge, waren auch sie von einem Feuer puren Wahnsinns erfüllt. Neben ihr kämpfte sich Emelie temperamentvoll kreischend durch die Menge. Henrik flog über ihnen und stürzte sich unaufhörlich, wie ein Falke, in das Gewusel, um dann wieder in die Luft zu schießen und sich den nächsten Feind herauszupicken. Josefin ließ mit gestreckten Armen und gespreizten Fingern permanent lange, spitze Eisspieße aus dem Boden schießen, um die Feinde damit zu erdolchen und verwandelte den harten, laubbedeckten Boden um sie herum sekundenschnell in eine frostige Eisfläche, auf der die Feinde ins Straucheln gerieten und stürzten. Josefin hielt inne, als ihre Eisspieße plötzlich schmolzen, sich zu kleinen Pfeilen umformten und auf sie zustießen. Erschrocken duckte sie sich weg und sah sich verwirrt um, bis sie die Verursacherin erkannte. Wütend rannte sie auf eine große Frau mit schattigen Augen und zerzausten, schwarzen Haaren zu und den Bruchteil einer Sekunde später lieferte Josefin sich mit ihr einen unerbittlichen Zweikampf. Elisabets dornige Ranken bohrten sich tief in das Fleisch der Gegner, bis diese zu zappeln aufhörten und schlaff zu Boden sackten. Doch auch sie wurde gestört. Im Schutz einer schmalen Buche, nur wenige Schritte von Elisabet entfernt, klonte sich ein blonder Bursche. Elenor traute ihren Augen nicht, als sie ihn plötzlich drei Mal mit einem frechen Lachen hinter dem Baum hervor preschen sah. Sie umzingelten Elisabet von allen Seiten und griffen sie mit wilden Bewegungen an. Elisabet drehte sich immer schneller im Kreis, um jeden Einzelnen von ihnen abzublocken, doch die Zahl seiner Klone wuchs und es schien, als würden sie Elisabet fast überwältigen. Elenor eilte herbei, sprang auf einen der vielen blonden Klone zu und betete, dass ihre Instinkte sie nicht täuschten. Mit einem einzigen Stoß ihres Schwertes durchbohrte sie ihn und einen Wimpernschlag später waren sie alle geräuschlos verschwunden. Elenor atmete erleichtert aus. Sie hatte den Richtigen erwischt. Mit einem unangenehmen Geräusch zog sie ihr blutbeschmiertes Schwert aus dem weichen Fleisch des Mannes heraus, der dumpf auf den Boden prallte. Elisabet lächelte ihr dankend zu. Dann rief sie »Yva, gib mir Rückendeckung!« und verschwand im Getümmel. Elenor wollte ihr gerade folgen, als sie Fynn erblickte. Er lieferte sich einen hitzigen Nahkampf mit einem schmierig aussehenden Mann. Verbissen schlugen sie die Klingen ihrer Schwerter aneinander. Trotz des Schweißes, der in dünnen Rinnsalen aus seinen schwarzen Haarstoppeln, über seine wulstige Stirn, sein Gesicht herunterlief, behielt der kleine Mann die Oberhand. Mit ebenfalls nassen, umherfliegenden Strähnen seiner dunklen Haare, hob Fynn sein Schwert und schlug zähneknirschend auf seinen Gegner ein. Doch der blockte kräftig ab und versetzte Fynn einen so groben Hieb mit seiner massigen Schulter, dass dieser ins Straucheln geriet. Gerade als der kleine Mann erneut ausholen wollte, schleuderte Fynn ihn mit einem kraftvollen Schlag seines Armes ein paar Meter davon. Der Mann prallte gegen einen seiner eigenen Leute, der ebenfalls ins Straucheln geriet. Dann richtete der Mann sich keuchend auf und knurrte.

»Ich hasse euch Elite-Kämpfer! Wird höchste Zeit, in meine Trickkiste zu greifen.« Er streckte seine Hand aus und richtete sie auf Fynn. Seine dicken Finger bewegten sich in der Luft, als würde er etwas ertasten. Dabei kniff er seine Augen zusammen und musterte Fynns Bauch eindringlich. »In dir stecken viele verdrängte Gefühle. Die können doch nicht ewig dort eingesperrt bleiben, lass mich sie kurz befreien —«

Fynn hob sein Schwert und lief unbeirrt auf den Mann zu. Der zog seine ausgestreckte Hand zu einer Faust zusammen und stieß sie mit einer kurzen, kraftvollen Bewegung nach vorn. Auch wenn er Fynn nicht berührt hatte, konnte Elenor die Wucht seines Schlages hören. Fynn blieb wenige Schritte vor dem Mann stehen und stockte. Er fasste sich an den Bauch und krümmte sich leicht, als hätte der Mann ihn mit seiner Faust tatsächlich getroffen.

»Mal sehen, wie gut du noch kämpfen kannst, wenn du völlig neben der Spur bist«, brummte der Mann grimmig und erhob sich. Fynn stieß ein leises Keuchen aus und taumelte zurück. Der Mann lachte bellend auf. »Meine Güte, das ist ja ein richtiges Bienennest an Gefühlen, das sich da angestaut hat.« Dann gab er Fynn einen heftigen Tritt in den Magen, wodurch dieser zu Boden stürzte. Elenor wollte ihm gerade zu Hilfe eilen, da kam eine junge, kriegerisch aussehende Frau mit erhobenem Speer und einem schrillen Kampfschrei auf sie zu gerannt. Elenor konnte sich kaum auf ihr Gefecht konzentrieren. Zwischen den halbherzigen Abblockbewegungen und einigen fehl gesetzten Tritten, sah sie immer wieder zu Fynn herüber. Fynn lag immer noch am Boden. Er krümmte und wand sich, eine Hand auf seinen Bauch gepresst, die andere in den kalten Boden gekrallt. Das Gefängnis seiner Emotionen war nun vollständig zerstört. Hass, Trauer, Wut, Schuld – Sie alle wüteten in ihm und fraßen sich schmerzhaft in sein Gewebe. Ihr unerträglich schrilles Gebrüll war so ohrenbetäubend laut, dass Elenor Mühe hatte, einen klaren Kopf zu behalten. Die Frau vor ihr erkannte Elenors Unaufmerksamkeit und lachte hämisch. Mit einem Ruck stach sie mit ihrem Speer gefährlich nah an Elenors Brust vorbei. Der Mann trat langsam auf Fynn zu. Grimmig starrte er auf ihn herab, dann hob er erneut sein Bein. Doch bevor er auf ihn eintreten konnte, schoss Fynns Hand blitzschnell in die Luft und fing den Fuß ab. Mit blankem Zorn in seinen Augen, riss Fynn das Bein des Mannes so zur Seite, dass dieser neben ihm ins Gras fiel. Sofort drehte Fynn sich herum, nahm den Mann in die Mangel und begann, ihn zu würgen.

»Mir scheint, als würden immer noch nicht alle Gefühle frei sein«, röchelte der Mann und zog seine ausgestreckte Hand noch mal zur Faust zusammen. Wieder krümmte Fynn sich zusammen. Ächzend und heftig atmend, lockerte er seinen Würgegriff. Mit flatternden Augenlidern wankte er langsam zur Seite, blind vor Schmerz und völlig orientierungslos. Die brüllenden Flammen des Zorns, die giftige Säure der Schuld, die eisigen Wellen der Trauer, die glühenden Kohlen der Sehnsucht – sie alle wurden bis ins

Unerträgliche verstärkt. Der Mann nutzte seine Chance und rappelte sich schnell vom Boden auf.

»Wie gern würde ich all das auch einmal fühlen, nur um wieder irgendetwas zu fühlen.« Genüsslich atmete er ein. Fynn stöhnte und wand sich zittrig zur Seite, sein verzerrtes Gesicht in den vermoderten Resten des letzten Herbstlaubes vergraben. »Aber wir können nicht alles haben«, schloss der Mann bitter. »Ich bin ein emotionsloser Wahnsinniger und werde leben und du bist ein emotionaler Schwächling und wirst sterben.« Der Mann kicherte verrückt und erhob sein Schwert, doch bevor er zu einem weiteren Angriff ausholen konnte, schlug Fynn es ihm kräftig aus der Hand. Und dann erhob er sich endlich. Immer noch durchschüttelt von seinem bebenden Atem, stand er da. Tränen der Qual ergossen sich aus seinen Augen, in denen gleichzeitig beängstigend feurige Wut brannte. Ein lautes Knacken und Ächzen unterbrach den Kampflärm auf der Lichtung und alle Köpfe fuhren nach oben. Meterlange Äste brachen von den Bäumen ab und schossen auf den Mann vor Fynn zu. Kurz bevor sie ihn treffen konnten, prallten sie an einer unsichtbaren Barriere ab, die ihn zu umgeben schien, und schleuderten unkontrolliert auf die anderen Kämpfer. Einer der Äste traf Sven heftig am Kopf und er stürzte zu Boden. Verwirrt starrte Fynn auf seinen reglosen Kameraden. Der Mann lachte bellend auf.

»Das ist mein anderer Trick«, höhnte er. »Sobald ich bei jemandem meine Fähigkeit eingesetzt habe, bin ich gegen all seine magischen Angriffe immun. Du kannst mir also überhaupt nichts tun.«

Fynn schnaubte zornig aus und machte eine kleine, scharfe Kopfbewegung. Sofort erhob sich ein schwerer Felsbrocken und flog gehorsam auf den Mann zu, doch auch der prallte ab und schoss in Elenors Richtung. Sie schaffte es gerade noch rechtzeitig, ihm auszuweichen. Stattdessen traf er ihre Gegnerin.

»Das war knapp«, lachte der Mann amüsiert. »Beinahe hättest du deine hübsche, kleine Kameradin getroffen.«

Fynn fuhr herum. Seine Gesichtszüge entgleisten ihm, als er

Elenor geduckt neben dem Felsbrocken erblickte, unter der die junge Kriegerin starr begraben lag.

»Gib auf«, rief der Mann ihm zu. »Die Einzigen, die du verletzt, sind deine Freunde!«

Fynn hob seinen Kopf und sah zu den Ästen, Steinen und zerbeulten Rüstungsteilen auf, die sich seinetwegen erhoben hatten und sich immer schneller bewegten. Blanke Angst trat in seine Augen, als er erneut zu Elenor herübersah, die schutzlos im Chaos stand und Mühe hatte, den fliegenden Steinen auszuweichen.

»Ich kann nicht aufhören«, keuchte er panisch, während die Dinge in der Luft immer öfter unkontrolliert auf die Menschen um ihn herum zuschossen.

»Dann sind alle deine Freunde bald tot«, rief der Mann vergnügt zu ihm herüber. Wie bei einem unheilvollen Sturm schwoll ein geräuschvolles Tosen an, je mehr Teile der Natur und Waffen sich in die Luft erhoben und umherwirbelten. Sicher in seiner Barriere sitzend, beobachtete der Mann grinsend das Geschehen. Dann erhob er sich und griff Fynn erneut an. Nur knapp konnte Fynn ihm ausweichen. In immer heftiger werdenden Orkanböen fegten die Gefühle in ihm umher, prallten pfeifend und brüllend gegen die Wände seines Körpers, stiegen in seinen Kopf und verwüsteten seinen Verstand. Ein ohrenbetäubendes Knacken ertönte und die breite Eiche neben ihm barst auseinander. Die obere Hälfte des Baumes schwebte in die Luft und begann sich gefährlich schnell zu drehen. Dann schoss sie gegen einen alten Kastanienbaum, prallte krachend ab und schleuderte auf Eaven und Freya zu, die sich nur den Bruchteil einer Sekunde rechtzeitig zu Boden stürzen konnten, um ihr auszuweichen.

»Mach, dass es wieder aufhört«, presste Fynn mit einem panischen Blick auf Eaven und Freya hervor, die sich mühsam durch die Äste hervor kämpften. Der Feind grölte gellend auf.

»Das ist ja aufregender, als ich dachte«, rief er und stierte Fynn wild aus seinen runden Augen an. »Zuerst erschienst du mir nur als einer von diesen langweilig perfekt ausgebildeten Elite-Kämpfern. Wer hätte gedacht, dass du so eine Zerstörungsmaschine bist?« Fynn sackte auf die Knie, senkte den Kopf und grub seine zittrigen Hände tief in den frostigen Boden.

»Bitte«, wiederholte er schwach. Ein teuflisches Grinsen breitete sich auf dem Gesicht des Mannes aus.

»Du kannst mir doch den Gefallen tun und deine Freunde für mich umbringen, wie klingt das für dich?« Mit gefletschten Zähnen setzte er seine Fähigkeit noch einmal ein, diesmal so stark, dass die Knöchel an seiner Hand weiß hervortraten. Fynn krümmte sich abermals tief zusammen. Er presste einen unterdrückten Schrei hervor, während seine unberechenbar tobenden Gefühle ihn atemberaubend schmerzhaft von innen auffraßen wie hungrige Ratten. Dann verlor er endgültig die Kontrolle über sich.

27.
Das verlassene Dorf

Urplötzlich flammte ein glühender Zorn in ihm empor und sein Oberkörper richtete sich ruckartig mit einem markerschütternden Gebrüll auf. Einer mächtigen Naturgewalt gleich, schlug seine Aura grollend und donnernd in alle Richtungen aus und verwüstete den Wald. Sie schlug tiefe Schneisen in den frostigen Boden und zerteilte Gesteine mit einem lauten Knall. Laub, Äste, Gesteinsbrocken, die Menschen und einige der Pferde, die sich aus Angst losgerissen hatten, erhoben sich in die Luft, schleuderten wie in einem Wirbelsturm umher und verfehlten sich gegenseitig nur knapp. Henrik fegte blitzschnell in das Getose, um Emelie zu erfassen. Mit aller Kraft kämpfte er gegen den Sog des Chaos an und versuchte, wieder zu Boden zu gelangen. Elisabets Ranken schossen zu ihr in die Höhe. Panisch griff sie danach und wollte sich gerade an ihnen herunterziehen, als das dicke Pflanzengewebe unter der Wucht von Fynns Aura zu reißen begann. Eine weitere, schlanke Kiefer entwurzelte sich und schoss mit der Spitze voran auf Josefin zu, die von Lynn zur Seite gestoßen wurde. Im selben Atemzug riss Lynn auch Elenor und zwei weitere ihrer Kameraden in einen Winkel des Platzes, der von Fynns Aura verschont blieb. Und bevor Elenor wusste, was geschah, setzten ihre Beine sich in Bewegung und rannten auf Fynn zu.

Doch nach wenigen Schritten wurde sie von zwei starken Händen festgehalten. Instinktiv holte sie mit dem Ellenbogen aus, um der Person hinter sich einen Hieb zu verpassen, doch die hielt ihren Arm so fest, dass Elenor ihn nicht bewegen konnte.

»Das wirst du nicht tun«, hörte sie Eavens Stimme hinter sich.

»Aber ich kann ihm helfen«, rief Elenor und versuchte sich zu befreien, doch Eaven löste seinen eisernen Griff nicht einen Millimeter.

»Ich lass' dich sicher nicht in die Mitte des Sturms rennen und schau zu, wie du von irgendetwas aufgespießt oder erschlagen wirst«, sagte Eaven scharf und zog sie mit sich in das breite Loch hinein, in dem eben noch die Kiefer gestanden hatte. Elenor zappelte erneut, doch es war vergeblich.

»Willst du ihn lieber sterben lassen?«, fauchte sie wütend.

»Natürlich nicht!«, entgegnete Eaven. »Aber dich lasse ich auch nicht sterben.« Er drehte Elenor so herum, dass sie ihn ansehen musste. »Ihm kann gerade keiner helfen«, sprach er eindringlich auf sie ein. »Er ist vollkommen selbstzerstörerisch. Du kannst nichts tun!«

Von Wegen! Elenor stieß ihn energisch von sich und richtete ihren Blick entschlossen auf Fynn. Da waren sie alle, seine Gefühle. Frei von jeglicher Unterdrückung, scharf und präsent. Nun, da Elenor sie so deutlich sah, konnte sie ihre gesamte magische Fähigkeit auf sie richten. In Sekundenschnelle füllte sie sich mit einer angenehm kühlen, weißen Ruhe. Mit jedem ihrer tiefen Atemzüge schickte Elenor sie in kräftigen Wellen zu ihm herüber. Doch ihre Ruhe hatte kaum eine Chance. Fest wie eine Mauer aus unförmigen Giganten wüteten seine vielen Emotionen um Fynn herum, sodass Elenors Ruhe erfolglos an ihnen abprallte. Elenor verlor ihren Fokus. Gegen so viele Emotionen war sie noch nie angegangen. Ungeduldig schlug sie gegen die erdige Wand der breiten Kuhle. *Wenn sie doch nur ein Stück näher an ihn herankommen könnte!* Doch Eaven ließ sie keinen Millimeter aus ihrem Versteck heraus. Elenor atmete aus und nahm sich zusammen. Erneut bündelte sie ihre Ruhe in sich und schickte sie mit voller Kraft zu Fynn herüber. Ihr Zwerchfell spannte sich mit jedem neuen Atemzug an, ihre Bauchdecke hob und senkte sich. Immer wieder feuerte sie den Strahl ihrer Ruhe mit größter Anstrengung gegen seine gigantischen Gefühle, bis sie es mit zitterndem Körper und Schweiß auf der Stirn endlich schaffte, zu ihm durchzudringen. Langsam lichtete sich der dunkle Rauch in Fynns verwüsteten Inneren und sein Verstand klärte sich. Unter seinem sich beruhigenden Pulsschlag stand er wieder auf. Die Gefühle waren in seinen Körper zurückgekehrt. Sie brüllten noch immer, doch nach und nach ließen sie davon ab, ihn zu zerstören und fanden sich zusammen. Ohne zu zögern, ließ Fynn sich selbst ein Schwert zufliegen und fing es stumm aus der Luft ab. Der Mann, der Fynns Inneres in ein solches Chaos versetzt hatte, schaffte es gerade noch rechtzeitig, ein Schild vom Boden aufzuheben. Berechnend und mit enormer Wucht schlug Fynn gnadenlos auf ihn ein, bis der Mann sich kaum noch auf den Beinen halten konnte.

»Wie ist das möglich?«, keuchte er und ließ seine Augen hastig über Fynns Bauch wandern. Wieder streckte er seine Hand aus, doch bevor er seine magische Fähigkeit nutzen konnte, schlug Fynn sie ihm eiskalt ab. Ein schrecklicher Schrei mischte sich unter das Brausen des Chaossturms um sie herum, während der Mann wie von Sinnen rückwärts stolperte. Sein Blick raste panisch auf der Suche nach einer Fluchtmöglichkeit über die deutlich kleiner gewordene kämpfende Menge. Dabei blieb sein Blick an Elenor hängen, die Fynn immer noch mit angestrengtem Gesicht anstarrte und er verstand sofort.

»Du kleine Göre, na warte«, knurrte er mörderisch. Sein inneres Feuer der Hölle loderte monströs auf und verschlang den letzten Überrest seiner menschlichen Seele. Nun, endgültig vom Wahnsinn getrieben, gab es nichts mehr, was ihn am Leben hielt. Wie besessen schmiss er das Schild zur Seite, für eine letzte schreckliche Tat. Obwohl er wusste, dass er sich damit zum Tode verurteilte, war sein einziges Verlangen, Elenor mit in sein Verderben zu ziehen. Fiebrig glühend richtete er seine verbliebene Hand auf Elenor und mit einem Mal zersprang die Ruhe in ihr wie ein Spiegel in tausend glitzernde Scherben. Lähmende Angst und Panik, die Elenor seit dem Aufbruch tief in sich verschlossen hatte, krochen in ihr empor wie wütende Schlangen. Fynn verfolgte das Geschehen mit knirschendem Kiefer und bevor der Mann noch mehr tun konnte, schlug er ihm zornentbrannt mit seinem Schwert den Kopf ab. Noch immer unter ihren frei gesetzten Gefühlen zitternd, sah Elenor hilflos zu, wie Fynn einen Moment lang vor dem toten Mann verharrte und bebend auf ihn herabstarrte. Wie aus einem Eimer ergoss sich das Blut aus dem Hals in großem Schwall glucksend über den reglosen Körper. Dann hob Fynn den Kopf. Mit kalt funkelnden Augen sah er sich das dicht fliegende Chaos an und ließ seinen Blick durch das letzte Gerangel um sich herum schweifen. Die Gefühle in ihm formten sich nun zu einer einheitlichen Energiemasse und mischten sich zwischen seine Muskelfasern. Mit einer scharfen, kraftgeladenen Armbewegung ließ er die spitzen Äste und kleineren Felsbrocken direkt auf die Menschen auf dem Boden zuschießen. Elenors Herz setzte aus. Mit kleinen Fingerbewegungen koordinierte Fynn sie so, dass sie genau die Feinde trafen und mit einem Mal waren die dunkel gekleideten Gestalten alle vernichtet. Die Kämpfer hörten abrupt auf und sahen ungläubig auf die vor ihnen erschlaffenden Körper. Fynn atmete tief aus und streckte sich. Jede seiner Zellen stand unter Spannung, während er alles langsam wieder zu Boden gleiten ließ.

Eine ohrenbetäubende Stille breitete sich aus. Die Elite-Kämpfer starrten Fynn an. Manche geschockt, einige ängstlich, andere ehrfürchtig. Noch bevor sie verstehen konnten, kam Elenor wieder zur Besinnung. Sie sprang aus dem Loch heraus und rannte auf ihn zu. Besorgt griff sie nach seinem Arm und sah ihm tief in die Augen. Die Gefühle in ihm brummten immer noch laut und schossen weiterhin in schnellen Schüben glühende Energie durch seine Muskelfasern. Ohne ein Wort nahm er Elenor und zog sie in eine feste Umarmung. Sie spürte das Gewicht seines zitternden Körpers nah an ihren gepresst und wusste, dass sie nun stark sein musste. In diesem Moment war sie der Fels in der stürmischen Brandung seiner inneren Welt. Mit aller Kraft hielt sie ihn fest und nahm ihre restliche Konzentration zusammen, um ihn allmählich zur Ruhe kommen zu lassen.

»Danke«, flüsterte er. Dann löste er sich wieder von ihr. Fasziniert strich sie über seinen Oberarm. Breite Adern zogen sich über die noch immer erhitzten, stahlharten Muskeln. Ihr Zeigefinger bebte leicht unter der sirrenden Energie, die sich unter seiner Haut verbarg und auf sie übersprang.

»Du hast es geschafft«, hauchte sie atemlos. »Du konntest es nicht nur kontrollieren, deine Gefühle sind mit deinem physischen Körper und deiner magischen Fähigkeit verschmolzen. Dein Potenzial ist unglaublich mächtig.« Sie spürte, wie sich eine flaue Reue unter das Brummen seiner Gefühle mischte und der Impuls, etwas Ablehnendes zu sagen, durchzuckte ihn. Schüchtern schlug er die Lider nieder und wich dem Leuchten, dass ihm aus ihrem Herzen heraus durch ihre Augen entgegen funkelte, aus. Dann ließ er jeglichen dunklen Gedanken los und hob den Blick.

»Und du hast mir dabei geholfen«, sagte er und in seiner Stimme lag eine so ehrlich gemeinte Dankbarkeit, wie Elenor sie noch nie bei ihm gehört hatte. Für einen kurzen Moment entstand etwas Festes, Unzerschneidbares zwischen ihnen. Etwas, was sie beide tief verband. Dann wurde der Moment von Eavens dumpfen Schritten aufgelöst, die sich auf dem aufgerissenen, frostigen Waldboden langsam nährten. Wortlos blieb er vor den beiden stehen. Zögernd drehte Fynn seinen Kopf und sah ihm vorsichtig in die Augen. Elenor konnte nur erspüren, was sich in dem stummen Gespräch zwischen den beiden ereignete. Ernst und unergründlich musterte Eaven ihn, während Fynn angespannt und schuldbewusst auf sein Urteil wartete. Dann glitt ein Anflug von Anerkennung über Eavens Gesicht, bevor er sich umdrehte und in Gedanken an den weiteren Verlauf der Mission davonging. Schweigend standen die Kämpfer immer noch um Fynn herum und starrten ihn an. Freya war die Erste, die sich wieder regte.

»Was steht ihr denn noch so rum und glotzt?«, fragte sie barsch, an ihrer Seite den noch immer etwas matt aussehenden Sven gestützt. »Los, Bewegung, wir ziehen weiter!« Sofort hasteten die Kämpfer davon.

»Ist dir etwas aufgefallen?«, fragte Fynn Elenor mit gesenkter Stimme.

Sie nickte. »Die Feinde hatten heute fast alle magische Fähigkeiten«, antwortete sie.

»Er schickt nun also seine gefährlicheren Gefolgsleute los«, sagte Fynn und neue Hoffnung flackerte in ihm auf. »Er fühlt sich bedroht. Wir sind ihm also ganz nah auf der Spur.«

Ihr vor Anstrengung heißer Atem bildete kleine Dampfwolken in der kalten Dämmerungsluft, als die Kämpfer schweigend in Villad ankamen. Da ihre Pferde entweder tot oder während des Ausbruchs von Fynns Aura panisch davon gestürmt waren, musste die Truppe den Rest des Weges zu Fuß zurücklegen. Unermüdlich schritt Eaven voran, seinen mittlerweile wieder konzentrierten Blick ununterbrochen wachsam über die Umgebung streifend, auf der Hut vor weiteren Gefahren. Neue, pochende Energie durchströmte nun seinen sonst so ruhigen, unerschütterlichen Geist. Wie alle anderen spürte er, dass sie so nah an Hakon dran waren, wie noch nie und der unruhige Drang, ihn endlich zu finden, ergriff von ihm Besitz. Keiner der Kämpfer stellte seine Entscheidungen infrage. Bedingungslos loyal setzten sie einen müden Fuß vor den anderen, fest auf Eaven und seine Instinkte vertrauend.

»Wir schwärmen am besten zu zweit aus«, sprach Eaven, als sie vor den ersten ramponierten Häusern am Rand des verlassenen

Dorfes standen. »Das Dorf ist nicht besonders groß. Wenn einer von euch in Schwierigkeiten gerät, werden wir es hören und euch zu Hilfe kommen. Wir treffen uns alle auf dem Marktplatz da vorn wieder.« Ohne ein weiteres Wort zerstreute die Truppe sich und schlich lautlos durch die leeren Gassen.

Dicht hinter Fynn bleibend, setzte Elenor sich in Bewegung. Ihre Sinne waren glasklar geschärft und jeder noch so leise Windzug ließ sie zusammenzucken. Hastig huschte ihr Blick in alle Richtungen, in größter Anspannung darauf wartend, dass ein neuer Feind aus den dunklen Ecken hervorgesprungen kam. Die Häuser waren sehr in Mitleidenschaft gezogen. An einigen hingen die Fensterläden schief, bei anderen waren die Türen eingetreten und die Trampelpfade, die sich durch das Dorf schlängelten, waren bedeckt von allerlei kaputten Gegenständen – Holzschalen, Bilderrahmen, zerbrochene Porzellankrüge und Kerzenständer aus Stahl. Eine kleine Puppe aus Holz mit wirren Wollfäden auf dem Kopf und einem bunt angemalten Gesicht zog Elenors Aufmerksamkeit auf sich. Vor ihren Augen tauchte ein kleines Mädchen auf, die vergnügt lachend mit ihr spielte, dann griff Fynn sie warnend am Arm.

»Dort vorn«, flüsterte er. Elenor folgte seinem Blick und entdeckte eine alte Frau auf einem kleinen Acker am Rande des Dorfes. Sie hockte zusammengesunken auf dem Boden und ihre knochigen Hände gruben langsam in der fast kahlen Erde, auf der Suche nach den letzten Ernteresten des Sommers. Langsam näherten die beiden sich der Frau. Etwas seltsam Entrücktes ging von ihr aus, was Elenor dazu zwang, einen gewissen Abstand zu ihr zu halten.

»Verzeiht uns die Störung, liebe Frau, darf ich Euch ein paar Fragen stellen?«, sprach Elenor sie behutsam an. Mit einem Ruck fuhr die Frau erschrocken herum. Sofort breitete sich eine ungeheure Panik in ihr aus, die ihren kleinen, alten Körper zittern ließ. Mit einem Mal fing sie bitterlich zu weinen an.

»Bitte tut mir nichts«, flehte sie und warf sich schluchzend vor

Elenor nieder. Mit ihren langen, knochigen Händen griff sie verzweifelt nach Elenors Bein und sah zu ihr auf. Ihr faltiges Gesicht war tränenüberströmt. »Ich habe euch doch schon versichert, dass wir keine weiteren kampffähigen Leute mehr haben, so glaubt mir doch, hier wohnen nur noch alte Menschen und Kinder, bitte tut mir nichts!« Geschockt starrte Elenor auf sie herab. Fynn machte Anstalten, die Frau von Elenor wegzustoßen, doch Elenor gebot ihm mit einer energischen Handbewegung Einhalt. Diese Frau schien eine Menge gesehen zu haben und Elenor ahnte, dass ihre Geheimnisse Eavens Truppe ungemein nützlich sein könnten. Beruhigend sprach sie eine Weile auf die Frau ein, bis ihr Jammern erstarb.

»Wer seid ihr überhaupt?«, fragte sie argwöhnisch, als sie sich wieder beruhigt hatte und wischte sich mit ihren schmutzigen Händen über ihr nasses Gesicht.

»Wir sind die Elite-Kämpfer aus dem Königreich Vilgot, euer Dorf steht unter unserem Schutz«, antwortete Elenor und hockte sich vorsichtig neben sie auf den Boden. Ein erneuter beschützender Impuls durchzuckte Fynn, doch er unterdrückte ihn und ließ die Situation widerwillig geschehen. »Wir möchten nur von Euch wissen, was hier passiert ist. Fühlen Sie sich bereit, es uns zu erzählen?« Die Frau starrte Elenor geistesabwesend an. Dann begann sie mit heiserer Stimme zu sprechen.

»Hakons Leute kommen in die Dörfer, weil sie nach Rekruten für seine Armee suchen. Wir wussten davon Bescheid und haben uns seit Wochen darauf vorbereitet. Und heute Morgen war es dann so weit. Sie kamen mit Gebrüll in unsere Häuser, haben uns aus den Betten gezogen und nach draußen auf den Dorfplatz gezerrt. Sie haben uns zusammengepfercht, wie das Vieh zum Schlachten.« Ein unangenehm kaltes Gefühl lief über Elenors Rücken, als das Bild auf dem Dorfplatz in Fynns Erinnerung vor ihr aufblitzte. »Wir dachten, sie würden uns alle töten, aber das taten sie nicht«, fuhr die Frau fort, ihren stumpfen Blick ins Leere gerichtet. »Zumindest am Anfang nicht. Sie haben solche seltsamen Kugeln aus Glas aus ihren Taschen gezogen —«

»Kristallkugeln?«, fragte Fynn hellhörig.

Die Frau nickte langsam. »Ja… ja, sie sahen aus, wie runde Kristalle, nur waren sie nicht glasklar, sondern hellrot, als wäre so was wie… wie Blut in ihnen.« Die Frau erschauderte. »Sie haben sie an die Köpfe unserer Familien gehalten und es sah so aus, als würden sie alle leer gesaugt werden. Sie waren danach so leblos, als hätten sie keine Seele mehr. So, als wären sie tot, nur viel schlimmer.« Die Frau brach ab und vergrub ihr kleines Gesicht in ihre knochigen Hände. Ein neuer, kehliger Schluchzer entfuhr ihr. Vorsichtig strich Elenor ihr sanft über den Rücken und milderte die schwer tropfende Trauer der Frau mit einigen warmen Sonnenstrahlen des Trostes.

»Was ist danach passiert?«, fragte sie leise. Die Frau ließ ihre Hände sinken und sprach weiter.

»Sie haben die Kugeln wieder eingesteckt und unsere Leute mitgenommen. Die Kräftigen und Gesunden der Seelenlosen folgten ihnen freiwillig. Die, die nicht kampftauglich waren, fesselten sie und trieben sie vor sich her. Wenn jemand, der Älteren stolperte und aus der Reihe fiel, wurde er wieder in ihre Reihe zurückgetrieben und bestraft. Ich habe wohl Glück gehabt. Im Chaos habe ich einen Schlag gegen den Kopf bekommen und konnte das Geschehen nur stumm vom Boden aus beobachten. Sie dachten wohl, ich sei tot. Ich konnte nur noch sehen, dass sie in Richtung Norden marschiert sind. Nach den Geschichten, die wir uns im Geheimen erzählen, ist ihr Versteck tief in den Nordbergen.«

»In den Nordbergen?«, fragte Elenor überrascht. »Dort ist es so kalt, dass da kaum Tiere leben. Wie überleben sie denn da?«

»Den Legenden nach befindet sich dort ein mächtiger, schlummernder Vulkan«, antwortete die Frau mit gesenkter Stimme, als könnten sie belauscht werden. »Unser Dorfältester hat uns oft alte

Geschichten erzählt, von ganzen Völkern der Feuermenschen, die da gelebt haben.«

»Feuermenschen?«, kam es von Fynn.

»So nennen wir die Menschen, die das Feuer kontrollieren können«, antwortete die Frau leise.

»So wie Hakon«, murmelte Elenor. So langsam fasste die Frau Vertrauen zu Elenor und Fynn. Ungebremst sprach sie weiter.

»Es ist ein sehr praktisches Versteck für ihn. Laut den Erzählungen unseres Dorfältesten gibt es in dem Vulkan wohl eine riesige Höhle. Der einzige Eingang wird von einem breiten Lavastrom bedeckt. Von einer Bäckerin aus einem Nachbardorf habe ich erfahren, dass Hakon alle anderen Feuermenschen umgebracht haben soll. Jetzt ist er der Einzige, der den Lavastrom passieren und in die Höhle hinein und wieder hinaus kann. Man sagt, dass er alle in den Lavastrom wirft, die ihn verärgert haben.«

„Ist Hakon etwa immun gegen das Feuer?", fragte Elenor verdutzt.

Die Frau schüttelte energisch mit dem Kopf. »Natürlich nicht! Er ist doch trotzdem noch ein Mensch. Feuermenschen können das Feuer nur erzeugen und bewegen.« Dann brach die Frau ab und starrte wieder geistesabwesend insLeere. Elenor erhob sich und wandte sich zu Fynn.

»Wir müssen sofort Eaven suchen, und ihm Bescheid geben«, sagte sie.

Er sah sie skeptisch an. »Glaubst du ihr?«, fragte er mit gesenkter Stimme, damit die alte Frau ihn nicht hören konnte.

»Wir haben keine große Wahl«, antwortete Elenor leise. »Wir müssen jedem Hinweis nachgehen, den wir bekommen. Sie ist zwar verwirrt, aber ich hatte das Gefühl, dass sie die Wahrheit sagt.« Fynn nickte. Er wollte etwas sagen, doch die alte Frau unterbrach ihn.

»Was sagtet ihr gleich noch, wo ihr herkommt? Aus Vilgot, oder?« Ein gefährlich fauchender Unterton schwang in ihrer alten, brüchigen Stimme mit. Beklommen drehte Elenor sich zu ihr um.

»Das große Königreich, das uns Bauern vom Dorf hoch und heilig geschworen hat, auf uns aufzupassen, wenn Gefahr droht!«, krächzte die Frau mit einem verächtlichen Lachen. Ihre Stimme wurde unangenehm schrill. »Wenn unser Dorf unter eurem Schutz steht, warum mussten wir dann ganz allein gegen diese grausamen Monster von Menschen kämpfen?«

Elenor konnte nichts darauf antworten. Der noch frisch glühende Schmerz der Frau peitschte auf sie ein, wie ein heißer Draht und das Wissen, dass die Frau ganz und gar recht hatte, lähmte sie. »Es tut mir leid«, presste Elenor hervor, aber die Frau geriet immer mehr außer sich. Klagend kreischte sie los und stieß die schlimmsten Verfluchungen aus. Stumm stand Elenor da, zu nichts weiter in der Lage, als die bitteren Vorwürfe über sich ergehen zu lassen. Gerade als die Situation kaum noch zu ertragen war, durchbrach Eavens Stimme das Wüten der Frau.

»Was ist hier los?«, fragte er scharf und für eine Sekunde herrschte ein eisiges Schweigen. Als er die alte Frau erblickte, ließ er sein Schwert sinken und sah Elenor und Fynn fragend an. Sofort fuhr die Frau fort.

»Ah, noch so einer«, zeterte sie und stapfte, mit ihren knochigen Fäusten schüttelnd, auf Eaven zu. Für einen kurzen Moment wusste er nicht, wie er sich verhalten sollte. Entgeistert starrte er auf sie herunter und schob sie sanft, aber bestimmt von sich, als sie anfing, mit schwachen Hieben auf ihn einzutrommeln.

»Wir haben einen Hinweis auf Hakons Versteck gefunden«, ergriff Fynn das Wort. »Es ist in den Nordbergen.«

Die Worte brauchten einen kurzen Moment, bis sie zu Eaven durchgedrungen waren. Dann schoss neuer Tatendrang in ihm empor. »Wir brechen sofort nach Vilgot auf und übermitteln diese Nachricht an den König«, sagte er mit gewohnt fester Stimme. Er schien plötzlich wie ausgewechselt. Jegliche Spur seiner, heute Morgen noch dagewesenen, Zerstreutheit war komplett verschwunden. »Ich sage den anderen Bescheid, dass sie sich wieder auf den Rückweg machen sollen. Das Dorf ist ansonsten komplett leer, wir sind hier fertig.« Plötzlich ließ die alte Frau von ihm ab.

»Aber hier wohnen doch noch unsere Kinder und die Dorfälteren, der Wilmer und die Lyva haben doch eben noch auf dem Marktplatz gespielt —« Verwirrt sah sie sich um. Elenor wandte sich an Eaven.

»Bist du dir sicher, dass hier keiner mehr wohnt?«, fragte sie ihn eindringlich.

Eaven nickte. »Möchtet Ihr mit uns kommen?«, wandte er sich an die alte Frau.

»Wie… wie meinst du das?«, fragte sie verständnislos.

Elenor ging auf sie zu. »Ihr könntet mit uns nach Vilgot kommen«, sagte sie freundlich. »Dort bekommt Ihr ein eigenes Häuschen und genug zu essen. Und Ihr seid nicht mehr allein, Ihr habt dort viele liebe —«

»Nein«, unterbrach die Frau sie abrupt.

Elenor war verdutzt. »Aber es wird Ihnen dort wirklich gut gehen, Ihr —«

»Nein«, sagte die Frau erneut, diesmal bestimmter. Nun wirkte sie wieder absolut klar im Kopf. »Ich werde hier bleiben und mich so lange um alles kümmern, bis ich nicht mehr lebe.« Elenor wollte noch etwas erwidern, dann nahm Fynn sie bei den Schultern und zog sie sanft von der alten Frau weg.

»Lass sie, sie will nicht von ihrem Zuhause weg«, sagte er leise. Er schien die alte Frau genau zu verstehen. Widerwillig gab Elenor auf. Sie konnte die Frau nicht zwingen, auch, wenn es ihr eigenes schlechtes Gewissen über das schreckliche Geschehen im Dorf lindern würde.

»Gibt es hier noch Pferde, die wir uns für heute ausleihen dürfen?«, fragte Eaven.

Die Frau nickte. »Nur noch zwei, sie stehen auf der Koppel hinter dem Brunnenplatz.«

28.
HOFFNUNG

Gnadenlos stachen die zarten Tröpfchen des feuchten Niesel-
regens auf Elenors Gesicht ein, während sie in rasanter
Geschwindigkeit über die dunkler werdenden Wiesen in das
Königreich zurückritten. Die Muskeln des braunen Kaltblutpfer-
des hoben und senkten sich unter Elenors Beinen mit enormer
Kraft. Elenor schlang ihre Arme fest um Fynns Oberkörper, um
ihr Gleichgewicht in dem wilden Galopp nicht zu verlieren und
vom Rücken des Pferdes zu gleiten. Sie schloss die Augen und
konzentrierte sich darauf, mit den Bewegungen von Fynn und
denen des Pferdes in einen rhythmischen Einklang zu kommen.
Als sie die Augen vorsichtig öffnete, preschten sie bereits durch
die dunklen, nassen Gassen von Vilgot, Eaven auf seinem weißen
Kaltblut voran. Wie angekündigt, hatte er keine Sekunde gewartet.
Noch während er sich ohne Sattel auf das Pferd schwang, hatte er
Freya einige letzte Anweisungen zum Zurückführen der Truppe
gegeben und war sofort mit Elenor und Fynn im Rücken aufgebrochen. Da sie beide das Gespräch mit der alten Frau geführt
hatten, hielt Eaven es für das Beste, dass sie beide dem König
auch davon berichteten. Elenor hatte kaum Zeit, sich zu fragen,
wie sie das eben Erfahrene in Worten formulieren sollte, da
zwang die mächtige, breite Holztür zum Versammlungssaal die
drei bereits zum Stillstand.

»Der König ist gerade in einer Ratsbesprechung«, sagte einer der Wachen und machte keine Anstalten, zur Seite zu treten.

»Du solltest eigentlich dabei sein, aber du warst ja noch unterwegs«, fügte der andere mit einer kaum erkennbaren Spitze in den Worten hinzu.

Eaven ignorierte den Kommentar. »Wir haben Informationen zu Hakons Aufenthalt, die der König wissen muss«, kündigte er ernst an.

Sofort richteten sich die Wachen auf. »Tatsächlich? Wenn das so ist –«, murmelten sie und gaben die Tür unverzüglich frei.

Eaven stieß sie kräftig auf und betrat zügig den Raum. Die Männer und Frauen an der langen Tafel unterbrachen ihre Gespräche und hoben die Köpfe.

»Wer unterbricht denn jetzt schon wieder?«, knurrte König Noah drohend, dann brach er bei Eavens Anblick ab.

»Ach, schön, dass du nun auch dazu stößt«, ertönte es aus der Runde.

»Eure Majestät«, begann Eaven höflich und neigte seinen Oberkörper zu einer respektvollen Verbeugung. Elenor und Fynn taten es ihm gleich. »Die Mission hat einiges mehr an Zeit beansprucht, als geplant war, doch wir haben endlich einen Hinweis darüber, wo Hakon sich aufhalten könnte.« Die Männer raunten verblüfft. König Noahs trübe Augen glänzten hell auf.

»Wo ist er?«, stieß er aus.

»Eine alte Frau aus dem Dorf Villad hat Elenor und Fynn erzählt, dass er sich in den Nordbergen aufhält«, antwortete Eaven. Trotz der Kampfspuren auf seinem Gesicht, der zerstreuten Strähnen seiner schwarzen Haare und des nassen, zerrissenen Elite-Mantels strahlte er eine unantastbare Souveränität aus. Ein verhaltenes Kichern erklang in der Runde, dann prusteten die Männer los.

»Wie? Du glaubst dem Geschwätz einer alten Frau?«, dröhnte einer von ihnen.

Ein anderer sah Eaven tadelnd an. »Also wirklich, wir dachten, du hättest *wirklich* eine Spur gefunden.« Eaven verzog keine Miene. Stramm und aufrecht stand er da, seine dunklen Augen abwartend auf den König gerichtet.

»Meine Elite-Kämpfer und ich können in den nächsten Tagen aufrüsten und sofort aufbrechen«, sprach er mit kräftiger Stimme über das Gerede hinweg. König Noahs grimmige Aura bäumte sich auf. Die Männer lachten erneut los.

»Seit zehn Jahren lebt niemand mehr in den Nordbergen, ohne zu erfrieren!«, sprach ein kleiner dicker Mann. Abschätzig musterte er die drei und sein Blick blieb unverschämt grinsend an Elenors Oberweite hängen, die sich unter der nassen Elite-Uniform deutlich abzeichnete. Wütend zog sie ihren grünen Mantel davor und trat einen energischen Schritt auf die Tafel zu.

»Dort gibt es einen Vulkan, in dessen Höhle er sich versteckt hält«, rief sie in die Menge, doch damit gab sie den Männern den Rest. Ohrenbetäubendes Lachen erfüllte den Raum.

»Ein Vulkan? In den Nordbergen?«, prusteten sie und hauten vor Lachen auf den Tisch. »Der wäre doch längst genauso eisig wie der Rest der Landschaft!« Glühend heiß schoss ihr das Blut in die Ohren. Beschämt schloss sie ihren Mund, den Blick auf das alte, abgenutzte Holz der Tafel gerichtet.

»Ruhe!«, brüllte König Noah urplötzlich und das Gelächter erstarb. »Ist das wahr?«, fragte er drohend durch den Saal zu Eaven herüber. Der nickte mit fester Miene. König Noah saß für einen kurzen Moment schwer atmend auf seinem hohen Thron. Die Energien in ihm kämpften und rangen miteinander, dann schlug er die Faust auf den Tisch. »Ich will allein mit Elenor sprechen«, befahl er.

»A-aber Majestät«, begann einer der Männer vorsichtig. »Sollten wir nicht einen Plan —«

»Raus mit euch!«, unterbrach König Noah ihn. »Sofort!« Hastig erhoben die Männer sich und eilten empört tuschelnd aus dem Raum.

Elenor schluckte heftig, als Fynn und Eaven ihnen folgten

und die Wachen die Flügel der Tür unheilvoll hinter sich zuzogen.

»Nach all den Jahren sollte ich doch wohl am besten wissen, was ich tue, ich bin schließlich der König«, grollte er verbittert in sich hinein, dann schoss sein Blick zu Elenor. Die kleinen Augen glühten fiebrig aus ihren dunklen Höhlen hervor. »Ist das wahr?«, fragte er aufgeregt und befahl Elenor mit einer ungeduldigen Handbewegung, sich zu ihm an die Tafel zu setzen. Widerwillig gehorchte sie ihm und nickte mit dem Kopf.

»Zumindest, wenn wir der alten Frau Glauben schenken wollen«, fügte sie hinzu.

»Wo ist die Frau?« Seine Stimme zitterte. »Sie soll sofort zu mir kommen.«

»Sie wollte in ihrem Dorf bleiben«, antwortete Elenor angespannt. Brummend braute seine massige Aura sich über ihm zusammen und in seinem, mit Altersflecken übersäten Kopf, ratterte es.

»Was weißt du über die Kristallkugeln?«, fragte er urplötzlich geradeheraus. Seine Worte peitschten auf Elenors Wangen wie Ohrfeigen. Jede ihrer Zellen erstarrte, während ihre Gedanken durch ihr Gehirn rasten. *Was wusste er? Was konnte sie ihm erzählen? Warum fragte er überhaupt danach? Was hatte er mit ihr vor?*

»Alles«, brachte Elenor schließlich mühsam hervor.

König Noah nickte grimmig. »Ich habe lange überlegt, die Bücher aus der Volksbibliothek zu entfernen. Nicht, dass jemand noch auf gefährliche Ideen kommt.« Elenors Herz hämmerte so heftig gegen ihre Rippen, dass sie Angst hatte, er würde es hören. »Aber dann riet mir ein alter Lehrer aus der Volkshochschule, dass es noch viel gefährlicher sei, Wissen vor den Menschen geheim zu halten, denn sie holen es sich so oder so. Und dann kämen sie erst recht auf dumme Ideen.« Wachsam fixierte er Elenor, die sich immer noch nicht zu bewegen wagte. *Was wollte er von ihr?*

»Aber ich bin nach wie vor der Überzeugung, dass manche

Dinge geheim bleiben müssen«, fuhr der König fort, einen warnenden Unterton in seinen langsam gesprochenen Worten. Elenor schauderte es. »Behältst du das, was ich dir jetzt erzähle, für dich?« Scharf, wie die Krallen eines Bären, kitzelten seine Worte an Elenors Kehle und sie wusste, dass sie gar keine andere Wahl hatte, als ihm zuzustimmen. König Noah nickte zufrieden und richtete sich auf. Das aufgeregte Brummen in seiner Aura ebbte ab und nun schwebte die dunkle Masse still und wachsam über ihm.

»Dieser Lehrer, Meister Ulfrik, hatte die seltene magische Fähigkeit, die Erinnerungen anderer Menschen zu beeinflussen und sie ihnen zu nehmen. Über die Fähigkeit hast du auch schon gehört?« Prüfend bohrte sein Blick sich in sie hinein. Elenors Schultern entspannten sich kaum merklich. Er schien also nicht zu wissen, was sie mit Emelie, Henrik und Fynn bereits herausgefunden hatte.

»Ja, wir haben darüber kurz in der allgemeinen Grundlehre gesprochen«, log sie mit bemüht fester Stimme.

König Noah nickte erneut zufrieden. »Ich habe mit Ulfrik einen Plan geschmiedet«, fuhr er fort. »Der Kristall der Kugeln ist ein ganz besonderer. Er ist so rein, dass er Magie aufnehmen kann, und zwar jede. Ulfrik und ich haben einen Kristall erschaffen, der meine eigene magische Fähigkeit beinhaltet. Dieser Kristall kann jetzt jedem Menschen die Magie nehmen.«

Überrascht klappte Elenor der Mund auf. *Was hatte der König da gerade gesagt?* »Aber wenn Ihr die Fähigkeit besitzt, den Menschen die Magie zu nehmen, warum habt ihr Hakon nicht längst das Feuer genommen?«, fragte sie.

Mit einem Schlag verfinsterte sich König Noahs Gesicht. »Weil mich das mein Leben kosten würde«, sprach er grimmig. »Es gibt nur sehr wenige Magien da draußen, die eine Schattenseite haben. Das bedeutet, dass sie eine Konsequenz nach sich ziehen, wenn man diese Magie nutzt. Das Nehmen der Erinnerungen zerfrisst einem den Verstand und verschlingt die Emotionen. Meine Magie nimmt mir die Hälfte meiner Lebenszeit.« Grollend braute seine finstere Aura sich wieder auf und wand sich wie ein schmerzerleidendes Tier. »Ich habe meine magische Fähigkeit nur einmal eingesetzt, bei einer Ratsversammlung vor zehn Jahren. Hakon war bereits seit Wochen verschwunden und wir diskutierten über die weitere Vorgehensweise und die Zukunft unseres Königreiches. Eines der Ratsmitglieder hatte ein ähnliches Temperament wie Hakon und besaß die Fähigkeit, die Luft zu kontrollieren. Er war dafür, unsere Kämpfer sofort auszurüsten und durch das Land ziehen zulassen, während die anderen dafür waren, bei den benachbarten Königreichen um Bündnisse zu bitten. Er saß direkt neben mir und wurde wütend. Während er sich in Rage redete, dass das alles zu lange dauern würde, ließ er die Luft im Saal zirkulieren und bevor ich wusste, was ich tat, griff ich nach ihm und presste meinen Zeigefinger auf seine Brust. Ich spürte, dass er mit seiner Magie Unheil anrichten würde und ich wollte sie ihm instinktiv nehmen. Und es gelang mir. An diesem Tag hatte sich meine Magie zum ersten Mal entfaltet. Da war ich fünfundzwanzig Jahre alt.« Elenors Augen weiteten sich, als sie auf die fahlen Falten seiner dünnen Haut starrte, in denen kleine blaue Adern hervorschimmerten. »Über Nacht veränderte mein Körper sich und als ich am nächsten Morgen in den Spiegel sah, war ich plötzlich fünfzig Jahre alt. Meine Magie hat mich um das doppelte altern lassen.«

»Vielleicht war diese Fähigkeit ein Fehler der Natur«, hallte Henriks Stimme in Elenors Kopf wider, als die Informationen über das Volk in den Bergen und alles, was der Forscher vor langer Zeit über sie herausgefunden hatte, wie eine Flut an die Oberfläche ihres Gehirns spülten.

»Ich kann meine Magie nicht mehr selbst anwenden«, holten König Noahs grimmige Worte Elenor wieder in die Wirklichkeit zurück. »Dann würde ich auf einhundertzwanzig Jahre altern und wäre vermutlich schon tot. Aber der Kristall kann es. Er wird Hakon die Magie nehmen. Und nicht nur seine. Der Kristall wird die Magie aus dem ganzen Land in sich aufsaugen und ein für alle Mal aus unserer Welt verbannen.« Langsam glühte seine dunkle Aura auf und strahlte eine so unangenehm starke Hitze auf Elenor herab, dass ihr schwummrig vor Augen wurde. Bei all den Fragen in ihrem Kopf, wusste sie gar nicht, welche sie zuerst stellen sollte.

»Aber wie kam es, dass ihr nicht noch weiter gealtert seid, als ihr eure Fähigkeit in den Kristall gegeben habt?«, platzte es als Erstes aus ihr heraus.

»Bei dem Kristall habe ich selbst keine Magie angewendet«, erklärte er. »Der Kristall hat von Ulfrik die Magie des Nehmens bekommen und hat mir ein wenig von meiner Magie abgezapft.«

»Warum erzählt Ihr mir das?«, kam es als Nächstes aus Elenor heraus, während sie versuchte wieder klar zu sehen.

»Ich brauche jemanden, der den Kristall berührt. Ohne eine Quelle an Lebensenergie kann der Kristall nicht aktiviert werden. Aber ich bin zu schwach. Ich bin schon so alt, dass ich nicht mehr genügend Lebensenergie in mir habe, für so eine große Kraft. Wenn ich meine Hand darauf legen würde, wäre ich innerhalb von Sekunden tot. Es muss jemand Junges und Kräftiges sein. Eaven brauche ich noch für Wichtigeres. Und außer dir kann ich niemandem vertrauen, dass er das wirklich durchzieht.«

Elenor stockte der Atem. *Sollte sie etwa als Opfer dienen?* »Werde ich sterben?«, hörte sie sich fragen.

In dem Gesicht des Königs regte sich nichts. »Das kommt ganz darauf an, wie viel Lebensenergie der Kristall sich von dir nimmt.« Seine Stimme klang völlig unbeirrt, als würden sie sich über das Wetter unterhalten. »Da du aber noch sehr jung bist, ist die Wahrscheinlichkeit hoch, dass du es überleben wirst. Sonst hätte ich dich dafür nicht ausgesucht. Ich kann es nicht riskieren, dass diese Sache nur halb fertiggebracht wird, weil der Kristall seinen Aktivator komplett aussaugt.« Langsam beruhigte Elenors Kreislauf sich wieder und der Schleier vor ihren Augen verschwand.

»Und warum seid Ihr Euch so sicher, dass ich mein Leben für

Euch riskiere?«, fragte sie auflehnend. Die von tiefen Furchen umsäumten, schmalen Lippen des Königs verzogen sich zu einem Schmunzeln.

»Du bist mutig und ehrlich«, sagte er und ein kleines vergnügtes Glucksen kämpfte sich aus den verstaubten Tiefen seiner verbitterten Seele empor. »Du wirst das nicht für mich tun. Du wirst es für deine Eltern tun. Für deine Freunde. Und für das Königreich. Sei zu dir genauso schonungslos ehrlich, wie du es zu mir bist: Warum wolltest du in die Elite-Fraktion?« Immer noch vergnügt schmunzelnd beobachtete er Elenor, die mit fest geschlossenem Mund vor ihm saß und ihn kühl anstarrte.

»Um das Königreich zu schützen«, antwortete sie schließlich laut.

König Noah schnaubte verächtlich. »Ich habe nicht erwartet, dass du mir solche heroischen Märchen erzählst«, sagte er und das vergnügte Schmunzeln verschwand. »Niemand tritt dem gefährlichsten Arbeitsbereich Vilgots bei, weil es sein größter Traum ist, für einen Haufen unbekannter Gesichter zu sterben. Und du erst recht nicht.« Die dunkle Aura über ihm stampfte langsam auf Elenor zu, wie ein Bär auf ein junges, schutzloses Reh. »Ich sehe das Feuer in deinen Augen«, fuhr König Noah fort. Die Worte seiner tiefen Stimme umgarnten Elenor und lockten sie. »Du willst den Ruhm, die Anerkennung. Jeder will das, aber dein Hunger danach ist besonders groß. Und du willst diesem jungen, attraktiven Kämpfer nicht von der Seite weichen. Er macht dich süchtig, vielleicht sogar abhängig.« Elenor glaubte, kaum Luft zu bekommen, als die nackte Wahrheit seiner Worte ihr die Kehle zudrückten. »Den Ruhm wirst du zweifelsohne bekommen, wenn du meinen Plan zu Ende führst«, sprach er weiter. »Und selbst dieser Kämpfer wird dir zu Füßen liegen. Ich gebe zu, der Junge hat Geheimnisse, die wir noch nicht alle aufgedeckt haben. Aber du wirst es ihm doch sicherlich schon angesehen haben, wie sehr seine Magie ihn quält. Wie dankbar wird er dir erst sein, wenn du sie ihm genommen hast.« Ohne zu wissen, was sie tat, sprang Elenor abrupt von ihrem Stuhl auf. Ihre Schultern bebten, während sie nach Luft schnappte. »Also, was ist?«, fragte König Noah scharf. Grummelnd hockte seine dunkle Aura da, bereit zum tödlichen Sprung, sollte Elenor sich widersetzen. Hilflos spürte sie, wie ihr Kopf erneut stumm nickte. »Sehr gut«, knurrte König Noah. »Ich verlasse mich auf dich.« Wie ein Beil prallte das Gewicht seiner Worte auf ihren Nacken. Sie spürte, wie ihre Beine sich drehten und sie durch den langen Saal zur Tür trugen. »Elenor?« Ihre Füße blieben stehen. »Das bleibt unser Geheimnis, nicht wahr?« Mechanisch nickte ihr Kopf, dann zog sie mit tauben Händen die Tür auf und verließ den Saal.

Ihr heftiger Zusammenprall mit Eaven riss Elenor aus ihrer Trance. Fragend blickten er und Fynn sie an, doch bevor einer von ihnen etwas sagen konnte, ertönte die Stimme des Königs aus dem Saal.

»Worauf wartet ihr noch? Bewegt euch hier rein, wir müssen die Reise der Elite-Truppe in den Norden planen.« Ein wenig empört tuschelnd hasteten die Männer und Frauen des Rats in den Saal zurück. Mit einem letzten besorgten Blick auf Elenor folgte Eaven ihnen. Für den Bruchteil einer Sekunde hatte Elenor den verzweifelt schreienden Impuls, ihn festzuhalten. Sich in seinen starken Armen zu verstecken und sich an die ewig beständigen Mauern seiner unbesiegbaren Ruhe zu schmiegen. Doch sie blieb reglos stehen und sah zu, wie sein Rücken hinter der breiten Saaltür verschwand, die die Wachen bedeutungsvoll verschlossen. Unendlich allein, schwach und betäubt stand sie da und starrte auf das, im Licht der Fackeln, unnachgiebig glänzende Holz. Dann spürte sie Fynns Hand an ihrer.

»Komm, lass uns gehen«, sagte er und zog sie vorsichtig, aber bestimmt von der Tür weg. Widerstandslos ließ sie sich von ihm durch die Flure der Burg hinaus in die Gassen des Königreiches führen. Gierig sog sie die kalte Abendluft ein, während sie durch die dunklen Straßen liefen und langsam kehrten ihre Lebensgeister wieder zurück. Sie und Fynn schwiegen den gesamten Weg, doch diesmal spürte sie keinerlei Kälte zwischen ihnen. Fynn schien zu wissen, wie aufgewühlt sie war und ließ ihr die Möglichkeit, erst mal ihre eigenen Gedanken zu ordnen, bevor er ihr Fragen stellte. Dankbar drückte sie seine Hand ein wenig fester und genoss die Wärme seines mittlerweile wieder fast vollständig beruhigten Inneren, die sich durch seinen Körper auf sie übertrug. Sie wusste nicht, was sie ihm überhaupt erzählen sollte. Selbst wenn König Noahs Drohung unmissverständlich war, war sie aufwieglerisch genug, sich ihm zu widersetzen und Fynn in ihren Plan einzuweihen. *Doch war das eine gute Idee? Fynn könnte ihr ohne Zweifel helfen. Seine Angriffsgeschwindigkeit, Wendigkeit und Kampfgeschick waren bemerkenswert. Er galt, nicht ohne Grund, als der beste Kämpfer der gesamten Verteidigungssektion neben Eaven, und nachdem Elenor heute das Potenzial seiner magischen Fähigkeit gesehen hatte, war er garantiert einer der mächtigsten Kämpfer des Landes. Und sein Zorn brannte stark genug in ihm, dass er sich jederzeit von seiner Truppe losreißen und Hakon auf eigene Faust angreifen würde, sollte er ihn jemals finden. Doch trotz seiner emotionalen Unberechenbarkeit, war er nicht dumm. Er würde Hakon und seine Gefolgsleute alleine, ohne seine magische Fähigkeit, nicht besiegen können, das wusste er. Würde er es überhaupt zulassen, dass Elenor sie ihm nahm?* Nachdenklich betrachtete sie ihn von der Seite. Die hohen Wangenknochen seines schmalen, unergründlichen Gesichts leuchteten im Mondlicht und wurden von ein paar feinen Strähnen seiner dunklen Haare umspielt. *Was, wenn er seine magische Fähigkeit gar nicht so leicht hergeben wollte, wie König Noah prophezeit hatte? Was er mehr wollte, als alles andere auf dieser Welt, war Rache für den Tod seiner Eltern. Und wie Elenor ihn kannte, würde er nicht zulassen, dass sich irgendetwas dem in den Weg stellen könnte.* Gerade, als das schlechte Gewissen immer schmerzhafter in ihr zu nagen begann, wandte er den Kopf und sah sie mit seinen klaren, blauen Augen fragend an. Etwas Pures, Wahrhaftiges glitzerte Elenor aus ihnen heraus unschuldig an. Seine Lippen hoben sich zu einem aufmunternden Lächeln und ließen einen Teil von Elenors Sorgen sich in Luft auflösen und in der sternenklaren Nacht verschwinden. *Sie musste heute noch keine Entscheidungen treffen. Und wie sie den Plan umsetzte, würde sie mit dem König sicherlich noch besprechen. Und dann könnte sie sich immer noch überlegen, wie sie Fynn davon erzählen würde und ob sie es überhaupt tun sollte.* Sie atmete tief durch und konzentrierte sich voll und ganz auf Fynns warme Handfläche, um ihre Gedanken zur Ruhe zu zwingen. Doch ihre Gedanken schwiegen erst, als das Quietschen des Metalltores Elenor aus ihrem Kopf in die Realität zurückholte.

Sie und Fynn hatten endlich das Hauptlager erreicht und stießen zu den anderen Kämpfern, die bereits ins Hauptlager zurückgekehrt waren.

»Ich werde nie wieder über mein Pferd schimpfen, weil es zu langsam ist«, sagte Emelie und schlurfte erschöpft auf die beiden zu. Im selben Moment bemerkte Elenor die Pferde, die im Wald wieder gefunden und ins Lager geführt worden waren. Erleichterung ergoss sich in ihr, als sie neben Fynns grauem Wallach, Eavens schwarzen Hengst und Emelies stämmigen Pferd, ihre braune Stute erblickte, die ihr erschöpft, aber mit warmen Augen entgegensah.

»Dieser Fußmarsch war anstrengender als jedes Training. Nun sag schon, was habt ihr mit dem König besprochen?« Elenor kramte in ihrem Kopf nach den Antworten, doch ihr fiel nichts ein, was ihre beste Freundin zufriedenstellen würde, ohne ihr die gesamte Wahrheit zu erzählen.

»Das wird Eaven uns gleich berichten, wenn er zurück ist«, übernahm Fynn das Wort. Verwirrt starrte Emelie ihn an, als hätte sie ihn eben gar nicht wahrgenommen, dann blieb ihr Blick skeptisch an ihren verschränkten Händen kleben. Ein wenig zu hastig zog Elenor ihre Hand aus Fynns und steckte sie tief in die Taschen ihrer schwarzen Lederhose. Aus dem Augenwinkel erkannte sie kurz, wie Fynn verwirrt die Augenbrauen zusammenzog, dann wandte er sich ab und trat zu seinen Kameraden. Sven, dem es mittlerweile wieder gut ging, empfing ihn überschwänglich mit einer bereits geöffneten Weinflasche in der Hand. Emelie lagen einige unverfrorene Fragen, bezüglich Elenor und Fynn auf der Zunge, doch sie erkannte, das immer noch etwas bleiche Gesicht ihrer besten Freundin und schluckte ihre Fragen herunter. Stattdessen zog sie sie in eine herzliche Umarmung. Henrik trat auf die beiden Mädchen zu und schloss sich der Umarmung an.

»Jetzt wird es ernst«, sprach er, als die drei sich wieder voneinander lösten.

Emelie versuchte ein unerschrockenes Lachen. »Diesem Hakon zeigen wir es mit Links!«, doch es klang wenig überzeugend. Sie setzte zu einem weiteren kühnen Spruch an, aber ihre Stimme versagte. Langsam schloss sie ihren Mund wieder und Elenor spürte zarte Nebelschwaden der Angst in ihr aufsteigen. In Elenors Hals schwoll ein unangenehmer Kloß an. Sie wollte Emelie und Henrik so gern von dem erzählen, was König Noah ihr aufgetragen hatte, aber sie konnte es noch nicht. Ihr Magen zog sich zusammen, während sich Angst in Elenor breit machte. Ihr Gehirn begriff noch nicht ganz, was da auf sie zukam, doch es war nichts Gutes. Bei dem Gedanken, vielleicht sogar zu sterben, setzte ihr Gehirn für einen Moment aus. Dann sortierte Elenor ihre Gedanken wieder. *Jetzt konnte sie keinen Rückzieher mehr machen. Sie war schon zu weit gegangen. Ihr blieb nichts anderes übrig, als stark zu bleiben.*

»Wir besiegen ihn«, sagte Elenor zu sich und zu den beiden. Beherzt griff sie nach Emelies Hand. »Glaub mir, der König hat einen Plan. Wir haben einen riesigen Vorteil.« Eindringlich sah sie in die einst wilden, schwarzen Augen ihrer besten Freundin und der Nebel der Angst in ihr lichtete sich wieder.

»Meinst du damit etwa deinen neuen Freund, diese Zerstörungsmaschine?«, fragte Emelie matt. Schwach lachend schüttelte Elenor den Kopf.

»Er wird so schnell nichts weiter zerstören, keine Sorge«, antwortete sie beruhigend. »Ich kann euch gerade nichts davon erzählen. Ich bitte euch, mir einfach zu vertrauen.« Henrik und Emelie tauschten einen kurzen Blick aus und nickten, ohne zu zögern.

»Wir vertrauen dir«, sagte Henrik entschlossen, dann erklang Eavens Stimme.

»Wir brechen übermorgen in den Norden auf«, sprach er, mit gewohnt fester Stimme, zu seiner Truppe. Trotz ihrer Erschöpfung standen die Kämpfer entschlossen vor ihm und lauschten seinen Worten. Bereit, mit ihm überall hinzuziehen. »Morgen beginnen wir in aller Frühe mit den Vorbereitungen. Es werden noch mal neue Rüstungen und Waffen geliefert, Nahrungsmittel herbeigefahren und neue Pferde gebracht. Ich erstelle heute noch einen Plan mit der Aufgabenverteilung und hänge ihn morgen früh aus.« Sein Blick glitt langsam durch die Runde. Kaum merklich ließen seine dunklen Augen hindurchschimmern, wie stolz er auf jeden seiner Kämpfer war. »Wir haben es bald geschafft. Ihr habt genug für heute getan. Ruht euch aus und schlaft ausgiebig, damit ihr ausreichend Kraft für morgen habt.«

29.
DIE RUHE VOR
DEM STURM

Die leichten Nebelschwaden des dunklen Morgens fraßen sich durch Elenors Winterkleidung und krochen unter ihre Haut, bis in die Knochen. Das schwache Schimmern des langsam verblassenden Mondes und das Flackern der Fackeln waren die einzigen Lichtquellen, die den Hof des Hauptlagers erhellten. Bis auf das Ächzen der Kämpfer, ihre geschäftigen Schritte auf dem gefrorenen Kies und hier und da ein Klirren der Rüstungsteile, durchbrach nichts die friedliche Stille. Eaven hatte sich an sein Versprechen gehalten und, noch bevor irgendjemand wach war, eine Pergamentrolle mit einer komplexen Tabelle in die Eingangshalle gehängt. Minutengenau war dort durchgetaktet, welcher Kämpfer wann welche Aufgabe erledigen sollte, wann wer wie lange Pause hatte und wann sie alle fertig sein würden.

»Hat er überhaupt geschlafen?«, grummelte Emelie, während sie die Tabelle nach ihrem Namen absuchte. Die dunklen Ringe unter ihren Augen verrieten, dass sie selbst kaum zur Ruhe gekommen war. Doch die Energie, die in der Luft flirrte, war so spannungsgeladen und stark, dass sie jedem Einzelnen eine enorme Kraft gab. Heiße Dampfwolken ihres eigenen Atems mischten sich mit den kalten Nebelschleiern, während die Kämpfer beherzt zupackten. Sogar Josefin war wie ausgewechselt. Still und ungewohnt hilfsbereit, saß sie mit Lynn und Aaron neben dem Brunnen und reparierte mit flinken Fingern eine Reitausrüstung nach der anderen. Selbst das aufgeweckte Schnauben der neuen Pferde, die von Elisabet und Rebekka nah an Josefin vorbei in die Ställe geführt wurden, unterbrach ihren Fokus nicht. Mit kritischen Augen beäugte Sven die Wagen mit der Verpflegung, die in der blutroten Morgendämmerung von ein paar rundlichen Bauersfrauen auf den Hof geschoben wurden. Seine Lippen verzogen sich zu einem Schmollen, nachdem er keine einzige Weinflasche entdeckte. Bevor er einen Ton von sich geben konnte, kam Freya ihm zuvor.

»Du sollst auch nicht saufen, sondern kämpfen«, blaffte sie ihn an.

»Ich weiß, aber ich dachte für unsere lustigen Abende am Lagerfeuer –«, verteidigte er sich. »Außerdem wärmt er uns, wenn wir durch den Schnee stapfen«, rief er ihr hinterher, während sie kopfschüttelnd davon ging und Emelie und Henrik half, die Waffen zu polieren und zu schärfen. Eaven flog wie ein Adler von einem Platz auf dem Hof zum Nächsten. Er empfing die Lieferungen, die von Arbeitern aus den verschiedenen Sektionen gebracht wurden, sah seinen Kämpfern regelmäßig über die Schulter und packte mit an, wenn jemand Hilfe brauchte. Als die kleine, blutrote Scheibe der Novembersonne den Horizont erklommen hatte und langsam in den Himmel stieg, eilte obendrein noch ein Bote des Königs herbei und überbrachte Eaven einige neue Nachrichten aus dem Rat, bezüglich der bevorstehenden Reise. Sofort ging Eaven mit ihm für eine genauere Besprechung in das Landhaus. Verblüfft sah Elenor ihm hinterher. Dass Eavens Überblick und Direktion unglaublich waren, wusste sie mittlerweile, doch heute übertraf er sich in seinen Fähigkeiten noch mal um ein weiteres. Aus dem Augenwinkel erkannte sie Fynn auf sich zu treten. Sie war den ganzen Morgen über so beschäftigt gewesen, dass sie ihn noch gar nicht gesehen hatte. Ihre Augen wanderten über seine hohe, schlanke Silhouette, auf der Suche nach dem Hauch einer Aura, doch sein Inneres war gewohnt leer und verschlossen. Als ihre Blicke sich trafen, nickte er nur kurz zur Begrüßung, dann stellte er eine leere Holzkiste neben sie und begann, die von Elenor polierten Brustpanzer dort hinein zu stapeln. Stumm kniete sie sich nieder und half ihm. Auch wenn sie in ihm nichts erkennen konnte, glaubte sie zu wissen, dass seine Emotionen irgendwo tief versteckt in Aufruhr waren. Die Elite-Fraktion war seinem heiß begehrtem Verlangen so nah wie noch nie.

»Ist alles in Ordnung bei dir?«, fragte sie ihn leise, während sie das kalte Eisen des nächsten Brustpanzers in die Kiste legte.

Fynn nickte knapp. »Ich würde nur zu gern wissen, was Eaven mit dem Boten gerade bespricht«, antwortete er. Seine Stimme war ebenso spannungsgeladen, wie die Energie in der Luft. »Was ist sein Plan?«

»Das finden wir raus«, antwortete sie entschlossen. Ohne sie anzusehen, warf Fynn den letzten Brustpanzer in die Kiste und erhob sich. Gemeinsam hievten sie die schwere Kiste über den Hof, an einem ramponierten Käfig mit einem Dutzend Raben vorbei, zum Landhaus. Elenor blieb abrupt stehen, als sie eine vertraute Stimme vernahm.

»Elenor?«

Ihr Herz begann zu rasen und sie ließ die Kiste los. Fynn schaffte es nicht mehr rechtzeitig, sie abzusetzen, da verteilten die Brustpanzer sich lautstark auf dem steinigen Boden. Elenor hörte das Scheppern gar nicht. Sie fuhr herum und ein Vulkan an Gefühlen brach in ihr aus, als sie den rundlichen, kleinen Mann mit dem lichten Haar und den freundlichen Augen vor sich erblickte. Torell ließ den Wagen mit den neuen Rüstungsteilen los und starrte seine Tochter mit großen Augen an.

»Ich wusste nicht – Wir sollten nur kurz was her liefern – Ich hätte nicht gedacht –«, stammelte er, dann lief er auf seine Tochter zu und nahm sie fest in die Arme. Unfähig, auch nur ein Wort zu sagen, schmiegte sie sich an ihn und sog den vertrauten, rauchigen

Geruch seiner Kleidung ein. Viel zu schnell ließ er sie wieder los und strahlte sie aus feuchten Augen überglücklich an. »Wir haben dich seit Monaten nicht mehr gesehen, deine Mutter und ich dachten schon, dir sei was passiert!«, sprudelte er hervor. »Warum kamst du uns nie besuchen? Wir haben uns solche Sorgen gemacht! Ich habe zwar immer gesagt, dass du weißt, was du tust und dass du dich nicht unterkriegen lässt, aber ihr hattet auch schon so viele Missionen und man weiß ja nie und weil auch keine Briefe kamen und da dachten wir – Und wir haben dich vermisst.« Außer Atem stand er da, hin- und hergerissen zwischen überschwänglicher Freude und aufgebrachten Vorwürfen. Elenor war zu nichts in der Lage. Stumm stand sie da und spürte, wie ihr die Tränen aus den Augen liefen. »Ist schon gut, meine Kleine«, sagte Torell sanft und nahm seine Tochter erneut liebevoll in den Arm. »Deine Mutter und ich sind wirklich stolz auf dich. Frag unsere Nachbarn, jeden Tag erzählen wir ihnen, dass unser Mädchen es in die Elite-Fraktion geschafft hat und jetzt an der Seite der ganz Großen kämpft.« Mit einem Mal spürte Elenor, wie sein Gemüt sich verfinsterte. Sie löste sich von ihm und sah in sein beunruhigtes Gesicht. »Ich habe gehört, dass ihr morgen auf eine lange Mission zu den Nordbergen raus reitet«, begann er. »Du reitest doch da nicht mit, oder?« Immer noch nicht in der Lage zu sprechen, starrte sie ihn an. Dann nickte sie langsam. Sofort trat Angst in Torells Augen. »Aber Elenor, das ist wirklich was Ernstes, diesen Hakon und sein Gefolge darf man nicht unterschätzen, du könntest –« Er brach ab, als er langsam verstand, dass Elenor sich der Gefahr bewusst war und dennoch keine Sekunde darüber nachdachte, aus der Mission auszutreten. Die Schreie der puren Sorge in ihm zerrissen Elenor das Herz. Ein unangenehmer Kloß schwoll in ihrem Hals an und drückte schmerzhaft an die Wände ihrer Kehle. Schwer atmend stand Torell vor ihr, rang mit sich, dann wandte er sich grob an Fynn. »Du!«, drohte er ihm mit finsterem Blick. »Du beschützt meine Tochter mit deinem Leben, hast du verstanden?« Torell packte Fynn am Kragen. Bis auf ein kurzes Zucken seines Augenlides blieb Fynns Miene reglos. Stumm ließ er Torells Ausbruch über sich ergehen. »Wenn ihr dort irgendetwas zustößt, dann bringe ich dich eigenhändig um!«, rief Torell, dann packten ihn zwei Hände an der Schulter und zogen ihn unsanft von Fynn weg.

»Das ist genug«, krächzte Aaron heiser. »Du hast deine Arbeit erledigt, geh wieder nach Hause.« Elenor erschrak. Unter den verdutzten Blicken der anderen Kameraden schleifte Aaron Torell zum Tor.

»Hey!«, rief Elenor und setzte sich in Bewegung. »Lass ihn in Ruhe!« Doch Aaron kümmerte es nicht.

»Versprich es mir!«, brüllte Torell verzweifelt zu Fynn herüber. »Versprich mir, dass du meine Tochter beschützt!«

Elenor hatte die beiden erreicht und versuchte ihren Vater zu fassen, doch Aaron schirmte sie so ab, dass sie keine Chance hatte. Rücksichtslos schubste er Torell in die Gruppe von Arbeitern aus der Handwerkersektion, die auf ihn warteten, und schloss unfreundlich das Tor. In ihrem, mit Tränen verschleierten Blick erkannte Elenor gerade noch so, wie die Arbeiter versuchten, ihn zu beruhigen und ihn mit sich nahmen. Dann verschwand ihr Vater aus ihrem Blickfeld.

»Hättest du nicht ein wenig sanfter zu ihm sein können?«, fuhr sie Aaron an, der sich vom Tor abwandte. Abschätzig musterte er sie durch die langen Strähnen seiner schmutzigen Haare hindurch.

»Er war auch nicht sanft zu meinem Kameraden«, erwiderte er kalt, dann ging er zurück. Elenor wollte ihm etwas Wütendes hinterherrufen, doch der Kloß in ihrem Hals versperrte ihrer Stimme den Weg. Aufgewühlt atmend wankte sie ebenfalls zu den anderen zurück. Wie gern wäre sie ihrem Vater jetzt hinterhergelaufen. Sie hatte ihre Eltern beinahe vergessen. *Wann hatte sie zuletzt an sie gedacht? Bisher hatte sie nur an sich gedacht. An das, was sie mit dieser Mission erreichen wollte. Und an Fynn und sein Ziel. Aber sie hatte sich nicht eine Sekunde gefragt, wie es ihren Eltern gehen würde, wenn sie in den Nordbergen tatsäch-*

lich sterben würde. Konnte sie ihnen das antun? Wieder stieg die Angst vor ihrer kommenden Aufgabe in ihr empor und sie begann zu zittern. Und kurz bevor sie glaubte, ihre Beine würden nachgeben, rettete sie ein sanfter Griff an ihrem Arm. Ein Blinzeln ließ ihre Tränen frei und klärte die Sicht auf Fynns blaue Augen. Für diesen einen Moment waren sie umgeben von einer Blase der Verbundenheit. Sein Blick war unverhüllt auf ihre feuchten Augen gerichtet und ohne ein Wort verstand er genau, was in ihr vorging. Er öffnete sich für ihren Schmerz und ließ ihn durch seine Adern fließen. Er schluckte kurz, dann zog er sie stumm an sich heran und hielt sie fest in seinen Armen. Der Kloß in ihrem Hals bröckelte zunächst, dann barst er auseinander und die Gefühle überfluteten sie. Schluchzend und mit bebenden Schultern hielt sie sich an seinen starken Armen fest, verwirrt über die plötzlichen, unbekannten Emotionen. Ohne seinen Griff zu lockern, strich Fynn ihr mit der Hand tröstend über den Rücken. Doch Elenor hatte kaum Zeit, sich zu beruhigen, da schellte unverfroren ein bekannter, schriller Ton in ihre Ohren und riss sie gewaltsam aus ihrer zarten Zweisamkeit. Erschrocken fuhren die Kämpfer auf und Elenor drehte sich der Magen um. *Nicht schon wieder.*

»Wir wurden erneut angegriffen!«, rief Eaven ihnen durch die lauten Alarmglocken des Königreiches zu, während er aus dem Landhaus auf die Ställe zustürmte. »Wir brechen zur Mauer auf!«

30.
VEREINIGUNG

Es brauchte nur wenige Minuten, bis die Kämpfer sich aus ihrer Verwirrung gerissen und die Pferde gesattelt hatten und aus dem Hauptlager gestürmt waren. Mit einer berechnenden Aura rasten sie beinahe rücksichtslos durch die menschenvollen Straßen bis hin zur Mauer. In jedem Einzelnen loderte eine kleine Flamme puren Zorns und es schien nichts mehr zu geben, vor dem die Kämpfer jetzt noch zurückschrecken könnten. Elenor war nun wieder voll und ganz bei sich. Innerlich gefestigt und bereit für den Kampf, ritt sie konzentriert zwischen Emelie und Henrik durch die Mauer hindurch. Sie blinzelte überrascht, als sie die frostige Grasfläche wider Erwarten komplett leer auffand. Unversehrt und unschuldig streckten sich ihr die dünnen, kurzen Grashalme entgegen.

»Da vorn!«, rief Eaven und deutete auf eine kleine Gruppe schwarz gekleideter Gestalten in der Ferne, die sich auf ihren schweißnassen Pferden schleunigst davonmachten. Eaven gab seinem Hengst die Sporen. Der kalte Wind peitschte Elenor gnadenlos ins Gesicht und stach ihr schmerzhaft in die Ohren, während ihre Stute schnaufend über den Boden flog. Dicht über die Mähnen ihrer Pferde gebeugt, holten die Kämpfer die Gruppe binnen kürzester Zeit ein. Kaum waren die Gestalten in Reichweite, zog Eaven sein Schwert und schlug den ersten Feind mit kalter Wut vom Rücken seines zierlichen Wallachs. Die anderen Elite-Kämpfer taten es ihm gleich und schlugen wütend auf die Feinde ein. Doch diesmal benahmen sich die Gefolgsleute Hakons seltsam. Anders als sonst kämpften sie nicht ernsthaft. Hastig wehrten sie die Schläge der Elite-Kämpfer ab und schienen bemüht darum, ihnen schnell zu entkommen. Doch Elenor hatte keine Zeit, sich über dieses merkwürdige Verhalten zu wundern, da wurde sie grob von ihrem Pferd gerissen. Ein Stechen durchzuckte ihre Schädeldecke, als sie schmerzhaft mit dem Kopf auf den Boden schlug. Schwarze Punkte tanzten vor ihren Augen, während sie sich blinzelnd umsah. Bevor ihr Blick sich wieder klären konnte, trat eine verschwommene Gestalt über sie und beugte sich zu ihr herunter. Das nächste, was sie spürte, waren zwei raue, breite Hände, die sich um ihren Hals schlangen. Elenor röchelte und versuchte sich aus dem Griff zu befreien, doch sie konnte sich kaum bewegen. Zappelnd japste sie vergeblich nach Luft. Während die schwarzen Punkte vor ihren Augen langsam größer wurden, stieß jemand die Gestalt von ihr herunter. Hustend und nach Luft ringend, drehte sie sich zur Seite und erkannte Fynn neben sich. Rasend vor Wut, kniete er über dem Mann und schlug mit seiner Faust auf ihn ein, bis das Blut spritzte. Mit keuchendem Atem richtete sie sich wieder auf. Die Gefolgsleute Hakons hatten es geschafft, zu entkommen. Verbittert schnaufend steckten Elenors Kameraden ihre Schwerter zurück in die Scheiden. Bis auf das aufgeregte Trappeln der Pferde und Fynns Faustschläge, herrschte eine angespannte Stille. Mit einer einzigen Bewegung zerrte Eaven Fynn von dem mittlerweile reglosen Mann herunter.

»Es reicht«, wies er ihn scharf zurecht. »Er ist doch schon tot.« Stumm riss Fynn sich von ihm los, wandte sich Elenor zu und half ihr behutsam vom Boden auf. Mit bebendem Atem strich er vorsichtig über die Druckstellen an ihrem Hals. Sofort hatte Elenor erneut das Gefühl, ihre Luftröhre würde zugedrückt werden und sie schob Fynns Hände weg. Seine kalt glitzernden Augen auf die kleinen Blutergüsse gerichtet, presste er seinen Kiefer zusammen.

»Eaven?«, sagte er und wandte sich mit einem Ruck von ihr ab.

»Elenor soll morgen nicht mitkommen. Vielleicht wechselt sie besser gleich in eine andere Sektion.« Elenor klappte der Mund auf. Sie konnte nicht glauben, was sie eben gehört hatte. »Sie wäre eben schon fast gestorben, wie soll das erst in den Bergen werden?«, sprach Fynn weiter, ohne mit der Wimper zu zucken. Eaven starrte die beiden mit ausdrucksloser Miene an.

»Möchtest du von der morgigen Mission zurücktreten und die Verteidigungssektion verlassen?«, fragte er sie trocken.

»Nein!«, stieß Elenor empört hervor.

»Dann sehe ich keinen Grund für so eine Entscheidung«, schloss Eaven und drehte sich zu seinem Hengst um. Energisch ging Fynn ihm hinterher und stellte sich ihm in den Weg. »Aber was ist, wenn —«

»Elenor ist eine unserer besten Kämpferinnen«, unterbrach Eaven ihn mit einem Ton, der keine Widerrede duldete. »Und wir brauchen jeden guten Kämpfer, den wir haben!« Erbarmungslos starrten seine dunklen Augen in Fynns, bis dieser schließlich nachgab und zur Seite trat. »Und du wirst sie auch brauchen«, fügte Eaven hinzu, dann stieg er auf seinen, noch immer aufgewühlten, Hengst. »Wir reiten wieder zurück und machen mit unseren Vorbereitungen weiter!« Entschlossen folgten die Kämpfer Eavens Vorbild und stiegen ebenfalls auf ihre Pferde. Bevor Eaven losritt, wandte er sich noch einmal um. »Elenor, du lässt vor der Reise bitte noch einmal deinen Kopf von den Heilern anschauen. Ich will nicht, dass du mir morgen zusammenbrichst, weil du heute gestürzt bist und wir nichts bemerkt haben.« Elenor nickte. Immer noch fassungslos über Fynns Worte, nahm sie die Zügel ihrer Stute in die Hand und schwang sich so kräftig in den Sattel, dass Liv vor Schreck einen Satz nach vorn machte.

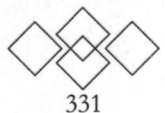

Den Rückweg über sprach Elenor kein einziges Wort mit Fynn. Sie war immer noch so sauer auf ihn, dass ihr die Worte fehlten. *Wie konnte er ihr so wenig zutrauen, nachdem sie bereits so viel erlebt hatten? Und sie über Eaven zu einem Rücktritt zu zwingen, war das Letzte, was sie von ihm erwartet hätte.* Sie konnte ihn nicht einmal ansehen. In angespannter Stille kehrten die Kämpfer wieder zurück und stürzten sich sofort in die Arbeit. Elenor ignorierte Fynn den gesamten restlichen Tag über und suchte sich, nach ihrem Besuch bei den Heilern, absichtlich Aufgaben, an denen er nicht beteiligt war. Ihm schien das ganz recht, denn auch er ging ihr entschieden aus dem Weg.

»Ist alles in Ordnung?«, fragte Emelie besorgt und begutachtete Elenors, nun wieder unversehrten Hals. Elenor nickte.

»Hakons Gefolgsleute eben«, antwortete sie und bemühte sich, Emelie ihre Wut auf Fynn nicht heraushören zu lassen. Ein wenig zu energisch hielt sie ihr einen frisch polierten Ledersattel hin, den sie über eine der Stangen im Stall hängte.

»Bald hat das ein Ende«, prophezeite Henrik düster und strich ihr ermutigend über den Arm.

Die Sonne neigte sich bereits tief über den Horizont, als die Kämpfer mit ihren Aufgaben endlich fertig wurden. Erschöpft schlurften sie in der frostigen Abendluft in das Landhaus. Noch immer aufgewühlt, wegen ihres Streits mit Fynn, ließ Elenor das Abendessen aus und huschte bemüht unbemerkt die Treppe empor in ihren Schlafraum. Erst als sie die Tür hinter sich geschlossen hatte, konnte sie tief durchatmen. Müde ließ sie sich auf ihr weiches Bett sinken und mit einem Mal fiel all die Anspannung von ihr ab. Ihre gesamten Emotionen durchfluteten sie und strömten in Tränen über ihr Gesicht. Ihr weinender Vater, der lebensbedrohliche Kampf, Fynns verräterischer Wunsch, sie von der Elite-Fraktion auszuschließen – all das war ihr zu viel.

Erschrocken blickte sie auf, als es plötzlich leise an ihrer Tür klopfte. Hastig wischte sie sich über ihr Gesicht.

»Ich habe keinen Hunger«, sagte sie laut. Es klopfte erneut. Genervt aufstöhnend ging Elenor zur Tür und riss sie auf. Sie stockte kurz, als sie in Fynns Gesicht blickte. »Was willst du?«, fuhr sie ihn an. Sichtlich betroffen über ihre vom Weinen geröteten Augen, schwieg er einen Moment.

»Darf ich reinkommen?«, fragte er schließlich.

»Warum hast du das gemacht?«, schoss sie heraus. »Was sollte das vorhin?«

»Was, dein Leben gerettet?«, fragte er mit einem leicht ironischen Unterton.

»Jetzt tu nicht so!«, drohte Elenor wütend. »Du weißt von allen hier am besten, was ich kann und wie stark ich bin! Nach den ganzen Kämpfen, nach Vanya – Wie kannst du nach all dem, trotzdem nicht an mich glauben?« Erneut liefen ihr die Tränen über die Wangen, während sie ihn zornig anfunkelte.

»Es ist nicht so, dass ich nicht an dich glaube«, entgegnete Fynn eindringlich und trat einen Schritt auf sie zu.

»Aber du traust mir diese Mission nicht zu?«, fragte sie. Prompt ging sie einen Schritt nach hinten, um die Distanz zwischen ihnen wieder zu vergrößern.

»Erinnere dich doch mal, wie oft du schon in ernsthafter Gefahr warst, seit du in dieser Fraktion bist«, versuchte er, sich nun leicht aufgewühlt, zu erklären. »Unsere Kämpfe in den Bergen werden wesentlich gefährlicher und –«

»Na und?«, fuhr sie ihn an. »Dafür habe ich mich nun mal entschieden! Warum solltest du deinen freien Willen haben und ich nicht? Du könntest genauso sterben! Ich habe es satt, dass mich jeder unterschätzt, genau deswegen bin ich dieser Sektion beigetreten! Habe ich mich nicht genug bewiesen?« Elenors anschwellende Stimme wurde ihm deutlich unangenehm.

»Beruhige dich, Elenor«, zischte er und sah besorgt in die Eingangshalle herunter.

»Nein, weißt du was? Du hörst mir jetzt zu! Ich —«, fuhr Elenor unbeirrt fort.

»Lass uns drinnen weiterreden«, unterbrach Fynn sie und deutete an, in ihren Schlafraum zu treten. Empört versperrte Elenor ihm den Weg.

»Nichts da!«, rief sie. »Ich entscheide, ob du hier reinkommst oder nicht! Soll doch jeder hören, was ich dir zu sagen —« Fynn verlor die Geduld. Energisch umfasste er ihre Hüfte und schob sie so in den Raum, dass er über die Schwelle treten und die Tür schließen konnte. Pure Entrüstung funkelte in seinen Augen.

»Genau das meine ich!«, rief Elenor empört. »Immer setzt du deinen eigenen Kopf durch, ohne darüber nachzudenken, wie es den anderen geht! Du bist so ein egoistischer, empathieloser Vollidiot!« Schweigen erfüllte den Raum. Mit bebendem Atem und glühenden Wangen starrte sie ihn zornig an.

»Bist du fertig?«, fragte Fynn schließlich. Mit einem verächtlichen Schnauben wandte sie sich von ihm ab, warf sich aufs Bett und vergrub ihr Gesicht im Kissen. *Sie konnte ihn ja ohnehin nicht aus ihrem Schlafraum heraus befördern.*

»Es tut mir leid«, hörte sie seine Stimme und es klang erstaunlich ehrlich.

»Was tut dir leid?«, setzte sie schroff nach. Seine Aura war unerwartet, zurückhaltend und still. Ein wenig zaghaft schlichen seine Worte aus ihm heraus.

»Dass ich dich nicht ernst genommen habe. Nie. Nur – das ist neu für mich. Das ich Sorge um jemanden habe.« Ganz wund und verletzlich schwebten seine Worte im Raum. Elenor erhob sich und wandte sich ihm zu. Erneut kämpften sich die Worte ihren Weg aus ihm heraus. »Ich habe dich schon seit unserer ersten Schlacht an der Mauer im Auge behalten und konnte mich nie ganz auf den Kampf konzentrieren. Und als ich heute gesehen habe, wie du fast gestorben bist, habe ich die Nerven verloren.« Scheu senkte er den Blick und starrte auf den hellen Holzboden. Seine Worte waren so vorsichtig, dass Elenors Wut sich langsam

334

wieder auflöste. Aufmerksam betrachtete sie ihn dabei, wie sich in ihm die nächsten Worte formten. »Seine Gefolgsleute sind so unendlich wahnsinnig«, sagte er düster und zum allerersten Mal erkannte Elenor einen winzigen Hauch von Angst in seiner Stimme. »Als wären sie tot, nur noch schlimmer.«

»Das ist die Schattenseite der Kristallkugelmagie«, antwortete sie betreten. Fynns Lider hoben sich sofort. »Wusstest du von dieser Schattenseite, als du deine Kugel an dir benutzt hast?« Langsam schüttelte Fynn den Kopf. Eine ganze Kettenreaktion an Fragen löste sich in ihm und seine Augen weiteten sich vor Entsetzen.

»Woher weißt du das?«, fragte er und setzte sich zu ihr auf das Bett. »Was ist, wenn das mit mir auch passiert?« Die eben noch zurückhaltende Stille in ihm geriet in zischelnde Bewegung, gemischt mit einer dunklen Brise der Panik. Elenor nahm seine leicht zitternden Hände.

»Solche Züge haben sich bei dir in den ganzen zehn Jahren nicht gezeigt«, beruhigte sie ihn. »Dafür muss man die Kugeln mehrmals benutzt haben.« Fynn atmete tief aus und das Zittern in seinen Händen ließ wieder nach. Kaum merklich strich er mit dem Daumen über ihre Finger. Wie elektrischer Strom prickelte die Berührung unter der Hautoberfläche ihrer Hände und wanderte in wallenden Schüben ihre Arme entlang.

»Hast du Angst vor mir?«, fragte er plötzlich. Auf der Suche nach einer aufrichtigen Antwort sah er ihr direkt ins Gesicht. Hypnotisiert von dem reinen, unschuldigen Blau seiner Augen, schüttelte sie langsam den Kopf. *Nein, nichts an ihm könnte ihr je wirklich Angst machen. Auch wenn sie gerade drohte ihm ganz und gar zu verfallen, mit bebenden Händen und völlig bewegungsunfähig.* Der Raum um sie herum begann langsam zu verschwimmen, während sie sich immer tiefer in dem zarten, klaren Stern um seine schwarze Iris verlor. Zitternd schlossen sich ihre Finger fester um seine, auf der Suche nach Halt. Durch das Sirren in ihren Ohren vernahm sie seinen flachen Atem, der leise seiner sich erregt hebenden und senkenden Brust entwich. Ihr Herz pochte heftig gegen ihre Rippen, als sein Gesicht langsam näher kam. Aus Angst, jegliche Kontrolle über sich zu verlieren, klammerte sie ihren Blick an seine Augen und wagte es nicht zu blinzeln, bis ihre Lippen sich fanden. Die vielen kleinen Funken in ihr explodierten mit gewaltiger Wucht und setzten eine ihr bisher unbekannte Kraft und Energie frei. Überwältigt grub sie ihre Hände in seine dunklen Haare und folgte den leidenschaftlichen Bewegungen seiner Lippen. Dann fielen sie in die weichen Laken zurück. Mit geschlossenen Augen rekelte sie sich und gab sich ganz den farbenfroh prickelnden Entladungen seiner Küsse und Berührungen hin. Hastig rissen sie sich gegenseitig ein Kleidungsstück nach dem anderen von sich. Der heiße Hauch seines schweren Atems kitzelte ihre Haut und in ihm rüttelte etwas an der Tür eines seiner inneren Gefängnisse. Eine laut brodelnde Masse an Energie, so hungrig und verlangend, wie Elenor sie noch nie in ihm gespürt hatte. Den Verstand verlierend, stöhnte sie auf und ließ ihre Beine von seiner sanften Kraft auseinanderschieben. Ein Schmerz durchzuckte sie wie ein gleißender Blitz, als sie seine Härte in sich spürte und sie grub reflexartig ihre Fingernägel in seinen Rücken. Ein Keuchen entfuhr ihm und er hielt inne. Heftig atmend umschlang sie ihn mit ihren Armen und Beinen und vergrub ihr Gesicht in seinen Hals. Unsicher darüber, dass er ihr weh getan hatte, zögerte er kurz, doch dann heizten ihre Küsse an seinem Hals das verschlossene Brodeln in seinem Inneren wieder an. Langsam setzte er sich in Bewegung, erst vorsichtig, dann immer leidenschaftlicher. Sein Atem wurde schwerer und lauter und schließlich brach die Tür, hinter die er seine Emotionen gesperrt hatte, zusammen und ein mächtiges Glücksgefühl übermannte ihn. Völlig ertrunken in ihrer Ekstase spürte Elenor ihre Möbel und Gegenstände geräuschvoll vibrieren. Keuchend und verschwitzt lösten sie sich aus ihrer Vereinigung und sahen sich in ihre glänzenden Augen.

»Er hat mein Wort«, flüsterte Fynn, bevor Elenor eng an ihn geschmiegt in einen tiefen Schlaf fiel. »Ich werde dich beschützen.«

31.
AUFBRUCH

Zarte Flocken rieselten langsam vom Himmel und legten sich sanft auf die dicken Mäntel der Elite-Kämpfer, während sie in der grauen Morgendämmerung aufbrachen. Bei dem kurzen, aufwandlosen Frühstück hatte Eaven ihnen mitgeteilt, dass der Alarm gestern durch eine kleine Gruppe von Spähern ausgelöst worden war, die mit hoher Wahrscheinlichkeit zu Hakons Truppen gehörten und die Situation rund um das Königreich Vilgot ausgekundschaftet hatten.

»Umso dringender ist es, dass wir Hakons Versteck so schnell wie möglich finden, bevor er unser Königreich ernsthaft angreift«, sprach er kräftig über die gerunzelten Augenbrauen der Kämpfer hinweg.

»Könnte Vilgot Hakons Angriff denn überhaupt standhalten?«, flüsterte Elenor mit einem unguten Gefühl im Magen an ihre Freunde gewandt. Emelies leicht bleich gewordenen Lippen regten sich nicht.

»Definitiv!«, antwortete Henrik ermutigend und drückte den beiden Mädchen die Hände. »Die Mauer-Fraktion hat über dreihundert Kämpfer und die Innere Fraktion noch mal mindestens doppelt so viele. Und von der Elite-Fraktion bleiben knapp zwei Dutzend Kämpfer zur Unterstützung hier. So schnell hat Hakon keine Chance.« Emelies Lippen gewannen wieder ein wenig Farbe, während Henrik ihr sanft über den Arm strich. Und auch Elenor atmete etwas beruhigter aus und drückte ihm dankend die Hand.

Trotzdem ließ die Sorge sie nicht ganz los. Die Nachricht der großen Mission hatte sich in der Nacht herumgesprochen und die Bewohner Vilgots begleiteten die Elite-Truppe jubelnd bis zum Mauertor. Ununterbrochen suchte Elenor die immer größer werdende Masse nach ihren Eltern ab, doch sie konnte sie in dem hektischen Gedränge nicht ausfindig machen. Der unangenehm anschwellende Lärm der Menschen ließ ihren Brustkorb vor Nervosität beben. Nur das hinter ihr zufallende Mauertor, das den Lärm in sich einschloss, bewahrte sie davor, schrill aufzuschreien. Mit zittrigen Händen krallte sie sich an ihren Zügeln fest und bemühte sich stark darum, ihren Atem zu regulieren und sich die aufsteigende Unruhe nicht anmerken zu lassen. Sie fokussierte sich auf die weichen Ohren ihrer Stute, um ihren rasenden Gedankensturm zu stoppen. Ihre Eltern, Hakons Armee, die Mission, ihr geheimer Plan mit König Noah – Ein Schreck durchzuckte sie und gefror in ihren Adern. *Ihr Plan mit König Noah! Sie hatte den Kristall nicht dabei! Sie hatte ihn noch nicht mal bekommen. Wie sollte sie den Plan jetzt umsetzen?* Ruckartig drehte sie sich zu der immer kleiner werdenden Mauer um. *Sie musste zurück und den Kristall holen!*

»Mach dir keine Sorgen«, erklang Fynns leise Stimme neben ihr. Ihr Kopf zuckte in seine Richtung. »Deinen Eltern geht es gut. Sie werden jetzt nach Hause gehen oder in ihrer Sektion arbeiten. Ihr Leben geht ganz normal weiter. Überall in Vilgot werden Kämpfer aus der Inneren Fraktion umherlaufen und sie und die anderen beschützen. Deine Eltern sind in Sicherheit.« Elenor biss sich auf die Lippen, um deren unkontrolliertes Zittern zu verstecken. Sie schaffte es nicht einmal, sich für seine Worte zu bedanken, so sehr kämpfte sie gerade mit ihrer Fassung. *Wenn sie ihn doch nur in die Aufgabe einweihen könnte, die König Noah ihr aufgezwungen hatte. Das würde den Druck, unter dem sie in diesem Augenblick beinahe zu zerbrechen drohte, erleichtern.* Sie spürte die verwirrten Blicke der anderen auf sich und atmete tief durch. *Nein!* *Sie hatte sich dazu entschieden, an diesem Morgen die geschützten Mauern ihres Königreiches zu verlassen. Jetzt gab es kein Zurück mehr. Entweder führte sie zu Ende, weswegen sie mit ihren Kameraden losgeritten war, oder sie gab auf und lieferte sich Hakons Gefolge aus. Und Letzteres kam niemals infrage.*

Der raue Novemberwind pfiff ihnen erbarmungslos um die Ohren, während die Elite-Truppe schweigend und mit eingefrorenen Mienen dicht aneinander gedrängt voranritt. Es waren bereits einige Tage seit dem Aufbruch vergangen und die Landschaft veränderte sich allmählich. Die weiten Wiesen, mit den dichten Laubwäldern, wichen kargen, dunklen Nadelwäldern. Die breiten, weichen Trampelpfade wurden steiniger und schmaler und schlängelten sich zwischen den zunehmend größer werdenden, kahlen Hügeln hindurch. Inmitten der angespannten Körper ihrer Kameraden spürte Elenor das Wabern ihrer mürrischen Auren, die sich gelegentlich über ein zischendes Fluchen äußerten, mit denen die Kämpfer ihren zwei größten Gegnern die Stirn zu bieten versuchten: die schmerzende Kälte, die gnadenlos unter ihre Haut kroch und die immer schwerer passierbaren Wege. In den langen Abendstunden hockten sie eng aneinander gedrängt um die spärlichen Flammen ihres Lagerfeuers, um sich gegen die finstere, eisige Kälte zu schützen. Doch die ausgelassenen Gespräche, wie man sie aus dem Hauptlager kannte, blieben aus. Jeder Einzelne war damit beschäftigt, sich zu wärmen oder die kleinen Flammen am Leben zu erhalten, die von den scharfen Zügen des Windes bedroht wurden. Mit starren Fingern kramte Sven mühsam eine durch die Kälte beschlagende Weinflasche hervor und versuchte sie unbeholfen zu öffnen. Aus ihrem schattigen Gesicht heraus warf Freya ihm einen dunklen Blick zu. Elenor spürte, wie sich in der älteren Kämpferin mit der letzten übrigen Energie ein Tadel regte, weil er tatsächlich seinen Alkohol mit geschmuggelt hatte, doch dann hob sie ihren Arm und half ihrem Kameraden mit einer einzigen kräftigen Bewegung ihrer Finger, den Deckel von der Flasche zu stoßen. Stumm wurde die Flasche einmal herumgereicht. Elenor betrachtete still die Flammen, die sich in dem braunen Glas spiegelten, während einer nach dem anderen einen großen Schluck nahm. Eaven zögerte einen Augenblick, dann setzte er ebenfalls an und gab die Flasche an Elenor weiter. Stumm genoss sie den süßen Geschmack und das wohltuende Brennen im Hals, während der Wein durch ihre Kehle rann und angenehm ihren Magen füllte. Sie gab die Flasche an Fynn weiter und langsam erwachte ihr tauber Körper wieder zum Leben.

Allmählich kehrte Farbe in die Gesichter der Kämpfer zurück und sie krochen wenig später ein bisschen entspannter in ihre Zelte. Erschöpft schliefen sie in ihren dicken Pelzdecken nah aneinander gekuschelt ein, nur um dann wenige Stunden später von den Raben in frühester Morgendämmerung geweckt zu werden. Schwach leuchteten die ersten Lichtstrahlen durch die Nebelschwaden hindurch und ließen den Frost auf den Nadeln der Bäume blutrot glitzern. Ihr bibbernder Atem formte sich zu kleinen Wolken, während die Kämpfer ihr Lager wieder abbauten und ihr Gepäck zusammenschnürten. Nur dank der vielen Missionen in den letzten Monaten schmerzten Elenors Beine und Po nicht so stark, während sie sich nun in ihren Sattel schwang. Elenor blieb während der Reise stets dicht neben Emelie und Henrik. Auch wenn sie alle schwiegen, gab ihr die Nähe zu ihnen eine beruhigende Kraft. Im Schutz der Gruppe ihrer Kameraden konnte Elenor auf Livs vertrauten, warmen Rücken, während den langen Stunden, ihre Gedanken schweifen lassen. Seit ihrer Nacht mit Fynn ging er ihr nun endgültig nicht mehr aus dem Kopf. Einerseits schien sich nichts geändert zu haben und andererseits irgendwie doch. Stumm starrte sie auf die dunklen Haare seines Hinterkopfes, während sich die Truppe mit ihren Pferden zwischen kargen Nadelbaumstämmen entlangschlängelte und ihr Körper sehnte sich nach einer Berührung von ihm. Zwischen dem Auf- und Abbau des Lagers wechselten sie selten ein Wort und bevor sie sich am Lagerfeuer nebeneinander setzen konnten, hatte sich schon jemand anderes in die Lücke zwischen ihnen fallen lassen. Niemand bemerkte es, dass die beiden sich nun wesentlich öfter vertraute Blicke zuwarfen, bis auf Emelie. Fragend bohrten sich ihre dunklen Augen so lange auf Elenors rechte Kopfseite, bis diese sich schließlich zu ihr umdrehte. Auf Emelies hochgezogene Augenbraue antwortete Elenor nur mit einem leichten Nicken und sachte errötenden Wangen. Emelies kleines Schmunzeln verriet ihre Gunst und Elenor spürte einen kleinen Stein von ihrem Herzen fallen. Emelies Interesse an Elenor und Fynn ließ in dem Moment nach, als Henrik ihr einen kleinen Fleischspieß anbot, den er ihr eben noch über dem Feuer geröstet hatte. Emelie bedankte sich sogar mit einem Lächeln, was nun seine Wangen erröten ließ. Bevor Elenor dann in später Nacht mit Emelie in ihr Zelt kroch, warf sie jedes Mal einen verstohlenen Blick zu Fynn herüber. Ihr Inneres zog sich sehnsüchtig zusammen, so gern wollte sie in seinen Armen liegen und seinen Herzschlag hören. Während Emelie sofort in einen tiefen Schlaf fiel, lag Elenor noch lange wach und fragte sich, was wohl gerade in Fynn vorging. Doch so schnell fanden die beiden keine Zeit füreinander, denn Eaven ließ seine Truppe zügig weiterziehen. Schweigend half er beim Auf- und Abbau des Lagers, trieb seinen Hengst bestimmt über die eisigen Wege und holte ständig eine Pergamentrolle hervor, auf die er mit flinken Händen etwas kritzelte.

»Schreibt er etwa Tagebuch?«, murmelte Emelie, mit gesenkter Stimme, am Ufer eines kleinen Bergsees, während sie Wasser in einen Eimer schöpfte. Rebekka kicherte amüsiert.

»Er schreibt die Routen auf, die wir geritten sind«, antwortete sie und tauchte ihren Eimer ganz in das eiskalte Wasser. »Damit wir wieder zurückfinden oder falls wir Verstärkung brauchen.«

Dann erhob sie sich und stapfte die verschneite Böschung hoch, zum Lager zurück.

»Das ergibt Sinn«, bestätigte Henrik, mit einem Stapel dunkler Äste auf dem Arm. »Die Elite-Kämpfer waren noch nie so weit im Norden unterwegs, deswegen gibt es in Vilgot auch keine genauen Karten. Eaven braucht nur einen Raben mit seinen Skizzen nach Vilgot zu schicken und schon wissen sie, wo wir sind.« Ein wenig skeptisch betrachtete Elenor die schwarzen, glänzenden Augen der Tiere in den Käfigen.

»Glaubt ihr wirklich, dass sie den Weg nach Vilgot zurück finden?«

»Raben sind sehr intelligente Tiere«, antwortete Henrik zuversichtlich. »Und die da wurden von klein auf so dressiert, dass sie von überall aus nach Vilgot fliegen können.«

»Du hast wohl die gesamte Volksbibliothek auswendig gelernt, nicht wahr?«, fragte Emelie. Ihr üblicher brummiger Ton gelang ihr jedoch nicht ganz, stattdessen lag ein Hauch von Wärme und Anerkennung in ihrer Stimme. Elenor kam nicht drumherum zu bemerken, dass ihre Auren sehr viel sanfter zueinander waren, als sonst.

32.

YVA

Schwaches Knistern eines kleinen Feuers erfüllte die sonst stille, sternenklare Nacht. Dicht aneinander gedrängt kauerten die Kämpfer, bis auf Eaven, um das Feuer und gaben ihr Bestes, um die Flammen am Leben zu erhalten. Die Feuchtigkeit der gefrorenen Äste hinderte die Flammen, daran empor zu züngeln.

»Wir brauchen mehr Holz«, krächzte Aaron und pustete Luft in die Glut.

»Das erstickt die Flammen erst recht, du Idiot«, kritisierte Lynn scharf und streute ein paar dünne, zerbrochene Zweige in das Feuer. Es loderte sofort auf und schrumpfte dann wieder auf die vorherige, karge Größe zurück. Sven begann zu lachen. Blitzschnell drehte Lynn ihren Kopf zu ihm. »Was gibt es da zu lachen?«, fragte sie drohend. Sven brauchte eine Weile, bis er sich wieder beruhigt hatte. Er wischte sich eine Träne aus dem Augenwinkel.

»Jetzt wäre Hakon mit seiner magischen Fähigkeit praktisch«, hauchte er. »Wir können ihn ja am Leben lassen und ihn als unseren Feueranzünder benutzen.« Er lachte wieder los. Lynn wandte sich von ihm ab und verdrehte gereizt die Augen. »Hach ja –«, seufzte Sven grinsend, nachdem er sich wieder beruhigt hatte. »Sehen wir es einfach ein, wir können kein Feuer machen. Wir werden alle erfrieren, bevor wir angekommen sind.«

»Ach halt doch den Mund«, blaffte Freya ihn an.

Sven fuhr unbeeindruckt fort. »Ein paar Leute aus der Mauer-Fraktion konnten Feuer machen, das haben die uns in der Ausbildung gezeigt. Erik zum Beispiel, der hat an einem Sommertag einmal fast das gesamte Trainingsgelände abgebrannt. Hätten wir mal richtig zugesehen, wie er das gemacht hat.«

»Erik war ja auch ein Dummkopf«, sagte Rebekka.

»Aber einer unserer besten Freunde«, entgegnete Sven fröhlich und versuchte, seinen Arm um sie zu legen. Rebekka wehrte seinen Arm wieder ab.

»Bei dir ist doch jeder dein bester Freund«, sagte sie schnippisch. Erneut hob Sven seinen Arm und legte ihn unbeirrt um ihre zarten Schultern.

»Das stimmt«, sagte er. »Und du bist meine liebste Freundin.« Rebekka verdrehte die Augen, doch diesmal ließ sie Svens Arm auf ihren Schultern ruhen.

»Hach ja, der Erik —« Sven starrte gedankenversunken ins Feuer. »War er nicht mit einer von uns zusammen?« Er hob den Kopf und schaute mit zusammen gekniffenen Augen durch die Runde. Dann blieb sein Blick an Elisabet hängen. »Stimmt!«, rief er aus und deutete überschwänglich auf sie. »Er war mit dir zusammen!«

»Wart ihr nicht sogar verlobt?«, fragte Rebekka an Elisabet gewandt. Elisabets verträumtes Gesicht regte sich langsam.

»Wer?«, fragte sie verwirrt.

»Erik«, antwortete Rebekka mit gerunzelter Stirn. »Er war doch dein Mentor während deiner Ausbildung, oder nicht?« Mit glasigen Augen starrte Elisabet in das Feuer. Elenor spürte, wie es sich in Elisabets Inneren zusammenzog. Wie ein aufbrausender, starker Wind begann es in ihr zu wehen und zu pfeifen. Fetzen von verschwommenen Erinnerungen fegten wie kleine Herbstblätter umher und erhoben sich ruckartig tanzend zu ihrem Herzen empor. Sven lachte schallend auf und klopfte sich auf den Schenkel.

»Sie erinnert sich nicht mehr an ihn«, prustete er. »Dann kann es ja nicht so gut zwischen euch gelaufen sein.« Ein Ausdruck reinen Entsetzens breitete sich langsam auf Elisabets Gesicht aus, ihre Augen immer noch auf die wild zuckenden Flammen gerichtet.

»E-Erik – Mein Mentor-«, stammelte sie und ihre Unterlippe begann zu zittern. Elenors Herz zog sich zusammen, als sie die pure Hilflosigkeit vernahm, die sich verzweifelt aus Elisabets Körper herauskämpfte und in starken Wellen zu ihr herüber schlug. Wie ein ängstliches Kind, starrte sie vor sich hin, die anderen Kameraden völlig ausgeblendet. »Er ist weg. So wie sie. Sie gehen alle weg.« Sie vergrub ihr Gesicht in den Händen und begann leise zu schluchzen.

»Äh, also eigentlich sind *wir* weggeritten, um Hakon zu finden. So gesehen sind wir weg –«, begann Sven, sich dem Ausmaß ihrer Emotionen völlig unbewusst. Doch Josefin unterbrach ihn.

»Lasst sie in Ruhe!«, fauchte sie so heftig, dass jeder Einzelne zusammenzuckte. Elenor hatte ihre Augen noch nie so gefährlich funkeln sehen. Zornig blickte sie in die Runde, dann strich sie Elisabet sanft über den Kopf. »Wir sind alle hier«, sprach sie beruhigend. Elenor schluckte, so sehr berührte Josefins Aura sie. Golden und unendlich stark, wie eine Löwin, war sie schützend über Elisabet gebeugt, deren pfeifender Sturm sich langsam wieder beruhigte. »Erzähl uns doch, wie gern Yva kocht.« Elisabet hob den Kopf. Orientierungslos starrte sie die anderen Kämpfer an, die es nicht wagten zu atmen, dann schien sie wieder in die Wirklichkeit zurückzukehren. Ein besonnenes Lächeln huschte über ihr Gesicht und sie begann zu erzählen.

»Yva kann ausgezeichnet gut kochen, nicht wahr?« Sie wandte sich zu ihrer Rechten, wo niemand saß. Elisabet lachte. »Stimmt, deine Kohlsuppe ist die beste. Seht, die hat sie heute gekocht.« Elisabet hob ihren Krug mit kaltem Wasser an und zeigte ihn stolz in die Runde. Den Elite-Kämpfern stand der Mund offen. Ungläubig starrten sie zwischen dem Krug und Elisabet hin und her und lauschten stumm ihren Geschichten von Broten und kleinen Küchlein, die ihre Yva angeblich regelmäßig buk. Nach und nach entspannten sie sich alle wieder und erneut kehrte ein düsteres Schweigen ein. Elenor zog sich ihren Wintermantel noch weiter zu und rückte ein wenig näher zu den nun tatsächlich etwas größer gewordenen Flammen. Aus den Augenwinkeln sah sie, wie Sven seinen Wein mit einem konzentrierten Blick erwärmte, bis er dampfte.

»Du kannst sogar Wein erwärmen?«, fragte Henrik begeistert.

»Ich kann jede Flüssigkeit erwärmen«, antwortete er grinsend. »Von lauwarm bis zum Sieden oder Kochen, je nachdem, wie ich es will«, antwortete er. »Soll ich es bei dir versuchen? Nur ein paar Grad, da passiert nichts.« Henrik verstand schnell, dass Sven sein Blut meinte und lehnte unbehaglich ab.

»Man spielt nicht mit seiner Fähigkeit«, fuhr Freya Sven tadelnd an. »Und schon gar nicht bei anderen Menschen, das ist gefährlich!«

Sven zuckte mit den Schultern. »War ja nur ein Vorschlag«, beschwichtigte er sie. »Vielleicht braucht Yva ja mal meine Hilfe, bei der Zubereitung ihrer Kohlsuppe.« Mit einem höflichen Zwinkern sah er auf den freien Platz neben Elisabet, die Sven glücklich anstrahlte.

»Das mit der Magie ist für mich immer noch wie ein Wunder«, sagte Henrik ehrfürchtig. »Wisst ihr eigentlich, warum manche Menschen solche Fähigkeiten haben und andere nicht?« Die anderen Kämpfer schüttelten den Kopf.

»Ich dachte immer, die Magie ist uns angeboren«, antwortete Elenor.

»Nicht ganz, sie ist nicht genetisch vererbt«, antwortete Henrik. Er holte bereits tief Luft, da wurde er von Emelie unterbrochen.

»Vorsicht, jetzt kommt ein Vortrag«, witzelte sie zwinkernd.

Henrik stieß die Luft wieder aus und räusperte sich verlegen. »Na ja, also, ich habe mich während unserer allgemeinen Grundlehre, als wir uns mit unseren magischen Fähigkeiten beschäftigt haben, ein bisschen belesen –«

»Deswegen hattest du deine magische Fähigkeit nicht im Griff, als wir mit der Verteidigungskämpferausbildung angefangen haben«, unterbrach Josefin ihn schnippisch. »Während alle anderen den Umgang mit ihren Fähigkeiten erlernt haben, hast du in der Volksbibliothek rumgehangen und gelesen.«

»Lass ihn doch sprechen!«, fuhr Emelie sie an. Beide warfen sich funkelnde Blicke zu, doch bevor sie sich weiter aufbauschen konnten, nutzte Henrik die Gelegenheit und begann zu erzählen.

»Laut den Legenden, ist die Magie ein Geschenk der Götter an uns. Sie soll uns eine Hilfe sein und uns zum Schutz dienen. Die Schriften der alten Historiker besagen, dass alle Menschen Magie in sich tragen. Doch sie entfaltet sich nur in unserer größten Not. Denn die Magie ist etwas sehr Mächtiges und kann leicht missbraucht werden. Wenn man sie also nie wirklich dringend braucht, entfaltet sie sich nicht.«

Elenor dachte an ihren Vater. *Er hatte bisher keine magische Fähigkeit, genau wie Askil. Also, waren sie nie in einer gefährlichen Situation? Aber war sie denn jemals in einer gefährlichen Situation, bevor sich ihre Fähigkeit gezeigt hat?* Elenors Kopf ratterte so sehr, dass sie glaubte, die anderen könnten es hören.

»Was meinst du mit der Notsituation?«, fragte Rebekka skeptisch. »Wirklich in Lebensgefahr sind wir doch erst seit dem Krieg.«

Henrik überlegte kurz. »Das stimmt«, antwortete er schließlich langsam. »Aber ich denke, dass auf uns viele Situationen gefährlich wirken können, die keine unmittelbare Lebensbedrohung sind. Momente, in denen wir uns besonders hilflos und verzweifelt fühlen. Vor allem, wenn wir noch jung sind. Ich wurde zum Beispiel oft in der allgemeinen Grundlehre auf dem Schulhof gehänselt. Einmal wurde ich in eine Ecke gedrängt und ein besonders fieser Junge drohte mir Gewalt an, weil ich den Versuch gewagt hatte, mich zu wehren. Ich war so starr vor Angst und alles, was ich wollte, war von ihnen wegzukommen. Und im nächsten Moment schwebte ich über ihren Köpfen davon und landete auf dem Dach.«

Rebekka schloss ihren Mund. Sie hatte verstanden. Nach und nach weiteten sich die Augen der Kämpfer, als sie sich an ihre eigenen Situationen erinnerten, in denen sich ihre magischen Fähigkeiten zum ersten Mal gezeigt hatten. Und auch in Elenor ging ein Licht auf, als sie an das weinende Mädchen auf dem Schulhof dachte, welches sie unbedingt trösten wollte. Das war der Tag, an dem sie die Auren und Emotionen der Menschen zum ersten Mal sehen konnte.

»Mit den Aufzeichnungen der Forscher, fertigten die Gelehrten in Vilgot ein Schulkonzept für die allgemeine Grundlehre an«, sprach Henrik weiter, ohne zu bemerken, dass die Kämpfer ihm nur noch halb zuhörten. »Da man feststellte, dass sich die Magie meist im Alter zwischen sechs und zwölf Jahren entfaltet, hielt man es für das Beste, uns in dieser Zeit mit unseren Fähigkeiten vertraut –«

»Jetzt, wo du es sagst«, unterbrach Emelie ihn murmelnd. Mit zusammengezogenen Augenbrauen starrte sie düster ins Feuer, um sie herum eine dunkle Aura aus Schmerz und Trauer. Elenor strich ihr sanft über den Arm. Sie kannte Emelies Geschichte. Obwohl es schon viele Jahre her war, konnte sie immer noch klar vor ihren Augen sehen, wie Emelie sich laut schluchzend in ihre Arme geworfen hatte. Emelies Mutter war schon immer etwas kränklich gewesen, doch nach der letzten Erkältungswelle wollte sich ihr Körper plötzlich gar nicht mehr erholen. Emelies Vater hatte seiner Tochter die Wahrheit verschwiegen, um sie zu schützen, doch Emelie blieb hartnäckig. Irgendwann verlor sie die Geduld und brüllte ihn an, doch ihr Vater schloss sie einfach in ihr Zimmer ein. Emelie war so außer sich vor Sorge gewesen, dass sie unbedingt wissen wollte, was ihr Vater und ihre Mutter besprachen. Von da an konnte sie die Gedanken der Menschen lesen. Als die Heiler endlich ankamen, war es für ihre Mutter bereits zu spät. Eine Weile lang herrschte ein bedrückendes Schweigen. Henrik beschloss, seinen Vortrag vorerst zu beenden und strich Emelie ebenfalls sanft über den Rücken.

»Wir hatten mal eine schreckliche Dürrephase auf dem Feld«, begann Elisabet plötzlich zu sprechen. »Meine Eltern sind beide in der Nahrungssektion und liefern jedes Jahr ihre geernteten Weizen an die Nahrungsverarbeitungsstation. Doch in diesem einem Jahr konnten wir kaum etwas liefern. Die Leiter der Nahrungssektion drängten uns und drohten sogar mit Strafen, wenn wir nicht den geforderten Ertrag lieferten. Sie machten uns ein schlechtes Gewissen und sagten, dass unseretwegen die Menschen in Vilgot verhungern würden. Das konnte ich nicht zulassen, also rannte ich auf das Feld und suchte verzweifelt nach einer Lösung, wie man die Pflanzen wachsen lassen könnte. Und auf einmal sprossen die Weizenpflanzen aus dem Boden und wurden innerhalb von wenigen Sekunden so golden, dass sie erntereif waren. Die Leiter der Nahrungssektion und meine Eltern waren vollkommen sprachlos.«

Sven lachte schallend auf, völlig unbeeindruckt von der bedrückten Stille.

»Das glaub' ich dir, ich hätte deren Gesichter so gern gesehen«, rief er. »Los, der nächste! Ich bin gespannt, was für Geschichten wir noch zu hören bekommen.« Erwartungsvoll schaute er in die Runde. Niemand regte sich. »Lynn!«, rief er fröhlich aus. Lynn warf ihm einen Blick zu, der ihn hätte töten können.

»Nein!«, sagte sie scharf.

»Ach komm schon«, sagte Sven. Er stand auf und quetschte sich so in die Runde, dass er neben ihr saß. »Du bist immer so geheimnisvoll, ich weiß doch gar nichts über dich. Lass mich an deinem Leben teilhaben, wir sind doch alle unter uns.« Er wollte freundschaftlich seinen Arm um sie legen, doch sie schnappte ihn und drehte ihn so ein, dass er leise knackte. Sven schrie vor Schmerz auf.

»Ist ja gut, ist ja gut«, wimmerte er. »Ich lass dich wieder in Ruhe.« Lynn ließ ihn los und funkelte ihm streng mit ihren schwarzen Augen hinterher, während er sich benommen an seinen Platz zurücksetzte. »Dann will ich eine Geschichte von jemandem anderen hören«, schmollte er. Wieder blickte er in die Runde. Dann hellte sich sein Gesicht auf. »Josefin«, sagte er feierlich. »Du bist auserwählt, uns von der tragischen Situation zu erzählen, in der sich deine Fähigkeit zum ersten Mal entfaltet hat! Was hat dich dazu gebracht, wie eine gnadenlose Schneekönigin Eiszapfen aus deinen langen Fingern schießen zu lassen?« Gespannt starrte er sie an. Ungewohnt zurückhaltend wich sie den Blicken der anderen aus.

»Such dir wen anderes aus«, wehrte sie kühl ab. Sie bemühte sich um eine starke Haltung, doch Elenor spürte ihre Fassade bröckeln.

»Ach, komm schon«, empörte Sven sich. »Will jetzt gar keiner mehr erzählen?«

»Warum zierst du dich auf einmal so?«, fragte Emelie provokant. »Sonst quatschst du doch auf wie ein Wasserfall von dir.«

Josefin warf ihr einen bösen Blick zu. »Es geht nun mal niemanden was an!«, zischte sie.

Emelie lachte. »Ach, jetzt auf einmal? Weißt du, sonst interessiert es auch niemanden, was du über dich erzählst, und das hält dich auch nicht davon ab.«

Mit einem Mal sprang Josefin auf. »Lasst mich doch einfach in Ruhe!«, fauchte sie mit schimmernden Augen, dann machte sie auf dem Absatz kehrt und verschwand in der Dunkelheit. Ein kurzer Augenblick der Stille trat ein.

»Das hast du ja toll hinbekommen!«, fuhr Freya Sven an. Sven schien nicht zu verstehen, was eben passiert ist.

»In Ordnung, dann eben keine dramatischen Geschichten mehr«, murmelte er.

»Sollten wir ihr nicht hinterher?«, krächzte Aaron. »Es ist gefährlich hier draußen.«

Emelie erhob sich. »Ich geh sie suchen«, sagte sie mit einem leicht beschämten Gesichtsausdruck.

»Ich komme mit!«, sprang Henrik prompt auf und stellte sich an ihre Seite. Elenor nahm ihre Kräfte zusammen und begab sich ebenfalls auf ihre durchgefrorenen Beine. Daraufhin reagierte Fynn sofort.

»Dann komme ich auch mit«, sagte er und griff nach seinem Schwert.

Freya nickte. »Dann begleiten Sven und Aaron euch und wir bleiben hier und passen auf das Lager auf. Wenn euch etwas passiert, kommen wir nach. Sie sollte noch nicht weit gekommen sein. Und im äußersten Ernstfall holen wir Eaven dazu.« Sie warf einen kurzen Blick auf das Zelt, in dem er vorhin erst mit einem Stapel Pergamente verschwunden war. Ohne einen weiteren Kommentar stand Sven schuldbewusst auf und schnappte sich sein Schwert. Nah beieinander stapften sie zügig los und folgten dem schmalen Schein ihrer Fackel in die Richtung, in die Josefin verschwunden war.

33.

FEHDE

Der blasse Mondschein warf ein geheimnisvolles Licht auf sie herab und ließ den Frost auf dem harten Boden silbern glitzern. Vorsichtig schlängelten sie sich durch die schwarzen Baumstämme und horchten bei jedem kleinen Geräusch auf. In regelmäßigen Abständen riefen sie Josefins Namen in die totenstille Nacht, doch bis auf das Rascheln einiger kleinen Wildtiere war nichts weiter zu hören. Ein unangenehm mulmiges Gefühl ließ Elenor nicht los und sie wusste nicht genau, ob es an der fremden Umgebung lag oder an ihrer Sorge um Josefin. Sie kannte ihre aufbrausenden Abgänge, doch dieser schien ehrlich verletzt gewesen zu sein und dass nun keine Spur von ihr zu finden war, verhieß ganz und gar nichts Gutes. Elenor rückte ein wenig dichter an Fynns rechte Seite. Mit übermäßig geschärften Sinnen, sah er konzentriert zwischen jedem einzelnen Strauch und Baumstamm umher, den Griff seines Schwertes fest in beiden Händen. Sein ganzer Körper war angespannt, wie die Sehne eines Bogens, jederzeit bereit, sich zu entladen und zuzuschlagen. In kleinen Wölkchen wich sein flacher Atem stoßweise zwischen seinen leicht geöffneten Lippen hervor und stieg in die eiskalte Luft empor. Das Verlangen, Schutz suchend nach seinen Arm zu greifen, durchströmte Elenor, doch etwas in ihr hielt sie zurück. Unsicher lief sie neben ihm her, nur ab und zu mal einen verstohlenen Blick zu ihm herüber werfend. Seit ihrem Aufbruch hatten sie nicht wirklich miteinander gesprochen und nun wusste sie nicht einmal mehr, ob sie ihn in diesem Moment berühren sollte oder nicht. Doch bevor sie noch weiter grübeln konnte, spürte sie, wie der Boden unter ihren Füßen nachgab. Sie konnte weder schreien noch sich fest halten. Alles, was sie spürte, war, dass sie in einen sehr glatten und holprigen Abgrund rutschte. Über sich hörte sie die erschrockenen Rufe ihrer Kameraden blitzschnell verhallen und nach einer gefühlten Ewigkeit kam sie schmerzhaft am Fuß eines schmal gewundenen Tals an.

Leise aufstöhnend rappelte sie sich langsam wieder auf die Beine. Im schwachen Licht des Mondes starrte sie die vereiste Bergwand empor, die sie eben heruntergerutscht war. Aus der Ferne vernahm sie die Stimmen ihrer Kameraden, die nach ihr riefen. Elenor holte tief Luft.

»Ich bin hier unten!«, brüllte sie mit aller Kraft aus den Tiefen ihres Zwerchfells, zu ihnen hoch. Sie setzte ihren Fuß in eine kleine Kuhle und versuchte den Berg wieder hinaufzuklettern, doch vergebens. Egal, wo sie ansetzte, sie rutschte immer wieder ab. Frustriert gab sie es auf und sah sich um. *Es muss doch irgendeinen Weg wieder hoch geben!* Mit immer noch schmerzenden Beinen stapfte sie etwas schwerfällig los und folgte dem gewundenen Weg. Wenige Meter weiter entdeckte sie einige schräg gewachsene Nadelbäume. Ihre Äste hingen so tief, dass man sich an ihnen entlang ziehen und so an dem steilen Hang hinauf klettern konnte. Erleichternd ausatmend, eilte Elenor darauf zu. Doch gerade, als sie den ersten Ast greifen wollte, spürte sie etwas. Sie hielt inne und wandte sich der Richtung zu, aus der es kam. Es waren heftige, messerscharfe Schwingungen der Panik. Sie waren so intensiv, dass Elenor sogar ein schrilles Kreischen aus ihren sich ruckartig in der Luft bewegenden, bogenförmigen Strängen vernahm. Elenor setzte vorsichtig einen Schritt vor den anderen, folgte den immer stärker gegen ihren Körper wummernden Schwingungen. Ihr Herz begann zu rasen, während sie sich langsam auf eine Gruppe dunkler Kieferbäume zubewegte. Zwischen den kargen Stämmen hervor wehte der leise Ton eines Wimmerns zu ihr herüber. *Das war Josefins Stimme!* Elenors Beine rannten los. Hektisch kämpfte sie sich durch die hohen Sträucher am Fuße der Kiefern hindurch und stolperte auf eine kleine Lichtung.

Ihre Augen folgten der Quelle und sie entdeckte Josefin wenige Meter rechts von sich in einem Kokon aus Eis, der sie einhüllte und langsam wuchernd ihren Brustkorb emporkroch. Als wollte das Eis sich feindselig gegen sie richten, wuchsen aus der spiegelglatten Oberfläche kleine Spitzen, die sich knirschend, durch die Masse hindurch, zu ihrem Körper arbeiteten.

»Josefin!«, schrie Elenor und rannte los. Josefins Kopf zuckte in ihre Richtung und ihre Panik explodierte. Elenor geriet ins Straucheln, so sehr schleuderten sich die Schwingungen gegen sie, stärker und schmerzhafter als dicke Drahtseile.

»Bleib weg!«, kreischte Josefin hysterisch und das Eis, um sie herum, breitete sich klirrend in alle Richtungen aus.

Sofort blieb Elenor stehen. Mit bebendem Kiefer starrte Josefin sie an, nackte Angst in ihrem kreidebleichen Gesicht. Stumm fixierte Elenor ihre glasigen Augen. Ganz vorsichtig setzte sie einen Schritt vor den anderen und ließ Josefins Panik dabei geduldig auf sich eindreschen. Mit zittrigem, flachem Atem beobachtete Josefin sie. Das Eis war in seiner Bewegung nun vollkommen erstarrt. Fast wie ein Raubtier hielten die langen Eisspitzen inne, gefährlich im Mondlicht glitzernd. Den Blickkontakt nicht lösend, zog Elenor so langsam wie möglich ihr Schwert. Die Stille in Josefin begann sich zu regen und bevor die Panik erneut brüllend explodieren konnte, hob Elenor ihr Schwert und schlug mit aller Kraft auf das Eis ein. Nicht einmal der Atem wich aus Josefins steifer Brust und binnen weniger Sekunden bröckelte das Eis und fiel krachend von ihr ab. Noch immer blieb ihr die Luft stumm in den Lungen stecken und bevor die Kraft sie gänzlich verließ, eilte Elenor herbei und nahm sie fest in die Arme. Josefins eisige Wange brannte auf Elenors Haut und endlich ließen die starren Muskeln in ihrem Brustkorb ihren Atem frei. Wie eine Schiffbrüchige, vom Sturm der See hin und her geworfen, rang Josefin nach Luft. Die Kälte ihres unterkühlten Körpers drang unverfroren durch Elenors Kleidung und stahl ihr den Rest Wärme, den sie noch besaß, und doch hielt Elenor sie so fest, als müsste sie jedes Körperteil von Josefin zusammenhalten, bevor alles auseinanderfiel. In Josefins hysterische Atemzüge, mischten sich zunehmend tiefe Schluchzer. Elenor spürte eine Trauer inmitten der eisigen Wüste von Josefins Innerem. Bisher lange versteckt, doch dann durch das Gespräch am Lagerfeuer unerlaubt hervorgerufen. Und nun bohrte sich diese Trauer wie brennende Speere in die zerklüfteten Eisberge von Josefins Seele. Elenor brauchte nicht weiter nachzufragen. Das, was sie in Josefin sah und spürte, genügte, um zu verstehen, wie sehr Josefin ihr Leben lang unter dem Drill ihres Vaters gelitten hatte. Ein emotionsloser, herrischer Mann, der nie zufriedengestellt werden konnte. Und Josefins Inneres konnte gar nicht kalt genug sein, um den Schmerz der unerwiderten Liebe ihres Vaters zu betäuben. Bevor die mächtigen Eisgiganten um ihr verwundetes Herz herum ernsthaft zu brechen begannen, löste Josefin sich aus der Umarmung und bemühte sich, ihre Fassung zurückzugewinnen. Elenor wartete geduldig, bis der Aufruhr in Josefin wieder nachließ und sich schließlich ganz legte. Stille breitete sich über der einsamen Lichtung aus. Unbeholfen starrten sie auf die im Mondlicht weiß schimmernden Eissplitter. Beiden lagen eine Menge Worte auf der Zunge, doch keine von ihnen schaffte es, sie auszusprechen.

»Das bleibt unter uns!«, sprudelte es schließlich aus Josefin heraus.

Elenor nickte sofort. »In Ordnung!«

Wieder rang Josefin mit den Worten. Elenor spürte, wie sie in ihrem Hals miteinander kämpften. Schließlich gaben sie sich geschlagen und Josefin öffnete den Mund.

»Danke«, flüsterte sie. Elenor sah ihr in die Augen. Für einen kurzen, kostbaren Moment tauschten sie ein stummes Versprechen aus. In der allergrößten Notsituation würden sie füreinander da sein. Dann wandte Josefin sich um und verließ die Lichtung. Elenor folgte ihr schweigend. Nachdenklich betrachtete sie Josefin, während sie sich beide durch das kahle Gestrüpp zurück kämpften.

»Machst du das hier nur für deinen Vater?«, fragte Elenor schließlich. Josefin brauchte einen Moment, um zu entscheiden, ob sie sich auf dieses Gespräch einlassen sollte.

»Auch«, antwortete sie knapp, während sie sich zwischen den Kiefern entlang schoben. »Und für Elisabet. Sie braucht mich.« Fragend blickte Elenor sie an. »Ihre Schwester Yva starb bei einem Unfall und seitdem bin ich so was wie ihre zweite Schwester«, ergänzte Josefin und beendete damit entschieden das Thema.

34.
DIE BOTSCHAFT
DES RABENS

Die kahlen Hügel formten sich allmählich zu imposanten Bergen mit schneebedeckten Spitzen. Elenor wusste nicht mehr, ob sie nun schon Wochen oder Monate ritten. Sie waren sofort am nächsten Morgen aufgebrochen, nachdem ihre Kameraden sie und Josefin am Gipfel des Berghanges empfangen hatten. Fynn hatte sie fest in seine Arme geschlossen, sein Körper vor Erleichterung bebend. Doch nun verlor Elenor langsam das Zeitgefühl. Wie eine immer dunkler werdende Wolkenfront, braute sich die Aura der Truppe um sie herum zusammen, gefüttert durch eine zunehmende Aggression, die sich bei jedem eisigen Windzug und jedem unpassierbaren steinigen Bergweg gefährlich verstärkte. Elenors Herz setzte mit jedem Mal aus, wenn ihre müde Stute auf dem glatten Grund der steilen Klippen bedrohlich ausrutschte. Tapfer fing das Tier sich dann und setzte mühsam weiter ein Huf vor den nächsten. Doch was die Spannungen unter ihnen am meisten auflud, war der von Tag zu Tag schrumpfende Vorrat an Nahrungsmitteln. Bis auf ein paar kleine Bergvögel und hier und da ein paar fuchsartige Raubtiere brachten die Kämpfer von ihrer Jagd kaum etwas ins Lager. Elenor durchzuckte es im ganzen Körper, wenn die Spannungen ihrer Kameraden sich daraufhin blitzartig entluden und wild durch die Luft rasten. Sven hielt es eines Abends nicht mehr aus und begann sich zu den Pferden zu stellen und mit ihnen die Rinde von den Bäumen zu essen. Seine Kameraden beobachteten ihn schweigend, noch mit der Entscheidung ringend, es ihm einfach gleichzutun. Die brodelnde Anspannung unter ihnen blieb nicht lange hinter den Wänden ihrer ausgekühlten Körper verborgen und nicht selten brach zwischen den Kämpfern bei den kleinsten Dingen ein Streit aus, der an sehr eisigen Abenden besonders intensiv ausuferte. Nur Eaven konnte Aaron und Rebekka davon abhalten, sich gegenseitig mit ihren Schwertern die Kehlen aufzuschlitzen. Eaven war der Einzige, der sein Gemüt nach wie vor meisterhaft im Griff hatte. Unermüdlich führte er seine Truppe voran, machte sich selbst auf die Suche nach genügend Brennholz für die Nacht und versprach seinen Kämpfern jeden Abend, dass sie fast am Ende ihrer Reise waren. Elenor war sich nicht sicher, ob er seinen Worten tatsächlich selbst glaubte. Doch sie war ehrlich fasziniert davon, wie unerschütterlich, ruhig und unendlich stark seine Aura trotz allem noch blieb. Die Kraft, die er ausstrahlte, war enorm und lichtete die dunkle Aura seiner Kämpfer mit ein paar wenigen gleißenden Strahlen der Hoffnung. Doch Eavens Hoffnung währte nie allzu lange, denn der permanente Hunger und die betäubende Kälte sog den Kämpfern allmählich die Energie aus ihren Körpern. Und langsam mischte sich ein Gedanke, wie ein nebeliges Gift, in das Bewusstsein eines jeden Einzelnen: *Würden sie lebendig wieder nach Hause kommen?* Elenor spürte, wie sich ein Schleier dunkler Einsicht über das Lager legte, so hauchdünn, dass man ihn kaum bemerkte. Sie waren schwach, müde und ausgezehrt. Sie würden vermutlich jetzt schon kaum noch einem größeren Kampf standhalten. Noch wagte es keiner, zu Ende zu denken, was ihnen passieren würde, sollten sie Hakons Versteck finden und ihm gegenüberstehen. Doch ihr Unterbewusstsein wusste es bereits. Sie hätten keine Chance und würden innerhalb weniger Augenblicke von Hakons Gefolge durchstochen werden. Elenors Rippen zogen sich zusammen und sie bemühte sich mit aller Kraft, diese Bilder aus ihrem Kopf zu verbannen.

Dann fanden sie eines grauen Vormittags etwas, was diesen schrecklich erstickenden Schleier aus Hoffnungslosigkeit, mit einem Mal zerfetzte. Eaven hob die Hand und bedeutete seine Truppe zum Stillstand. Mit einem Ruck schwang er sich von seinem schwarzen Hengst und beugte sich zu Boden. Er tunkte seinen Zeigefinger in den, von dunklen Punkten übersäten, Schnee und roch daran. Dann rieb er ihn prüfend mit seinem Daumen und leckte vorsichtig an der schwarz gefärbten Fingerkuppe.

»Das ist Ruß«, sagte er schließlich und wandte sich zu seinen stumm fragenden Kämpfern um. Elenors Herz machte einen Hüpfer bei dem Anblick seiner glühenden Augen. »Wir sind fast da!«, sprach er kräftig und die eben noch in sich eingefallenen Kämpfer begannen, sich zu regen. »Der Ruß ist noch frisch, der Vulkan ist also ganz in der Nähe. Wir sind höchstens noch einen Tagesritt entfernt.«

Die Energie, die sich nun gewaltig flirrend ausbreitete, überwältigte Elenor fast. Ihr ganzer Körper begann zu beben und feurige Hitze stieg in ihr auf. Mit glühenden Wangen suchte sie den Blick ihrer Kameraden. Strahlende Freude blitzte ihr aus ihren Augen entgegen, Henriks Ohren flammten und Emelies Freudenschrei durchschnitt die eben noch todesähnliche Stille. Im beinahe selben Moment stimmten die anderen mit ein und ihre sich überschlagenden Stimmen schleuderten explosionsartig in die eisige Luft, prallten an den kahlen Felswänden ab und schleuderten ihnen als Echo entgegen. Elenor begann hemmungslos zu lachen, während die Energien ihrer Kameraden wild um sie herumtobten. Eaven zischte und brachte seine Kämpfer wieder zur Ruhe.

»Vorsicht«, mahnte er leise. »Hier draußen sind wir höchst-

wahrscheinlich nicht allein. Hakon hat vielleicht Späher postiert.«
Seine Truppe gehorchte sofort. Nun wesentlich gedämpfter freuten die Kämpfer sich weiter. Elenor wollte gerade an ihren Zügeln ziehen und Liv näher zu Emelie und Henrik bewegen, da fiel ihr Blick auf Fynn. Die wilden Entladungen der Emotionen seiner Kameraden schienen ihn nicht im Geringsten zu beeinflussen. Ganz still saß er auf seinem grauen Wallach und starrte in die Richtung, in der Eaven den Vulkan vermutete. Elenor spürte eine beängstigende Kraft in ihm aufköcheln. Wie der letzte Überlebende seiner eigenen verlassenen Welt, hielt er die Zügel seines Wallachs fest in der Hand, seine letzte Kraft auf das Ziel vor ihm fokussiert. Das, was ihn diese Reise überstehen lassen hatte, was ihn seit so vielen Jahren, vor dem endgültigen Zerbrechen seiner geschundenen Seele bewahrt hatte, war die Vorstellung gewesen, Hakons Herz mit seinem Schwert zu durchbohren und nichts konnte ihn nun noch davon abhalten. Und da war sie wieder, so klar und präsent wie noch nie. Seine Aura. Zittrig, pulsierend breitete sie sich in langsam kräftiger werdenden Stoßwellen aus, baute sich auf zu dämonischen Orkanböen, die berechnend darauf warteten, über alles und jeden gnadenlos herzufallen. Bis zur absoluten Vernichtung und weiter. Wie aus kleinen Spiegelscherben glitzerte der reine Wahnsinn seines Inneren, aus seinen eiskalten Augen. Ganz langsam hob er die Zügel an und gerade als Elenor glaubte, er würde seinem Pferd die Sporen geben und davon preschen, riss Eavens Stimme ihn aus seiner Trance.

»Wir reiten noch bis zur Nachmittagssonne weiter, dann bauen wir unser Lager auf!« Schlagartig zog sich Fynns Aura wieder zurück und sein Blick klärte sich. Als wäre er aus einem bösen Traum erwacht, blinzelte er irritiert zu seinen Kameraden um sich herum, die von ihm jedoch keine Notiz nahmen und ihre Pferde mit neuem Mut in Bewegung setzten. Elenor kam an seine Seite getrabt. Ihre Blicke fanden sich sofort, als hätte sie nach ihm gerufen. Doch ihre Botschaft, die sie aus ihren, mit Feuer gefüllten Augen, zu ihm herüber sandte, bedurfte keiner Worte. Dieser unerschrockene Eifer, seine Mission gemeinsam zu beenden, war kaum miss zu deuten und Fynn verstand sofort. Über seine blauen Augen legte sich kurz der altbekannte kühle Schleier, der den Zugang zu seinem Inneren versperrte, doch dann gab etwas in ihm nach und er beschloss Elenors loyales Versprechen anzunehmen. Elenor glaubte in seinen Gedanken zu hören, wie er sich an sein eigenes Versprechen erinnerte, dass er ihr nach ihrer gemeinsamen Nacht gegeben hatte. *»Er hat mein Wort. Ich werde dich beschützen.«* Und mit einem Mal war ihr letzter winzig kleiner Zweifel zu ihm endgültig davon gewischt. *Ja, sie konnte sich auf ihn verlassen.* Nach einem Lächeln der Einigung war es besiegelt und sie wandten sich wieder nach vorn und folgten ihren Kameraden. Elenor fühlte etwas Neues in sich brummen, etwas, das ihren eben noch müden, vor Kälte tauben Körper mit ungeheurer Kraft erfüllte. Eine Löwin schien in ihr auf eine so gewaltige Größe zu wachsen, dass Elenor beinahe von Ehrfurcht übermannt wurde. Ihr Verlangen nach Ruhm und Anerkennung, weswegen sie der Verteidigungssektion einst beigetreten war, war schon lange verblasst. Und auch wenn ihr die Aufgabe des Königs nach wie vor schmerzhaft schwer im Nacken saß, in diesem Moment interessierte sie auch das nicht. Was ihr in diesem Augenblick für die kommende Schlacht das einzig Wichtige war, war diesen jungen Mann neben sich, mit ihrer gesamten Kraft zu beschützen, was auch immer sie alle am Fuße des Vulkans erwarten würde. Während sie weiter ritten, wurden die dunklen Flecken im Schnee immer größer und als die Sonne sich langsam mit dem Horizont vereinte und den Himmel in ein leuchtendes Feuer verwandelte, waren teilweise ganze Berggipfel von dunkelgrauem Schnee überzogen.

Eaven zog die Zügel zusammen und gebot seinem schwarzen Hengst, stehenzubleiben. »Bereitet schon mal das Lager vor«, wies er seine Truppe mit gedämpfter Stimme an. »So leise wie möglich! Wir wissen nicht, ob Hakons Gefolgsleute sich hier in der Nähe aufhalten. Ich überprüfe die Lage und komme gleich wieder zurück.« Dann gab er seinem unermüdlichen Pferd die Sporen und es trug ihn mit derselben eisernen Entschlossenheit wie die seines Reiters zwischen den hohen Felswänden hindurch davon. Ohne ein weiteres Wort, gehorchten die Kämpfer sofort und begannen die ledernen Planen und Felle auszubreiten und die robusten Metallstangen in den unnachgiebigen Steinboden zu schlagen. Eaven hatte ihnen einen guten Platz ausgesucht. Sie befanden sich auf einem kleinen Felsplateau inmitten der bizarr geformten Berggipfel. Wie Steinriesen umgaben sie hohe Fels-wände, die die Kämpfer vor dem tödlich eisigen Wind schützten. Elenor atmete erleichtert durch. Hier würden sie weitaus angenehmere Nächte erleben, als auf ihren Nachtlagern zuvor. Als würde die Natur sie für ihr langes Durchhalten belohnen wollen, blitzte inmitten der grauen Wolkendecke die Sonne hervor und strahlte für einen kleinen Augenblick auf die Kämpfer herab. Die verharrten kurz mit ihren Arbeiten und reckten die Gesichter gierig zum Himmel hinauf. Ein genüssliches Lächeln breitete sich auf ihren Lippen aus, während die Sonne ihre Haut gnädig auf-taute und für diesen kleinen Moment schienen sie sich alle wieder zu Hause in Vilgot zu befinden, frei von Hunger, Kälte und Angst. Die Sonne vergönnte es ihnen nicht zu lange und ver-schwand sofort wieder hinter der bleiernen Masse aus Wolken. Doch den Kämpfern genügte diese kleine Wohltat und mit neuer Kraft wandten sie sich wieder emsig ihren Arbeiten zu. Die gehobene, wohlig summende Atmosphäre wurde noch verstärkt, als Eaven zu ihnen zurückkehrte.

»Wir sind da«, verkündete er feierlich. »Wenn man durch die Bergpässe hier durchgeht, kann man den Vulkan in der Ferne sehen.« Erneute Ausrufe der Freude entluden sich, wenn auch in gedämpfter Lautstärke. »Das Gelände um uns herum ist auch frei«, fuhr Eaven fort und ging zum Käfig der Raben. »Ich habe keine Menschenseele gesehen.« Während die Kämpfer sich ausgelassen auf die Schultern klopften und sich in die Arme fielen, kramte Eaven ein Stück Pergament aus seiner Tasche und begann zügig eine Nachricht darauf zu kritzeln. »Wir lagern so lange hier, bis die Verstärkung aus dem Königreich gekommen ist.« Obwohl er mehr zu sich selbst gesprochen hatte, kehrte sofort Stille ein. Verdutzt starrten sie ihn an, während Eaven seine angefertigten Routenskizzen der letzten Wochen sortierte und ordentlich mit der Nachricht zusammenrollte.

»Aber das kann sich noch um Wochen handeln!«, platzte es schließlich aus Josefin heraus. Ihrem Tonfall war anzumerken, wie sehr die Reise an ihren Kräften gezehrt hatte. »Außerdem wissen wir gar nicht, ob die Raben überhaupt in Vilgot ankommen! Die könnten sonst wohin fliegen!« Elenor spürte die Auren der Kämpfer auf Josefin zuschießen, wie wütende Tiere. Niemand wollte sein kostbares Glücksgefühl hergeben, doch Josefins Worte versetzten ihnen einen gehörigen Dämpfer. Und obwohl niemand es zugeben wollte, wussten sie, dass Josefin recht hatte. Eaven ließ sich nicht beirren.

»Die Raben wurden von einer Abteilung unserer Sektion darauf trainiert, mit Nachrichten in das Königreich zurückzufliegen«, sprach er ruhig, während er die Pergamentrollen behutsam an dem schmalen Bein eines der größeren Tiere befestigte. Josefins, ohnehin schon dünner Geduldsfaden, spannte sich gefährlich weiter.

»Und was ist, wenn der den Weg vergessen hat? Wir befinden uns nicht mehr in einem Wald, zehn Meter vor der Mauer!«, stieß sie schrill aus.

Eaven umfasste den Raben mit beiden Händen. »Diese Tiere sind äußerst intelligent«, sprach er und warf den Raben schwungvoll in die Luft. Stumm sahen sie zu, wie das schwarze Tier sich kraftvoll fing, wie zum Abschied laut krächzte und majestätisch über den Felswänden verschwand.

»Na gut!«, schnaubte Josefin widerwillig mit verzerrtem

Gesicht. »Aber wie sollen wir bis dahin überleben? Wir haben nichts zu essen und sind kurz vor dem Erfrieren!« Mit einer überraschend schnellen Bewegung wandte Eaven sich ihr zu. Die Kämpfer hielten die Luft an. Angespannt vernahm Elenor ein mächtiges Aufbäumen seiner bisher stetig ruhigen Aura. Doch nur einen Wimpernschlag später beruhigte sich sein Inneres wieder.

»Ich lasse euch nicht verhungern«, sagte er mit ungewohnt weicher Stimme. »Und ich bringe euch lebend wieder nach Hause. Haltet nur noch ein bisschen durch.« Obwohl seine Worte beinahe wie ein Flehen klangen, sandten sie ein, wie mit seinem eigenen Herzblut besiegeltes Versprechen aus, an dem niemand auch nur ein bisschen zweifeln konnte. Josefin funkelte ihn berechnend an, doch sie kniff ihre bleichen Lippen zusammen und schwieg. Was ihren Verstand jetzt noch klar hielt und sie nicht in Hysterie ausbrechen ließ, war ihr Respekt vor ihm und ein letzter Rest an Vertrauen, den sie noch in sich trug.

Doch auch das drohte sich mit den Tagen, die verstrichen, aufzulösen und von den eisigen Luftzügen davon geweht zu werden. Eaven hielt sich zwar an sein Versprechen und brachte täglich geschossene Vögel oder gelegentlich kleine Schneehasen in das Lager, doch das Essen war bei Weitem nicht genug. Gierig machten sie sich über die kleinen Fleischstücke her, um sich dann nach dem heruntergeschlungenem Abendessen, mit noch stärker knurrendem Magen, um das Lagerfeuer herum zusammenzukauern. Die Felswände hielten den pfeifenden Wind zwar größtenteils fern, doch die Temperaturen schienen wie aus Protest Nacht für Nacht weiter zu sinken. Das Warten und Nichtstun war bei Weitem schlimmer, als die langen Ritte der letzten Wochen und Elenor spürte die Unruhe ihrer Kameraden beinahe stündlich ansteigen. Es schien, als würde der Vulkan sie förmlich zu sich rufen und verspotten, je länger sie untätig blieben. Sven musste von Aaron und Freya grob wieder in ihr Lager zurückgezerrt werden, weil er es nicht mehr aushielt und mit gezogenem Schwert und irrem Geschrei losgestürmt und zwischen den Felswänden verschwunden war. Elenor beobachtete, wie sie zornig auf ihn einredeten, während er schwer atmend immer wieder versuchte, sich loszureißen, um erneut davonzustürmen. Und sie konnte es ihm nicht verübeln. Sie selbst hatte Mühe, sich Sven nicht anzuschließen und kämpfte täglich gegen den brodelnden Wahnsinn an, der sich immer stärker in ihr zusammenbraute. Mit vor Kälte tauben Gliedmaßen wartete sie auf die Ankunft eines Raben, der ein Ende dieser Albtraumreise verkünden würde. Doch es kamen nur ab und zu ein paar neugierige Bergfalken vorbei, die Eaven, für das nächste Abendessen, treffsicher vom Himmel schoss. Wie ein Fieberwahn breiteten sich die Konflikte unter den Kämpfern aus, so schnell und so plötzlich, dass man danach nicht einmal mehr die Ursache wusste. Was die Kämpfer davon abhielt, sich ernsthaft bis aufs Blut zu verletzen, war einzig und allein Eaven, der jedes Mal sofort wie aus dem Nichts auftauchte. Wortlos zog er die Streitenden mit kräftigen Handgriffen auseinander und stieß sie in entgegengesetzte Richtungen. Er wusste, dass ein Gespräch nichts nützte und so trug er den beiden feindlich gesonnenen Kämpfern Aufgaben auf, die sie davon abhielten, erneut aufeinander loszugehen. Die Atmosphäre im Lager glühte in immer stärkeren Wallungen auf und dann bekam Elenor tatsächlich Fieber. Ein sehr schwach ausgeprägter Teil von ihr empfand es als ganz praktisch, denn trotz des Schüttelns und Schauderns war ihr schwacher Körper so erhitzt, dass sie die Kälte nun kaum mehr wirklich wahrnahm. Andererseits konnte sie nun nichts weiter tun, als in den dicken Felldecken eingehüllt im Zelt zu liegen und dabei zuzusehen, wie ihre Kraft immer weiter schwand. Das Warten erschien ihr nun noch unerträglicher. Und da sie sich mit nichts weiter ablenken konnte, prasselten die aufgeladenen Stimmungen ihrer Kameraden nun völlig ungehindert auf sie ein. Was ihren zutiefst übellaunigen Gemütszustand ein wenig erhellte, war die rührende Fürsorge ihrer Kameraden. Wenn Emelie und Henrik nicht gerade zu ihr reinkamen und ihr ein paar mit Schnee gefüllte Tücher auf die Stirn legten oder frisch getautes Wasser reichten, kam Eaven vorbei und erkundigte sich nach ihrem Wohlbefinden. Was Fynn, der von der knisternden Anspannung nicht verschont blieb und ebenfalls mit dem Abwenden seiner Ausbrüche zu kämpfen hatte, extrem missfiel. Als ginge es um einen Wettkampf, sammelte er mit rasendem Eifer Kräuter, die er in einen kleinen, über dem Feuer siedenden Eisenbehälter warf, um dann mit dem selbstgebrauten Tee in Elenors Zelt zu hetzen und ihn ihr vor die Nase zu halten. Mit glühendem Blick blieb er so lange da, bis sie ausgetrunken hatte, nahm ihr den Krug ab und hetzte wieder nach draußen. Elenor konnte seine aufschäumende Eifersucht schon von weit außerhalb der flatternden Planen ihres Zeltes spüren, sobald Eaven sich auch nur dem Zelteingang nährte. Doch der ließ sich davon überhaupt nicht beirren und führte seine regelmäßigen Besuche bei Elenor mit einer schon fast sturen Ruhe fort. Als Eaven Fynn eines dämmernden Nachmittags darauf hinwies, dass eines seiner gesammelten Kräuter giftig sei, zerbrachen Fynns hauchdünne Wände der Fassung endgültig. Elenor schreckte zusammen, als seine lodernde Wut ausschlug und bis zu ihr in das Zelt peitschte.

»Ich weiß schon, was für Kräuter ich gesammelt habe!« fauchte er so gefährlich auf, dass sich Elenors feine Härchen im Nacken aufstellten.

»In diesem Fall wohl nicht«, antwortete Eaven mit einer für ihn ungewohnt höhnischen Nuance, die Fynn natürlich nicht verborgen blieb. Seine Wut schlug noch einmal aus und erreichte Elenor schmerzhaft brennend.

»Glaubst du wirklich, dass ich sie vergiften will?«, fragte er drohend. Nun spürte Elenor, dass auch Eavens Aura sich zu regen begann.

»Willentlich nicht, aber vielleicht aus Unwissenheit«, antwortete er. »Kipp das weg und sammle neue Kräuter!« Die Schärfe seines Befehls jagte Elenor einen Schauer durch die Glieder und das Aufbäumen der Energien der beiden jungen Männer nahm ihr die Luft zum Atmen. Es war, als würden zwei Naturgewalten aufeinanderprallen. Fynns Wut schoss explosionsartig empor und stürmte brüllend auf Eaven ein. Dessen mächtiger innerer Ozean an Ruhe und Beständigkeit, begann sich tosend zu erheben und stellte sich dem anderen Element wie ein riesiger Hurrikan entschieden gegenüber. Sogar der Himmel schien sich zu verdunkeln, so beängstigend war die gewaltige Kraft, die sich bei beiden über viele Jahre hinweg angestaut hatte und sich nun entfaltete. Entsprungen aus zwei unterschiedlichen Farben der Verzweiflung und beide so stark, dass sie hier und jetzt die ganze Welt vernichten könnten. Zwischen dem Sirren und Brodeln vernahm Elenor kaum hörbar die Schritte einiger Kameraden, die sich in ihre Zelte verkrochen oder hinter die schützenden Felsen schoben. Fynns bebende Stimme schwoll mit jedem seiner Worte an.

»Du willst doch nur wieder deine Macht spielen lassen und mich demütigen. Wie immer! Denkst du wirklich, du bist so was wie ein Gott, nur weil du der strahlende Lieblingsheld vom königlichen Rat bist?« Bevor er sich weiter in Rage reden konnte, griff Eaven ein, seine Stimme nicht weniger bebend.

»Du hast doch gar keine Ahnung, unter was für einem Druck ich immer stand. Während du einfach gemacht hast, was du wolltest, ohne nachzudenken, was für Konsequenzen dein Verhalten für andere haben könnte, durfte ich mir keinen einzigen Fehler erlauben und stand dazu noch vor der unmöglichen Aufgabe, auf dich aufpassen zu müssen!«

»Was hast du?«, brüllte Fynn ungläubig auf und erneut peitschte sein Feuersturm der Wut zu Elenor aus, diesmal so stark, dass sie glaubte, ihr Zelt würde entflammen. »Du hast mich beim Training gedrillt und mehr nicht! Wann warst du denn für mich da, wenn ich dich brauchte?« Elenor keuchte auf, als der Schmerz seiner Worte wie ein Pfeil direkt in ihren Brustkorb stach und sich glühend zwischen ihre Rippen bohrte. Sie wusste nicht, ob es an ihrem Fieber lag oder an den wild aufeinander einschlagenden Energien, doch ihr Körper schmerzte, als würden die beiden direkt vor ihr stehen und auf sie einprügeln. Das Donnern der beiden Auren drang in ihren Kopf und vernebelte ihren Verstand so sehr, dass sie kaum noch etwas sehen konnte. Wie aus weiter Ferne vernahm sie Fynns verächtliches Schnauben.

»Und jetzt sagst du wieder nichts.« Das Brüllen seines Feuersturms verwandelte sich in ein berechnendes Knacken und Prasseln. »Und ich dachte immer, ich kann mit Gefühlen nicht umgehen. Du Feigling!« Auch Eavens donnernder Hurrikan beruhigte sich langsam und formte sich in zunehmend gleichmäßige rollende Wellen. Elenor atmete erleichtert auf, als die Schwingungen der beiden Energien von ihr abließen und sich zu ihren Besitzern zurückzogen. Eaven füllte seine Lungen mit Luft und trieb mit Mühe die ehrlichsten Worte aus sich heraus, die er Fynn in diesem Moment offenbaren konnte.

»Was du von mir wolltest, konnte ich dir einfach nicht geben.« Für einen kurzen Augenblick herrschte Stille, dann fiel Fynns Feuersturm in sich zusammen und übrig blieb nur noch eine schwach flackernde Glut.

»Warum?«, fragte er niedergeschlagen. Eaven schwieg, dann nahm er noch einmal seine Kraft zusammen.

»Weil ich nie wusste, wie«, antwortete er.

Und dann hörte Elenor ihn davongehen. Seine innere See war nun wieder spiegelglatt und ruhig, doch dunkler und tiefer als je zuvor. Immer noch zittrig streckte Elenor sich aus ihrer gekrümmten Haltung. Ihre Muskeln schmerzten noch vom Kampf der beiden Energien und ihr ganzer Körper glühte. Sie bekam kaum mit, dass Fynn zu ihr ins Zelt kroch. Erst, als er behutsam ihren Kopf streichelte, schreckte sie hoch. Vorsichtig legte er ein, mit Schnee gefülltes Tuch, auf ihre Stirn. Die Kälte zog sich wie ein Stich durch Elenors Schädeldecke und breitete sich dann langsam in ihren Kopf und auf ihrem Gesicht aus. Dankend küsste sie sein Handgelenk. Kleine Schauer überfielen sie wieder und Fynn wickelte sie fester in ihre Felldecke. Schwach hob sie den Kopf und sah ihn mit glasigen Augen an. Als sie mühsam versuchte, sich nach seinem emotionalen Wohlbefinden zu erkundigen, legte er ihr sanft den Finger auf die Lippen und bettete ihren Kopf in seinen Schoß.

»Ruh dich aus«, sagte er leise und gab ihr einen liebevollen Kuss auf die Stirn. Elenor spürte, wie ein Zug Sorge seine schwache Glut aufzüngeln ließ und seine Arme zogen sie fester an sich heran. »Werde bitte wieder gesund«, flüsterte er. »Ich brauche dich.«

35.
RETTENDE NACHRICHT

Elenor stapfte mühsam durch den kniehohen Schnee, ihre Hände schützend vor ihrem Gesicht. Die eisigen Windböen rasten messerscharf auf sie ein und brachten sie beinahe zu Fall. Leidenschaftlich wild tanzten die Schneeflocken um sie herum und nahmen ihr fast gänzlich die Sicht. Verwirrt sah sie sich um und versuchte zu erkennen, wo sie war. Sie befand sich mutterseelenallein in einer unendlich weiten, weißen Welt.

Immer wilder und schneller rotierten die Schneeflocken und stürmten so rücksichtslos um ihr Gesicht, dass Elenor gezwungen war, ihre Augen zu winzigen Schlitzen zu verengen, um sich gegen die hektisch erregten Flocken zu schützen. Sie versuchte ihr rechtes Bein anzuheben, doch ihr Fuß steckte so fest im Schnee, dass sie sich nicht rühren konnte. Eiskalte Panik erfasste sie. Mit aller Kraft riss sie an ihrem Bein, doch vergebens. Ihr Herz begann zu rasen, als sie erschrocken feststellte, dass die glitzernde Schneedecke, in der sie feststeckte, mit jeder Sekunde anschwoll und langsam bis zu ihren Hüften emporkletterte. Elenor öffnete den Mund, um nach ihren Kameraden zu schreien, doch es kam kein Ton heraus. Sie holte tief Luft und versuchte es erneut – da ertönte urplötzlich ein unangenehm lautes Krächzen. Das Kräch-zen drang durch ihre Trommelfelle in ihr Gehirn und schwoll unerträglich an, immer lauter und lauter – bis Elenor schließlich schweißgebadet hochschreckte.

Sie brauchte einige Sekunden, um sich daran zu erinnern, dass sie in ihrem Zelt lag. Von draußen ertönte tatsächlich ein Krächzen, gemischt mit den lebhaften Gesprächen ihrer Kameraden. Elenors Atem beruhigte sich wieder. Langsam hob sie ihre zittrige Hand und fasste sich an die Stirn. Bis auf den kalten Schweiß fühlte sie sich wieder völlig normal an. Erleichtert ließ sie die Hand wieder sinken. Es ging ihr deutlich besser. Langsam erhob sie sich, zog sich ihre warme Bärenfelljacke über und schlüpfte in ihre robusten Schneestiefel.

Gleißend helles Tageslicht stach ihr in die Augen, als sie aus ihrem Zelt herauskroch und die frische, kalte Luft schmerzte einige Sekunden an ihren inneren Nasenwänden. Nachdem sie sich blinzelnd an das Licht gewöhnt hatte, erkannte sie ihre Kameraden, die sich aufgeregt um einen der Felsblöcke gescharrt hatten, auf deren Rand ein großer Rabe hockte. Er flatterte ein wenig mit seinen Flügeln und krächzte wichtigtuerisch zu den Kämpfern herunter. Die Truppe wich auseinander, als Eaven dazu trat und wortlos den Arm ausstreckte. Wie auf Kommando flog der Rabe herab und setzte sich ruhig auf Eavens ausgestreckten Arm.

»Ein Rabe aus Vilgot«, verkündete Eaven und löste die kleine Pergamentrolle vom schmalen Bein des Tieres. Der Rabe kletterte auf Eavens Schulter, während dieser mit leicht fahrigen Fingern das Pergament öffnete und auseinander rollte. Die Anspannung in der Luft war so dicht wie eine Schneewand, als Eaven die Nachricht überflog, und kaum einer konnte still stehen bleiben, als er den Blick hob und sich seinen Kämpfern zuwandte. »Die Truppen sind auf dem Weg.« Seine Stimme hallte klar von den Felswänden wider und für den Bruchteil einer Sekunde schienen die Kämpfer wie eingefroren. Dann begann sich die Anspannung zu lösen und rollte einer gewaltigen Lawine gleich tosend über das Lager. Elenor glaubte kurz, zu ersticken, fühlte sich aber gleich darauf überflutet von der Erleichterung, die durch sie und jeden Einzelnen hindurchströmte. »Wenn meine Berechnungen stimmen, sollten sie in den nächsten Tagen hier sein«, sprach Eaven über die Freudenrufe der Kämpfer hinweg. Sein sich stark hebender und senkender Brustkorb verriet, dass auch ihn die Flut der Erleichterung packte und mit sich riss. Elenor erhob sich aus dem Zelteingang heraus und trat mit leicht wackeligen Beinen auf die Gruppe zu. Ohne ein Wort packte sie Aaron an den Schultern und umarmte ihn, so fest sie konnte. Das Gleiche tat sie mit Lynn und Elisabet und am Ende blieb sie in den Armen von Emelie und Henrik liegen. Überglücklich vergrub sie ihr Gesicht in Emelies Schulter und zog die beiden fest an sich. Als sie spürte, dass ihre Kameraden sich der innigen Umarmung anschlossen, fühlte sie sich beinahe überwältigt, so stark war die Freude, die sie miteinander teilten. Nach einer unbeschreiblich schönen Ewigkeit löste sich das Knäuel langsam auf und Elenor hob ihren Kopf.

»Was für ein Glück, dass es dir wieder besser geht«, sagte Henrik mit feuchten Augen und drückte dankbar ihre Hand. Emelie schlang noch einmal ihre Arme um ihre beste Freundin.

»Und das zum richtigen Zeitpunkt«, lachte sie.

Elenor stimmte mit ein. »Diesmal war ich nicht zu spät«, witzelte sie verschmitzt und Emelie verstand sofort. Zum ersten Mal seit sehr langer Zeit blitzte das vertraute Wilde in ihren Augen auf.

»Gut so«, antwortete sie mit einer gespielten Strenge, gefolgt von erneutem ausgelassenem Gelächter. Völlig vom Glück betrunken, fand sich Elenor dann irgendwann Fynn gegenüber. Ohne nachzudenken, nahm sie sein Gesicht in ihre Hände und gab ihm einen langen, innigen Kuss. Seine Augen glänzten, als sie sich schließlich voneinander lösten.

»Du kannst dich ja wieder auf den Beinen halten«, sagte er. Sein versucht scherzender Ton ging in der Erleichterung unter, die ihn überrollte und seine Stimme kaum hörbar zittern ließ. Elenors

Gesichtsmuskeln begannen ein wenig zu ziehen, so sehr strahlte sie ihn an.

»Das liegt vielleicht an dem ein oder anderen Kräutertee, den ich bekommen habe«, antwortete sie spielerisch. Auch auf seinem Gesicht breitete sich ein Grinsen aus.

»Dann waren das wohl doch nicht die falschen Kräuter«, sagte er mit einem winzigen Augenzwinkern. Elenor lachte und erneut trafen sie sich zu einem innigen Kuss. Eben noch hatte Elenor geglaubt, sie könne gar nicht mehr Glück empfinden, da übermannte sie die nächste Flut an Gefühlen. Stärker noch, als die Erleichterung über die Nachricht des Raben, war die überwältigende Liebe, die beide in diesem Moment spürten. Sie rauschte durch ihre Adern, toste aus ihren Körpern heraus und umschloss sie voll und ganz. Der bevorstehende Kampf schien in diesem leidenschaftlichen Moment noch ewig weit weg. Und in Fynns, vor Hingabe bebenden Armen, badete sie in dem heroischen Gefühl, dass sie beide nichts und niemand besiegen könnte.

Sosehr Elenor sich auch bemühte, diesen Zustand aufrecht zu erhalten, es gelang ihr nicht. Immer häufiger drängte sich König Noahs Stimme im Laufe der Tage in ihren Kopf. Ihre bevorstehende Aufgabe riss sie schroff und gnadenlos aus ihrem schwebendem Glücksrausch herunter auf den eisigen Boden der Realität zurück. Unter zunehmenden Kopfschmerzen kreisten ihre Gedanken unaufhörlich um ihr Gespräch im Saal des königlichen Rates. *»Ich brauche wen, der meinen Plan zu Ende führt. Ich bin dafür zu alt und zu schwach.«* Erneut spürte sie die Aura des Königs an ihrem Hals kratzen, wie die Kralle eines Bären. *Sie sollte die Magie eines Kristalls entfesseln, den sie noch nie zuvor gesehen hatte, den sie im Moment nicht einmal bei sich trug. Sie sollte eine Magie entfesseln, die nicht ihre Eigene war. Was, wenn sie es nicht hinbekam? Inmitten, eines entscheidenden Augenblickes der Schlacht, scheiterte? Was, wenn sie schlussendlich dafür verantwortlich war, dass ihre Kameraden alle starben? Und was…was, wenn sie vielleicht dabei auch starb* – Elenor schlug sich die Hand vor die Stirn und schüttelte hektisch den Kopf, um ihre Gedanken zu verscheuchen. Gleich darauf ließ sie ihre Hand verzweifelt sinken. Fynn schoss ihr in den Kopf. Wie gerne würde sie sich ihm anvertrauen. König Noahs drohender Befehl zur Wahrung ihres Geheimnisses brummte in ihren Ohren wider, doch Elenor ignorierte ihn. *Was hatte er denn schon hier draußen gegen sie in der Hand? Sie vertraute Fynn, dass er schweigen würde, sollte sie ihm alles erzählen. Doch konnte sie das tun? Sie war sich immer noch nicht sicher, inwieweit er ihren Plan unterstützen würde. Immerhin stand er kurz vor seiner jahrelang herbeigesehnten Rache, er wollte seine Fähigkeit sicher nicht einfach so hergeben.* Emelie und Henrik schossen in Elenors fieberhaft grübelndes Gehirn. *Vielleicht konnten sie helfen.* Gerade, als sie begann, sich erklärende Worte zurechtzulegen, ging Eaven mit seiner Armbrust an ihr vorbei. Ein warmes Lächeln glitt über sein Gesicht, als er sie erblickte. Im Bruchteil einer Sekunde hatte Elenors Körper eine Entscheidung getroffen und sie sprang auf. *Er könnte ihr helfen!* Überrascht hielt Eaven inne und sah sie fragend an.

»Kann ich dich auf der Jagd begleiten?«, schoss es einfach so aus ihrem Mund heraus, ohne dass sie sich darüber Gedanken gemacht hatte, ob das wirklich klug war. *Eaven stand immerhin in enger Beziehung zum König, an ihn würde König Noah sich als Erstes wenden, sollte er argwöhnisch werden.*

»Klar«, antwortete Eaven freundlich. Ein paar leise Zweifel hielten Elenor noch kurz auf, doch sie schob sie beiseite. *Irgendjemanden musste sie einweihen!*

Schweigend schoben sie sich zwischen den hohen Felswänden hindurch und kletterten die vereisten Pfade entlang, in ein spärliches Nadelwäldchen.

Elenor zappelte unruhig mit den Fingern, während sie in rasender Geschwindigkeit ihren Kopf nach einem Gesprächsbeginn durchsuchte. Eaven ließ sich von der angespannten Situation nichts anmerken und spähte wachsam zwischen den schmalen Baumstämmen umher, seine Armbrust schussbereit in den Händen.

»Kannst du das, was ich gleich sage, für dich behalten?«, platzte Elenor schließlich hervor. Eaven nickte bestätigend, ohne seinen Fokus von der Umgebung wegzulenken. Elenor holte tief Luft. »König Noah hat mir eine Aufgabe für die kommende Schlacht gegeben«, begann sie. Ihr Gehirn war nun komplett ausgeschaltet und ihre Worte sprudelten einfach ungehindert aus ihr heraus. »Ich soll mithilfe eines Kristalls die Magie aus dem ganzen Land verbannen.« Nun wandte Eaven sich ihr doch zu. Verwirrung und Fragen spiegelten sich in seinem Gesicht wider. »Und ich habe keine Ahnung, wie man das macht und ob ich das überhaupt kann«, fügte Elenor hinzu. Die Hilflosigkeit, die sie bisher mit übereifrigen Überlegungen unterdrückt hatte, stieg nun gefährlich auf und begann sich zu einem schmerzhaften Kloß in Elenors Hals festzusetzen. Eaven ließ die Armbrust sinken und trat einen Schritt näher auf sie zu.

»Das loyale Ratsmitglied in mir würde sagen, dass König Noah dich nicht dafür ausgewählt hätte, wenn du dieser Aufgabe nicht gewachsen wärst«, sprach er. Seine dunklen Augen blickten tief in ihre. »Einfach nur ich, als Eaven, sage dir: Du bist sehr klug und die unerschrockenste Kämpferin, der ich bisher begegnet bin. Du wirst wissen, was du tust und du wirst die Aufgabe erfolgreich bewältigen.«

Der Kloß in ihrem Hals schwoll weiter an und Elenor musste schlucken, um ihrer Stimme freie Bahn zu verschaffen. »Aber ist es denn überhaupt richtig?«, fragte sie verzweifelt. »Wir brauchen unsere magischen Fähigkeiten doch im Kampf gegen Hakon.« Eaven legte seine Hand an ihre Wange und streichelte sie sanft.

»Vertrau auf deine wunderbar feinen Instinkte«, sagte er mit ruhiger Stimme. »Du wirst spüren, wann der richtige Zeitpunkt dafür gekommen ist.«

Es schien, als hätte Eaven plötzlich Elenors magische Fähigkeit. Die Ruhe seines Inneren kühlte Elenors aufgewühlten Geist angenehm ab und gleichzeitig wärmte etwas an ihm Elenors Herz. Sprachlos starrte sie ihn an. »Warum fühle ich mich bei dir immer so sicher?«, hörte sie sich selbst fragen und erschrak sofort aus ihrer Trance.

Eaven lächelte und ließ ihre Wange los. Offensichtlich fühlte er sich für einen kurzen Moment geschmeichelt. »Du faszinierst mich, seit ich dich bei der Zeremonie zum ersten Mal gesehen habe«, begann er und nahm die Armbrust wieder auf. Auf ihre Frage ging er jedoch nicht weiter ein. Verblüfft folgte sie ihm durch die kahlen Sträucher hindurch. Ein leises Lachen löste sich aus Eaven, während er wieder aufmerksam durch das karge Gestrüpp und zwischen die hohen Äste spähte. »Normalerweise rede ich nie über Gefühle, doch mit dir geht das ganz leicht«, fuhr er fort. Ein Sturm an Fragen fegte durch Elenors Kopf, doch sie schwieg, gespannt auf Eavens nächsten Worte. »Als der Sohn eines Ratsmitgliedes und des Leiters der Verteidigungssektion, wurde ich als Kämpfer erzogen. Gefühlsduseleien, wie mein Vater es nannte, hatten für mich keinen Platz. Gefühle vernebelten nur den Verstand und das dürfe mir, als zukünftiger Leiter der Elite-Fraktion nie passieren. Ich müsse immer eine innere Ruhe und einen kühlen Kopf bewahren, wenn ich meine Truppen durch Missionen führen wollte. Die kleinste Unaufmerksamkeit könne meinen Kämpfern das Leben kosten.« Eaven blieb kurz stehen und spähte mit zusammengekniffenen Augen in eine stark verzweigte Baumkrone empor. Elenor tat es ihm gleich und erblickte ein kleines, rundes Vogelnest. »Ich gebe zu, die harte Schule meines Vaters war nicht immer leicht«, fuhr er mit gesenkter Stimme fort. »Doch sie war notwendig.« Er positionierte die Armbrust und richtete sie auf das kleine Nest. Eine zierliche Falkenmutter reckte ihren Kopf und starrte auf die beiden Kämpfer herunter. »Für das Wohl aller«, fügte Eaven hinzu, beinahe entschuldigend zum Muttertier empor, das nervös zu ihnen herunterschrie. Elenor betrachtete die Falkenmutter einen kurzen Augenblick, die an den Rand des Nestes getreten war und ihre Federn nun warnend aufplusterte.

»Wichtige Entscheidungen können doch auch im Einklang mit dem Herzen getroffen werden«, sagte sie schließlich mit unerwartet weicher Stimme. So glasklar in ihrem Verstand wie noch nie, sah sie zu der Falkenmutter, die nun immer lauter zu ihnen herunterschrie. Hektisch zuckte ihr kleiner Kopf zwischen ihren Jungen im Nest und den beiden feindlich gesonnenen Kämpfern hin und her.

»Das hast du mir beigebracht«, sagte Eaven, sein Ziel nicht aus den Augen lassend. »Du verkörperst so viele Emotionen, die mir zum Teil gar nicht bekannt sind. Selbst deine Magie ist Gefühl. Und trotzdem bist du auf dem Schlachtfeld bei dir und handelst zum Wohle deiner Kameraden.« Elenor erhaschte einen kurzen Blick auf ihn, bevor sie sich wieder der Falkenmutter widmete. Der kleine Vogel schrie nun energisch auf Elenor ein, als spürte sie, dass Elenor ihr helfen könnte.

»Emotionen sind nur Schwingungen aus Energie«, sagte Elenor ruhig. »Ich sehe sie in unendlich vielen verschiedenen Formen und Farben. Sie bremsen den Menschen nur aus, wenn man mit ihnen nicht im Einklang ist. Doch wenn man sich mit ihnen vereint, dann können sie uns zu Höchstleistungen verhelfen, die unser Verstand sich oft nicht ausmalen kann.« Die Falkenmutter begann nun schrill zu kreischen.

»Energie, also«, sprach Eaven leise, während die Falkenmutter drohend mit ihren Flügeln schlug. Blitzschnell richtete Eaven seine Armbrust auf einen kleinen Strauch, wenige Meter vor ihnen, und drückte ab. Es raschelte kurz, dann herrschte Stille. Sogar die Falkenmutter war verstummt. Argwöhnisch beobachtete sie die beiden Kämpfer, wie sie vorsichtig auf den Strauch zugingen und hineinspähten. Eaven griff in das Gestrüpp und zog einen kleinen Schneefuchs hervor. Ein Rinnsal an Blut quoll aus der Schusswunde heraus und färbte sein makellos weißes Fell dunkelrot. »Meine Mutter hat mal etwas Ähnliches gesagt, bevor sie verstarb«, sagte Eaven und zog den Pfeil aus dem Körper des Tieres, das reglos in seinen Armen hing. »Du erinnerst mich sehr an sie.« Erneut bahnten seine Augen sich ihren Weg zu Elenors und blickten bis in ihr Herz. »Danke, Elenor.«

36.
HEROIK UND
BLUT

Hektisches Treiben und das Raunen vieler gesenkter Stimmen
rissen Elenor aus ihrem Schlaf. Sie rieb sich kräftig die Müdigkeit
aus ihren Augen und blinzelte in die Dunkelheit. Mit einem Mal
durchzuckte sie eine Vorahnung und sie war hellwach. *Wurden sie
angegriffen?* In wenigen Sekunden stülpte sie sich ihre Kleidung
über, griff nach ihrem Schwert und stolperte aus dem Zelt.

Beim Anblick der Menschenmasse, auf ihrem noch nachtdunk-
len Lagerplatz, stoppte sie abrupt. Instinktiv hob sie ihr Schwert
an und starrte hektisch umher. Als sie plötzlich in Meister Thores
Gesicht blickte, klappte ihr der Kiefer herunter. *Was machte denn
ihr alter Lehrmeister hier?* Doch bevor Elenor sich weiter wundern konnte, erkannte sie ein bekanntes Gesicht nach dem anderen und alle Anspannung fiel von ihr ab. *Die Truppen aus dem
Königreich waren endlich angekommen!* Hastig quetschte Elenor
sich zwischen den vielen Kämpfern hindurch, nicht wissend, nach
wem sie eigentlich suchte. Nah an den Felswänden entdeckte sie
Eaven, der sich mit einer Gruppe älterer Männer unterhielt.
Inmitten der kleinen Runde stand König Noah mit verkniffener
Miene. Elenor machte auf dem Absatz kehrt und mischte sich
wieder unter die Masse. Dem König wollte sie vorerst noch nicht
gegenüberzutreten. Beim Gedanken an ihre Aufgabe zog sich ihr

Magen zusammen. Ein Stück weiter erhaschte sie kurz einen Blick auf Igram, der Henrik schluchzend umarmte und ihm dabei immer wieder auf den Rücken klopfte. Plötzlich prallte Elenor unangenehm in einen harten, schmalen Rücken. Verärgert drehte der Mann sich um und Elenor starrte geradewegs in Askils harte Gesichtszüge.

»Vater?«, erklang Josefins Stimme von links. »Was machst du denn hier?« Askil ließ verächtlich von Elenor ab und wandte sich seiner Tochter zu, die ihn mit leuchtenden Augen ansah.

»Arbeiten«, antwortete er kalt. »Hast du nicht ebenfalls genug zu tun?« Josefins freudige Aura erlosch sofort und die eisigen Spitzen um ihr Herz zogen sich fester zusammen. Mit flatternden Augen wirbelte sie herum und verschwand zwischen den Menschen. Bevor Askil sich Elenor erneut vorknöpfen konnte, packte eine knöcherne Hand sie am Arm und zog sie grob aus der Menge.

»Da bist du ja«, sprach König Noah und zog sie weiter zwischen die Felswände, weg vom Lagerplatz. Elenors Herz setzte für einen Moment aus, als sie die wild umher rasende Aura des Königs spürte. »Irgendwohin, wo uns keiner hört«, sprach er etwas fahrig vor sich hin. Elenor hetzte ihm ein wenig atemlos hinterher und fragte sich, wie dieser alte Mann noch einen so schnellen Schritt haben konnte. Irgendwann blieb er stehen und sah sich prüfend um.

Zwischen den schneebedeckten Berggipfeln war ein schmaler grauer Streifen am Horizont zu sehen, der ein baldiges Morgengrauen verkündete.

»Ich hoffe, du hast unsere Abmachung für dich behalten«, knurrte König Noah schließlich, nachdem er sich vergewissert hatte, dass niemand sie hören konnte. Kleine Dampfwölkchen wichen aus seinem Mund und lösten sich in der eisigen Luft auf.

Sein plötzlich harscher Tonfall erschrak Elenor. Die eben noch chaotisch umher tobende Aura des Königs, hatte sich zusammengezogen und zu einer dichten Masse geformt, die grummelnd über seinen Schultern hockte. Hastig nickte Elenor, stumm dankend, dass der König nicht in ihren Kopf hineinschauen konnte. König Noahs finstere Miene erhellte sich ein wenig und er nickte zufrieden. »Ich habe einen Plan entworfen«, begann er und die dichte Masse seiner Aura setzte sich langsam wieder in Bewegung. »Wir fangen bei Hakon an. Während der Schlacht pirschen wir uns an ihn heran und nehmen ihm seine Fähigkeit. Und dann ist alles wieder gut! Dann wird die Elite-Fraktion mit dem Kristall durch das Land streifen und die Magie aus jedem Menschen ziehen, solange, bis sich die Magie des ganzen Landes darin befindet.« Mit glänzenden Augen starrte er sie an, als hätte er gerade eben die Lösung aller Probleme auf diesem Planeten gefunden. Elenors eben noch panisch durcheinander hetzende Gedanken verstummten mit einem Mal und eine zähe Masse der Leere breitete sich in ihrem Kopf aus. Ihr Gehirn schien wie eingefroren. Stumm sah sie dem König dabei zu, wie er mit seinen knöchernen Fingern in den tiefen Taschen seines schwarzen Bärenfellmantels herumnestelte, bis sich aus dem flauen Gefühl in ihrem Magen heraus eine Frage formte.

»Ihr wollt ihn gar nicht töten?«, hörte sie sich durch ihre dumpfen Ohren hindurch fragen.

»Nein, nein!«, widersprach der König, während er sich hastig ein Paar dunkle Lederhandschuhe überzog. Mit einem unangenehm sirrenden Laut begann die Energiemasse über seinen Schultern ruckartig in alle Richtungen zu zucken. »Die Magie ist doch der Ursprung allen Bösen, sie hat ihm das Herz verdunkelt. Wir müssen sie ihm nur nehmen und dann ist alles gut. Dann gibt es nichts Böses mehr auf der Welt.« Immer energischer riss er an einem kleinen Täschchen im Innenfutter des Mantels. Das Sirren seiner Aura schwoll an und drückte sich unnachgiebig auf Elenors Trommelfell. Wie bei ihrem letzten Gespräch mit dem König schien ihr Körper ihr fremdartig zu entgleiten. Völlig erstarrt stand sie da und sah dem König machtlos zu, wie er endlich das zu fassen bekam, wonach er so ungeduldig suchte. Grob zerrte er einen schlichten Leinenbeutel hervor. Er fiel ihm beinahe aus den Händen, so sehr zitterten seine schmalen Finger, während er die Schnüre, mit glühenden Augen, aufzuzerren versuchte. Elenor fühlte sich so schwer, dass sie glaubte, der Schwerkraft zu verfallen und durch den gefrorenen Steinboden in die Tiefe zu sinken. Es war, als bekäme sie ihre eigene Todesprophezeiung präsentiert, als König Noah den unförmigen Kristall herausholte und ihn ihr feierlich entgegenhielt. Für einen Wimpernschlag schimmerte das dunkle Blut von Lehrmeister Ulfrik aus den Tiefen des glasklaren Materials heraus, in dessen scharfe Kanten sich die feurige Glut der Morgensonne spiegelte. Wie ein Juwel aus der Hölle. Erschienen, um Elenor mit sich in die lodernde Ewigkeit zu reißen. Einem Schicksal, dem sie nicht entkommen konnte. *Oder würde sie es doch überleben?*

»Ist er nicht wunderschön?«, fragte König Noah. Ihm schien vor Aufregung beinahe die Stimme zu versagen. »Aber fass ihn nicht an! Sobald du ihn berührst, ist er aktiviert. Zieh dir deine Handschuhe an.« Stumm gehorchte Elenor und zog mit klammen Händen ihre, mit Kaninchenfell gefütterten, Reithandschuhe aus ihrem Mantel. »Hier, nimm ihn«, ermutigte König Noah sie. Seine Aura schien nun fast endgültig außer Kontrolle. In unterschiedlichen, haarsträubenden Tönen flirrte sie wild umher, wie eine Masse hysterisch gewordener Dämonen. Elenors Handflächen begannen zu prickeln, als der König den Kristall in sie hineinlegte. Sie wollte ihn sofort von sich schleudern und davonrennen, doch sie unterdrückte ihren jäh aufschreienden Impuls mit aller Kraft. Fast spöttisch funkelte der Kristall ihr in den ersten Sonnenstrahlen des Tages entgegen, während sich ein Gedanke immer fester in die Schichten ihres Gehirns grub. Die Verantwortung über Leben und Tod ihrer Kameraden lag nun in ihren Händen.

Elenor spürte ihre Beine nicht mehr, so taub war ihr Körper. Es kam ihr vor, als hätte König Noah sie aus einer vorhin noch geglaubten Wirklichkeit herausgezerrt und in eine surreale Parallelwelt geschleudert. Die angeregten Gespräche der vielen Kämpfer im Lager drangen leise und unverständlich zu ihr hindurch, als würde ein unsichtbarer, dichter Vorhang sie von ihnen trennen. Unerträglich schwer lag der Kristall in ihrer Manteltasche und zog ihren Körper tiefer und tiefer zum Boden, während Elenor, mit einem dumpf wummernden Pulsschlag zwischen den Felswänden hindurch, zum Lager trottete. Eine Hand griff sie am Arm. Elenor wandte sich langsam zu ihr und sah in Fynns besorgte Augen.

»Was ist passiert?«, schien er sie zu fragen. Seine Worte rüttelten an Elenors Wahrnehmung und holten sie aus ihrer Trance zurück in die Wirklichkeit. »Was wollte er von dir?«, schossen seine Worte nun ungehindert an ihre Ohren. Elenor blinzelte kurz und atmete tief durch. Prickelnd strömte das Gefühl in ihren Körper zurück. Noch immer bohrte sich Fynns fragender Blick in ihre Pupillen, während der Kristall warnend gegen ihren rechten Oberschenkel drückte. Elenor ließ ihren Blick für einen kleinen Moment auf Fynn ruhen. Das empfindliche Gleichgewicht in ihm wankte stark hin und her. Zwei mächtige Naturgesetze bäumten sich auf und rissen aneinander. Reines Licht und giftige Dunkelheit. Gnadenlos bekämpften sie sich auf Leben und Tod und er befand sich mittendrin, aufgewühlt und den beiden Mächten völlig hilflos unterlegen. Schnell trat sie einen Schritt zurück und lenkte ihren Fokus von seinem Inneren ab, bevor sie in diese Schlacht mit hineingezogen werden konnte. Fynn hob verwirrt eine Augenbraue an.

Elenor überlegte noch einige Atemzüge lang, ob sie ihn einweihen sollte. »Es ist alles gut«, kam die Antwort schließlich entschieden aus ihr heraus. Sofort zogen Fynns Augenbrauen sich wieder zusammen.

»Kein guter Zeitpunkt für Geheimnisse«, sagte er streng. Sein Innerstes geriet erneut stark ins Wanken. Stumm sah Elenor dabei zu, unfähig zu helfen. Dann traf sie eine rein rationale Entscheidung. *Jetzt durfte es keine Dramen mehr geben. Sie mussten sich konzentrieren!* Noch bevor Elenor etwas sagen konnte, schoss Askils scharfe Stimme durch die kalte Luft.

»Alle aufrüsten und die Pferde bereit machen! Wir ziehen sofort los!«

Elenor hob ihren rechten Fuß. Fynns Hand schnellte hervor und hielt sie fest. Elenor sah den Ruf seines verzweifelten Herzens durch seine energisch fragenden Pupillen, doch sie ließ sich nicht erweichen. *Jetzt musste sie funktionieren!* Emotionslos kamen einige letzte Worte aus ihr heraus.

»Vertrau mir.« Ein letztes Mal nahm sie Fynns Gesicht in ihre Hände und drückte ihre Stirn fest an seine. Dann löste sie sich von ihm und gab sich nun ganz den strategischen Befehlen ihres Gehirns hin.

Zügig trugen ihre Beine sie ins Innere ihres Zeltes zu ihrer Kampfausrüstung. Geschickt legte sie sich monoton den Schutzpanzer an und schnallte sich den Gürtel ihres Schwertes um die Hüfte. Ihre tauben Finger schnürten ihr den Beutel mit dem Kristall an ihren Gürtel. Nichts mehr regte sich in ihr. Ängste und Zweifel hatte sie aus sich verbannt. Solche Gefühle durfte sie jetzt nicht mehr haben. Sie hatte nur noch eine einzige Möglichkeit: Überleben! In wenigen Sekunden war Elenors Haar schlicht zusammengebunden, dann packte sie ihr Schwert und verließ das Zelt.

Adrenalin schoss durch Elenors Adern, als sie die Masse an Kämpfern sah, die bei ihren Pferden standen oder inzwischen auf ihnen saßen. Emelie und Henrik hatten bereits nach ihr Ausschau gehalten. Zügig trat Elenor auf die beiden zu.

»Ich habe ehrlich gesagt nicht mehr wirklich dran geglaubt, dass wir echt noch kämpfen werden«, brummte Emelie. Von der einstigen Kraft in ihrer Stimme war nun nicht mehr viel zu hören. Elenor spürte, wie ihre Augen glasig wurden, so dankbar war sie darüber, dass ihre Freunde noch bei ihr waren. Doch sie schluckte es herunter. *Jetzt musste sie stark bleiben! Weinen durfte sie dann, wenn alles vorbei war.*

»Deine Chance, Hakons Leute auf so legendäre Art zu vermöbeln, dass du nachher in Vilgot sagenhafte Geschichten erzählen kannst«, antwortete Elenor mit belegter Stimme. Emelie und Henrik lachten auf.

»Wir haben jetzt schon einiges zu erzählen«, sagte Henrik heiser. »Und wir werden alle drei zurückkehren, versprochen?« Die beiden Mädchen nickten und die drei nahmen sich an den Händen. Sie drückten sich fest in die Handflächen und ließen ihre Augen einen Moment lang aufeinander ruhen. Dann lösten sie sich voneinander und gaben sich mit neuer Kraft dem aufgewühlten Treiben hin.

Liv wieherte ihr leise zu und Elenor wandte sich ihr zu. Ein wenig unsicher blickte das Tier ihr entgegen, als Elenor an sie herantrat. Müde schnaubte die Stute ihr ins Gesicht.

»Alles wird gut«, sagte Elenor sanft und strich ihr beruhigend über das matt gewordene Fell. Die Reise hatte an dem Tier deutliche Spuren hinterlassen. Muster von zahlreichen Verletzungen durchzogen die spröden gewordenen Härchen. Vorsichtig strich Elenor über die Rippen, die sich immer deutlicher unter der dünnen Hautschicht abzeichneten. Trotz aller Bemühungen stieg Trauer in Elenor auf, als sie sich den dunklen Augen ihrer Stute widmete, die sie vertrauensvoll, durch die dünnen Strähnen ihrer einst üppigen Mähne hindurch, ansahen.

»Nur noch einmal in dieses grausame Gemetzel und dann gehen wir beide nach Hause«, versprach Elenor ihr mit heiserer Stimme. Liv legte ihren Kopf an Elenors Brust und schnaubte sanft aus. Ihr warmer Atem drang durch Elenors Brustpanzer hindurch und breitete sich wohlig in ihrem Bauch aus. Elenor legte ihr Kinn auf den dunklen Schopf ihrer treuen Gefährtin und für einen letzten, kurzen Moment verband die beiden nichts als Frieden und Harmonie. Dann durchbrach Eavens laute Stimme diese kleine, kostbare Ewigkeit. Elenor schluckte ihre Angst und Trauer ein letztes Mal herunter und zwang sich zu einem messerscharfen Verstand. Zügig legten ihre Hände dem Pferd Sattel und Trense an, dann stiegen Elenors Beine in den Steigbügel und ihr Körper schwang sich in den abgewetzten Sattel. Liv nahm ihre Kraft zusammen, als Elenors Hacken ihr bestimmt in die Seite drückten, und sie beide reihten sich in die Menge ein.

Elenor hatte noch nie ein so riesiges und starkes Energiefeld wahrgenommen. Die einst eigenen Formen der Auren ihrer Kameraden hatten sich zu einer einzigen brodelnden Energiemasse voller unterschiedlicher Farben vermischt, die permanent in Bewegung war. Als würden die Auren der Kämpfer miteinander tanzen und dabei fest miteinander verbunden bleiben. Änderte sich die Auraform des einen Kämpfers, so passte sich die Auraform des anderen Kämpfers ihr an. Die Gruppe an Kämpfern war zu einer Einheit geworden. Fasziniert starrte Elenor über sich und um sich herum und betrachtete das sich ständig wandelnde Spektakel.

»Kämpfer aus Vilgot!«, ertönte Eavens kräftige Stimme durch die kalte Luft und Elenor richtete ihren Blick nach vorn. Sofort herrschte Stille. Elenor nahm nur noch das Summen des Energiefeldes und gelegentlich den Huftritt eines unruhigen Pferdes wahr. »Wir sind so nah an unserem Ziel, wie noch nie!« Wie gebannt starrte Elenor ihn an. Er und sein schwarzer Hengst bildeten eine so perfekte Einheit, als wären sie beide miteinander verschmolzen. In kompletter Ruhe standen sie da und blickten auf die Menge vor sich. Sowohl er als auch sein Hengst waren von einer so starken Ruhe erfüllt, dass ihre Aura sich über das komplette Heer ausbreitete und sie umschloss, wie eine eiserne Kuppel. »Wir waren stark und unerschütterlich! Haben durchgehalten und uns immer wieder angespornt, über viele Jahre hinweg. Lasst uns heute endgültig zu Ende bringen, wofür wir los gezogen sind!« Eavens innere Ruhe begann zu vibrieren. Wie elektrische Stöße strömte die Energie durch seinen Körper, ging auf seinen Hengst über und breitete sich über das Heer aus. Elenors Muskeln erzitterten, als Eavens Energie sie erfasste und eine Kraft, als wäre sie unbesiegbar, erfüllte sie. Die Energiemasse ihrer Kameraden lud sich auf und begann laut zu brummen. »Lasst uns heute noch ein letztes Mal die Schwerter erheben und als geeinte Kraft losziehen! Für den Frieden, für unsere Geliebten und für Vilgot!« Die Luft bebte unter den Jubelschreien der Kämpfer. Die Energiemasse unter Eavens eiserner Kuppel tanzte so wild, dass Elenors Körper hin und her zuckte. Ihre Adern drohten zu platzen, so stark war die Kraft der Auren, die sie durchflutete. Elenor erlaubte es sich, sich für einen Moment mitreißen zu lassen. Inbrünstig stimmte sie in die Jubelschreie mit ein. Mit Hitze im Gesicht drehte sie ihren Kopf und blickte direkt in Fynns feurige Augen. Seine Mundwinkel hoben sich, während unsichtbare Flammen der Verbundenheit aus ihren Herzen loderten, sich zusammenschlossen und eine logische, unumstößliche Wahrheit für die Ewigkeit offenbarten: Solange sie beide zusammen blieben, konnte ihnen nichts geschehen.

37.
GEGEN DEN WAHNSINN

Elenor zog reflexartig an den Zügeln, denn die Ehrfurcht, die sie übermannte, nahm ihr kurz die Luft zum Atmen. Gewaltig und majestätisch thronte der riesige Berg, inmitten des schwarzen, zerklüfteten Tals, seinen kraterförmigen Gipfel hoch in die dunklen Wolken gereckt. Fasziniert starrte Elenor auf die zähe, rot glühende Masse, die sich langsam die Bergwände heruntergoss und dabei tiefe Gräben in den Grund zog. Wie viele kleine Flüsse reinster Magie, die sich kunstvoll räkelten und am Ende zu einem prächtigen Gewand bestückt mit verkohlten Brocken aus Gestein und Erde, vereinten. Beinahe verführerisch lockend waberte die ungeheure Hitze bis zu ihr herüber. Ängstlich warf Liv den Kopf in die Luft und riss Elenor aus ihrer Faszination. Sie richtete ihren Blick wieder auf Eavens voran reitenden Rücken und ließ ihr nervöses Pferd weiter traben. Trotz aller Bemühungen konnte Elenor ihre eigenen Ängste kaum noch beiseiteschieben und nur wenige Augenblicke später geschah es.

Das Klirren einer Schwertklinge schallte in Elenors Ohren und im nächsten Moment brach die eben noch perfekt formatierte Einheit ihrer Kameraden auseinander. Elenors Körper übernahm sofort und entließ ihren Verstand aus seiner Verantwortung. Für das hier war selbst er nicht fähig genug. Elenors Schwert war gezogen und sie rammte es sofort in die erste pelzumhüllte Gestalt, die sich zwischen ihren Kameraden zu ihr hindurch bahnte. Emelie und Henrik, die eben noch dicht neben ihr geritten sind, wurden bereits in einen Kampf verwickelt und von ihr weggetrieben. Elenor zog ihr Schwert aus dem Körper heraus und stach erneut zu. Direkt vor ihr war Fynn. Die Spitze seiner scharfen Klinge blitzschnell in einen Körper nach dem anderen stoßend, blieb er dicht in ihrer Nähe.So mächtig wie die einzelnen Kämpfe um ihn herum tobten auch Dunkelheit und Licht in ihm. Sein innerer Kampf durchzuckte seinen Körper, strömte in seine Arme und entlud sich in einem noch barbarischeren Hieb mit seinem Schwert auf die Gegner. Zuerst waren es nur wenige, doch mit jedem gefallenen Feind erschien ein halbes Dutzend neuer Gestalten. Schreiend schlugen die Kämpfer beider Seiten auf-einander ein, während sie sich immer weiter ins verkohlte Tal herabbewegten. Elenor hatte Mühe, Liv ruhig zu halten. Obwohl sie beide schon viele Male mutig, aus den vergangenen Schlach-ten, heraus galoppiert waren, schien das Tier zu spüren, dass diese hier anders war. Die vermummten Gestalten waren zäh und im Gegensatz zu den Elite-Kämpfern nicht völlig ausgezehrt. Ihre magischen Fähigkeiten waren unbekannt für die Kämpfer Vilgots und daher zuerst überraschend. Doch sie ließen sich nicht lange beirren und stießen sich tapfer durch die dichter werdende Masse ihrer Feinde. Während Elenor langsam Schwierigkeiten bekam, sich im Sattel zu halten und sich gleichzeitig zu verteidigen, erkannte sie Aaron neben sich. Er streckte seine Arme aus und konzentrierte seine magische Fähigkeit mit aller Kraft auf eine der besonders großen Gestalten. Doch dieser konnte Aarons magi-sche Fähigkeit von sich weglenken und so traf Aarons Finsternis stattdessen Rebekka. Aaron brach sofort ab und zog seine Magie zurück. Gerade noch rechtzeitig, dass Rebekka den nächsten Gegner erkennen und ihm den Kopf abschlagen konnte, bevor dieser ihr seine Axt in den Nacken rammen konnte. Fluchend nahm Aaron sein Schwert auf und stürmte furchtlos seinem noch unversehrten Feind entgegen. Liv stolperte beinahe über einen, am Boden liegenden Hengst. Pfeifend röchelte das Tier seine letzten Atemzüge, dann regte es sich nicht mehr. Elenor versuchte ihre Magie auf Liv zu lenken und sie zu beruhigen, doch dem Tier wurde es zu viel. Sie schüttelte panisch den Kopf, prallte gegen Fynns grauen Wallach und stolperte erneut über eine blutüberströmte Leiche. Elenor verlor den Halt und stürzte zu Boden. Bevor sie nach ihrer Stute greifen konnte, war sie schon in der mordenden Masse verschwunden. Elenors Körper übernahm erneut und sprang auf die Beine, den Griff ihres Schwertes fest umklammert. Neuer Mut durchströmte sie, als sie Fynns Sprung aus dem Sattel vernahm und seinen energiegeladenen Körper in ihrem Rücken spürte. Seine Präsenz gab ihr eine ungeheure Kraft. Sie wollte gerade ihr Schwert erheben, da raste Josefin an ihr vorbei. Ihr erhitztes Gesicht war fast vollständig verdeckt von den schweißnassen Strähnen ihrer roten Mähne. Nur das berechnende Funkeln ihrer stechend hellen Augen war zu erkennen. Ihre Choreografie aus Schwertstößen und Eisangriffen war wild und unkontrolliert. Von ihrer einst perfekten Technik war nun kaum noch etwas zu sehen und Elenor musste nicht lange beobachten, um zu spüren, dass Josefin nicht nur um ihr körperliches Überleben rang. Die hastigen Blicke zu ihrem Vater ließen sie gefährlich unachtsam werden. Bevor Elenor noch mehr sehen konnte, stieß sie jemand um. Elenor strauchelte. Bevor sie fiel, griff Fynn ihren Arm und riss sie wieder auf die Beine. Sofort schwang Elenor ihr Schwert und schlug es kalt und präzise auf den vor ihr stehenden Mann. Nach einigen geschickten Hieben in seine Flanken und auf seine Beine, lag er am Boden. Und dann bedurfte es nur noch einen letzten Stoß. Als Elenor sich wieder aufrichtete, wirbelte Lynn vorbei. Einem dunklen Windstoß gleich, fegte sie über den schwarzen, matschigen Boden, ihr Schwert so schnell herum rotierend, dass das Blut von der todesscharfen Klinge in alle Richtungen spritzte. Elenor wischte sich die kleinen Sprenkel vom Gesicht und schon stürmte die nächste Feindin auf sie zu. Elenor besiegte sie diesmal mit Fynns Hilfe und nur wenige Stöße später fiel die schmale Frau nach hinten weg auf eine weitere Leiche. Elenor blinzelte. Nur wenige Meter weiter dampften immer wieder kleine Wölkchen aus den unförmigen Körpern heraus, die einer nach dem anderen dumpf auf die Oberfläche des blutgetränkten Bodens trafen. Aus ihrem Dunst trat Sven heraus. Seine Energie nahm den gesamten Platz ein, als wäre er der Spielleiter seiner ganz eigenen Welt. Grazil und entrückt wie immer, und doch so klar bei sich wie noch nie. Elenor vernahm einen schrillen Schrei hinter sich. Sie und Fynn wirbelten herum und erkannten die nächste Gestalt, auf sich zu rennen. Bevor die beiden ihre Schwerter heben konnten, wurde die Gestalt von Freya zertrümmert. In ihrer ungeheuren Größe stampfte sie wutentbrannt an den beiden vorbei und pflügte mit ihren wuchtigen Fäusten das Feld. Doch Elenor und Fynn hatten keine Zeit, sich lange umzusehen. Dicht bei sich, Rücken an Rücken, schlugen sie sich durch das Meer an Feinden und bewegten sich mit der Masse immer dichter zum Vulkan hin. Trotz der ohrenbetäubenden Schreie um sie herum konnte Elenor Fynns keuchenden Atem deutlich hören. Sie spürte, wie er ihr entglitt. Der Kampf zwischen Dunkelheit und Licht in ihm wurde gewaltiger und begann seinen Körper zu übernehmen. Obwohl er sich mit aller Macht zu konzentrieren versuchte, wurden seine Schwerthiebe ungenauer. Elenor reagierte sofort. Sie kanalisierte ihre Magie und schoss sie wie einen gleißenden Strom in seinen Körper, um die zwei mächtigen Energien in ihm auseinanderzutreiben und zur Ruhe zu zwingen. Doch sie wurde unterbrochen von einem spitzen Schrei. Einige Meter neben ihr schossen mit einem Mal Unmengen von dornenbesetzten Ranken in die Höhe und bohrten sich mit ihren spitzen Köpfen wahllos in jeden Körper, der sich in ihrer Reichweite befand.

»Lasst Yva in Ruhe!«, brüllte Elisabet und riss ihre Arme herum, sodass sich die Ranken mit einem schmatzenden Geräusch aus dem Fleisch ihrer Opfer zogen und gleich in die nächsten Gestalten vergruben. Dass sie dabei auch einige der Kämpfer aus Vilgot tötete, bekam sie in ihrer rasenden Wut nicht mit. Elenor wollte gerade zu ihr eilen und sie mit ihrer Magie beruhigen, da erhaschte sie in ihrem Augenwinkel eine ungewöhnliche Bewegung. Ruckartig zuckte sie herum und blinzelte. Sie sah einen dunklen Baumstumpf mitten im Chaos stehen. Mit zusammengekniffenen Augen musterte sie die grotesk geformte Rinde und die seltsamen Wurzeln, die nicht richtig im Boden verankert waren. Gerade, als sie dachte, sich geirrt zu haben, begann der Baumstumpf sich zu verformen. Er dehnte sich wulstig aus und streckte sich in die Höhe. Das robuste Material der Rinde wurde zu grauem Leinenstoff und wenige Sekunden später, stand ein Mauer-Kämpfer aus Vilgot an der Stelle, an der eben noch die in sich verschlungenen Wurzeln lagen. Er zog sein Schwert und pirschte sich an einen anderen Mauer-Kämpfer heran. Elenor zuckte zusammen, als er seinem Kameraden, ohne zu zögern, durch den Rücken ins Herz stach. Mit einem Ruck zog der Mauer-Kämpfer seine Klinge aus dem zusammensackenden Körper und seine Kleidung begann sich erneut zu verändern. Aus dem grau-weißen Stoff ergoss sich ein dunkelgrüner Elite-Umhang. Ein weiteres Mal erhob der nun zum Elite-Kämpfer gewordene Mann sein Schwert und schlich auf einen weiteren Kämpfer Vilgots zu. Bevor er wieder zustoßen konnte, wurde sein Kopf mit einem hässlichen Geräusch vom Rumpf getrennt und flog durch die Luft. Während der Mann zu Boden stürzte, verwandelte sein Körper sich in einen schmächtigen, in Pelze gewickelten Gefolgsmann Hakons. Über ihm stand Igram, verächtlich schnaufend auf ihn herabschauend. Doch sein Sieg wurde sogleich bestraft. Igrams Gesicht verzerrte sich plötzlich. Er riss den Mund auf und begann zu röcheln, während die Farbe seiner Haut mit jeder Sekunde dunkler wurde. Ein fürchterlicher Schrei löste sich in ihm. Dampf trat aus seinen von Schweiß überschwemmten Poren und seine Muskeln begannen zu zucken. Dann züngelten Flammen zwischen den sich zusammen krin-

393

gelnden Fetzen seiner sich lösenden Haut hervor und Igram fiel stumm zu Boden. Hinter ihm stand eine hagere Frau, ihre Finger in die Luft gehoben, so wie sie Igram bis eben noch am Hinterkopf berührt hatte. Hämisch grinsend stieß sie die verkohlten Überreste seines Körpers zur Seite und verschwand in der Masse. Fynns Hieb mit dem Ellenbogen in ihr Schulterblatt riss Elenor aus ihrer Schockstarre. Sie riss ihren Kopf herum und sah, wie er mit schweißnassen Haaren blindlings zuschlug. Elenor spürte, wie die Dunkelheit in ihm die Überhand gewann. Doch Elenor war nicht in der Lage, ihm zu helfen. Arme und Waffen schlugen immer wilder aufeinander ein, tretende Beine quetschten sich zwischen Elenor und Fynn und den Bruchteil einer Sekunde später wurden beide voneinander getrennt. Elenor fuhr herum, ihre Augen hektisch nach Fynn suchend. Nur eine Armlänge von ihr entfernt zuckte seine Klinge durch das Massaker, im Gesicht spiegelte sich die zerreißende, fürchterliche Schlacht seines Inneren wider. Im nächsten Moment zog sich ein schmerzhaftes Stechen durch Elenors Oberschenkel. Jemand rempelte sie blind an und stieß ihr die spitze Kante des Kristalls in ihr Fleisch. Als wollte der schwere Klumpen auf sich aufmerksam machen und sie an ihre Aufgabe erinnern. Bevor Elenor sich ihm widmen konnte, riss ein erneutes Brüllen sie herum. Emelie schlug sich grob durch die Menge und stieß die Laute bei jedem Hieb ihres Schwertes ein wenig inbrünstiger aus. Hinter ihrem wilden Temperament versteckte sich die nackte Panik. Gerade, als sie den nächsten verzweifelten Schlachtruf abgeben wollte, griff eine Hand sie an der Schulter und riss sie beherzt herum.

»So herumzuschreien, bringt dir gar nichts«, fuhr Meister Thore sie an. »Nutz deine Energie lieber für deine Angriffe. Mach's wie dein Freund da oben.« Er deutete auf Henrik, der mit konzentrierter Miene über ihnen schwebte und sich blitzschnell in die Masse hinabstürzte. »Ruhe und Fokus!«, raunzte Meister Thore eindringlich. Emelies Panik durchbrach ihr Versteck und schlug sich an die Oberfläche. Ihre aufgerissenen Augen füllten sich mit Tränen und ihr Brustkorb begann unter ihrer flachen Atmung zu beben. Meister Thore packte sie noch fester und schüttelte sie grob. »Ruhe und Fokus!«, knurrte er lauter. »Konzentriere dich! Du bist eine Kämpferin, verdammt noch mal!« Er starrte ihr so lange in die Augen, bis Emelie sich sammelte. Sie blinzelte ihre Tränen weg, straffte ihre Schultern und beruhigte ihre Atmung. Meister Thore nickte anerkennend. »Und jetzt lass sie uns gemeinsam fertig machen«, brummte er mit einem kleinen Augenzwinkern. Emelie nickte und dann stürzten sie sich Seite an Seite in die Masse. Elenor wollte ihnen intuitiv folgen, da spürte sie erneut das Stechen in ihrem Oberschenkel. Der Kristall ließ sie nicht in Ruhe und drängte immer penetranter, ihre Pflicht zu erfüllen. Elenor versuchte ihn zu ignorieren und suchte mit den Augen nach Fynn, doch der Kristall ließ nicht locker. Immer schwerer lag er in dem Lederbeutel, baumelte immer unangenehmer gegen den blauen Fleck an ihrem Oberschenkel. Ihr Magen krampfte zusammen, während sie sich mit ihrem immer noch selbstgesteuerten, tauben Körper durch das mordende Meer schlug, vor ihrem unausweichlichen Schicksal flüchtend. Sie entdeckte Fynn nur wenige Sprünge vor sich, nicht weit vom Lavagewand, das sich am Fuße des Vulkans ausbreitete, entfernt. Dicht an seiner Seite stand Eaven. Als wären sie beide zu einer Person zusammengeschmolzen, schützten sie sich gegenseitig von allen Seiten. Miteinander bewegten sie sich hin und her, ihre Bewegungen perfekt aufeinander abgestimmt. Und trotz der vertrauten Einheit, die sie bildeten, schienen sie all ihre Konflikte der ganzen Jahre stumm miteinander auszutragen. Jeder Stoß von Eaven hatte etwas Belehrendes, jeder Hieb von Fynn etwas Auflehnendes. Eavens Bewegungen wurden immer exakter, Fynns immer protzender. Und doch glichen sie einander aus. Geriet Fynns Temperament außer Kontrolle, schützte Eaven seine daraus entstehende Schwachstelle, bis Fynn sich wieder fing. Und dann ließ Fynn all seine Mauern fallen und die Energiefelder der beiden jungen Männer vereinten sich endlich. Keine offenen

Wunden in ihrer Seele mehr, nur noch eine enge Verbundenheit, die die beiden bis ins Unendliche zu einem unbesiegbaren Team verschmolz. Und während die beiden sich unerschöpflich über den zunehmend mit Leichen bedeckten Boden schlugen, bemerkte Elenor erneut eine ungewöhnliche Bewegung aus dem Augenwinkel. Eine der Gestalten hatte sich davon teleportiert. Doch wenige Sekunden später tauchte sie wieder auf, mit einer weiteren hünenhaften Gestalt an ihrer Seite. Elenor ließ ihr erhobenes Schwert beinahe fallen. Da war er endlich.

38.
DIE ZWEI
RACHSÜCHTIGEN

Mit einem Wink befahl er seinem Gefolgsmann, sich um Eaven zu kümmern. Dieser gehorchte sofort und sprang auf Eaven zu. Mit einem gekonnten Wurf seiner Eisenketten zerschlug er die perfekte Einheit der beiden Elite-Kämpfer. Die Wucht des Schlages brachte Eaven ins Taumeln, doch aufgrund seiner magischen Fähigkeit, die er wie eine schützende Kuppel um sich hielt, konnte das harte Eisen ihm nichts anhaben. Und nur wenige Sekunden später hatte der Gefolgsmann Eaven von Fynn und Hakon weg-bewegt und schlug unaufhörlich mit seinen Eisenketten auf ihn ein. Fynn hatte ebenfalls verteidigend sein Schwert gehoben, doch beim Anblick des großen, breiten Mannes in der roten Rüstung gefror er augenblicklich in seiner Bewegung.

Lose Strähnen hingen, aus dem einst üppigen Haar, in das fahle Gesicht des Hünen. Wie eine aufgerissene Schlucht zog sich die Narbe über seine vor Überraschung versteinerte Miene. Langsam bewegte Hakon sich um Fynn herum, seine glasig geröteten Augen starr auf ihn fixiert.

»Du bist es wirklich«, erklang es tief aus seiner Kehle. »Der Dämon, der ein ganzes Dorf zerfetzt hat.« Das Schwert in Fynns Händen begann ganz leicht zu zittern. Zwischen jeder seiner Muskelfasern schienen sich unbiegsame Metallsperren aufgezogen zu haben, die es ihm unmöglich machten, sich auch nur einen Millimeter zu bewegen. Als wäre er wieder der kleine Junge auf dem Dorfplatz, gelähmt hinter dem Brunnen kauernd und gezwungen dazu, schüttelnd und schauernd dem grausamen Tod seiner Eltern zuzusehen. Elenor umklammerte den Griff ihres Schwertes fester. Gerade, als sie auf die beiden zu rennen wollte, traf sie ein gewaltiger Schlag auf dem Kopf. Elenor wurde schwarz vor Augen. Sie spürte, wie sie zu Boden fiel. Jemand trat ihr grob auf den Rücken und verschwand mit einem hämischen Lachen, dass nur dumpf in Elenors Ohren drang. Ihr Kopf pochte und der Schmerz durchzuckte sie in blitzartigen Schüben. Verschwommen kehrte die Sicht wieder zurück. Ganz langsam hob sie ihren Kopf und sah Hakon und Fynn sich mit großem Abstand gegenüberstehen. Elenor versuchte sich hochzustemmen und Fynn erneut zu Hilfe zu kommen, doch ihr Körper gehorchte nicht. Stumm lag sie da, zu nichts weiter in der Lage, als das Geschehen stumm aus dem Matsch zu verfolgen.

»Na, was willst du jetzt tun?«, hörte sie Hakon heiser fragen. Seine, bis eben noch zurück gehaltene, blutrote Aura, begann unruhig zu knistern. Fynn regte sich nicht. Gefesselt von seinem eigenen Körper starrte er Hakon in die Augen, der sich bedrohlich vor ihm aufbaute. Knisternd und knackend breitete Hakons Aura sich aus, züngelte unkontrolliert zu Fynn herüber, als wolle sie nach ihm greifen, und dann doch ängstlich zurückzucken. »Tust du etwa einfach gar nichts?«, stieß Hakon hervor. Die plötzliche Lautstärke seiner tiefen Stimme ließ Fynn zusammenzucken und sein inneres Gefängnis mit einem lauten Klirren zusammenbrechen. Endlich aus seiner Starre gelöst, trat er einen Schritt auf Hakon zu. Zitternd hielt er sich am Griff seines Schwertes fest, als würde es ihn vor dem Ertrinken bewahren. Dem Ertrinken in seiner eigenen Dunkelheit. Das Licht in ihm war nun fast vollständig überwältigt. Nur noch ganz leicht kämpften sich einige schwache Strahlen durch die dichten, schwarzen Wolken hindurch, die von der gnadenlosen Dominanz der Dunkelheit sofort erstickt wurden. Fynn schnaubte. Die Dunkelheit in ihm übernahm die Regentschaft und ließ alles frei, was Fynn für so viele Jahre tief auf den Grund seines Inneren verbannt hatte. Blanke Wut, gleißender Hass und lodernder Schmerz fegten völlig von Sinnen durch ihn hindurch. Hakons Gesicht verzerrte sich zu einem hässlichen Grinsen.

»Da ist er wieder, der Blick aus meinen Albträumen. Der Blick eines Irren«, schnarrte er. Ohne zu blinzeln, beugte er sich langsam, bereit für den ersten Angriff, nach vorn. Seine blutrote Aura prasselte nun lautstark in alle Richtungen. Wild und vor Verlangen aufheulend, schlug sie zu Fynn herüber, doch noch wagte sie es nicht, ihn zu berühren. Herrisch peitschte Fynns Dunkelheit die eigenen wild umher tobenden Emotionen, zu einer unbeschreiblich tödlichen Aura aus eisiger Kälte und sengender Hitze zusammen. Beängstigend grollend trat sie aus seinem Körper heraus und legte sich über jeden Zentimeter seiner Haut. Die prasselnden Flammen von Hakons Aura zogen sich jaulend zurück und drängten ihren Herrn zur Flucht, doch Hakon widerstand dem Impuls. Ohne ein weiteres Wort schoss er blitzschnell einen Feuerball aus seinen Händen zu Fynn herüber, doch Fynns Aura zerschlug ihn mit einer mörderischen Wucht. Hakon feuerte erneut auf Fynn, aber seine Magie ergoss sich nur zu einem leuchtenden Funkenregen, bevor sie Fynn erreichen konnte. Hakon knurrte.

»Du hast wohl ein bisschen geübt, was?« Ohne weiter abzuwarten, nahm er seine gesamte Kraft zusammen und schoss eine gewaltige Feuerfontäne zu Fynn herüber. Siegessicher richtete Hakon sich auf, nur um im selben Moment zu erstarren. Fynn hatte unter der Feuerfontäne nicht einen Funken abbekommen. Seine Aura hatte sich wie eine Kugel um ihn geschlossen und das Feuer in alle Richtungen davon geschleudert. Fynns Aura grollte nun noch lauter. Bebend setzte er ein paar Schritte auf Hakon zu, der sich sofort wieder gefasst hatte.

»Was zur Hölle…«, murmelte er zornig. Dann spannte er seine

Muskeln so stark an, dass seine Adern hervortraten. Er wandte sich dem Vulkan zu, streckte seine Arme aus und beugte sich, als würde er das Feuer aus der Entfernung zu sich herüberheben. Und tatsächlich erhob sich ein riesiger Schwall Lava in die Luft und schoss mit rasender Geschwindigkeit auf Fynn zu. Ohne eine Miene zu verziehen, ließ Fynn einen Haufen toter Körper in die Luft schweben und nutzte ihn als Schutzwall. Unter einem schrecklichen Platschen fiel der glühende Klumpen aus verbranntem Fleisch zu Boden. Hakon hatte keine Zeit, zu reagieren. Gerade rechtzeitig sprang er zur Seite, bevor ihn der Körper eines toten Pferdes treffen konnte und im selben Atemzug schleuderte Fynn ebenfalls einen Schwall Lava mit einem berechnenden Ruck seines Oberkörpers auf Hakon zu. Hakon hob seine Hände und schaffte es nur knapp, die Lava von sich abzuwenden. Stattdessen landete die leuchtende Masse dicht bei Elenor, die sich langsam wieder aufstemmte. Hakons böse Augen glühten unter seiner schweißnassen Stirn zu Fynn herüber, der seine Arme erneut hob. Ein Dutzend Schwerter rasten sirrend auf Hakon zu. Mit einem gefährlichen Gebrüll riss Hakon seinen Mund auf und schoss mit einem breiten Feuerstrahl aus seinem Rachen wild um sich, bis nicht einmal mehr die geschmolzenen Metallreste übrig waren. Keuchend wischte Hakon sich über den Mund.

»War das etwa alles?«, brüllte er. Ein paar weitere Adern waren in seinen Augäpfeln geplatzt, aus denen der irre Wahnsinn nun haltlos heraus glänzte. Doch das schreckte Fynn nicht einen Moment ab. All seine Emotionen um sich gehüllt, trat er einen weiteren Schritt auf Hakon zu, noch immer der rachsüchtigen Regentschaft seiner eigenen Dunkelheit gehorchend. Hakon japste auf, als ganze haushohe Brocken aus der Erde rissen. Ohne mit der Wimper zu zucken, schleuderte Fynn sie seinem Erzfeind zu, der sie mit seinen Feuerfontänen gerade so in der Luft zerbröseln konnte. Sich ächzend, den Schweiß von der Stirn wischend, wankte Hakon leicht umher, während die Erdkrümel auf ihn herabregneten.

»Du Ausgeburt der Hölle!«, fluchte er heiser und seine blutrote Aura bäumte sich mühsam auf. Einem Höllenfeuer gleich, loderte sie in die Höhe und breitete sich brüllend aus, bereit alles zu vernichten, das mächtiger als er selbst war. Riesige Flammen strömten aus Hakons Händen, während er mit einem unmenschlichen Geschrei auf Fynn zu donnerte. Fynns Überraschung hielt nur den Bruchteil einer Sekunde an, aber es war lang genug, um von Hakons Flammen vollständig verschlungen zu werden. Elenor gefror in ihrer Bewegung und es war, als setzte ihr Herz aus. Doch dann, nur einen Wimpernschlag später, barst die Erde wie eine Wand aus dem Boden in die Höhe und rollte in einer gewaltigen Welle durch die Flammen hindurch und Hakon entgegen. Hakon stürzte hart zu Boden und seine Flammen erloschen sofort. Inmitten der dichten Rauchschwaden schimmerte das kühle Blau von Fynns nun völlig eiskalter Aura hervor. Nach Luft ringend, rappelte Hakon sich langsam auf. Für einen beängstigend stillen Moment standen die beiden sich gegenüber, getrennt durch einen breiten, zerklüfteten Graben. Dann begann Fynns Magie, sich erneut auszudehnen. Mit jeder Sekunde wuchs sie weiter auf eine bisher unbekannte Größe. Wie ein hauchdünner Schleier erfasste sie alles um sich herum, legte sich darauf nieder und versetzte es in zittrige Bewegungen. Rasend schnell breitete sie sich über das gesamte Tal aus und kroch die nackten Felswände empor, die das schwarze Tal von der bitteren Kälte des Nordgebirges trennten. Der Erdboden schien sich beinahe aufzutun, so stark waren die Vibrationen, die Fynns Magie auslöste. Als wolle sie den gesamten Planeten umfassen und auseinanderreißen. Hakons rot unterlaufene Augäpfel traten ihm vor Panik beinahe aus den Höhlen. Bevor er rufen konnte, war sein Leibwächter schon zur Stelle und teleportierte sie beide davon. Ganz kurz nur hielt Fynn inne und sah sich suchend um. Dann entdeckte er Hakon und seinen Leibwächter am Fuße des Vulkans wieder. Wild gestikulierend, brüllte Hakon panisch auf ihn ein, dann wurde sein Leibwächter plötzlich von fremden Händen gepackt und in den breiten Lavastrom gestoßen. Ruckartig fuhr Hakon herum und gefror abermals. Er blickte geradewegs in König Noahs Gesicht. Auch wenn das Brodeln des Vulkans und die Schreie der Kämpfenden ihre Worte erstickten, so war das Szenario anhand der Gesten doch deutlich zu verstehen. Überwältigt von seinen Emotionen, trat König Noah mit ausgebreiteten Armen auf seinen lange vermissten Freund zu. Hakon wich zurück. Sein eben noch bleiches Gesicht, wechselte zu Verwirrung und dann schlagartig zu grässlichem Zorn. Mit aufgerissenem Maul holte er aus und schlug blindlings zu. König Noah wich um Haaresbreite aus, rang kurz um sein Gleichgewicht und fing sich wieder. Beschwichtigend ging er näher auf Hakon zu und sprach auf ihn ein, doch Hakon wich zurück. Gerade als er erneut zuschlagen wollte, stolperte er und geriet gefährlich nah am leuchtenden Lavastrom ins Straucheln. Wutentbrannt setzte er seine Fäuste in Flammen, doch bevor er sie dem König entgegenschleudern konnte, hatte König Noah ihn bereits in seine Arme geschlossen. Wie ein Besessener hielt er Hakon fest, nach wie vor energisch auf ihn einredend, als könne er Hakons Wahnsinn mit seinen Worten austreiben. Hakon versuchte sich wild aus seinem Klammergriff zu befreien, doch er strauchelte erneut und dann stürzten sie beide in den Lavastrom. Das flüssige Feuer erfasste sie bereits, bevor Hakon eine Möglichkeit hatte, seine Magie einzusetzen und es fraß sich gierig in die Körper. Das Letzte, was man sah, bevor die leuchtende Masse sich ganz um die beiden Männer schloss, war König Noahs tränenüberströmtes Gesicht.

Es war Eavens Schrei, der Elenors Fokus herumriss. Fynn war irgendwann losgerannt und nun beim Anblick des Falls der beiden alten Männer abrupt stehen geblieben. Seine Magie dehnte sich weiterhin ungebremst, bis ins Unermessliche, aus und im nächsten Moment stach die Kante des Kristalls erneut tief in Elenors Oberschenkel. Der Schmerz holte sie komplett in ihren Körper zurück und sie traf ihre Entscheidung. *Sie musste diesen Albtraum beenden!* Alles um sich herum ausblendend, griff sie zum Lederbeutel, öffnete ihn hektisch und kramte den Kristall heraus. Mit den Zähnen riss sie sich den Handschuh herunter und presste ihre Hand auf das Gestein. Ein Schrei entfuhr ihr, als ihre Haut die kantige und glatte Oberfläche des blutroten Klumpens berührte. Es war, als würde ein glühender Metalldraht sich durch ihre Handfläche in ihren Körper bohren und ihr Inneres nach Außen kehren. Und gleichzeitig strömten von überall unzählige Empfindungen in den unterschiedlichsten Formen auf sie zu, die sich durch jede Pore ihrer Haut quetschten und durch ihre Adern in den Kristall schossen. Manche der Empfindungen waren besonders groß und sperrig und Elenor hatte das Gefühl, dass sie ihren Körper zerfetzten, bei dem Versuch durch ihre Poren in sie hineinzuströmen. Andere waren winzig klein wie eiskalte, flüssige Tropfen. Manche prickelten und flirrten, andere waren weich, manche heiß, andere besonders farbig. Elenor glaubte, ihre Adern würden jeden Moment platzen, so viel Magie raste durch sie hindurch. Ihr Körper schmerzte unbeschreiblich. Es war, als würden einige Formen der Magie die Wände ihrer Adern zerkratzen und ihr angeschlagener Kopf begann zu rauschen. Das Schlachtfeld verschwamm abermals vor ihren Augen und ein schwummriger Nebel aus grauem Dunst legte sich über ihre Pupillen. Elenor spürte, wie die Kraft sie verließ und im nächsten Moment durchzuckte sie ein erneuter Schmerz, beim Aufprall ihrer Knie auf dem Boden. Der Kristall war nun glühend heiß unter Elenors Handfläche geworden, aber sie konnte ihre Hand nicht von ihm wegziehen. Als würde der Kristall ihre Hand gewaltsam festhalten und gierig die Magie aufsaugen, die durch Elenors Adern in ihn hineinströmte. Elenor verlor jedes Zeitgefühl. Sie schien in ihrer eigenen, persönlichen Hölle gefangen, verdammt dazu, auf ewig, mit diesem Kristall verbunden zu sein. Ganz vage nahm sie wahr, wie ein paar Leute an ihr rüttelten und versuchten, ihre Hand vom Kristall zu lösen. Nach einigen Versuchen gelang es ihnen und mit einem schmerzhaften Brennen riss jemand Elenors Handfläche endlich von dem Kristall los.

Dumpfe Stimmen drangen durch ihre hämmernden Ohren und langsam lichtete sich der Dunst vor ihren Augen. Keuchend versuchte sie sich aufzurichten und spürte, dass sie von sanften Händen, in sehr vertraute Arme gedrückt wurde. Die Stimmen um sie herum wurden klarer und nach und nach vernahm Elenor durch ihren rasenden Puls hindurch erste Worte. Blinzelnd öffnete sie ihre Lider und blickte in Fynns feuchte, blaue Augen. Erleichterung löste sich in ihm. Sofort zog er sie so fest an sich heran, wie er konnte, ohne ihr weh zu tun. Verwirrt ließ sie es geschehen. *War sie doch nicht gestorben? Wie viel Magie hatte sie entfernt bekommen? War sie nun älter?* Elenor spürte Fynns hämmernden Herzschlag an ihrer brennenden Brust und sie atmete zittrig aus. *Er lebte!* So tief sie konnte, sog sie seinen Geruch ein und schmiegte sich fest an ihn. Sie wollte ihre Arme ebenfalls um ihn legen und ihn so fest an sich drücken, bis ihre Herzen sich berühren würden, doch ihr Körper war unendlich schwer. Der Kristall hatte ihr einiges an Energie genommen, und sie würde mehrere Tage Ruhe brauchen, bis sie sich wieder regeneriert hatte.

»Nein!«, riss ein schmerzerfüllter Schrei die beiden auseinander. Die Stimmen um sie herum verstummten sofort. Elenor drehte ihren schwachen Körper und erblickte wenige Meter vor sich Askil Clarke auf dem Boden hocken. Seine Schultern schüttelten sich unter den leisen Schluchzern, die ihn übermannten. Elenor schluckte, als sie inmitten des unförmigen Haufens, über dem Askil hockte, einige kupferrote Strähnen erkannte. Eaven setzte mühsam einen Schritt vor den anderen, um an Askils Seite zu treten. Eine bittere Wahrheit zeichnete sich in seinem verzerrten Gesicht ab. Ausgerechnet die Kämpferin, der er so eindringlich versprochen hatte, sie lebend wieder nach Hause zu bringen, war letztendlich gestorben. Ihr Körper zerstochen bei dem verzweifelten Kampf um die Gunst ihres Vaters. Ein Versprechen schallte unangenehm laut in Elenors Kopf wider. *»In der allergrößten Notsituation sind wir füreinander da«.* Auch wenn sie es nie ausgesprochen hatten, so war es in jener Nacht auf der mondbeschienenen Lichtung doch besiegelt. Elenor hatte ihr Versprechen nicht halten können. Und das Urteil des gnadenlosen Richters der Realität, dass es nun zu spät war, brach wie tausend Eissplitter über sie hinein. Fynn lockerte den Griff seiner Umarmung ein wenig und half Elenor, sich zu erheben. Sie brauchte ein paar Sekunden, bis der Schwindel in ihrem Kopf nachließ. Mit tauben Händen wischte sie sich die Tränen aus den Augen, dann wandte sie ihren Kopf und sah sich mechanisch um.

Die Schlacht war vorbei. Das schwarze Tal war übersät von toten Menschen und Pferden. Bis auf das Brodeln des Vulkans und die lauter werdenden Schluchzer Askils war weit und breit nichts mehr zu hören. Die Kämpfer Vilgots standen nah beieinander, lagen sich in den Armen vor Freude und vor Trauer oder verarzteten ihre Wunden, so gut sie konnten, mit den wenigen Mitteln, die sie hatten. Der Kloß in Elenors Hals schwoll stetig an, beim Anblick des überschaubaren Restes ihres einst so großen Heeres. Eine warme Hand legte sich tröstend auf Elenors Rücken und sie drehte sich langsam um. Der Kloß in ihrem Hals zerplatzte schlagartig beim Anblick von Emelie und Henrik, die mit Blut und Dreck beschmiert, aufeinander gestützt, vor ihr standen und sie besorgt musterten. Elenor fiel ihren beiden besten Freunden in die Arme. Erleichterung, Dankbarkeit und Liebe überwältigten sie so sehr, dass sie sich kaum noch auf den Beinen halten konnte. Eine ganze Ewigkeit standen die drei fest ineinander verschlungen da und hielten sich schluchzend und bebend fest. Elenor wollte sie am liebsten nie wieder loslassen, aus Angst, dass die beiden ihr doch noch durch irgendeinen grausamen Zufall genommen werden könnten. Doch das Verlangen, den beiden ins Gesicht zu schauen, nahm zu und irgendwann lösten sie sich wieder aus ihrer Umarmung.

»Es ist vorbei«, sprudelte es aus ihr heraus. Im selben Moment konnte ihr Gehirn es noch nicht wahrhaben und so starrte sie ihren beiden Freunden unsicher fragend in die Augen. Henrik nickte. In seinen tief erschöpften Augen schimmerte ein Hauch der Hoffnung mit.

»Ich bin so froh, dass es euch beiden gut geht«, sagte er mit belegter Stimme. Noch einmal nahmen die drei sich fest in die Arme. Dann nickte Henrik mit seinem Kopf müde zu den anderen Kämpfern herüber. »Helfen wir den anderen und dann nichts wie nach Hause.« Müde setzten sich die drei in Bewegung und stapften über den schlammigen Boden zu ihren Kameraden zurück. Mit der Fußspitze trat Elenor gegen den Kristall. Emelie und Henrik humpelten ineinander gestützt weiter, während Elenor sich bückte. Vorsichtig nahm sie den Kristall in die noch mit dem Handschuh überzogenen Hände. Der einst blutrot schimmernde Klumpen strahlte nun in unzähligen Farben, die wild in ihm umherwirbelten. Fast andächtig betrachtete Elenor das lebhafte Spektakel. *Darin befand sich nun die Magie? Aber wie viel davon? Gab es hier auf diesem Platz noch welche?* Unsicher hob sie ihren Kopf und sah direkt in Eavens dunkle Augen. Elenor stand langsam wieder auf und blickte ihm fragend entgegen, während er mit ernster Miene auf sie zutrat. Schweigend betrachtete Eaven den Kristall. Dann stülpte er vorsichtig seinen Lederbeutel drüber und verstaute ihn in seiner Manteltasche.

»Wir werden ihn in einem sicheren Tresor in der königlichen Burg verwahren, bis entschieden ist, was damit passiert«, sagte er. Dann bohrte sein Blick sich, auf eine nun schon beruhigend vertraute Weise, in Elenor hinein. Auch wenn Elenor sein Inneres nicht mehr sehen konnte, spürte sie doch, was ihn füllte und umgab. Die Bilder und Klänge der Emotionen waren fort, und auch die fantastische Art und Weise, wie Elenor die Auren gesehen hatte. Übrig blieben für Elenors Wahrnehmung nur noch eine simple Vermutung dessen, wie es dem anderen geht. Schlicht nur noch, aber trotzdem, nach wie vor, genauso wahr. Und was Elenor in seinem ganzen Wesen, wie er so vor ihr stand, erkennen konnte, war die Erleichterung über ihr Überleben. Und Stolz auf ihre Stärke. Und etwas wunderbar Warmes. Und Elenor verspürte in sich, wieder einmal, das mittlerweile ebenfalls sehr vertraute Gefühl: das Wissen, dass er als loyaler Soldat immer an ihrer Seite blieb und sie auf ewig beschützen würde. Sie nahm Eavens Arm und zog ihn an sich. Für all ihre Dankbarkeit über so ein kostbares Geschenk gab es keine Worte. Sie spürte, wie Eaven erst reglos da stand, dann vorsichtig seine Hand auf ihren Rücken legte und die Umarmung schließlich fest erwiderte. Elenors Kopf war für einen kleinen Augenblick wunderbar leer. Doch der Genuss ihrer Verbundenheit währte nicht lange und schon kehrten ihre Gedanken an die Schlacht zurück.

»Wie lange war ich weg?«, fragte sie und löste sich von Eaven.

»Nur einige Minuten«, antwortete er. »Kaum hattest du den Kristall aktiviert, hörten alle auf zu kämpfen. Unsere Magie war schnell weg, doch du hingst immer noch am Kristall. Fynn kam sofort zu dir, als du zu Boden gesackt bist. Die restlichen Kämpfe waren dann schnell vorüber. Denn nachdem die Magie verschwunden war, kam es auf einmal nur noch auf die Kampftechniken an und nicht mehr auf die Kraft der magischen Fähigkeiten. Und da hatten wir einen entschiedenen Vorteil.«

Die Worte brauchten einen Moment, bis sie durch ihre Ohren in ihr Gehirn drangen. »Habe ich die gesamte Magie entfernt?«, fragte sie schließlich.

Eaven zögerte. »Auf jeden Fall von uns noch Lebenden«, antwortete er. »Ich habe von dem einen auf den anderen Moment keinen mehr mit Magie kämpfen sehen.« Er musterte sie besorgt. »Aber gut, dass Fynn dich von dem Kristall los bekommen hat. Der Kristall hat deine Energie einfach weiter genutzt. Ich vermute mal, dass es in den toten Körpern noch Magie gibt. Aber viel länger hättest du den Kristall nicht aktiviert halten dürfen. Lebensenergie kann sich durch Ruhe und Schlaf bis zu einem gewissen Grad wieder aufladen. Aber wenn dir zu viel mit einem Mal genommen wird, war es das für dich.« Seine Augen wanderten noch einmal prüfend über ihren Körper. »Aber du wirst dich wieder vernünftig erholen können.« Elenor stockte noch einen Moment lang, dann atmete sie tief durch. Ein Gewicht wie meterhohe Steinmauern fiel von ihren Schultern.

»Bin ich jetzt älter geworden?«, platzte es aus ihr heraus. Eaven reagierte verdutzt. »Na ja, König Noah hatte doch die Fähigkeit anderen die Magie zu nehmen, und diese Fähigkeit ist ja jetzt in dem Kristall, aber durch die Magie altert man sehr schnell und ich habe ihn berührt…«, sprudelte es aus ihr heraus. Eaven wirkte kurz überrascht, dann lachte er auf.

»Für mich siehst du nicht älter aus«, antwortete er. Er zog den Lederbeutel aus seiner Manteltasche und wog den darin verstauten Kristall ein wenig in seinen Händen, während es in seinem Kopf ratterte. »Interessant«, murmelte er schließlich. »Der Kristall hat die Magie des Königs, kann sie aber nicht allein entfesseln. Du hast ihm als Aktivator gedient, aber die Magie hat der Kristall selbst angewendet. Theoretisch müsste jetzt der Kristall gealtert sein. Aber das geht natürlich nicht.« Er ließ den im Beutel verpackten Kristall noch einen Moment nachdenklich in seiner Hand ruhen, dann steckte er ihn zurück in seinen Mantel. »Danke für die Information«, sprach er zu Elenor. »Die wird uns für unsere weiteren Schritte nützlich sein.« Mit einem abschließenden Lächeln an sie wandte er sich um und kehrte zu dem Rest seiner Kämpfer zurück. Elenor atmete erneut tief durch. *Sie war unversehrt! Und sie hatte ihre Aufgabe erfüllt und somit ihr Versprechen an König Noah gehalten.* Bei der Erinnerung an seinen Sturz in die leuchtende Feuermasse, begann Elenor sich wieder schwerer zu fühlen, doch dann vernahm sie im selben Moment ein leises Schnauben hinter sich. Sie traute ihren Ohren nicht. Elenor fuhr herum und blinzelte. Langsam, mit wippendem Kopf stapfte ihre braune Stute auf sie zu. Erneut zerplatzte ein Kloß in Elenors Hals, während sie mit vor Tränen verschleierten Augen auf ihre treue Gefährtin zulief. Liv blies ihr müde entgegen und knabberte liebevoll an Elenors Schulter, als Elenor ihr Gesicht schluchzend in die Mähne vergrub. Livs leises Wiehern klang fast demütig entschuldigend.

»Ist schon gut«, schniefte Elenor und strich dem Tier sanft über die Nüstern. »Ich verstehe, warum du weggelaufen bist. Du hattest Angst. Aber jetzt ist alles gut. Wir gehen jetzt nach Hause und du musst nie wieder kämpfen.« Unbeschreiblich dankbar schnaubte die Stute aus und lehnte ihren Kopf an Elenors Stirn. Leise Schritte nährten sich langsam von hinten.

»Eine weitere tapfere Kämpferin, die überlebt hat«, erklang Fynns Stimme. Elenor hob den Kopf. Sanft streichelte er Liv über den Hals, dann sah er Elenor an. Auch sein Inneres war nun nüchtern und klar. Vom zerstörerischen Kampf zwischen Dunkelheit und Licht konnte Elenor nun nichts mehr erkennen. Weder das Eine noch das Andere regierte ihn. Ganz offen ruhten seine blauen Augen auf ihr. Nichts Verstecktes mehr, keine tief verborgenen Gefängnisse seiner Emotionen. Sie schwiegen eine Weile.

»Ich bin froh, dass du das überlebt hast«, sagte er schließlich. Schuldgefühle brannten in Elenor auf.

»Fynn, es tut mir leid, dass ich nichts gesagt habe, aber –«

»Ist schon gut«, unterbrach er sie ruhig. »Du hattest deine Gründe. Ich vertraue dir.« Elenor schloss verblüfft den Mund und senkte den Blick. Sie schwiegen erneut eine Weile, dann hob Elenor wieder ihren Kopf.

»Was geht gerade in dir vor?«, fragte sie ihn.

Fynn holte tief Luft. »Ich weiß es nicht«, gab er ehrlich zu. Er strich Liv noch immer sanft über das Fell. »Ich wollte ihn so unbedingt töten.« Seine Hand hielt inne. »Ich glaube, ich bin ein wenig erleichtert darüber, dass ich es nicht getan habe. Das wäre Mord aus Rachsucht gewesen und hätte nur eine weitere riesige

Wunde in mir aufgerissen, die ich für den Rest meines Lebens mit mir rumgetragen hätte.« Ein zittriges Lachen entwich ihm und für einen Herzschlag erschien ein Hauch seines altbekannten Zynismus auf seinen Lippen. Doch er ließ ihn sofort wieder los. In diesem Moment hatte er kein Interesse an jedem Widerstand, jeder Maske, die seine pure Verletzlichkeit verbarg. Ohne Furcht sah er direkt in Elenors Augen. »Aber jetzt ist da diese Leere.« Er ließ seine Hand sinken. Etwas Einsames umgab ihn. »Alles, was ich die letzten zehn Jahre getan habe, galt ihm. Was tue ich jetzt? Wo soll ich hin?« Seine Stimme wurde brüchig. Und noch während er sprach, trat Elenor dicht an ihn heran.

»Zu mir«, antwortete sie sanft und nahm sein Gesicht in ihre Hände. »Nach Hause.«

EPILOG

Drei Jahre sind vergangen, seit die Kämpfer wieder nach Vilgot zurückgekehrt waren. Seit sie die beschädigte Mauer erreicht und Eaven ihren Sieg verkündet hatten. Ein Schauer hatte Elenors müden Körper durchfahren, als inmitten der schweigenden Menge ein alter Mann langsam in die Hände zu klatschen begonnen hatte. Nach und nach hatten immer mehr der Menschen mit eingestimmt und schließlich wurden die Kämpfer unter wildem Jubel in das in Mitleidenschaft gezogene Zentrum des Königreiches begleitet. Drei Jahre, seit Elenor ihre Eltern nach der Reise endlich wieder gesehen hatte. Sie hatte völlig vergessen, ihre Füße aus den Steigbügeln zu nehmen. Haltlos war sie aus Livs Sattel gefallen, auf Ida und Torell zugestürmt und hatte ihnen hemmungslos schluchzend in den Armen gelegen. Drei Jahre, in denen die Menschen um ihre Verstorbenen getrauert und die hohen Verluste bewältigt hatten.

Für viele Monate war das Volk mit dem Wiederaufbau ihrer Häuser beschäftigt gewesen. Besonders nahe der Mauer war von den einst gemütlichen Backsteinbauten kaum etwas übrig geblieben. Eaven hatte den Aufbau angeleitet. Unaufhörlich hatte er über seinen Schreibtisch gebrütet, um Pläne für die verschiedenen Einsatzgruppen zu erstellen. Auf schon beinahe unerklärliche Weise hatte er es geschafft, an jedem Ort vorbeizuschauen, um beim Aufbau und der Nahrungsverteilung mitzuhelfen. Er hatte auch den Vorschlag eingebracht, die Mauer komplett einzureißen und die Steine für weitere Häuser zu nutzen. Er war der Überzeugung, dass dieses Königreich keine Mauern mehr brauchte und seine Nachbarn offen empfangen sollte. Nach seiner Leistung im Nordgebirge zweifelte keiner mehr, auch nur im Geringsten, an seinen Entscheidungen und so waren sie alle ohne Ausnahme, mit seinem Vorschlag einverstanden gewesen. Auch bei der Frage, wer als König Noahs Nachfolger seinen Platz einnehmen sollte, hatte sich die deutliche Mehrheit für Eaven entschieden. Eaven hatte die Entscheidung des Volkes erst verunsichert abgelehnt, doch nachdem ihm auch der Rat und selbst Askil diese Ehre zugetragen hatten, hatte Eaven sich dieser Verantwortung und Pflicht angenommen. Und Eaven hatte sich seitdem keinen Tag Zeit gelassen, seinem neu verliehenen Titel gerecht zu werden. Er hatte das gesamte Regierungssystem verändert. Statt der Macht eines einzigen Königs hatte er sich dazu entschieden, das Volk mitregieren zu lassen. Der königliche Rat bestand jetzt nicht mehr aus adligen Mitgliedern, die aufgrund ihres Ranges dort hineingeboren worden waren, sondern aus Vertretern des Volkes. Alle zwei Jahre wählte man nun einen Sprecher oder eine Sprecherin aus jeder Sektion in den Rat, der die Interessen der Menschen vertrat. Als hätte er sein Leben dem Königreich und seinem Volk verschrieben, arbeitete Eaven unermüdlich daran, Vilgot zu einem wertvollen Verbündeten und einem wirtschaftlich starken Königreich zu machen.

Und neben all den Veränderungen und des goldenen Aufschwunges wurden die wenigen Verstorbenen, die die Kämpfer mit nach Hause genommen hatten, großzügig bestattet. Man hatte ihnen die letzte Ehre erwiesen, indem man ihre, mit zahlreichen Blumen geschmückten Särge, durch das Zentrum bis zur königlichen Burg getragen hatte. Wie eine riesig lange Schlange, hatte sich der Marsch der Bürger Vilgots durch die schmalen Gassen gezogen und war inmitten des königlichen Burghofes stehen geblieben. Als geeinte Masse hatten sich die Menschen um die Särge herum versammelt und respektvoll ihre Köpfe gesenkt. In seinem wehenden grünen Elite Mantel war Eaven von einem Sarg zum nächsten getreten und hatte einige letzte dankende Worte zu den in weiße Tücher gewickelten Leichen gesprochen. Wie es der Brauch war, hatte Eaven eine kunstvoll geschnitzte Fackel angezündet, um die Särge in Brand zu setzen und die Seelen der verstorbenen Kämpfer in den Himmel steigen zu lassen. Kurz bevor die Fackel den ersten Sarg berühren konnte, war eine Stimme aus der Menge ertönt.

»Halt!«

Eaven hatte innegehalten. Die Menge hatte sich ein wenig geteilt und Askil und seine Frau waren langsam hervorgetreten.

»Ich möchte die Seele meiner Tochter selbst befreien«, hatte er mit heiserer Stimme gesagt. Eaven hatte verständnisvoll genickt. Behutsam hatte er Askil die Fackel übergeben und sich zurückgezogen. Askil und seine Frau waren an den Sarg getreten. Mit glasig geröteten Augen hatte Askil auf den Sarg gestarrt. »Es tut mir leid«, hatte er geflüstert, während er mit seiner Hand sanft über das glänzende, helle Holz gestrichen hatte. Dann hatte er die Fackel auf den Sarg gelegt und war zurückgetreten. Lodernd hatten sich die Flammen an dem Holz entlang gefressen, waren emporgewachsen und hatten das Holz gierig verschlungen. Schweigend hatten die Bewohner Vilgots den Flammen bei ihrer hungrigen Vernichtung zugesehen, bis von dem Sarg nur noch eine vage Form übrig geblieben war. Ehrfürchtig hatte Elenor die leuchtenden Funken betrachtet, die in den abendlich geröteten Himmel aufgestiegen waren. Josefin war nie ihre Feindin gewesen. Auch wenn sie sich manchmal am liebsten die Haare ausgerissen hätten, hatte Elenor den Grund für Josefins Verhalten stets erkennen können. Narben, die zu groß gewesen waren, um sie der Welt zu zeigen, tief versteckt zwischen den vereisten Klüften ihres Inneren. Elenor hatte den Kopf in den Nacken gelegt, um den Funken bis hoch in die Sterne zu folgen.

»Ruhe in Frieden, tapfere Kämpferin«, hatte sie zu ihnen herauf geflüstert, dann hatte Eaven eine weitere Fackel angezündet. Nun war Henrik nach vorn gegangen und hatte sie ihm abgenommen. Mit hängendem Kopf war er schniefend an Igrams Sarg getreten, hatte seine Hand auf den in Leinen gewickelten Körper gelegt und ein paar Worte gemurmelt. Dann hatte er die hungrigen Flammen ebenfalls an dem Holz lecken lassen und schluchzend zugesehen, wie auch dieser Sarg verschlungen worden war.

»Da sind sie doch«, hatte Elisabet irgendwann aufgeregt geflüstert, auf eine kleine Lücke in der Menge gedeutet und Elenor so aus ihrer Trauer und ihren Gedanken gerissen. Elenor war ihrem ausgestreckten Finger gefolgt und ein schlaffes Lächeln war ihr übers Gesicht geglitten. Josefin und Igram schienen sich zu Yva gesellt zu haben. Elenor war sich nie sicher gewesen, ob es nicht auch eine magische Fähigkeit von Elisabet gewesen war, die Toten zu sehen. Und auch wenn Elisabets Fähigkeit höchstwahrscheinlich nur eine Bewältigungsstrategie ihrer Trauer gewesen war, so hatte Elenor nun einfach beschlossen, zu glauben, dass doch noch ein Funke Magie existierte, der Elisabet geblieben war.

Ein Funke, den sich Elenor selbst manchmal noch wünschte. Denn auch wenn es ihr ohne ihre magische Fähigkeit gut ging, so lebte es sich nun doch anders. Sie sah die Menschen nicht mehr so wie vorher, und daran musste sie sich erst gewöhnen. Was Elenor im schwarzen Tal mit dem Kristall getan hatte, sprach sich wie ein Lauffeuer herum. Noch lange, nach ihrer Rückkehr aus den Nordbergen, suchten die Menschen Vilgots Elenor auf und durchlöcherten sie mit Fragen. Geduldig wiederholte sie ihre Geschichte hunderte Male, bis die Menschen ihre Neugier gestillt hatten. Nicht selten kam Freya herbei und scheuchte die Schar um Elenor herum davon, wofür Elenor ihr dankend zulächelte. Freya hatte nach ihrer Zeit als Elite-Kämpferin eine neue Berufung für sich gefunden. Gemeinsam mit einer Gruppe erwachsener Mütter und Väter gründete sie ein Zuhause für die Kinder der verstorbenen Kämpfer und ihr Herz blühte auf wunderschöne Weise auf. Wann immer Elenor sie sah, hatte Freya ein breites Lächeln auf dem Gesicht, was ihre grauen Falten von Tag zu Tag verschwinden ließen. Und auch Emelie und Henrik hatten sehr bald mit wildem Nachwuchs zu tun.

»Nur so, unter uns«, sagte Emelie eines Tages mit gesenkter Stimme zu Elenor, während sie Henrik dabei zusahen, wie er mit seinem kleinen Sohn Fangen spielte. »Du hattest recht mit deinem Rat, dass ich ihm mal eine Chance geben soll.«

Elenor schmunzelte. »Was?«, fragte sie betont laut. »Ich habe dich nicht ganz verstanden, könntest du es bitte noch mal – Autsch!« Emelie hatte ihr grinsend in die Seite geboxt. Beide lachten so laut auf, dass Henrik erschrocken zu ihnen herübersah. Er hatte sich gerade spielerisch mit seinem Sohn gekabbelt und lag auf dem Boden.

»Worüber lacht ihr so?«, fragte er verwirrt.

»Wir lachen darüber, wie du gerade gegen deinen Sohn verlierst«, antwortete Emelie, direkt wie eh und je.

Henrik lachte. »Na ja, gegen den Kleinen hier bin ich leider machtlos, aber ich kann immer noch gut kämpfen. Wart's nur ab.«

»Du traust dich, mich herauszufordern?«, fragte Emelie gespielt empört. »Na warte, dir zeige ich es!« In angedeuteter Kampfhaltung sprang sie auf ihn zu.

»Dir zeig' ich's, dir zeig' ich's«, plapperte der Junge nach und trommelte mit seinen kleinen Fäusten leidenschaftlich auf seine Eltern ein, die sich gespielt geschlagen gaben. Elenor grinste. Der Junge hatte zwar das schmal gebaute Aussehen von seinem Vater geerbt, doch das wilde Temperament hatte er eindeutig von seiner Mutter. Wild ging es auch bei Rebekka und Sven zu. Sie scheuten sich keineswegs, ihr Verlangen in aller Öffentlichkeit auszuleben. Sie sprühten nur so vor Leidenschaft, sodass Freya befürchtete, auch bei ihnen bald Nachwuchs zu erwarten.

Die Elite-Fraktion bekam eine neue Bedeutung, nachdem sie in den letzten drei Jahren durch das Land gereist und die Magie nach und nach entfernt hatten. Dabei waren sie in regelmäßig abwechselnden Gruppen unterwegs gewesen, damit sich die Kämpfer zwischendurch in Bezug auf ihre Energie vernünftig regenerieren konnten. Doch vor ihrer Suche nach Hakon hatte die Elite-Fraktion eine ganz andere Aufgabe gehabt. Sie hatten den umliegenden Dörfern Vilgots gedient, nach dem Rechten gesehen und bei Notfällen ausgeholfen, wie Missernten oder Unwetterschäden. Und genau dafür setzte Eaven seine Truppen jetzt wieder ein. Neben ihren Ausritten in die Dörfer bekam die Fraktion zusätzlich allerlei Aufgaben im Königreich, um den Bewohnern auch hier auszuhelfen. Mal waren sie in der Nahrungssektion und halfen den Bauern bei der Ernte, mal wurden helfende Hände bei Bauarbeiten gesucht, ein anderes Mal halfen sie bei der Vorbereitung großer Versammlungen.

»Ich dachte, wir können jetzt entspannt die Füße hochlegen und unsere letzten Tage genießen«, witzelte Sven. »Aber Eaven kann uns einfach nicht in Ruhe lassen, selbst wenn er der König oder so was Ähnliches ist –«

»Was für letzte Tage?«, wies Lynn ihn scharf zurecht. »Du bist noch jung und kräftig, also beweg dich!« Aaron stieß ein kehliges Lachen aus, während er dabei zusah, wie Lynn Sven über den Hof des Hauptlagers scheuchte. Das Hauptlager wurde nur noch für die Besprechungen, die Unterbringung der Pferde und zur Aufbewahrung ihrer Kampfausrüstung genutzt. Doch auch wenn die Elite-Kämpfer dort nicht mehr lebten, fanden sie sich trotzdem noch regelmäßig zu den üblichen Abenden am Lagerfeuer hinter den Ställen zusammen. Es war wie ein Zusammentreffen alter Freunde, die sich über frühere Zeiten austauschten. Die Kämpfe und vor allem die Reise in die Berge, hatte ein dickes Band zwischen ihnen geschweißt, was sie alle für immer zusammenhielt. An diesen Abenden fühlte sich Elenor auf wunderbare Art glückliche und zufrieden, als würde die Zeit stehen bleiben. Und doch wurden neben den alten Geschichten auch alle Neuigkeiten geteilt. Dann wurde sich füreinander gefreut, gescherzt, getröstet und gelacht. Und trotz aller Veränderungen in den letzten drei Jahren schien Sven weiterhin der Mittelpunkt ihrer Runde zu sein, der sich auf beruhigende Art nie zu ändern schien. Schallend lachend saß er in der Runde, seine Arme überschwänglich um seine Kameraden geschwungen. Doch die altbekannten Weinflaschen blieben seit langer Zeit aus. Diese familiäre Gruppe, seine Beziehung mit Rebekka und die Aufgaben, mit denen er den Menschen täglich Gutes tat, füllten ihn mittlerweile von ganz allein mit Glück. Einem Glück, dass so viel intensiver war, als der Alkohol ihm je hätte geben können. Fröhlich verkündete er bei jeder Runde seinen »*Lieblingskameraden*«. Mal war es Aaron, mal Rebekka, mal Henrik. Und am allermeisten war es Fynn, Svens engster Lieblingskamerad. Während die anderen dies leicht mit den Augen rollend und doch liebevoll grinsend hinnahmen, brauchte Fynn ein wenig Zeit, um sich an Svens überschwängliche Zuneigung zu gewöhnen. Seit ihrer Ankunft in Vilgot war er still und in sich gekehrt. Er hatte viel zu verarbeiten und brauchte seine Zeit für sich allein. Nur Elenor durfte sich regelmäßig zu ihm an den Rand eines kleinen Baches setzen. Sanft lehnten sie sich aneinander und betrachteten still die kleinen Fische, die neugierig zu ihnen herauf schauten. Während Fynn sich seinen Kameraden noch schüchtern und etwas unbeholfen an nährte, zeigte er sich bei Elenor schnell offener. Es war, als hätte Elenor mit dem Kristall einen Fluch von ihm genommen. Die Schwere in ihm, die Schatten aus seiner Vergangenheit, waren mit der Magie endgültig von ihm gegangen und nun konnte er alle seine Gefühle frei fließen lassen. Er entdeckte seine Liebe zur Natur. Die Arbeit auf dem Feld verübte er besonders gern. Das Graben und Pflanzen, das Jäten und Ernten – all das füllte ihn mit einer tiefen Zufriedenheit und Demut. Nicht selten kam er Elenor mit schmutzigen Händen und einigen geschmuggelten Beeren besuchen und erzählte ihr mit leuchtenden Augen von dem Wachstum der neuen Pflanzen. Lächelnd schwärmte er über seinen Traum von einem eigenen Garten und wie viele Beeren er dann für Elenor anbauen würde. Unbeschreiblich glücklich ruhte ihr Blick lange lächelnd auf ihm, dann sprach Elenor mit ihren Eltern und kurzerhand erfüllte sie ihm seinen Traum. Fynn war außer sich vor Freude, als sie das schmale Stück Stoff von seinen Augen löste und er auf das kleine Holzhäuschen an der großen Wiese erblickte. Er hob sie überschwänglich in die Luft, wirbelte sie herum und gab ihr einen langen Kuss. Es dauerte nur wenige Wochen, dann war ihr Haus vollständig eingerichtet. Torell kam fast täglich mit einem großen Wagen an Holzplanken aus seiner Werkstatt vorbei und Ida begleitete ihn mit allerlei Töpfen, Leinentüchern und was man ihrer Ansicht nach noch so alles brauchte. Elenor war ihren Eltern sehr dankbar dafür und buk ihnen regelmäßig kleine Kekse. Besonders glücklich war sie über die Bindung, die sich zwischen Torell und Fynn zunehmend aufbaute. In einem Moment hatte ihr Vater noch skeptisch über Fynns Schulter geblickt und dabei zugeschaut, wie dieser einen großen Holzschrank zusammensetzte. Und im nächsten Moment, als Fynn fertig geworden war, hatte Torell ihm schon anerkennend auf die Schulter geklopft und sie hatten sich mit einem Bier in der Hand auf die kleine Holzveranda gesetzt und sich über die Verarbeitung von verschiedenen Holzarten unterhalten. Als die späte Sommersonne sich langsam auf den Horizont zubewegte, verabschiedeten ihre Eltern sich herzlich von den beiden und machten sich auf den Heimweg. Elenor setzte sich behutsam in den gemütlichen, schmalen Stuhl auf ihrer Veranda und sah Fynn zu, wie er im Garten das Unkraut zwischen ihren zukünftigen Gurken und Salatköpfen herauszog. Glücklich atmete sie die frische Abendluft ein und zog die weiche Decke aus Schafsfell ein wenig enger, die Fynn ihr zuvor über die Schulter gelegt hatte. Dabei fühlte sie einen sachten Tritt in ihrem Bauch. Sie senkte den Kopf und strich liebevoll über die kleine, runde Wölbung. Ein Lächeln glitt ihr übers Gesicht.

DANKSAGUNG

Ich bin sehr dankbar für die vielen Autoren auf dieser Welt, die mich mit ihren Geschichten inspiriert und für mich ein großes Meer an kreativen Erzählungen geschaffen haben, aus denen ich für dieses Buch schöpfen konnte. Und ich bin dankbar für die Menschen, die ich in meinem Leben getroffen habe und die mich so prägten, dass sie wie von selbst in meine Figuren verwoben wurden. Ein ganz besonderer Dank geht an Lotti, die mich mit ihrer riesigen Vorfreude auf dieses Buch immer wieder angefeuert und darin bestärkt hast, an dieser Geschichte weiterzuarbeiten. Danke!